邓洁 著

容闳

和留美幼童

中国文史出版社
CHINA CULTURAL AND HISTORICAL PRESS

图书在版编目（CIP）数据

容闳和留美幼童 / 邓洁著 . -- 北京 : 中国文史出版社 , 2020.10
ISBN 978-7-5205-2406-3

Ⅰ . ①容… Ⅱ . ①邓… Ⅲ . ①纪实文学—中国—当代 Ⅳ . ① I25

中国版本图书馆 CIP 数据核字（2020）第 204593 号

责任编辑：窦忠如

出版发行：中国文史出版社

社　　址：北京市海淀区西八里庄路 69 号院　　邮编：100142
电　　话：010－81136606　81136602　81136603（发行部）
传　　真：010－81136655
印　　装：廊坊市海涛印刷有限公司
经　　销：全国新华书店
开　　本：700×1000　1/16
印　　张：32
字　　数：568 千字
版　　次：2021 年 2 月北京第 1 版
印　　次：2021 年 2 月第 1 次印刷
定　　价：98.00 元

一位师长和一群幼童的故事
一群留美幼童和近代中国的故事

内容提要

1840年，第一次中英鸦片战争打乱了广东香山少年容闳的正常生活并辍学。1854年，他从美国耶鲁大学毕业，理想也随之产生。"以西方之学术，灌输于中国，使中国日趋于文明富强之境。"踏上回国之路，也就踏上了实现理想的奋斗之路。然而他看到的是：西方列强的坚船利炮撞开了古老中华帝国的国门，当朝者宁愿把国门的钥匙拱手让出，也不肯睁开眼睛看世界。容闳为政府办的第一件事是赴美购买机器设备，两江总督曾国藩、江苏巡抚李鸿章由此建起了江南机器制造总局。1870年，容闳正式向政府提出酝酿已久的关于运输、留学、司法、开矿的四条建议。清政府同意从1872年起连续四年，派幼童去美国留学，共计120名。理想终于照进现实。他赴美始终其事，于是，他的学生有了一个特殊的称呼——留美幼童。1879年，朝廷派到美国去的第四任监督因为没有得到留美幼童行叩拜大礼的迎接，大怒，上报朝廷，幼童"洋化"了。为了天朝上国规矩不坏，清廷于1881年将全部学生提前撤回国。但是，不能否认，民主自由的种子已经根植于他们的心田，容闳的理想也成了他们的理想。容闳的学生回国后开始了中国最初的铁路、电讯、海关、金融税务、外交、高等教育、现代医学等近现代化建设，同时也经历了中法战争、甲午战争、维新运动、庚子事变、立宪运动……容闳因为参加维新运动而被清政府通缉，转向同情孙中山的暴力革命。但是他的学生在辛亥革命时有一些是身居高位，在关键部门有着决策权和影响力。唐绍仪代表清王朝和袁世凯赴沪南北议和，与南方革命党人共建共和。同时，在外交、海军、电报、铁路等部门的留美幼童心驰神往，通力协作，让国家的政治体制转向民主共和以迎接新纪元的到来。容闳的学生"治国平天下"是一条不同于以往的道路，中华民国建立后他们继续着使命，以实现庚款留学计划、开展红十字运动、收回被列强占有的主权、倡导现代体育运动来提升国家地位，"使中国日趋于文明富强之境"后继有人。

目 录

引　子

　　在被称为"兼汉唐而有之"的明朝永乐年间，明成祖朱棣于永乐三年（1405 年）放宽了明初期的"海禁"政策，命郑和率领由二百艘海船、两万八千多人组成的庞大船队，下西洋远航。船队从江苏太仓的刘家港（今上海西北）出发，沿着漫长的中国海岸到印度支那半岛南端，领略了南洋群岛的风光后穿过马六甲海峡进入印度洋，游历印度、波斯、阿拉伯地区，到达非洲东岸，遍及三十多个国家。郑和七次下西洋，历时 29 年，目的到底是什么，至今人们争论不休，永乐皇帝朱棣致各藩国国君的书中说："天之所覆，地之所载，一视同仁，不能众欺寡、强凌弱……"可见，郑和七下西洋的目的之一是宣扬国威，实现大明帝国"宣德化而柔远人"的政治抱负。

　　在郑和第一次下西洋 87 年后的 1492 年，中国人从海上退了回来，而意大利人哥伦布在西班牙女王伊萨贝尔（Isabel II）的支持下带领三艘帆船，87 名水手从塞维利亚港出发，环球航海。他坚信前辈学者的一个观点：经大西洋向西航行能够到达东方。哥伦布四次航海，发现了美洲大陆，开辟了新航线，激起了人们对新世界了解的渴望。更多国家的航海家纷纷出海，环航去寻找新的海域和陆地，掀起了航海探险的热潮。1498 年，葡萄牙航海家瓦斯科·达·伽马（Vasco da Gama）打通了绕过非洲的海路，到达印度西南部卡利卡特，开辟了葡萄牙和欧洲其他国家在亚洲从事殖民活动的航路。1509 年，在葡萄牙有"战神"之称的阿方索·德·阿尔布克尔克（Afonso de Albuquerque）被葡萄牙国王任命为印度总督。正是这位阿尔布克尔克，1511 年以武力征服了满剌加苏丹国（明朝的藩属国）的首都马六甲，1513 年初派遣乔治·欧维士（Jorge Álvares）从印度支那半岛南端北上，发现了中国珠江三角洲的伶仃岛（Lintin Island），同时派遣使节希望与明朝建立贸易关系并冒险与中国商人进行贸易。明正德十六年三月（1521 年 4 月 19 日），正德帝驾崩，朝廷里的保守派拒绝了葡萄牙使节，与葡萄牙人在广东屯门附近进行海战。到 16 世纪 40 年代，中葡关系正常化。

明嘉靖三十二年（1553 年），葡萄牙人租占了中国珠江三角洲南端广东省香山县的一个叫"濠镜"的半岛，把封闭的城郭撕开了一个口子。当地人将与外国人通商的地方叫"澳"，把水道的出海口叫"门"。于是，这个半岛被叫成了"澳门"，所属的香山县又有了一个别称——"香山澳"。

海寇，包括东邻日本，频频骚扰中国沿海。以农耕经济为主的中国还击之后，用"海禁"的方式拒外族于国门外，想以此来达到长治久安。

"海禁"没有从根本上解决中国海防的问题，陆地上城墙的意义又发生了变化。明万历十一年（1583 年），在山海关外的白山黑水间，一个二十四岁的满族青年爱新觉罗·努尔哈赤因为愤于明朝军队杀了他的祖父和父亲，以 13 副盔甲起兵反抗明朝的统治。万历四十三年（1615 年），他正式建立了八旗制度，统一了女真人部落。第二年正月初一努尔哈赤在他的出生地赫图阿拉城龙袍加身，建起了一个新政权——后金，公开与明朝分庭抗礼，年号天命元年。这支骁勇善战的骑兵有着远大的目标，要冲过明朝设在边关上厚重的高墙大门，入主中原。

戎马一生的努尔哈赤去世后，他的儿子们继续着他的事业。皇太极于清崇德元年（1636 年）改国号"后金"为"大清"，在盛京（后称奉天今沈阳）正式称帝，史称"清太宗"。明崇祯十七年、清顺治元年（1644 年），八旗的骑兵终于冲过山海关，进了紫禁城，定鼎北京。努尔哈赤的孙子爱新觉罗·福临，年仅六岁，被他的母亲和叔父抱到了金銮殿上，成了幅员辽阔、民族众多的中华大地的统治者——顺治皇帝。

顺治十八年二月（1661 年 3 月），民族英雄郑成功率大小战船两千余艘，军士两万五千多人横渡台湾海峡，成功登上台湾岛。经过与岛上荷兰军队近一年的战斗，郑成功结束了殖民者霸占宝岛 38 年的历史，将其彻底驱逐。而他的后裔则是打着明朝的旗号，与清政府隔海峡对峙。

大清福建水师提督施琅，三次攻台失利后又继续备战。清康熙二十二年六月（1683 年 7 月），施琅借助强劲的西南风，率领大型战船三百多艘、中小型战船二百三十多艘、将士两万多人，分三路向澎湖进击，大兵压境台湾。船队顺风顺流，"压攻齐击，一可当百"，激战七昼夜，取得了著名的澎湖之战胜利。施琅恩威相加，对郑氏招安，清军进取台湾成功。

巨大的成功让康熙帝于康熙二十四年（1685 年）下令解除"海禁"，第二年在东南沿海的江、浙、闽、粤四处设立海关。虽然有很多限制，但是沿海居民五百石以下船只可以出海贸易，到清雍正七年（1729 年）形成高潮，"大开洋禁，西洋诸国，咸来互市"。

这政治稳定、经济繁荣的景象延续到乾隆朝，被称为"康乾盛世"。

乾隆帝第二次下江南时，看到在江浙一带海面上前来贸易的外国商船络绎不绝，了解到这些商船大多携带武器，南洋常有华人受害甚至被杀，澳门等外国人聚集的地方也经常出现洋人犯案。回京后，他决定关闭三个海关，只留粤海关。乾隆二十二年（1757 年）上谕"一口通商"，并规定洋商不得直接与官府交往，广州十三行办理一切有关交涉事宜。

清朝是在马背上夺得的天下，从康熙帝开始，又有了木兰秋狝的活动，这与其说是让儿孙们不忘根本，不如说是陶醉在过去的荣光里。巍峨的紫禁城给努尔哈赤的子孙无边的荣耀，周边藩属国的进贡更让他们有居高临下的尊贵。"一口通商"后，还是有很多西方新鲜的东西从广州十三行进入紫禁城，而乾隆帝则对西洋自鸣钟一类的小玩意儿更感兴趣。

在满清入关的同一历史时期，与欧亚大陆隔着一道英吉利海峡的英国正进行着一次又一次的社会变革。1640 年，以推翻专制王权为目的的英国资产阶级革命揭开序幕，到 1649 年 1 月这场革命达到了高潮，英国最高法庭对当时的英国国王进行判决，"查理一世为暴君、叛徒、杀人犯和国家公敌，应该处以斩刑"，英格兰宣布为共和国。但是英国的王权统治并没有结束，1688 年 12 月，堪称奇迹的"光荣革命"以和平的、非暴力手段使英国确定了以法治国，由国会立法的君主立宪制度。国会将《权利法案》加于王权之上，规定王权须受国会节制等法案，结束了专制王权统治。革命带来的是生产力的解放。英国的阿克莱特发明自动织布机后，瓦特又发明了蒸汽机，并很快运用于生产。这标志着人类由农业社会向工业社会演进，称之为"第一次工业革命"。

第一次工业革命使英国有了远航的资本和动力，1793 年 9 月，按大清年历是乾隆五十八年八月。英国政府在其他资本主义国家的支持下，派遣以乔治·马戛尔尼勋爵（Lord Macartney）为特使，由军事、测量、绘图、航海机械师等 135 人组成访华团，分乘"狮子"号和"印度斯坦"号军舰，经过近一年的航海，在乾隆八十三岁那年来到中国。他们带着通商的协议，带来了两船共六百箱由机器生产出来的产品作为礼物，主动和太平洋西岸的帝国——大清帝国进行接触，目的是以丰富的第一次工业革命的产品，打开中国市场，并签署中英通商协议。

"朕即天下"。乾隆帝把所有来华的使节都当成朝贡者，大学士兼理藩院尚书和珅做着一件艰难的工作，婉言告知各藩属国的代表，觐见皇帝的时候，不仅陪臣俱行三跪九叩大礼，亲来朝贡的国王也是如此。但是马戛尔尼声明英国不是大清国的藩属国，自己也不是"贡使"，而是来谈判的英国代表，肩负的使命是建交，拒绝行臣礼。

双方为行礼的事僵持了很长时间，马戛尔尼为了完成使命，态度有所改变，在热河避暑山庄万树园御幄见乾隆帝时，单腿下跪行礼。为了缓解气氛，他让随行的见习童子，使团副特使斯当东十三岁的儿子用刚学会的中国话喊了几声"万岁"。乾隆帝听见外国人喊他"万岁"露出了笑容，再看这金发白脸红唇的小童着实可爱，于是从腰间摘下一块新疆和田玉玉佩送给了他。

马戛尔尼根据本国政府的训令，向大清国提出了六项通商的要求。乾隆帝很生气，天外之天的人见他时非但不行三跪九叩臣礼，还想用新鲜的东西打破他以农耕经济为主的一统天下。不管合理不合理，以毫无商量的口气，一概拒绝。他不同意英国人的通商要求：开放宁波、舟山、天津等地为商埠；减轻税率。领土主权问题更是不容商量：割让舟山附近的岛屿和广州附近的地方等。在给英国女皇的敕书中他说："天朝物产丰盈，无所不有，原不藉外夷货物以通有无。"英国使团送给中国六百箱第一次工业革命的产品，乾隆帝回赠的是一柄新疆和田白玉如意。马戛尔尼欣赏不了上面"奇怪的雕刻"，觉得没有什么大用。主理这件事的和珅礼貌地和英国使团周旋并将其驱逐出境。马戛尔尼此行最重要的收获是对在欧洲盛行了一百年的"中国热"有了新的认识，不再对这个神秘的东方古国崇拜，甚至产生了轻蔑，"中华帝国只是一艘破败不堪的旧船"，"只需几艘三桅战船就能摧毁其海岸舰队。"

乾隆帝在查看英国"贡品"时，见有一艘装有110门大炮的军舰模型，了解了军舰的航速、载重、大炮的威力之后，下了一道密谕：……如果口岸防守严密，英夷断不能施其伎俩。至于那些西式火枪，他想象不出，和骑马射箭比，哪个更凶猛，也不好把玩，扔到圆明园一个角落里任其锈烂。

此时，在广东黄埔港停泊的86艘外国船中有61艘是英国的，对天朝帝国真的断不能施其伎俩吗？乾隆帝别说"知彼知己"，连对视的勇气都没有，闭上了眼睛闭关锁国。

进入19世纪，欧洲已经可以用装有汽轮机的船舶过海远航了，清嘉庆二十一年（1816年），英国又派出特使阿美士德到中国，也是由于礼节上的争执，乾隆帝的儿子嘉庆帝根本没有见他。到乾隆帝的孙子道光帝的时候，英国开始向中国运销鸦片。清道光十五年（1835年）全国有二百万以上的人吸食鸦片，而且相当一部分是官员。天朝帝国很难再有铁骑千里的威猛和弯弓射雕的潇洒。其实在明末中原大地上就出现了资本主义萌芽，出现了火炮——红夷大炮，是封建制度的延续让这些先进的东西悄然无息了。令人飘飘欲仙的鸦片和使人血肉横飞的坚船利炮开启了中国的国门，大清帝国从此再没有了策马扬鞭自由驰骋痛快淋漓的感觉。

缭绕的烟雾中，终于有人上疏必须禁烟，道光帝也做出了"惩处贩烟、吸烟新律"，颁行天下。于是，有了道光十九年五月（1839年6月）钦差大臣林则徐的广东虎门销烟……

广东，因为地理位置特殊，东西方文化在这里撞击融合甚至是对抗，所产生的是独特的珠江三角洲文化，出现了新的文化巨人，影响了近代中国的各个方面。

第一章

自强大计　幼童出洋

1868 年原美国驻华公使蒲安臣率大清国第一个外交使团出访

中国儿郎　远航求学

中国南海，海风吹拂，海浪拍岸。发源于云贵高原乌蒙山系马雄山的珠江，流经中西部六省区及越南北部，在下游从八个入海口注入南海，是中国第二大河流。它昼夜不息地奔腾，将海边的一些小岛冲积成片，形成珠江三角洲。广东省香山县建于南宋绍兴二十二年（1152 年），管辖范围是今天的中山市、珠海市、澳门、香港，境内的两条山脉大南山和凤凰山在海边绵延形成"湾"，风水中叫作"出洋龙"，一直伸延到东面的伶仃洋。香山盛产一种叫"沉香"的香料，是由古密树的树液凝结而成，香气四溢。山，成了"香山"；"湾"，有个"唐家湾"；运沉香往苏杭和京师中转的港成了"香港"。依山傍海，一个个村落形成，和澳门隔江，与香港相望，下南洋、上广州府都很通畅。

17 世纪初在澳门建的大三巴（圣保禄）教堂是远东地区最大的天主教堂，也是中国最早的西式学府，大量的中外书籍在这里翻译、交流、传播。明、清两代，意大利传教士利玛窦、我国著名科学家徐光启、德国传教士汤若望等先后来这里修道研经学习科学。当地人也远涉重洋，甚至去美国的旧金山和檀香山谋生发财。每逢重大节日，家人举行祭祀活动，请祖先保佑家乡风调雨顺、丰衣足食，保佑海外游子事事如意，衣锦还乡，将红朱纸条幅贴在墙上：金山顺利、檀山顺利。

清代诗人汪兆镛在《澳门杂诗》中有这样的句子："北自前山来，沙堤平而直，路南一山峰，俨如莲花植。"诗中所说"前山"指前山寨，明天启元年（1621 年）建的军事防务机关，管辖珠江口海防，管理澳门事务；"山峰"是澳门的莲峰山，位置险要；平而直的"沙堤"正是连通大陆和澳门的"莲花茎"，人们来去方便，贸易自由。望夏村中的普济禅院是澳门三大禅院中规模最大、占地最广的一座，无人不晓，那棵古榕生态奇特，四干相连，远看像只鹿，被称为"连理树"。

乾隆年间上栅村的邓龏观用竹枝体写的诗集《澳门遊》，一景一首诗，共64首，生动明了，语言亲切。写大三巴教堂的情景是这样的：

连山大小峙三巴　　多宝晶莹赛佛家
十仗门楼千叠石　　玻璃片片作窗纱

玻璃窗里奏风琴　　一线风来万窍音
锡管横排轻按错　　和成番呗音沈沈

蕃僧说法奉耶稣　　十字之神无处无
诱得蛮娘争礼拜　　花裙逐队走通衢

19世纪70年代的澳门大三巴坊

诗集《澳门遊》传播得很广，是因为香山人自古重视读书，大部分村落设有私塾和武馆。邓龏观所在的上栅村位于金鼎山下，香山县府在这里办有金山书院。仅在清朝，就从这个村里走出来了几十个举人，大户人家的女子也识文断字，粗通文墨。上栅村还在广州府办莲塘书室，以方便村里人到外面读书时解决住宿。

香山也是最早有教会医院和"外国教会学校"（The Foreign Mission School）的地方。英国伦敦教会（London Missionary Society）于嘉庆十二年（1807年）向中国派的第一位传教士叫玛礼逊（Robert Morrison），1820年，玛礼逊和另一位传教士李文斯顿在澳门开设了一间眼科诊所，基督徒在华行医施药由此开始。在玛礼逊去世后不久的1834年8月，其广州和澳门的朋友为了纪念他，以他的名字命名了一个教育团体——玛礼逊教育会（Morrison Education Society），开办和资助学校，经费由在华外国人特别是英美商人捐资赞助。

马礼逊传教士

传教士郭士立（Gutzlaff 普鲁士人）的夫人每月得到玛礼逊教育会15英镑的经费，在澳门办了一所女子学校，又建了一个男生班，招收学生读书，"使本地学童，在他们自己的学校中，学习英文，通过这项媒介，使他们进而得以探求西方的各种知识。"前山东南面有个南屏村，村里的农民容丙炎在澳门打工，家有三个儿子一个女儿，他把第二个儿子容闳（原名光照，字纯甫，族名达萌）送到这个学校去读书，目的很简单，以后可以多一个技能好谋份差事。容闳出生于道光八年（1828年11月17日），有哥哥、姐姐和弟弟。七岁的容闳跟着父亲首次见到郭士立夫人，金发碧眼，体态修美，乃一典型西洋妇女。时值盛夏，夫人着长裙宽袖，神采飘逸。他心中惊惧而惴惴不安，紧依父亲肘腋。这位西洋妇女同样有"教不严，师之惰"的认识，对孩子们管束严厉，发现包括容闳在内的学生逃学去看校门外的精彩世界，立即派人将他们抓了回来，以"示众"和饿饭的方式，对逃学者严惩。最终，容闳还是喜欢上了这里的生活和学习。1839年11月，玛礼逊教育会在澳门正式创办了学校——玛礼逊书院（Morrison School）。

道光二十年五月（1840年6月），坚持侵略扩张的英国政府以鸦片贸易受阻为理由，发动了第一次鸦片战争，当年马戛尔尼使团的见习童子小斯当东直接参与了这场战争，不到两万人的英军凭借军舰和手里的火枪让大清国失败了。道光二十二年七月二十四日（1842年8月29日），中国和英国在泊于南京江面的英国军舰"康华丽"（Cornwallis）号上签订了《南京条约》，中国割让香港岛于英国，赔款2100万西班牙银圆。英国的全权代表英军首领璞鼎查（Sir H.Pottinger）是香港的第一任港督，其翻译郭士立是香港开埠后第一位"抚华道"。香港有一条贯穿皇后大道中、士丹利街直至摆花街的路，就是以郭士立的名字命名为"吉士笠街"（Gutzlaff Street）。

郭士立在福建着所谓唐装照

中国由封建社会开始向半殖民地半封建社会演变，澳门自然也无法平静，学校停办。十来岁的容闳还不懂国际事务，但是，战争确实打乱了普通人家的正常生活。他回家后不久，父亲去世，作为家中的男孩，要有所担当，到各村去卖糖果贴补家用，秋天还跟着姐姐到稻田里拾稻穗。

在一个丰收的稻田里，一个收稻子的村民知道容闳学过"红毛话"，就让他说一说，并承诺"孺子能言者，吾将以禾一巨捆酬汝劳"。容闳在姐姐的鼓励下，站在田埂上大声朗诵："A.B.C.D……"毋庸置疑，容闳的"红毛话"秀得很好听，村民加倍奖励。姐弟俩高兴地喊家里人来，一起把几捆稻子搬回家。容闳由此感到了有知识可以得到尊重，还有"红毛话"的"奇效"，学习的愿望一直没有泯灭。

后来，澳门的玛礼逊书院正式开学，容闳却不知道这个消息。他正在离学校不远的一家天主教印刷所当装订书籍的小工，"月获工资四元五角"，同时还给传道士霍伯逊（Benjamin Hobson）的巡行医院干些杂役，每月交给母亲三元钱。郭士立夫人周折半年多，以书信的方式找到朋友霍伯逊，又找到了容闳，让他入校，继续在玛礼逊书院学习。

容闳是这个学校的第六个男孩子，年龄最小，其他五个也都是香山的。东岸村的黄宽（名杰臣，号绰卿，1829 年出生）幼年父母早亡，由祖母抚养长大。他天赋敏慧，进乡村私塾读书，一经塾师指点教导，即能领悟背诵，只因家境贫寒中断学业，和本家哥哥黄胜（字达权，号平甫，出生于 1827 年）来到这里继续学业。唐家村的唐宝臣为了自己的孩子能够上学，和校长布缪尔·布朗（Samuel Robbins Brown）签订了为期八年的变工合同，以自己在学校打工顶三个儿子唐廷桂（字茂枝）、唐廷枢（字建时，号景星，亦作镜心）、唐廷庚的上学费用。

布朗校长是美国人，毕业于耶鲁大学（Yale University），是一位传教士也是一位教育家，身材高大，体态匀称，于 1838 年与新婚妻子赴华接手创办玛礼逊书院事宜。他安排的课程除了英文、历史、数学，还聘请当地教师开设中国传统课目四书五经等，并有书法和八股文写作。学生早 6 时起，半天学汉语，半天读英语，课余时间运动和娱乐，晚 9 时就寝。他认为："教育的目的是为了培育身心健全的、高尚的人。这是中国教育体系达不到也不想达到的。"

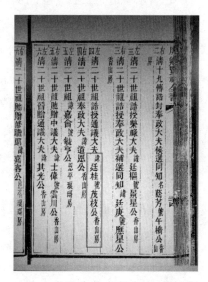

唐家村乡贤祠全书中的一页（唐越提供）

1842 年 11 月，玛礼逊书院搬到香港，设在摩理臣山山顶。第二年 4 月开学，招收学生 24 名，图书馆里有 3500 册图书。为筹措办学经费，布朗校长邀请香港各界知名人士到学校参观并以英文作文来展示教学成果，有六篇作文在《中国丛报》刊出。容闳的一篇作文《梦想之纽约游》表达了想走出去的愿望。

《南京条约》中有一项条款："准英国人民带同所属家眷，寄居大清沿海之广州、福州、厦门、宁波、上海等五处港口，贸易通商无碍。"璞鼎查亲赴上海考察，认定此时共有英国商人和传教士25人的上海会随着中英贸易的大幅度增长，变成越来越重要的港口。他以军人的目光看中了此时还是一片泥滩的黄浦滩（今外滩一带），发源于太湖的吴淞江连接苏州和大运河，从西向东在城厢北面流过，是上海发展的重要水路，城厢东面蜿蜒从南向北的黄浦江在此与吴淞江交汇从吴淞口入长江。吴淞口具有战略意义，是海防与江防要塞，也是出入上海的门户，谁控制了这个地方谁就控制了上海。明洪武十九年（1386年）设吴淞江守御千户所是，明嘉靖年间设总兵。清顺治年初改为吴淞营，置战船驻守，在黄浦滩李家场（今北京东路）建筑炮台，以控制两江与吴淞口。黄浦滩和十六铺码头毗邻，面向大海能连通世界，转身上溯吴淞江可以深入中国内地，真是上帝赐予的好地方呵！英文地图将吴淞江在上海的一段标为"Soozhou Creek"，成了"苏州河"。璞鼎查推荐了上尉乔治·巴富尔（Captain George Balfour）为英国首任驻上海领事，并要求他为英国人在上海确定一块长期居留地。

巴富尔于道光二十三年（1843年）11月8日率兵船一艘、商船六艘，带着六个助手和家眷来到上海。14日，他以英国领事的名义发布文告，宣布从17日起上海正式对外开放为商埠，但是缺少中英文的双语人才。应巴富尔的请求，香港玛礼逊书院的校长布朗将容闳的同学、十五岁的唐廷桂和一个从新加坡转学过来的学生黄天秀（音译Hwang Teen Siu）送往上海英国领事馆做翻译。唐廷桂在上海工作到1845年，过完新年重回香港校园。而黄天秀在英国领事馆的任务结束后，转入江海大关工作。

香山的孩子们在玛礼逊书院学习了六年，知道了西方的历史和地理，知道了有个叫"拿破仑"的人也是在马上创立伟业。自然而然，他们想以自己的眼睛去看世界。道光二十六年（1846年）入冬后的一天，布朗校长对学生们说，因"家属的身体羸弱，拟暂时离华"，并表示"极愿携三五旧徒，同赴新大陆"。"全堂学生聆其言，爽然如有所失，默不发声……为之

这是通往香港摩理臣山的路，山顶就是玛礼逊书院

愀然不乐"。沉默片刻，容闳首先起立响应。接着是黄宽、黄胜。他们三个及家人得到了香港英文报纸《德臣西报》（The Chine Mail）的发行人蓄德鲁特（A.Shortrede）、玛礼逊教育会、布朗的帮助。

1847年1月4日，十八岁的容闳与凄然泪下望子成龙的母亲告别，和黄宽、黄胜随布朗夫妇从广州黄埔港出发，乘坐阿立芬特兄弟公司（The Olyphant Brothers CO.）的猎女（Huntress）号运茶商船，开始了以学习为目的的远航。阿立芬特也是玛礼逊教育会成员，以提供免费乘船的方式资助中国学生。在强劲的东北风吹动下，大帆船过马六甲海峡，经印度洋，绕过非洲好望角，进入大西洋，前往美国。这三位中国青年的远航求学，标志着一直处于边陲位置的香山一跃而领风气之先。

商船要在大西洋的圣赫勒拿岛补充粮食和食用水，他们上岸参观了拿破仑墓地。三个中国青年仰慕英雄志在四方，折下一枝柳，要带到自己学习生活的地方。经过98天的海上旅行，4月12日，师生抵达美国东海岸的纽约，途经康涅狄格州纽黑文（New Haven，Connecticut），布朗带着三个学生前往耶鲁大学参观，拜访了时任校长耶利米·戴（Jeremiah Day）。随后，到了美国东部的马萨诸塞州（Massachusetts）斯普林菲尔德市（Springfield）一个偏僻宁静的小镇——孟松。布朗将学生安排在自己的岳父舒巴尔·巴特利特牧师（Rev. Shubael Bartlett）家寄宿。这是一个充满慈祥和蔼氛围的家庭，女主人还是一位诗人，三个中国学生进了布朗的母校——孟松学校（Monson Academy）读书。

闯入耶鲁　立下宏愿

孟松学校建于1804年，是新英格兰地区几所大学的预备学校之一。校董事会办学的目标很明确，将其办为一所可以和任何大城市学校相媲美的中学，为立志进入大学深造的年轻人作准备，办学口号是"所有的种族，所有的信条在这里共存"。正是这样的办学理念，作为中学的孟松学校，有勇气有能力招收来自世界各地的学生，也让布郎先生有信心带着三个中国小青年来此读书。

校长海门（Rev. Charles Hammond）对三名中国学生特加礼遇，望能学成归国。容闳种下从圣赫勒拿岛拿破仑墓地前折来的柳枝，将校长当成自己的偶像："亦德高望重，品学兼优者。海君毕业于耶鲁大学，夙好古文，兼嗜英国文艺，故胸怀超逸、气宇宽宏。"

容闳在美国认识了著名传教士卫三畏（S.Wells Wil-liams）并有了特殊的友谊，卫三畏正帮助一位叫曾兰生（又译曾来顺，本名恒忠）的广东潮州人在汉密尔顿大学读书。曾兰生出生于新加坡，母亲是马来人，双亲早亡，长大后在美国驻新加坡领事馆当侍应，认识了美国传教士瑟夫·特拉维利（Joseph Travelli），继而入读教会学校，1842年受洗成为基督徒。1843年，他跟美国长老会传教士莫里森（John Hunter Morrison）离开新加坡到美国读书，在新泽西州纽瓦克（Newark,New Jersey）郊外的布鲁姆菲尔德中学（Bloom-field Academy）毕业，1846年在卫

卫三畏是最早来华的传教士之一，被称为美国"汉学之父"

三畏帮助下进汉密尔顿大学。1848年卫三畏携妻到中国广州传教，正在读大学的曾兰生因资用不继而辍学，随其回国。

黄胜到美国的第二年临近冬季时因病要先期回国，虽然这次出国是短暂的，但是带有探险意味的旅行，让他眼界大开，英语的运用能力大幅提高。容闳请他给卫三畏带了一封信，内容是：请求卫三畏给兄长容阿林（Yung Alum）觅一份工作，这样自己在美国留学无忧，小弟也可以入学读书。再一个是请卫三畏向叔父容名彰（Yung Ming Cheong）说明并转告母亲：自己还要在美国再待几年，目标是进入大学，接受博雅教育。

容闳于1850年中学毕业，上大学的学费是个问题。一个教会愿意资助学费，条件是他大学毕业后要成为传教士回中国去传教。容闳已经懂得，远大的志向要建立在生性自由、精神独立之上。"余虽贫，自由所固有。他日竟学，无论何业，将择其最有己与中国者为之。纵政府不录用，不必遂大有为，要亦不难造一新时势，以竟吾志。"

布朗先生和海门校长又施以援手，将他的情况告诉乔治亚州萨伐那妇女会（The Ladies Association in Savannah, Ga.）。容闳得到了这个组织的一笔赠款，但是他一直处于焦虑之中。收到母亲来信，长兄去世了，对母亲状况的担忧让他有两周的时间心神不定，差点放弃考大学。他为亲人祈祷，请主来庇佑他们，赶赴康州纽黑文，参加了耶鲁大学的入学考试。终于，他蓄着辫子，穿着中国长袍，闯进了耶鲁，成为这所大

学的第一位中国学生。而布郎先生又重返亚洲，去了日本，从事传教、译书及教育工作，带了一些日本孩子来美国学习，由此开始了日本孩子到美国留学的历史。

耶鲁大学建于1701年，历史仅次于哈佛大学（Harvard University）、威廉和玛利学院（William and Mary College），是美国的一流大学。但是容闳"只学了十五个月拉丁文，十二个月希腊文和十个月的数学"，学习显然是吃力的。由于文化差异，他交不到朋友，克制着对母亲、对家乡的思念，忍受着没有人与之华语交流的孤独，"读书恒至夜半，日间亦无余暇为游戏运动"，身体十分瘦弱。第二年，容闳的微积分课程仍常常不及格，也不敢向老师提问，甚至担心要留级。终于，他以中国式的用功，得到了"英文论说颇优，以第二、第三两个学期连获首奖"的成绩，把平均分补了上来。他剪掉辫子，穿上西装，打上领结，融入了校园生活中。每星期只要有1.25美元就可以支付食宿费、燃料费。因此，他替"共屋而居中的二十多个"三年级学生"司饮膳"并负责饭厅采购庶务的工作，得到学校的免费食宿，又兼了一份图书管理员的工作，还在学校的重要文学社团兄弟团结会（Brothers in Unity）中担任副书记，每年得30元美金的报酬。如此努力，他得到"校中师生异常器重，即校外人亦以青眼相向"。同时，萨伐那妇女会还为他资助些现金、衣物等。

黄宽于1849年在教会的资助下赴苏格兰的爱丁堡大学（University of Edinburgh）深造。更加孤独的容闳给中国同学写信，没有回音，也没有接到黄胜回国后的来信，以至感到中文在下降，忘记了中国的日期。他给卫三畏写信，希望寄来1851年和1852年的年历书各一部。

上大学两年后的1852年，容闳加入了美国国籍（清政府和美国都允许双重国籍），而且皈依基督教，英文名字是Yung Wing。但是，有一整年没有接到母亲的信了，"我的思亲之情甚于一切，若非认为有比对克尽孝道更重要的理由，我早已回乡。"12月30日，他给卫三畏写了一封信，说明请纽约城的米文（Meewin）先生尽快带去30元钱，其中5元是卫三畏给他寄物品价格共计4.5元钱的支付，另外25元请转给母亲。如果母亲不在了，就

在耶鲁大学剪掉辫子的容闳

将钱分给兄弟姐妹。信中表示，拿到学士学位后他就回国报效祖国，但是以何种专门的职业还没有确定，目前倾向于学习农业化学。

这个时候的美国，正在向现代化迈进，耶鲁被一种雄心勃勃的氛围所环绕，校园里充满朝气和发愤向上的热情，容闳捕捉到了"大学生中间另有一种 excitement（激奋），且"十分享受这样的影响"，参加划船比赛或橄榄球比赛。赛场上他因为长相特殊当然也是勇敢顽强，所以比较显眼。广东话"闳"发音是 Wing，契合了英语赢（Win）的发音。所以，比赛时，容闳的啦啦队就会唱起自编的歌，"我们一定赢（Win），因为我们有闳 Wing"。

正是西方第一次工业革命带来的文明进步，使容闳常常想到国内的沉闷和衰败，"中国国民，身受无限痛苦，无限压制，余无时不耿耿于怀。"强烈的对比，触动着这个接受了西方教育的中国青年的心灵，甚至感到痛苦。他在给卫三畏的信中询问道："请告诉我有关革命（太平天国运动）的事，我对其进程深感兴趣。"中国传统知识分子的情愫"天下兴亡，匹夫有责"是深入骨髓的，他以赤子之情，立下宏愿："余之一身，既受此文明之教育，则当使后余之人，亦享此同等之利益。以西方之学术，灌输于中国，使中国日趋于文明富强之境。余后来之事业，盖皆以此为标准，专心致志以为之。"他向同学、日后成为美国西部储备学院院长（Western Reserve College）的卡罗尔·卡特勒（Carroll Cutler）表露了这个心愿，并将思考和研究中国问题的文章发表在报纸上，引起了人们的注意。

1854 年，26 岁的容闳以优异的成绩毕业。同班毕业 98 人，他是第一个获得耶鲁大学学士学位的中国人，很骄傲，"以中国人而毕业于美国第一等之大学校，实自余始"，"余在校时，名誉颇佳"，并用中、英文在同学的留言簿上写下"大人者不失其赤子之心""有志者事竟成"等中国警句格言。他翻译了一首偈语表达了志趣："善似青松恶似花，如今眼前不及它。有朝一日霜雪降，自见青松不见花。"与同学们互致祝福之后，他还将刘禹锡的诗《岁夜咏怀》翻译成英文作为给同学的留言。毕业典礼很特别，出现了许多著名学者，就是为了看一眼在耶鲁毕业的第一位中国学生——容闳。而他却显得很羞赧，甚至手足无措。《纽约时报》大名鼎鼎的评论家布什内尔博士专程从哈特福德市赶来，对他进行面试后希望他能留下来。但是容闳的心愿是："在校四年肄业，常思藉此时学习以为将来效力祖国之预备。"决心已定：

第念吾人竟存于斯世，既非为哺啜而来，余之受此教育，尤非易易。则

含辛茹苦所得者，又安能不望其实行于中国耶？一旦遇有机会，能多用我一
分学问，即多获一分效果。此岂为一人利益计，抑欲谋全中国之幸福也！

1854 年 11 月，容闳从纽约乘欧里加（Eureka）号轮船，抱着"以冀生平所学，
得以见诸实用"的心愿，又经过 154 天、13000 海里的航行，于清咸丰五年（1855 年
4 月）的春天抵达香港，回到祖国。但是，一上岸要和人用中文交流的时候，他发现
自己已经张不开嘴了。他先去拜访了出发前资助他们的蓄德鲁特，当面致谢。

容闳回家拜见母亲，母亲见他没有了辫子很吃惊。但是他希望母亲为自己骄傲，
"凡得毕业于耶鲁大学者，即在美国人犹视为荣誉，况儿以中国人而得其列耶"，"今
后吾母即为数万万人中第一中国留学生毕业于美国第一等大学者之母。此乃稀贵之荣
誉，为常人所难得。"同时又答应母亲，蓄发留辫。

为了养家，先得做事，二十七岁的容闳换上长袍，装了一根假辫子到广州去学母
语，同时也对太平天国运动做一些了解。道光三十年十二月（1851 年 1 月 11 日），
一位叫洪秀全的广东人在其三十八岁生日的当天于广西金田誓师起义，建号太平天
国。这位科举屡次落第的农民却创造性地用基督教来组织起义队伍，起事时两万太平
军中有三千广西女信徒。不到三个月洪秀全自称"天王"，随后对重要将领不断封王。
他们以摧枯拉朽之势，攻城略地，横扫半个中国，最鼎盛时期仅女兵就达十余万人。
咸丰三年二月十四日（1853 年 3 月 20 日），太平军攻克江宁城，洪秀全以两江总督
府为天王府，建都天京（今南京）。接着，他们又攻陷了江南大营，动摇了清王朝的
统治。

统治阶级也用更残酷的手段维护着统治，两广总督叶名琛派军镇压天地会呼应太
平天国的举事，容闳看到的是一片血腥。在澳门，"无数华工，以辫相连，结成一串，
牵往囚室。"在广州，离他住处不远就是一个刑场，"日间所见种种惨状，时时缠绕脑
筋。"令人愤懑。

容闳先在广州的美国领事馆给耶鲁大学校友彼得·帕克（Peter Parker）博士当秘
书，只干了三个月，因为"事少薪薄"，去了香港。他喜欢法学，在高等审判厅当译
员，但被英籍律师群起排斥，心情很是不爽。

但是同学能在香港相逢让容闳不太孤独，黄胜、唐廷枢和唐廷庚这时也在香港。
黄胜回国后首先去玛礼逊教育会的学堂，帮助工作，后来又到蓄德鲁特办的《德臣西
报》学习印刷和编辑，1850 年还在港英巡理厅当了一段时间的临时翻译，直到去香港

英华书院从事印刷，工作才算固定下来。咸丰三年（1853年），他被英华书院印刷所聘为监督，以协助伦敦布道会承印及翻译新创办的中文期刊《遐迩贯珍》，第二年又被委以印刷、铸造活字等业务的总负责，翻译编撰西方科学技术方面的书籍，并协助伦敦布道会传教士、香港英华书院院长、英国著名汉学家理雅各（James Legge）翻译《圣经》为中文、将四书译成英文，成为中国人自办西法印书业之先声，也是中国最早的报人。

唐廷桂于三位同学出洋的1847年，在读书的同时还获得了港英巡理厅译员的公职，唐廷枢和唐廷庚在1849年玛礼逊书院停办后转入英华书院。但唐廷桂被怀疑在审理时和嫌疑人有串通，遂于1851年9月被解聘，第二年前往美国加州。唐廷枢接任了哥哥巡理厅翻译的职务，后为正翻译。而唐廷庚正在努力做某律师事务所的实习职员。

1856年，容闳认识了来香港避难的太平天国首领之一的洪仁玕，两人交谈甚欢。洪仁玕是洪秀全的族弟，希望将来能在金陵与容闳再次相见。8月，容闳离开香港，去长江出海口南岸的城市——上海，那个中英第一次鸦片战争之后和广东人有着千丝万缕联系的地方。唐廷枢接任了容闳高等审判厅译员之职，继续在香港工作。

那场迫使中国发生着变化的中英战争已经过去16年了，上海开埠后，逐渐代替广州成为中国对外贸易的最大商埠。

容闳来到上海，首先看到的是黄浦江上中国传统运输的沙船及外国轮船，水路辐辏、万商云集。滨江的西式建筑群让他产生了很复杂的感觉，似曾相识。黄浦江和吴淞江两岸码头一个接一个，帆樯林立，千船竞发。内地货物沿着吴淞江到上海，做转口贸易；南北货和进口货到上海后有相当一部分是沿着吴淞江过运河，顺长江，进入内地各省。吴淞江还是人口迁徙的渠道，苏南、苏北以及南方沿江沿海的移民出入上海，就是乘着大船小船或者舢板流进流出的。

吴淞江和黄浦江为上海提供了便利交通，两江之间还有许多叫作"浜"的小河，织成了上海及周边地区的神经系统，输送着能量和讯息。

坚船利炮　上海开埠

上海于南宋咸淳年间建镇，元至元二十八年（1291年）建县，简称"申"或"沪"，建造城墙于明嘉靖三十二年（1553年），近似圆形，当地人叫"城厢"，主要功能是抵挡海上倭寇劫掠。城高两丈四尺多，上面建有敌楼、箭台等防御工事。城墙有东、西、南、北大小六个陆门。东门叫朝宗门、小东门是宝带门、西门为仪凤门、小西门称大境门。护城河借浜而筑，六丈宽、一丈七尺深，清水流畅，与地下水系沟通，很有活力。小河肇嘉浜和方浜从城厢穿城而过，东、西城墙各多了两处水关，无论骑马、撑船进出都很方便。这个只有江南泽国才有的景致，让人感到上海城比其他的城更开放。城墙里面是飞檐斗拱的中式房屋，粉墙黛瓦，县衙在城厢中央的肇嘉浜虹桥附近，虹桥跨度较大，中间没有桥座，宛若长虹，令人赞叹，体现了这里人造桥水平之高。按礼制规定县城可以供奉自己的"城隍神"，以保护这一带的繁荣昌盛。上海城隍庙属道教，很亲民，前殿供的是汉代名将霍光，后殿供的是宋代大词人秦观的七世孙秦裕。秦裕祖籍扬州，是元末明初的上海名士，他由明代的开国皇帝朱元璋发谕旨立为上海守护神，当地人叫他"城隍老爷"。据说有求必应，很灵验，民俗、宗教活动中人们到静安寺、龙华寺拜过菩萨后，还要到城隍庙来上香，因此香火在江南一带最旺。初来上海的人都要首先祭拜城隍神，以求平安。

同治版上海城厢图

和城隍庙连成一体的豫园曾是嘉靖年间上海的世家望族潘恩家的私家园林，浑然天成的假山层峦叠嶂谷幽峰起，亭台楼阁于水木山石中恰如其分，巨大的荷花池中有湖心亭和九曲桥，被誉为"江南第一园林"。百年后豫园衰败，只有原来的一半，乾隆年间上海官民集资买下，修葺整理后成了公园，名称还叫豫园。里面的一些楼台挂着招牌，是十六铺的大商人买下做会馆的，给这个百年园林注入了新的生命力，改变其单一功能，成了上海的商业中心。

街道繁华，店铺大多是翘檐青瓦的木结构两层楼房，一楼临街的门板白天全部卸掉，里面的商品一览无余，一面接着一面从房屋高处横向街心的布幡，告示店铺的经营内容。老板很热情地招呼着每一个过路的人。

从西面的水门出城，可以在护城河接上周泾浜（今西藏南路）的

上海豫园

南端，沿周泾浜北上，接黄浦江的支流洋泾浜（今延安东路）、寺浜（今慈溪路、重庆北路一带）。

中英《南京条约》签订后，上海城墙上的防御工事成了摆设。乔治·巴富尔遵循璞鼎查的指示，为在上海的英国人确定一块长期居留地，找时任上海道台宫慕久商量。所谓"道"在清代是省以下的行政区域名称，主管官员称"道员"，尊称为"道台"，上海道台衙门是代表政府全权处理涉外事务的权力机构。对于英国人的要求，道台宫慕久一开始并没有允许。巴富尔就临时租借一个中国商人的老宅共52间，算是有了英国驻上海的领事馆，也解决了他自己及其他英国人办公和居住的问题。接下来，巴富尔为了得到土地与宫慕久开始了反反复复的谈判，转眼快一年了，还没有结果。正在这时，发生了一起华洋之间的纠纷，起因是一个姚姓基督徒为非作歹时被上海官府拘捕。其实这样的纠纷经常发生，但是这一次被军人出身的巴富尔所利用，成了他占地的"由头"。巴富尔威胁要出动军舰迫使官府放人，面对军舰，宫慕久只得放人并道歉。接着巴富尔又主动拜访宫慕久，提出要买县城外黄浦江边的那块滩地，作为居留地。宫慕久态度坚决地摆了摆手说："按照大清律例，土地是不能卖给你们的，但租给你们是可以的。"他这一松口，英国鸦片商人颠地首先于1844年租了黄浦滩的十三亩八分地。作为产权的根据，这份租地地契上有道台衙门的印鉴，故称为"道契"，编号是"一号"。"一号道契"上明文规定，原业主"不能自行退让"，听任洋行"永远租赁"。

　　巴富尔得寸进尺，到道光二十五年（1845 年）终于达到了目的，给在上海的英国人确定了一块长期居留地。宫慕久于十一月初一（11 月 29 日）以上海道台名义公布了《上海土地章程》（Land Regulation）二十三款，第二款如是说："将洋泾浜以北，李家场以南之地，准租与英国商人，为建筑房屋及居住之用。"具有讽刺意味的是这块地方正是清军筑炮台的地方。

　　英国所租借的土地面积为八百三十亩，每亩租金为一千五百文，因为对上海县府"岁输其租"，所以谓之"租界"。对应的英文单词是"Concession"，含有"让步""特许权"的意思。中国仍保留其主权、行政和司法权，而且对居留地上外国人产生的决议还有最后的审核权。外国人只能"永租"，不能买绝。

　　英国人威廉·查顿（Jardine William）和威廉·马地臣（Matheson James William）在广州开着怡和洋行（Jardine and Matheson），号称洋行之王。1845 年他们取得了上海英租界里的一号土地证，占地 3 英亩左右（今北京路外滩转角处）。中国工匠在外国商人指导下建造了黄浦江畔第一幢"洋楼"——怡和洋行。"万国建筑"由此开始，洋楼和中国木结构房屋迥然不同，主房是正方形、平顶，上下两层，墙壁厚达 3 英尺以上，周边是大拱门敞开式的游廊，据说是为了夏防暑冬保暖。

　　美国看到英国在中国获得了巨大利益，不甘其后，马上派出全权公使顾盛（J. P. Cushing）率领舰队来到中国。道光二十四年五月（1844 年 7 月），在澳门望厦村普济禅院后花园古榕树下，两广总督耆英代表清政府与美国代表分坐在圆形石桌旁边的四条长石凳上，签订了中美《望厦条约》。

　　道光二十六年（1846 年 9 月 24 日），巴富尔又与宫慕久商定，租界西面辟路为界，称"界路"（今河南中路）租界面积扩大为一千零八十亩。

　　道光二十八年（1848 年）英国驻上海的又一任领事阿礼国（Alcock，sir Rutherford）一到上海就要求扩大租界，时任上海道台麟桂被迫同意英租界西面的界路扩展到周泾浜，东南面以洋泾浜为界，北面从李家场伸展到吴松江南岸，扩大后的面积达两千八百二十亩，比原来增加了两倍多。上海道台想对洋人"画地为牢"，洋泾浜再加上小河南面的一块空地，算是隔离带，形成了"华洋分居"。说来好笑，汪洋大海都没能挡住洋人对中国的进犯，一条小河、一块空地怎么可能达到"华洋分居"的目的呢？洋泾浜上面有八座木桥，于是，产生了华洋混杂的"洋泾浜英语"。

　　同年，法国派出了敏体尼（Montigny）为驻上海领事。敏体尼到上海之后与天主教传教士合谋，在上海县城与英租界之间的地段内租赁房屋，设立领事馆。8 月 6 日他致信上海道台麟桂，请求确立和固定法租界范围。年底，麟桂宣布，上海县城北门外南起护城河（今人民路），北至洋泾浜，西至关帝庙褚家桥（今西藏南路附近），东至广东潮洲会馆（今龙潭路）沿黄浦江至洋泾浜东角为法侨居留地，面积为九百八十六亩。法租界被确定为专管租界，但敏体尼不满足，声称"倘若地方不够，日后再议别地"，为进一步扩张埋下了伏笔。洋泾浜南岸的路叫"孔子路"，属法租界；北边的路叫"松江路"，属英租界，建造着带有东印度公司色彩的方正形大班建筑。

清末上海洋泾浜

美国岂能甘心，还是在 1848 年，美国圣公会主教文惠廉（William Jones）在上海虹口地区擅自购置土地，非法建造教堂，以虹口为美国人的居留区。为了造成既成事实，他们直接在那里建了码头、船坞和酒吧。

通商就得有银行，进入中国的资本主义国家抢先在黄浦滩这个具有战略意义的地方设立银行，扼守上海的出海口，英国东方银行（开始叫丽如银行）是 1848 年第一个入驻的外资银行，随后一个半月内，两江交汇处就开了 11 家洋行。外国人因地起名，叫这里"The Bund"，东方堤岸的意思，但上海人还是叫它"黄浦滩"。

1849 年，英国领事馆建成（今北京东路、圆明园路一带），挂出英国国旗。这是一幢两层的砖木结构洋楼，清水砖外墙，线条简约，四坡形屋顶，落地窗，底层是券廊，前面有大片草地，典型的晚期文艺复兴风格。吴淞江上的外摆渡桥是一座木桥，南端在英国领事馆旁，北端在吴淞路口，有扼守要冲的意义。这座桥因为是一个叫韦尔斯的英国人集资修建，又叫"韦尔斯桥"，过桥要收费。黄浦滩成了一个完全不同于中国传统社会的又一重天地，耸立着的西式建筑大多为洋行或者外国银行，是武力胜利之后的洋人"行将大开利路于将来"的激情抒发。

有了租界，来上海的洋人日益增多，陆地上有了赛马，江里有了划船比赛，岸上有了俱乐部，还出现了各种球类运动。跑生意、看风景、溜缰跑马的人竟踏出了一条"马路"。很快，麟瑞洋行大班（经理）英国人霍格等五个人于 1850 年成立了个"跑马总会"，在五圣庙（今南京东路河南路口）一带圈地八十多亩，建了个专业跑马厅，并种上了花木，通向跑马厅的路叫"花园弄"（Garden lane 或者 Park lane）。上海话"里弄"这个词可能就是这样来的吧。

上海成了国内外各种力量交汇的地方，旧秩序被蛮横地破坏，为王的胜者还没有正式建立新秩序。原来纤夫拉纤用双脚踩出来的沿黄浦江边向南伸延到上海县城小东门外的曲线状小路，变成了十几米宽的黄浦滩路，穿着西装革履和长袍马褂的人摩肩接踵，马车和人力车来来往往。

尽管中英最初签订的条约是不平等的，但并没有关于"租界"的条款，租界的出现如同打开了"潘多拉"的魔盒，引来了没完没了的灾祸。在上海的外国人一而再，再而三地借助武力，修改最初的《上海土地章程》，开辟新的租界。

1853 年，租界当局以防范太平军从西面攻入租界为名，将周泾浜向北开挖，与吴淞江连通。因浜边筑过泥城，故称"泥城浜"，也叫"新开河"（今西藏中路），租界方以此为租界边界。清政府在泥城浜西侧设清军兵营及其他军事设施。美国领事馆于1854 年正式迁入上海虹口地区，公然挂起了美国国旗。

开埠后的上海荟萃着全国各地的商业奇才，主要的商业帮口有广东人、徽州人、宁波人、本帮人、山西人和绍兴人。粤商在明代就被确认为十大商帮之一，有几百年的历史，足迹遍及海内外，《七十二行商报》发刊词说"各省无不有粤商行店"。上海的粤商涉及近二十个行业，临街的作坊店铺包揽了衣食住行，无所不及，他们独霸进出口贸易，餐饮业更是独树一帜。粤商中香山人居多，聚集为"粤商香帮"。各帮口在无情的商场上开拓、打拼，优胜劣汰地消亡、再生，最后以足够的手腕和力量，显示出了英雄本色，稳定了各自的经营行业，货品的进出、销售形成了网络。一般来说，宁波人主要经营银楼、糖业和海味北货；山西人主要经营票号；本帮人主要经营粮食、匹头（进口棉布）和棉纱。太平天国运动使中国最富庶的地区发生了极大的动荡，为逃避战争，江南富商大

沿黄浦江从小东门到吴淞江北岸的路

贾潮水般地涌入租界。租界里人口急剧增长，财富瞬间增加，城市空前繁荣，吸引着世界各地的冒险家，也吸引着国内的年轻人到上海的洋行当"买办"（Comprador 代理人或经理人）。

广东香山北岭村人徐荣村正是 1851 年将 12 包荣记湖丝送到伦敦"万国工业产品博览会"的第一位中国人。中国湖丝在博览会上获得了"制造业和手工业"奖牌及"参展商纪念奖"奖牌，英国女皇伊丽莎白亲自颁奖，并赐赠"翼飞洋人"执照一份，允许中国湖丝进入英国市场。从英国回来后，徐荣村带着十五岁的侄子徐润（字润立，号雨之，别号愚斋）来到上海，先让徐润读书，没多久，又送他到英商宝顺洋行（Dent Beale & CO.）当学徒。

逐渐地，买办变成了一个阶层，变成了一个庞大资本聚集的地方，有的还成为红顶商人，广东香山的吴健彰（字天显，号道甫）就是典型的一个。

吴健彰生于乾隆辛亥年三月初六（1791 年 4 月 8 日），年轻时进入广州波斯洋行当仆役，由于能说流利的英语，升为管事，做买办，有了最初的资金积累后在广州西濠口宝顺大街开设同顺行，是广州十三行中的一员。1844 年他投资美商旗昌洋行，为大股东之一。第二年离开广州，携巨款赴上海，与英商怡和洋行、美商旗昌洋行和宝顺洋行均建立起密切的业务联系，资本扩大。1850 年，吴健彰任江苏苏松太兵备道（也叫苏松太道）兼江松海关道。

东方堤岸　王者天堂

海风带着温咸的味道是容闳熟悉的。热心法学的他准备到上海海关求职，对海关的变迁必须知道一些。

清政府早在康熙二十四年（1685 年）就设立了江松海关，位置在上海的十六铺地段，外马路与环城马路之间，名叫"江海大关"，在税率上、关税行政上有着完全的自主权。苏松太道负责海关行政，实际上是上海的"海关道"，专门稽征盘验进出国境的船舶和货物的税款，"往来船舶俱人黄浦编号，海外百货俱集"。十六铺到董家渡一带，"人烟稠密，商贾辐辏"。海关建立后，上海的对外贸易更加活跃，关税收入逐年递增，仅 1764 年这一年，江海大关缴给国家的关税就是七万七千五百余两白银。英国第一个攻开了中国大门，要长期占领中国市场逾越的第一道关口就是中国海关。他们通过中英《南京条约》《五口通商章程》《虎门条约》，开始干预海关事务。中美《望厦条约》的签订，也使美国有了插手中国关税事务的依据。《南京条约》中有一条是关于关税："英商应纳进出口货税、饷费，中国海关无权自主。"正是这项条款，让中国有国无门。当黄浦滩一带有了洋行和银行，形成外国商业区后，英国第一任驻沪领事巴富尔"为了能够对海关实施监督，以遏止那些肯定有害于我们的一般利益的行为"，建议清政府在租界设立一个新海关（现在海关大楼的地点），专门办理对欧美、南洋、印度等外国船舶和商人的征税事务。对外事一窍不通的清政府居然接受了，于道光二十六年（1846 年）建起了新海关，相对原来的"江海大关"，租界里的新海关叫"江海北关"。原来的海关变为办理国内沿海航线船舶的征税事务，基本上成了一个国内征税机构。

以广东人在外互助抱团的传统，吴健彰所用的警卫、衙役皆为广东籍。但他万万没有想到，府中管账的同乡刘丽川秘密加入了小刀会并在周边发展成员，成了小刀会首领。小刀会是天地会的一个支派，为民间秘密结社，以反清复明、顺天行道、劫富济贫等为口号。太平天国定都天京后，小刀会积极响应，于 1853 年 9 月分别在厦门和上海举行起义。上海的小刀会进攻上海道台衙门，当场劈毙上海知县袁祖德；烧毁了江海大关；抓了道台吴健彰；直捣租界里的江海北关。停泊在黄浦江中的英国军舰"斯巴达人"号乘机派出士兵来"保护"，将江海北关置于英国的武装看守之下。

小刀会占领了上海县城，两万当地人惊恐地出城门过护城河到了法租界，又越过洋泾浜，进了英租界，彻底打破了"华洋分居"的局面。法、英租界乘机强筑从徐家汇路到静安寺，再从静安寺到英租界的道路，声称保卫租界的安全。

吴健彰被俘后，不愿与刘丽川为伍，被监禁于广东会馆。9 月 9 日，吴健彰化装攀城墙出城，躲进北门外美国浸信会传教士晏玛太的教堂。同时在租界里，出现了外国军队警戒巡逻的场面。曾与唐廷桂一同来上海、没有回香港的黄天秀在海关任翻译，受命在上海与镇江之间往来工作。他同情太平天国，投身小刀会起义军，与吴健彰反目成仇。但是，刘丽川怀疑他是吴健彰派来的卧底，将其杀害。吴健彰获悉此事后，悲痛地放声大哭。

上海海关门户大开，其关税是清政府江南大营军饷的主要来源。倒霉而尽职的海关道台吴健彰还得履行自己的职责，可是连关址都难以寻觅。县城，在小刀会手里；

江海北关处在英国枪炮之下；只有黄浦江面还归他管。无奈中他只得找了两只船，挂上中国海关的旗帜，停靠在浦东陆家嘴，照会英、美、法等国领事，宣布这两只船就是临时海关，在此征收进口关税。但是外国商船根本不理睬这个只有两只船的"水上海关"，法国代理领事爱棠公开说："自从海关被中国人自己毁掉之后，任何有关收税权利已归消灭，本领事认为对中国国库不再负有任何纳税的义务。"英、美、葡、荷、普等国领事也唱同一个调子。吴健彰的水上海关收不到一文钱，上海港就变成了一个免税的"自由港"，他又在吴淞江北岸租了一所房子，设立海关办事处，但还是收不到税款。上海的英文报纸《North China Daily News》也就是《北华捷报》，公开叫嚣："要付税就得大家付，如果不付的话，大家也不必付。"果然是大家都不付。

收不到进口税款，吴健彰又把脑筋动到出口货物的关税上。当时从上海出口的货物都是从苏州、杭州等方向运来，他经过江苏巡抚许乃钊的批准，在黄浦江上游的闵行镇、吴淞江的白鹤渚各设一个关卡，正式照会各外国领事，出口货物要缴出口税。然而他的愿望又破灭了，首先是美国公使麦莲（Robert Milligan Mclane）进行抗议，接着是英、美、法三国领事联合通知吴健彰"无法承认中国当局违背条约、条款的行为"，公然向外国商人发出一个联合通告说，大家不必缴税，这个责任与领事无关。

强盗的逻辑就是为强盗的行径强词夺理，欲盖弥彰。列强依仗着不平等条约和身后的军舰，把吴健彰逼到无计可施的地步，掠夺中国海关的时机也就成熟了。由美国公使麦莲出面，以英国驻沪领事阿礼国为首，向清政府正式提出，成立一个由外籍人员组成的"税务管理委员会"直接管理将要重新设立的上海海关，并以军事行动配合英、美、法对海关的控制。

1854年4月4日，英、美两国军队先后从租界向西移动，威胁当时租界边界泥城浜以西的清军，形成军事冲突。英国驻上海领事阿礼国率英国海军陆战大队赶到，美侨上海地方义勇军也赶来增援。结果是清军战败，阵亡三百余人，而英美军仅死四人，史称"泥城浜之战"。

内外交困的清政府接受了由外籍人员组成"税务管理委员会"这个侵犯中国主权的方案；同时，英、美、法三国协同清政府镇压了小刀会起义。咸丰四年（1854年6月29日）吴健彰与英、美、法三国领事达成协议并发出联合通告，宣告上海海关"税务管理委员会"于7月12日成立，道台是海关监督，由英国驻上海副领事威妥玛总负责，另外两个人是美国人卡尔和法国人史密斯，这三个人都是外交官。

吴健彰用六千八百两银子修复了位于黄浦滩受毁的江海北关，内心百感交集，但还是把某些期许体现在这座建筑上：最外面是两根旗杆，辕门，错落四层的衙府大门门楼突出了这座官署的庄重、威严，两边的侧门让整个建筑有稳定之感，也让人难测高深。整个建筑是三进大院，"人"字形大屋顶，屋檐上翘，墙体立面安装通透的木方格大窗。每一进院都是两层楼房，上房规模大于两边屋宇，主院上房屋顶带有一个装饰意味的小三层。这是点睛之笔，它让整个建筑高于黄浦江畔的所有洋楼（这个时期外滩的洋楼还都是两三层）。

英、美、法三国人员组成的"税务管理委员会"迁进江海北关，原来在江海大关办理的国内沿海航线船舶征税事务，改在大东门外老白渡救生局办理。从此上海也就无所谓"江海大关""江海北关"了，逐渐演变成一种叫法："江海关"，沦落为英、美、法三国共同把持的"税务管理委员会"。朝廷以"小刀会首领刘丽川曾为吴健彰管理账目，匪党皆该道练勇"之理由，将吴建彰以"通夷养贼"之罪革职。

重新修复的江海北关

与此同时，阿礼国抓住时机，以停泊在黄浦江上的军舰做后盾，鼓动旅沪的外国租地人，通过了新的《土地章程》，还按照西方自治城市的模式，组织起所谓的行政委员会（Executive Committee）。他们无视《上海土地章程》的规定，借口说要对租界里的管理机构进行强化，宣称"要给予各国人民杂处的社会一种法律根据"，有"立即创立一个某种形式的市政机关的必要"。7月11日，阿礼国主持召开租界租地人大会，成立了具有市政委员会性质的机构，将原来的行政委员会改为"上海市政委员会"（Shanghai Municipal Council），使外国人管理中国土地的权力升级。在这次会议上阿礼国提出可以合法地请求本国军队入驻租界，遇"紧急状态"，租界开辟国的领事及租界当局可将本国水兵调集上岸。为了遮人耳目，他们对中国方面声称是管理"码头道路委员会"，对应清政府的"工部"，称为"工部局"。但它的建筑样式是仿英国市政大厅，并有旗帜，中心图案是由12个国家国旗图案和"工部局"三个汉字组成的圆，两个同心圆之间上、下分别写"SHANGHAI""MUNICIPALITY"，圆外是辐射四角的直线。第二年3月，英租界正式建起了警察机关，原来的"防务委员会"发展为警察总署，负责维护租界里治安和公共秩序。工部局的直接上司是英、美驻沪领事，行政组织中心叫作"董事会"，总董相当于市长，董事相当于市政府委员，由"纳税西人会"选举产生。这些所谓的"纳税西人会"就是在上海占有大量土地和房地产的外国地主会，而且自己就是工部局的董事或总董。他们组成了租界的立法机关，设置了行政、司法等管理机构负责征税和各种行政事务，与清政府的上海地方政府分庭抗礼，使租界里的外国人享有实行属地管理的治外法权（Extraterritorial Rights）。

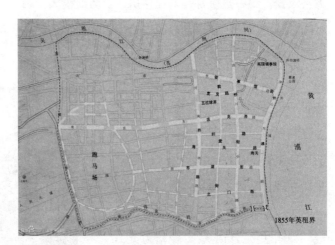

1855 年上海英租界地图

这就是容闳初到上海时的情形，他以自己的语言优势去江海关谋职，在翻译处当翻译，水平得到好评，待遇丰厚。这一年，黄河泛滥，灾情严重，驻沪商绅请他做翻译，呼吁洋人捐款赈灾。但是忙过一阵后，他并不开心。咸丰六年九月（1856 年 10 月）英国发动了第二次鸦片战争，关键时刻咸丰帝居然带着家眷逃往热河。英法联军攻入中国首都杀人放火，进了被称为"万园之园"的圆明园，肆无忌惮地抢掠之后，放火烧毁了这座建造了一个多世纪的皇家园林，"以最野蛮的方式摧毁了世界上最宝贵的财富"。废墟中还有一堆锈铁，那是马戛尔尼送给乾隆帝的火枪。朝野惊呼："夷祸之烈极矣！"

大清王朝的衰败同样也体现在自己的海关里，上海道台百般努力也起不了决定性的作用，因为他无力与列强的坚船利炮抗衡。中国人办事要行贿官员，还得对洋人低三下四。容闳发现海关通事（通译官）和检查员都有贪污行为，不屑同流合污，"无论到哪里，我必须保全自己的名誉，决不能使之受到玷污。"他认为操守能够自信是因为"廉洁"二字，工作了四个月，不顾江海关加薪挽留还是离开了，到英商一家做中国丝茶生意的公司供职。虽然和洋人业务往来频繁，但他决不低下高贵的头颅，为了尊严和自身安全，有时还得和洋人拳脚相向。

上海的广东人聚集在吴淞江以北，虹口一带也是美国人登陆后最早的居留区。一天晚上，容闳提着灯笼从教堂出来往住处走，迎面来了一群醉醺醺的美国水兵，嘴里狂喊乱唱着。其中一个看见容闳，一把夺走了他的灯笼，另一个则抬脚向他踢来。容闳面无惧色，首先用英语报出自己姓名，再大声喝问抢灯笼的人是谁。尽管近旁的中国人如遇虎狼般纷纷逃走，容闳还是将这几个美国水手的身份了解清楚了。第二天一早，他给雇用这些水手的船主送去了一封措辞严厉的抗议书。船主读完抗议书后大怒，原因之一容闳所在的公司正是他的货主，于是将书信掷给大副。大副正是抢容闳灯笼的人，立刻脸色大变，急忙上岸，奔向容闳赔罪。

六个月后，容闳所在的公司停业，拍卖物品，他在人头攒动的拍卖场观看。突然觉得有人在背后玩弄他的发辫，回过头一看，一个高大的英格兰人正把一朵朵棉花球系在他的辫子上。面对这种恶作剧，容闳开始并没有生气，只是让他去掉棉球。但是这个英格兰人双手交叉在胸前，就像没有听见，傲慢无礼，令人难堪。容闳仍没有动怒，继续说理，没有防备的是英格兰人突然一拳打在了他的脸上。容闳只好以拳头说理，让他口鼻流血。两人正在扭打之中，被人拉开，有洋人喊道："想打架吗？"容闳正色回答："不！我是自卫，你的朋友太无赖了，他先侵犯我，打伤我的脸！"

如此一来，容闳在上海租界有名了，敢用勇气和力量维护自己的尊严，也能以犀利的英文文章对现实进行批判，并表达自己的愿景："我想，有朝一日，中国教育普及，人人咸解公权、私权之意义，尔时无论何人，有敢侵害其权利，必有胆力起而自卫矣。"

容闳到上海的第二年，母亲去世，宝顺洋行大班韦伯聘他为洋行驻日本长崎的买办，然而，是耶鲁的荣誉让他绝拒当买办。他认为：

> 买办之俸虽优，然操业近卑鄙。余固美国领袖学校之毕业生，故余极重视母校，尊之敬之，不敢使余之所为于母校之名誉稍有辱没。以买办之身份，不过洋行中奴隶之首领耳。以余而为洋行中奴隶之首领，则使余之母校及诸同学闻之，对余将生如何之感情耶？

容闳做茶叶生意，受宝顺洋行派遣，从上海乘坐"无锡"号小艇，前往苏州、杭州、兰溪、萧山、湘潭、汉口、南昌等地调查丝茶的产销情况，回到上海后，向宝顺洋行提交《产茶区域之初次调查》。这年他三十二岁。

内乱外患　英雄亮相

容闳把目光从大西洋那边转回来看到的是中国和西方的差距，是人民是否享有民主自由的差距，是社会是否进行过一场工业革命的差距。带着这个思考，他把目光投向上海墨海书馆。墨海书馆是 1843 年由英国伦敦教会传教士麦都思创办的，是上海最早的编译出版机构，并有一个印刷所。这里不但翻译、出版发行《圣经》，还有自然科学方面的数学、物理、地理、天文及政论方面的书籍，所出版的书籍不但在国内流传还远播日本。自然，这里也聚集着一帮对西方科学有兴趣并学贯东西的学者，有数学家、天文学家，还有洋行买办。数学家李善兰（字壬叔，号秋纫，浙江海宁人）曾有多本著作付梓，在墨海书馆又与人合作翻译出版了欧几里德《几何原本》后九卷及多种科学著作。容闳在墨海书馆结识了李善兰，与一些著名学者如华蘅芳（字若汀）、徐寿（字生元，号雪村）、张斯桂等成为朋友，又和之前卫三畏说到过的曾就读于汉密尔顿大学的曾兰生相遇。

曾兰生 1848 年跟着卫三畏夫妇回国后在广州学习中文，同时以传教士的身份布道。1850 年 8 月，他在宁波与出生于荷属东印度爪哇岛的中马混血儿阿娣（Ruth Ati）结婚。阿娣进过教会女校，结婚前正跟着英国女传教士阿德希（Mary Ann Aldersey）创办女校。曾兰生夫妇回到广州，到 1853 年 4 月已经有了两个女儿，但是曾兰生的加薪要求被所在的美部会广州布道团拒绝，于是，退出布道团，携妻带女转赴上海。到上海后曾兰生做买办，与人合办吉利洋行（Clapp and Co.）；而他的妻子热心女童教育。经商使曾家生活富足，相继又有三个孩子出生，长子曾溥（字子睦）、次子曾磐（又名恭笃，字子安）、最小的女儿阿敏（Amy）。

容闳和曾兰生的学习经历大致相仿，很有共同语言。当朋友间敞开心扉时，容闳很愉悦，但是每当想到"中国之腐败情形，时触余怀，迫末年而尤甚，每一念及，辄为之怏怏不乐"。因此，容闳以文章表达教育救国的愿望并获得声誉，来上海一年，"人人知余为曾受西国教育之中国学生"，"几无一不知余为美国毕业生"。

黄宽于 1857 年 1 月回国。当初他到爱丁堡大学先读文学后改修医学，毕业后以伦敦传教会医生的身份先在香港伦敦会医院任职，也把西医学带回了祖国，但是受到歧视和排挤，"即便在医学界与宗教界中也有一些西方人士视黄宽为异己"。黄宽辞去传教士的工作，1858 年回到广州行医。他自办医院，并在惠爱医馆、博济医院兼职，行医和教学同时进行，"一面编译西方医学著作，一面又组织训练班，培养少数中国青年充任医生的助手"，成为第一个推广西医的中国人。

第二次鸦片战争还在继续，咸丰九年（1859年），根据中国与英、美、法签订的《天津关税协定》，"通商各口收税""邀请英人帮办税务"，两江总督何桂清任命英国驻上海副领事威妥玛的秘书、英国人李泰国（H.N.Lay）为"全国海关总税务司"，管理中国所有的海关，官署设在上海江海关内。李泰国一上任就推行"划一办理"的海关计划。按照清朝官制，外省官员"司"比"道"要高一级，在督抚之下。

爱新觉罗·奕䜣（号乐道堂主人）是道光帝第六子，咸丰帝异母弟，道光帝遗诏封"恭亲王"，于咸丰三年（1853年）到咸丰五年（1855年）担任领班军机大臣。第二次鸦片战争期间英法联军攻陷大沽炮台，兵临天津。咸丰十年（1860年），恭亲王奕䜣授命为全权钦差大臣，负责与英、法、俄谈判。10月24日和25日，二十七岁的他代表大清国连续与英国、法国签订了《中英北京条约》和《中法北京条约》。俄、美作为"调停人"，利益均沾。11月2日，西方人费利斯·比托给他拍摄了一幅照片。年轻的亲王眼神空洞、无奈，还有幽怨，表情呆板，对虚弱的庞大帝国充满焦虑。他在圆明园被焚后首先明白，西方的技艺不是用来享乐的，同时对西方人不能简单而藐视地称"夷"。

1860年二十七岁的恭亲王奕䜣

英国首先在天津紫竹林到下园一带建起英租界，随后是法、美两国相继划地建租界。第二次鸦片战争前后持续了四年，平息战争的方法就是清政府被迫与侵略者一次次签订不平等条约，割地赔款、丧权辱国。

最先惊醒的是林则徐和魏源这样的知识分子，提出"筹夷势必先知夷情"，"不悉敌势，不可以行军"，主张"师夷长技以制夷"。容闳在心中也规划着国家的未来，在往茶区调查营销情况的时候，将目光投向反抗清王朝的太平天国并有一个明确的认识，"改造中国，应大处落墨"，富国强兵的主张必须通过权力者来实现。咸丰十年十月（1860年11月），他同曾兰生及传教士古路吉（Hendrikadius Zwaantinuls Kloekers）和杨格非（Griffith John）到太平天国的首都天京考察，见到了于1859年封为干王、总管政务的洪仁玕。

因为在香港时就相识，容闳知道洪仁玕思想开明，于是陈述了心中"中华共和国"的理想及为实现这个理想而要进行的七项维新建议：

一、依照规范的军事制度，组织一支良好的军队；

二、设立武备学校，培养大批有学识的军官；

三、建立海军学校；

四、建立公民政府，聘用富有经验的人才；

五、创立银行制度；

六、颁布各级学校教育制度，以《圣经》为课程之一；

七、设立各种实业学校。

两天后洪仁玕主动和容闳见面，说完全懂得容闳七条建议的意义，自己也有一个带有资本主义色彩的统筹全局的政治纲领《资政新篇》，但是得不到其他人的支持，可能无法实现。又过了几天，洪仁玕派人给容闳送来一枚四等爵位的官印。容闳的理想不是当王，而是改造中国。同样，曾兰生和两位传教士对太平天国也没有留下好的印象。于是，容闳到干王府，面谢干王对自己的器重和委任，表明不能接受爵位但是请发给护照，"俾余于太平军势力范围中，无论何时得自由来去，则受惠多矣。"第二天他们拿到了护照，离开天京，返程上海。对于这次访察，容闳是这样记录的：

南京之行，本希望遂余夙志，素所主张之教育计划，与夫改良政治之赞助，二者有所借手，可以为中国福也。不图此行结果，毫无所得。曩之对于太平军颇抱积极希望，庶几此新政府者能除旧布新，至是顿悟其全不足恃。以余观察所及，太平军之行为，殆无有造新中国之能力，可断言也。于是不得不变计，欲从贸易入手，一位有极巨资财，则借雄厚财力，未必不可图成。

容闳离开太平天国是因为他有越过大西洋的眼光；同样，做生意也是带着理想的。咸丰十年十二月初十（1861年1月20日），奕䜣、大学士桂良、户部左侍郎文祥

（满族，姓瓜尔佳，字博川，号文山，盛京正红旗人）奏请在京师设立总理各国事务衙门，接管以往礼部和理藩院所执掌的对外事务，专门负责处理京城中每一个外国使领馆的各种要求。咸丰帝批准成立了主管外交事务的中央机构——总理各国通商事务衙门，简称总理衙门。恭亲王奕䜣被任命为总署大臣，桂良、文祥为大臣。

咸丰十一年七月十七日（1861年8月22日），咸丰帝病死在承德行宫，奕䜣和两宫太后成功地发动了"辛酉政变"，六岁的大阿哥载淳登基，两宫太后"垂帘听政"。第二年改年号为同治元年（1862年），从此大清王朝的实际权力逐渐地掌握在了同治帝的生母慈禧太后（叶赫那拉氏，名杏贞）手中，她比奕䜣小两岁。道光帝第七儿子咸丰帝异母弟醇郡王爱新觉罗·奕譞（字朴庵）在辛酉政变中支持慈禧太后，从此被重用。

同治元年二月（1862年3月）总理各国通商事务衙门于北京东堂子胡同四十九号（原为清大学士赛尚阿的宅邸）正式挂牌，匾额上书"中外提福"四字，提福就是福安的意思。总理衙门下设南、北洋通商大臣，最初由官僚薛焕、崇厚（姓完颜，字地山，号子谦，内务府镶黄旗人）为专职，后分别由两江总督和直隶总督兼任。

面对内忧外患，清政府也想尽办法安内攘外，为摧毁太平军，派读书人出身的曾国藩（字伯涵，号涤生）以在籍兵部侍郎身份受命编练并督率湘军水陆两军。

总理各国通商事务衙门

曾国藩于嘉庆十六年十月十一日（1811年11月26日）出生于湖南长沙府湘乡一个普通耕读家庭，道光十八年（1838年）中进士，为翰林院庶吉士。道光二十五年（1845年）升翰林院选侍讲、补日讲起居注官、充文渊阁直阁事，咸丰二年（1852年）兼署吏部左侍郎。回乡创立湘军让精于理学、崇尚礼教的他又有了机会充分展现军事才能。咸丰十年六月二十四日（1860年8月10日），他被朝廷授为两江总督并授钦差大臣，管辖江苏、江西、安徽及浙江的军务，长江中下游是他的势力范围，可以独立办理外交、创兵工厂，还有权决定人员的任用。他弟弟曾国荃是个打硬仗的前线指挥；湖北巡抚胡林翼与他志同道合，全力合作。曾国藩对时局有着通盘筹划：太平天国运动已造成了中国内乱，必须坚决镇压；对瓜分中国的列强作出了"驭夷之道，贵识夷情"的思考。

他把不懂西方天文算学当成一耻，所以幕僚中有张斯桂、李善兰、华蘅芳、徐寿等一批数学、机器、法律、天文等各方面的人才，而这些人在上海时跟容闳也有交往。张斯桂虽由科举而入仕，但与李善兰一样热衷于学习、介绍西方科技文化。

还有一个人也在厉兵秣马准备与太平军对决，他就是曾国藩最得意的门生安徽合肥人李鸿章（本名辛铜，字渐甫，号少荃）。李鸿章出生于道光三年正月初五（1823年2月15日），书香门弟、官宦世家，比容闳大五岁，走的是一条中国知识分子正宗的"学而优则仕"道路。他十七岁中秀才，三年后以"优贡"身份到北京，准备参加来年的顺天乡试，立下志愿："一万年来谁著史，三千里外觅封侯"。道光二十四年（1844年）他考取举人后拜当时在礼部任职的礼学大家曾国藩为师，学习经史和八股文写作。三年后，二十四岁的李鸿章高中道光二十七年（1847年）丁未科进士，被点翰林，为庶吉士，二十八岁升任为翰林院编修。在北京待了11年后，他又离京追随老师。曾国藩很赏识李鸿章，说他"才大心细"，

曾国藩

"文武兼资"，"将来建树非凡，或竟青出于蓝"，再一次言传身教，将做官的本领传给了他。李鸿章对当时形势的认识是：国家面对的是"数千年未有之强敌"，处在"数千年未有之变局"中，要"处奇局建奇业"，自强自立。

太平军占领了以苏州为中心的苏南，又围攻上海。上海租界里的外国人在时任道台吴煦的默许下，由上海官绅出资，组织"洋枪队"，在美国军人华尔（Fredric Ward）率领下，对抗太平军。

年轻时的李鸿章

他们取得了一些战绩，被钦赐"常胜军"。英、美、法居留者借口军事需要，强筑"军路"，有计划地在租界外修建马路。法租界于1861年迫使清政府同意把十六铺新开河一带共一百三十八亩土地划了进来，面积达到

一千一百二十四亩，派出荷枪实弹的军队，强筑了两条"军路"，一条是徐家汇路（后改名为海格路今华山路），一条是恺自尔路（今金陵中路）。徐家汇有天主教传教基地著名的"圣依纳爵教堂"，法国传教士直属法国巴黎耶稣会领导并从事天文、气象等研究，有天文台、藏书楼、博物馆等机构。"军路"把法租界和徐家汇连了起来，也把殖民者和传教士连了起来。

咸丰十一年（1861年）冬季，太平军忠王李秀成率领12万大军对上海三面七路合围，占领了昆山、青浦，到了徐家汇，兵临城下。上海成了"孤悬贼中的弹丸之地"。曾国藩派李鸿章为援沪先行官，解上海之围。

谁也没想到，双方对峙一个多月后上海下了三天三夜罕见的暴风雪，吴淞江、黄浦江出

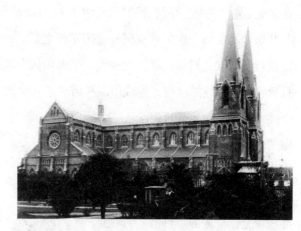

徐家汇大天主堂，忠王李秀成在此设大本营

现封冻。李鸿章利用这难得的喘息机会，回到家乡，在料峭春寒中集合团练、绿林，又从曾国藩湘军中借来将帅，组建了13营6500人的队伍。同治元年（1862年）清明时节，在安徽、湖北、江西三省交界处，也就是从太平军手中夺回来的湘军安庆大营，他的队伍整装列队，打出了"淮军"的旗号。

这支队伍出山后直奔战场，在上海附近隐蔽于英国麦利洋行七艘火轮船的底仓，招摇着英国国旗，瞒天过海分七批进入上海。这些身材精瘦的乡下人，穿着前面"淮"后面"勇"的号褂，布巾缠头目光凶悍，但没有统一的武器，大抬枪、火绳枪、弓箭齐上阵。6月，淮军在上海近郊的虹桥与太平军首次作战，一炮打响。绿林出身的副将刘铭传第一个使用洋枪，李鸿章自己也在危急时刻"跃马而出，不做生死之想"，被称为"武翰林"。接着，他们又连打两场胜仗，保住了上海。经曾国藩推荐，当年十月十二日（12月3日）李鸿章升任为中国首富之地江苏的巡抚，从此，淮军驰骋中国。

制器之人　制器之器

淮军进上海之后，李鸿章一方面"捐厘助饷"，从物质、资金上支援金陵、安庆湘军大营的西线作战；另一方面积极"练兵练器"，扩充淮军。他意识超前，认为"开花大炮、轮船两样"是制胜的利器，扩展到对所有传入中国的西方科学技术都感兴趣，并开始学习。第一次参观英国和法国军舰之后向曾国藩报告："其大炮之精纯，子药之精巧，器械之鲜明，队伍之雄整，实非中国所能及。"从此产生了一个新的爱好，只要有洋人军舰的地方，他或微服私访或正式受邀上舰参观，探究其密，并产生了一个强烈愿望，让淮军的兵器从"冷"向"热"转化。于是，他在苏州和上海分别创建西洋炮局，请英国人马格里来办理，又将曾国藩幕僚中办理厘金等事务的丁日昌（字雨生，广东省丰顺县人）揽入麾下，负责军械。丁日昌在西洋炮局"随同匠作，劳身苦思，究其精微"，任苏松太道后升迁颇为迅速，成为洋务军火企业重要奠基人。

金陵机器制造局，中外工程师调试新式机关枪

同治元年（1862 年），李鸿章邀请黄宽到天津任医官。但不到半年，黄宽辞职回广州继续行医、办学。第二年，李鸿章自己办外国语学校，建"上海同文馆"，位于旧学宫（今学院路四牌楼附近），馆长是冯桂芬，延聘美国传教士林乐知为教习。军事训练时，李鸿章直接用英语喊口令，每天对将士训话，都要说"虚心忍辱，学得西人一二秘法"，高喊"发威马齐"（英语，前进 Forward March）。

这期间容闳从宝顺洋行辞职，自行经商。因为中国内陆被太平军占领，而沿海口岸均在清军之手，造成贸易停滞，尤以茶叶为甚。内地被太平军扣留的茶叶，数以百万磅，均无法外销。容闳因为有太平天国领袖所发的护照，进入内地，在六个月内运出数千磅茶叶到上海，自己也开了茶行，很快致富。"自营商业，在九江三年，境况殊不恶！"

唐廷枢代理香港高等审判厅华人翻译一年后到了上海，在江海关做了三年大写和总翻译，1861年离开海关，去怡和洋行代理长江一带生意，两年后开始担任怡和洋行买办。哥哥唐廷桂从美国重返上海，入江海关当首席翻译。粤商最大的特点是不但会和洋人做生意，而且还在文化上有所贡献，同治元年（1862）六月，唐廷桂、唐廷枢、唐廷庚三人共同编纂的中国最早的英汉辞典《英语集全》由纬经堂刊行，是一部用广东方言编著的英语学习书籍。全书共六卷，内容包括日常口语及天文地理五花八门，无所不包，收录英文词汇、短语、简单句子6000个以上。每卷前有字音简介，每行右楷体英文，左上中文，左下音译，"其利益于人者，岂仅属贸易一端哉！"

尽管容闳不愿意当买办，但依然被外界冠为四大买办之首，其他三位是唐廷枢、徐润、郑观应（字正翔，号陶斋）。郑观应也是香山人，道光二十二年（1842年）出生于一个书香世家，考秀才不第，十六岁只身来到上海，在叔父郑廷江当买办的新德洋行"供走奔之劳"，次年到英商宝顺洋行做杂务，学习经商，比他大四岁的徐润已当买办。

在上海打拼的还有祖籍安徽绩溪的胡雪岩，浙江镇海人叶澄衷，江苏苏州的沈二园和外甥席正甫等青年。

生意虽然做得成功，但是容闳并不欢快，一次在收购茶叶的途中遭受土匪抢劫，身心备受打击，罹患重疾，不得不回到上海治病。想着曾经立下的宏愿，不由得又感叹，"像这样为生意忙碌，我的事业终将是水中捞月"，偌大中国难道真的没有志同道合的人吗？终于，机会来了。同治二年（1863年）春，他先收到友人张斯桂奉曾国藩之命写来的信，请他做曾府幕僚。接着张斯桂、李善兰又先后给容闳写了五封信，信中表明曾国藩想建一个机器厂，请他出力；还说，他们的好朋友、专门研究机械制造的华蘅芳、徐寿也在曾国藩幕中。

容闳于8月结束生意，在9月的一天来到安庆大营。曾国藩接到容闳递进来的名刺，马上让侍从引他进来，请他坐在身旁，含笑不语，仔细打量。

曾国藩的感觉是将遇良才，说："我看你的相貌，就知道你是一良好的将才。你目光威严，是有胆识的人，定能发号施令，驾驭军旅。"问他："如果今天要为中国谋最有益、最重要的事业，应当从何处着手呢？"容闳直抒胸臆：中国的落后不仅是武器，而在于整个经济基础落后，没有基础性工业，国家就不能富强。"而欲立各种之机器厂，必先有一良好之总厂以为母厂，然后乃可发生多数之子厂。既有多数子厂，乃复并而为一，通力合作。以中国原料之廉，人工之贱，将来自造之机器，必较购之

容闳和留美幼童

欧美者价廉多矣，是即余个人之鄙见也。"这是西方工业革命的重要理念：机器生产机器。他还表明，这些机械厂不但可以造军械，还应该生产农具、钟表等其他民用机械。曾国藩从善如流，对建立一个"制造机器之机器"的"母厂"，"以立一切制造厂之基础"的建议大表赞成，立即要容闳负责筹办，到美国置办机器。

曾国藩在二十三日的日记中写道："容名光照，一名闳，广东人，熟于外洋事。曾在花旗国侨居八年，余请之至外洋购买制器之器，将于廿六成行也。"曾国藩只见一面就对容闳委以重任，其中一个原因就是他有"相人"的功夫，被誉为人鉴。他看人有十二字六美六恶，概括为三条原则：一是功名看器宇；二是事业看精神；三是若要看条理，尽在言语中。可以想见容闳当时的风度、智慧和学识。

容闳对曾国藩的印象是：目光敏锐、神态威严，"有宗旨有决断"，是"一见即识之不忘"人也，"完全之真君子，而为清代第一流人物，亦旧教育中之特产人物。"社会剧变，风云际会，完全不同文化背景的两个人却有高山流水之感。

一个星期后，曾国藩给容闳下了委任状，授予五品军功衔，并请赐戴蓝翎，正式任命他为出洋委员。曾国藩认为，"今日救时第一要务"是中国人向西方学习如何制造"坚船利炮"，而且要拥有"制器之器"。幕府中的一些科学家已经进行轮船制造的试验，安庆军械所于上年制造了中国第一台蒸汽机，是年11月，又制造出一艘长五十多尺的暗轮蒸汽船，但试航时只行驶了一公里就熄火了，经改造，成为两侧装有大轮的"明轮船"。徐寿和华蘅芳还研制成功国产第一艘蒸汽船，水师提督亲自驾驶，请曾国藩登船，在安庆长江边上试航。凛冽的寒风中，蒸汽船向开阔的江面驶去，曾国藩信心满满，命名为"黄鹄"号。

容闳于12月初带着曾国藩为办机器厂筹措的六万八千两白银汇票，带着十三岁的侄子也就是哥哥的长子容尚勤（号廉兰，族名鹤兰）登上了去美国的轮船。从1855年回国到第一次为国家服务，他寻找报国的途径用了八年的时间。到美国后，容闳在精通机器制造的工程师哈司金帮助下，对美国、英国、法国机器厂的现状和行情进行考察和比较后选择了美国，与马萨诸塞州费希堡布特南公司（Putnam Co.Fitchburg Mass.）签订了采购机器的合同。他利用等待供货的这段时间，回到母校耶鲁大学，参加了毕业十周年同学聚会，感慨道："旧友重逢，一堂聚话，人人兴高采烈，欢乐异常。虽自毕业分袂后，十载于兹，而诸同学之感情，仍不减当年亲密。余乃有缘得躬与其盛，何幸如之。"然后去华盛顿，到美国征兵机构，志愿完成作为美国公民服军役义务。美国征兵机构因为容闳身负大清国使命，予以婉谢。

038

　　容尚勤进了孟松学校读书，寄宿在海门校长家，和叔父当年一样，一切自理。

　　这一年上海真是多事之秋，防范太平军进攻上海的战事结束后，工部局侵占了新修的七条道路并在原来基础上四面扩充，设立警岗，征收捐税。美国领事馆乘机在吴淞江北岸和两江交汇后黄浦江的北岸划定了五千二百亩地，成立美租界。1863 年 9 月，英、美两个租界合并，统称为外人租界（Foreign Settlement），面积是一万零六百七十六亩，英、美、意、德、日、丹麦、挪威等四十多个国家的移民在这里悬挂着各色国旗。所以，又称之为上海国际租界（International Settlement）或者"公共租界"。租界当局在太平天国的内乱中完成了独立于中国行政系统和法律制度之外的演变，中国政府丧失了对这些土地的主权。

　　上海形成了三界。华界，属大清江苏省政府管辖，分南、北，吴淞江以北称为"闸北"，地跨上海和宝山两县，南市是上海县府所在地。再就是公共租界、法租界。

　　全国海关总税务司李泰国和英国皇家海军上校阿思本（Osburne）于同治元年（1862 年）说是帮清政府购买军舰，结果弄虚作假，搞了四艘又旧又小的蚊船，让中国枉费数百万之帑金。总理衙门总署大臣恭亲王奕䜣等奏，李泰国"今日办船贻误，遽行革退，藉此驱逐"。1863 年 11 月，清政府正式任命英国北爱尔兰人罗伯特·赫德（Robert Hart）为第二任全国海关总税务司。

　　赫德十五岁考入爱尔兰皇后大学贝尔法斯特学院，1854 年十九岁读硕士时，英国政府招考驻华外交官，他被选中，以外交人员的身份来到中国。胸怀大志的他刻苦学习汉语，了解中国民情，很快就成了操着一口流利汉语的"中国通"，同时还对中国的对外贸易、关税事务了如指掌，先后在宁波和广州的英国领事馆任翻译。1859 年，在两广总督劳崇光、粤海关监督恒祺等人力荐下，经李泰国提名，出任广州海关副税务司，显示出了非同寻常的管理才能。赫德任全国海关总税务司后进一步执行李泰国"划一办理"的海关计划，开设了沿海 13 个口岸（牛庄海关到 1864 年设立），得到了清政府和在华外国势力的赏识。赫德任全国海关总税务司的当年，海关总税务司署自上海移设北京。

　　李鸿章与太平军频繁战斗着，他发现从上海租界出来的"常胜军"是打仗兼打劫，而且形成了尾大不掉之势，变成"磨难星"，欲除之而后快。华尔被太平军击毙，美国人白齐文当了三个月的"常胜军"首领后死亡，接任者是毕业于英国皇家军事学院、参与过火烧圆明园的工兵上校查里·戈登（Charles Gordon）。同治三年（1864 年 5 月），淮军和"常胜军"共同攻打常州之后，李鸿章终于敲响了"磨难星"的丧钟，以软硬兼施的手段，用十九万两银将"常胜军"遣散，除去了一块心病。在戎马生涯中，他对学习西方科学技术更为迫切，致信总理衙门，表达了自己的观点：

> 鸿章窃以为天下事穷则变，变则通。中国士夫沉浸于章句小楷之积习，武夫悍卒又多粗蠢而不加细心，以致所用非所学，所学非所用。无事则嗤外国之利器为奇技淫巧，以为不必学；有事则惊外国之利器为变怪神奇，以为不能学，不知洋人视火器为身心性命之学者已数百年……鸿章以为中国欲自强，则莫如学习外国利器；欲学习外国利器，则莫如觅制器之器……欲觅制器之器与制器之人，则或专设一科取士，士终生悬以富贵功名之鹄，则业可成、艺可精，而才可云集。

李鸿章的观点与上层部分高官达成共识，总理衙门由恭亲王奕䜣领衔上奏折，提出"自强"要学习西方的"取胜之本"，并附有李鸿章的信件。这是统治阶级内部的人第一次提出主张变革、自强自立的观点，持这个观点的人被称为"洋务派"。朝廷中以奕䜣、文祥为代表，督抚和高官中有曾国藩、左宗棠（字季高，一字朴存，号湘上农人，湖南湘阴人）、李鸿章、沈葆桢（原名沈振宗，字幼丹，又字翰宇）、张之洞（字孝达，号香涛，祖籍直隶南皮，出生于贵州兴义府）、崇厚等。以帝师、大学士、理学泰斗倭仁为首的守旧官僚看不到民族危亡，不愿意变革，把观念的东西看得比现实状况甚至是国家危机还要重要，思想顽固，强项是坐而论道。

掌握实权的慈禧骨子里虽然守旧，但要保持统治地位，又得依靠拥有实力并且能够和外国人打交道的洋务派。面对中国没有专业翻译人才，和洋人"语言不通，文字难辨、一切隔膜"的局面，总理衙门奏请从八旗子弟中培养外语人才，建京师同文馆，并请来了洋教习，第一年招生十名，其中有当了爷爷的人进馆做学生。

这一年，黄宽将黄胜推荐给丁日昌。

黄胜于咸丰八年（1858年）成为香港法院首位获得认可的华人陪审员，并和广东新会人伍廷芳（名叙，字文爵，号秩庸）共同创办《中外新报》，以《孖剌西报》的中文晚刊名义印行，成为香港第

将西方医学带回祖国的黄宽
（唐越提供）

一份完全以中文编印的报纸。同时协助在香港避难的翻译家、学者王韬翻译《尚书》，又合作翻译《火器说略》等著作。王韬将内容为军事工业的《火器说略》进呈丁日昌和李鸿章，深受赏识。咸丰十一年（1861 年），黄胜担任《德臣西报》经理兼编辑，为了洋务，他于同治三年（1864 年）放下在香港的事业，接受丁日昌的邀请，担任上海同文馆的英文教习，接替美国传教士林乐知。

三地建厂　主动出访

容闳在美国采购机器历时两年，其间中国发生了一件大事。同治三年六月初六（1864 年 7 月 19 日），湘军在曾国荃领导之下打进南京，洪秀全离奇死亡，幼天王洪天贵福继位。这天，天京内外，黑云压城，火光冲天。正午时分，随着曾国荃一声令下，"轰隆"一声惊天巨响凌空怒炸，太平门处的城墙被炸塌二十余丈，整个天京城地动山摇。守城的太平军再也抵挡不住洪水般呼啸而来的湘军，那些跟随洪秀全孤守天王府的女兵，以宗教信徒的狂热，集体自焚。战至傍晚，九门皆破，天京失陷。14 年耗时耗力，清政府快掏空了国库，终于平定了太平天国内乱。

1864 年 8 月 26 日，美国《特拉华公报》报道了容闳来美国的消息，称："十年前以优异成绩毕业于耶鲁大学的中国学生容闳，作为中国政府的代理人，以大清国官吏的身份，来到美国，购买各种机器引进中国，天朝的人希望借此能够学习外国先进的技术。"

容闳从美国回国，随之到来的是世界一流的上百种新式机器，一踏进上海，发现上海又变了。租界里洋人数量增多，新商业区正在形成，地价飞涨，道路改扩建，1865 年工部局首次为公共租界的二十多条现代化道路命名，南北走向的以中国省份名字命名。原来的"界路"被命名为"河南路"，泥城浜东侧，租界一边简易的小路被命名为"西藏路"。东西走向的路以中国城市的名字命名，首条大马路"花园弄"改名为"南京路"。无须解释，有了中英《南京条约》，才使英国人能够名正言顺地来到上海，也使其他国家的冒险家接踵而来，大发横财。但是，应该叫作"广州路"的第五条路变成了"广东路"，约定俗成，大家也就这么叫着。跑马厅随着道路的拓展接二连三圈地重建。每重建一次，跑马总会就将原来所占的地高价卖出，获得高利。第三次重建跑马厅时，越过了之前的界河泥城浜，干脆就在西藏路口向南（今人民广场和人民公园全部场地）跑马占地，低价强行收购，造成了大批农民流离失所。

南京路西起泥城浜，东到黄浦滩，大约两公里，十多米宽。一个叫埃德温·匹可华特（Edwin Picward）的外国人在上海开办煤气公司并提议修建路灯，在南京路中间立起了高高的灯柱，安装煤气路灯，开城市照明之先河。南京路夜间璀璨一片，如同"西域移来不夜城"，上海"不夜城"的美名由此而来。西方有句谚语：罗马不是一天建成的，而上海好像一天就一个样。最早的英文报纸《北华捷报》有二十多年历史了，家喻户晓，于1864年6月改为日刊后称为《字林西报》（NORTH CHINA DAILY NEWS）。

同治四年（1865年8月），李鸿章以四万两银买下在虹口的美商旗记铁厂为厂址，将苏州洋炮局和上海洋炮局的机器一同并入容闳从美国买回来的机器，建立了江南机器制造总局（后为江南造船厂），苏松太道丁日昌是首任总办，容闳任其翻译。建厂、安装机器、培训人员。第二年，江南机器制造总局制造出中国第一台车床，曾国藩来视察，容闳"知其于机器为创见，因导其历观由美购回各物，并试验自行运动之机，明示以应用之方法"。曾国藩很高兴，容闳乘机建议："于江南制造局附设兵工学校。"此建议得到采纳，兵工机械学校成立，教授学生机器工程的理论与实验，将来可以不必用外国机器和外国工程师了。

容闳"向所怀教育计划，可谓小试其锋，既略著成效，前者视为奢愿难尝者，遂跃跃欲试"。以生产军工产品为发端的洋务运动迈出了坚实的一步，洋务派以"求强求富"为目的主动向西方学习，造枪造船，创办军事工业，小心翼翼地开始了中国的近代化。

江南机器制造总局内的设备

容闳工作出色，曾国藩于同治五年十二月（1867年1月），向朝廷上《容闳赴西洋采办铁厂机器有功请予奖励片》，"花翎运同衔容闳，熟悉泰西各国语言文字，往来花旗最久，颇有胆识……"称之："实与古人出使绝域，其难相等。"保举他为五品候补同知，并"遇缺实补"。三十七岁的容闳担任江苏巡抚衙门译员，有了清政府的正统官品，但是他这一级官员还没有"奏事权"。

江南机器制造总局建设两年后迁到南门外高昌庙（今半淞园路）一带，占地七十余亩，建有机器厂、洋枪楼、汽炉（锅炉）厂、铸造厂、轮船厂等，四周是城墙、士兵把守城门。"上海同文馆"改名为"上海广方言馆"并入制造总局，设于西北隅，计楼房、平房八座74间，成为"翻译馆"，于1868年6月正式开馆，由英国人傅兰雅（John Fryer）主持，中外译员47人。他们将近百种国外关于军事和工程方面的专业著作翻译成中文，有《汽机问答》《泰西采煤图说》等。容闳和丁日昌、徐寿、华蘅芳等制订了《再拟开办学馆事宜章程十六条》的长远规划。

江南机器制造总局开中国军事工业和船舶工业之先河，也生产民用产品，曾国藩家有一个落地式直径六尺的地球仪，由此制造。他要查看地理，儿女们就帮着转动，自己主动睁开眼睛看世界，也带动着家人学习。建厂完工后丁日昌任两淮盐运使，容闳"随至扬州，在扬州六个月，译哥尔顿所著之《地文学》一书"，和丁日昌"交颇投契"，成为好朋友。他认为："丁为人有血性，好任事，凡所措施，皆勇往不缩。"

北京。在同治五年（1866年）的时候，恭亲王奕訢与三口通商大臣崇厚分别向同治帝提出建议，设立"天津军火机械局"，制造军火。理由有三：一是天津临近海口，购料、取材、制造十分方便；二是生产火药，以备南局（江南机器制造总局）生产不足所需；三是拱卫京畿，以固根本。此建议被清政府接受，拨银八万两，并派崇厚负责筹办。

崇厚请英国人密妥士代为采购制造火药、铜帽等机器设备，第二年初选址在天津城南三里的海光寺东跨院成立了枪炮厂，又在海光寺附近的空地上建造厂房，招募工人组织安装从国外购置的蒸汽机、化铁炉、车床等设备，设立铸铁、锯木、金工、木工等车间，英国人司图诺担任总工程师。同治七年（1868年），工厂开工生产，制造枪炮弹药，史称军火机器总局（西局）。接着，崇厚又在城东十八里的贾家沽附近觅得土地二十二顷，在周围挖壕沟，建造长一千五百多丈的围墙，成立军火机器局的火药厂（又称东局）。东局和西局形成北方规模宏大的军工企业。

同时，另一个湖南人——闽浙总督左宗棠奏请在福州设造船厂、办学堂。他是举人出身的湘军名将，也是第一位福建船政大臣，和曾国藩观点一致：要学习西方先进的科学技术，御侮自强。所以，在曾国藩主持制造蒸汽船时，他也在杭州西湖尝试制造蒸汽船，并给朝廷上疏，形象地说出了东西方的差距："譬如渡河，人操舟而我结筏；譬如使马，人跨骏而我骑驴，可乎？"

福州船政局

左宗棠聘请了法国工程师普罗斯佩·日意格（Prosper Giquel）等外国教习，暂借福州城南的一座古寺庙——定光寺，开办中国第一所西式军事学堂——福州船政学堂，在马尾三岐山下建起了马尾造船厂。

左宗棠于同治五年八月十七日（1866年9月25日）调任陕甘总督，推荐江西巡抚沈葆桢为福建船政大臣。他带了一批军械工人去西北赴任，在兰州创办了一个小型兵工厂，还建了一个军队被服厂——甘肃织呢总局。

沈葆桢任福建船政大臣后从长计宜双管齐下，只用两年的时间，建成造船厂，同时漂亮的福州船政学堂也建好，而且是前后两个学堂，前学堂教授法文及造船学，后学堂教授英文及军舰驾驶术，所设课程除了地理、天文、航海外，还有数学、物理学、机械学、平面和立体几何。学堂贴出了面向社会招生的文告，考试题目是《大孝终身慕父母论》。通过筛选，几十名学生被录取，有福建人严复（字几道，祖籍闽侯）、刘步蟾、方伯谦、林泰曾、叶祖圭、萨镇冰，广东人邓世昌（字正聊）、林国祥等，年龄在十二至十五岁。曾兰生在建校的当年从上海来此，教授英文兼翻译工作。造船厂有着远大的计划，从训练中国技术人员做起，以期生产自己的舰艇。

三地建工厂的同时，清政府也有了出去看看的意愿。1866年，海关总税务司赫德回欧洲度假，清政府派员随同出访。出访者是：在海关工作的斌椿、其儿子笔帖式广英，同文馆英文馆学生张德明（后改名为张德彝）、凤仪，法文馆学生颜慧。他们访问了法国、英国、普鲁士、俄国等九个国家。

左宗棠

与工业起步同时进行的是朝堂上洋务派和顽固派的一场又一场针锋相对的论战。同治六年（1867年）京师同文馆第一届学生三年期满，恭亲王决定从举人、贡生、科举"正途出身"的五品以下官员中招录新生，而且要求翰林院的翰林们"师学洋人"，懂得西方如天文、数学等学科。

这对士大夫阶层来说简直就是奇耻大辱。一位御史大人说得振振有词：朝廷能养臣民之气节，是以遇有灾患之来，天下臣民莫不同仇敌忾，赴汤蹈火而不辞，以之御灾而灾可平，以之御寇而寇可灭。他们还以一副对联嘲笑、攻击恭亲王：鬼（诡）计本多端，使小朝廷设同文之馆；军机无远略，诱佳弟子拜异类为师。

慈禧采取折衷的态度，表示让"正途人员"进同文馆"不过借西法以印证中法，并非舍圣道而入歧途"。倭仁真不愧是大学士，能把理念中的忠信礼义和物质的武器混为一谈："立国之道，尚礼义不尚权谋，根本之图，在人心不在技艺"，主张"以忠信为甲胄，礼义为干橹"，抵御外侮。

恭亲王见过了圆明园被毁，又代表清政府签订过不平等条约，知道学习西方先进科学技术的紧迫性，与倭仁你来我往，针锋相对，最后采取了以子之矛攻子之盾的驳论方式：既然倭仁大师傅说"天下之大，不患无才，如天文、算学必须讲习，博采旁求，必有精其术者，何必夷人？"那就请太后降旨，再办一所学校，请倭仁保荐老师并主持。

慈禧的天平这个时候向洋务派一端倾斜，而且很有手段，直接任命倭仁为总理衙门的官员，论战才算告一段落。恭亲王在朝堂上的论战赢了，但是"正途人员"并不愿意学习西洋学术，同文馆的生源得不到保证，很难培养出高质量的人才。可见，洋务派最大的阻力是来自朝廷和社会陈旧而顽固的观念。

还是在同治六年（1867年），大清国的外交有了第一次的主动，十月二十六日（11月21日）任命了第一位大清国出使欧美各国大臣，带使团前往有约各国。不过令人汗颜的是这位"中国使臣"竟是一位美国人，叫"Anson Burlingame"中文名字"蒲安臣"。他曾入哈佛大学研习法律，思想和行动激进，先前是美国驻华公使，对中国有所了解并充满热情。因为大臣文祥的建议，

慈禧太后

蒲安臣任期满后成为中国"充办各国中外交涉事务大臣",使团的其他成员是:蒲安臣的副手左右"协理"英国人柏卓安(J.MeL.Brown)与法国人德善(E. De.Champs);总理衙门记名海关道志刚和礼部郎中孙家谷及秘书随员二十余人。

美国人蒲安臣对中国皇帝圣旨的理解是:"这个占全世界人口三分之一的世界上最古老的国家,第一次欲求与西方各国建立关系,而要求最年轻的国家代表作为这种变革的中间人时,实不可忽视或加以拒绝。"且不说清廷派出的出使大臣是谁,这个行动已经比乾隆帝和嘉庆帝进步了,打开了关闭的国门。出使团打出了中国黄龙国旗:"蓝镶边,中绘龙一尺三长,宽二尺,与使者命驾之时以为前驱。"从此,黄色龙旗作为大清国主权国家的象征,出现在国际社会中。

蒲安臣(中)
与使团成员志刚、孙家谷合影

蒲安臣使团先后到达美国、英国、法国、瑞典、丹麦、荷兰、普鲁士、俄国,在西方行礼自然是握手、鞠躬。使团在美国取得的最重要的外交成果是蒲安臣代表中国和美国签订了《蒲安臣条约》(The Burlingame Treaty of 1868),这是近代中国与欧美国家签订的第一个平等条约,条约中有美国保证不干涉清廷内政、保护华侨、自由移民、宗教信仰自由等条款。第七条说:

中国人欲入美国大小官学学习,须照所有最优国之人民一体优待;美国人欲入中国大小官学学习,也照最优国之人民一体优待。美国人可以在中国按约批准的外国人居住地方设立学堂,中国人也可以在美国办理学堂。

顶层将中西文化的交流变成可能,这与容闳心中的目标契合。

容闳献策　依议钦此

丁日昌于同治六年十二月十八日（1868年1月12日）任江苏巡抚，容闳向他提出中国政府应当派留学生出洋学习，培养自己的人才。"丁大赞许，且甚注意此事"，让容闳迅速撰写条陈。容闳第一次以书面形式向政府提出了自己酝酿已久的送学生留学的计划："政府宜选派颖秀青年，送之出洋留学，以为国家储备人才。"并较完备地表述了此计划实施的措施以及经费来源"可于上海关税项下，提拨数成以充之"，"造就一种品格高尚之人格，使其将来得有势力，以为他人之领袖耳"。这是他改造中国的战略规划，"余之教育计划果待实行，藉西方文明之学术以改良东方之文化，必可使此老大帝国，一变而为少年新中国。"丁日昌将条陈呈递给上年二月调吏部任尚书的文祥，希望他代奏。

没想到文祥丁忧告假三年，容闳得知实情无限感慨："余目的怀之十年，不得一试，才见萌蘖，遽遇严霜，亦安能无怏怏哉。失望久之，烬余复热。"

容闳继续着自己的生意，与徐荣村、徐润开办"通源杂粮土号"货栈。徐润三十一岁时自立宝源祥茶栈，还是上海茶叶公所总董。在经商的过程中，容闳看到沿海的通商城市甚至沿江城市出现租界后，列强依仗着不平等条约，在中国航运业中占据优势。横行在沿海和长江上的轮船主要有：美国旗昌

容闳与布朗之子 Robert Morrison Brown
下棋（1869 年 5 月 5 日摄于上海）

轮船公司（Russell &.Co.）、英国太古轮船公司（China Steam Navigation Co.）、怡和轮船公司（Jardine Matheson &.Co.）。中国传统的专门为政府承担漕运任务的沙船业濒临破产。针对通商口岸不少商人购买和租雇洋船而又诡寄在洋商名下的现象，容闳于同治六年五月二十六日（1867年6月27日）最先创议"联设新轮船公司章程"，经江海关道应宝时转呈曾国藩，并由曾国藩转至总理衙门。"章程"强调创议人目睹旗昌轮船公司垄断长江航运，偏护洋商，对华商贸易"大有窒碍"，所以倡议"设一新轮船公司，俱用中国人合股而成"。这是中国商人筹划组织股份公司的最早的一个章程。

它在集资办法、公司内部管理、股东地位以及利润分配等方面大都模仿西方企业的办法。但是总理衙门在审阅这个"章程"时，产生了有洋商或买办参与其事的怀疑，使容闳的倡议无疾而终。

同治九年五月（1870年6月），曾国藩任直隶总督刚两年，天津发生了中国官绅阶层与洋教势力冲突最为激烈的一起教案："天津教案"。曾国藩身体有病，"在署登阶降阶需人扶掖"，"眩晕之症，恐一跌辄半身不遂"，还有严重眼疾，正在保定"赏假"疗养。朝廷派曾国藩为总办，湖广总督李鸿章为会办，江苏巡抚丁日昌、总理衙门上行走署理工部尚书毛昶熙等先后赴天津处理这件事，容闳任翻译。曾国藩赴天津时带了几位工作人员，其中一位文案（秘书）叫陈兰彬（字荔秋，又名均晼）。

陈兰彬，广东省吴川府人，五岁时就能做五言绝句，被乡里誉为神童，二十二岁为"拔贡"，"以优行贡京师，名噪公卿"。咸丰三年（1853年）中进士，钦点翰林，后入刑部。咸丰十年（1860年），因母亲有病告假返乡，正值太平天国祸乱，陈兰彬办团练、设方略，与太平军周旋三年之久，获朝廷"叙功加四品衔，赏花翎"，返京后回刑部工作，为候补主事。同治八年（1869年），曾国藩任直隶总督，进京面圣，这期间陈兰彬拜访了曾国藩。虽只是一次会面，曾国藩认为他"学优识正，练达时务"，奏调入幕，充当文案兼管莲池书院事宜。陈兰彬协助处理了直隶陈年积案，治理河道有实践有理论，赈粮救灾秉公处理，深得曾国藩器重。

但是，"天津教案"的处理一开始就显出了中国的窘境：没有专门的外交人才；列强陈兵海上进行威胁。经过对谈判对手法国的分析，陈兰彬提出："目前和议不成，万一决裂，何以御之？"建议调请湘军老将出山，筹划应战，以求万全之策。曾国藩也看到："洋人遇事专论强弱，不论是非，兵力愈多挟制愈甚。"谈判中他"甚为焦急，触发病症"。事件处理的结果是中国方面有人被处死、革职，并向洋人赔款、致歉。

曾国藩"内疚神明，外惭清议"，病情加重，在处理天津教案尾声时又被调为两江总督兼南洋通商大臣。李鸿章于同治九年八月十五日（1870年9月10日）接任直隶总督兼北洋通商大臣，时年四十七岁。直隶是疆臣之首，所辖范围是河北、天津、北京、山东、山西、河南、内蒙古及辽宁的周边地区。

国家不强，难有平等；国家不富，如何能强？容闳抓住时机又一次向政府提出酝酿已久的四条建议：组织一纯为华股之合资汽船公司、选颖秀青年送之出洋留学、禁止教会干涉人民词讼、开采矿产以尽地利。这四条建议都是当务之急，第一、第二两条很快列入曾国藩、李鸿章的工作日程。

这一年是曾国藩六十大寿，军机处奉旨派员赴津咨交赐寿御书及"勋高柱石"匾额一面、"福""寿"字各一方、梵铜像一尊、紫檀嵌玉如意一柄、蟒袍一件、吉绸十件。同治九年九月十六日（1870年10月10日）曾国藩专折奏谢天恩，借机又与李鸿章、丁日昌、毛昶熙联衔附奏了《奏带陈兰彬至江南办理机器片》，第一次提出派遣官学生出洋留学：

> 博选聪颖子弟，赴泰西各国书院及军船政等院，分门学习，优给资斧，宽假岁时，为三年蓄艾之计，行之既久，或有异材出乎其间，精通其法，仿效其意，使西人擅长之事，中国皆能究知，然后可以徐图自强。

对于带队人选，曾国藩、李鸿章、丁日昌、毛昶熙认为"四品衔刑部主事陈兰彬、江苏候补同知容闳辈，皆可胜任"。陈兰彬在官场上的印象是"老成，谨慎，品行端正，中学根底深"。曾国藩也认为他"实心孤诣，智深勇沉，历练既久，敛抑才气，精悍坚卓，不避险艰，实有任重致远之志"。四人议事至深夜，丁日昌心情难以平静，特意到容闳住处，将他唤醒并告之：事情进展顺利。容闳"闻此消息，乃喜而不寐，竟夜开眼如夜鹰，觉此身飘飘然如凌云步虚，忘其为僵卧床笫间"。

"两日后，奏折拜发"，"由驿站加紧快骑，飞递入京。此时曾督及余人皆尚在津沽也"。容闳对当时的情景留下了记录："数日后，津中有为曾、丁诸公祖饯者，余及陈兰彬均在座，丁抚遂为余等介绍。余之与陈素未识面，今则将为共事之人矣。"随后陈兰彬还和同来天津的李兴锐拜访容闳，为未来两人的合作做准备。

丁日昌离津前，跟容闳有一次推心置腹的谈话，他说："君所主张，与中国旧学说显然反对。时政府又甚守旧，以个人身当其冲，恐不足以抵抗反对力，或竟事败垂成。故欲利用陈兰彬翰林资格，得旧学派人共事可以稍杀阻力也。"可见其用心良苦，也预见到了留学事业曲折艰难。九月二十三日（10月17日），曾国藩离津，前往北京面圣，后来对此事记录："在津查办教案，前江苏巡抚丁日昌奉旨前来会办，屡次与臣商榷，打算挑选聪颖少年送往西方各国学校学习军政、船政、测量计算、机器制造等学科。"

是年（1870年）冬，"着照所请"的朱批传到南京，两江总督曾国藩命容闳火速前来，商议实施留学教育的具体事宜。同治十年五月初九日（1871年6月26日），曾国藩、李鸿章正式向清政府呈报留学计划：拟选聪颖幼童送赴泰西（西欧）各国书院学习军政船政步算制造诸学，计十余年，业成而归。使西人擅长之技，中国皆能谙悉，然后可以渐图自强。

免不了又是一番论战，面对一些人"无须远涉重洋"派人去学习的观点，曾国藩、李鸿章的话鞭辟入里："我中国欲取其长，一旦遽图尽购其器，不惟力有不逮，且此中奥窍，苟非遍览之习，则本源无由洞彻，而曲折无以自明。"曾国藩还说，志刚、孙家谷美国之行"已导之先路，计由太平洋乘轮船径达美国，月余可至，当非难事"。两个月后七月十九日（8月5日）曾国藩、李鸿章再次上奏，对留学计划作具体安排：

> 拟派员在沪设局，访选沿海各省聪颖幼童，每年以三十名为率，四年计
> 一百二十名，分年搭船赴洋，在外国肄业，十五年后，按年份起，挨次回华。
> 计回华之日，各幼童不过三十岁上下，年方力强，正可及时报效。

奏章的附录是选派幼童赴美办理章程，共十二条，其中两点涉及外交和留学生学习专业：

> 商知美国公使，照会大伯尔士顿（President），将中国派员每年选送
> 三十名至彼国书院肄业缘由，与之言明，其束修膏火一切均由中国自备。并
> 请俟学识明通，量材拔入军政（West Point）、船政（Naval Academy）两院
> 肄业。至赴院规条，悉照美国向章办理。

留学章程规定，"凡肄业学生必须身家清白，品貌端正，禀赋厚实，资质明敏者方可入选。其身体屠弱及废疾者概不收录"。这个"身家清白"自然是政审，被称为"祸乱"的太平天国、天地会、小刀会、北方捻军等动摇了大清的根基。所以，清政府防患于未然，不能培养有"祸乱"基因的人。"挑选幼童不分满汉子弟，俱以年十二岁至二十岁为率收录入局。"后来对留学生的年龄改为十岁至十五岁之间，当局是这样考虑的，一个二十岁的青年学成归来都三十五岁左右了，极易遇到家庭变故，仅是父母去世后丁忧就得三年，实际工作时间就要缩短。

经过复议，又采纳了总理各国事务衙门的意见，曾国藩、李鸿章对奏章修订完善，于八月初四（9月5日）向皇帝再次呈奏。终于在八月初八（9月9日），同治帝御批："依议，钦此"。这一笔落成，中英第一次鸦片战争已经过去了31年。

在派幼童出洋的奏章频频上呈的同时，位于上海的留美预备学堂——中国幼童出洋肄业局也叫大清幼童出洋肄业局(The Chinese Educational Mission To the United States)

也出现在人们的视野中。学堂位于二马路（九江路）南和山东中路东侧，靠近外国坟山（今黄浦体育馆位置）。

刘翰清（刘开生）是清代经学家刘逢禄之孙、"盐运使衔候补知府"，在曾国藩幕府中专司奏稿并热心教育，曾国藩派他去任学校监督，"总理沪局事宜"。"同知衔候选知县"吴子石（吴宗瑛）任副监督。并规定："所有驻洋及在沪两局中外大小事件，由陈兰彬等互相商办，各志责成。"

幼童出洋肄业局的中文教习是"光禄寺典簿附监生"叶绪东（字源濬）、"主事分部行走"容增祥（字元甫，广东新会人），还有刘云舫（刘其骏）和一位黄先生。英文教习是五品监生曾兰生及他的两个儿子，曾溥、曾恭笃。上年，福州船政学堂驾驶学堂首批 23 名学生毕业，沈葆桢奏请曾兰生"精熟英文算学，充当教习，尽心训迪，著有成效，可否赏给四品顶带"。但是未获允准。

徐润

"由通商大臣札饬在于上海宁波福建广东等处挑选聪慧幼童"，曾国藩亲笔札委上海的公众人物徐润"办理挑选幼童出洋肄业"。粤商香帮作为中国最早接触西方文化的实业家集团，以商战进行"富国"实践的同时，在中西文化的融合进步上也尽着自己的力量。

第二章

行路读书　风光无限

留美幼童在轮船招商总局门口的集体照

中华创始　学生外派

正如容闳所预想，江南机器制造总局成了中国制造业之母，建厂第二年制造出中国第一台车床后，相继又制造出了中国第一台汽锤、第一台刨床、第一台铣齿机……由徐寿监造的排水量600吨的中国第一艘轮船于同治七年（1868年）下水，船身长十八丈五尺，阔二丈七尺二寸。曾国藩登轮试航，非常满意，"意取四海波恬，厂务安吉也！"命名这艘轮船为"恬吉"号。他和李鸿章筹议，针对外国轮船航运公司横行于中国内河及沿海的局面，让江南机器制造总局和福州船政局制造商用船只，与已经控制中国沿海贸易的外国运输公司进行竞争，这与容闳"组织一纯为华股之合资汽船公司"的建议不谋而合。到同治十年（1871年），制造总局造出了五艘轮船。可喜的是这个"母厂"带动了上海及周边地区的工业发展，一些机械制造厂应运而生，中国第一的工业产品不断出现。

当然，容闳最主要的事业是造就使中国能够走向文明进步的新人。

送幼童出洋留学的计划确定后，官员们贴出告示，来到村镇，走进住户，动员有适龄男孩的人家，把孩子交给官府，去花旗国（美国）接受教育。在江南机器制造总局当差的广东番禺人黄道平已经感受到了西方科学技术对国家的重要性，得到消息后，"念家贫漂泊"，也希望自己的两个儿子黄仲良（字赞廷）、黄季良（字佐廷）能够进入出国的官学生行列，以后成为"洋翰林"，于是报名。

广东省肇庆府镇平县（今梅州市蕉岭县）的黄岳川早年由天主教会保送去美国读书，回国后在上海、宁波、厦门海关工作过，任广东潮（今汕头）海关的通事，被称为"论经济则声驰夷夏，谈学业则识贯天人"。他正带着儿子黄开甲（又名黄炳兴，字斗南，号子元）客居上海，闻官府招收幼童留美，亲自送子来应考。

广东顺德人梁敦彦（字朝暶，号崧生）的父亲早年去南海谋生，年幼时和在香港西环行医的祖父梁振邦一起生活，少年时进入香港中央书院（皇仁书院）读书，英语基础比较好。祖父时常激发孙儿要好学上进，知道官府招生消息后，请友人将梁敦彦带到上海参加考试，获得一班第一名。

十五岁的梁敦彦

但是容闳和徐润在江浙包括上海这座布满大小洋行的城市只招上了几个学生，当机立断，赴东南沿海招生。阻力依然很大，富贵人家的子弟不愿意去，因为相传那里"住的是尚未开化的野蛮人"。还有传说，儿童被拐骗到海外蒙上兽皮卖艺，为拐骗者挣钱。面对种种传言，容闳在家乡香山以自己留学美国的亲身经历感召乡亲，并找与洋人共过事的亲友或同乡，动员他们送孩子出洋留学。第一个来报名的是北岭村的蔡绍基（字述堂），一个贫困家庭的孩子。

广东新宁人邝荣光（字镜河）从小与蔡绍基一起长大，其父亲曾在澳洲金矿当矿工，对孩子寄以希望，为了方便和葡萄牙人做生意，把家从新宁迁到香山的北岭。年少的邝荣光听到洋人在租界里横行霸道的事，就表示："必有胆力奋起自卫。"他的父亲听到容闳招生的消息，送儿子报名考试。得益于家乡风气先开，"天时、地利、人和"，容闳和徐润的招生工作由此展开。

容闳九岁的侄子容尚谦（族名征兰，号辉珊，又名容良）正在外祖父的花生地里拾花生，突然有人叫他回家，看望从上海来的叔叔。这位叔叔正是容闳，让他参加招生考试。但是容尚谦一点儿也不高兴，他喜欢看大人们在田地里春播秋收，喜欢看大水牛踏着安详而稳健的步伐，跟在农民后面犁地。年幼的他拗不过大人，只得准备参加考试。

罗国瑞（字岳生）是广东惠州博罗县人，父亲在香港传教，对基督教文化不陌生，在父亲的陪伴下前来报名。

祖籍安徽婺源的詹兴洪其祖父曾做茶叶生意来到广东，遂在广州落籍。詹兴洪开设的茶行因受第二次鸦片战争的影响而倒闭，把家搬到南海，务农为生。他的儿子詹天佑（字眷诚）在南海出生，五六岁进塾读书，非常聪慧，常常趁大人不备，将自鸣钟一类的外国工业产品拆开又装上。香山人谭伯邨是詹家挚友，来往于港澳经商，喜欢詹家的这个孩子，说将来必成大器，还把四女儿谭菊珍许配给他（娃娃亲）。谭伯郇的儿子叫谭耀勋（字慕陶），于是，及时给詹兴洪通报了官府招考幼童赴美留学的消息，两人一起带着自己的孩子去报名。

前来应试的孩子要层层过关，国文、英文都达到要求后，还要像正式官吏选拔一样，对他们的身（长相）、言（语言表达）、书（书法）、判（思维判断）做再次考查。孩子们是代表大清国出去，一定要体貌端正、口齿清楚、反应敏捷。名字也要重新斟酌，有俗鄙之气的要改得高雅、大气，体现出鸿鹄之志。

"遴选少年聪颖而于中西文有根柢者数人，以足其数"，容闳甚感欣慰。"因思有以教其乡之人，务在教育子弟，造就人才，以备他日国家之用"，他在家乡又捐资五百两白银，带动同乡集资，把南屏原来培养科举人才的"甄贤社学"改造为面向大众教育的学堂"甄贤学社"。这是一所很像样的学校，清一色的青砖瓦房，简洁大方。他以赤子之心，践行理想："使中国日趋于文明富强之境。"甄贤学社首次招生30人，容闳希望这一事业长久，充满激情地写了校歌：

> 我甄贤兮毓秀南屏，前贤遗训兮谨守以诚，教育乡村兮史河光荣，甄陶
> 后俊兮贤命是经，甄贤学生兮相兴鹏程。

招收第一批留美幼童的工作如期完成。出发的时候，是一个下午，家长们将儿子送到码头，交给官府的人。依依惜别中船老大高喊一声："都上船了——"所有官生双膝跪地磕头，拜别双亲，向亲友告别，然后登上了一艘驶往香港的大帆船。

容闳和徐润告诉前来送别的官生父母：到香港后再换乘汽轮船去上海，请家长们放心。官生们站在船边向父母再次道别，永远记住了母亲那饱含热泪的双眼。要好好学习，回来耀祖光宗。

船老大看着所有出行的人都上船了，带领大家向水神祈福，保佑他们顺风顺水，到达目的地。一面大锣敲响，所有船上的人都大声喊，"我们出航了——"船老大高喊一声："起锚扬帆——"大船升起风帆，水手协力，起航了。在强劲的风力推动下，大船穿过一个又一个河湾，进入大海。

海风阵阵迎面吹来，大帆船上的官生自然聚到一起，在层层考试的过程中他们都熟悉了，真好，一路上不会孤单。容闳再一次转身回望家乡，心中默默道别。这一年，他四十三岁。夕阳下，山山水水都披上了一层绚丽的色彩，山上那座熟悉的宝塔被彩霞映照得更加秀美，田野里滚动的稻谷，似金色的海浪。感谢家乡人杰地灵，给了少年们智慧和勇气，海阔凭鱼跃，天高任鸟飞。

第二天清晨，帆船驶入香港，容闳和徐润带着孩子们下船，安排到一家旅馆，等待到上海的汽轮船，并反复叮咛不准乱跑。但还是有人悄悄跑了出去，想看看香港到底是什么样儿。有的人掏出母亲塞在身上的零用钱，看到喜欢的零食，想吃就买，自己做主。

从香港开出的汽轮船航行四天到上海，学堂监督刘翰清、吴子石把第一批学生接进校园。孩子们一进学堂的大门，立刻惊呆了，一幢两层楼的洋房，和老家的私塾完全不一样，宽敞多了。他们跑出跑进，楼上楼下一阵窜，很快就熟悉了学堂的里里外外，第一层是图书馆、餐厅、厨房、教室。教室宽大，里面已成排摆好两人一张的长条桌和长条凳。两头是教习的大方桌，放着教材和即将发给大家的作业本。第二层是学堂办公室、接待室、教师和学生的寝室，好大。整个学堂可以同时容纳一百名学生上课食宿。

从广东、江苏、浙江招的幼童全部集中到上海的留美预备学堂，开始了为期一年的预科学习。第一堂课，监督刘翰清严肃地告诉大家：现在共是40名学生，学习一年后通过考试，才能决定30名去美国留学，望尔等努力用功。课程安排是一天国文课一天英文课。

上国文课时学生们拉高嗓门，摇头晃脑地念课文，每篇文章精读细念后还要背诵、默写。拎着竹板的监督和教习随时抽查，谁不过关，手掌要挨竹板。他们喊着念书，震耳欲聋，师长却很喜欢，望着这些过关斩将选上来的孩子，更希望他们早日成为国家的栋梁。练字的时候是一天中最安静的，个个屏声静

预科学习是这样的

气。教习说，字不好的人是很难入选做官的，要想当大官必须字过关。他边说边在教室里转，随时指点着，看到满意的学生，总要多看一会，然后点点头，拉长声音"嗯"一声，又去看别的孩子了。字好的学生感觉到了教习的鼓励，越发认真地练。

英语教习曾兰生父子三人都非常严厉，被学生们起绰号"三魔鬼"，特别是曾兰生，直接被称为"撒旦"。大家跟着教习扯着嗓子大声练习发音，相互比赛背单词。学语言只能是这样，没有什么好方法，反正已经习惯了。

下午 4 点半全天的课程结束，大家冲出教室追逐打闹，监督规定每天只活动一个半小时。学堂没有运动场地和体育设施，家长装的零花钱还没用完，有人到校外买点糖果，几个同学凑在一起共同享用，有时候边吃边猜铜板的正反面赌输赢，以决定下次谁请客。

要说学生最快乐的时刻，那就是吃饭的时候，三顿饭都是学堂供给。这时候也是学生们相互交谈的最好时间，有的家长就是为了解决吃饭问题让儿子报考官生的。同学们分桌集体吃饭，米饭、肉、蔬菜，管够，这让家境贫寒的同学很高兴。

吃完晚饭，厨房送来温水，同学们洗完脸又进教室了，点亮桌上的小油灯，开始晚自习，教习也来做辅导。晚 8 点是最后一节课，国文教习讲中国历史，好在他像讲故事一样讲述历史，生动活泼，便以记忆，而且不用考试，一天中只有这时候教室里有笑声。到晚上 9 点钟所有的人都必须上床睡觉，每一位教习都有权利管理和抽查，睡不着躺着聊天吧，但不准窜铺。当然，他们不知道，这一年各位教习在对他们做近距离的考察。曾国藩、李鸿章规定，在预备期间，要将"最暴戾""最鄙小""最愚钝"的人排除。

在学生们预科学习的时候，李鸿章和美国驻华公使镂斐迪（Frederick F.Low）为派留学生之事，进行着对接。镂斐迪于 1872 年 2 月 5 日给美国政府写信，谈到了此事：

> 此次会谈中我得知，派遣一批幼童前往美国接受教育的计划正在考虑之中，数月后此计划将会最终决定，并会将细节详细地通知我。总督说，如果我对此项计划评价好并感兴趣，在适当的时候把此事禀报给我的政府，他将感激不尽。同时，如果我能适当运用我的影响力给学生们以关心和照顾，有助于他们进入适当的学校、学院和大学，他将非常高兴。

很快，李鸿章就得到了美国国务卿的回复：

> 毫无疑问，我国政府将会尽一切努力来促成你所期待的此项计划的开展。我非常认同阁下这项运动的发起。我相信它会给你的国家和人民带来巨大的利益，并进一步增进已经存在的美国和皇家帝国之间的友谊。

美国政府对中国选送幼童到他们国家学习的计划是积极的。

穿越大洋　探寻新路

1872年2月17日，容闳给时任耶鲁大学校长、曾是自己哲学老师的诺亚·托马斯·波特（Noah Thomas Porter）教授写信，告之令人振奋的消息，同时表明中国政府对留学生的要求：

> 政府最希望他们在美国学习的领域包括军事、航海、医学、法律和建筑工程。在科学方面，他们应该掌握化学、自然哲学、地质学、天文学。
>
> 他们不许加入美国国籍，不许在美国永久居留，也不许中途因为追求个人利益而中断学业。他们得到政府的全额资助，他们应该对我们的政府负有责任，如同美国西点军校、安那波利斯军校的预备军官对政府承担的义务一样。

容闳还和几位耶鲁大学的老师商讨留学生赴美后生活学习将面临的具体问题，并提出多种方案：

> 我不得不考虑这些幼童在美国的住宿问题。城市的花费现在非常高，或许我们可以考虑让他们居住在乡下。那里不像城市那样热闹，而朴素的风土民情，可能更有助于让孩子们养成用功的学习习惯。另外，是否应该考虑将这些孩子分开居住，让他们进入不同的学校，这样对提高他们的英语学习更有益处。是让他们进入寄宿学校，还是把他们分散在不同的美国人的家庭中？是让他们先集中在一起住六个月，还是立刻就将他们分散开来？这些我认为都是非常重要的问题，我把它们陈述给您以便得到您的意见。

容闳采纳了师长的建议后又和康州教育厅厅长伯德希·格兰特·诺索布（Birdsey Grant Northrop）商议，计划将中国首次外派的小留学生的居住地选择在美国新英格兰地区的康州哈特福德市和麻州斯普林菲尔德市。这个良苦用心，有着他的耶鲁情缘。新英格兰地区位于纽约和波士顿之间，交通便利，经济环境和人文环境特别，居住着科学家和作家，代表着美国这个新兴资本主义国家的精神风貌。让学生们三五一组直接入住美国普通市民家庭，可以使他们在适应美国生活的同时更快地掌握英语。所选择的家庭主要是教师、医生、牧师。诺索布厅长专门向愿意成为幼童"家长"（host family）的人们发表了一篇《致中国幼童教师函》，要求他们给予"家长式的爱护"（parental treatment）。当然，在慈爱的同时还要严格管教，注意孩子们的道德培养，"将来不失为中国好男儿！"他指出："华生将来学成回国，各受执掌，其于中国文字，尤须兼习勿弃"；"华生先须勉学忠孝及爱戴国家，凡所肄我国之才艺，均须克尽心力，猛著祖鞭，勿遗人后。"诺索布还特别提到了幼童的健康，具体到要讲究卫生，经常洗澡，躲避风寒等，告诫家长要小心谨慎，掌握他们的作息时间，以免发生意外。尽力使中国幼童在美国这片陌生的土地上，有一个"家"的环境，感到爱的温暖，这会有利于他们的成长。这封《致中国幼童教师函》后被《北京中西闻见录》月刊翻译刊出。

当然，中国政府要向所有成为幼童家长的美国家庭按期付一切费用，每个幼童每年的住宿费、伙食费和学费共计四百两银子。

同时进行的是曾国藩、李鸿章正式向朝廷推荐常驻美国的人选，同治十一年正月十九日（1872年2月27日），他们上《派员携带学生出洋肄业应办事宜疏》：

> 伏查挑选幼童出洋肄业，固属中华创始之举，抑亦古来未有之事。所有携带幼童委员，联络中外，事体重大，拟之古人出使西域，虽时地不同，而以数万里之遥，需之二十年之久，非坚忍耐劳，志趣卓越者，不足以膺是选。查有奏调来江之四品衔刑部候补主事陈兰彬，凤抱伟志，以用世自命，把其容貌，则粥粥若无能，绝不矜才使气，与之讨论时事，皆能洞烛机微，盖有远略而具内心者……又连同衔江苏候补同知容闳……以上二员，上次折中业经奏明，均堪胜任，相应请旨饬派陈兰彬为正委员，容闳为副委员，常川驻劄美国，经理一切事宜。

曾国藩、李鸿章同时推荐曾兰生为翻译。"查有五品监生曾恒忠（曾兰生），究心算学，兼晓沿海各省土音，堪充翻译事宜……业由臣橄饬遵照，届时随同正副委员一并前往"。"仰恳饬下总理衙门核覆施行"。同治帝御批"依议钦此"。

陈兰彬从天津回上海后，担任江南机器制造总局总办、上海广方言馆总办。面对远赴重洋，担任中国留学事务局监督之职，他"雄心激发，乐与有成"。

同治十一年正月二十二日（1872年3月1日）曾国藩、李鸿章二人再上奏折，称容闳"前在花旗居处最久，而智趣深远，不为习俗所囿……该员练习外洋风土人情，美国尤熟游之地，并以联外交而窥密匙"。容闳被任命为中国留学事务局副监督，授道台衔，三品顶戴，"十余年梦想者，得告成功焉！"

曾国藩看着第一批40名留洋的预备生集中到上海留美预备学堂开始学习；为他们选好了出国的正、副监督。但是，他没有等到从这40名预科生中再次择优选出30名学生出洋，留下期望："异日有名将帅者出，俾之得有所凭借，庶不难渐次拓充"，于同治十一年二月十二日（1872年3月20日）去世，享年六十二岁，谥号文正。这位晚清"中兴第一名臣"被后人盛赞，"立功立德立言三不朽，为师为将为相一完人"。

曾国藩薪尽火传，李鸿章接掌留学事宜，成为留学事业的主持人和实际领导者。以后要独自承受顽固派的谴责非难，这一点，他应该有所预料。容闳于6月先行美国安排一切，在麻州斯普林菲尔德市设立管理机关——中国幼童出洋肄业局总部，并和当地教育厅一同为小留学生落实接收家庭和就读学校。7月，李鸿章奉谕令浙江漕运总办、淞沪沙船巨商朱其昂（字云甫）同他弟弟朱其诏（字翼甫）办理轮船航运，定名为"轮船招商公局"。容闳所提的第二条建议实施的同时，第一条建议开始实践。

留美预备学堂的40名预科生一年中只享受了三天假期：正月初一、五月端午、八月中秋节。最后一次考试是由上海最大的官——海关道台亲自主持。终于，考完试了，要决定30名中英文成绩优良、身体健康的同学前往美国留学。等待发榜的这几天是最难熬的，学校的大门也不像平常那样锁得紧了，大家结伴出去看看上海。

忐忑中，学生们终于看见学堂墙壁上贴着的30名入选者名单，有25名是广东籍。英文小教习曾笃恭年龄稍大，十六岁。香山县有13名，他们是：史锦镛（字瑞臣）、钟俊成（又名钟进成，字勉之）、陆永泉（字盈科）、邓士聪（字达庐）、程大器（号汝瑚）、蔡绍基、蔡锦章（字云松）、欧阳庚（字兆庭，号少伯）、张康仁、钟文耀（号紫垣）、刘家照（字月初）、谭耀勋、容尚谦；番禺县的黄仲良；顺德县的梁敦彦、何廷樑（字柱臣）；新会县的陈荣贵（字辅朝）、陈钜溶（又名陈钜镛）；镇平县的黄开甲；惠州的罗国端；四会县的吴仰曾（原名仲泰，字述三）；新宁县的邝荣光；南海县的潘铭钟。其他省份的有：祖籍安徽徽州府的詹天佑；山东济宁州的石锦堂；江苏上海县的钱文魁，江苏川沙厅的曹吉福（字俊德），福建泉州府同安的黄锡宝；江苏太仓的牛尚周（字文卿）。

少年邓士聪

容闳亲自挑选的六个少年：詹天佑、罗国端、吴仰曾、邝荣光、潘铭钟、容尚谦全部入选。容尚谦和邝荣光年龄最小，十岁；牛尚周、潘铭钟、谭耀勋、吴仰曾十一岁。

所选中幼童的家长还要按规定和官府签一份为期15年的契约，"取具年貌籍贯，暨亲属甘结收局注册"。契约的条件苛刻，甚至残酷，詹兴洪难以割舍骨肉，但一想到游学美国将会给孩子带来远大前程，掂量再三，还是签了。

> 具结人詹兴洪今与具结事：兹有子天佑情愿送赴宪局带往花旗国肄业，学习机艺。回来之日，听从中国差遣，不得在外国逗留生理，倘有疾病，生死各安天命。此结是实。童男，詹天佑，年十二岁，身中面圆白，徽州婺源县人氏，曾祖文贤，祖世鸾，父兴洪。
>
> 同治十一年三月十五日
> （詹兴洪亲笔画押）

在邝荣光的具结书上所标明的身形特征是："身瘦长面圆兼白"。

朝廷特意为出洋的小留学生量身订做了马蹄袖的官服，千层底的缎靴，学堂监督举行仪式"奉旨赏赐官学生，赏赐袍帽顶戴"，并发给铺盖一床、小箱子一只。有一本书，每个人都要放在最顺手的地方，随时阅读、背诵，就是《圣谕广训》。一切停当后，学生们最强烈的愿望是怎样将这个好消息告诉家里人。学校监督看得明白，说，这些都不用你们操心了，家乡的官府已经把大幅喜报贴在你们家的大门口了，所有的人都会知道你们高中，要出洋留学了。被选中的幼童们忍不住喊叫起来，沉浸在欢乐之中。

他们在上海的最后一门课是学习面见官员的礼仪。小的见大人时一定要跪伏、五体投地，叩头时脑门要挨着地面，不能用眼睛看大人，否则是大逆不道。学完礼仪，他们穿靴戴帽，官服上身，配之带钩，荷包、扇坠等，由陈兰彬带着，坐上华丽的轿子——官是被人抬着的，到上海的最高行署——海关道台衙门，去给海关道台叩头谢恩。幼童们对着这位大官跪了下去，伏地叩头，听到道台特许他们抬起头来看他的脸时，感到是一种恩宠。如此一番礼仪，小孩子们记住了，是官府给了他们出国留学的机会和所有费用，要永远感念，俯首帖耳。但是他们不知道，中国的国门——海关的钥匙并不掌握在中国人自己的手里，而是掌握在英国人赫德手中。

第二天，陈兰彬又和曾兰生领着官生们去美国驻上海的领事馆，拜见领事雯颜。这个美国大官站着接见中国孩子，孩子们也不必下跪，而是坐了一圈听他演讲，曾教习做翻译。领事认为，派幼童出洋到他的祖国去学习，"亦大清皇帝励精图治，迈绝千古之新政也。"鼓励孩子们"各殚竭智力，奋志读书，而于算术机器之学，亦宜究心参考，俾技精而艺熟"。领事还馔以茶点，这让幼童们很吃惊。不过，没有允许，谁也不敢动。还没有离开上海，聪慧的少年们已经感觉到了"不同"。

由英国商人安纳斯脱·美查（Major Ernest）集资创办不久的中文报纸《申江新报》也就是《申报》，取代了由英国人创办发行十年之久的上海第一份中文报纸《新上海报》，成为著名报刊。七月初二（8月5日），《申江新报》对留美幼童出国前的行动作了详细报道，初五（8日），当地官员李兴锐等为陈兰彬饯行。

这一天是注定要载入史册的，中国政府第一次以主动的态度去接触大洋那边的天地。大清同治十一年七月初八，公历1872年8月11日。清晨，灿烂的朝霞中升起一轮火红的太阳，无边的海面上，波浪闪烁着金光，锦绣一片。中国首次官派的第一批30名留学生从上海港起程，乘风破浪，绕道日本，前往美国留学。面对茫茫大海，他们将勇敢地去穿越，穿越人们对大洋彼岸的偏见和恐惧，探寻一条新的道路。带队的是主事陈兰彬、国文教习叶绪东、翻译曾兰生。这是一个宣示：容闳梦寐以求的"科学教育救国"事业终于掀开了一页，将有120个少年通过学习"西人擅长之技"，使国家"渐图自强"，洋务运动从学习机器制造转向人才培养。工作人员大都单身前往，只有曾兰生带着全家，妻子及三女三子。

这年，唐廷枢等三人倡议，并各捐银千两在上海二摆渡地方合置一套房产作公益之用，其他同乡"踊跃画捐"，共同建起了广肇会馆。会馆或者同业会是在外地同一籍贯老乡的"家"，也是经商的同乡在外地的商业组织。"会馆者，集乡邑人而立公所也。"目的是以行会方式来增强联系，凝聚力量，同时还起保护同业利益的作用。唐廷桂担任首任总董，他捐银万余两作为会馆的活动经费。"此后凡广肇两府之事俱归公所经理，联乡里而御外侮，公益诚非浅焉。"粤商的"各处会馆之建筑物崇宏壮丽，可为其团结力量最富之明证"。

唐廷枢在组织建造广肇会馆的同时，又以实业家的慧眼推荐香山两名唐家子弟参加第二批出洋的招考。一个是二堡村唐意勋家十二岁的唐元湛（号露园）；另一个是鸡山村唐陶福家十三岁的唐国安（字国禄，号介臣）。

唐廷枢

唐家子弟　入选官生

唐意勋在澳门经营药材生意，有自己的店铺，妻子梁氏来自香山的大户，儿子唐元湛于咸丰十一年（1861年）出生在澳门快艇头街，圆脸大眼，顽皮好动。一过五岁，唐意勋就让他读书，澳门洋人多，耳濡目染，学点英语不是难事，被人夸赞"幼而敏慧，志趣高尚"。

通过层层考试，唐元湛入选为官生。消息确认后，唐意勋让儿子穿上妻子赶做出来的新衣服，领着他，去唐家村的祖庙敬香、叩头。这是每一个要外出的人必须进行的仪式。唐家村地处广东省香山县唐家湾，古称"釜涌境"，唐家祖庙叫圣堂庙，有六七百年的历史了，随着历史的演变，又有了文武帝殿、金花庙，成为并列的"唐家三庙"。所有的唐家人都要记住自己是从哪里来，唐意勋郑重地告诉儿子：我们的祖先是唐居俊，宋末元初的时候从中原经过粤北南雄的珠玑巷迁到这里定居，因为看到了佛陀在此显灵，故而建庙。

唐元湛先被父亲带到匾额上是三个阳刻字"圣堂庙"的唐家祖庙，两边的楹联为"宗门大启，法界宏施"。大殿里供奉着三尊神塑，两旁是本土化了的金身诸神。唐元湛学着父亲的动作，虔诚地向佛祖敬香、叩头，没有语言，一切都是用心表达。在这庄重的仪式中，他永远记住了家乡，知道了自己的根在哪里。香山唐家村有唐和梁两大姓氏，唐意勋是唐家兆九"豪杰房"，他要儿子就是走到天边也要铭刻于心。

从圣堂庙出来，唐意勋领着儿子继续敬香，中间文武帝殿的楹联是"七星高耀，两圣齐尊"。所供奉的文武帝体现着道德和本领的高度，而金花庙的楹联"恩培赤子，惠普苍生"则表现了人们追求儿孙满堂平安祥和的幸福生活。三庙为一体，让人们感到当地文化的博大和务实。庙里的碑文留下记录，唐家三庙修建过四次，同治二年的那一次规模最大，唐家村人再一次捐款，将三庙改建成气势宏大的砖瓦木石结构，樟木浮雕，华美异常。唐意勋不但捐款，还在修庙的过程中担任了一项工作。唐元湛一眼就在捐款人名录中找到了父亲的名字，还有一栏：督理值事，唐意勋也是其中的一位。

父子俩离开唐家三庙就去亲戚家一一拜别。亲戚家有的是青砖硬山顶的院落，有的是砖木混合的小楼，也有蚝壳砌成的院墙。出了街巷，鱼塘遍布，河道纵横。家乡真好，有大南山和凤凰山，还有湾湾的海岸线。唐意勋告诉儿子当地的一个说法：

能从"湾"里出去的人一定是蛟龙出海，前途远大。而年幼的唐元湛更喜欢和小伙伴们比赛"撒水花"，他随手捡起一块扁石头，贴着一个大鱼塘的水面斜斜地掷出去，看着石头在水面坠落、弹起，再坠落、再弹起，激起一串水花。不知道要去读书的地方会不会有人跟他比赛"撒水花"，那里有没有"天女散花"的传说？有没有"舞醉龙""耍狮子""划龙舟"？

出发前，还有一个程序不能免去，去澳门的妈阁庙敬香，古庙依山面海，沿崖而筑，由三大殿和观音阁组成。庙里悬挂着一个个塔香，紫烟缭绕，氤氲着悠远之气。唐意勋领着儿子上完香，两手合掌，向妈祖跪拜，请海上的守护神保佑儿子顺利远行，完成学业，没病没灾地回来。

转眼，到了集合的日子，第二批官生也是下午在通向大海的渡口出发，父母们领着孩子，含着眼泪，将孩子交给官府。在层层考试的过程中，大家都认识了，相互打着招呼，唐元湛在人群中看见了唐家同宗的唐国安，还有上栅村的，南屏的，澳门的……沙岗村的李恩富（号少弼）十二岁，父亲于三年前去世，母亲一人负担三个孩子。招生开始时母亲因为听到过一些传闻而有顾虑，是在上海经商的兄长回家来劝说，有一个好前途更重要。李恩富这才能去考试并入选，但是真要离家了，寂寞、凄凉、悲哀充满了脑海，他跪地向母亲磕了四个头。母亲的眼里泪水在打转，装出很高兴的样子，塞给儿子一些零花钱，嘱咐道：做个好孩子，经常给家里写信……

人们登上大船，船老大领头做的祭拜水神仪式把所有的人都团结起来了，也提振了航行的信心。起锚升帆，天边那灿烂的云霞，璀璨美丽。

和第一批学生的行程一样，他们第二天上午到香港，等候汽船去上海。唐元湛看到，香港码头上各式各样的船只比澳门多，穿洋装的外国人也比澳门多，街上店铺里的东西特别是食品的种类更多。坐汽船到了上海，学堂监督把他们接进了留美预备学堂，国文教习是刘云舫、容增祥。依然是魔鬼似的教学，依然是中国式的用功，唐元湛顿时觉得失去了大海和蓝天。

同学们熟悉了，家庭背景相互间也有了些了解，十三岁的梁普照（字子临，号宽亮）和十一岁的梁普时（字子幸）是兄弟俩，广东番禺圆岗乡人。他们的父亲梁焕南在上海、九江等地做茶叶丝绸生意。新宁县温秉忠（字荩臣）的父亲温清溪是伦敦传道会著名的长老，也是道济会堂、公理堂、礼贤会堂的创办人。他随父亲在香港生活，家庭西化，是从那里考入的。浙江宁波王凤喈（又名王凤阶，字仪廷）的父亲在上海经营药材生意，在上海参加的初试。

中国政府一直关注着第一批出发的留美幼童的情况。1872年9月，他们乘坐着一艘名为"大共和国"号轮船到达太平洋的彼岸——美国旧金山。

15日，《纽约时报》登载了一条消息：

> 昨天到达的三十位中国学生都非常年轻。他们都是优秀的有才智的淑女和绅士，并且外表比从前到访美国的同胞更加整洁。三位满清官吏阶层的监护人和他们同行。中国政府拨出100万美元作为他们的教育经费。中国政府计划每年选派三十名学生前往这个国家。

这是美国媒体对第一批留美幼童的报道，显然，把他们当成女孩子了。这些中国学生于1872年9月22日到达目的地康州哈特福德市。

陈兰彬等人到达美国后，设在马萨诸塞州斯普林菲尔德市的中国幼童出洋肄业局开始正常工作。这是"分派学生之中心点"，也是中国第一个驻外机构，工作人员的组成为：监督、副监督，一名翻译，两名中文教习。监督负责全面工作并掌握幼童在美国的中文教育；副监督负责幼童在美国的英文教育及安排住宿。经费的使用由两位监督共同管理。

在上海预科的第二批预科生很想知道，我们到美国去学习什么？老师看出了孩子们的心思，告诉他们，美国有很多先进的东西，比如电报，就好像故事中的"千里眼""顺风耳"，不管多远的地方，只要有这个东西，那一头发生的事，这一头马上就能知道。你们去美国，要学会怎样架电报线，还要学会造船造炮，而

1872年9月首批到达加利福尼亚州的留美幼童中的六人合影　左起：钟文耀、梁敦彦、黄仲良、史锦镛、蔡绍基、牛尚周

留学事务局工作人员在加利福尼亚合影　左为叶绪东，中为陈兰彬，右为曾兰生

且要造得比洋人更好。上海、天津和福州现在都有了造枪炮和造大船的工厂。老师的讲解让幼童们对未来充满向往。下课了，英文教习拿出从香港带来的羽毛球和球拍，教他们打球，看似轻巧的羽毛球却需要足够的体能和很高的技巧，很好玩，这是他们接触的第一项西洋运动。

预科一年，考完试，又到了等待发榜的日子，学堂管理不那么严了，唐元湛和同学们按捺不住对上海的好奇，相互掩护着逃出校门，去看上海。

上了大街，除了新鲜和兴奋，还有发现。上海的洋人按自己国家的风格在租界里建起了花园楼房，很随意，甚至还显出高人一等的样子。但是在广东，外国人可没这么逍遥自在。听大人们说过，香山淇澳岛村民曾在道光十三年（1833年）自发组织抗击英国侵略者并取得了胜利，用英国人赔偿的三千两白银在岛上修了一条石板路，叫"白石街"。学塾里的先生也说过，广州有过"三元里抗英"的壮烈斗争，广东人骨子里就有这么一股"硬气"。第二次鸦片战争中的咸丰九年（1859年）英国和法国要在广州建租界，但是广州人决不把自己的地拿出来当租界，因此，广州的英法租界是在离广州府较远的一片无主的"沙面"上填出来的。同胞们如果被趾高气扬的洋人冒犯马上就会反抗，手无寸铁时脱下木拖鞋一顿猛敲，然后一个猛子扎入江里，让他们知道，这是在哪里。所以，在广州府外国人是不敢和华人混居的。

同学们看见了一种车，一轮在前，一轮在后，一个洋人骑上去一只脚尖点地，然后登踏板，车轮转起来载着人跑了。这让人很眼馋，哦，是什么东西呢？吴淞江上的外摆渡桥很好玩，木桥中间有一块活板，盖在桥面上时，车马行人正常通过。江里要是有竖着桅杆的帆船过来，人和车马就不能上桥了，那块活板会被吊起来让船通过，等船过去，桥又恢复了原样，交通继续。有同学想上桥去看看中间的活板，没想到一个人要花两文钱，算了。但是桥中央的机关太让人好奇了。

前辈唐廷桂和唐廷枢是一定要去拜见的，感谢他们的推荐和鼓励。这两位亲戚在上海是粤商的头儿，广肇会馆也不难找。唐元湛和唐国安向唐廷枢汇报了学习考试的情况，还弄明白了上桥交钱的问题。原来是这样的：这座外摆渡桥是一个叫韦尔斯的英国人集资修建的，所以也叫韦尔斯桥。每一个过桥的人都要交过桥税，而且从一文涨到了两文，这让上海民众很愤怒，一个叫詹若愚的广东人已经在韦尔斯桥旁义务摆渡五年了，以示抗议。现在工部局正在韦尔斯桥西侧造一座新桥，新桥造好之后就不再收过桥税了。广东人好厉害！

终于，红榜贴到墙上了，所有的人都紧张地踮起脚搜寻自己的名字，啊！找到了。

唐元湛和唐国安首先看到了自己的名字，松了一口气，但知道会有十名同学落选，不好喜形于色。在美国学习多年的容尚勤和已经到美国的曾溥进入这一批成为官生。第二批留美幼童中广东籍同学有 22 名，香山县的有容尚勤、李桂攀（字步云）、唐国安、黄有章、唐元湛、邓桂廷（号香屏）、蔡廷干（字耀堂）、李恩富、张有恭、卓仁志、宋文翙（字叔仪）、梁金荣。南海县有四名：苏锐钊（字剑侯）、陈佩瑚（字碧珊），两个神安司东村的是邝詠钟、邝景垣。番禺县是兄弟俩：梁普照、梁普时。四会城是吴应科（原名天保，字盈之）和吴仲贤（字伟卿，一作慧卿）。还有：新宁县的温秉忠、新会县的容揆（字赞如，一作赞虞）、开平县的方伯樑（字铸臣，一作柱臣，派名文体）、潮阳城曾溥。江苏、浙江两省有六名子弟入选，他们是：江苏上海的陆锡贵（显臣）、苏州的张祥和；浙江宁波的王凤喈、陈乾生、丁崇吉（又称丁逸仙，字艋仙）、王良登（字辅臣）。

榜上无名的十名同学忍不住泣涕涟涟，其他同学赶快安慰，说，第三批就要开始了，你们还可以接着学，有机会再考，直到把他们说得破涕为笑。毕竟一起学习一年了，朝夕相处，彼此都有了感情。

管带第二批留美幼童出洋的委员是黄胜。他在上海广方言馆工作了三年多，造就了包括汪凤藻在内的多名精通西学人才，1869 年在香港筹建东华医院，被推举为 13位"倡建总理"之一，曾任董事局主席。1870 年他重新任职于香港英华书院，投身报业，一年后与王韬等人合办中华印务总局，这是中国人自己开办的第一家近代印刷企业，创办了香港华人的第一家中文报纸《循环日报》。上年 4 月，黄胜参与创办香港第二份华文报纸《华字日报》，出任主笔。是年初，他从英华书院购得两套铅字，送往京师，呈于总理衙门，为刚成立的北京西法印书局作技术援助。正值事业巅峰的他，得到了幼童出洋肄业局的聘请，欣然来到上海，清政府赏以知府花翎。

告别家乡　从此许国

第二批留美幼童即将起程了，和第一批一样，所有的程序都不能马虎，去海关道台衙门给海关道台叩头谢恩，去美国驻上海领事馆拜见领事。每进行一个程序，朝廷的恩典在他们的脑海中就固化一次。《申报》登出了出洋学生的名单，有学生上街时买了一份，囫囵吞枣地读着，煞有介事地卷在手里，回到学堂，相互交流。

同治十二年五月十八日（1873年6月11日）早晨，在一片朝霞中，第二批28名留美幼童由委员黄胜和国文教习容增祥管带，从上海出发登上了一条赴日本的轮船，船号是科罗拉多（Colorado）。学堂监督、教习和上海的几个同学家长到码头去送行。迎着海风，他们以复杂而茫然的心情和上海再见，和祖国再见，开始了人生的远航。和官生同行的还有粤东股户子弟七人，其中有一位叫陈芳，是香山翠微的，两名是黄胜的儿子。唐元湛喜欢书法，练习楷书已经有一些心得，小箱里放着叠得板板正正的官服和顶戴，还有笔墨纸砚及字帖。

上海的留美预备学堂，第三批幼童即将集合。

黄胜管带少年去美国，还要给容闳带去一个好消息，容闳提出四条建议中的第一条"组织一纯为华股之合资汽船公司"正在实施。朱其昂和朱其诏办的轮船招商公局赁局址于上海县县府所在地——南市永安街，于同治十一年十二月十六日（1872年1月17日）对外正式开局营业。但不到半年就亏损严重。李鸿章深虑"资金过少，恐致决裂"，其机要秘书盛宣怀（字杏荪，号愚斋，江苏常州武进人）推荐了唐廷枢和徐润重办轮船招商局。

盛宣怀生长于地主知识分子和官吏家庭，受家庭影响，接受了儒家"经世致用"的思想。同治九年（1870年）二十七岁的他科举失利后决定放弃科举，入李鸿章幕府做行营内文案兼充营务处会办，很快就显露出了"颖悟洞澈、好深湛之思"的个性，深受信任，随李鸿章赴津办理过天津教案。畿辅水患，他购买衣物、粮食抵津赈发。二十九岁时他得李鸿章面谕，拟定轮船招商总局章程并管理业务。这是国内第一个以商股的形式组建的轮船运输公司。同时，李鸿章慕唐廷枢熟悉船务之能，于同治十二年（1873年6月），委任其为招商总局总办；派朱其昂、徐润、盛宣怀、朱其诏为会办。8月7日，局址迁到上海三马路，改称"轮船招商总局"。轮船招商总局开启了洋务企业特有的一种商业管理模式：官商合办。用盛宣怀的话说：是"由官设局"，

盛宣怀

"试办招商"，打破了官不经商的惯例。他在《上傅相轮船章程》中说"中国官商久不联络，在官莫顾商情，在商莫筹国计。夫筹国计必先顾商情。倘不能自立，则一蹶不可复振。"总办、会办积极入股，仅是徐润先后投资四十八万两银，又招徕各亲友入股不下五六十万两。轮船招商总局 16 艘船的商船队由此正式起航。

轮船招商总局在上海设总局，在国内沿江沿海、日本、新加坡、安南（今越南）、马来西亚共设 19 个分局，在外商的重重包围中冲开了一条血路，生意兴隆。

第二批留美幼童乘坐的科罗拉多号船在海上航行，风浪越来越大，颠簸越来越明显，一些人忍不住呕吐起来，还出现了晕船现象。唐元湛想起父亲说的话，能从"湾"里出去的人一定是蛟龙出海，前途远大，但是在甲板上行走都很困难。让黄胜、容增祥吃惊的是孩子们的适应能力极强，并对船上的西餐很感兴趣。于是，他俩就安排学习，并进行品德和礼仪方面的教育，不准他们随便动船上的任何东西，也不允许互相之间饶舌生是非，行事做派要像个大清国留学生的模样。

轮船在海上航行了一个星期，在日本横滨中转。随着"下船了——"一声喊，第一次出远门的小留学生们不由得兴奋起来，上了甲板，长长地换了一口气，海风迎面吹拂，极目向岸上眺望，啊！广阔的天地是多么美丽。

黄胜和容增祥带着孩子们住进了日本旅馆，等待开往美国的邮轮。在好奇中，少年们也在增长知识。日本原来也奉行闭关锁国政策，1853 年 7 月 8 日，美国东印度舰队司令官佩里（Matthew Calbraith Perry）准将率领的四艘军舰组成的舰队，突然出现在锁国已久的日本江户湾（今东京湾）水面，使命是将美国总统要求日本开放门户的信交给日本政府。日本政府知道自己不是他们的对手，又担心重蹈大清惨败的覆辙，以签订不平等条约被迫打开国门。日本为美国开放通商口岸后，荷兰、英国、俄罗斯、法国也接踵而至，结束了日本两百余年的闭关锁国。当然，日本政府内部也有改革派和守旧派，斗争也很激烈。1868 年旧政府被推翻，日本的"明治维新"开始了旨在脱亚入欧，追赶西方的改革。

黄胜告诉学生们，当年布郎先生把他、容闳、黄宽三人带到美国留学后又返回日本，带日本的孩子到美国留学，并且一直持续。因此，布郎先生在日本也享有盛誉，被看成是发展日本西学的先驱。容闳回国后为中国派留学生奔走时，日本派出了一个庞大的代表团，耗时近一年，遍访欧美各国。代表团随行有五十多位青少年，他们在欧美各发达国家留了下来。明治维新后的 1870 年，日本政府首次发布了统一的留学章程——《海外留学规则》，派往欧美各国的留学生数量激增。现在中国才向美国派出两批幼童留学，而日本派出的留学生已达千人之上。日本有一个平民出身叫福泽谕吉的教育家、启蒙思想家，在自己创办的"庆应义塾"里编写讲义，用英文原文教学生西方的历史、地理、经济及自然科学。他告诉学生们，如果不知道外部世界，"人就失去存在的价值"，第一次工业革命使"智慧生勇，渡水使用汽船，行万里之波也毫不恐惧；行于陆地的蒸汽机车，宛如给人添上双翼……"

中国人历来讲究"读万卷书，行万里路"，黄胜和容增祥索性带着学生们游览观光。中国孩子对日本国留下的印象很特别，觉得有趣，好像什么都"小"，人的个子小，房屋建筑的样式似曾相识但又要小巧一些，服饰既熟悉又陌生，语言有些生硬。还有，这里的女人穿着木屐，行走时踢踢踏踏的声音，让广东来的同学们想起了故乡的木踏拉板。但是有一个东西大到让他们吃惊，这家伙喘着粗气，叫声尖利，很多轮子一起转动，在两条平行的延伸很远的铁条上，跑得很快，简至是飞驶而过。黄胜告诉他们，这是一种新型的远距离运输工具，英语念"Train"，也叫"火车"，是熊熊燃烧的火焰使水变成蒸汽，产生动力，推动相关器械，带动车辆前进。正是因为英国发明家瓦特在1782年发明了蒸汽机，才出现了海上的轮船、陆地上的火车，世界也变了样。

福泽谕吉，日本著名的启蒙思想家
明治时期杰出的教育家

几天后，小留学生们在两位管带的组织下又到横滨港口，一艘船号为中国（China）的美国邮轮出现在眼前，确认是他们要搭乘的邮轮后，又有了一种亲切感，于是排队依次上船。最好玩的是，船上还上来了奶牛和羊，黄委员告诉他们，这是为了给船上的旅客提供新鲜牛奶和肉食。

邮轮行驶在浩瀚无边的太平洋上。太平洋真太平，风和日丽，波澜不兴，除了规定的学习时间，幼童们在甲板上还可以散步或者游戏。天海之间无数的飞鱼跃出海面，活泼敏捷的身姿给枯燥的旅行带来了活力、带来了欢乐，也让他们大开眼界。最有意思的是鲸鱼，会突然探出头来向空中喷出一道水柱，在阳光的折射下变成一道七色彩虹。温秉忠和船上水手连比画带写地简单交谈，知道他们乘坐的这艘中国号邮船是一艘明轮船（paddle wheel），直观地看就是两个大桨轮安装在船两舷，用机器来驱动它，产生动力。他们也遇上了大风浪，船舷一边被波涛涌起，桨轮在空中打转并发出刺耳的噪声，令人恐惧。但聪颖的中国少年还是看懂了轮船的驱动原理，体会到了机器的力量，这和他们所熟悉的挂有风帆的帆船是不能同日而语的。还有一个乐趣，看厨师笨手笨脚地挤牛奶，比早餐喝牛奶还有意思。

海上航行的美丽和惊险让幼童们忘记了离家时的茫然，消散了孤单和害怕，海边长大的孩子是不畏惧惊涛骇浪的。再说，去年已经有一批和他们一样大的学友去美国留学，以后还会有。

1873 年 7 月 13 日，中国号邮轮抵达美国西海岸的海港城市旧金山，又一批中国小留学生到了地球的另一边——北美大陆上的美利坚合众国。黄胜告诉学生们，旧金山的英语名字叫 "San Francisco 圣弗朗西斯科"，也就是 "西方女王" 的意思，还有个中国名字叫 "三藩市"，可见这里中国人之多。美国的淘金热从这里开始，铁路修建也是从这里开工。要上岸了，两位尽职的管带让学生们打开随身携带的箱子，换上官学生服，头戴官学生顶戴、蓝绉夹衫、酱色绉长褂、缎靴，中规中矩。

旧金山港口比上海的港口大，各式各样的轮船穿梭往来，令人目不暇接，停泊在港口的船只依次排列，非常壮观。用大石块砌起来的摩天大楼，高大气派，与家乡飞檐拱斗 "人" 字形的大屋顶建筑截然不同。嗬! 要想看到楼顶还得倒退几步，使劲往后仰脖子，赶紧扶住顶戴。哇! 直插云霄。在一座高楼前他们停住脚步，争着念楼房上的招牌: "Palace Hotel，皇宫大饭店"，一数，有九层啊。他们入住后新奇地看到了楼房里相通的自来水、煤气。黄委员说，在房间里如果有什么事可以按电铃，会有人来服务，但是不能调皮，没事乱按。他们答应着，争先恐后地尝试着这些从来没有见过的东西，快乐极了。几个同学率先进了电梯上到最高层，往下一望，周围有成片的绿树和草地，附近的民房整齐洁净，鳞次栉比。

安顿好后，学生们跟两位管带请假，结伴下楼去看街景。黄胜及时地教他们一个新的英语单词: Block，街区的意思，这是一个多义词。宽敞干净的街道上有很多商店，没有人抬轿子，自然也没有人坐轿子，马车是最普通的交通工具，来来往往，比上海和日本的城市都繁华。感觉最新奇的是这里的妇女，和中国妇女很不一样，她们能同男人一样，坦然大方地走在街上，穿着华丽的上身紧、下身大的裙子，甚至还敢和男人并肩挽手。这个情景让中国男孩有点难为情，不由得把脸转到一边。

当中国少年用奇异的眼光看着这一切时，无意中给旧金山添了一景，也有人用奇异的眼光看他们，一个男子干脆跑过来问询: 你们从哪里来? 到哪里去? 这令人很紧张，赶快往回跑，那人跟着到了皇宫大饭店，找到了黄胜。黄胜用英语跟来人融洽地交谈，还不时地用中文把谈话内容翻译给学生们听。来人弄清了他们的来历和去向，又捕捉到了一条独家新闻，很高兴。友好的气氛消除了少年们的陌生和恐慌，原来他是专门找新闻的访事员（记者），自己也要被写进去了。但是他们看到，这里的男人是不留辫子的，郑重向访事员申明：我们可不是什么"淑女"，而是男人，真正的大男人。

按计划在旧金山观光三天，他们看到了一种挂着长辫子的车。黄委员告诉他们，这种车叫"有轨电车"，是这里的人发明的，出现在街道上还没有多久，直观的感觉是不用马拉也可以跑起来的房子，里面的人有坐着的也有站着的，还可以行走。大房子上面那两根长长的辫子高高地搭住一根绳子，是它拽着大房子飞跑吗？很神奇。有人偷偷地提一下自己脑后的辫子，搭上去会不会也跟着跑起来？

在旧金山三天的观光游玩，少年们觉得收获比读书还多。上了火车，黄胜说，我们要沿着横跨北美洲的铁路去美国东部的康涅狄格州和马萨诸塞州。这是一趟横跨美国东西部的旅行，需要六七天。

地球那边　北美大陆

中国小留学生在日本已经见过火车了，这回是亲身体会。火车头后面是一间一间的"房子"，连接起来，很长，他们集体安排在一间"房子"里，对，应该叫"车厢"。伴随着火车头发出的尖利叫声和"铿锵、铿锵"车轮磨擦钢轨的声音，窗外的景物快速向后闪去，是飞起来了吗？这么快。比车轮更快的是，他们像接受西餐一样接受了这一切，欢笑着前前后后地来回窜。坐在车厢里的旅客用惊奇的目光看着这群长相和说话与当地人完全不一样的小孩，露出友善的神情，因为美国本身就是一个多民族的移民国家。

黄胜借助铁路对学生们及时进行教育，说，修建这条铁路是美国第16届总统亚伯拉罕·林肯的决定：把太平洋和大西洋联系起来，1863年开始修建，1869年5月10日竣工，全长3200公里，被称为横贯美国东西的大动脉。为什么要修铁路呢？是为了方便美国西部的开发。这条铁路让美国经济掀开了新的一页，农场、水利等各种事业随之兴起。他看看学生们，又说，你们不要忘记，有成千上万中国沿海的人是被当成"猪仔"卖到美国来修铁路、开矿，命运很悲惨，牛马一样地辛勤劳作，到最后还是一贫如洗，甚至连生命都没有保障，这条铁路的西线就是由中国劳工建成。而你们很幸运，是官学生，一定要珍惜机会。

在遥远的西方国家，与同胞的血脉贴得这样近，是他们无论如何也想不到的。

火车上没有餐车，一天三顿饭要在火车停下来的时候到车站附近专门为车上旅客开的餐馆里去吃，无疑，这是旅途中快乐的时刻。火车进站还没有停稳，餐馆门口

华工参与修筑横贯新大陆的美国铁路

早已站着两个人，一个打锣一个摇铃，招徕客人。下了车，同学们又乘机追逐着奔跑一阵，进了餐厅，八九个人一桌，风卷残云般地进餐。火车每次停靠15分钟，时间一到，车站就会响起钟声，他们又是比赛着看谁最先跑回车厢，管他这顿饭是不是囫囵吞枣，管他胃肠能不能适应，就是好玩。这一切，让黄胜和容增祥看到了离开书斋后孩子们身上的另一种潜质：敏捷、机智、活泼，越发喜欢。

从美国西海岸到东海岸要换乘六家铁路公司的火车，沿途要经过六个州八个城市。当然，乘火车和乘轮船是不一样的，景色一个接一个景。迎面突然过来大山，车厢里顿时黑了下来，不见天日，而且声音特别大，震耳欲聋，学生们不由自主地叫了起来，突然间又亮了，一切如常，把头伸向窗外前后瞭望，正好是段弯道，看见了前面的火车头拽着车厢出山洞，原来如此。火车是从打通的山洞中钻过去的，一阵惊喜，忍不住又叫了起来。这下可好，每当火车钻山洞时似乎是个约定，大家都要喊叫一阵，反正这时候耳边声音巨响，两位管带也抓不住谁带的头。有一座山，黄委员告诉他们叫落基山（Rocky Mountains），但是没有告诉他们火车为什么能够力大无比越过这险峻的山脉。充满悬念。

窗外的美景随时激发着大家无穷的想象，在美国中西部他们第一次看到了一望无垠的大草原，看到了硕壮无比的红印第安人。这些土著黑头发上插着雄鹰的羽毛，脸上涂着艳丽的颜色，坦露着粗壮的四肢，让人想起了京戏中的大花脸。当然，美国旷野

中的大花脸比京戏舞台上的大花脸威猛神气多了，他们骑在没有马鞍的骏马上驰骋，挽弓射箭，与野兽搏斗，好不神气。

大草原上有一些野兽是难以对付的，比如野牛（Bison）。这种野牛角短毛长，桀骜不驯，对火车这个庞然大物不但不恐惧，还要一比高低。远远地，野牛看见火车就成群地冲过来，狼奔豕突，带起一片烟尘，领头的一只往往是最大最凶狠的，让人不寒而栗。啊，幸而是坐在火车上。

然而对这批留美幼童来说，旅行所有的惊奇都比不上遭遇劫匪印象深刻。7月21日，列车正向东部行进，人们陶醉在落日苍茫的草原美景之中，突然车体往后一震，又猛地向前弹去——紧急刹车。随之子弹"啾""啾"地穿过车厢，顿时妇女尖叫，孩子啼哭，乱成一团。再看窗外，天哪！刚赞美过的红印第安人在暮色中又是另外一副模样：两个高大威猛的汉子，骑着马，手举左轮手枪，冲了过来，距离火车只有40英尺的样子。

黄委员和容教习突然反应过来，赶快叫孩子们趴下，趴到座位和桌子下面，不要抬头。听到命令，他们从来没有这么听话地迅速趴下，不少人已经是瑟瑟发抖。唐元湛听见，平常总是一脸严肃的黄委员和容教习虔诚地喊着各路神仙的名字，观音菩萨、如来大佛、武圣关公……请神明救助，化凶为吉，保佑这些官府挑选出来的好孩子顺利到达目的地，也保佑他俩不辱使命，完成护送任务。这让唐元湛很感动，突然想起临行前父亲带他到妈阁庙去敬香，还特意嘱咐，出门遇上不测就喊"妈祖"，她定会来相救的，于是"妈祖""妈祖"地喊了起来，情绪安定了些，但还是不敢抬头。

大约过了半个小时，周边嘈乱的声音渐渐低了下去，气氛不那么紧张了，人们一个个活动起来，从车厢一端的门中过来一位穿铁路制服的工作人员，手里提着一只铁路专用的工作灯，尽量用平缓的声调安抚旅客。黄委员和他交谈后又用中文将刚才发生的事转述给大家。原来是来了五个强盗，其中三个还是女的，十分凶悍，袭击了列车。这帮强盗跃马冲上最前面的机车，杀死了司机，又破坏了机车引擎，火车紧急制动，停了下来，机车和两节车厢脱轨。火车上的工作人员忙着安抚旅客，强盗乘机抢走了行李车上押运的黄金。

美国也是充满凶险的，庆幸没有出事，要不然就再也回不了家见不到父母了。幼童们不甘心地问，后来呢？铁路工作人员说：这伙强盗都带着枪，又骑着马，背着黄金跑了。你们幸亏是在后面的车厢，没有太大的危险。唐元湛感觉是在听遥远的武侠故事，要不是看着这位身着铁路制服的人就在眼前，真是恍若梦境。

我们现在怎么办？更多的人关心的是这个问题。铁路工作人员提高了声音，恳切地对大家说：你们买了车票我们就要负责到底。我来，是告诉大家，已经派人到最近的火车站电报房去发电报了，很快就会调一台机车、派两名司机来。大家请休息。对不起。

过了一段时间，火车果然启动了，似乎还要快一些。黑夜终于过去，1873年7月24日，经过最后七天横跨美国大陆的旅行，第二批幼童在黄胜、容增祥带领下抵达美国东部马萨诸塞州的斯普林菲尔德市，幼童出洋肄业局的所在地。

这期间容闳正陪同李鸿章与秘鲁特使谈判，并向中国推荐美国新式武器——格林炮，迎接第二批小留学生的是英文教习曾兰生。曾兰生在报纸上看到火车被劫掠的消息，非常担忧。劫匪的头儿是大名鼎鼎的杰西和詹姆斯兄弟（Jesse and Frank James），专劫火车。事发后因为铁路方面信息传递及时，没有造成更大的损失，直到看着火车安全抵达，他才放下心来，首先慰问了两位带队人员，又对孩子们表示欢迎。学生们以敬畏的心情给曾教习行跪拜大礼，这种行礼方式已经被训练出来了，做得自然而然。没一会儿，他们就恢复了原形，对美丽的中央火车站惊讶不已特别兴奋，笑个不停，跑来跑去，跳上跳下。曾兰生已安排好了一切，出租马车和酒店马车排成长长的队，等待着。黄胜和容增祥让孩子们安静下来，分别坐上马车，一同前往一家叫"Haynes"的旅馆，在那里要逗留一两天。

第二天（星期五），当地报纸《斯普林菲尔德共和报》（Springfield Republican）刊登了一篇题为《中国孩子的到来》的文章。同学们很快看到了报纸，虽然还不能将整个文章读下来，但已经很震撼了。联想在火车上的遇险，一切都这么快，铁路工作人员所说的"发电报"是怎么回事？那些访事员是怎么得到消息又怎样写到报纸上的？后面的火车头是怎么过来的？说真的，一个意外事件概括了美国当时的基本状况，铁路，电气、新闻出版业的规模发展，这个北美国家已经于19世纪60年代进入现代化。惊奇、神往，既有工业化的先进，又有远古的苍茫，还有惊险的故事，这就是美国给这群东方少年的第一印象。

负责接待家庭的家长按时到达Haynes旅馆，距离远的是赶着马车来。教习们按事先拟好的名单，将分好组的孩子领到各自的家长前，行正式的中国拜见师长礼。将对中国小孩负责教养和监护的美国家长难以掩饰内心的喜欢，同时也感到这些孩子有些瘦小，脸上满是无助的表情，仿佛像森林里迷失的小兽……李恩富的家长威利先生（Dr.Henry Robert Vaille）是当地著名的医生，莎拉·威利夫人（Mrs Sarah W. Vaille）

友善可亲，当众拥抱并亲吻他，同学们起哄大笑起来。李恩富红着脸躲闪，容揆也在这个家庭。

　　方伯樑和邝詠钟被分到麻州韦伯拉汉（Wilbraham）小镇，小镇主要街道的两旁是非常典型的维多利亚式住宅，新英格兰地区最古老的卫理公会坐落在镇中心。房东是卫斯理学校（Wesleyan Academy）的老师。成立于 1817 年的卫斯理学校 1825 年从新罕布什尔州迁到这里，是美国第一所既可寄宿又可走读的男女同校的私立学校。校园景色十分优美，宽阔的绿草地和葱郁高耸的大树环绕着六幢教学楼。

　　香山的小同乡们分开了。邓桂廷分到康州华盛顿（Washington,Conn.）地区；唐元湛和蔡廷干分到麻州斯普林菲尔德市 A.S. 麦克琳（A.S.Meclean）医生家；唐国安被安排在康州普兰斯维尔地区（Plantsville,Conn.）的玛丽·推切尔小姐（Ms Mary Delight Twichell）家。

少年钟文耀

　　麦克琳医生家已经接待了第一批到的钟文耀和容尚谦，钟文耀家在香山西山村（今中山市三乡镇西山村），容尚谦因为岁数小，大家喜欢叫他的小名"容良"。这个家庭有着浓郁的文化和宗教氛围，麦克琳医生是斯普林菲尔德市南方公理教会（South Congregational Church of Springfield）的创办人和执事，也是容闳的好朋友并支持这项事业。公理教会是由英国的清教徒传到美国的，特点是充满使命感，以传播福音和提倡教育来培养人们高尚的道德精神，认为人要对社会有责任感，而且要不断地改良进取。麦克琳太太瑞贝卡（Rebekah）是孟松中学的教师，教过中国最早的留学生——容闳和黄宽。她虽然身体不是很好，但一直热心于社会服务。对眼下这四个中国幼童，她的教学方法是从生活实际出发，利用各种机会用英语跟他们交流。她的妹妹布朗小姐（Miss Brown）也参与对中国幼童的指导，以教授绘画来丰富他们的课余生活，引导他们对美的追求。

　　幼童出洋肄业局肩负着朝廷的使命，要按照封建社会官吏的身、言、书、判标准对幼童严加训练。但是，孩子就是孩子，中国服饰和充满童稚的举动常常引起当地人的特别关注，也给所在的城镇增添了奇异的色彩，一些趣闻不胫而走。住在麻州李镇教堂助祭亚历山大·海德（Alexander Hyde）家的两个中国孩子一出现就让镇上的人永远记住了他们：头戴瓜皮便帽，脑后甩着一根辫子，锦缎长袍、宽褂子，白色麻布裤，缎面手工厚底布靴。两个人对家禽感兴趣，一个喜欢追逐邻居家的猪玩，另一个喜欢这里又大又漂亮的洋鸡，干脆读书的同时自己也喂养了一大群。没过多长时间，就有同学尝试着穿皮鞋和西式便装，尽管还不那么自然。

第一批的詹天佑、欧阳庚、罗国瑞、潘铭钟同住在康州威士海芬海滨男生学校（Seaside Institute for Boy, West Haven, Conn.）校长 L. H. 诺索布（Luther Hopkins Northrop）家，在海滨男生学校上学。诺索布先生是一位名医的儿子，耶鲁大学毕业，会说七种语言。诺索布夫人的职业是教师，又因为爱好音乐，对自己的孩子及中国幼童给予了很深的音乐熏陶。

住在康州诺威奇（Norwich）的陆永泉和蔡锦章表现出来的运动天赋如跑、跳、摔跤、游泳等"一点儿也不比世上其他男孩子逊色"。但是，他们每天晚上都洗澡，让美国孩子不以为然，认为一周一次就足够了。有一天，陆永泉、蔡锦章和当地孩子在外面玩，看到一个十二岁的女孩爬上了屋檐边的雨水排水管，觉得太过分了，急忙跑回家，几天都没有出来玩。美国同伴认为，中国幼童很"优雅"，可能"觉得这吓人的举动太恐怖了"。但是他们不知道，中国礼教中还有"非礼勿视"的训诫呢。

规矩方圆　锦袍西装

中国政府对留美幼童的管教是很严格的，甚至到了灵与肉割裂的程度。幼童出洋肄业局明文规定：不去发辫、不入教堂礼拜，对违规者予以辞退。曾国藩、李鸿章奏请朝廷批准的《选派幼童赴美办理章程》中有一条："每遇房、虚、昴、星等日，正、副二委员传集各童宣讲圣谕广训，示以尊君亲上之义，庶不至囿于异学。"幼童们除了完成所有的规定课程外，还严守着规矩，"恭逢三大节以及朔望等日，由驻洋之员率同在事各员以及诸幼童，望阙行礼，俾娴仪节而昭诚敬。"他们呼吸着美国的空气，学习着美国的技艺，而灵魂的塑造则是用康熙帝十七岁时所下的 16 句话的"圣谕"和雍正帝对"圣谕"的阐述所产生的《圣谕广训》。"圣谕"如下：

敦孝悌以重人伦。笃宗族以昭雍睦。和乡党以息争讼。种农桑以足衣食。尚节俭以惜财用。隆学校以端士习。黜异端以崇正学。讲法律以儆愚顽。明礼让以厚风俗。务本业以定民志。训子弟以禁所为。息诬告以全善良。诫匿逃以免株连。完钱粮以省催科。联保甲以弭盗贼。解仇忿以重生命。

"圣谕"是中国社会基层管理的法则，也是百姓必须遵守的行为规则。考秀才的最后一场就是默写《圣谕广训》中的一条，错十个字便不及格。清政府明文规定留学生学习《圣谕广训》每月不少于四次。此外，留学生还人手一本《留学局谕示》，作为手则，规范行为。如下：

谕告诸生等知悉：我国家作育人才，不惜巨帑，送尔等肄业。尔父母亦不耽溺爱，令尔等离家前来。无非期望尔等学业有成，上可报国临民，下可光宗耀祖，为尔等终身之计。试思中国人家子弟，若万万，若千万，岂易得此美遇？既可学新奇学问，又不用毫末钱财，又早已顶带荣身，又将来回中国后，功名超进，种种好处，不可言宣。

但要思出洋本意，是令尔等学外国功夫，不是令尔等忘本国规矩。是以功夫要上等学习，规矩要不可变更。若尔等不上等学习，将来考试，岂能争先胜人？若任意将规矩变更，将来到家，如何处群合众？尔等既在外国学馆，功夫有洋师指授，不虑开悟无方。惟到局时候甚少，规矩日久生疏，深恐渐濡莫抛。是以谕示尔等，要将前后思量，立定主意。究竟在外国日少，居中国日长。莫待彼时改变不来，后悔莫及也。

至洋文汉文，更要融会贯通，方为有用。否则不但洋人会汉文到中国者不少，即中国人在外国通洋话者亦多。何以国家又令尔等出洋肄业？反复思维，其理易晓矣。现已一面将汉文洋文会通之法，纂习一书，以便印出后，发为尔等程式。尔等当先于学中完毕功课之时，少歇息后，抽出闲谈及做无益诸事功夫，即将四书温习，或互相讲论。日计不足，月计有余。总之洋文汉文，事同一理。最是虚字难明，如有未解之字，或此句有，别句亦有，当即摘出记录，以便到局请问，或随时写信求益不可，自能旁引曲证，令尔等明白晓悟也。

诸生其熟思谨记，以期学业日长，义理日明，为中国有用人才，不胜厚望焉……特谕。

真的是用心良苦，语重心长，细致入微。连幼童在学习中遇到生字、不懂的词句如何解决都一一关照。每一天的作息时间也是精准安排："每日卯时（早5—7点）起身，亥正（晚10点）就寝，其读书、写字、讲解、作论，皆为一定课程。""课以孝经、小学、五经及国朝律例等书，并随资高下，循序渐进"；就是写信寄信也有定期，每月两次。幼童出洋肄业局有两位汉语教师，学生每过三个月来学习一次汉文，每次12人，为期两星期，周而复始。留美幼童天资聪慧，大部分人没花太多的时间就闯过了语言关，被安排到学校开始了正式的学习。陈兰彬和容闳掌握着每个人的学习进度，对英语不合格者做个别补习，好让他们尽快入学。

教习和学生都肩负着大清国的重望啊！

当地避难山教堂（Asylum Hill Congregational Church）的牧师约瑟夫·霍普金斯·推切尔（Rev. Joseph Hopkins Twichell）是容闳的好友，在容闳毕业一年后考入耶鲁大学，也是留学计划的支持者。第二批幼童到来之后，他在母校的法学院，做了一次关于这个留学计划的专题演讲：

> 现在人们在哈特福德街头很容易看见一些穿中国服装的男孩，偶尔也会碰见一些成年男子，他们是中国留学事务局的官员和学童。这个留学事务局是当今世界上最为重要的组织之一。

推切尔牧师对留美幼童的现状和未来作了介绍：

> 他们现在还在学习英语，等他们才智逐步增长以后，再派他们攻读各种专门课程，比如物理、机械、军事、政治、经济、国际法等一切实用的学科。通过学习还要使他们记住：他们属于他们的国家，为了国家的自强，他们被选拔到这里来接受教育。如果一切进行得顺利，在1887年左右将会有一百名左右的年轻人回到中国。这批年轻人从他们的青年到初步成年将在我们这里度过，他们将会在他们的政府和社会中扮演重要的角色。他们将比他们同辈中任何一些年轻人都有更自觉的爱国责任心来激发自己为祖国工作。

幼童们的学习状态别说容闳，就是陈兰彬也很高兴。他看到梁敦彦、蔡绍基、黄开甲于洋课外，华文解、论各百余篇，时有斐然之作；发现李恩富、吴仲贤、李桂攀、容揆等人较易于造就，"足慰远注"。

蔡绍基

黄开甲

中国的传统教育是："君子敏于行而纳于言"，而在美国，公开演讲是成功者必备的技能，从学生毕业典礼到总统竞选，都缺不了演讲。曾兰生在幼童出洋肄业局负责翻译与联络，以对中美两国文化的深刻理解，经常在美国进行演讲，传播中华文明，讲基督教也讲孔子。他的演讲中还有一个内容是讨伐英国政府销售鸦片、鼓励鸦片贸易，因此毁灭了众多的生命。同时向美国民众强烈呼吁："将中国从每年毁灭数百万人的鸦片这一毒品中解救出来。"他还于1873年3月携夫人及次女、幼子赴华盛顿参加美国第十八届总统尤利西斯·格兰特（U.S.Grant）连任的就职仪式。格兰特将军在美国南北战争时是北方联邦军的著名将领，1869年任美国总统。当曾兰生被引荐给格兰特总统时，说道："总统先生，我衷心祝贺您再次当选为合众国总统，也希望合众国与中国业已存在的关系能够像在两国之间浩瀚的大洋一样太平。"格兰特总统与曾兰生握手并表达了自己的心愿：希望两国之间的良好关系能够继续。

中国孩子到美国留学是一件令人瞩目的事，同样，美国人也会对中国的教育产生好奇。曾兰生答疑解惑，在一次哈特福德中学的毕业典礼上，这样说：

> 我们的教育系统和你们的一样，是综合性的。只要负担得起，中国家长会将其子送去上学；而不管多穷，只要他有能力，他甚至能做到首相……中国的每一个城镇都有学校，每一个城市都有中学，每一个省都有大学。我们的教育系统和你们的一样民主。

玛丽·巴特利特（Mary Bartlett）家是一个教授的家庭，大卫·伊利·巴特利特（David Ely Bartlett）教授1828年毕业于耶鲁，给第一批来的四个中国学生吴仰曾、梁敦彦、蔡绍基、黄开甲做家长。他们有三个女儿一个儿子，与四位中国幼童相处得挺好。每天早晚两次家庭祈祷会，由老巴特利特先生领导，他神色严肃、态度虔诚，中国学生开始好奇，后来也就习惯了，而且逐渐地融入了这个环境。进餐的时候每个人都坐得端端正正，腰杆挺直，小孩子如果刀叉拿得不对，巴特利特小姐就会立刻纠正。晚上，过了就寝时间，要是还有人在阁楼上说话，玛丽·巴特利特就会在下面叫："孩子们！睡觉时间到了，不许再说话！"谁也不敢再出声了。这家的小女儿路易莎·莱芬韦尔·巴特利特（Louisa Leffingwell Bartlett）对幼童的印象是："都很年轻，也是很好的玩伴，聪明风趣，教他们玩一种游戏后，他们准会赢。除了开始有些困难外，他们英文进步极快，升入中学后，均获师长青睐及同学之好感。"潜移默化中，中国少年也接受了英美知识界所特有的"绅士风度"。推切尔牧师请过这四位男生和一位叫 Cheong Mon Cham 的中国人到家吃茶。

吴仰曾

李恩富的家长莎拉·威利夫人"像培养自己的孩子那样培养他们，教他们学讲流利的英语，准备进入地区学校"，所以，连饭桌都成了课堂，如果在饭桌上教过的某一道菜的菜名没有记住，老师就会郑重地宣布，不准吃这道菜，以示惩罚。当然，学习的过程中也充满中西两种文化的冲突。李恩富留下了这样的记忆：

> 星期天到来了，午饭后，女主人叫我们做好准备去主日学校，那时我们只懂一点点英语，只听见"学校"两个字，心想，糟了，星期天还要去学校。我们收拾课本准备出发，结果我们的监护人使劲向我们表明不需要带书本。我们就空手出门了。等到达"学校"后，和我住一块的伙伴嘀咕道："这是一所教堂。"我们仔细打量了一下，发现里面的人正在起立唱歌。

> 是教堂！教堂。我们一边嘀咕，一边以你能想象的最快的速度冲出教堂，直到回到我们住处的房间。

不准入洋教，是清政府对留美幼童的刚性要求。他们这样做，是守规矩。

大清国向美国派出留学生，是中国第一次主动与外国进行的正常外交往来，中国幼童出洋肄业局还从事着外交工作。当清政府得知在古巴、秘鲁的华工受虐待，就派叶绪东和曾兰生赴古巴调查六七万华工的真实生活状况及所受虐待的情况，拜访了英、美驻古巴公使。1874 年 8 月 15 日，清政府又派陈兰彬、容闳赴古巴、秘鲁进一步访察华工的生活劳动情况。临行前他们特邀请哈特福德城克洛家族的长子爱德华·克洛（Edward Wilberforce Kellogg）医生和推切尔牧师一同前往。容闳亲自拍摄了 24 幅照片，显示"华工背部受苔被烙斑斑之伤痕"惨状，是中国纪实摄影第一人。10 月，陈兰彬和容闳正式向朝廷提交调查报告，并附华工受虐待的证据。清政府通过外交手段让古巴和秘鲁政府做出保证，必须保护华工，促成了《古巴华人条款》的签订。这是清政府第一次为海外华工声张，而且达到了预期的目的。克洛医生因为工作出色被幼童出洋肄业局聘为"洋员"，协助办理对外事宜。

黄胜将第二批留美幼童安排妥当，"至迟在光绪元年底以前已回华"，在香港为福州船政学堂英文班招生，1876 年被委任为考试委员。

自己做主　胜利易服

虽然居住分散，中国小留学生还是相互挂念，在见面或者特殊的日子，他们喜欢以题字的方式留下信息，有两本题字簿是他们永久的纪念。一本是蔡绍基的名字出现在第一页，地点是康州哈特福德城，时间是 1874 年 4 月 3 日，三十多页，有的同学留下两次签名。另一本是黄开甲的题字为首页，有五十多页。有的同学在用英文题字时还用中国古诗词来表达当时的心境，中西结合，讲究美观，正规优雅，同时又有一个共同点：英文使用的都是花体字。

吴仲贤给黄开甲的题字页英文是："你的朋友吴仲

吴仲贤给黄开甲的题字（王泽养提供）

贤广东中国　美国 Gardner 麻州"。中文是白居易的《池上》诗：小娃撑小艇，偷采白莲回。不解藏踪迹，浮萍一道开。大号字是一个"寿"字。开甲兰弟正之。坚基书。

容揆给黄开甲的英文签字："你非常诚挚的容揆广东中国 春田麻州。"中文录有李白诗《黄鹤楼送孟浩然之广陵》：故人西辞黄鹤楼，烟花三月下扬州。孤帆远影碧空尽，唯见长江天际流。最大号字是"福"字，开甲仁兄大人属，弟宅百书。

钟俊成的题字很别致，精心设计了一个贺卡意味的题字页，用的是他另一个名字：钟进成。英文："你非常诚挚的钟进成香山中国 哈特福德4月8日（1874年）威廉翰麻州"。中文是"大清中国广东香山县谷至都愚弟钟进成。"

钟俊成的题字（王泽养提供）

吴应科住在麻州绿田（Greenfield）的罗木斯（A.G.Loomis）牧师家。他给蔡绍基的题字为"绍基仁兄大人正之"，英语是"你诚挚的吴应科广东中国 绿田麻州1874年10月8日"。还录了两首唐诗，一首是岑参的《送崔子还京》：匹马西来天外归，扬鞭只共鸟争飞。送君九月交河北，雪里题诗泪满衣。一首是王建的《十五夜望月》：中庭地白树栖鸦，冷露无声湿桂花。今夜月明人尽望，不知秋思在谁家。弟廷甲吴应科。

吴仲贤、容揆、吴应科都是第二批出洋的，而且同龄，十四五岁，到美国刚一年，所

Mrs. McClean's proteges in North Hampton Mass., 1873.
Standing—Kwong King Hoon, Tong Kwoh On
Seated—Kwong Yung Kwang, Su Yu Tsiu, Ho Ting Liang,
Teng Hsi Chung.
In front—Tsao Chia Hsiang.

住在麦克林夫人家的五位幼童和两名访客：从左至右 站者：邝景垣、唐国安，坐着的中排：邝荣光、苏锐钊、何廷梁、邓士聪（访客）；前排曹嘉祥（访客）

选择的古诗大多是思念和送别，由此可以看出他们的心情和中英文水平。这样的一个特殊群体自然受到媒体的关注，邓士聪和曹嘉祥到唐国安的新家长家——麻省北汉普顿（North Hampton Mass.）麦克林太太（Mrs. McClean's）家看同学，留下了一张照片。麦克林太太结婚前是玛沙·马修斯小姐（Ms. Martha Ely Matthews），她把照片拿给报纸发表。

上海。同治十三年七月（1874 年 8 月），第三批留美幼童选定，《申报》6 日以《出洋总局挑选第三批幼童出国》为题发消息。文章先介绍了前两批幼童在美国学习的情况，"每一书院内拨中国官生两名与美国人伴读，按月考课训教谆谆，而中国幼童亦日有进境。闻今年二月份月课，梁敦彦考取第一名、蔡绍基考取第二名、黄开甲考取第五名。凡在前列者已陆续升入大书院内学习，行见蒸蒸日上。"接着公布了第三批官生的名单。

这一批中广东籍的有 17 名，香山县有六名：唐致尧、唐绍仪（字昭仪，号少川）、梁如浩（族名孟亭，字滔昭，出洋时自号如浩）、徐振鹏（字季程）、郑廷襄（字兰生）、容闳的族弟容耀垣（名开，字达景，号星桥）；新安县（新安近三分之一土地租与英国，成为今香港新界的一部分；其他改称宝安，即今天的深圳）有周长龄（字寿臣），南海县四名：邝景扬（又名邝景阳，字星驰，号孙谋）、杨兆南、邝贤俦（又名邝贤彝，字吕才）、徐之煊；番禺县有林沛泉（字雨亭）、黄季良；顺德县有三名：杨昌龄（字寿南）、曹嘉爵、曹嘉祥（字希麟）；新会县的卢祖华（字怡堂）。浙江省有两名：钱塘县的孙广明（字新甫）；绍兴府的袁长坤（字静生）。江苏省有八名：常州的朱宝奎（字宗奎，号子文）；上海县的康赓龄、祁祖彝（字听轩）、朱锡绶、曹茂祥；丹徒县的宦维诚；宝山县的周万鹏（字翼云）、沈嘉树。安徽有两名：休宁县的吴敬荣（字健甫，号荩臣）和黟县的程大业。福建省是漳浦港的薛有福。黄季良和第一批的黄仲良是一家；邝景扬和第二批的邝景垣是兄弟；这一批的曹嘉爵和曹嘉祥是哥俩。

香山唐家村唐绍仪的父亲唐巨川在上海做茶叶生意，同村梁如浩的伯父是上海殷商，两人在上海参加考试。徐振鹏是香山望族徐家的子弟；周长龄出身于香港，十一岁时父母送他到香港中央书院读书。

同治十三年八月初九（1874 年 9 月 19日）早，第三批 30 名官生由司马祁兆熙（江苏省上海县杜家湾人）和中文教习容汉三带领，从上海出发。祁兆熙在"法兵驻沪之时"初习洋务，始学法语，同治四年（1865 年）入江海北关，再学英语。

梁如浩、唐绍仪出国前合影

11月，第三批幼童到达目的地。这天，容闳等候迎接，接待孩子的美国家长也纷纷前来带孩子。唐绍仪和梁如浩住在麻省著名建筑师哥登尔（E. C.Gardner）家；徐振鹏和郑廷襄安置在克洛医生家；康赓龄和沈嘉树安排在克洛家族的第五子威廉·亨利·克洛（William Henry Kellogg）家；曹嘉爵和卢祖华寄宿麻省的克洛家族的远亲家；祁兆熙的儿子祁祖彝和朱宝奎分到南哈得利福斯（South Hadley Falls）小城，家长是摩尔（Moore）。容闳和祁兆熙逐个与家长见面交谈，拜托一切。在这陌生的环境中，祁兆熙见美国家长真心喜欢中国孩子，特别是女家长，充满"亲爱之情"，感到宽慰。孩子们上了马车之后，他还奔走其间，嘱咐训勉；马车载着孩子要走了，又不觉黯然神伤；孩子们也对这位护送他们三万两千里的师长流下了惜别的眼泪。

祁兆熙在曾兰生的陪同下，乘火车走访了一些幼童家庭，也到了南哈得利福斯的摩尔家。这个家住在山上，四周没有邻居，有八九间房屋，"依山傍水，大有秀气"。家庭成员四人，一位年近六旬的母亲，老师及两个姊妹。屋后是果园，种有很多苹果树，孩子们每天可以随便吃苹果。祁兆熙的观察很仔细，他儿子祁祖彝和朱宝奎同睡一张很大的床，被子、枕头齐全。但是书桌是分开的，桌子有很大的抽屉。家长会给孩子们整理衣箱，晚上等他们睡下关灯后还会为他们做些针线活。祁祖彝对父亲说，来了之后，没有见到二十个人。祁兆熙还看到家长"现即将日用起居，随时随地教一句，写一句，其读书之时，亦九点起，四点止"。对来宾——祁兆熙和曾兰生，家长嘱咐孩子取苹果馈之，都能应对。

祁兆熙在美国待了五六个月，看到了中西方在教育上的异同。西方国家男女都识字，开有全国性的学校，女老师占多数。他认为"女子在家心静，学问且多胜于男子"。西方六七岁孩子进小学，相当于中国孩子开始读四书五经；十岁升中学，类似中国孩子的"开笔之时"。中西方教育最大的不同是教育者征询孩子们的意见，想学什么，可以选择。大学里设有各种不同的专业，进去学习几年后，"自然成就，法尽善已"，成为有用之才。而中国的教育只读书做八股文，"惜少真功夫"。

A.S.麦克琳家的四个中国男孩比较起来钟文耀最用功，而且沉默、有主见，其他三个却喜欢用实力甚至拳头来捍卫自己的尊严。遇到事首先是容尚谦这个"拼命良"（他小名容良）上前拼命，蔡廷干火爆相助，紧接着就是唐元湛上场。所以，闯了祸他们谁也脱离不了干系，一年后麦克琳太太就管不了他们了，认为简直是不可救药，加上身体状况不佳，就建议把他们三个送回国去。

面对这个情况，1874年11月16日，容闳与唐元湛和蔡廷干谈话，发现他俩"英文甚熟，念其有兴而来，以尽栽培之原，拟派学习机器等事"，改变了原来由祁兆熙带回国的处理决定，"惩罚"他俩到麻州洛厄尔（Lowell, Mass.）机器厂学习机器操作。为了工作安全，幼童出洋肄业局特许他俩剪掉辫子。这个前所未有的决定恰恰是求之不得的，两人没有觉得劳动的沉重，反而在工厂里如鱼得水，在同学中最先接触到了机械，而且有很强的动手能力，心灵手巧的蔡廷干学会了装配来复枪。唐元湛对前轮大、后轮小，单人骑行的自行车（Bicycle）最感兴趣，在上海见过，现在可以过把瘾了，自己弄了一辆，骑着它到处跑。对了，吴仰曾也有一辆。以骑车时的心情而论，他们把这种车叫"自由车"。唐元湛、蔡廷干是幸运的，闯了祸还歪打正着顺势剪掉了辫子，但毕竟是惩罚。两人以努力劳动证明自己是知错就改的人，很快结束了惩罚，转到了康州的哈特福德城，房东是亨利·索耶（Henry G.Sawyer）。

容尚谦先被送到哈特福德城待命归国，但是患上眼疾和血液病，身体非常瘦弱。他请求不要把他送回国去，否则会给父母增加负担。被学生暗中叫"肥猪"的教习出面说情，容尚谦的请求得到批准，有两位医生给他做治疗，同时还得到新房东布尔班克（Burbank）家两位小姐的悉心照料。他又通过文体活动，身体恢复，精神道德也得到指导，从此发奋学习，补回了生病失去的功课。在这个城市他有幸见到了容闳的老师布朗先生。布朗先生是从新泽西州澳兰治城（Orange, New Jersey）来，专程看望容闳和留美幼童。容尚谦对他的印象是：这是一位让所有的人都产生敬意的先生，身材微弯，表情凝重，内心蕴藏着雄厚的实力，是一个见多识广的人。

麦克琳老师的身体很虚弱，钟文耀换到史德宾斯（Stebbins）老师家，与张康仁、黄仲良、钟俊成同为伙伴。当然，如果美国小伙伴对中国服装感兴趣，也可以借来穿着照张相。

祁兆熙用文字记录了这次美国之行的见闻和感受，第二年初回国，著有《游美洲日记》，附有《出洋见闻琐述》。光绪三年（1877年4月2日）北海开埠，北海新关同日开办，祁兆熙赴广东任税务委员。

四十七岁的容闳工作的同时在康州选择了终身伴侣——二十三岁的玛丽·鲁意莎·克洛（Mary Louise Kellong），克洛家族排行第六的女儿。这个有八个兄弟姐妹的家族先后接待了十位中国幼童，克洛小姐非常乐意承担她负责的两位中国幼童的教育工作。因为容闳对自己伴侣的要求是必须大脚，在国内一直没有成婚。克洛小姐的哥哥克洛医生上年和容闳等人一同冒险前往秘鲁考察华工被虐事宜，对容闳有深入了解，主动撮合他和妹妹相识、相恋，推切尔牧师夫妇也对这桩婚姻以积极的态度促其成功。

容闳和克洛小姐订婚的第二年，1875年2月24日，推切尔牧师为他们主持婚礼。"新娘穿着一件白色绉纱的礼服，这件礼服专门从中国进口，并用丝线刺绣精心修剪，还有惯例的婚礼披纱。""新郎早已接受了美式风格，穿着晚礼服出现。"中文教习叶绪东、容增祥身着中国官服参加了他们的婚礼。在庄严的如同宗教仪式的"清教徒"婚礼上，他俩的着装与周边的气氛形成了强烈对比，而且相映成趣，给所有的人留下了深刻的印象。仪式完毕，容闳、新娘的家人及推切尔牧师均回到克洛家的书房，向中国贵客举杯致敬。"婚礼仪式结束后，提供了精美的便餐服务，中国美食与更多美国风味的菜肴混合在一起。"婚宴之后一对新人即乘火轮车回纽约，按西方习俗，作新婚之游。

推切尔牧师在当天的日记中对这场婚礼留下了记录："克洛小姐在她家中教两位中国幼童。他们的结合已经引起许多议论，有人持怀疑态度，有人竭力反对，也有人像我一样乐成此事。我希望这婚姻不会阻碍容闳在中国政府的前途和事业。"《纽约时报》以《容闳娶了康州女孩》为题，详细报道容闳婚礼盛况，上海的《申报》《字林西报》等报刊也刊发了消息。容闳的夫人作为中国首个驻美使团的外交官夫人，经常协助容闳在华盛顿开展外交工作，陪同参加各种社交活动。

留美幼童都是经过严格选拔的，综合素质高，入学后体现出超强的适应能力。美国的教育注重对学生从小就训练语言表达能力，注重学生潜在素质的挖掘，这正弥补了中式教育的不足。中国男孩没用多久时间，学习成绩和运动水平就成为同学中的佼佼者，代表班上经常参加学校的活动，这让他们很自豪。但是个头在班里最低，再加上头上有根辫子，总有人追着起哄："瞧，中国女孩子！"让他们尴尬心烦，多次引来打得鼻青脸肿的纠纷。

面对被"欺生"的现象，继续和"叫阵"者对打，显然不是长久之计，于是，他们集体开了一个会，正式向幼童出洋肄业局呈送了一份"准改穿美式服装"的报告。由于容闳的支持，他们的要求得到了批准，脱下了中国读书人的长袍，改穿黑色或者蓝色法兰绒西装上学，把辫子整齐地盘在头上或放在西装里面。打棒球、踢足球都不会碍事，就是用拳头回应挑战者时，也不怕被对方抓辫子。自然，他们又自创了一个发型，头顶上长出头发，不去剃掉，做一个美国同学的花式分头。

麻州顺利 康州顺利

尊严是自己建立起来的。留美幼童在学习、体育及其他方面的飞速进步，备受房东和老师的喜欢，每个人每月还能领到一美元的零花钱，生活水平比当地普通居民还要高一些。于是，有了自己专门的称呼"our boys"（我们幼童）。但是，从易服这件事开始容闳和陈兰彬之间有了龃龉。陈兰彬觉得幼童们开始离经叛道并日趋美国化，感到了担忧，教育成果的显现在未来，说到底是为大清王朝培养人才，于是向上面报告了这个情况。因为是李鸿章把握着全局，没有使留学工作出现阻碍。同样，容闳也从这位同僚身上看到了留学计划蕴含着的艰难：

> 盖陈之为人，当未至美国以前，足迹不出国门一步，故于揣度物情、评衡事理，其心中所依据为标准者，仍完全为中国人之见解。即其毕生所见所闻，亦以久处专制压力之下，习于服从性质，故绝无自由之精神与活泼之思想。

容闳是一个脱离了封建意识的人，并对教育有自己的体会和理解，深知科学技术的产生和发展与人们的生活方式、思维习惯有着密切关系，伟大思想的产生基于雄厚的文化背景，其基础是自由教育（Liberal Education）。孩子们要掌握西方先进的科学技术，首先要有自由活泼的文化氛围。他看他们，"终日饱吸自由空气，其平昔性灵上所受极重之压力一旦排空飞去，言论思想，悉与旧教育不侔，好为种种健身之运动，跳掷驰骋，不复安行矩步，此皆必然之势。"他自己也有过体会："盖既受教育，则余心中之理想既高，而道德之范围亦广，遂觉此身负荷极重，若在毫无知识时代，转而不觉也。"他教导学生，要以雄厚的科学知识来实现远大的理想，不能成为"一能行之百科全书，或一具有灵性之鹦鹉耳"。他对自己、对幼童出洋肄业局的工作人员有明确的要求："善于教育者，必能注意于学生之道德，以养成其优美之品格"，要"造就一种品格高尚之人才"。他憧憬，"余之教育计划告成，而中西学术萃于一堂。"

容尚勤成为官生的当年从孟松学校转入麻省韦伯拉汉卫斯里学校，1874年，他和曾溥通过了耶鲁大学的入学考试，进入雪菲而德理工学院（Sheffield Scientific School）学习土木工程专业，是幼童中最早进入大学的两个学生。曾兰生圆满完成了他在幼童出洋肄业局的本职工作，于这年12月收到清政府的电报，要他立即回国，有要务需处理。于是，他让两个儿子曾溥、曾笃恭继续在美国学习，带着其他家眷离美踏上归途并绕道欧洲考察其教育机构。没想到在曾兰生离开美国的 1875 年，曾溥因为剪掉辫子（一说是美国同学剪掉的）第一个被出洋肄业局取消了官生的身份。做这个决定时，他们毫不顾及曾兰生之前的工作成绩而且是公务回国，也不顾及曾溥在学生预科时就是英语小教习。但是，曾溥没有立即回国，自费继续学业。

曾兰生回国后给李鸿章当英文翻译，参与了中国与西班牙、秘鲁关于改变华工待遇的谈判。经过近一年的交涉，光绪元年七月初八（1875 年 8 月 7 日），《中秘条约》在天津正式互换。这是清政府在外交上的一次胜利，也成为中国政府保护侨民利益的开端。清政府对容闳嘉奖，"三品衔同知以道员用"。曾兰生接着又参与了中国与秘鲁的建交谈判。

李鸿章在光绪元年三月（1875 年 4 月）以"年力正壮，志趣坚卓，洋务亦颇讲求"，奏派工部候补主事区鄂良（字海峰，广东佛山人）担任幼童出洋肄业局第二任监督。区谔良在同治十年（1871 年）辛未科殿试中，由同治帝赐二甲进士出身，钦点为翰林院庶吉士，官场评价为："人沉默静穆，对于一切事物，皆持哲学观念，不为已甚。其中前人布置已定之局，绝不愿纷更破坏之，观其所言所行，胸中盖颇有见地。"他将与第四批幼童同船赴美，接替陈兰彬在幼童出洋肄业局的职务。

光绪元年九月十六日（1875 年 10 月 14 日），第四批 30 名官生由上海的中文教习刘云舫和参军邝其照（字容阶，广东新宁白沙镇人）管带护送。邝其照是邝荣光的叔父，偕夫人赴美，是一位中西贯通的语言学家，也是容闳的朋友，曾任清政府派驻新加坡商务领事。邝其照于同治七年（1868 年）自编一本汉英对照字典，由黄胜所在的香港中华印务总局出版，名为《华英字典集成》，轰动一时。后又再版三次，光绪元年的这一版由丁日昌做封面题字。邝其照曾说："中国与外国通商多年，中国虽日向富强，但不能闭关自守、不与外国通商。而中外人士交涉贸易，往往因语言文字不相通，或一言误译而引起争端，或一字之错而受到外来挟制，故出版英文系列丛书。"

第四批留美幼童中广东籍的有 19 名，其中香山县九名：唐荣俊（字秀兴，号杰臣，唐廷桂之子）、唐荣浩（字芝田，唐廷枢长子）、刘玉麟（字运道，号葆森）、陈绍昌、黄耀昌（字文南）、吴其藻（字敏齐）、盛文扬（号葆臣）、陶廷赓（字协华）、谭耀芳；南海县有五名：兄弟俩林联辉（字俪堂）、林联盛（字仪廷）、陈福增、梁金鳌（又名梁鳌登，字秀山）、潘斯炽（又潘斯机，字剑云）；新宁县有邝国光（字观廷）、邝炳光（字元亮）兄弟俩；鹤山县有冯炳钟（字序东）；番禺县有梁诚（原名梁丕旭，字义衰，号震东）。江苏省九名：武进的吴焕荣（字维青）；川沙厅的陆德彰（字厚奄）；嘉定的周传谔；太仓县的金大廷（字巨卿）、陈金揆（字度臣）、周传谏（字正卿）；松江县的李汝淦（字润田）；上海县的沈寿昌（字清河）；苏州的王仁彬。浙江省宁波的是两个亲兄弟沈德耀（字祖勋）、沈德辉（字祖荫）。安徽省是凤阳县的黄祖莲。谭耀芳是第一批谭耀勋的弟弟。刘玉麟的父亲刘福谦是外交官，幼学于上海广方言馆。

有一批身着大清官服的留美幼童在上海轮船招商总局大门前，留下了一张集体照，这是历史性的一幕。拍照时曝光时间要长一些，被拍摄者都不能动，所以他们的神色显出了与稚嫩的面颊不太相称的庄重，年龄也和锦缎官服不太相称，因为他们的平均岁数也就是十三周岁。

容闳应该欣慰，一张照片将他为政府提的四项建议中的两项建议永留史册。

中国政府首次外派留学生共计120名，再加五位香山徐家子弟。原来是这样，徐润受曾国藩扎委办理幼童招生工作后始终其事，每一批留学生选拔确定后在向政府部门禀报的同时，还在上海《申报》上刊发消息并公布名单。官派留美名额已满，政府赠给他自费名额，徐氏家族自筹资金，送五个子弟出洋，其中三个是徐荣村的儿子：徐宸臣、徐笏臣、徐赞臣（嘉猷，Chu Kai Chong），两个是徐润的儿子，"为国储材之远猷。"这五名自费生和官派的一样，接受幼童出洋肄业局全方位的管理。全体留美幼童中一家兄弟两个都入选官生的有七八家。广东香山有六个唐家子弟入选，他们是：第二批中的唐元湛、唐国安，第三批中的唐致尧、唐绍仪，第四批中的唐荣俊、唐荣浩，第三批中的梁如浩是香山唐家村唐、梁两姓中的梁氏。离唐家村不远的上栅村有五名子弟入选，他们是第一批的邓士聪；第二批的：邓桂廷、蔡廷干、黄有章、梁金荣。

容闳的祖弟容耀垣和温秉忠寄宿同一个家庭，康州温斯蒂（Winsted）的菲利浦斯太太（Mrs.W.S.Phillips）家。唐荣俊、唐荣浩、徐赞臣住在康州约翰·牛顿·巴特利特（John Newton Bartlett）先生家。

中国小留学生分散在康涅狄格河两岸的康州34个家庭、麻州20个家庭。所有的家长对他们都像对自己的孩子一样，悉心照料，辅导学习，使之尽快融入当地生活。根据意译，中国学生把麻省斯普林菲尔德市（Springfield）叫作"春田城"，很温暖，也是他们内心的写照。陈兰彬对美国家庭接纳中国幼童的行动非常欣喜，在给友人的信件中说"至此间人情和善，与英法之欺蔑华人者大相径庭，各童在馆，洋人供保护顾爱，体贴周至，有疑如学工差使者绝不然也"。

在全部留美幼童到达的当年，有一位幼童因病在美国去世，他叫曹嘉爵，第三批出国，是同批出国的曹嘉祥的哥哥，推切尔牧师为他主持葬礼。这是第一个在幼童出洋肄业局出现的死亡记录。

带幼童来美国的国文教习叶绪东、容增祥、刘云舫等人没有回国，继续教授中文。

中国小留学生们也融入了美国的生活之中，一切顺利。但是美国社会是和传统的中国社会是完全不一样的。哈特福德城有一位女作家——斯陀夫人，她写的小说《汤姆叔叔的小屋》又译作《黑奴吁天录》是一本世界名著。因为当时蓄奴在美国南方很多州里还是合法的行为，而斯托夫人的小说讲叙了黑人悲惨的生活，对这个制度的合法性表示怀疑并批判。这本书成书后不久发生了捍卫美国统一的南北战争，黑人甚至白人踊跃参加林肯的队伍，为捍卫美国统一而战斗。所以，有人评价斯陀夫人这本小说比在战争中的文件和军令所发挥的作用都大。性格诙谐的林肯总统称《汤姆叔叔的小屋》是"引起一场战争的小说"。在战争进程中，他撰稿并演讲《解放宣言》，解放了黑奴也加快了国家统一的进程。以战争来解放黑奴，是美国人对"人人生而平等"的理解，而斯陀夫人的作品正是文化的力量。1865年4月，南北战争结束，美国的生产力得到发展，产生了工业巨头和金融街老板，也出现了大众体育和让有闲阶层消遣的高尔夫球。

哈特福德城还有一位作家被誉为"美国文学林肯"——马克·吐温（Mark Twain）。他出生于美国密苏里州佛罗里达（Florida，Missouri）一个乡村律师家庭，做过印刷厂学徒、密西西比河的领航员、西部淘金者、政府职员、记者、作家……他将自己在密西西比河当领航员的经历写成小说在报纸上连载，人们从他的经历和作品中，看到了美国文化中的务实和开拓精神，还有美国人的幽默。他的两个女儿是留美幼童的同学，孩子们仰慕大文豪，课余去他家做客，与这个以非凡经历而成为非凡作家的人近距离接触，没有上下尊卑的隔膜。中国孩子从马克·吐温身上看到，一个人的高贵和成就不是上帝的恩赐，也不是与生俱来的，而是生活的磨砺和深刻的思考铸成的卓越品质，耳濡目染并深受影响。

联想中国成功人士的道路，似乎缺少马克·吐温那样生死相伴的惊险，"学而优则仕"是必由之路。能读得起书的人家都是让小孩子在书斋里，在私塾先生的戒尺下摇头晃脑地读"子曰……"为了功名一次又一次地奔波在考试的路途上：秀才、举人、进士……固然，中国士大夫阶层也要学一些"弓、箭、骑、射"，也要以"琴、棋、书、画"来显示精神品格，但比起马克·吐温美国式的开拓和勇敢，那只能叫作附庸风雅。

留辫子穿西装的周传谏

钱文魁不但洋化还入时

于是，这些相互称"our boys"的中国小留学生，以中西结合的快乐，抓住同学的某个特点或者某个有趣的瞬间相互用英语起绰号，心领神会，叫起来更加亲切。容尚谦的绰号是"拼命良"（Johnnie Liang），钟文耀很"规矩"（Munni），蔡廷干的如他性格："火爆唐人"（Fighting Chinese），唐元湛是"老三"（Number 3），黄开甲的很形象"小旋风杰克"（Breezy Jack），蔡绍基叫"老犹太人"（Old Jew），梁金荣是"木头脑袋"（Square Block），吴焕荣被称作"大主教"（Chief Priest），丁崇吉叫作"宁波丁"（Ningbo Ting），吴仲贤是"大鼻子"（Big Nose），吴应科因为身材比较高、瘦被叫作"鹳鸟"（Stork），唐绍仪是"希腊英雄"（Ajax），梁如浩的很特别，"查理梁"或者"冷血动物"（Chalie Cold Fish），周传谏和程大业的外号很亲切，"贝贝周"（Baby Chow）、"贝贝大业"（Baby Taiyee），周万鹏难道胖吗？怎么叫他"杨贵妃"，朱宝奎为什么叫"比目鱼"（Flounder）呢？吴其藻是"蟋蟀"（Cricket），蔡锦章是"大白菜"（Cabbage），黄耀昌为"时髦黄"（Dandy Wong），罗国瑞是"Cockshit"、邝荣光是"洋基邝"（YanKee Kwong）。

第三章

观念冲突　国运跌宕

留美幼童换装

心灵觉醒　形象改观

光绪元年十一月十四日（1875 年 12 月 11 日），中国同美国及其他国家的外交关系向前迈出了一步，中国政府任命陈兰彬为出使美国兼任出使西班牙、秘鲁大臣，任命容闳为出使美国副大臣。陈兰彬和容闳成为中国最早一批的外交官，在美国首都华盛顿设大使馆。区谔良在幼童出洋肄业局任监督的同时还是陈兰彬的随员。容闳因为新的职务要常驻华盛顿，给李鸿章写信请求辞去驻美副大臣的职务好专心肄业局的工作。李鸿章复信说，他在出任驻美副大臣的同时，可以保留肄业局的职务。邝其照到美国后任肄业局翻译、驻美商务参赞助理等职。

这时的美国生气勃勃，正以包容的心态吸收来自世界各地的优秀文化，成了老牌殖民主义者英国的劲敌。中国少年不但从报纸上、书本上了解世界、汲取科学知识，还感受到了那狮子般勇敢的民族精神，并不自觉地融入其中。他们对"自由"的理解不仅仅是对周围轻松和谐环境的感受，还有对生命意义的理解。托马斯·杰斐逊有一段关于"自由"的著名论断："我们认为下述真理是不言而喻的。造物主赋予人们不可剥夺的权力，人人生而平等。每个人都有生存权利、争取自由权利、追求幸福权利。"这和中国"君君臣臣父父子子"的观念是不一样的。而杰斐逊的多重身份又给了中国孩子们无穷的想象：农夫、律师、音乐家、建筑师、哲学家，还是著名的政治家。他们还喜欢另一位思想家的话："不自由，毋宁死"（Give me liberty or Give me death）。

1876 年 5 月 10 日，美国在签署《美国独立宣言》的城市——费城，举办"美国开国一百周年世界博览会"，这是世界上第一个以"世界博览会"的名义举行的展览会。开世界博览会先河的是英国于 25 年前在伦敦海德公园举办的"万国工业产品博览会"，也正是这个博览会，确定了英国在世界上领先的地位。为了不砍伐树木，皇家园艺师约瑟夫·帕克斯顿设计了钢结构和 30 万块玻璃覆盖的展厅，被称为"水晶宫"。英国女皇伊丽莎白为万国工业产品博览会剪彩，看到这盛世，情不自禁地发出感慨：荣光，荣光，无尽的荣光。从此，举办世博会就是国家的荣光。

美国费城世博会为了突出工业革命所带来的荣光，将机器的生产和运用定为主题，广告招贴画是两台巨大的机器，人在它的旁边是那样渺小。有 36 个国家接受了美国的邀请参展，距离最远的是中国和巴西。占地 284 英亩的展区内有一条 3 英里长的铁路，蒸汽机车及其他铁路设施闪亮登场。

此次博览会分别设立了 15 个国家展馆和美国 24 个州单独展厅。中国第一次派出官方代表——宁波"东海关文牍司"（秘书）李圭参加这届世博会。但是中国没有自己的单独展馆，在主展馆设立了一个中国展品陈列厅，是一座木质大牌楼，上书"大清国"三个大字，门楼上的楹联由李圭拟定："集十八省大观天工可夺庆一百年盛会友谊斯敦"，横额是"物华天宝"。牌楼两旁有东西辕门，上面插着大清黄龙旗，形式庄严。

容闳为学生们周到地安排了参观学习，香山来的小留学生特别是徐家子弟对博览会的故事早有耳闻，自然高兴参观这样的盛会。由美国人饶托鲁、教师刘云舫、邝其照及男女美国教师共六人护送全体幼童来到费城，住在预订的阿拉司旅馆，在中国餐馆用餐。大清国小留学生的出现，让费城的中国餐馆很荣耀，"屋顶升黄龙旗，进出有乐人鼓吹，极尽冠冕堂皇。"当一百多名身着大清官服的留美幼童出现在世博会时，成为一道亮丽的风景，与大牌楼的中国展厅交相辉映。

尤利西斯·格兰特总统乘坐火车专程从华盛顿来到费城，和巴西皇帝佩德罗二世登上了当时功率最大的"科林斯"蒸汽机车的平台，共同主持开幕式。16 万人冒雨参加开幕式，观看了"科林斯"蒸汽机的发明者——乔治·科林斯演示机车运行的科普讲解。展厅中其他机器也在轰鸣声中启动，震耳欲聋，让在场的每一个人都很激动，美国以交通、电力、机械生产的进步向全世界传达这个年轻共和国的成功及崛起。

李圭在世博会看到，"内建陈物之院五所：一为各物总院，一为机器院，一为绘画石刻院，一为耕种院，一为花果草木院。"各种机器的陈列，让他感叹，"今宇宙，一大机局也"，特别是美国生产的机器在机器院陈列的展品中占大部分。他做了进一步的考察："美国地大人稀，凡一切动作，莫不持机器以代人力。故其讲求之力，制造之精，他国皆不逮焉。"

容闳通过康涅狄格州教育局将幼童的绘画和文章放在哈特福德城书馆展出，以扩大留美教育运动的影响，也为了勤者有以劝，惰者有以警。这些作业都是用中、外文对照完成，"西人阅之，皆啧啧稀奇"。李圭观赏了幼童的作业内容包括绘画、算学等，阅读了他们写的"汉文策论"，如《游美记》《哈特福德书馆记》《庆贺百年大会记》

《美国土地论》《风俗记》等，但"策论"后面的洋文他看不懂，问翻译，得知那是拉丁文。进一步观察，他见到服饰华丽留着长辫满口英语气宇轩昂的中国孩子在千万参观者中言谈自如，行动优雅，毫无怯态。看"幼小者与女师偕行，师指物与观，颇能对答，亲爱之情几同母子"，更觉得国家送幼童出洋留学的教育计划是成功的。

李圭还注意到一些孩子在长衫上罩件西服，他能理解，入乡随俗。他向孩子们问候并希望他们也能造出这样的机器，利国利民。孩子们见到他也很亲近，当被问道"是否想家"？回答："想也无益，惟有一意攻书，回家终有日耳。"李圭又问他们对世博会有什么看法？答曰："集大地之物，任人观览，增长识见，其新物善法可效仿之，又能联络各国交谊，益处甚大。"这样的回答让李圭大为惊叹，"西学所造，正未可量"，并对西方的教育和经济产生极大兴趣，赞叹世博会"广物产，并藉以通有无，是有益于国而不徒费"。对于西方先进的工艺展品，他认为"皆为有用之品，可以增识见，得实益，非若玩好仅图悦目者也"。中国参展的物品有720箱，价值约二十万两白银，尽管茶、丝、瓷器、绸缎、雕花器、景泰蓝等中国产品在这届世博会上被推为第一，但是李圭还是直言中国和其他国家的差距。中国展厅占地6628平方英尺，"占地很小，甚至不及日本"，旁边的日本展馆占地是17831平方英尺。

在留美幼童参观世博会的第三天，美国总统格兰特将军再次来到费城，定于下午5时接见中国留学生，世博会主席霍利（Hawley）将军为此举办特别茶话会。

格兰特将军是站在大堂中央接见所有来宾的，他先接见了中国代表李圭和世博会的管理人员。当中国小留学生被中国官员和老师带进大堂后，他主动微笑着与他们握手，并热情嘉勉；男孩子对英雄的仰慕与生俱来，现在又目睹了英雄的风采备感荣幸。最让他们震撼的是总统接见他们时居然可以不行跪拜大礼，他可是相当于中国皇帝的美国最高元首啊！幼童们和所有在场的人一样，是坐在大堂里，听总理官、教习官致辞，"宣讲两国和好"，"勉励用心学习"。要说他们接受美国的观念和理想（American Idea and Ideals）以及"民主"与"自由"的启蒙，这恐怕是最深刻的一课。

《费城问讯报》对这次会见作了报道，再度引起人们对中国留美幼童的关注，时任耶鲁大学校长庄士特（F.B.Dexter）这样评价：

> 他们表现杰出，值得信赖，无愧于他们的家庭和祖国，这是因为他们认识到，在异国土地上，自己是他们的家庭和国家的代表。他们虽然年幼，但已懂得承担维护自己的民族、国家的荣誉和责任。

留美幼童乘坐轮船漂洋过海亲身感受了第一次工业革命的成果，在世博会上又看到了新型的电动机械，鼓风机、凿井机、抽水机……他们还看到了织布机，其产量、质量和家乡手工织的布不能同日而语。这一切，让他们大开眼界，内心充满激动，在他国的土地上亲身体会了什么叫"国家实力"，也感到了某种刺激。1840 年英国正是借助坚船利炮以"自由贸易"为理由，持续对中国鸦片输入，带来了无穷的灾难。

回去后，每个学生要写一篇作文：What I saw at the Exhibition，并自己翻译成中文：博览会观感。铁路、机车、亚历山大·贝尔（Alexander G.Bell）发明的电话机、托马斯·爱迪生（Thomas Edison）发明的留声机，还有世博会的意义、美国总统接见他们时的心情……都会写入作文。

李圭是个有心之人，世博会结束后，在容闳等工作人员的陪同下参观了幼童出洋肄业局，还到幼童寓居的洋人家里去拜访考察其学习生活状况，有感而发：

> 尝观其寓西人绅士家，颇得群居切磋之乐，彼此若水乳交融，则必交相有成。是中西幼童，皆受其益也。况吾华幼童，仍兼读中国书而不参溷，使其专心致力，无此得彼失之虞，是其法之良善者也。

李圭还参观了竣工不久的中国幼童出洋肄业局办公大楼，这是中国有史以来第一个常设驻外机构，由李鸿章签字拨款，授权容闳在哈特福德城购地建造。大楼位于柯林斯街（Collins St.）400 号，是一座哥特式建筑风格的三层楼，集办公、教学和食宿为一体，可容纳 75 人住宿。大楼正面高高的台阶上南向两个大门，门厅顶上二楼是大阳台，重叠的坡形屋面衬托着建筑中间高耸的尖顶，门前"竖木杆备朔望悬旗"，里面有暖气、自来水等现代化的设施。大楼如此华丽坚固，包含着容闳的一片希望，"非为徒壮观瞻，盖欲使留学事务所在美国根深蒂固"，"以冀将来中国政府不易变计以取消此事"，使留学事业成为一个长久的事业。办公大楼由麻省的著名建筑师哥登尔监制，他也是唐绍仪、梁如浩等四名幼童的家长。

容闳在中美两国文化交流上的出色工作受到母校耶鲁大学的关注和嘉

中国幼童出洋肄业局办公大楼

奖，1876年6月，正值耶鲁创校百年，推切尔牧师作为耶鲁董事会（Yale Corporation）成员，成功地提名授予容闳荣誉法学博士学位（Doctor of Law），并获得通过，容闳由此成为耶鲁校史上第一个被授予荣誉博士学位的中国人。推切尔牧师在日记中写道："考虑到本国各党目前对中国移民问题的不良态度，这再及时不过了。"同时授予的还有美国南北战争时的名将沙满、英国伯爵临烈。容闳在致辞时称，当初只是勉强考入耶鲁，感谢母校的厚爱，正是母校一直以来激励着自己，为国家为民族服务。他在给校长庄士特的信中说：

> 我个人接受它，系谨代表中国及中国人接受它。
> 我个人视为是一项对中国的鼓励，是一种国家荣誉。是由世界上最年轻而进步的国家，颁赠给最古老而保守的人民，它鼓励中国去面向世界，并学习西方的文学、科学及宗教。

区谔良任幼童出洋肄业局监督的第二年（1876年），与容闳联名吁请李鸿章增加赴美留学生的年度拨款。李鸿章写信给他们，再次要求鼓励学生特别注意选修采矿和冶金专业，以备回国急需。

李圭离开美国又渡大西洋，游览英国、法国，最后经地中海、印度洋归国，历时八个多月，回国后写成了《环游地球新录》，李鸿章为这本书作序，称赞其"甚远且大"，发行得很好。可见士大夫们已经渴望知道外面的世界，外面的世界中还有一帮中国少年。李鸿章从淮军中挑选了七名年轻军官，送到德国学习军事。

天外之天　格物致知

留美幼童小学毕业后以兴趣和能力选择最适合自己的学校，大部分人仅是中学就读了两三所，黄仲良进了四个中学的校门，所以，康州和麻州有二十几个中学里接纳过中国学生。当时的美国中学分两类，公立和私立，私立的要收费。高中每学年分三个学期，即秋季、冬季和春季，学年是从当年的9月初开始，第二年的6月底结束。

1876年1月，容尚勤回国了，同行的是因病不能完成学业的黄锡宝（英文名Wing Set Pow）。

史锦镛入孟松学校，愿望是考入耶鲁大学。黄仲良、周传谔是这所学校的校友。

康州纽黑文海滨学校（Seaside Institute, New Haven）是耶鲁大学的预备住宿学校，教师重视数学及职业教育，当然也不忽视心智、身体、操行等方面的均衡发展，詹天佑、欧阳庚、罗国瑞、潘铭钟先后在这个学校学习。诺索布夫人是这个学校的教师，她发现詹天佑和欧阳庚除了有中国学生都具备的背诵和语言特长外，还有很高的数学天分，就鼓励他们学习科学。于是，他俩又考进了纽黑文丘房高级中学（Hillhouse High School），被安排在特别班。罗国瑞进的是纽黑文高级中学（New Haven High School），多年后他回忆起这段日子，依然充满感情："那里有海滩与树林，我相信我

中学生康赓龄

中学生容尚谦

一生最快乐的日子是在那里度过。人人是那样和蔼可亲，而最使孩子们念念不忘的是那丰盛可口的食物，就在这种无忧无虑的环境下，我们共同成长。"

哈特福德公立高级中学（Public High School, Hartford）是美国历史上第二古老的中学，创建于1683年，金融大亨摩根（J.P.Morgan）曾是这所学校的学生。除了正常教学，学校还有专门的教师教钢琴、歌唱、油画、舞蹈，同时有一位轻量级黑人拳师托德（Todd）教授拳击。先后有三十几名中国学生进入这所学校，他们是：蔡绍基、黄开甲、钟文耀、吴仰曾、黄仲良、张康仁、梁敦彦、陈钜溶、曹吉福、程大器、邓士聪、陈荣贵、钟俊成、曾笃恭、蔡廷干、陆锡贵、张祥和、邓桂廷、卓仁志、梁如浩、唐绍仪、曹嘉祥、吴敬荣、卢祖华、徐振鹏、程大业、康赓龄、郑廷襄、黄耀昌、吴其藻等。容尚谦为了进这所学校，以最大的努力用功一年。进校后，他和马克·吐温的两个女儿及摩根家族的A.摩根小姐是同班同学。1876年，邓士聪和陈钜溶分别获得拼写一等奖和二等奖。黄仲良从这里又进入韦伯拉汉卫斯里学校。

在康州哈特福德西部中学（West Middle Public High School, Hartford）读过书的中国学生有：容尚谦、蔡绍基、

吴仰曾、梁敦彦、黄开甲、陈钜溶、曹吉福、邓士聪、陈荣贵、陆锡贵、张祥和、李桂攀、卓仁志、曹嘉祥、吴敬荣、康赓龄、郑廷襄、吴其藻等。这所学校除了正常的课程，美国国防部的怀特上尉（Captain White）还为学生们开设了一门军训课。

康州还有一座哈特福德南部学校（South School,Hartford），蔡锦章、陈荣贵是校友。卢祖华还进过康州西温斯蒂学校（West Winstead School）。徐振鹏和郑廷襄也当过康州洛克威尔公立学校（Rockville Public School）的学生。

在康州诺威奇自由学校（Norwich Free Academy），钟文耀、黄仲良、蔡锦章、潘铭钟、程大器、陆永泉、邓士聪、钟俊成、吴仲贤、李桂攀、陆得彰、沈寿昌等中国留学生留下过美好时光。蔡锦章还进过康州沃兹渥斯街公立学校（Wadsworth Street Public School）。

在麻省的春田中学（Springfield Collegiate Institute），钟文耀、张康仁、黄仲良、钟俊成、容揆、唐绍仪、梁如浩、黄耀昌等人在这里读过书。

麻省北安普顿高级中学（Northampton High School）有中国学生何廷梁、苏锐钊、唐国安、邝景垣、邝詠钟、梁普时、梁普照等。

新罕布什尔州菲利浦斯艾克瑟特学校（Phillips Exeter Academy, New Hampshire）是培育过精英人士的知名老牌寄宿高中，在这里读书的留美幼童有：牛尚周、唐国安、张有恭、王良登、邝国光、陈金揆、金大廷、李汝淦、黄祖莲等。

菲利浦斯艾克瑟特学校还有一个具有同样声誉的姐妹学校：麻省菲利浦斯安德渥学校（Phillips Andover Academy），在此读过书的留美幼童有：何廷梁、吴应科、周长龄、朱锡绶、杨兆楠、张康仁、刘玉麟、林联盛、林联辉、梁诚等。

康州诺维奇自由学校

唐元湛转学到新不列颠高级中学（New Britain High School），和好朋友蔡廷干一起读书。他俩和容耀垣等同学于1880年寄宿在约翰·牛顿·巴特利特家，唐荣俊、唐荣浩、徐赞臣已经住读在这家。

麻省霍利约克高级中学（Holyoake High School）有丁崇吉、邓桂廷、薛有福。后来，邓桂廷又到哈佛高级中学读书。

宋文翙进的是麻省萨默维尔高级中学（Somerville High School）。

唐荣浩所在的康州摩干中学（Morgan School）有五个中国同学。

容闳发现李恩富的语言表达能力非常出众，就刻意培养，送他到历史悠久以语言学见长的纽黑文霍普金斯文法学校（Hopkins Grammar School,New Haven）。这个学校还留下过詹天佑、朱宝奎、祁祖彝、吴焕荣、周传谏、李汝淦、王仁彬、周传谔、黄祖莲等人的身影，周传谔中学毕业时获拉丁文和书法第一名。朱宝奎还在麻省南哈得利高级中学（South Hadley High School）读过书。

麻省东安普顿高级中学（Easthampton High School）有方伯樑、谭耀勋、王凤喈、邝詠钟、邝景扬、邝贤俦等。这所学校早先叫麻省威利斯顿学校（Williston Academy）。建于1841年2月，是寄宿走读两可的私立男校，方伯樑留给学校的联系人是容闳。这所学校有四个年级，每个年级又分文科（Classical Department）和理科（Scientific Department），每个班级二三十名学生不等，全校也不过有一百八十多名学生，教师共有八名，校长是约瑟夫·费尔班克斯博士（Dr.Joseph Fairbanks）。方伯樑第一学年是在文科班学习，课程有英文语法、英文写作、英国文学、英国历史、拉丁文、自然地理、古代历史、美国历史、美国宪法与政府等，成绩有些逊色。第二学年他转到理科班，课程有代数、解析几何、解剖学、心理学、生态学、植物学、动物学和物理学等。学校逐年淘汰不合格者，四年级时他所在的班级仅有18名学生，增加的选修课程有天文学、化学实验、机械制图、地质学、建筑制图、测绘和地形绘图等。方伯樑的理科成绩大多是80分左右，有的学期达到90分，到高年级后文科也达到了80分。

让容闳感到满意的是，中国学生所在的中学依然是按实际情况将他们编在适合的班级里，因材施教。在美国的中学校园里还有来自南美、日本等地的小留学生，而且日本学生要比中国学生多很多，他们不仅学习自然科学，还学习社会科学。

美国教师在教学中发现中国学生背诵、模仿能力超强，过语言关比日本学生要快好几年，但逻辑思维能力稍弱，在这心智构造上是不完整的，会妨碍对问题的全面思考。因此，他们在教学过程中有意识地进行弥补，而且获得成功。就整体而言，中国留学生和日本留学生也有区别，同样是对待外来的新事物，日本学生比中国学生的好奇心要强烈，对各种知识的觉醒和研究非常旺盛，对新事物特别感兴趣。中国学生则是小心谨慎，"非礼勿视、非礼勿听、非礼勿言、非礼勿动"，时刻铭记着能够留学是朝廷的大恩。而日本学生没有这样的精神束缚，他们喜欢听新鲜的东西，随时做记录，并以此来启发自己。

日本幕府时代统治阶级的武士阶层在明治维新之后社会地位依然很高，有一个武士阶层的留英学生叫伊藤博文，回国后得到了重用。他多次游历欧美，考察宪政，在美国看到中国留美幼童只学"技艺"而不问西方的宪政制度，认为十几年以后日本可以打败中国。

中国和日本的学生不但在美国共同学习，暗中竞争，在欧洲的一个国家——英国，也有中日学生在一个海军学院做同学。事情的起源依然是中日两国的竞争。

李鸿章在光绪二年（1876年）夏天奉命到烟台谈判解决"马嘉理事件"，曾兰生担任翻译。李鸿章化装到停泊在烟台的英、法、德等国军舰上参观，发现英国军舰上有日本青年军官受训，立刻意识到这是一个危险的信号，我们也必须派遣自己的学生出洋专门学习海军。回来后他和时任两江总督沈葆桢、福建巡抚丁日昌等人制定了出国培训海军军官的计划和章程，预算经费三十万两银。因为有曾兰生的事先考察，福建船政学堂四届共75名学生毕业后赴英国、法国留学，由淮系官员李凤苞担任华监督，聘任日意格担任洋监督。1877年5月7日，中国第一批海军留学生抵达法国马赛，学习船舶制造、武器制造的人留学法国，其余人前往英国，进了格林威治皇家海军学院学习航海技术、军舰驾驶。这是洋务派派出幼童留美、派出七名淮军军官赴德国受训之后的又一个留学计划，史称"海军留欧"。留英的刘步蟾抱负远大："此去西洋，深知中国自强之计，舍此无可他求。背负国家之未来，取尽洋人之科学。赴七万里长途，别祖国父母之邦，奋然无悔。"

在位于伦敦格林威治天文台脚下宫殿式的海军学院里，有中国、日本、俄国的留学生。二十三岁的严复学习军舰驾驶，首先要通过体育锻炼来强健体魄，留学三年，在所有留学生中"考试屡优等"。但他还是一有空就到伦敦各图书馆借阅西方资产阶级学者的著作，有时还到法院旁听审判。因为他"深知自强之计，舍此无可他求，怀奋发有为，期于穷求洋人秘奥，冀备国家将来驱策"。

严复

此时，科学巨匠达尔文还健在，进化论巨著《物种起源》已被知识界所接受。严复最想知道英国为什么能够如此强盛，除了学习军事外还接受了生物进化的观点，看到了强盛的英国一百年来控制着世界上三分之一的陆地、三分之二的海洋，难有匹敌。清政府出使英国、法国的大臣是著名外交家郭嵩焘（字筠仙，湖南湘阴人），年长严复三十六岁，经常邀请留学生来做客，并创造了很好的研讨氛围。他们共同认识到，英国强盛的原因是建立了君主立宪的政治体制，人没有贵贱，在法律上是平等的。由此，在思想上产生了一个飞跃，既然生物可以进化，中国社会中官尊民卑的现实也应该改进。严复的诗记录了他和叶祖圭、萨镇冰等同学的学习经历：

郭嵩焘，清末著名外交家、湘军的创建者之一

> 同为船政官学生也，已而同登练船，
>
> 遍历南北，联袂于日本，
>
> 接席于英伦，至卒业而归也。

江苏丹阳人马建忠是护送学生到法国的工作人员，他在法国学习法律、政治、外交，获得博士学位，是《红楼梦》最早的西语翻译者，还是第一部系统研究汉语语法著作《马氏文通》的作者。

同一个时间段，陈兰彬、容闳以中国政府驻美公使的身份为中国学生能够进入美国军校而进行抗争。詹天佑和欧阳庚以六年的时间结束了小学和中学的课程，而且操行优秀，学习成绩一直名列前茅。按照中美当初的条约，他们应该进军事院校，李鸿章的预想是：留学生归国的时候，学习制造的要"能放手制造新式

詹天佑

船机及全船应需之物"；学习驾驶的回国要"能管驾铁甲兵船回华，调度布阵丝毫不借洋人"。但是美国违反了中美双方最初的条约，拒绝中国留学生"量材拔入军政、船政两院肄业"。容闳深感悲愤，美方"以极轻蔑之词简单拒绝余请，其言曰此间无地可容中国学生"。李鸿章向在京的美国驻华使节提出质询，回答也是令人失望。但是，美国允许日本留学生学习军事。这无疑对中国来说是一个危险的信号。詹天佑和欧阳庚在诺索布夫人和容闳的支持鼓励下，于1878年6月考入耶鲁大学雪菲而德理工学院。詹天佑在土木工程系（Civil Engineering Course）学习铁路工程专业，欧阳庚学习机械工程。

扩大视野　多方涉猎

　　威廉·菲尔浦斯（William Lyon Phelps）是哈特福德公立高级中学的高中生，在他看来，中国同学的精神面貌很独特："拥有迷人的东方气质，还具有天才般地接纳新事物的能力。"在各方面都是自己的竞争对手："我们玩的所有的游戏对他们来说都是陌生的；但他们很快就成了棒球、橄榄球、冰球的好手，在花样滑冰场上技术更是超群。当单车刚刚出现的时候，学校里第一个买它的是曾（吴仰曾）。"

　　后来威廉·菲尔浦斯成为牛津大学教授，在牛津大学出版社出了他的自传，在《中国同学》这个章节里，讲了一些留美幼童在学校的情况：

　　　　我至今清楚地记得，当我们玩橄榄球选人分队时，聪（邓士聪）一定首选。因为他又矮又壮，身材天生接近地球，跑动起来像只小猎犬，躲闪的功夫又像只猫。如果说邓在速度和风度上占优势，那么康（康赓龄）则是力量型选手。他身材健壮，脸上永远挂着善意的微笑，他可以穿越四五个美国同学的封锁，闯过目标线。在棒球场上，梁敦彦是最佳投手，他投的球几乎没有被击中的可能。

　　　　我在高中最亲密的朋友是CHO（曹嘉祥——钱钢、胡劲草注），他严肃而庄重，在那个时候已经是一个有教养懂世务的人。在课堂上听他解读恺撒是一种博雅的教育。几乎每个周末，CHO和我都要到西哈特福德打猎，主要是打金翼啄木鸟和草地鹨。CHO有一把超过12磅重的猎枪，他可以终日毫无怨言地扛着他的这把宝贝枪，并且具有百步穿杨的好枪法。

　　在舞会或者招待会上，"那些最漂亮最有吸引力的女孩总是会挑选这些东方男孩"，是因为东方男孩所特有的对女孩优雅恭顺的态度，还是因为和东方人共舞的异国情调，或者是被他们的言谈风度所吸引？总之，美国男同学"眼睁睁地看着那些他们心仪的女孩特意地从他们身边走过，去接受他们的对手、那些中国男孩的邀请"。

　　中国学生成为同学中的佼佼者，内心也与这片土地接近。美国虽然是一个新兴的资本主义国家，但是"上帝"左右着一切，宗教渗入政治经济和日常生活的各个角落，无处不在。美国建国初期的1789年4月30日，首任总统华盛顿站在华尔街（Wall Street）的纽约联邦大厅前就职宣誓时，右手放在《圣经》上说："我宣誓，上帝助我。"另一位伟大的总统林肯在南北战争中发表《解放宣言》时，也是向上帝祈福："我们要使国家在上帝福佑下得到自由和新生，要使这个民有、民治、民享的政府永世长存。"绝大多数美国人都是虔诚的基督徒，有人甚至声称自己可以听到上帝的声音，是上帝告诉他该做什么，不该做什么，能够赚钱过上好日子是因为得到了神授的力量和智慧。在普通美国人的观念中，不入教是不可以的，那是没有教化的野蛮人，信仰了上帝，入了教会才算进入了文明人的行列。

留美幼童逐渐适应了房东每天在家祈祷、每礼拜天到教堂做礼拜的活动，离乡背井，更是感受到了基督教中的"博爱"。博爱的精神就是给予需要帮助的人经济和体力的帮助，而不要任何回报。这与孔子"仁者爱人"的学说、墨子"天下之人皆相爱"的"兼爱"思想并不矛盾。巴特利特夫人赠送给住在她家的中国孩子一本《圣经》，他们小心地打开阅读，立刻被优美的语言和动人的故事所吸引，当作课外读物来加强英文的学习。当然，基督教青年会世界协会（World Alliance of the Young Men Christian Association）简称青年会（Y.M.C.A.）也是一个很吸引人的活动场所。

青年会 1844 年创立于英国、发达于美国，在当时日新月异的科学发明大环境中，从单纯的宗教活动变为接受科学和宣传科学的团体，并用一种成功的方法训练青年人。它有着庞大的会所，聘任专职干事，具体项目上的负责人往往是教师和学生自己，目的是让成员达到身体、心智和人格的完美，其活动方式和内容都是很严肃的。每进行一项活动青年会都要从内容到形式分门别类地做系统安排，如果是进行自然科学和社会科学知识的讲演，讲演者必须做严肃认真的准备，并借用先进的科学仪器、模型、图表，生动活泼地将最新的科学技术和人文思想传达给听众。演讲的时候，上下互动，气氛活跃，讲的人又演又讲，听的人是又听又看，很能满足青少年强烈的求知欲望。学生们参加这样的活动，除了能增加英语的读、写、听、说能力，还可以接受资本主义国家科学技术和人文思想的熏陶，并使个人的才能得到训练，特别是演说才能和组织能力。中国学生都有正式的英文名字。唐元湛的英文名字是："Yuen Chan Tong"，简称"Y. C .Tong"。

新鲜的东西是挡不住的诱惑，推切尔牧师 1877 年 5 月 13 日的日记写道：邓士聪和黄仲良来"与我谈宗教问题"；五个月后，邓士聪又来"讨论宗教问题"。1878 年 1 月 28 日，推切尔牧师陪同著名布道师德怀特·莱曼·穆迪牧师（Rev. Dwight Lyman Moody）参观出洋肄业局时，"与一些对基督教表现出特别兴趣的男童见面并交谈"，有蔡绍基、黄开甲、张康仁、钟文耀和邓士聪。穆迪"与每个人都进行了简短交谈，并与他们一起祷告"。

容闳是一个基督徒，也加入了美国籍，但他更是一个合格的清政府外派官员，这时却面临着两难。有的学生上的中学就是教会学校，学校要求学生必须参加弥撒和祷告的宗教活动。容闳态度明朗，要求学校保证不得鼓动中国学生皈依基督教。他还要求中国学生寄宿的美国家庭不得劝说学生入教，更不可强制中国学生加入基督教或者任何一家教会。

麻省的东安普顿高级中学是一所现代化的学校，也是一所培养神职人员的教会学校。除了正常的教学，学校还要求学生学习神学和宗教理论，并规定学生每天早上要在学校小礼堂做祈祷，每个星期天在当地教堂做两次弥撒。1878年初的一个冬夜，在这个学校高中读书的五个中国学生找到佩森公理会麦利姆牧师（Rev.A.R.Merriam），表达了他们对基督教的理解，并表示了公开宣示信奉基督，同时给容闳写信说明了这个想法。容闳给他们回信，明确表示反对，告诫道：这样会对整个留学事业产生不利影响。同时提醒这几位学生：你们是国家政策受益者，必须服从国家。只要你们一天是大清国的官派学生，就一天不可以公开入教。容闳的信让他们放弃了公开入教，但还是在一起组织学习《圣经》，麦利姆牧师每个星期都有一个晚上和中国学生碰面并一起研习基督教文。

出于对基督的虔诚，一些中国学生自觉肩负起使命。1878年5月12日，有11个人自发组织了一个"中国基督徒归国传教会"（Chinese Christian Home Mission），以极大的热情和勇气草拟并通过了一份章程，希望回国后这个组织能为国家服务。同时，还有学生自发地成立了一个有宗教色彩的课外活动组织，起名"兴华会"，主张用基督教改变中国。宗旨是"将来回到中国，把福音带给同胞，引领他们走上永久和平康乐之道"。会长是邝景垣，副会长兼秘书助理是蔡锦章，秘书是唐国安，司库是容揆。

尽管处在美国文化的氛围中，但留美幼童依然悉心学习中国课程，很多人连书法都有进步。唐元湛的小楷，将性格中的硬朗之气，体现在运笔上，刚劲有力，字体结构严谨庄重。"our boys"也有自己的集会，将活动内容提前用毛笔字告示出来是很不错的。发生于1875年的"丁戊奇灾"是指中国山东的一场二百年不遇的特大旱灾，灾情涉及华北大部分地区，持续四年之久。到1878年，山东省的收成不到正常年景的三成，饿死人数达千万人。容闳知道这个情况后，于1878年3月24日借助推切尔牧师的避难山教堂的礼拜活动，组织赈灾捐助活动，获善款650美元。会后，留美幼童又募集资金100美元，交给容闳。共计750美元由肄业局汇到上海赈灾基金会。

自古以来中国的读书人都不屑于言商，读书的目的是做官，"万般皆下品，唯有读书高"。而美国是处处言商，随便翻开报纸，商品信息、广告就直入眼帘，对华尔街评论更是没完没了，有赞同的也有批评的，有鼓励投资也有揭露欺诈的。华尔街，那条不足千米的街道，自打1792年5月17日24个商人代表聚集在一棵梧桐树下产生了《梧桐协议》后，这条街便有了呼风唤雨的魔力。那里的工业巨头和金融机构不但对国家命运产生影响，还奠定了美国步步上升的基础。"资本家""银行家"，这两个在中国传统社会中还没有出现的概念让中国学生在美国看到了生动的形象及相互的关系。被称为"资本家"的工厂主在大规模地生产、销售自己产品的同时也必须得到银行家的支持，否则就是纸上谈兵。

美国文化的特点是立足于当下勇敢地追寻真理，而中国的儒家思想则是一种从内到外的修心养性，完善人格。中国经典著作《大学》中提出"格物、致知、诚意、正心、修身、齐家、治国、平天下"；《中庸》中倡导"博学之，审问之，慎思之，明辨之，笃行之"。可见，中外文化的优秀部分是契合的。客观地说，大清国为这批留学生创造的学习条件和环境是"前不见古人，后不见来者"。在双重的学习环境中，他们知道了"人人生而自由"的真谛，吟诵起"路漫漫其修远兮，吾将上下而求索"也有另一番心得：基督教中所倡导的献身、忍耐、舍己为人的博爱精神与中国传统文化中的"先天下之忧而忧，后天下之乐而乐"的高尚人格并不矛盾。他们平时和同学们相处礼貌谦让，在运动场上又是那么自信好胜。每年学校考试结束公布成绩的时候，也是中国留学生最得意的时候，因为拿第一名的往往是他们。隆重的场合，他们身着中式锦袍，一顶相匹配的瓜皮帽，再拿一把扇子，以中国式的文雅和智慧显现出与众不同，显现出大清国民的自尊和骄傲。一个叫黄暄桂的自费生这样写道："十载攻书向学堂，果然富贵出文章。状元榜上标金字，直入皇都做栋梁。"

为了让世界正面了解中国，容闳将中国悠久的文化和独特的人文精神介绍到美国的一流大学、介绍到西方的上层社会。这对他来说是一个使命。1877年2月26日，他给耶鲁大学图书馆范南馆长写信，首倡在耶鲁大学设立中国语言文学讲座（Chair of Chinese Language & Literature），并表示：

> 一旦耶鲁大学决心设立"中国语言文化讲座"成为事实，我愿意随时将我个人的中国图书捐赠给贵馆，我深望耶鲁切莫拖延此事，而让哈佛大学预着先鞭。

1878 年，耶鲁大学首次聘任卫三畏为汉学教授。卫三畏在中国传教和从事外交工作四十多年，熟悉中国文化，是美国当时少有的汉学家。为支持耶鲁大学开汉学课，同年 5 月，容闳向母校赠送了 1237 卷中国经典书籍，亲笔书写书目，有《纲鉴易知录》《四书》《五经》《山海经》《三国演义》《康熙字典》《千字文》《百家姓》《李太白诗集》等。"我希望这些书籍平安到达贵馆，它们将是一个伟大的中文图书馆的核心部分。"耶鲁大学第一次拥有批量中文图书，以此为基础，建起了美国第一个高校东亚图书馆。

李鸿章也在这一年得到幼童出洋肄业局的报告，因为美国物价上涨，当初预算的经费已经不够了，有些幼童在一两年内即可上大学，须增加学习经费。他踌躇再三，又一次下决心，从管辖的海防经费中拨出以后九年总数为二十八万九千八百两银子追加给他们，并去信说："本大臣重念此举关系自强之计，不可中废，幼童远涉重洋不妨格外体恤，增一分费用必期一分功效。"他坚信，中国要在"数千年未有之变局"中"建奇业"，培养人才是首要的。为了留学的"大局"，他更不放过"小节"，在追加留学经费的同时要求严加管束学生。但是如何管束，真是一个问题。留美幼童的"东方人棒球队"（Orientals' Baseball）所体现出的精神风貌正是中国士大夫阶层所不容的。

留美幼童的"东方人棒球队"
前排左起：陈钜溶、李桂攀、梁敦彦、邝咏钟，后排左起：蔡绍基、钟俊成、吴仲贤 詹天佑、黄开甲，时间：1878 年

容闳作为师长，认为学生们在美国从少年到青年，正处在一个人的性格和认知能力形成的重要阶段，自然而然地融入开放自由的环境是正常的，要是硬让他们另类于生活的土壤，也是不可能的。他理解自己的学生，是美国现代化的社会氛围让他们得到了精神上的鼓舞，宣告自我追求，而不是"悠悠万事惟此为大，克己复礼"。因为他自己也有过剪掉辫子、自我解放的经历。但是，大清国派出去的留学生要为此付出代价。

东西碰撞　孰是孰非

光绪四年二月十九日（1878年3月22日），陈兰彬改宗人府丞，回国。幼童出洋肄业局中文教习容增祥接替区谔良升为肄业局第三任监督，和容闳共同主持日常工作。容增祥"充当幼童教习，为时最久，洋文、洋语具有规模，风土人情素所熟悉"。同年，陈兰彬第二次赴美，依然是大清国出使美国兼西班牙、秘鲁大臣，吴嘉善（字子登，江西南丰县人）随行，同时还是负责西班牙、秘鲁两国事务参赞。吴嘉善是咸丰二年（1852年）进士，任翰林院庶吉士，授散馆编修。对数学、化学、机械学颇有研究，并有专著《测圆密率》三卷、《算学二十一种》，曾是上海墨海书馆的学者之一，和容闳相识。同治六年（1867年），他为李善兰校刊数学著作《尖锥变法解》一卷，是翰林中第一位自学外语的人，口虽不能说，而笔能译，被人称为"颇懂洋务"。

1878年8月27日，"容闳偕叶主事源濬往华盛顿，租定耶夫街第二千九百二十五号宅为使署"。9月28日，大清国出使美国大臣陈兰彬、副大臣容闳在美国白宫的蓝厅，向美国总统卢瑟福·海斯（Rutherford B.Hayes）呈递驻美钦差大臣国书，中美双边开始了外交正常化。

黄胜由陈兰彬保奏于这一年再赴美国，任出洋肄业局委员、驻美使馆翻译。但是当容闳举荐他为肄业局帮办一职时，陈兰彬以黄胜"洋习太重，在局究不相宜"于是年闰三月改派他为旧金山总领事公署翻译。

陈兰彬、容闳向美国总统海斯呈递大清国驻美钦差大臣国书

李鸿章对不守规矩"剪辫改装"者态度坚决:"情殊可恶","若皆如史锦镛之剪辫改装,以国家有用经费豢养若辈,前功固已尽弃,后患何可胜言。"到 1878 年年底,出洋肄业局已经将或者不守规矩或者健康原因无法完成学业的十多位学生分期分批遣送回国。

钟俊成

真实情况是中国留学生学习进步,能够用中文、洋文准确而充满激情地表达对祖国的关注、对民族的期望。黄仲良喜欢用汉语朗诵中国经典;钟俊成以《中国之未来》的演说憧憬着祖国的明天。美国的中学有个俗例,高中毕业班要举办演讲比赛,参赛者都是各班的优秀学生。梁敦彦 1878 年中学毕业,参加演讲比赛,题目是《北极熊》。他针对俄国和土耳其战争,猛烈抨击沙俄的侵略行径,感情充沛,声泪俱下,最后的结论是"俄国是穿着制服的窃贼"。全场动容。

容耀垣以一种特殊的方式早早地接触了商业。1878 年父亲去世,为了资助家里并安心学习,容闳和老师特意给已经上了中学的他安排了一个为商店记账的工作。容耀垣白天学习,晚上勤工,将赚到的钱如数寄给母亲贴补家用。

在排华运动两年之后的 1879 年 2 月,美国国会通过了《排华法案》(The Chinese Exclusion Act)。这是美国历史上唯一针对某一族裔的移民排斥法案。法案限制在美华人的基本公民权利,包括十年内暂停华人移民和入籍,禁止华人在美拥有房产,禁止华人与白人通婚,禁止华人妻子儿女移民美国,禁止华人在政府就职等条款。排华法案虽然被美国总统海斯否决,但中美关系出现了裂痕。这期间清政府也在积极护侨并拓展航运,没想到轮船招商总局的船只抵旧金山时被额外征税。

这一年春,李鸿章上奏,升幼童出洋肄业局监督容增祥为花翎顶戴五品衔内阁中书,并担任中国驻美国大使馆参赞。区谔良依然在局里做委员。几个月后,容增祥丁忧回国。经陈兰彬推荐,吴嘉善任幼童出洋肄业局新监督,并批准。留学生被召到华盛顿使署谒见新监督。没想到他们不约而同地不行跪拜礼,以微笑鞠躬表示欢迎。吴嘉善没有得到被他监督的学生跪迎,无疑成了严重事件,有官员"大怒,谓各生适异忘本,目无师长,固无论其学难期成材,即成亦不能为中国用。具奏请将留学生裁撤"。

学生们意气风发挥斥八极的气质、健康挺拔的体态、高贵自尊的神情让吴嘉善无法居高临下地俯视他们。接下来的相处更让新监督恼怒，学生们没有中国官场上所特有的"奴才"像，更不会曲意逢迎把自己西化（Westernization）的行为隐藏起来，而是自然而然地抬头挺胸充满激情，意见相左时还敢直视着他的脸说"不"。新监督确认，学生们"忘了祖宗的规矩"，变成了"洋鬼"，应该"严加管束"。但是，"严加管束"已经达不到立竿见影的效果了，因为美国总统格兰特将军接见他们的时候，也是站立着，没有人下跪。由乾隆帝引发的中英两个国家之间的观念冲撞，"下跪，还是站立？"又在吴嘉善和留学生之间出现了。这让吴嘉善更加认为他们背叛了儒教正统，"在美国专门喜欢美国人的运动游戏，读书时间少而游戏时间多"；"驰骋跳跃，有损儒者之风，运动换装，弃我大清国服"；"抛荒中学，背弃孔孟之道"。尽管吴嘉善对自然科学有研究，但是看不见美国的科学技术在世界的先进地位，也不愿意承认留学计划的成功。当他知道有学生信仰基督教，还秘密成立社团时，感到极大的不安，发现违令者，果断将其除名。在对学生"严加管束"的同时，他还对经费使用做出严格规定。

留美幼童因为学习成绩优异、演讲精彩经常成为报纸的新闻人物。这一年又有多名高中毕业生，以品学兼优为所在学校增光。哈特福德的报纸《每日论坛》记录了这届哈特福德中学毕业典礼的情景。当毕业班学生入场时，美国男学生的黑色套装和女学生的黑色长裙衬托出了三个中国学生丝制长袍的华丽和出众，与长袍相配的装饰更是体现了一种文化的悠久和卓尔不群。黄开甲和蔡绍基代表毕业班演讲。黄开甲的演讲内容是法国大臣库柏（Jean Baptiste Colbert,1619—1683 年）的一生，他文思快、表述强，遣词造句、段落起合都运用得很好，并以优雅的表情和恰到好处的手势相辅，弥补了英语中略带口音的不足并增加了感染力，成为演讲的获奖者。《每日论坛》评述道："那天最精彩的当属中国学生黄开甲。"蔡绍基讲的是一个分量很重的话题《鸦片贸易》，他以数据、图片讲述了鸦片贸易使英国获得巨大利益和中国人所受之苦，告诉人们：大英帝国以此方式打开中国的大门，其罪孽更加深重。在结束语中他慷慨激昂："中国没有死，她只是睡着了。她最终会醒来并注定会骄傲地屹立于世界。"语惊四座。钟文耀可以用原文朗诵古希腊史学家色诺芬的作品选段，在这届毕业典礼上他获年度朗诵奖亚军，奖金 5 元。

张康仁平常喜欢朗诵罗马政治家、演说家西塞罗的作品。在麻州菲利浦斯学校的毕业典礼上，他以题为"希腊在希腊以外的影响"做英语演讲，获得好评，进入耶鲁大学。

在麻省北安普顿高级中学，唐国安代表应届毕业生致告别辞，他和梁普照这一年以优异的成绩毕业，当地报纸《斯普林菲尔德共和报》做了报道。唐国安没有直接去考大学，而是听从友人建议，去新罕布什尔州菲利浦斯艾克瑟特学校再学一年，然后考耶鲁。梁普照直接考入哥伦比亚大学（Columbia University）。

高中毕业的方伯樑被耶鲁大学录取，但是他更愿意和朝夕相处的邝詠钟同学一起读书。当时美国的学界也掀起了一股批判传统文科教育、转向重视自然科学和理科的思潮，而麻省理工学院（Massachusetts Institute of Technology）在一定意义上代表的正是新式教育。

区谔良于光绪五年（1879年）奉召回国，调工部当差，补主事，累升到郎中。他致函李鸿章，反映了幼童出洋肄业局所存在的一些问题，李鸿章"深为焦虑"，给陈兰彬写信：

邝詠钟

> 幼童出洋一事，靡费滋弊，终鲜实效，中国士夫议者纷纷，若任事诸君再各存私见，未能认真撙节经理，固负曾文正创办之初衷，而鄙人与执事亦必大干物议，是以前次濒行时（陈兰彬上年赴美任公使之前），再四谆托，期以善始图终。

这是李鸿章真实的心境，于公于私他都要把这事坚持到底，也是最后决策的观察期。

外交家、思想家、诗人黄遵宪（广东蕉岭籍）听说留美幼童的情况后，写了一首诗《罢美国留学生感赋》，其中有这样的段落：

黄耀昌

> 新来吴监督，其傲喜官威。谓此泛驾马，衔勒乃能骑。征集诸生来，不拜即鞭笞。弱者呼暴痛，强者反唇讥。汝辈狼野心，不知鼠有皮。谁甘畜生骂，公然老拳挥……

光绪六年（1880年4月1日），吴嘉善以中国幼童出洋肄业局监督的身份印发英文《规章》，并分寄给所有有中国留学生的社区，给留学生来一个当头棒喝：

第一条 自今日起，每值暑假，中国各生当全心全力研习中文，练习英翻中或中翻英。此后，全体各生一分为二，分批进驻哈城本局住宿六周，期满以后，各生始可自由去他处度假。

第二条 在学期间，凡能作文之各生，继续习作；其不能作文者，则须将其英文课业，口译成中文后笔录之。但无论何种程度，每月均须将所做中文课业呈送本局查考。凡按时呈送且成绩优良者，必发奖励；凡迟送者，当处罚。另外，各生每月有三十页的中文功课，必须呈送本局，不得有误。

第三条 局已编有英文词句，各字均有中译，并有附英文翻译的《四书摘要》，不日分发各生认真研读。

第四条 局新编注册簿一份，分送各生，照表填妥，立即寄回哈城本局，俾各生之成绩人优劣，学业进度，今后均能有案可稽。

凡不专心学业各生，本局当勒令其退学，并遣送回国。凡已入大学和理工院校者，各生所习专业，当由本局员另专案核之。

凡一切仅适合美国学生而不适合中国学生之学科（如美国地理、如钢琴演奏、如英诗写作等），本局盼中国各生之美籍教师们立刻予以停授。

这些《规章》是把留学生当成学舌的鹦鹉来培养，学生也对这位监督处在精神上的对抗之中，给肆业局办公大楼这座华丽的建筑起了一个诨名：地狱之家（The Hell House）。

容揆的个性有点羞怯、内向，但很有主见、执着，以一首诗表达了他的心情：

一只生下来就被囚禁的鸟
感觉不到森林的气味
可一旦让他舒展飞翔的翅膀
这时再豪华的禁闭空间也不能遏止他希望飞到
即便是疾风暴雨的自由天空

留美学生中一些与传统观念相悖的行为传到了国内，特别是入基督教、剪辫子更是犯了大忌。清政府用了14年的时间、耗费巨大人力物力镇压了太平天国运动，对洋教心有余悸且深恶痛绝，自己派出去的留学生又信上了洋教，那还了得。再说，这些"忘了祖宗规矩"的行为连他们的父母都不能允许，哪怕是唐廷枢这样的洋务派人物。1880 年 5 月，布朗先生身体衰弱，回美国。受唐廷枢之托，特地到康州的 Clinton 探访唐荣浩，告诉他不要和洋女谈恋爱。布朗和唐荣浩见面时，在车站晕倒。6 月 20 日在孟松逝世。布朗对中、美、日三国文化交流有巨大贡献，被誉为"新东方的缔造者"（A Maker of The New Orient）。

无视危机　自毁大计

　　李恩富没有辜负容闳的期望，1880 年 6 月，毕业时英语和希腊文作文果然是全班第一名并代表毕业生致告别辞，获奖，被耶鲁大学录取。方伯樑也如愿于这一年进入麻省理工学院的土木与卫生工程系（Civil and Sanitary Engineering Department）。

　　容揆以全班第二名的成绩从春田中学毕业，被同学们选为致辞代表（Salutatorian）在毕业典礼上发言。之后，他收到了哈佛大学的录取通知书。但是他和耶鲁大学二年级的谭耀勋加入了基督教会南公理会并剪掉了辫子。吴嘉善大怒，把他们从肄业局开除，准备和另外两个身体不佳的同学一同遣送回国。当火车开出斯普林菲尔德站，容揆和谭耀勋一同跳车逃跑，声称：与幼童出洋肄业局脱离关系。他们以这种极端的方式，"舒展飞翔的翅膀"，"飞到即便是疾风暴雨的自由天空"。容闳通过推切尔牧师和容

进入耶鲁大学的李恩富

揆见面，并答应资助他上大学每年 700 美元的费用。条件是：容揆必须进耶鲁大学读书；自立后应当归还费用；学成后要为中国政府服务。容揆答应了。谭耀勋也得到了同学凑钱捐助，自行留在美国完成耶鲁大学学业。他俩还得到了第一公理教会的退休牧师和耶鲁神学院教授伦纳德·培根牧师（Rev. Leonard Bacon）的帮助，耶鲁大学的汉学教授卫三畏捐助了 50 美元。推切尔牧师是耶鲁董事会成员，安排容揆从哈佛转学进耶鲁雪菲而德理工学院，并发起筹款捐助活动，为容揆筹集了大学生活的费用。马克·吐温允诺每年捐款 25 美元。

　　光绪六年十一月十六日（1880 年 12 月 17 日），光绪帝接到了一个对幼童出洋肄

业局指责的奏折，这是江南道监察御史李士彬呈递的。奏折开头以福建船政局为例，表明这样一个观点：洋务的一些事情开始希望是好的，但结果并不一定能够如愿，由此引出对留学计划的评价：

> 至出洋学生，原不准流为异教，闻近来多入耶稣教门，其寄回家信有"入教恨晚死不易志"等语。该局帮办翻译黄姓，久为教徒，暗诱各生进教，偕入礼拜堂中。
>
> 总办区姓，日吸洋烟，恋姬妾，十数日不到局一次，纵到亦逾刻即行，绝口不言局事，该学生等毫无管束，遂致抛弃本业，纷纷入教。

明、清时的监察院相当于今天的人民检察院，监察御史相当于今天的检察长，他们有对行政监督的权力，也有"风闻言事、越级言事"的特权，而且事后不负一点责任。李士彬的报告显然是在没有亲自调查的情况下产生的，针对的又是两个国家正在实施的计划，那倒霉的就不仅仅是某个人了。是日，光绪帝作出决定：着李鸿章、刘坤一、陈兰彬查明洋局劣员，分别参撤，将该学生严加管束，如有私自入教者，即行撤回，仍妥定章程，免滋流弊。

陈兰彬于光绪七年二月初六（1881年3月5日）呈上奏折，也就是调查报告。他说明"总办区姓"并未亲见吸食洋烟，而且于（光绪）五年二月接准北洋大臣李鸿章抄咨，"已经具奏调回原衙门当差，该员外郎旋即交卸离局矣！""帮办翻译黄姓"也就是黄胜，于（光绪五年三月）"改派为金山总领事公署翻译，以金山相距一万四千里，可免其沾涉局事也"。陈兰彬对当下的工作也作了汇报：

> 现在该总办系侍讲衔翰林院编修吴嘉善，教习系候选同知容思济，候选县丞沈金午，各员皆不崇尚洋教，察出各学生弊窦，亦节次撤遣回华，不肯姑息。

如此看来幼童出洋肄业局的工作是正常的，管理也很严格，并没有荒废中学，而且"总办区姓"和"帮办翻译黄姓"已离开肄业局两年，李士彬的报告显然是不真实的。陈兰彬一直被曾国藩、李鸿章所倚重，但是他引用吴嘉善的话表明了自己的态度：

黄胜

上年十一月，吴嘉善特来华盛顿面称，外洋风俗，流弊多端，各学生腹少儒书，德性未坚，尚未究彼技能，实易沾其恶习，即使竭力整饬，亦觉防范难周，亟应将局裁撤……

这样的调查报告，不啻对留学计划的摧毁，也是对洋务运动的打击。吴嘉善和陈兰彬的观点一致，给朝廷的报告如是说：

陈兰彬

> 这样一些学生，如果让他们久居美国，必然全部丧失爱国之心，他日即使能够学成归国，不仅于国家无益，而且还会有害于社会。从为国家谋幸福的角度来考虑，应当从快将留学事务局解散，将学生撤回，早一日施行，国家早获一日之福。

容闳感到留学计划将面临着危险的境地，"出洋肄业局的大敌来了"，全力挽救。他从陈兰彬和吴嘉善身上看到，"对于外国教育之观念，实存一极端鄙夷之思想也。"同时也明白中国官场上的复杂，"吴嘉善本是留学事务的反对派，历来把学生留洋看成离经叛道之举；过去又与曾国藩、丁日昌不和，对曾、丁二公所创的事业，存心破坏，不遗余力。"他没有亲自向李鸿章作书面汇报，而是通过自己的好友推切尔牧师联合美国一些著名大学的校长，由耶鲁大学校长波特执笔，致信清政府总理衙门。书信对中国留学生的学习情况作了介绍，通篇漾溢着难以掩饰的夸赞，他们不希望留学计划毁于一旦而前功尽弃。对中国政府这种"不加详细调查，亦无正式照会"，擅自终止正式协议的行为，他们还从国际关系角度进行了批评，并否认了所谓"中国学生在校中肄业，未得其益，反受其损等言"。指出种种谣言使"敝国无端蒙此教育不良之恶名，遂使美利坚大国之名誉，亦受莫大之影响，此某等所以不能安缄默也"！

推切尔牧师和好友马克·吐温又赶到纽约去见美国前总统格兰特先生，请求他帮助容闳。军人出身的格兰特非常爽快也很自信，1879年他赴中国访问，与李鸿章在天津晤面，两人讨论了两国友好关系及如何发展、提高中国与世界的贸易关系，彼此留下了比较深刻的印象。格兰特说："我会给总督大人写一封信，单独写一封，给他出具一些更有力的证据；我很了解他，我的话对他会有分量的。我立刻就写。"

格兰特写了一封长达五页的信，连大作家马克·吐温都认为"写得非常漂亮，从他本人的角度出发，直接切入主题，我想一定会起到作用的。上帝保佑它"。这封信几经周折送到中国，但是上帝没有影响中国最高统治者的态度。

李鸿章也对留学计划做着最后的挽救，他接到格兰特的信后于光绪七年正月二十六日（1881 年 2 月 24 日）致电陈兰彬，明确表态：

> 格兰特来函，幼童在美颇有进益，如修路、开矿、筑炮台、制机器各艺，可期学成，若裁撤回极为可惜。

二月三十日（3 月 29 日）李鸿章给总理衙门及恭亲王奕䜣呈上书面报告《论出洋肄业学生分别撤留》。报告先将肄业局这几年的人事变动作了说明，然后进入主题：

美国第 18 届总统格兰特
于 1879 年访华时与李鸿章的合影

> 鸿章平心察之，学生大半粤产，早岁出洋，其沾染洋习或所难免；子登绳之过严，致滋龃龉，遂以为悉数可撤，未免近于固执。后次来信，则谓学生之习气过深与资性顽钝者可撤回华，其已入大书院者期满已近，成材较速，可交使署兼管。其总办教习翻译等员，一概可裁，尚系审时度势之言。
>
> 莼甫（容闳）久管此局，以谓体面攸关，其不愿裁撤，自在意中，然阅其致子登函内，有分数年裁撤之说，尚非不可以理喻者。荔秋（陈兰彬）与莼甫抵牾已久，且其素性拘谨畏事，恐管理幼童与莼甫交涉更多，或被掣肘，故坚持全撤之议。
>
> 彼其所虑，固非无因。然荔秋与莼甫均系原带幼童出洋之人，均不能置身事外。子登续拟半撤之法，既不尽弃前功虚縻帑项，亦可出之以渐，免贻口实。且其意谓得使署照料，呼应较灵，亦第实情。

李鸿章还说："正在踌躇间，适接美前总统格兰特及驻京公使安吉立来信。安使信内并抄寄美国各书院总教习等公函，皆谓学生颇有长进，半途中辍，殊属可惜，且于美国颜面有损。"接着拿出了自己的意见：

……鸿章因思前此幼童出洋之时，钧署暨敝处曾函托美使镂斐迪照料，该国君臣喜中国振奋有为，遇事每能帮助，今无端全撤，美廷必滋疑骇，况十年以来，用费已数十万，一旦付之东流，亦非政体。若照子登后议，将已入大书院者留美卒业，其余或选聪颖端悫可成材者酌留若干，此外逐渐撤回。

李鸿章没有从容闳那里得到第一手材料，所以在写这份报告时还是"实系无从捉摸"，恳请恭亲王奕䜣致函陈兰彬、容闳"属其和衷商榷，会同子登经理"。并表示"敝处仍当随时函告荔秋、莼甫、子登，劝令销融意见，尽心公务，以收实效"。这份报告是李鸿章最后的努力，也是最后的希望。外派的120名留学生除在美国生病早逝和几次除名遣送的，在读的共有100名。

四月十九日（5月16日）李鸿章致电陈兰彬，"择其颖悟纯静，尚未入大书院者二十人，令速赴各处电报馆游历，讲求电学，回国后供差津沪电报线。"他婉转迂回，哪怕先带回来20名学生，应对顽固派的发难，可保证80名学生完成学业。容闳当即通过西联电报公司的经理呼贝尔在哈特福德城办了一个短期电报训练班，几位已经进入大学的如方伯樑、唐元湛也参加了。

只要是睁开眼睛看世界，仅是电报这一项，就可以看到中国和欧美的差距。丹麦人奥斯特于1820年发现了电流的磁效应后，英国人惠斯通、德国人韦伯又相继发明了电磁式发报机。运用于通讯的电报传递方法是美国人莫尔斯（Morse）在1837年发明的有线电报，两年后运用于铁路运输，在英国的车站之间，传送列车出发和到达的信息。1844年，莫尔斯又发明了一套用点和线来表达传播内容的电码，使电报正式运用于公众通信。1851年，巨大的汽轮船在海面上投下海底电缆，把中间隔着英吉利海峡的英国和法国连接起来，成为世界通信史上划时代的创举。1868年，连接大西洋两岸的海底电报电缆接通了纽芬兰和爱尔兰，欧美两个洲的电报可以直接传递。同治九年五月（1870年6月），丹麦大北电报公司（The Great Northern Telegraph Company）未经中国政府允许，将两条穿越太平洋的海底电报电缆铺设到了中国上海。

1851年，从伦敦到巴黎的电报发出

在中国，自主建设的第一条陆路电报线——津沪电报线 1881 年才开始动工。

"辛酉政变"之后的二十年来，奕䜣和慈禧几次"叔嫂交锋"后，奕䜣均为失败者，已经没有了当初的棱角和志向。面对留学生学业是否继续的争执，作为洋务派的领袖，他首先妥协，不顾国际关系中正常往来的程序，不顾亲自发起的洋务运动没有专业人才的窘境，拒绝了李鸿章的建议，以陈兰彬的意见为主，高效率地于光绪七年五月十二日（1881 年 6 月 8 日）上奏，说李鸿章先调 20 名学生回来"是亦不撤之意"，表明了自己的态度：

> 臣等查该学生以童稚之年，远适异国，路歧丝染，未免见异思迁，惟恃管带者督率有方，始能去其所短，取其所长，为陶铸人才之地。若如陈兰彬所称，是外洋之长技尚未周知，彼族之浇风早经习染。
>
> 臣等以为与其逐渐撤换，莫若概行停止，较为直截。相应饬下南北洋大臣，趁各局用人之际，将出洋学生一律调回。

光绪帝接到奏折，跟当初同治帝同意派遣留学生一样，批了四个字："依议钦此"。

学业优异　圣旨难违

光绪七年六月初八（1881 年 7 月 3 日）清廷正式决定"将上海出洋肄业幼童全行撤回"，在美国的陈兰彬、容闳 7 月 8 日通过电报得到了这个消息。第二天容闳写信给推切尔牧师："昨天又收到一份中国来的急电，所有的疑团全部解开。肄业局结束了。"他始终把教育计划当成自己的"最大事业，亦报国之唯一政策"，现在无不悲凉地对自己这样说：

> 苦心孤诣地完成派遣留学生的计划，这是我对中国的永恒热爱的表现，也是我认为改革和复兴中国的最为可行的办法。随着中国留学事务局的突然撤销和已经成为中国现代教育先行者的一百二十名留学生的召回，我的教育事业也从而告终了。

一声叹息，"无可奈何花落去"。原来是 15 年的留学计划就这样画上了句号，第一批到美国的留学生学习了九年，有六十多名高中毕业生进了大学。

美国的名牌大学有着明确的人才培育目标，并创造着追求真理和研讨学术的良好氛围。容闳的母校——耶鲁大学在清政府的文件里被称作"耶劳大书院"，校训是"真理和光明"，有 24 名留美幼童进入这所大学。第一批的有詹天佑、欧阳庚、黄开甲、曾笃恭、梁敦彦、张康仁、钟文耀、蔡绍基、谭耀勋、陈钜溶、刘家照、陆永泉、钱文魁、钟俊成，第二批中的容尚勤、曾溥、容揆、唐国安、李恩富、陈佩瑚，第三批的有容耀垣、祁祖彝、卢祖华、徐振鹏。詹天佑数学成绩突出，大学一、二年级就获得了数学奖学金。1881 年 6 月他大学毕业，成绩全班第一名，获得耶鲁大学哲学学士学位。毕业论文《码头起重机的研究》（Review of Large Wharf Crane）是一篇很有价值的论文。欧阳庚也是同年毕业，获得耶鲁大学哲学学士学位。吴钜溶是高中没有毕业，跳级进了耶鲁大学的雪菲而德理工学院。曾笃恭先于 1875 年考入耶鲁大学，可能因为准备不足，很快退学，转到纽黑文霍普金斯文法学校继续中学阶段的学习，第二年重新被耶鲁大学录取。但他在大学只学习了一年。1881 年 6 月 27 日《纽黑文纪事报》报道耶鲁举行盛大颁奖典礼。大清国的钟文耀获演说一等奖，所讲内容是"基督教之辩"；唐国安获拉丁文作文二等奖。

詹天佑、欧阳庚的大学毕业照

哈佛大学的校训是"让真理与你为友"。第二批出洋的丁崇吉和王良登迈进了这所大学。

位于纽约的哥伦比亚大学被清政府称作"高林避亚大书院"，校训是"在上帝的神灵中我们寻求知识"。这所大学被称为培养政治经济精英的摇篮，历史比美国的历史还要长。美国独立后，为纪念发现美洲大陆的哥伦布，将这座原来英王乔治二世命名的"国王学院"改为"哥伦比亚学院"。在这里读书的留美幼童有：第一批的吴仰曾（矿冶专业），第二批的唐元湛（政治经济专业）、梁普照和王凤喈都学矿冶专业，第三批的唐绍仪（政治经济专业）、周长龄等。

青年周长龄

位于波士顿的麻省理工学院清政府称其为"波士顿机器大书院"，校训是"既学会动脑，也学会动手"。八名留美幼童在这里就读，滑冰和棒球都很出色的邓士聪是第一批出洋的，他在哈特福德西部中学获得拼写第一名，高中没有毕业，跳级进了麻省理工学院。第二批的有宋文翔、邝詠钟、方伯梁，第三批的是邝景扬、薛有福、杨兆南、邝贤俦。还有一位香港来的自费生 Cheong Mong Cham，中文名字不详。

考入纽约特洛伊（Troy, New York）瑞萨莱尔理工学院（Rensaelear Polytechnic Institute）的有第一批的罗国瑞、潘铭钟。潘铭钟是全体留学生中被公认为最聪明、最让人喜欢的一个，因为用功过度十六岁就去世了。还有第二批的吴应科、苏锐钊，第三批的吴敬荣。

青年吴应科

斯蒂芬理工学院（Stevens School of Technology）清政府称其为"士地云大书院"，第二批的邓桂廷、第三批的梁如浩考入。

里海大学（Lehigh University）清政府称其为"利兮大书院"，第一批的黄仲良等三人进入。

美国宾州拉法叶学院（Lafayette College），第一批的邝荣光学地质矿产专业。

安姆斯特学院（Amherst College）清政府称其为"庵空士地大书院"，第一批的何廷樑、第四批的邝国光成为这里的学生。

马萨诸塞州伍斯特理工学院（Worcester Polytechnic Institute），有第二批的温秉忠、第四批的邝炳光。邝炳光和邝国光同样以六年的时间读完了小学和中学，进入大学。

布朗大学（Brown University）有第二批出洋的吴仲贤。

霍普金斯大学（Johns Hopkins University）有第三批出洋的沈嘉树。

普林斯顿大学的校训是："普林斯顿——为国家服务，为世界服务"；康奈尔大学的校训是："让任何人都能在这里学到想学的科目"；西点军校的校训是："职责、荣誉、国家。"还有一半的留美幼童尚未进大学，也在关注期望中的大学。这一切，足以证明中国外派留学生计划的正确和留学生自身的优秀；同样，美国学校对中国学生因材施教进行的特殊教育也是成功的。但是中国统治者认为"中国文武制度，事事远出西人之上，独火器万不能及"。幼童赴美的使命，不过是"取西人器数之学，以卫吾尧舜禹汤文武周礼之道"。作为统治阶级内部改良力量的李鸿章无法阻止清政府提前撤回自己的留学生，只能是忧愤、无奈。

青年吴仲贤

夏天，又是学校结束考试放暑假的时间，中国留学生集合到康州巴塘湖（Bamtam Lake,Conn.）湖畔举行大型的露营活动。阳光明媚、白云悠悠，湖畔上草木葱茏、鲜花盛开，一阵风吹过，送来了他们的歌声，是一首流行于美国南北战争之后的英国歌曲，《Long Long Ago》，强烈的思乡之情与之共鸣：

> 长久分离，你的爱仍不变（But, by long absence your truth has been tried），
> 你的声音仍然使我留恋（Still to your accents I listen with pride）。
> 我多幸福，像从前在你身边（Blessed as I was when I sat by your side）
> 多年以前，多年以前（Long, long ago, long ago）。

东方人棒球队正在筹划假期中的赛事，虽然是中国人打美国"国球"，但是没有人敢小觑这支球队，他们的球技和学习成绩一样，让美国同学惊羡。梁诚尚未入大学，

是麻省菲利浦斯安道渥棒球队的三垒手，曾在一次与艾克瑟特校队比赛时，一击为本队奠定胜局；黄开甲如他的外号"小旋风杰克"，在赛场上灵活快速；吴仰曾是哥伦比亚大学的"最佳投球手，他投出的球几乎没有人能击中"；梁敦彦是耶鲁大学棒球队的投球手，投球时爆发力强，以身体的扭动让出手的球又怪又猛，使对方无力招架。最绝的是在球出手的那一瞬间，身体和头上飘逸的辫子形成优美的动感曲线，给所有的人留下了很深的印象。

梁诚（前排右一）是一位出色的棒球投球手

面容娴静的钟文耀是耶鲁大学赛艇队的舵手，作为核心人物，虽然不会粗鲁地训斥队员，但以东方人特有的聪慧、身体轻捷的特点，指挥着他的团队团结一致、斗志昂扬，最后取得胜利。有他在的两年里，耶鲁大学和哈佛大学举行的一年一度的赛艇比赛，都是耶鲁大学取胜。

在一个安静的地方，几个唐家子弟正在商量事。唐荣浩还没有拿定主意上哪所大学，但有信心选择美国优秀的大学，去年3月份因为期末考试成绩优秀，还被康州的一家报

前排中间是钟文耀（Chung Mun Yew），这是他任舵手（coxswain）的耶鲁大学赛艇队 摄于 1881 年

纸报道过，说他"在班上名列前茅"（stood at the head of his class）。唐元湛首先给他介绍哥伦比亚大学，因为自己和唐绍仪都在这所大学。

牛尚周和温秉忠在谈他们的朋友宋嘉树。事情是这样的：波士顿林肯大街有一家专营中国丝绸茶叶的商店，叫"北美华商先锋"，温秉忠和牛尚周经常去买东西，认

识了一个中国店员十六岁的宋嘉树（宋耀如，广东文昌人）。他们年龄相当，成为好朋友。宋嘉树颇有见识，被这两位官派留学生的特殊风采所激励，小店铺就再也无法拴住他的心了。1879年1月他辞职到波士顿港口美国国税局缉私船"亚伯特·加拉廷"号当了船员，接受了基督教的洗礼，有了一个查理·琼斯·宋（Charles Jones Soon）的教名。但是他内心的渴望是像温秉忠和牛尚周一样上大学，于1881年4月结束了船员工作，在温明顿一家印刷厂找了一份工作，后来终于进了卫理公会办的神学院三一学院，实现了上大学的愿望。

气氛是这样的欢乐，心情是这样的愉快，敬爱的容闳博士来到了露营地，学生们以为先生是来参加活动的，热烈地欢迎。然而先生谢绝了他们的邀请，传达了朝廷的命令，学生立即回撤归国。

这不啻一个晴天霹雳，学生们目瞪口呆，不知道是怎么回事。一部分人再过一两年就可以大学毕业，中途缀学，谁都是悲愤异常。容闳先生无法作解释，只是让他们尽快结束露营活动，各回各家打理行装吧。清政府害怕幼童的心灵被西方文化影响，但是，不受影响是不可能的。他们在美国进行了最先进的自然科学和社会科学方面的系统学习，民主自由的种子自然而然植入心田，对美国的民主政治有所体会，所在的康州基本法有一条是这样的表述："政府的威权建于全民自由意愿的接受上"（The Foundation of Authority is in Consent of the People）。学生们的意愿是完成学业，不愿意提前返回，于是召开会议，派出代表去见容闳，希望他能代表全体留学生与政府交涉。容闳知道所有的努力都不会再起作用了，只能安慰。

学生们陷入挣扎和纠结中，美国的排华浪潮和拒绝中国留学生入军校同样也深深地刺伤了他们，而且这个伤痛将伴随终身；当然他们也明白自己是国家花银子培养的，理应报效祖国。詹天佑在收拾行李的时候，诺索布夫人对他说："我衷心祝贺你出色地完成了学业！"并郑重地拿出一只小皮箱叮咛道："这箱子里装着修铁路的资料，是我多年来搜集的，现在就送给你吧。希望你能利用它，为自己的祖国做出贡献。"

在美国生病早逝的留美幼童有曹嘉爵、谭耀芳、潘铭钟、陈绍昌、陈福增、梁金鳌、王仁彬。因为"不守规矩"或健康原因被开除或提前被遣返的同学后来情况也不尽相同：曾溥自费完成了耶鲁大学的学业，是留美幼童中第一个读完大学的人。之后，他又去德国萨克森的弗莱贝格（Freiberg）学习了一年半采矿研究生课程，回到祖国，成为矿业工程师，参与了勘探承德平泉铜矿。继1876年容尚勤、黄锡宝回国后，1877年曾笃恭、史锦镛、石锦堂（全体幼童中唯一一位山东籍）回国。曾笃恭回国后任上海英文报纸《字林西报》记者并兼任中文姊妹报《字林沪报》记者。1878年回国的是沈德辉、沈德耀。1880年，大学生钟俊成、容揆、谭耀勋、蔡锦章因为衣着入时且剪去辫子被幼童出洋肄业局除名。其中容揆和谭耀勋自行留在美国学习。中国政府首次外派的120名留学生回国时94人。

幼童出洋肄业局做出安排，学生们分三批回国。唐元湛觉得心扉刚打开，正要去接受渴望的东西，就这样离去，太遗憾了。他带上了心爱的自由车以及所收集的关于电报、机械制造方面的资料。那位在麻州李镇一直喜欢养鸡的同学带了一笼洋鸡种鸡，打算给家乡增添新的家禽品种。其他同学也是尽可能地把所热爱的东西多带些回国，没有人忘记棒球运动衫和球具。

这一年，到美国留学的日本学生已经达到了四千八百多人，其中有二十多名女生。明治天皇曾接见过留学生代表。

祖宗之法　难圆其说

那些顽固守旧的满清贵族口口声声"祖宗的规矩不能变"，真的没有变吗？追溯满清这个以游牧为主的民族兴起，恰恰是吸收了外族文化才使自己日益壮大。他们的先祖之所以能够冲过山海关问鼎中原，其中一个很重要的原因就是从努而哈赤开始，大胆地吸收汉、蒙等其他民族的优秀文化。到皇太极的时候，要求皇室子弟必须学习汉文。顺治帝进关后更是用儒家文化中的"忠"和"孝"来治理国家。对于明末出现在中国的外国传教士，新兴的清王朝也没有一味地排斥拒绝，摄政王多尔衮对德国传教士汤若望（德文名：Johann Adam Schall von Bell）就不坚持"非满

1668年的手工上色版画《汤若望与星盘》
美国盖蒂中心收藏

人三天内搬出京城"的政令，也没有追究他曾为明朝崇祯皇帝服务过，而是用其精通天文学所长，召进宫内为大清服务。从顺治二年（1645年）起，中国实行汤若望"依西洋新法"编制的《时宪历》。为此，他本人也被顺治帝赐为文官一品，并被任命为钦天监监正，在华工作47年。

康熙时期中西文化经历了一番斗争，结果是康熙帝本人也接受了西方科学，有病时使用西药，他任用耶稣会会士比利时人南怀仁为钦天监监正和工部侍郎，紫金台的天文仪就是南怀仁从国外带来的。康熙帝还允许五个法国擅长天文、光学、力学等物质科学的耶稣会会士进朝任职，他们是由当时在欧洲如日中天的"太阳王"路易十四派来的。他们中的白晋等人历时十年制成了有经纬线的《皇舆全览图》，这是第一次在中国广阔的疆土上通过测量完成的地图。康熙和外国人主动交流，一点儿也没有影响他后来被尊称为"清圣祖仁皇帝"。举世闻名的圆明园海晏堂前的12座西洋式喷泉是由法国人蒋友仁主持设计的，12个人身兽首生肖铜像，每到一个时辰，对应的

圆明园海晏堂

兽首就从嘴里喷水，到正午时12个兽首一起喷水，在太阳光的折射下，12道水柱交织成绚丽的景象。浪漫的想象和严谨的科学相结合，美仑美奂。圆明园中还有很多建筑是意大利传教士郎士宁设计的，他也是一位画家，二十七岁被召入清宫，在康熙、雍正、乾隆三朝中做宫廷画师，用西洋画法记录了当时朝廷的很多大事。

传教士给大清帝国带来了西方进步的科技，也将其强盛和自信带到了欧洲。康熙帝去世后，出生于意大利那不勒斯的传教士马国贤（Matteo Ripa）得到雍正帝的恩准，带着五名中国教徒返回意大利。他们努力八年，建立了"中国学院"，享誉欧洲，后来被意大利政府收归国有，改名为"意大利国立东方语文研究所"，推动了欧洲的汉学研究。英国使节马戛尔尼做访华的准备工作时，就是到这里来接治聘请翻译人才，最终选定了两名学生担任他的中文翻译。但是，十分虚弱的大清帝国开始不自信了，乾隆帝因为一个行礼的形式断然拒绝了两国之间的外交和贸易，拒绝了第一次工业革命后的西方世界，闭关锁国，直到门户被列强的坚船利炮轰开，又把门户的钥匙拱手交给两个外国人——李泰国和赫德，可见祖宗并没有留下到底能不能和外国人打交道的刚性规矩。

生来就吃奉禄的满清贵族无视两次鸦片战争后列强对中国的步步紧逼。他们在圆明园西洋景里流连忘返乐在其中，却不想弄明白圆明园为什么会被一把火烧了个精光；以屈辱的条约让洋人暂缓进攻，却没有勇气让自己的子弟到人家那里弄明白坚船利炮到底是怎么一回事。在留学生外派的时候曾国藩和李鸿章制定了严格的管理规定，并上奏朝廷。在计划实施期间，李鸿章一直对违规者采取严厉措施，不愿意因为小的闪失而导致整个计划停滞。但是最后连以奕䜣为首的总理衙门都同意全部撤回，这就不仅仅是顽固派和洋务派谁占上风的问题了，而是封建制度到晚期的无可救药。清王朝坚持"祖宗规矩不能变"，以"所谓洋务，无非是要企图变法"来自欺欺人，消除对王朝的不利因素。但现实是，列强并没有因为清廷的拒绝而停止在中国大地上修建和使用电报、铁路。

曾在同治四年三月（1865年4月），英国商人杜兰德在北京宣武门外修了一条长600米的窄轨铁路，一台小型蒸汽机车牵引着三节车厢来回行驶，没有客货运输，只是广告宣传。小火车"迅疾如飞"，京城人"诧为妖物"，朝廷也认为这个东西"殊甚骇怪"，三天后就下令拆除了。

十年后第一条运营铁路——吴淞铁路（Songhu Railway）在上海出现了，这是英商怡和洋行等27家公司集资建起来的一条14.5公里长的铁路，光绪二年闰五月十二日（1876年7月3日）正式通车。铁路从上海的闸北到江湾，钢轨、机车、车辆及所有设施都来自英国，机车命名为先驱（Pioneer）号。沿着铁路还有一条电报通讯线路，采用指针式闭塞电报设备，提供信息以保证列车正常运行，这是中国大地上铁路电气通信的开端。吴淞铁路运营一年后，不幸轧死了一个人，顽固派立刻推波助澜，上奏朝廷，呈述利害，认为洋人的"奇巧淫技"会破坏淳朴之民风，动摇敦厚之人心，于固皇基大业不利，于治天下有悖。清政府让上海县府出面，以"众怒难犯"为由，出二十八万五千两白银将其买回并拆毁，那条通讯线路也就没有了踪影。

李鸿章任直隶总督兼北洋大臣后，为拱卫京师，调动淮军进驻津郊布防；修筑大沽炮台；引进德国大炮；扩充天津机械局；扩大军工生产规模；发展民族工商业。

轮船招商总局在与外商惨烈的竞争中，旗开得胜，在内海江河中站住了脚，得到李鸿章并两江总督沈葆桢的批准，于光绪三年正月十四（1877年2月26日）成功地收购了在洋商中号称上海航运业领袖的美商旗昌公司，包括船栈码头、位于黄浦滩9号的旗昌公司总部的旗昌洋行。轮船招商总局声势为之一壮，基础由此坚强，拥有轮船33艘，从北到南在沿海以及南洋、东洋所设的19个分局生意兴隆。李鸿章奏请将各省官物统归招商局承运，盛宣怀又和英商太古、怡和两洋行订立了闽津与长江的"齐价合同"，避免两伤俱败。通过艰难打拼，轮船招商总局从横行在中国内河及沿海的外国轮船航运公司手中夺回了部分航运利益，结束了外国人垄断中国船运业的局面，并在国家有事的时候承担军事运输任务。在这一系列的工作中，李鸿章对盛宣怀的评价是"欲办大事，兼做高官"，不断委以重任。而盛宣怀也在反反复复的历练中以其创新意识和超强的能力，通上下、贯南北、联官商、理中外，参与了洋务的绝大部分民办企业，平步青云。

以轮船招商总局为标志，洋务在拥有以"强国"为目标的军工企业同时也有了以"富国"为目的的民用企业。容闳提出四条建议中的第四条"开采矿产以尽地利"就是为解决工业化开始时必然要解决的能源和交通问题。光绪二年（1876年）唐廷枢受李鸿章新的派遣，带领英国矿师马立师到直隶滦州开平一带勘测煤铁矿务。他们顺陡河而上，历时两个月勘定开平镇以西乔家屯一带土法开采的煤炭品质很高，即确定在此打钻开凿煤井。唐廷枢认为"天下各矿盛衰，先问煤铁石质之高低，次审出数之多寡，三审工料是否便利，四计转运是否艰辛。有一不全，均费筹划"。并强调"开煤必须筑铁路，筑铁路必须采铁，煤和铁相为表里，自应一起举办"。因为工作繁忙，他将自己怡和洋行总买办的职务交给哥哥唐廷桂，从此致力洋务。

光绪四年（1878年6月25日），开平矿务局（Kaiping Mining Administration）在直隶唐山正式成立，高起点开局，招募商股、官督商办，自行生产煤炭。唐廷枢任第一任总办，徐润为会办，聘请洋人做技师。他们的另一个同乡郑观应从商十几年，二十二岁当买办，二十六岁自立门户做茶商并涉足船运业和盐业，在牛庄、上海等地开设商号、钱庄，受聘于英商太古洋行轮船公司任总经理和英商太三上洋行买办。他在投资轮船招商总局的同时又投资入股开平矿务局。

唐廷枢于9月再次"携洋人矿司勘察煤铁成色，查得开平镇所产之煤甚旺，可供未来二三百年"。同年，山东遭灾，唐廷桂和唐廷枢又一起赈济山东饥荒，因为有功，被光绪帝赏建"乐善好施"牌坊并授予三品衔。

唐廷桂虽然做买办，但为了民族工业四处奔走，几年内为开平矿务局筹集了一百万两白银，解决了资金问题，进而购买机器用洋法采煤，发展很快。为此，唐廷桂受到李鸿章的赏识，奏准授予道台衔。开平矿务局开始了规模化、集团化建设，候补道唐廷枢专办开平矿务局，升为督办。唐廷桂仍然在上海做怡和洋行总买办和广肇会馆总董，两兄弟从此一南一北。

为使企业后续有人，唐廷枢和徐润先后在开平矿务局办了九所学校，在劳工及他们的子弟中普及教育。李鸿章指示在美国的容闳等人"中国所亟宜讲求者，煤铁五金之矿，未得洋法，则地宝不出"，"如出洋学生年有颖异可造之才，望送入矿务学堂"。求才若渴。容闳非常理解，先后有 15 人高中毕业后进入大学学习矿冶专业。

开平是个富矿，面对开采出来积累如山的煤炭，唐廷枢经过多方调查对比，确定将水路作为运输的首选方案："筹思至再，势必广求水利，故六年（1880 年）九月，内禀明宪台批准，于芦台镇东起至胥各庄东止，挑河一道约计七十里为运煤之路，又由河头筑硬路十五里直抵矿区……"将硬路"两旁仍种树俾来往工人得以遮蔽"烈日做在规划中。这样，开平矿务局在李鸿章的支持下开挖了运煤的水路，被称为"煤河"。

接着，唐廷枢又向李鸿章提出必须修建铁路，使开平的优质煤在市场上有竞争能力。他算了一笔账：沿用传统的运输方式，用牛车将煤运至江边，再用小船运至天津，每吨计价六两四钱，比从日本进口的每吨六两的煤还要贵。如果修铁路转水运至上海，每吨成本才四两，必能打开销路，同时也解决了轮船和军舰的燃料问题。于是，唐廷枢带领踏勘人员来到秦皇岛，从北戴河的金山嘴到山海关的老龙头一带考察，最后选定了东山坡的一处，成为以后的海港区。

开平矿务局形成规模，盛宣怀又奉命赴湖北勘察煤、铁，办起了湖北"荆门矿务总局"。为了国防和洋务事业，李鸿章在朝堂上最早提出自办铁路，但多数大臣或是反对或是不表态，李鸿章只好以静待动。当开平矿务局的生产规模让修铁路到了迫在眉睫的地步，淮军将领、直隶提督刘铭传和李鸿章心有灵犀，于光绪六年（1880 年）向朝廷上《筹造铁路以图自强折》，力主广修铁路，并从国防、财政、外交三个方面论述修铁路是"裕国便民之道"。李鸿章和薛福成也复奏应和，"即如日本，以区区小国，在其境内营造铁路，自谓师西洋长技，辄有藐视中国之心！"翰林院侍读周德润于光绪七年（1881 年 2 月 8 日）上疏，矛头直指刘铭传、李鸿章、薛福成，说他们修铁路是"直欲破坏列祖列宗之成法以乱天下也！"如此，铁路成了敏感的神经，触动不得。

2 月 14 日，"通政使司参议"刘锡鸿也上疏，对铁路作了"通今博古"的论述：

> 西洋专奉天主、耶稣，不知山川之神，每造铁路而阻于山，则以火药焚石而裂之，洞穿山腹如城阙，或数里或数十里，不以陵阜变迁，鬼神呵谴为虞。阻于江海，则凿水底而熔巨铁其中，如磐石形以为铁桥基址，亦不信有龙王之官，河伯之宅者。我中国名山大川，历古沿为祀典，明礼既久，神斯凭焉。倘骤加焚凿，恐惊耳骇目，群视为不祥，山川之神不安，即旱潦之灾易召。

这个刘锡鸿是郭嵩焘任大清国出使英国大臣时的副大臣，还是大清国出使德国大臣，正是他捏造罪状，弹劾郭嵩焘，使其在一片责骂声中辞职回国，最后晚景凄惨，连家乡都待不下去。但是郭嵩焘蛰居乡野后，仍然关心国家大事，经常就时事外交上疏朝廷、致书李鸿章等重臣，晚年在湖南开设禁烟会，宣传禁烟，并一直保持着大年初一赋诗一首以纪年的习惯。

顽固派占了上风，朝廷下旨：铁路断不可筑。李鸿章痛心疾首，大声疾呼：中国正面临"数千年未有之奇局，自应建数千年未有之奇业，若事事必拘守成法，恐日即于危弱而终无以自强"。他早看透，所谓弹劾和反弹劾无非逞一时口舌之快，白白浪费时间。和当年在上海一样，他又在辖区直隶继续低调进行洋务实践，支持开平矿务局自筹资金修铁路。李鸿章"申明"：唐山到胥各庄（今唐山市丰南区）地势陡峻，不宜开运河，要使煤炭外运，必须修轻便铁路到胥各庄码头，不用机车牵引，以骡马拖载，不致"震动山陵"。如此，获得了清廷批准。

铁路震山　电线直贯

光绪七年（1881 年 5 月 13 日）开平矿务局开工修建唐山至胥各庄的铁路，路基修好后，在五月十三日（6 月 9 日）英国铁路之父乔治·斯蒂芬孙诞生一百周年的日子开始铺轨。矿务局的英籍工程师金达（C.W.Kinder）从长计议，主张用标准轨距，英籍总工程师巴勒脱（Burnet）夫人在轨排上钉下第一枚道钉，铺轨工作正式开始，钢轨是从吴淞铁路上拆下来运到台湾又从台湾运回来的。

铺轨当天，中国第一台蒸汽机车诞生。是金达利用旧锅炉组装制造的，机身全长 5.69 米（18 英尺 8 英寸），两侧各刻一条龙，弹簧及其他零配件由矿上自己生产，牵引

中国第一条铁路的北起点——开平矿务局唐山矿内
摄于 1881 年

马力百余吨，时速为 32 公里，取名为"中国火箭"（The Rocket of China），通称"龙号机车"。唐廷枢得到李鸿章允准，在胥各庄运煤河码头附近建立修车厂（发展为今天的中车唐山公司），当年制造货车 13 辆，还承担检修和组装 5 吨、10 吨运煤货车的任务。11 月 8 日，开平矿务局举行唐山至胥各庄铁路的通车典礼，这是中国第一条自办铁路，长度为 9.7 公里，这条铁路还是我国最早的军事运输线，有相当部分的煤炭是供应军舰的。

中国第一代铁路工人

既然是"火箭"，肯定会"震动山陵"，惊扰龙脉。在顽固派的弹劾中"中国火箭"被迫闲置一边，骡马拉着载煤车辆在铁道上艰难地行进，成为天下奇观。要知道，在西方，1814 年出现了第一台蒸汽机车，1825 年第一条铁路在英国诞生，1850 年蒸汽机车正式在铁路线上行驶。

修铁路如此艰难，自办电报同样也是不容易，英国商人杜兰德的火车在古都北京似惊鸿一瞥之后的两个月，上海又出现了关于电报线的中外纠纷。同治四年（1865年）英商利富洋行擅自施工，从浦东小岬至黄浦江口金塘灯塔间架设了一条电报线。当人们以愕然的目光看着一帮蓝眼睛、高鼻子的外国人将铜线"深入地底，横冲直贯，四通八达"时就议论纷纷，不知所措。没想到几天后乡里有人暴死，大家一致认为是铜线"绝地脉、毁祖坟、坏风水"造成的，于是群情激愤，一夜之间将 227 根电杆全部拔掉，割断了电线。六月初六（7 月 24 日）英国驻沪领事馆代理领事马安（John Markham）要求清政府就此事严查追办，总理衙门以"利富洋行胆敢在不通商之川沙内地私立电杆，实为藐法行为"，未予支持。

总理衙门维护国家主权的态度是明朗的，也是坚决的，无可非议，但是有人引经据典对此事所作的议论，则代表了整个社会对"洋玩意"的认知水平：

> 如对此不闻不问，听任祖坟遭玷污，人们孝之观念必然逐渐淡薄。求忠臣必于孝子之门，无孝安能有忠？所以，听其设立铜线，尚安望尊君亲上乎？失之孝、忠，家将不家，国将不国，又何以安身立命？

　　然而列强是不会在乎中国人对铜线的想法，只是对这个有着众多人口国家的辽阔疆域感兴趣，而且垂涎三尺，特别是上海，谁都看到了，能在这个东方大港登陆抢滩前景不可估量。挂着丹麦国旗的丹商大北电报公司是个很复杂的公司，它总部设在丹麦首都哥本哈根，但实际上是于 1869 年由"丹麦挪威电报公司"、"丹麦俄国电报公司"和"挪威英国电报公司"三家跨国公司合并而成。总经理是一名丹麦皇家海军准将，名字叫史温生（E .Suenson）。同治九年五月（1870 年 6 月），他们首先抢滩上海，拥有从日本长崎至上海的海底电缆，下辖长崎、上海、厦门、香港电报站及上海、厦门、香港电报收发处。紧接着，他们又从俄国管辖的海参崴敷设了一条海底电缆到日本的长崎，再由长崎伸延到上海的吴淞口外。在中国的领土上，丹商大北电报公司未得到中国政府的同意，擅自将这两条水线接到吴淞口外的大戢山岛，公然建立水线枢纽站，后又得寸进尺，从宝山县登陆，设置了一条旱线直达上海租界。1871 年在南京路 5 号成立了远东电报公司和上海站电报营业处，自行制订电报价目，并对外收发沪港及国际电报。

　　面对这个情况，船政大臣沈葆桢首次奏请清政府，设立电报局，并详述电报对于通信的便利。奏折虽然被批准了，但迟迟没有行动。在送留学生到法国、英国学习海军的同时，李鸿章率先对电报、传声器（初期的对讲电话）进行尝试。光绪三年五月（1877 年 6 月），他开通了从上海行辕至江南机器制造总局的专用电报线。是年，上海轮船招商总局也接通了从公务厅到金利源栈房的电线，使用传声器通话。第二年，李鸿章在天津机器局（东局）内附设电报学堂，招收学生，聘请洋教习教授电学与发报技术，培训报务员，学期一年。一期学生毕业后，他又以便利军情传递为目的，在天津大沽口和市内紫竹林（今吉林路承德道一带）及总督衙门间修建了两条短途电线，演练时，他在衙门"号令各营，顷刻回应"，数十公里外的炮台守军闻风而动，严阵以待，所有的人都很振奋。这是中国首次将电气通信设施用以军事演习，是一个载入史册的开端，尽管只是小范围。这一年是光绪五年（1879 年），距莫尔斯发明电报已经过去了整整 42 年。在直隶赈灾的天津河间兵备道盛宣怀向李鸿章提出："欲谋富强，莫先于铁路、电报两大端。路事体大，宜稍缓，电报则非急起图功不可。"

　　更加不妙的情况出现了，日本侵吞琉球，海防吃紧；沙俄又侵略我国新疆伊犁地区。清廷派的出使俄国大臣崇厚擅自与俄国签订了《里瓦基亚条约》，将大片国土拱手相让。消息传到国内，引起一片讨伐之声。清廷将崇厚革职拿问，交刑部议罪，定为斩监候；改派出使英国法国大臣、曾国藩长子曾纪泽兼任出使俄国大臣，重订条约，拿回了伊犁城。

在这场中俄交涉中，俄国使用电报和军舰，并且是分几路进攻中国，而中国还是驿站快马传递信息，仅是通信上的巨大差距就使中国损失不小。古来用兵"贵在神速"，李鸿章抓住时机，于光绪六年八月十二日（1880 年 9 月 16 日），正式上奏朝廷设立津沪电报电线。这个名为《请设南北洋电报片》的奏章对国际形势、中国在通信方面所处的弱势地位及状况进行了阐述，明确表达了这样的意思：是否自办电报已经关系到国家的外交能否正常、国防能否安全。

外交家曾纪泽

再，用兵之道必以神速为贵，是以泰西（欧美）各国于讲求枪炮之外，水路则有快轮船，陆路则有火轮车，以此用兵飞行绝迹。而数万里海洋，欲通军信则又有电报之法，于是和则以玉帛相亲，战则以兵戎相见，海国如户庭焉。近来俄罗斯、日本国均效而行之，故由各国以至上海莫不设立电报，瞬息之间可以互相问答。独中国文书尚恃驿递，虽日行六百里加紧，亦已迟速悬殊。查俄国海线可达上海，旱线可达恰克图，其消息灵捷极矣。即如曾纪泽由俄国电报到上海祇须一日，而由上海至京城，现系轮船附寄尚须六七日到京，如遇海道不通，由驿必以十日为期。是上海至京仅二千数百里，较之俄国至上海数万里，消息反迟十倍。倘遇用兵之际，彼等外国军信速于中国，利害已判若径庭。且其铁甲等项兵船，在海洋日行千余里，势必声东击西莫可测度，全赖军报神速相机调援，是电报实为防务必需之物。同治十三年日本窥犯台湾沈葆桢等屡言其利奉。

奏章的第二段对上年在天津进行军事演习时使用电报以及其便利和保密的优点作了说明，将规划中的南北电报线水陆两线进行了比较，并对陆线走向、经费预算及出处、人员培训、管理办法等都逐一作了陈述。奏章还说明对电线经过地方的各督抚已经作了安排，"地方官一体照料保护勿使损坏"。

两天后奏章获光绪帝批准，创设津沪电报陆线（南北洋陆线），津沪电报总局在天津成立，英文名称是"Imperial Chinese Telegraph Administration"。这是中国人自办的第一个电信企业，"计用经费湘平银十七万八千七百两有奇，系在北洋淮军饷内动支"，以后盈利归还，器材是委托在上海的丹商大北电报公司在国外订购，三十七岁的盛宣怀担任津沪电报总局总办。

中国电报业和航运业一样，从诞生之日起就要在外商形成的垄断局面中拓展自己的生存空间。津沪电报总局所依赖的技师是丹麦人，电报学堂也是聘请洋人做教习。聘用洋技师和洋教习，是洋务企业开办初期的必由之路，李鸿章一直坚持"用洋器洋法而不准洋人代办"的原则，使洋务"稍分洋商之利"，以抵制侵华势力的蔓延。在津沪电报总局成立的第二年即光绪七年二月（1881 年 3 月），上海电报局成立，局址设在二洋泾桥北塝（今延安东路四川中路口），谁来担任第一任总办呢？李鸿章目光锁定见多识广、经验丰富的企业经营家粤商郑观应。

郑观应在经商和从事洋务中对国情有新的认识，思想转向维新，写下过数量可观的政论文章，发表在王韬和黄胜创办的《循环日报》上，以探索富民强国、民族创新的道路，认为"非富不能强，非强不能富，富强互为根，当国宜兼顾"。看到大北电报公司在上海登陆后，明确指出："电报利国利民，为当今急务。"出版了宣扬学习西方先进技术，以自强之道战胜列强的著作《救时揭要》《易言》，"其言之易者，其心之苦也"，被广大读者誉为"救时之良药"。他还是著名的社会慈善家，光绪三年（1877年）与经元善、谢家福、严作霖等创办筹赈公所，赈济山西灾荒。第二年，他又与徐润、盛宣怀等人办义赈公所，捐资赈济河南、直隶、陕西等省灾荒，获得候补道衔。同年，李鸿章奏请在上海试办机器织布局，正式委派郑观应为总办。郑观应从制订章程、招商集股、买地建厂到生产销售、盈利分红等各方面都有明确规定和目标，请容闳从美国采购机器二百架，有轧花、纺纱、织布等全套设备，并招募洋技师丹科考察了欧美后来沪。上海机器织布局设在杨树浦，中国机器纺织由此开始。

李鸿章聘任郑观应为上海电报局总办，经过四个月的筹备，于光绪七年（1881年7月5日）正式开工上海一端的线路工程，聘任了一名丹麦人为总管，在南京路 5 号的大北电报公司门前竖起了上海电报局的第一根电线杆，并在这里设立了报房和营业处。当郑观应知道在美国留学的学生要全部撤回的消息后，认为："全数撤回，甚为可惜。既已肄业八九年，算学文理俱佳，当时应择其品学兼优者，分别入大学堂，各习一艺，不过加四年工夫，必有可观。何至浅尝辄止，贻讥中外。"他给美国的幼童出洋肄业局并容元甫（容增祥）、邝容阶（邝其照）两教习写了一封信，表达了痛惜之意，其中有这样几句诗：

诸生游学将成业，公使何因促返蹉？

翻羡东瀛佳子弟，日新月异愧吾华。

　　容增祥和邝其照接到了郑观应的信，但是改变不了大局，他们正在紧张地安排幼童回国。邝其照率第四批幼童赴美后，一直在幼童出洋肄业局做翻译工作，工作之余编纂巨著《英文成语辞典》（A Dictionary of English Phrases，With Illustrate Sentences）。他在哈特福德得一子，孩子两岁时夫人病逝，只好把孩子托付给当地的一位知名人士吉拉·菲勒里夫人（Mrs Julia Filley）帮忙抚养，自己专心编辞典。吉拉夫人对孩子视如己出，连参加社会活动都带着。五年的时间邝其照完成了《英文成语辞典》的编纂，1881 年由纽约 A.S.Barnes & Co. 出版，卷首由美国名流及语言学家作序。《英文成语辞典》陈列在哈特福德大学（University of Hartford）图书馆参考书室中，是一部重要的工具书，也是中美文化交流的见证。

　　在留美幼童回撤的同时，一封抗议公开信在征集签名，"由中国出洋肄业局送往本国照顾的学生的教师、监护人和朋友"要求"政府对学生所做的错误描述"做事实调查。签名者对"这些年轻人在将要从之前的学习中收获最重要的好处时被带走"表达了"遗憾"；对中方的"从我们的机构、原则和礼仪中学到了邪恶而不是良善的表述"进行谴责；至于学生在掌握中国文化方面弱化，"如果说他们忽略或忘记了母语，那我们从未承担过指导他们中文的责任，因此对这种疏忽不负责任。"最后要求"这个突然决定的理由应该重新考虑"。这封信由美国国务院转交给中国总理衙门。

　　这时候的西方，正在酝酿着第二次工业革命。

第四章

卧薪尝胆　逆风飞扬

上耶鲁的部分幼童　前排：梁敦彦（左一）欧阳庚（左二）钟文耀（中）后排：詹天佑（左三）黄开甲（左六）

返程途中　光影留芳

　　1881 年 8 月 8 日，返回中国的第一批留学生起程，大部分是呼贝尔电报班的。太匆忙了，来不及举行专门的告别仪式，就踏上了归途。当地报纸登载了一篇标题为《有文化的中国人》（Cultured Chinese）的文章，公布了他们 22 人的名单，由肄业局教习容思济管带。文章说："他们属于中国最好的社会阶层，是从事政府公务和经商之人。当他们出现在旅馆和车站时，吸引了很多人的注意。他们行走在街上看上去像绅士般穿着入时，黑发编成一个长辫子在背后，将其端部小心地塞进外衣一侧的口袋里。"他们坐火车从美国东部到旧金山，还是住在"皇宫大饭店"。

　　候船时，他们受到的还是周全的接待，同时也接受了奥克兰棒球队（Oakland Baseball）的挑战，派出九人上场。这场没有任何广告的国际棒球赛吸引了全城人的目光，当地华侨得到消息后纷纷到场，给中国队助威。

　　临时组建的中国留学生棒球队在这样的时间这样的地点举办告别赛，多少有些悲壮的色彩。中国有句话叫"哀兵必胜"，他们无故被中断学业心里都憋着一股劲儿，正愁没有地方宣泄呢，再说球赛本身也是对自身价值的一个证明。面对有备而来的奥克兰棒球队，他们不会怯懦退场，而是志在必得，因为在学校他们都是全面发展的优秀分子。主队则傲慢地认为，轻取胜利毫无悬念。

　　比赛开始了，中国队中一位耶鲁大学的学生作为主力队员上场，按规定，投手投球须出低手球。只见他身体弯曲扭动，漂亮的曲线球一出手，让所有的人眼睛一亮。这又怪又猛的球，立刻让奥克兰队领教了中国留学生的厉害，感到了形势不妙，懊悔自己太轻敌。随着比赛的进展，主队均被"三振出局"，中国队大胜。观众大哗，中国人打美国的"国球"，居然让主队溃不成军。华侨更是兴奋无比，常年在国外，通过艰辛的劳动虽然在财富上有了相当多的积累，但是社会地位不是很高，现在中国队赢了，他们有一种扬眉吐气的感觉，兴高采烈，奔走相告。

棒球比赛的胜利，让中国留学生在美国做了一个光彩的谢幕，引起了当地媒体和学者的注意，于是有人专门去采访，近距离地接触他们。一来是将他们与之前的中国人作比较；二来为以后跟踪调查做铺垫，看他们获得西方知识后的作为。

《记事报》记者前往皇宫大饭店登门拜访，对留美幼童的称呼变为"东方审美人士"。他敲开门，首先看见在房间中间，有五六个学生围着一张桌子，其中一人坐在桌子上，还有一人轻轻抱着一部电报机，他要把它带回中国去。记者的第一印象是：他们聪明、有礼，遇见谁都彬彬有礼。同时又很注意修身养性，没有沾染美国大学生嗜酒、烟的习惯。

青年方伯樑

话题是从电报机开始的，在座的人都声称自己是电报能手，可凭声音读码，也可将电报系统的知识传授给他人，还可负责相关事务，召他们回国是要从事电报和铁路工作。他们确实无人完成数学课程，但认为这似乎对他们的将来不构成严重障碍，告诉记者，现在中国已经有一条1000英里的电报线路，其他的也正在建造之中。

记者观察这些学生，感觉他们有人看管时，举止端庄；但只要他们自己在一起的时候，就像一班刻苦学习完后解放出来的学童，活蹦乱跳。他们的行为举止几乎说明不了他们的国籍。有的身穿时尚的格子西装，脚蹬尖尖的皮鞋，戴着手表或饰品；有的身着一尘不染的亚麻布衣服，小心翼翼地拖着一根藏于衬衫中沿背部而下的整洁的辫子。猛地一看，也许会当他们是一群在欢度假期的美国少年呢。他们有美国品位，也有美国人的体育意识，年龄在十九岁左右，个个身材健硕、修长。正是等船期间，他们就尽情地自娱自乐，整个就是活宝。对便利生活与奢华之物早就不陌生，只要有可能，都会去享受，即将远航，更要尝个够，也无须由专人带领。因为他们长期旅居国外，熟门熟路，自行结账，自行安排个人事务，只有委托他人办的事是例外。

记者和这些中国学生作了看似随意实则是两国文化对比的交谈。如果说他们的教育沾染了本地特色的话，那就是新英格兰地区男孩的习气——在那里生活了六至八年，说话时尽管带有不同的口音，但语言流畅自如的程度与欧美人士几无二致。他们的动作迅速、有力，西装在身是那样气定神闲，仿佛本来就是他们的。脸型以鞑靼人或蒙古人脸为主，只有几人有真正的中国人长相。"那你们政府会同意修铁路吗？"记者问道，"还记得六年前开通的那条短线吧，因为有中国人反对，运行了没多久就停了。"

大家七嘴八舌地回答，唐荣浩的思维很快，马上成了话题中心。但是，"咳，"一个聪明的同学截住了他的话，说道，"之所以停了，不就是因为英国人太贪心嘛。他们要赚的钱太多。谁也不会傻到让别人进到自己的国家大捞特捞呀。所以中国人才将股份全买下来，把路毁了。中华民族是个很独立的民族，不会让其他民族进来把国家

唐致尧

抢走。不过，你看（神秘地），如果是美国人——我是说好的人，带着友好的感情去中国，在那儿做生意，当然也可以修铁路呀什么的，应该可以。英国人就太狠了，您不会不记得吧，他们会今天跟你讲福音，明天就坑你，偷走你的一切。"

"对。"又一个同学插话道："英国人就是太精明。不过他们发现中国人更精明。"

大家自由地聊天，话题触及电报、铁路和好勇斗狠的英国人。作为中国人，是很难忘记英国人在鸦片战争中的不义之举。接着，话题转到了学生们在东部学校的学习上来。在新英格兰各地书院读完预科的纷纷进了耶鲁等名牌大学，显然，对课本内容和所修读的各种科目的掌握，并不亚于同年级的美国学生。谈及校园生活便是完全的学生范儿，对教授有喜欢的，也有不喜欢的；有人喜欢数学，也有人学习语言更为上手。他们说话体现出东方语言的尖锐泼辣，分分钟妙语连篇。

"那你们在美国又是什么待遇呢？"记者提问。

"任何时间都很好，爱尔兰人除外。我们觉得，也许爱尔兰才是最值得去读书的地方，因为那是唯一一个不受爱尔兰管制的国家。"这种揶揄大概是指爱尔兰人对美国政治的影响吧。

"喜欢美国人吗？"记者追问。

"非常喜欢。就是，喜欢其中一种。你晓得吧，有两种美国人。较好的一种举止优雅，有文化。另外一种……另外一种吧，其实也挺好，如果他们不去参加竞选的话。"

选区政客与美国绅士的这种细微的社会区别，引来哄堂大笑。笑声停下来后，采访者想继续套一些关于宗教的观点及事实，以判断基督教义是否对他们的智慧或品行产生深刻的影响。但结果并不理想。他们十至十三岁离开中国，除了佛教或儒教的义理之外，对其他国家的宗教知之甚少。他们没有被系统地灌输过宗教教育，只能通过

书本、布道和偶尔出席学校小教堂礼拜获得有限的知识。而且，他们用极为保守的眼光看待宗教。说来美国之前就有对宗教的见解，没有改变过，觉得应该让所有男孩形成自己的宗教。他们谁都相信有一个上帝，没想太多关于宗教信仰的事情。袁长坤，很聪明的一位，说他赞成上帝一位论信仰，不掩饰自己在麻省读预科时就受到此教派的影响。

"你们觉得美国的衣着怎么样？"访问者突然把话题从神圣的宗教主题转到眼前的衣食住行。

"论方便我比较喜欢美国的衣裳；不过论舒适，还是喜欢东方的款式。回去的时候要换回我们的衣服，美国的衣服就要挂起来做纪念碑了，像理查三世那受伤的胳膊一样。请您务必原谅我这样说，因为我们离开纽约前看了最后的一出戏。"显然他们看的是莎士比亚的名剧《理查三世》，剧中的理查天生一副畸形相，一只胳膊萎缩得像根枯枝，脊背高高隆起。

"你们觉得美国的食物和烹饪方式怎么样？"

"我们更喜欢中国菜，这是很好的食物。中国人花在学习烹饪上的时间比这里的人多。这里的人吃羊排、牛排太多，碎末做的东西太多，都不知道是什么东西。在大学的时候我们常常唱：我知道有一间家庭客栈，就在不远的地方，那里有洋葱碎末，一日三餐。"有人补充，"你知道的，不用我再重复。我们住在最好的家庭里，有什么好东西就吃什么。所以我们不是偏见。"

"我看你们吃东西更喜欢用美国的刀叉吧？"

"哪里，咱们更喜欢用筷子，更喜欢先把食物切好再上桌。而这里是吃的时候再切，又不能拿手来弄，要是碰上赶时间，还得去切食物……"

青年唐荣俊

"说到学习，我忘了问你们都读了什么书了。"记者问。

"我们读的是学校里最好的书了，如弥尔顿的《失落园》和但丁的《地狱》。"

"你们读不读一毛钱小说呢?"

几个声音几乎是同时的:不读,不读,不读。我们读的都是风格高尚的作品。我们只读高雅文学。

"那你们读的是什么小说呢?"

"我们读《恩底弥翁》,如果你说它是小说的话,也是枯燥的。"

几名学生抢着说他们喜欢的作家:司各特、狄更斯、李顿、萨克雷。

一个学生很有激情:我喜欢拜伦。而唐元湛却说:我喜欢美国浪漫主义诗人拜伦特(William Cullen Bryant),他的诗作《Thanatopsis》汉语译作《死亡随想录》。

说起历史人物,比如恺撒、古罗马的历史学家李维和塔西陀,以及古希腊作家、历史学家希罗多德,这些中国学生都能说得头头是道,一套一套的。中文并不容易学,与之比较,其他语言就不难了。他们都十分满意自己的学习环境,还说在英语作文和演讲技巧方面受过正规训练,有了这个训练,要比自己的同胞技高一筹。有一个学生得意地宣称,他在竞争激烈的竞赛中夺得过头奖。朱锡绶则抛出了一句话:有朝一日中国将成为最伟大的国家,这一天不远了。

能够百步穿杨的曹嘉祥

这个记者留下了留美幼童真实而亲切的一面,展现了他们的学识和精神状态。第一批离开美国的学生在旧金山搭乘东方轮船公司的贝尔吉克(Belgic)号横渡太平洋。

8月21日,推切尔牧师在避难山教堂为尚未起程的留美幼童和家长正式举行了一场惜别晚会。因为他对中国留学生一直是真诚帮助,这里也就成了他们的社交活动中心。留美幼童在美国的家中成长,此刻要离家了,要和一块长大的兄弟姐妹告别了,谁都难以掩饰心中的惆怅。感谢"家长"和老师对他们的慈爱和养育,这里的一切,构成了他们特殊的青春……美国同学也表达了衷心的祝福:长念不忘和中国同学共同生活学习的美好时光,祝中国同学未来事业成功。吴仰曾的家长玛丽·巴特利特当晚给他的母亲写了封信,认为:不论在学业、在品行方面,您的孩子一直努力上进。我们坚信他必将成为一个有用的公民,去为他的祖国服务,同时让他的父母以他为荣耀。如果此生无缘再见,我和我的家人,将一直为他祝福……

曹嘉祥在收拾行李时把心爱的猎枪送给中学同学威廉·菲尔浦斯，作为友谊的见证。

两天后第二批归国的 49 人起程，容尚谦在这一批，8 月 25 日星期四，火车到达美国中北部艾奥瓦州（Iowa）一个叫 Council Bluffs 的车站时，他给推切尔牧师写了一封信，说自己人虽离开了，心却永远留在了那里。信中提及：他们这一批非常愉快而短暂地游览了尼加拉瓜大瀑布。

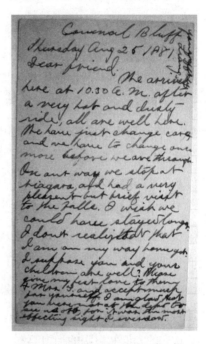

容尚谦给推切尔牧师的信
（容应萤提供）

9 月 1 日，这批留学生到达旧金山，薛有福给女友凯蒂写了一封信，在叙述友谊之后表达了这样一个愿望："凯蒂！我想问你一件事，当我们分手之时，我却忘了问你：你可愿意继续与我通信？"并说："我们在美国的相逢是太愉快了，至少对我是如此，渴望你继续做我的好友！"最后告之："本月 6 日，我将乘北京城（City of Peking）号返回中国。"

9 月 26 日，第三批 25 名学生告别第二故乡，康州和麻州有中国孩子的家庭像送别亲人一样为他们送行。到旧金山后，他们搭乘东方轮船公司的大洋（Oceanic）号横渡太平洋，唐国安在其中。

容闳的两个儿子正年幼，大儿子容觐彤（Morrison Brow Yung）1876 年在康州出生；二儿子容觐槐（Bacrtleta Golden Yung）1879 年出生于华盛顿。容闳辞去了清政府出使美国副大臣的差事，准备与吴嘉善、带着儿子的邝其照等工作人员分批随学生回国。

推切尔牧师（左）与容闳（右）合影
（宾睦新提供）

面对现实　心潮逐浪

　　从美国到日本，越洋航行是 18 天。第一批离开美国的留美幼童在船上不由得沉默起来，整日躺在船舱中回味着和老师房东离别的情景，回味着最后的棒球赛。作为官派留学生，他们从当初被朝廷赐予锦缎官学生服、顶戴那一刻起，就明确了自己的使命，"掌握西人擅长之技后，帮助中国渐图自强"。现在学业未完仓促回国，让他们对前途迷茫，思虑重重，"剪不断，理还乱"。导师容闳经常吟诵的一首诗"善似青松恶似花，如今眼前不及它。有朝一日霜雪降，自见青松不见花"时常在耳畔响起。

　　到了日本横滨，换乘驶往中国的"日本"号轮船。学生们这次看日本的眼光可不像八年前那么单纯了，特别是美国拒绝了他们而让日本的孩子上军事院校，以后的事情会变得复杂。上海，越来越近了，他们对家乡的思念也越来越浓烈，父母怎么样？让不让回家？各种心绪萦绕心头。9 月 22 日，"日本"号轮船进了上海吴淞口，在十六铺码头靠岸，学生们觉得心跳也在加速，离家八九年啊，梦中多少次回家，上岸后会有欢迎的人群和温暖的拥抱吗？

　　首先让他们看到的是游弋在黄浦江内的外国军舰，这些军舰悬挂着他们国家的国旗，保护他们在上海的租界。这情景，让已经有国际关系知识的留美幼童如鲠在喉，吐不出，咽不下。同时，担负着中国沿海南北货物运输的沙船也映入眼帘，帆樯如林，蔚为大观。上海，充满活力的地方。

上海十六铺轮船码头

　　一个中年男人上船径直走到学生面前，自我介绍说，姓陆，是奉命来接他们的。出了码头是上海县城的小东门外，陆老伯指着几辆人力推的独轮车请他们上车，告诉力伕送学生们到江海关道台衙门。这让他们很吃惊，以为听错了，陆老伯又郑重地说了一遍，这是海关监督办公处派的车。这种车！让坐过轮船和火车的留学生们感到很意外，也觉得好玩，相互看看犹豫着俩人一伙地坐在独轮车上，两腿高高地翘着，由力伕推着他们沿着青色城厢外墙根下长长的商业街向公共租界里海关道台衙门的方向去。一位同学有点愤怒，说，这种车叫"鸡公车"，汉朝就有了，是苏南、苏北的灾民举家逃难时带到上海的。不合时宜的话，让同学们哭笑不得，但毕竟是政府派来接他们的"车"，好赖也是个身份的象征。

小东门外的集市在上海开埠前就形成了，南北货物在这里集散，天气很热，市场很繁华，嘈杂中除了上海本帮话外，还有广东话、福建话、宁波话、扬州话，也有听得懂或者听不懂的洋话。"鸡公车"队的西装青年引来了闹市怪异的目光，还有人跟着指手画脚。他们想起刚到美国的时候，也是因为怪异而被当地的孩子欺生，看来今生是要怪异到底了。

通过法租界时，因为"鸡公车"没有办通行证，洋学生们就得下来自己扛着行李走过去。这让他们亲身体会了一下上海的三界。

用这样的车载留学生

九江路上圣三一堂的尖顶直刺云霄，这是上海最早的基督教教堂，人们叫它"红礼拜堂"。在绿树环抱的黄浦江西岸各式建筑物中，江海北关中国衙门式的建筑依然显眼。出国前由主事领着他们坐着华丽的马车来向道台大人谢恩，是多么骄傲，恍若梦境，现在从所坐的"鸡公车"学生们知道自己身份的落差了。这个与国家命运相关的衙门也和他们的命运相关。辕门，辕门外竖着的两根旗杆，四层错落门楼的大门，门楣上的行书大字"江海北关"。庄重威严的官署，让他们有了一种归属感，亲切，还有点激动。

这是上海地方官的最高官府，他们从侧门进去。唐元湛越看，越不敢相信自己的眼睛，记忆中这里的一切都是高大辉煌，此时看来却是一片破败、封闭。是的，刚从美国回来的留学生，对一切都很敏感。身穿官服的屑官小吏对他们态度轻蔑，点完名后集体用晚餐。饭菜很简单，但他们也无法挑剔。饭后，道台命水兵把他们押送到道台衙门后面的"求志书院"去，以免逃跑。

踏过布满青苔的石阶，水兵打开求志书院的大门，潮湿阴冷的霉气立刻扑面而来，刺鼻难耐，再定睛一看，门窗破败，墙皮脱落。附近的住户见他们住了进去，就瞪着眼睛绘声绘色地告诉说，这个书院关闭十来年了，经常有幽魂出现，你们要小心啊。这让他们觉得既遥远又陌生。太阳落下，砖缝中真的升起了袅袅雾气，如影如幻，但是雾气没有变成狐狸精般的美女，而是打湿了他们的衣衫。已经有西方科学知识的留学生们明白，哪里有鬼，是室内太潮湿了。他们躺在两条板凳、一块木板拼成的床上，入睡艰难，感到自己被视为"罪犯"（criminals），火气旺盛，又无处伸张，只好双臂环抱，目光落在墙角，硕大的蜘蛛在织网，懒得打搅，清冷的余光中网在变大。

第二天除了衙役送饭，没有人理会他们。晚上门外传来一阵阵喧闹，唐元湛扒开门缝一望，一轮明月当头，啊！想起来了，是中秋节，人们在过节。在国外总是想"月是故乡明"，盼望着享受和亲人团聚的温情，没想到回来后却是在这种境地中赏月，连发霉的房子都走不出去。温秉忠的感觉是：莫名其妙地失去自由，令人深恶痛绝。然而也就是这个特殊的日子提醒了他们，伙食被盘剥了，因为中秋节是一个仅次于新年的大节。于是，同学们高声喊叫起来，看管他们的兵卒很不情愿地开了门，刚要训斥，一个棒球投手和一个拳击好手首先举起了拳头，当然不是让他欣赏西方竞技体育的优美。兵卒傻了，立刻又明白了，学生们要争取公正的待遇。

抗争了三天，上海道台终于传下话来要召见他们。于是这些留学生三人一列，被面带烟色的兵卒押解着，穿过堆满垃圾的泥泞街道，穿过人们惊奇和奚落的目光，进了衙门，跪伏在道台大人堂前，向他叩头请安。他们明白，回国了，一切都得按规矩来。这一次道台大人没有特许他们抬起头，看他的脸，而是还礼后让他们按出国时的先后批次站立，很随便地询问了一下学习成绩，算是接见。

抗争是有效的。道台同意他们白天外出，夜晚返舍。但是手中没有一个铜钱，无法购买换洗的衣服和生活用品，徐润知道了这个情况，给每个学生借30美元，好度过眼前的困境。学生们就近探望亲戚，了解家中的情况，黄开甲乘坐英国轮船露西塔（Rosetta）号经香港去汕头老家了。

黄开甲到了汕头的家门口，家里人已经认不出他了，别离九年啊！他用全世界通用的音"妈——"呼喊母亲，自我介绍后才融入了家庭。返回上海后他大病一场，思想却在病中升华，而他倾诉的对象依然是美国房东巴特利特夫人。他从上海道台的精神状态中感到"实无法接受这种窳劣散漫，不能原谅的松弛现状"，对政府的"进步政策"产生了怀疑，认为眼前的"中国不值得被同情，她该受一个惨痛的打击，彻底清除，再改革的政府才适合治理她万千的子民。在我们留美返华的幼童中，大多数对恶势力对官僚习气抗拒仍坚定不移。"尽管思想如此激进，但他们毕竟是用朝廷的银子留学的，"效忠国家"是所受教育最基本的内容。热血青年们苦闷彷徨，愤世嫉俗，很想投身其中改变现状。他们看到，真正令人恐惧的不是待遇如何，而是留学监督及一些官员头脑中那些荒诞不经的思想。正是这些荒诞不经的思想，让先进的西方世界与亟待变革的祖国难以沟通，也使在列强面前吃了败仗的大清帝国拒绝可以救世的良方。他们由此鄙视政府的"自大无知"，知道中国现代化的道路是多么漫长，而自己正是这条道路上的拓荒者，也许还是牺牲者。

在学生们还没有从美国起程的 1881 年 7 月 23 日，美国《纽约时报》特以《中国在美国》（China in U.S.）为题发表社论。社论首先对这些学生作出了评价：

> 中国幼童均来自良好高尚家庭，历经考试始获甄选。
>
> 他们机警、好学、聪明、智慧。像由古老亚洲帝国来的幼童那样能克服外国语言困难，且能学业有成，吾人美国子弟是无法达成的。

社论对大清帝国的担忧作出了分析，并指出这是一种多虑：

> 中国幼童们，除却书本老师传授的知识，并受到美国政治及基督的影响，这是可以意料中之事。
>
> 如果认为这些聪慧幼童，仅由工程、数学、科学的领域中已得到满足，而对美国政治及社会的影响无动于衷，则将是不可思议之事！
>
> 中国幼童出洋肄业局的撤回，显示中国政府政策仍一成不变。许多人声言中国力求进步已义无反顾，事实适得其反。
>
> 中国不可能只学习我们的科技及工业物质文明，而又思不带回政治上改革的因素。那样，中国将会一无所得。
>
> 幼童们不需要变成革命者，或共和派，他们无意中吸收到的自由思想，使中国与其他欧洲文明国家相比，仍是小巫见大巫。

社论毫不掩饰对这个留学计划的赞美，也对中国"现代化"的尝试表示遗憾：

> 中国幼童留美计划，在美国实施历时十年，以美国观点来看，是相当卓越有成的。这些年轻人懂得电报技术，而大清国境内不准许哪怕是一英里电线的铺设；他们已经熟知铁路施工程序，而天朝盛国疆域内唯一的一条铁路（指吴淞铁路）已经被政府收购并拆毁。

在自己的祖国，舆论完全相反，1881 年 9 月 29 日上海《申报》发表的评论竟是以陈腐的门弟观念，甚至是道听途说来对留学计划进行评判：

> 国家不惜经费之浩繁，遣诸学徒出洋，孰料出洋之后不知自好。中国第
> 一次出洋并无故家世族巨商大贾之子弟，其应募而来者，多椎鲁之子，流品
> 殊杂。此等人何足以与言西学，何足以与言水师兵法等事。性情则多乖戾，
> 禀赋则多鲁钝。闻此辈在美，有与谈及国家大事及一切艰巨之任，皆昏昏思
> 睡，则其将来造就又何足观。

中美两国截然不同的认识出现在舆论界、知识界，让留学生们看到了东西方巨大的差距。但是在中国知识界中也有清醒的，除了郑观应，还有诗人黄遵宪，他写诗道："郎当一百人，一一悉遣归。意如瓜蔓抄，牵累何累累。"无人应和，先觉者总是孤独的。唐绍仪比较早熟，脑袋里有危险的外国知识，是否不被朝廷砍头，自己也无法确定。

10月6日，在上海的美国人罗伯特·勃朗留下了这样的记载："第二批返华幼童刚到上海，立刻被送往城里，并且与外界严密隔绝，使我无法与他们联络。"

11月10日，第三批留美幼童登陆上海。

李鸿章煞费苦心、长袖善舞，也没有逆转留学生的回撤，心情如黄遵宪所写："蹉跎一失足，再遣终无期；目送海舟返，万感心伤悲。"但是他不放弃，把这些学生都归在自己的麾下，在临近大海的天津，让他们继续学习。下令，学生坐船去天津。

洋务领袖的召唤，让这些备感失落的洋学生对天津有了一种特殊的向往，出发前还领到了朝廷发的第一个月的薪水，四两银子，折合美金5.5元，"衣食且不瞻"。这只是一个办公室杂役的工资，如此轻蔑，并没有打掉他们在特殊环境中东西优秀文化合璧培养出来的高贵，反而有了对人生的领悟，受难、忍耐、奋斗，必须做出成绩，以证明自己确实是受过良好教育、有着特殊精神品质的人。在人生低谷的时候还能保持绅士风度、愉快的神态，是一种特殊的修炼。

唐元湛把从美国带来的自由车存放在上海的亲戚家，让自己有一个心理准备，今后的日子不会太自由了。他给美国房东亨利·索耶写了一封信，袒露了自己的烦恼：因为行为举止中明显的美式，被这里的同龄人所嘲笑。

起步天津　奔向各地

　　天津位于华北平原，东临渤海，海河出海口大沽口潮去涛来，南、北运河在这里交汇，水路、旱路直通北京。早先这里是一个普通的村庄，名叫"直沽寨"，简称"直沽"。到了元代，因为离都城北京近，又是漕运和海运的咽喉，逐渐发展成了北方重镇。明初燕王朱棣率兵由直沽渡河南下，到南京与侄儿争夺皇位，成功后感念这里是

沈葆桢
福建船政大臣后任两江总督兼南洋大臣

"天子渡河之地"，特赐名"天津"，从此直沽就成了"天津"，接着又筑城驻兵，设立了"天津卫"。清雍正年间这里改为"州"，后来又升为"府"。嘉庆年间修建炮台两座，并派千人驻防。光绪五年（1879 年），李鸿章、沈葆桢、闽浙总督兼福州将军何璟先后上疏，建议从海外买炮船，进行近代化的海军建设。沈葆桢旋卒，李鸿章设海军营务处（海军公所）于天津，先后选定辽东的旅顺和胶东的威海两地修建海军基地，并在天津建起多所中国海军最早的专业学堂。他大部分时间在天津办公，有着宏大的官邸，只有海河封冻的时候，才回保定直隶总督府处理公务。

　　留美幼童从上海坐船到天津轮船招商局报到，迎接他们的是署理津海关道（次年实授）兼北洋行营翼长周馥（字玉山，安徽建德人）。周馥淮军出身，正在参与创办天津的各类学堂等诸事，组织了几位高级官员其中有一两位是懂英文的，对学生们进行考试，并询问所学专业的情况。第一次考试题目是：机械工程、土木工程和国际公法。同学们总算有了一次发泄怨气的机会，有的向考官声称：我们还没有来得及学习专业知识呢，只学了一些基本课程。有的表示：我们会全力以赴，尽力而答。考试结果让考官们意想不到，弄不懂外界盛传他们"无知"是怎么回事，又举办了一次考试，要他们每人写一篇文章，题目是《财源论》。真正用国文写文章了，往事浮现眼前：出国前在上海预科时，学校监督拎着竹板逼着他们大声背诵古文；在美国，幼童出洋肄业局每个假期都为他们开班教授中国经典……于是，饱蘸笔墨，以对西方工业革命

的认识，结合对国家的美好设想，用八股文格式写文章作答。考试完毕，周馥给李鸿章汇报："虽学业各有浅深，无不堪资造就。自应遵照酌量分拨各局所管束，进习原业，补读儒书，以免旷废。"

考官通知学生们：总督大人要召见。

留学生们身不由己地卷进了政治旋涡，但是聪慧的他们也是心有灵犀一点通，意识到不能像在美国那样，锋芒毕露，要熟悉并融入自己将要生存和工作的中国社会。他们知道李鸿章的"政敌在肄业局成立之初已想使其瓦解，但是他们未能得逞"，自己能在美国学习，完全是这位洋务派领袖的坚持，对他越发恭敬，不想节外生枝，换上了长衫马褂，对了，剪掉辫子的还得装上假辫子，中规中矩地向总督大人行跪拜大礼，感觉比面对美国总统格兰特将军还紧张。是的，光一个跪拜大礼就把他们治趴下了，唐绍仪叩头时还真害怕假辫子掉下来。梁诚"偷偷打量两鬓斑白的李鸿章，心中涌起的是亲切和敬意"。

周馥

李鸿章接受了留学生的跪拜大礼，看着这些俊朗朝气的年轻后生，一股欣慰之感涌上心头。堂堂的仪表、健壮的体格，难以掩饰的青春勃发，单在书斋里是造就不出来的。他们是他十年前精心挑选期望是"既熟悉外部世界，又忠于自己的祖国"，回来后定会给困境中的洋务带来一道光彩。从他们开始，建设中国的海军、铁路、电报、矿业、军事医学……要与洋人抗衡。

把留美幼童揽入麾下的李鸿章

留学生对李鸿章的印象极好，他没有陈兰彬、吴嘉善那样的愚腐、古板，自然也就结束了恍如梦幻的思虑，回到现实之中，还知道了恩师容闳的消息。他回国后觐见了光绪皇帝，被任命负责谈判废除"中英鸦片贸易"事务，感到"乃一大佳讯"。学生们"希望他为我们及为中国的前途，都能尽一番贡献"，同时他们还注意到这里有好几所洋学堂。天津水雷学堂是李鸿章于同治十三年（1874 年 11 月）上《筹议海防折》的第二年在天津机器局（东局）以钻研先进的水雷制造技术并生产水雷而建的，淮军出身、通晓法语的刘含芳（字芗林，安徽省贵池县人）为主管。为"创设电气水雷学堂，编立水雷营"，刘含芳派人寻访西方各国，延请制造水雷的能手来校任教。主要课程是关于水雷的制造和舰艇的理论知识及操作技术，此外还有电机、采矿、测量、航海等课程，独领洋务之先，使学堂成为一所产学结合的技工学校，开创了中国海军职业技术教育先河。第一批学员已经于 1880 年毕业，派赴大沽、北塘海口，负责水雷和电报事宜。光绪七年（1881年），李鸿章在大沽口建船坞、设水雷营。北洋水师船坞总办是从英国伦敦琴士官学院（King's College 皇家学院）留学归来的罗丰禄（字稷臣，生于福建闽县）。

北洋水师学堂是光绪六年（1880 年 8 月 22日）清政府准李鸿章奏请，"臣于天津创设水师学堂，将以开北方风气之先，立中国兵船之本"，为即将组建的北洋水师而培养急需的专业人才。水师学堂坐落在城东八里，"堂室宏敞整齐，不下一百余椽，楼台掩映，花木参差，藏修游之所无一不备，另有观星台一座，以备学习天文者登高测望，可谓别开生面矣。"水师学堂聘请美、法的外籍人士做教习。

北洋水师船坞总办罗丰禄

在李鸿章的支持与资助下，天津于 1879 年建起了第一所近代西医医院——总督施医院，位于三岔河口河北大王庙（今南运河北路曾公祠西侧）。"凡局之经费，皆中堂之仁施"，1880 年又新建施医养病院（英文译为"总督医院"），是一所门类齐全的正规西式医院。建施医养病院时，李鸿章拨款两千银两并获得了众多捐款，其中轮船招商总局捐银三百两、朱其昂捐赠紫竹林后海大道旁的地（今天津市和平区大沽路 75 号）、唐廷枢捐银二百两、盛宣怀捐银一百两。12 月 9 日的《字林西报》对此事做了报道。这两所医院都是李鸿章请英国伦敦传道会的医学教士马根济（John Kenneth Mackenzie 中译名约翰·肯尼思·麦肯齐）为主事。马根济毕业于布雷斯顿医学院，在爱丁堡医学院取得皇家外科医学院医师和皇家内科医学院医师资格。

天津机器局东局和西局改称为"北洋机械局"，是李鸿章出任直隶总督后又多次投入雄厚资金，引进先进技术设备和技术骨干，进行了五次扩建，使北洋机械局的制造能力大为提高。

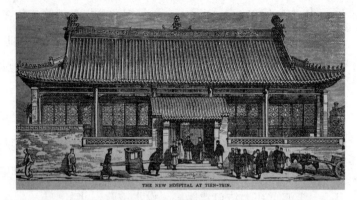

THE NEW HOSPITAL AT TIEN-TSIN.

总督医院

之后，李鸿章又在蒲口购地五十九亩，新建火药库三座。北洋机械局能够生产火药、多种枪炮、炮弹、水雷等陆海军所需武器，并能制造机器。

在天津及周边还有税务学堂、路矿学堂、鱼雷学堂、电报学堂、武备学堂等，是即将到来的中国蒸汽时代的引擎。留学生们有种预感，命运不会太坏。

十八岁的梁诚在给美国 Shaw（萧）先生的信中这样介绍了李鸿章：

> 李是一个多姿多彩的人，很似美国 James A. Garfield（加斐尔，美国第二十届总统）总统。他由贫苦起家，位至人臣之极。总理各国事务衙门、陆海军及兵工厂均在其管辖之下，每项工商建设，均得到他的支持。对外国思想，他很开明。他为训练中国青年创立了许多机构，他创办了一个医院及穷人救济院。他身为开明派之领袖，当然也有许多强有力的敌人。

> 我们被召回并非其原意，而"幼童出洋肄业局"之撤销，身为创办人的他是感到不快的。

梁诚从回国路上的所见所闻中认识到"日本是一个非常不道德的民族"（very immoral class of people），无怪乎被称为"东方的法兰西"（The Frenchmen of the East）。他天赋异禀，直感是对的。

经过恭亲王奕䜣、容闳、李鸿章、美国驻华公使何天爵（Chester Holcomb）、京师同文馆总教习（校长）美国人丁韪良（William Alexander Parsons Martin）等人的会商，这些洋学生先去洋务办的各类专业学校，继续学习。

　　唐绍仪、吴仲贤、周长龄、林沛泉等人进天津道和海关道衙门，在"天津习律例"，也就是学习法律、海关、税收、外交方面的课程，薪俸每月十五两银。蔡绍基当了天津道台的助理翻译，每月收入十两银子。

　　共有 41 人参加海军，占回国总人数的 44%。进北洋水师学堂的有：沈寿昌、王凤喈、黄祖莲、邝国光、李桂攀、唐荣浩、梁诚、唐荣俊、容耀垣、陈金揆、吴敬荣、曹嘉祥、张康仁、李恩富。严复从英国留学回来先在福州船政学堂任教，后又调到北洋水师学堂任总教习，负责课程安排，除了关于海军专业的十几门课程，每星期还安排两天学习中文经籍，目的是"教之经俾明大义，课以文俾知论人，沦其灵明，即以培养其根本"。学堂学制五年，分设驾驶、管轮两科，刘步蟾、萨镇冰在学堂任教，他们都二十六七岁。

洋学生陈金揆

　　进天津水雷学堂的是：蔡廷干、梁普时、王良登、徐之煊、郑廷襄、邝炳光、宦维诚、丁崇吉。

　　詹天佑、吴应科、陆永泉、邓桂廷、邓世聪、欧阳庚、容尚谦、黄季良、薛有福、扬兆南、邝咏钟、宋文翙、吴其藻、陈钜溶、徐振鹏、苏锐钊 16 人去了福州船政学堂学习。

　　唐元湛、袁长坤、朱宝奎、周万鹏、程大业、吴焕荣、卓仁志、朱锡绶、冯炳钟、陆德彰、孙广明、牛尚周、盛文扬、梁金荣、林联盛、方伯梁、陈佩瑚、刘家照、陶廷赓 19 名电报生在天津的北洋电报学堂学习。

1881 年时的津沪电报总局

　　在北洋机器局听差的有：温秉忠、黄仲良、张有恭、梁如浩。陈乾生、唐致尧也在天津。

　　作为军事将领，李鸿章看到"西洋各国行军以医官为最重"，提出"兴建西医学堂，造就人才实为当务之急"。1881 年总督医院添建中国式房屋五六间做学生宿舍，成立附属医学馆（Viceroy's Hospital Medical School），12月15日，医学馆正式开学。学生是八名留美幼童：何廷梁、曹茂祥、周传谔、林联辉、唐国安、金大廷、李汝淦、刘玉麟。李鸿章又为他们新盖了一幢三间的欧式试验室，教育经费全部由海防支应局拨给，计划是：分三年、四年学有成效，仿造西国定章，核给考取官凭，以便分派陆海军委用。他请马根济负责医学馆，又邀请英美海军中的军医任教，采用英语教学。师生"同居一院，朝夕可以照应"。这所军医学馆比香港西医书院还要早六年。但是，曾在耶鲁大学学法律的唐国安不喜欢这里。

罗国瑞、程大器去了兵工厂，月薪五两银子，伙食自理。沈嘉树、钱文魁、祁祖彝、康赓龄到江南机器制造总局；黄耀昌、潘斯炽到上海机器织布局。钟文耀和黄开甲被上海道留用，派往水利局做翻译，月薪十两银子，食宿自理。张祥和被派出国，是留美幼童中最早从事外交工作的人员。

邝荣光、吴仰曾、梁普照、邝景扬、邝贤俦、陈荣贵、陆锡贵、周传谏七个人在唐山路矿学堂学习，美国工程师巴特（K.Buttles）是教习。依然有人声称深挖矿井、坑道纵横会破坏风水和龙脉，进而会导致圣上及国家遭受厄运，甚至要关闭开平煤矿。正在上海的唐廷枢听到消息后搭乘"海定"号轮船赴津，直奔现场解决事端。1882年3月29日的《字林西报》报道了此事。

所有学生都在严格管理下认真学习，考试不断，排出名次并存档。李鸿章同意他们可以轮换着回家探亲。陈金揆赴上海学习船上装配，其间，获提督丁汝昌准假15天，回江苏宝山县江湾乡（今上海市杨浦区）省亲过年。假满，回大沽，做抄录各船坞公司的设计说明书备忘录的工作，供丁汝昌详究。之后他返回位于芝罘的北洋舰队，与同学邝国光、王良登、唐荣俊等在威远舰上学习枪炮知识及操练，日训两次。

梁敦彦、温秉忠、唐绍仪探亲返津时同乘一艘轮船，过福建海域时轮船触礁下沉。幸亏三人生长在海边，应急处理能力强，换乘了一只小舢舨登上小岛，才幸免于难。林沛泉回乡探亲职位被别人取代，返津销假后转为候补，月薪降为三两银。1882年蔡绍基利用探亲假在家乡完婚，娶的是本村十八岁的姑娘徐润的三妹。丁崇吉也是在归国后第二年成婚。

但是，唐国安探家后没有回返。北洋水师学堂的李桂攀、张康仁，还有觉得自己擅长写作而不是科学技术的李恩富也探家不归。他们的愿望是重返美国去完成学业。

陈兰彬归国之后，依然深得慈禧太后和李鸿章的器重，先后赏以二品顶戴，擢升都察院左都御史，授资政大夫。因为他久历欧美、熟悉外情，又被委任为总理各国事务大臣上行走署兵部右侍郎，还任礼部左侍郎、壬午科乡试较射大臣、癸未科会试复试阅卷大臣，武会试较射大臣等职。

津沪电报　贯通南北

北洋电报学堂位于天津老城厢东门外扒头街，英文名称是"Imperial Northern Government Telegraphy College"，梁敦彦在学堂教基础英语，每月十二两银子。英文课对留美幼童免去，所学课程有：数学、制图、电测试、材料学、基础电信、仪器规章、电报实务、交通管理、国际电报会议规则、电磁学、陆线海线架设、测量等共 19 门，教习是丹麦人博尔森和克利钦生，还有法国籍和英国籍的教习。

津沪电报总局设在天津文庙和鼓楼之间的大街上，电报生们迎来了中国电信业开天辟地的日子。光绪七年十一月初四（1881 年 12 月 24 日），长度为三千零七十五华里的津沪电报线全线联通。前两天即初二、初三（22 日、23 日），津沪电报总局在上海《申报》及其他报纸上登载了《电报章程》，这是由总办盛宣怀亲自拟定的，共三十五条，第一条就是向全社会告知，中国第一条长途公众电报线路——津沪线将对社会各界正式开办电报业务。《电报章程》也是中国第一个电报业务广告，它参照万国电报通例，制订了国内官商电报、民用电报、加紧电报、加密电报、洋字电报等各类电报的发报规则和价格，为中国电报业的正式开张造势。

津沪电报线沿途竖立着两万多根电杆，上面挂着两条铁线，一条是供天津与上海的直达电路，一条是国内第一条公众电报电路。一根根电杆傲然挺立，牵引着电线翻山越岭。从北洋到南洋，沿途设有八个电报局，分别是天津紫竹林、大沽口、临清、济宁、清江浦（今淮阴市）、镇江、苏州、上海。十一月初八（12 月 28 日），津沪电报总局正式办理电报业务，全线八个电报局同线工作电路正式通报，收发公、私电报。在清澈悦耳的"嘀嗒"声中，讯息顿时传向所到之地。电报生们亲历了这个激动人心的日子，在实践中学习，很快投入工作。电信，成了他们大多数人的终生职业。

津沪电报线全线联通的两个月后也就是第二年正月，经南、北洋通商大臣会商，津沪电报线由镇江向西延伸到江宁（今南京），当月开通电报电路。

这一年，美国发明大王爱迪生用16年前德国人西门子（Siemens）发明的直流发电机建起了世界上第一座直流发电站，做电灯照明试验时，如一场盛大的舞会，社会各界名流到场祝贺。爱迪生郑重地向全世界宣布，经过上百次的试验，一种新型的照明工具就要出现了，它叫"电灯"。只见电闸一合，1500盏电灯"哗"地亮了，在人们的惊讶和欢呼中，又一个科学进程被照亮。从蒸汽时代进入电力和内燃时代，是人类社会的又一个伟大进步，在世界历史上称之为第二次工业革命。

年底（光绪八年十二月初八）李鸿章奏请招商架设第二条电报干线——苏浙闽粤线，谈到了全国各省的电报建设情况，也谈到了电报生的工作情况：

> 津沪电局管报学生，皆由天津学堂随时拨往。拟请现有学生赶习教习外，再招谙习英文学生四五十名，一体教习，约于来年年底即可拨局派用。至测量学生，前于出洋学生二十名内挑出八名，交洋总管教习有效，即请再选八名发局教习，以备各分局总管报房之选……

电报生们被分往津沪电报总局及张家口、北京、汉口、江西、浙江、福建、广东等地的电报局。周万鹏去了清江浦，方伯樑在苏州，陶廷赓到镇江，冯炳钟、吴焕荣、程大业留在天津。唐元湛、袁长坤、朱宝奎、卓仁志、牛尚周五人被派往上海，加上其他专业，上海一下分配来13名留美幼童，可见上海的重要性。

郑观应任上海电报局总办的第二年正式脱离了太古轮船公司，结束了买办生涯，全心身投入洋务，对中国电报事业做出了具有里程碑意义的贡献。首先，他把起点放在能够与国外的电报网对接的水平上，组织人员翻译编辑出版了《万国电报通例》和《测量浅说》，供各地电报局参考应用，也成为电报学堂的基础教材。郑观应对法国人威基遏（S. V. Viguer）编排的第一代汉字电码《四码电报新书》作了补充修正，增添了大量的实用字码，又借鉴大北电报公司的电码，出版了《四码电报新编》（中文电码本），使电报在汉字传输上有了突破，改变了电报传

郑观应

输必须是洋文的状况。因为《四码电报新编》运用于实际工作效果良好，被津沪电报总局采用，分送到各个电报局传习和使用。毋庸置疑，这本中文电码本标志着中国自己的电报事业走上了正规化、专业化，同时还具备了与洋电报公司对接的能力。

郑观应完成了津沪电报线中所负责部分的架设后，又被委任为沪粤电线会办和长江电线襄办，开始新线建设。上海电报局的会办经元善（浙江上虞人）升为第二任总办。经元善也是著名的社会慈善家，组织领导江浙特别是沪绅商赈灾持续十余年，募款数百万，受朝廷嘉奖十余次。曾和郑观应在同一时期，任上海机器织布局专办商董会办，在多年的经商中，磨炼得目光长远，顾及全局。

津沪电报总局是中国自办的唯一一个电信企业，但是在其成立之前上海已经出现了多家外商电信机构，而且个个凶狠强悍，咄咄逼人。第一个对手是丹商大北电报公司，实力最强，在中国的土地上非法经营已达十年之久。第二个是大东澳洲及中国电报扩展公司也就是英商大东电报公司（The Eastern Extension Australia China Telegraph Company），还有美商太平洋商务水线电报公司（The Commercial Pacific Cable Company）、德国电报公司（The Germany Telegraph Company）。

这几家洋电报商暗中较劲又相互联手。英商大东电报公司也把电报经营的总部放在了上海，他们从印度半岛的东海岸马得拉斯设放水线，经过马来半岛的槟榔屿、新加坡等处到达香港，于1882年开始敷设以香港为基地到达大陆各通商口岸的海底电缆，规划从香港把水线经过汕头、厦门、福州、宁波等地一直伸展到上海。因此驻北京的英国公使一再向清政府提出水线登陆的要求，清政府本意是不让他们上岸，但又屈于陈兵沿海的军舰，只好答应可以在吴淞口外的船舶上收发电报。如此，他们就真的在吴淞口外的船舶上设立了一座浮动电报站，不顾一切地开展收发报营业。接着，美商太平洋商务水线电报公司也将水线敷设到了中国，而且引线上陆，通报营业。这就造成了一个事实，中国的电报业是先有外国的而后才有中国人自己的，而且是在列强对中国电信市场瓜分的严峻形势下诞生的。

津沪电报总局的应对措施是从光绪八年三月（1882年4月）起开始招集商股，共招集十万两银，每股一百两，官利一分。集得的资金一半归还所垫军饷，另一半用于电报线建设，成立商电总局。经过盛宣怀、郑观应、经元善、苏州电报局总办谢家福、清江电报局总办李培根会商后，禀李鸿章同意，津沪电报总局改为"官督商办"。经元善本着振兴民族实业的意愿，入股一万两银，成为上海电报局的股董之一。他在管理上把握全局，强调要让企业、股东、职工三方得益，使经营呈现上升势头。官督商办使一些成功的粤商、浙商介入洋务，逐步成为洋务企业主要管理者。

到福州船政学堂的 16 名学生经过入学考试，成了福州船政局后学堂第八届驾驶班学员，每月工薪八两白银。他们被安置在一个单独的院落，还有一名训导官做班主任，一年后用英国格林威治海军学院的试卷完成了毕业考试。詹天佑是一等第一名，留校当教习，教授英文和驾驶等课程，因教导出色，授予五品顶戴；苏锐钊被调赴距广州 10 英里的黄埔"水陆师诵堂"任教；吴应科、邓士聪、宋文翙、徐振鹏四人从福建舰队调到北洋水师；黄季良、薛有福、容尚谦、吴其藻、杨兆南到旗舰"扬武"号军舰上实习，随舰出海，开往台湾附近海面巡弋，接受训练后服役，任专司燃炮的枪炮官。扬武舰是中国人自己制造的第一艘兵轮，从这里走出了中国近代第一批操纵蒸汽机兵轮的海军官兵，巡弋至新加坡、小吕宋（菲律宾马尼拉）、日本等地。黄季良获练习生七品军功，其他练习生是六品军功。邝詠钟实习结束后服役"振威"号军舰，后升任为二副。

在北洋医学馆学习的留美幼童渐入佳境，"海军、电报、鱼雷学堂的同学经常来访。"十九岁的周传谔给美国朋友贝克写信，介绍了他们的学习环境，说教师"热心也优秀"。还谈到一些海军同学将随中国舰队去朝鲜，因为"那里是纷争之地，中国将扮演一个积极的角色，我担心中日两国将为朝鲜开战，日本亟欲染指朝鲜领土。不久前，在朝鲜京城汉城发生的暴乱（1882 年 8 月朝鲜的'壬午政变'），日本公使幸以身免，这更使危机加深。"

面对日异崛起的日本，不但进北洋水师的留美幼童随舰队去了朝鲜，税务方面的唐绍仪、周长龄、吴仲贤、林沛泉也受李鸿章派遣，随马相伯（原名马建常，字相伯）、王伯恭（又名王仪郑，原名王锡爵，安徽盱眙人）、德籍顾问穆麟德（P.G.von Mollendorff）于 1882 年 12 月赴朝鲜汉城（今首尔）办理税务，协助朝鲜与列强谈判商务条约并建立海关。马相伯和大哥马建勋、弟弟马建忠都是李鸿章办洋务的得力干将。

唐绍仪临行前推荐天津道衙门助理翻译蔡绍基和北洋机械局海光寺兵工厂绘图员梁如浩一同前往，所乘坐的船离开港口后，唐绍仪无意中发现了躲在船舱中的同批留美同学郑廷襄。郑廷襄分配到天津水雷学堂学习，后到大沽炮台鱼雷部服役，这次是逃跑。唐绍仪没有告发，而是掩护他到了朝鲜。郑廷襄辗转到美国继续读书。

还是在 1882 年，美国国会又通过了限制华工十年内不准赴美的排华法案。面对这纷繁的国际局势，中国政府也需要有及时准确的情报，以保证自己的决策不失误。特别是沿海督抚更注意情报收集，他们将派出去收集情报的人员称作"坐探委员"。邓桂廷的行动有点神秘，探亲回来，与同学陆永泉"因故"离开福州船政学堂，到了天津。陆永泉进唐胥铁路；邓桂廷则被委派到大沽口炮台鱼雷营任职。后来两人又一起出国，在美国的夏威夷分手，邓桂廷"因业务"前往日本，在神户落脚，后来娶妻成家。陆永泉到北美大陆后紧接着欧阳庚也到达，两人一起在耶鲁大学继续求学，学习结束后又一起到大清国驻纽约领事馆任翻译官。陆永泉是候选知州衔，欧阳庚一年后升为大清国驻旧金山领事馆副领事。

在北洋医学馆学习的刘玉麟因病缀学，病愈后改任电报学堂教习，深得李鸿章赏识，聘做洋务文案，1882 年被派往大清国驻纽约领事馆任翻译。

容闳的夫人玛丽·鲁意莎·克洛

容闳还在为恢复幼童出洋肄业局等待着。当学生们结束了在天津、福州一年多的学习，分别走上工作岗位时，他得到了妻子重病的消息，遂急返美国，对自己的学生留下了期望，也预见到了他们往后的作为：

学生既被召回国，以中国官场之待遇，代在美时学校生活，脑中骤感变迁，不堪回首可知。以故人人心中咸谓东西文化，判若天渊；而于中国根本上之变革，认为不容稍缓之事。此种观念，深入脑筋，无论身经若何变迁，皆不能或忘也。

在康州哈特福德城的家，容闳精心护理妻子三年，送走了这位将生命交给自己的人。"毕生志愿，既横被摧残，同命之人，复无端夭折，顿觉心灰意冷，无复生趣"，处在人生最低谷。他担起了教育两个儿子的责任，"以严父而兼慈母，心力俱付劬劳鞠育之中"。一则美国报刊称，容闳夫人是有魅力的女士，在交际圈中受到极大的钦佩。

自强自立　突出重围

　　分派到上海的电报生来到上海，眼睛一亮，看到入夜时分从上海黄浦滩到虹口的6.5 公里的电线杆上 15 盏英制弧光灯发出耀眼的光芒，这是当年 7 月 26 日 19 时开启的公用电灯，代替了有 18 年历史的煤气灯，中国境内电力工业由此起步。上海成为继法国巴黎、英国伦敦之后第三个使用电灯做路灯的城市，电力提供是英商上海电光公司。这就是上海的魅力：只要世界上有的先进东西，它也马上就有。

　　他们约好去上海电报局报到，地点是黄浦滩路 8 号（今四川中路 126 弄 21 号，外滩元芳弄内）。放眼黄浦江畔，码头密集，沿江地带经过人工填高修整，铺上了成片的草坪，种上了成行的树木，比十年前环境优美了许多。洋式建筑周边，随处可见Bar（酒吧），草地上大太阳伞下面放个小咖啡桌，外国男女三五个人，围坐在小圆桌前，谈笑风生。

　　作为中国第一批电信技术人员，必须关注上海的洋电报公司的来路和经营状况，明白自己所处的环境。在津沪电报总局上海一端的线路工程开工仅三个月的时候，丹商大北电报公司仗着自己技术全面，另辟蹊径，开拓了最新的电讯业务——电话。他们和公共租界的工部局、法租界的公董局先后签约，抢先经营电话业务，在大北电报公司内出现了中国大地上第一架人工电话交换机。没有多久，在九江路 2 号又出现了一个电话交换所，开放通话，这是由英国电气师别晓泼（J.D.Bishop）组建的上海电话互助协会（The Mutual Telephone Exchange Association Of Shanghai），公共租界和法租界准许了他经营电话的权利。显然，这是洋电信商对上海电报局的直接挑战，也使特殊位置的上海更有了一层前沿的色彩。这不，上海至南京电报电路开通后，大北电报公司营业处随着公司从南京路 5 号迁到黄浦滩路 7 号（今中山东路 7 号），以进一步扩大自己的势力。上海电报局以后的合作者或者对手，都来自这幢大楼。

　　五位到上海的电报生准备着见总办的功课，因为各自的侧重点不同，还要再梳理一下。唐元湛在一个咖啡吧坐下，要了一杯不加牛奶和糖的咖啡（black coffee），浓郁的香味弥漫开来，提神。他注意到目前人们还没有对电话有实质性的认识，喜欢玩新花样的年轻人花上三十六文钱，隔着马路通通话当游戏玩。喝一口咖啡，味道是他所熟悉的，苦中带香，夹着难以名状的刺激，思想在继续。中国的电报业一开始就处在外商的重重包围之中，处在惨烈的竞争中，要生存、要发展，唯有打拼。除了经营得法外还得在技术上领先,起码要有和洋商对等的技术装备。再看看准备在手中的上海地图,不由得又产生新的疑问,租界内新开辟的道路都是用洋文标志,麦根路(今淮安路)、极司菲尔路(后改为梵皇渡路今万航渡路)、派克路(今黄河路)……以后要开展电报、电话业务,租界和华界之间怎么拉线?在自己的土地上发展自己的电信业,难道还要和租界进行"国与国"之间的谈判吗……

准备好功课,又带着疑问,唐元湛向上海电报局走去。这是我们自己的电报机构,傲然屹立于黄浦滩一幢接一幢的外国建筑中。两面临街的西式三层楼的电报局房,外观不再是江海关中国衙门式的风格,而是西方流行的古典风格(Classical Style),立柱拱券门,窗高而窄,大门旁的石质招牌镌刻着"电报沪局"。这本身就是一个写照:中国电报业,处在列强的重重包围之中。

电报局虽然是洋务企业,但一切还是按朝廷的规矩。唐元湛进了总办办公室,中规中矩地对经元善行官礼——叩首、请安,礼毕,上前呈上写有自己姓名、学历、专业的手本。书生意气的留学生首先要练就一种隐忍、内敛的涵养和功夫。经元善以个别交谈的方式一一对分来的五个电报生进行面试。虽然是洋学生,也得从办事员做起。

兵书上的一句话同样也适用于所有企业的管理,"知彼知己方能百战不殆",中国电报业有了自己的专业技术人员,终于有了"知彼"的能力,但是,远远不够的。上海电报局来不及建校舍,先在胡家宅会香里(今福州路西藏中路东南转角)租了三间民房,设立按报塾(电报学堂),招收学员,聘用洋商电报公司的人执教,教授通报技术。电报生到上海后,责无旁贷地承担了部分教学工作,用英语教学。因为用人迫切,成绩优良者学成后马上派到电报局工作,学员随时招考补充。

郑观应协助总办盛宣怀同丹商大北电报公司和英商大东电报公司进行了一系列的谈判,内容涉及中国电信主权及外商在中国沿海敷设电缆事宜,还有电报价格的商定。光绪九年四月十三日(1883年5月19日),津沪电报总局通过上海电报局和丹商大北电报公司谈判,签订了《收售上海吴淞旱线合同》十四款,由中国津沪电报总局以规银三千两,买回了丹商大北电报公司从上海到吴淞架设的旱线,大北电报公司有使用权,而且仍然使用。同时,禁止他们的水线在厦门上岸。

在此期间,广东华商华合电报公司要在香港设立分局,接线通报,英方借此提出条件,必须让大东电报公司在上海登陆,因此,津沪电报总局允许英商大东电报公司的电报线通达黄浦滩7号,与丹商大北电报公司合设在一处,正式收发香港及国际水线电报。在《收售上海吴淞旱线合同》签订后的第四天,四月十七日(5月23日)盛宣怀又签订条约，允许丹商大北电报公司和英商大东电报公司在中国沿海敷设电缆，在上海等海口登陆。大东电报公司在吴淞口自香港敷设的水线在宝山具镜海门外登陆，与津沪电报总局的淞沪旱线接通，最后按合同利益分成。

津沪电报总局的态度很明朗，现在我国有了电信企业，维护国家的电信主权理所应当，以前大北电报公司、大东电报公司及其他洋电报公司对中国电信主权的进犯，要结束了。在津沪电报总局改为官督商办的第一年，上海电报局转亏为盈。

盛宣怀与洋电报商的合同签完之后，与大北、大东电报网的对接都由上海电报局办理，这批洋学生的到来正逢其时，自己也没有想到，来上海后的用武之地，竟是从谈判桌开始，从实战开始，翻译文件，协助工作。然而，上海是各种势力纠结交织的地方，洋电报商们已经经营了十来年，各个公司壁垒森严，都有自己的经营招数。中国电报业一诞生就与他们形成了对擂局面，把刚工作的电报生推到一个高起点。面对在技术和管理上都很成熟的外商，他们在斗争中向对手学习。

电报业是一个系统工程，牵一发而动全身，无论在谈判桌上还是在实际的操作中，必须万无一失。一场关于电报的主题谈判往往是要和多个相关层面谈，要和洋电报商谈、和所属的洋行谈、和租界里的土地所有者谈……谈判完还要做实质的业务切割，组织自己的力量对接之后才能正常工作。为了国家的电讯事业不受列强干扰使之健康发展，这批英文流畅，掌握技术，同时对洋人毫不畏惧的电报生出现在上海、出现在中国电报网所能到达的地方，丹麦、英国、挪威、俄国、美国、德国等洋电报商终于明白了，真的是碰到对手了，以后在中国大地上恣意横行、无边攫取恐怕是不太容易了。

自打上海开埠后，洋人们找上海道台一次又一次地谈判，他们要划土地、要盖楼房、要修马路，之后又不停地越界……上海道台总是被动，对付不了有军舰大炮做后盾的洋人，只能在谈判中尽量少失去点土地、少丢点利。所以，有人说上海人的精明和会算计是在与洋人的争利中被造就出来的。话里包含着同情和无奈。津沪电报总局和洋电报商谈判的时候，风格显然不同了，精明是必须的，变被动为主动是关键，在涉及多国利益的时候各国都得遵循国际通行的规则，掌握和运用这些规则是中国和世界主动接轨的开始。同时，他们还要从洋人的既得利益中夺回那些本该属于中国的利益，必须缜密细致、业务娴熟，知彼知己。

应该承认，能够出海跨洋进行扩张的都是些老牌的资本主义国家，争夺市场驾轻就熟，对上海也是有备而来，看着津沪电报总局业务开展得顺利，外商也是频频出招，扩大自己的经营范围。光绪九年（1883年），英商中国东洋德律风公司（The China And Japan Telephone Company）接盘大北电报公司的电话交换所之后和英国电气师别晓泼组建电话互助协会，成为在上海进行实质性经营的电话公司。这个电话公司先是在大北电报公司内，后又迁到四川路14号，首任经理还是别晓泼。他在苏州河以南，洋泾浜以北，泥城浜以东架设了几对电话线，安装了25部电话，这第一批电话的拥有者是几家实力雄厚的洋行。电话从游戏工具变成真正的通讯工具，成为电讯业务的新品种，但是经营权是洋商，津沪电报总局还有很长的路程要追赶。

当然，能够使用电话的人显露出了他们在上海的领先地位。电话机的制作商心领神会，首先以考究的工艺传达出了这个显示尊贵身份的信息。将电话机做成一个方方的镀有花纹的铜盒子，以手摇发电机传送振铃电流，听筒和受话器分装两处，打电话的人得一手拿着听筒，一手拿着受话器。虽然电话音量小杂音多，但毕竟是一个身份的显示，平常放在客厅是个时髦的装饰，很能让拥有者炫耀一番。"物以稀为贵"的价值规律适用于所有商品，上海首批电话一年一部要付150个银洋的话费。

沿海的督抚、封疆大吏面对列强用坚船利炮打开国门的惨痛经历，知道要守住国土，必须"睁开眼睛看世界"，意识到海疆万里，消息阻绝，遇有敌情无法沟通信息，很难救急援助，必须用新式装备来建设海防。御史陈启泰上疏献防海六策，第一条就说："洋面既派兵轮分驻，即不可不设电线以通消息。"更为严峻的是盛宣怀和大北、大东电报公司谈判刚结束，法、德、美等国的电报公司又准备增设上海至香港及各口岸的水线。英国公使格维纳又一次向清政府提出申请，增设上海至宁波、温州、福州、厦门、汕头水线。李鸿章得到这个情况后立刻上疏：

> 宜令华商速设沿海陆线，以争先著，使彼无利可图，庶几中止。且从此海疆各省与京、外脉络贯注，实与洋务海防有裨。即商民转输贸易，消息灵通，为利更大。

军情紧急，电报生成为技术骨干架设新线，承担起了从勘测架线到竣工使用后巡视维修的全部工作。作为技术人员，他们以身作则，不畏艰险，扛着沉重的测量设备和大捆的电缆，走向无边的旷野，走向山川沙丘。南方电报线通过的地方不仅山高林密，沟壑纵横，很多地方还是瘴疬盛行。山区多雷暴，电线常被震断，因为人手不够，外出修复时他们还要自己带着设备和干粮，翻山越岭蹚水过河，一个电杆一个电杆地巡查，有时候一个人出去就是十天半月，酷暑严寒，风餐露宿。孙广明、陶延庚的工作是全方位的：勘测地形，运送设备，巡护维修，检校密码，翻译电文……光绪九年（1883年），两江总督左宗棠奏准架设第三条电报干线——宁汉线，从南京沿长江至汉口，由周万鹏等人负责勘造。他作为领班"溯江而上，徒步施工"。宁汉线第二年竣工，与沪宁线连通，沪汉间开通了直达电报电路。

南洋、北洋及长江流域的电报线架设工作顺利。直隶总督李鸿章又将电报线从北塘通达山海关，再延伸到营口、旅顺；两广总督张树声的广西线到达龙州。

抵制外商入侵最有效的办法就是快速稳健地发展自己。光绪十年（1884年）春，津沪电报总局为了便于建设苏、浙、闽、粤、长江线，同时也为了方便与大北电报公司联系，从天津迁到上海，更名为"中国电报总局"，英文名称是"Imperial Chinese Telegraph Administration"。局址设在上海洋泾浜郑家木桥法租界一边（今福建中路延安东路南侧），盛宣怀任总办，并由李鸿章推荐署理津海关道。

当中国电报总局的苏州至浙、闽、粤陆线建成之后，香港英商电报公司又准备设水线至广州，张树声的继任者曾国荃抓紧建设陆线以阻挡，使英商的水线不得侵入粤境。但是，在广东碰了壁的英商又将他们的水线修到了福州。

国情国是　波谲云诡

中国电报总局立足上海的同时，总办盛宣怀知人善用，对技术骨干力量——留美幼童中的电报生进行调配，以充分发挥他们的业务专长。他让朱宝奎、黄开甲做自己的秘书。唐元湛已经在上海电报局从办事员逐步擢升为司事长、稽查、稽查长，调到中国电报总局。总办发挥他环境熟、交际广，又是来自香山唐家的优势，做电政工作，工作内容涉及文牍、工务、交涉、会计等方面。周万鹏在清江及汉口两个电报局工作过，宁汉线开通后调到上海电报局。天津成立了天津电报局，设在法租界葛公使路（今滨江道），吴焕荣、程大业从一般的工作人员升任为领班、巡线总管。光绪九年（1883年），曾国荃召京后张树声回任，方伯樑在苏州电报局工作了两年，风尘仆仆地来到天涯海角，按照两广总督的规划，架设电报线。1884年，方伯樑得知麻省理工学院曾经的同班同学大学毕业一周年，感慨道："在麻省理工学院所受到的教育证明，脑力——记忆、判断、说理和意志的培养，可以使人适应不同领域的工作，并在短时间内可以胜任一个人所选择的事业。本希望在麻省理工学院得到更多系统性的开明教育，但遗憾的是，我未能完成麻省理工学院的学业。"

光绪十年七月初二（1884 年 8 月 22 日），津沪电报线扩展至北京，它不仅运用于国防，还推进了经济文化的建设。驻北京的《申报》记者为了抢新闻，开始使用有线电报从北京直接向上海拍发新闻专稿。之后，李鸿章在天津紫竹林修建北洋电报学堂的新校舍，又增加了新的课程，有电讯问题初步、仪器法则、国际电报公约、不同类型的电报系统与仪器、铁路电报装置、电报地理学、电力照明等。

洋电报商从中国电报总局进驻上海感觉到了极大的威胁，他们不但以拓展新的经营项目来扩大经营范围，还通过公共服务和广告来扩大影响。1884 年 9 月份的第一天，黄浦滩洋泾浜的地方出现了一座信号台，是一座面向黄浦江的三开间西洋式平房，平房后面竖起了一根高高的桅杆，上面挂着预报台风的旗号。平房里有英商中国东洋德律风公司安置的一台专线电话机，接通了徐家汇天文台和这个信号台。每天上午 10 时，徐家汇天文台把当天天气和风向情况用电话通知信号台，然后信号台就在屋后桅杆的横木上挂出天气旗号，以通知上海港进出的船只，屋左的告示牌上则是当天的天气报告。天气情况的报告为上海港船只进出提供了安全依据，外商也是用这种服务公众的方式为自己电话业务的拓展做广告。同时，这个信号台还兼做报时工作，以鸣锣的方式在中午 12 时和晚上 9 时报时，并以视觉信号配合。桅杆上白天悬球晚上挂灯，一天两次；锣声成了上海最早报时的钟声。这是电话在中国第一次运用于公共事业。

盛宣怀在自己的土地上，却要与驻沪领事馆、外商频频斗法。"道高一尺，魔高一丈"，中国电报总局收回了大北、大东电报公司侵占的电报权利之后，又和这两个电报公司订立了《齐价合同》。中国电报总局立住了脚跟，上海成为全国电报通信的中心。

李鸿章当初在《请设南北洋电报片》的奏章中就表明：

> 择公正商董招股集资，俾令分年缴还本银嗣后即由官督商办，听其自取信资以充经费。并由臣设立电报学堂，雇用洋人教习中国学生，自行经理庶几权自我操持，久不敢如蒙。

所以，从天津到上海，电报学堂与中国电报事业一起进步，上海电报局租房办的按报塾从胡家宅会香里迁到电报总局，盖起了正式的校舍，扩大招生，还增加了一个新专业——测量塾，又聘请了一位丹麦人为教习，成为中国电报总局下属的正式学堂。

盛宣怀首先在上海的工作地点自费安装"德律风"（telephone 电话），在使用中学习。他对电报生是一种"将遇良才"的感觉，电报生也是如鱼得水。

不幸的是卓仁志工作不久，在苏州河附近溺水身亡。

工务和交涉都是跑路的工作，唐元湛从美国带来的自由车派上了用场，他骑车奔波于各施工点，并有意去熟悉"华界""法租界""公共租界"的方位和环境。自东门进城厢，陆路和水路都可以从西面出去，骑着自由车最好从小西门也叫

上海法租界公董局大楼

大境门出去接上徐家汇路进了法租界西面，向北过条马路便是法租界的主要街道——东西走向的法大马路也叫公馆马路（今金陵东路）。花园洋楼已初具规模，马路两旁栽着法国梧桐树，宽敞且美丽。

再向北，过一条马路到洋泾浜的八仙桥，出法租界，进入公共租界。向西过泥城浜，绕过跑马场，北面就是空旷而苍翠的田野，绿树丛中露出沪西标志性的建筑——古寺庙静安寺。这是一座佛教的寺院，相传创建于三国吴赤乌年间（238—251 年），毁于太平天国战火后，由本地绅士姚曦、祖籍安徽徽州绩溪的浙江商人胡雪岩等人资助得以修复。旁边的阿育王式石柱"梵幢"直指天空，连接天堂和大地，门前的泉涌井是"静安八景"之一，传说这口井直通东海龙王宫，所以才能喷涌不断，号称"天下第六泉"，寺院门前的路叫涌泉路（Bubbling Well Road），也叫静安寺路（今南京西

1880 年前后的静安寺路

路）。这里是城市边缘的特殊景观，是一种自在惬意的田园风光，赶庙会的日子又会很热闹，四乡八里的人或者走路或者摇船聚集而来，逛完市场还要看戏、去庙里上香。静谧与热闹交替出现，淞江渔歌伴着稻花飘香，成为上海最具本土特色的地方。然而法、英租界强筑道路后，新的别墅区正在形成，熟悉的风景要随之逝去。

静安寺路接公共租界的南京路，唐元湛骑车向东，进公共租界。东西南北道路纵横有序、规整，俗称"棋盘街"。一条条弄堂纵深延伸，弄堂两边整齐地排列着两三层的房屋，样式参照西式洋房。沿街的房屋辟为店面，大多以"里""坊"来称谓，能叫作"别墅"的要高级一些，有一道矮墙，小铁门，内有花园。十年前留美幼童在上海读预科的时候，租界里的商业区集中在广东路、福州路一带，南京路倒像是"乡间别墅"。就是在他们出国的这十来年里，上海的对外贸易扩大，新的商业重心在南京路形成，街道两边是摆放进口货品的样子间（Show Room），原来在南市的钱庄逐

上海南京路

渐集中到了租界，使商品交流和门市购物非常方便，也使这条街道闻名遐迩。外国风味的咖啡屋夹杂在一座座一两层的中式店铺中，多层的洋式楼房显得鹤立鸡群，一派"中西杂处"的景象。在南京路和福建路口，明代时建的"虹庙"也叫"红庙"还在，依然具有乡土气息，红墙黛瓦，绿树环抱，香火很旺，平时来敬香的人大多是女子。每当有和佛相关的日子，这里和静安寺一样，热闹非凡。虹庙是由道教主持，里面还供着关帝和观音。是啊，洋气日盛，众神要联合起来才有自己的气势。

设在南京路香粉弄口的"会审公廨"（公堂）最显眼。这座中国衙门式的建筑飞檐斗拱，比其他中式房屋要气派些，但是清政府的衙门变成了"会审公廨"，能有中国人的司法公正吗？

上海公共租界的巡捕房

福州路和江西路、河南路之间是中央巡捕房，也叫总巡捕房，是一幢主楼为四层的哥特式风格建筑，顶上飘着工部局的局旗。租界里的常备武装部队（Shanghai Volunteer Corps）翻译为中文叫"万国商团"，上海人叫"巡捕"，简洁的两个字，说明了它的功能，巡捕队伍里的华人叫"华捕"。他们身着统一军装，配有武器和马匹。

　　这时上海的主要交通工具是人力车（东洋车）、马车，江边有洋人骑自行车玩耍只是健身。从洋泾浜到外白渡桥这段环形路上，是外国银行和洋行在上海的集中地，与中国衙门式建筑江海北关毗邻的是那座位于南京路转角处的汇丰银行（Hong Kong and Shanghai Banking Co. Ltd.）。白色的三层新古典主义风格的建筑不是十年前的那一座，显然是第二次修建，华丽了许多，建筑面积也扩大了，正中是半圆形大门，门厅顶上有个大阳台，巴洛克式希腊柱，装饰华丽，别具一格。汇丰银行正是英国人在中国扩张的一个写照，总行在香港，1865年在上海建立分行。这家银行的发起者是英国怡和洋行、仁记洋行、美国旗昌洋行及德国、波斯等国商人。开始，它的生意就像它最初的那幢房屋一样，并不很大，仅仅搞些汇兑结算等业务，资金周转也不灵，还差一点因投机失利而倒闭，但随着英国侵略势力在中国的扩张，它成了在中国众多外国银行之中发展速度最快、获利最多，并逐渐居于优势地位的银行。当上海成为中国对外贸易最大的商埠后，各地的外汇行市要看上海，上海则以汇丰银行的挂牌为准。

　　外白渡桥南堍东侧的地方是上海的第一座公园，正式名字叫"黄浦滩公园"（Public Garden）。事实上公园所占地是中国政府的"官地"，公园建成后工部局称：花园面积有限，不可能让所有华人进入，准许衣着得体、受人尊敬之华人进入。对此，知名人士唐廷桂、陈辉庭、颜永京、陈霭亭等人向工商局提出抗议，《字林西报》于1881年5月13日刊登了这个消息。

　　吴淞江下游河口的外白渡桥不是唐元湛他们出国时的那座南端在英国领事馆旁、北端在吴淞路口、收费的韦尔斯桥，而是他们走后启用的，不交钱可以过桥的"外白渡桥"。因为桥的南端接应黄浦滩公园，也叫"公园桥"（Garden Bridge）。

老黄浦公园

　　过了外白渡桥，吴淞江北面又是一番情景：四川路一带，十之六七为广东人，人数有十几万，由粤商经营的戏院、茶园、酒肆鳞次栉比，其繁华程度仅次于公共租界里的南京路和法租界里的公馆马路。他们还在店面、会馆的建筑和装潢上有意凸显岭南文化特色，以彰显粤商的影响力。在上海的粤商商业组织不仅有广肇会馆，还有广东协会、广东同业公会、广东商会等。因为人数众多，经济实力雄厚，粤商除了以"省"的范畴建立组织和协会，还以

"府"或者"县"的范畴建立会馆。"粤商香帮"中的徐润、郑观应、唐廷枢都有自己办钱庄的经历，会馆也介入商业活动，广肇会馆就经常对商人的商业信誉做担保。

广东人很讲究吃，有一个叫"同芳茶居"的茶档很有名。楼虽不宽，外装修饰以金碧，环境整洁，每天自傍晚开张到第二天天亮，日高三丈才休息。里面饮茶的各种器皿咸备，兼卖茶食糖果。短装的跑堂伙计看有客人来，请客人里面坐同时以口撵账的伶俐口齿做介绍：本店早晨有浸鱼生粥，晌午蒸熟粉面及各色佳点；入夜莲子羹、杏仁酪别具风味。您点什么？让人不忍离去。在《申江百咏》中有一篇用上海竹枝词对此店的描述："深宵何处觅清娱，烧起红泥小火炉。吃到鱼生诗兴动，此间可惜不西湖。"广东人自然能解其意：冬季到店里吃夜宵，每桌置红泥火炉，浸鱼生于小镬中，其味道之美心情之好，如在杭州西子湖畔。

唐元湛将自由车用于工作，行为超前，自然要引起人们的注意，一不留神成了潮流的引导者。一天，报纸的访事员拦住了他，进行采访，把这种车子叫"自行车"。上海的《点石斋画报》将唐元湛、牛尚周及上海圣约翰书院的教师颜福庆、学生颜惠庆等人列为第一批在上海滩拥有自行车的华人。他们不但是新闻人物，还在自行车发展于本土的过程中留下了名字。《申报》馆出版的《寰瀛画报》以竹枝词来赞美这种车子："前后勾联两车轮，不须手挽踏芳尘"，并对其产生的速度感到惊异：

前后单轮脚踏车，如飞行走爱平沙。
朝朝驰骋斜阳里，飒飒声来静不哗。

唐元湛由此产生了个愿望，让更多的人参加自行车健身运动，也让所在的工作部门配备这种交通工具。

甲申易枢　中法开战

这期间中法关系有了变数。法国虽然在"普法战争"中失败，但是他们没有停止在亚洲的经营，继续扩大殖民地。法国海军中将孤拔（Admiral Coubet）富有近代战争指挥经验，1883年被任命为法国交趾支那舰队司令，率海陆远征军攻入中国的藩属国安南也就是今天的越南,强迫越南王府订立第二次《顺化条约》。当年年底,孤拔又升任为法国远征军总司令,率六千军队攻打驻扎在越南山西的清军和黑旗军刘永福部。中法两国军队处于对峙状态。清政府采取的政策是保藩固边,但是最终怎么解决,在朝廷内分成两派。恭亲王奕䜣和李鸿章依然是审慎态度,认为中国不宜在时机尚未成熟的时候与海上第二大强国发生战争,结果遭到了最擅长"坐而论道"的清流党的攻击和嘲笑。清流党的人虽然是优秀的学者,但在外事和军事上既无实际经验,也无真知灼见,他们藐视法国,认为战争的胜负主要取决于人的勇敢和美德方面的素质,而不是军事装备,甚至将李鸿章鄙夷地比作宋代奸臣秦桧,说他在误国。

李鸿章没有时间和他们"坐而论道",正积极备战,因为沿海的形势很严峻。

中国和法国军队在越南对峙几个月后终于兵戎相见,军情紧急,慈禧则乘机玩弄权术。光绪十年三月十三日(1884年4月8日),她以中法战争开战后中方失利为理由,将总理各国事务衙门的总署大臣、军机大臣恭亲王奕䜣"撤去一切差使";懿旨罢斥以恭亲王为首的全部军机处成员;由贝勒"旋晋庆郡王"的奕劻管理这个重要部门;对皇帝的老师翁同龢罢值军机,由刑部尚书调任工部尚书。翁同龢是咸丰六年的状元,也是同治、光绪两位皇帝的老师。慈禧成功地"甲申易枢",稳操大权。

慈禧又将清流党的两位重要人物张之洞和张佩纶分别调往福建的海防要地。张之洞是同治二年的探花,山西巡抚。张佩纶是翰林院侍读学士,其差使是会办福建海防事宜兼署船政大臣。没想到毫无从军经历的钦差大臣张佩纶到福州后,居然能够允许法国由八艘重巡洋舰及鱼雷艇组成的舰队在中国福建的马尾军港停泊,天真地认为"与敌杂泊",就可以"阻其猝发"。

福建舰队的对手是法国远东联合舰队司令孤拔,他依仗自己船坚炮利,剑锋直指南中国海,其舰队一部分由副统帅利士比率领直逼台湾,一部分由他自己率领进入福州。这时的中国军队能够和外国军队一比一地打平手的,只有淮军,名将刘铭传在赋闲14年后于7月16日受命办理台湾军务。作为步兵的他要和拥有海陆武装的法军一决雌雄,率领百余名亲兵抵达台湾基隆,进行布防。

法国远东舰队元帅孤拔

福州,由于张佩纶的愚蠢,孤拔的舰队在马尾军港停泊了四十多天。中国福建舰队有11艘兵舰,其中仅有两艘装有钢甲，其他兵舰包括旗舰扬武舰均为木制，外表美观，但质地脆弱，整个舰队"没有机关炮，也没有机关枪"。

二十四岁的黄季良回国后与在江南机器制造总局当差的父亲很少见面，之前，他收到了父亲的来信，信中叮嘱："移孝作忠，能为忠臣即是孝子。"这位前线的年轻军官敏锐地意识到，随着法国军舰进入闽江，中法之间的一场大海战迫在眉睫，自己随时可能血染海疆。为国尽忠，他死而无憾，于1884年7月27日给父亲写了一封信，并附上了一幅自画像。画中的他若有所思，注视着前方。

黄季良自画像

　　男季良百拜叩禀父亲大人膝下：男自幼生母见背，旋即随侍父亲远客江南，未尝刻离膝下。迨稍长，应选游学，远适异国。近奉上谕，调回中国，旋派来闽，又从军于扬武兵船，不能一日承颜养志，负罪实深……望父亲大人勿以男为念，惟兵事究不可测。男既受朝廷豢养之恩，自当勉尽致身之义。犹记父亲与男之信，嘱以移孝作忠，能为忠臣即是孝子等语。男亦知以身报国不可游移胆怯，但念二十五年罔极之恩未报，于万一有令人呜咽不忍言者，男日来无刻不思亲，想亲思男愈切也。爰将平日绘成之貌，寄呈父亲见之，如男常侍膝前矣。

薛有福的思念在远方，他用诗一样的语言给凯蒂述说衷肠："晚上夜黑如漆，船身摇动，使游子备感惆怅。我走上船舷，观赏浪中的磷光大小如棒球、闪亮无比。我真愿有你同在，不知你可喜欢？"

黄季良的家书和自画像寄出不到一个月，七月初三（8月23日）下午1时45分，法国舰队在孤拔的指挥下，未经宣战就对中国福建舰队发动突袭。旗舰扬武舰是敌人的首要目标。容尚谦首先发现敌舰有异动，杨兆南立即开后炮命中敌舰伏尔他号的舰桥，击毙法军五人。法军鱼雷舰猛扑上来，向扬武舰发射鱼雷，使其右舷受了重伤。正在操炮反击的黄季良受重伤，血流满面。扬武舰管带急令撤离，但双方距离近得连转弯躲避都来不及，又被孤拔的坐舰炮轰着火，势猛焰烈，并且下沉。扬武舰上的几个留美幼童拼命一搏勇敢还击，击伤了法军46号鱼雷艇，但自己的舰难以支持，大部分人跳水逃生，管驾官张君命令各学生跳水离船，但已经晚了。

福建舰队的振威舰遭到从闽江口疾驰而来的法舰凯旋号的袭击，振威舰管带许寿山与二副邝詠钟沉着应战。振威舰负伤后暴露在敌舰舷炮下，舰身被打穿，艏艉着火，仍拼死奋战，最后一炮击中一艘敌舰，而自己也被冲进来的敌鱼雷艇击中沉没……

接着法舰又炮轰福州船政局，由左宗棠一手创办、法国工程师帮助建造的马尾造船厂和船政学堂瞬间灰飞烟灭化为乌有。一小时内，福建舰队全军覆没，11艘军舰、19艘商船均被击毁，八百多名官兵牺牲，留美幼童杨兆南、邝詠钟、薛有福、黄季良

吴其藻

为祖国的海疆献出了年轻的生命，后入祀奉旨建造的马江昭忠祠。吴其藻、容尚谦落水后游至海岸，被渔民救起。战事发生之前，后学堂教习主动排出班次到岸边观察形势准备战地救护，这天是詹天佑值班，马上组织救助伤员。

从北洋随舰南下到福建舰队实习的容耀垣、蔡廷干、丁崇吉参加了马尾之战。战斗中他们机智勇敢。容耀垣在扬武舰被击沉后落水，得救，战后获五品军功奖赏。

钦差大臣张佩纶率先脱逃，还向朝廷谎报军情，说这场海战中国取胜。

所幸的是在中法战争爆发之前，中国电报总局的电报网已经建成，盛文扬于一年前被派到福州电报局当领班，整理报务，井井有条。中法开战后，所有电报人员通宵达旦在电报局值班，第一时间准确传送前线的紧急军情。朝廷及时知道了马江战役的真实情况和张佩纶的丑行，并给予制裁，还是李鸿章拉了这个钦差大臣一把。8月26日，马江战役三天以后，清廷正式下诏对法国宣战。

9月1日，孤拔在福州取胜后乘势率法国舰队移至台湾洋面围困台湾。刘铭传统领淮军发挥自己善于陆战的强项，和强行登陆的法军进行艰苦卓绝的拉锯战。他手下有一员大将叫聂士成，极善打游击，让法国军队陷在海滩无法向前推进。刘铭传浴血奋战死守宝岛，逐步化被动为主动，击败利士比。而孤拔也自10月23日起全面封锁台湾海峡，切断大陆与台湾的补给线。第二年1月28日，清政府任命裴荫森接替张佩纶为署理福建船政大臣，南洋海军出兵援助，孤拔又率舰北上迎击并取胜。危急情况下镇海和宁波之间新增的四十华里电报线与沪粤线连通，浙江巡抚刘秉璋利用电报从

容调度，诱敌入深，击伤孤拔坐舰，孤拔受伤。

在越南，与淮军潘鼎新部对峙的法军终于绷不住了，攻占谅山向中国境内入侵。1885 年 2 月 25 日，在中国九大名关之一的镇南关，老将冯子材身先士卒，指挥得当，取得了镇南关大捷，保住了这个通向越南和东南亚最大最便捷的通道，收复谅山。进行了一年零三个月的中法战争结束。

战争中电报发挥了不可替代的作用，李鸿章给电报局记了一功，对电报生大加赞赏，"在事异常出力"。

但是懦弱的清政府取胜了都不敢树立自己的国际威望，《中法停战条约》签订之前，张之洞和湘军的另一位首领彭玉麟问李鸿章："此次进和议者为谁？"李鸿章电复："查进和议者二赤（赫德），我不过随同画诺。"结果是法国获利，安南独立。孤拔把生命扔在了中国，他的死因说法很多；开启殖民扩张的法国茹费里政府因为中法战争而宣告垮台。

诗人黄遵宪为黄季良赋诗《题黄佐廷赠尉遗像》三首，其中一首写道：

> 泼海旌旗热血红，防秋诸将尽笼东。
> 黄衫浅色靴刀备，年少犹能作鬼雄。

美国姑娘凯蒂收到了薛有福给她的情书，一直保留着。

美国驻华公使杨约翰（John R.Young）知道留学生的表现后给美国国会写报告，又向中国总理各国事务衙门照会：

> 中法闽省之战，中国官兵均甚出力，其中尤为出力者，则系扬武船内由美国撤回之学生。该学生计共五名，点放炮位，共为合法，极其灵巧，均系奋不顾身，直至该船临沉时，众人均已赴水逃生，该学生等方行赴水。

杨约翰感慨"足见其深明大义，均能以死力报效，实为不负所学"，希望能够恢复派遣留学生计划。

中国总理各国事务衙门的回复是：

> 顷关于驻美"肄业局"事，已奏请朝廷在案，将来派遣幼童出洋与否当
> 需先蒙本国皇上照准，始可依旨办理行事之。故特此照覆。
> 北京 一八八四年十月一日

在马江战役爆发的这一天，张之洞被朝廷授为两广总督，从此经营两广、湖广。为加强海防，建水师学堂，他上奏朝廷："中华水陆学堂，津、沪、闽本有规模，粤省现始创议，奏请拨款开办。"他知人善用，将广东博学馆改为广东水陆师学堂（又名实学馆），还建了一个造船厂，招募学生进行海军训练，挑选优秀的留学生到学堂任教，福州船政局后学堂教习詹天佑被选中，和苏锐钊共事，任洋文教习，兼任测绘海图工作。詹天佑将土木工程专业发挥于海防，一年内，用西洋测绘方法绘成了一幅中国沿海形势图，并为广东沿海修筑炮台，以加强抵御力量。

容尚谦在马江战役之后回家养伤，痊愈后回到海军兵工厂报到，被清政府授予五品海军军官，任命为"横海"巡洋舰航海中尉，两年后获准离队回家成婚，一起到福州船政局报到的16位同学只剩他一个了。

三年的时间里，中国电报总局以上海为中心在南方形成了自己的电报网络，加强了海防建设，扩大了经营范围，有效地抵制了列强的扩张。上海通向京、苏、浙、闽、粤、鄂、川等地的电报线相继建成并开通使用。国内电报通信汇接网初步形成，"沿海电线，其权悉操于中国之手"。清政府又开始筹划从北京到蒙古恰克图（俗称买卖城）的电报线路，程大业离开天津电报局，负责这条线路的建设。留美幼童的第一任监督陈兰彬于光绪十年（1884年），引退归里。

光绪十一年九月初五（1885年10月12日），台湾建省，淮军将领刘铭传为首任巡抚。任职七年中，他在浴血奋战保住的宝岛上大规模地修造铁路、架电线，被称为"台湾近代化之父"。

留美幼童的第四任监督吴嘉善在这年逝世，终年六十六岁。他回国后奉命出使法兰西，驻巴黎，因病辞职归国，有《翻译小补》刊行。

台湾首任巡抚刘铭传

守土保疆　主动拓展

梁敦彦在天津电报学堂教基础英语，后来教物理和数学的英国教习回国，他又兼任这两科教学，奉银涨到每月十四两。如此工作了两年多，家中来信，父亲去世，他回老家办理丧事。没想到花光了所有的积蓄，连回天津的船票都买不起，因此逾期，丢掉了工作不说，还受到通缉。经人介绍，他到香港一座教堂工作，遭受歧视，愤而离去，徘徊于广州城隍庙前，碰见了天津电报学堂的学生胡君。胡君告诉老师，自己正在广州电报局当领班，那里缺人，劝老师一同前往。梁敦彦鼓起勇气，来到两广总督府。张之洞对留学生没有偏见，安排他给总督府英文总翻译、曾是留美幼童师长的邝其照当助手，同时还负责两广及湖南的电报线路建设。很快，梁敦彦以出色的工作，深得张之洞赏识。

编撰《英文成语辞典》的语言学家邝其照也是中国早期的新闻学家，于光绪十一年（1885 年）在广州创办了政论性刊物《广报》，内容有著论、本省新闻、中外新闻及物价行情等。报纸畅销广东、上海及东南亚地区，甚至到了美国旧金山。张之洞有一个幕僚叫赵凤昌（字竹君，江苏武进人），是社会活动家，曾给曾国藩当过幕僚，也深得张之洞信任。

张之洞任两广总督两年之内，架设了从广州到琼州的电报线，并在琼州海峡投下海底电缆，在海南设电报局。方伯樑是技术骨干，还担起了教习工作，随着电报线路的延伸，他任职于最偏远的海南电报局。广东除了两条省内的电报线，还建起了通到沪、浙、闽的电报线。

在南洋战云纷扰的时候，北洋海军也是枕戈待旦。马相伯、王伯恭带着唐绍仪等六位留美幼童到朝鲜后，以清政府官员和朝鲜政府顾问的双重身份，指导朝鲜政府的外交通商事务，第二年就设立了海关，在朝鲜先后开放了三个口岸与外国通商。这期间，他们结识了袁世凯（字慰亭，号容庵）。

袁世凯生于咸丰九年八月二十日（1859 年 9 月 16 日），河南项城人，出身于大官僚地主家庭。他两次乡试不举，遂焚诗稿，弃文学武，并资助好朋友做塾师的同乡徐世昌（字卜五，号菊人，出生于河南省卫辉府）进京应试。徐世昌中了举人后又中进士。1881 年 5 月，二十二岁的袁世凯投奔淮军宿将也是父亲袁保庆结拜兄弟吴长庆，为"庆"字营营务处会办，并认识了在吴长庆幕府协助"理画前敌军事"的张謇（字季直，江苏南通人），跟他学诗文制艺。张謇十六岁中秀才，具有在紧急事变中镇定应对和勤苦办事的良好素质。

袁世凯

　　袁世凯和张謇相识的第二年即 1882 年 8 月，朝鲜发生了"壬午政变"，吴长庆部开赴朝鲜，两人随之入朝。袁世凯负责前敌营务处，体现出了关键时刻当机立断敢于出手的胆识和能力，设计并参与诱捕朝鲜大院君李罡应。张謇也因办事干练受到朝鲜国王和吴长庆的赞誉。平息事态后袁世凯又为朝鲜国王训练"新建亲军"并控制税务，颇有政声，人称"袁司马"。这期间自认为强大起来的日本已经将目光穿过朝鲜半岛觊觎中国领土，并频频制造事端。

　　光绪十年（1884 年 12 月 6 日），朝鲜"开化党"在日本的支持下，发动政变，史称"甲申政变"。在这场政变中，朝鲜亲华的重臣多人被杀，韩王被挟持。有北洋水师做后盾，袁世凯在主帅不在的情况下，率清军入宫保护，与日本兵及乱党混战，救出韩王，解决了乱事。袁世凯又听说亲中国派的一个领袖被刺伤，在总税务司家中救治，便前往探询。到门口，只见一个年轻人持枪而立，意气凛然，阻止袁兵进入。经询问，才知是中国派到朝鲜的税务官员唐绍仪，两人相识。袁世凯因处理事情果断，受到清廷的褒奖，特别是李鸿章的赏识。这场事变的处理也是中日两国军事力量的较量，中国海军由此稳定了在东亚的制海权，而日本则将此战视为奇耻大辱。

　　光绪十一年（1885 年）袁世凯经李鸿章保荐，奉派"驻扎朝鲜总理交涉通商事宜"全权代表，使命是保全朝鲜半岛在北京控制之下，而不落入日本之手。唐绍仪在其幕府，做西语翻译和机要秘书，兼任办理龙山商务委员。他给人的印象是"年轻气盛，位列袁侧"；蔡绍基、梁如浩也在他的引荐下进了袁世凯幕府。蔡绍基任秘书、通商洋务委员，期满被保举知县。周长龄从翻译晋升为中国驻朝鲜仁川理事。吴仲贤从汉城海关总署助理做起，第二年任仁川副领事，又过了两年，升任为元山领事。在此期间，唐绍仪成为袁世凯的得力助手，协助他与在朝鲜的各国势力角逐，维护中朝宗藩关系。

唐绍仪年轻时
（黄开甲曾外孙黄建德提供）

　　进北洋水师的留美幼童与中国海军一同成长，他们从学堂毕业后大都在北洋服役。王凤喈在北洋水师学堂短期学习后留校做学堂帮教，悉心传授知识。光绪十年（1884 年）学堂驾驶头班 30 名学生毕业，李鸿章在《水师学堂请奖片》中写道："在堂各员弁，尽心教导，洵属异常出力"，"美国回华学生王凤喈等九名或充学堂帮教，或经分派各船，成效历有可稽……理合酌拟奖叙……仰恳天恩俯准，照拟给奖，以资鼓励。"

李鸿章对学生的学习情况全盘掌握，光绪十一年（1885 年）三月初三上《肄习西学请奖折》，"为出洋肄业暨天津招募学生学业有成及中西教习出力人员照章请奖"，奏折对外派的留美学生回国后的学习、实习情况进行了详细汇报。在海军的学生毕业后大多在威远练习舰实习，遍历南北洋各港口，风吹浪打，练习阵法，掌握枪炮，见识大增。"迭经面加校试，考其所学，无所不精，分赴各营教习，于外洋操法、阵法、口令，均致娴熟，所教弁勇，颇有成效。其习水师者，内如鱼雷一种理法最为精奥，洋师每有不传之秘，该学生（指分到水雷学堂七名留美幼童）等讲习有年，苦心研究，于拆、合演放整修诸事，皆能得法。"从美国回华及在天津招募学习水师、鱼雷、水雷、电报、医学各学生，"亟应量其才能，酌保官阶，给予顶戴，以式戎行而资鼓励。"并拣员补署要缺。李鸿章请奖的第一名是"侯选唐荣浩，拟请侯选缺后以知县用"，接着是"县丞衔黄开甲、朱宝奎、郭铭新，均拟请以县丞，不论双单月选用"。

文童"四十四名均拟请以从九品，不论双单月选用"，"各生现在天津、大沽、旅顺、朝鲜各营局办理翻译、机器、电报、医学、鱼雷、水雷等事。"学西医的留美幼童毕业时是六名，何廷梁、曹茂祥去了海军当军医；金大廷到直隶武备学堂任医官、后升为西医学堂监督；周传谔、李汝淦任职军医。"林联辉并请加六品衔"，留校任教。电报生朱宝奎、牛尚周、袁长坤、周万鹏、陶廷赓、方伯梁、梁金荣、唐元湛、朱锡绶、林联盛、吴焕荣、程大业、盛文扬等 14 人得到提名保荐。

梁诚

刘玉麟继续着他的外交工作，光绪十年（1884 年）从大清国驻纽约领事署调往驻美使馆任翻译官，第二年又调任大清国驻新加坡领事馆任总领事。

在北洋水师学堂读书的梁诚有了一次面试的机会，考试合格成为北京总理衙门章京（秘书），主要负责电讯和记录。光绪十一年六月十六日（1885 年 7 月 27 日），清政府任命张荫桓（字樵野，广东南海人）为出使美国、西班牙、秘鲁大臣，梁诚是随员，任二等翻译官及参赞，开始了他的外交生涯。

容耀垣在北洋时因为表现突出，经李鸿章上奏，得到朝廷嘉奖，随总兵丁汝昌（安徽庐江县人）去日本考察。他在中学时就和日本人做同学，看日本的眼光跟朝廷不一样，但是所提的建议又不被采用。生性耿介的他从心底里厌恶清廷的政治腐败，弃戎从商，做茶叶生意。

云贵总督岑毓英奏请架设桂滇电报线，周万鹏在调到上海电报局的第二年又带人去规划勘线并担负起工程设计、指挥施工的工作。之后他又规划黔滇路线，"由鄂经蜀，踰黔入滇，躬冒瘴疠，于山嵩榛莽间解装露卧，辍粮忍饥，历程万里。"终于，西南地区有了电报线。

唐国安当初以探望母亲为由离开北洋医学馆，凭着娴熟的英语自行谋职。他先到怡和洋行当文员，又去了天津和镇江的美国领事馆当通译，都不顺心，辗转到美商旗昌洋行做翻译。这期间他和香港关元昌（关润发）家的一个女儿关月桂于1884年9月结婚。温秉忠娶的是关家五女关月屏，关月屏和另一个妹妹关月华都是香港注册的西式助产士。温秉忠又将关元昌的八女关月英介绍给容耀垣。光绪十七年（1891年）容耀垣到香港相亲，见到了正在西医书院（Alice Memorial Hospital）学医的孙逸仙（孙文，孙中山），俩人一见如故，友谊大增。容耀垣相亲成功，和关月英结婚。这样，唐国安、温秉忠、容耀垣成了连襟兄弟。

巧的是唐国安被旗昌洋行派到天津，参与为李鸿章购买军火的业务，自然被津海关道周馥撞上了。周馥以南北洋大臣当初奏定章程规定"出洋肄业各生不准在华洋自谋别业"，究查并向李鸿章汇报。唐廷枢知道后及时出面，运用其影响力多方通融，向北洋交银两千两，作为北洋医馆续招生费用的赔付；请美国驻大津署理领事毕德格（Pethick William）做书面担保；唐国安做出保证："将来如遇国家用人之际，生情愿效力，不敢自外。"

光绪十一年（1885年）十二月十二日，李鸿章批复：

> 学生唐国安出洋肄业九年，曾费公款。刻值用人之际，按照奏定章程，本难听其自谋别业。始念旗昌洋行在华承办军火事宜，需人翻译，暂借该生应用。俟旗昌原订期满，仍饬恪遵中国差遣，以付定章，不得违误。

并指示："此外肄业各生，概不准托词请假，援以为例。"

中法战争结束后，国内出现了相对的稳定，李鸿章委任盛宣怀为轮船招商总局督办，会办是马建忠、谢家福。盛宣怀对轮船招商总局重订章程，力加整顿，条陈：非商办不能谋其利，非官督不能防其弊。招商局改为官督商办，进入一个新的发展阶段。

　　盛宣怀在操持电报、招商两局的同时，官职升为山东登莱青兵备道兼烟台东海关监督，时间是光绪十二年六月（1886 年 7 月），四十三岁，开始了正任官道。也正是因为他懂经济，所以在烟台为官时更注重民生，发展航运和出口，将农产品远销至日本和英国，开辟了烟台至旅顺的航线，增加了当地百姓的收入。

　　天津北洋电报学堂于光绪十二年（1886 年 9 月）搬到紫竹林，扩大规模、增加了课程。然而，上海的英商中国东洋德律风公司在第一批电话经营获利后，于这一年的十一月初六（1886 年 12 月 1 日）又架设了连接浦东和浦西的电话线路。盛宣怀预感到，他们会不断地侵入南市、闸北地区的华界。民众也在电报电话的使用中感受到了现代通讯的先进，意识也在进步，逐渐有了"拿来主义"的想法，不再出现拆钢轨、断电线的事。《申报》还刊登了一首《望江词》，称赞电话的先进性："申江好，电线疾雷霆，万里语言同面晤，重洋信息霎时听，机括竟无形。"伴随着电信业的发展，上海的进出口贸易有了扩大，经济地位越来越高。

　　中国电报总局的管理方式改为官督商办后，修订《电局章程》，将业务种类分为四等，各电报局对加盖公章的一等电报也就是官电（国事电）免费，而且是随到随传。对商务电报也不敢慢待，要及时拍发，否则会造成电报业务量的流失和客户的不满。电报局股东和管理者的关系是"所有盈亏，全归商认，与官无涉"，这就造成了各电报局在经营上存在着一定难处。面对洋商电报局使用中国电报总局线路的实际情况，盛宣怀采取既联合又斗争的策略，于光绪十三年五月十七日（1887 年 7 月 7 日）和大北电报公司、大东电报公司签订了《电报根本合同》九款，使中国电报总局得到资费摊分。主要内容为：中国发往欧、美（不含俄国）电报，每字 5.5 金法郎。上海、福州、厦门三地收发的电报，中国得报费百分之十；国内其他各地收发的电报，中国得报费全部。报费调整，使中国电报总局获益，招集的商股当年就每股派发红利二十多元。能够和外商平起平坐地讲条件分享利益，显现出中国电报总局经营有方，事业稳步发展，技术力量走向成熟。

第五章

中学西学　何为前景

1888 年 10 月 9 日李鸿章率官员乘坐 "总督铁路视察专门列车" 从天津直抵唐山

海波澄碧　北洋成军

日本于 1868 年开始社会体制改革，"明治维新"后脱亚入欧，自认为强大了，从 1874 年起开始与中国博弈，第一次侵略中国领土台湾，1875 年 7 月，强令琉球王国停止对清政府的朝贡，并改用日本年号。朝野警惕，决定开始南洋、北洋水师的建设。直隶总督北洋大臣李鸿章上《筹议海防折》，陈词海上已成为国防重心，力主购买铁甲舰，办理海军。奏准优先集全力建造北洋水师，李鸿章奉命督办北洋海防事宜，以守卫京师安全。一些握有军权的督抚也建立情报系统，福建侯官少年林泰曾奉船政大臣沈葆桢的命令到台湾执行侦察任务，收集情报。1879 年，日本宣布琉球废藩置县，完成了所谓的"琉球处分"，将其强行并入日本，设"冲绳"县，琉球王国覆亡。李鸿章在 10 月 27 日的奏折中说："中国即不为穷兵海外计，但期战守可恃，藩篱可固，亦必有铁甲船数只游弋大洋，始足以遮护南北各口。"

做过侦察工作后成为海军将领的林泰曾

第二年,李鸿章命出使德国大臣李凤苞在德国伏尔铿造船厂以二百八十三万两银造价，督造两艘铁甲舰，其设计与制造凸显装甲、吨位和重炮的优势，上面有 12 英寸巨炮四门，航速分别为 14.5 节及 15.4 节，还有一艘是以六十八万两银订制的穿甲巡洋舰，排水量 2300 吨、航速 15 节。李鸿章亲自为三舰拟题舰名——"定远""镇远""济远"。

李鸿章又从英国订购了两艘巡洋舰，总税务司赫德企图插手中国海军建设，以"中国海军官兵尚不具备远洋航行能力，无法将军舰安全驾驶回国"为理由，要求由英国海军军官驾驶，并挂上英国国旗。李鸿章当然不能忘记李泰国、阿斯本等借买军舰让中国枉费钱财的事，终于跟这位一直插手中国内政外交的洋人拍了桌子，告诉赫德：此事关乎国家尊严和荣誉，若"沿途挂用英旗，实非国体所宜"，中国海军有何颜面。随后派出他的亲信、淮军将领丁汝昌和英国教官葛雷森上校一起经过几轮筛选，挑选出了近三百名水师官兵到上海吴淞口进行接舰训练。李鸿章充满期望地对尚未谋面的两艘巡洋舰正式命名为"超勇""扬威"，命令丁汝昌和葛雷森先行到达英国验收军舰。1881年2月27日上午9时，由264名北洋水师官兵组成的接舰队伍从上海吴淞口出发，乘坐轮船前往英国，迎接中国海军第一批巡洋舰，他们中有海军军官林泰曾、邓世昌等人。

1881年7月9日，超勇、扬威两舰在英国纽卡斯尔外海进行试航，中国驻英国公使曾纪泽到港口参观。他非常满意英国制造，舰船拥有射程8000米的两门重炮和锋锐如刀的冲角，航速14节，转动灵活，认为这两艘军舰适合在海上作战，并对军舰的形制做了详细记录。8月2日，英国正式将两艘军舰移交中国。8月9日下午4时30分，超勇、扬威两舰在纽卡斯尔港口编队，高悬大清黄龙旗，起航，中国海军第一次向世界宣示力量。17日，两舰离开英国海军基地朴次茅斯港口，劈波斩浪，驶向祖国。经过三个月的艰辛航行，于11月18日到达天津。超勇、扬威两巡洋舰是当时最新型的近代化巡洋舰，"欧洲诸国始知中国亦有水师，群起而尊敬之。"22日，李鸿章率部到大沽口迎接，以欣喜之情登舰视察，并乘超勇舰出海试航。

1882年8月朝鲜发生"壬午政变"，李鸿章派出丁汝昌率邓世昌、林泰曾指挥新编入海军战斗序列的超勇、扬威两舰进朝鲜，震慑日本八艘军舰，以武力使之退避三舍。此时中美关系处在低谷；中法关系又是战争的前夜。李鸿章派出留美幼童、福建船政学堂学员邓桂廷前往日本，所承担的任务就不仅仅是"办业务"……

光绪十一年九月五日（1885年10月12日），海军衙门正式成立，光绪的父亲奕譞加封亲王衔任海军衙门总理、庆郡王奕劻任海军衙门总理会办、李鸿章是会办、兵部右侍郎曾纪泽和正红汉都善庆为帮办。

李鸿章为北洋水师拣员补署要缺，在海军服役的留美幼童"现在兵船、鱼雷、水雷等营充当管带帮带及蚊船、练船、兵轮、雷艇各项差使"。有32名人员破格由军功"均拟请以千总尽先拔补"。蔡廷干从天津水雷学堂毕业后先在定远舰和威远舰上服役，他和王

海军衙门总理、醇亲王奕譞

良登等四员均拟请以卫千总，"不论双单月选用并赏加守备衔"。请准徐振鹏升署右冀中营守备，充定远舰鱼雷大副，署缺三年期满实授。邝国光在威远练习舰见习结束后在蚊子艇上工作，荣升千总，调济远舰任鱼雷大副；黄祖莲少有志节，常思立功异域，在威远练习舰见习结束后"积劳叙千总"升署中军左营守备，充济远舰驾驶二副；吴敬荣积功至蓝翎五品军功，补用千总；沈寿昌先在威远舰任二副，升署中军左营都司，是济远舰管带方伯谦的帮带大副；宋文翙升任定远旗舰枪炮大副；邓士聪升署右冀中营守备，充定远舰炮务二副；有百步穿杨好枪法的曹嘉祥是镇远舰林泰曾的枪炮大副；陈金揆毕业后在扬威舰实习，相继任二副、把总。

在天津水雷学堂完成学业的卢祖华、杨昌龄到大沽口炮台服役；梁普时、邝炳光、宦维城、徐芝宣在大沽口炮台鱼雷部工作，梁普时还兼电报局工作；徐芝宣不幸在炮台附近溺水身亡。天津水雷学堂正式改组为北洋水师管轮学堂后，丁崇吉、宦维城"研究鱼雷战术"，操纵鱼雷历时四年，丁崇吉荣加统领百人把总。1885年他们两人到上海，做英文报纸访员。

梁普照

北洋水师的燃料由开平矿务局供给，通信网络是自己建设，李鸿章对到开平矿务局和电报系统的留美幼童同样是亲自掌握，给梁普照、邝景扬等以军衔晋级，荣加把总。

军功十三名"均拟请以外委尽先拔补"。其中有从事矿业的邝荣光、邝贤俦、吴仰曾等。到开平矿务局的留美幼童很快就独立工作了，周传谏给铁路总工程师金达当助理和翻译，还兼做办公室工作；邝景扬参加了唐胥铁路的建设，是金达的助手；陈荣贵是机械采矿的帮工程师，后来成为工程师；邝贤俦是化验员。这时的运输以水运最为经济、便捷，梁普照任矿务局所属船务局帮办，负责矿产运输等工作。

陆锡贵——中国最早的矿冶工程师之一，在开平矿务局工作多年

光绪十三年（1887年7月），中国海军建设迈上了一个新台阶，在英国订造的致远、靖远两舰和在德国订造的穹甲巡洋舰经远、来远两舰完成。李鸿章派英籍总教习琅威理（William Metcalfe Lang）前往验收，管驾邓世昌、叶祖珪、林永升、邱宝仁一同前往接舰。为了节省数十万保

险经费，李鸿章向总理衙门请准特召留学英国的军官刘冠雄（字敦诚，号资颖，福建闽县人）协同驾驶，每艘舰上都派有留美幼童。他们文质彬彬，已成长为合格的海军军官，接舰时对造船厂进行了参观考察，具备沿途各种情况下对战舰的操作，而且技巧纯熟。四舰统一由"山猫"艇上的英国人调度，于9月11日起航回国。路过各个海口炮台，中国海军军官都能观察出其制造的门道并且能做出详细的防御方案。第二年4月，四舰抵达天津。李鸿章亲临验收，并赴辽宁、渤海一带操巡，视察了炮台形势。陈金揆协助邓世昌接舰，沿途操演，十分得力，被派任致远舰管带邓世昌的帮带大副、蓝翎千总升署中军中营都司，擢游击。

试航中的致远舰

四舰回来后的夏天，台湾吕家望番社叛乱，当地军队剿办半年未平。李鸿章遂饬致远、靖远两舰前去平叛。刘冠雄、陈金揆带六英寸炮两门、率陆战队员60名登岸作战。十天之内，叛乱平息。

德国制造的穹甲巡洋舰经远号

带着捷报，北洋水师在渤海锁钥山东威海卫刘公岛于光绪十四年十一月十五日（1888年12月17日）正式建军并同日颁布施行《北洋水师章程》。军歌高亢嘹亮：

> 宝祚延庥万国欢，景星拱极五云端。
> 海波澄碧春辉丽，旌节花间集凤鸾。

建军同时，提督署、兵舍、炮台、机器局、屯煤所等各类军事设施建设完毕。

北洋水师规模蔚为壮观，铁甲舰分别从英国和德国购置和订造，同时拥有装甲巡洋舰、轻捷巡洋舰、鱼雷艇22艘。其中有东洋第一坚舰之称的铁甲舰定远号及镇远号，巡洋舰有扬威、超勇、经远、来远、济远、致远、靖远、福州船政局建造的平远舰。近代中国终于正式建起了总吨位在当时世界第八、亚洲第一的海军舰队，而此时日本海军在世界排名是第16位。天津镇总兵丁汝昌被授为水师提督（司令），各主力舰管带（舰长）大部分是从福州船政学堂毕业后又留学英国或法国。记名提督林泰曾被授为左翼总兵兼镇远舰管带，记名总兵刘步蟾被授为右翼总兵兼定远旗舰管带。

中国海军最早的两艘近代化鱼雷艇由德国伏尔铿船厂制造，测试效果满意后逐件拆解运回中国，1886年在英国工程师葛兰德、安德森指导下，由中国工程技术人员在大沽船坞组装成功。鱼雷艇吨位较小，主要用于天津白河水城的防卫。蔡廷干于北洋水师成立当年到鱼雷营，第二年从都司衔补用守备升为署理鱼雷左一营都司，委带左队一号鱼雷艇。三年期满改为实授调任鱼雷快艇队管带，所辖福龙号等13艘鱼雷艇、汽船两艘，赏绘花翎顶戴（武职正四品）。福龙号鱼雷艇为钢质艇壳，排水量144吨，功率1597马力，航速22.5节。艇上装备两门37毫米速射炮，两具356毫米鱼雷发射管，

丁汝昌——北洋水师提督

艇员20人。王良登从大沽口炮台鱼雷部调往北洋水师威海卫鱼雷部，任鱼雷队管带。参加过中法海战的吴其藻也在北洋水师任职；唐荣俊荣升千总。

北洋舰队的活动范围北从海参崴，南到新加坡，并拥有了东亚大洋的制海权。

《北洋水师章程》中还有一条规定，创建"天津储药施医总医院与威海、旅顺水师养病院"。马根济在北洋水师成军这一年逝世，林联辉任医学馆最高职位医官，第二年，此计划开始实施。

海军衙门成立一年后，两位既不懂军事又不懂外事却充满私欲的王爷"老总"奕譞和奕劻，为了讨慈禧的欢心，开始大量地挪用海军经费，重修紫禁城西侧的北海、南海、中南海，之后，又主持修建清漪园（颐和园）。这就注定了北洋海军的命运不会好。

日本在明治维新以后施行富国强兵政策，经济近代化，采取一切办法增强军事力量。从1883年起日本连续八年，将酿造业和烟酒业的税收全都用于海军建设。1887年日本天皇为造军舰捐款，带动起军队和政府官员纷纷为扩建海军捐款，皇后也带头节约宫中的每一分花销，连自己的脂粉钱都捐了出来。

而清廷则拿海军建设玩花样。经慈禧批准，海军衙门在昆明湖西岸办了一个水师学堂，招了60名玩骑马射箭玩腻了的八旗子弟，用慈禧游湖时拖带画舫的御用小轮船在这里操练所谓的海军。北京是个内陆城市，昆明湖水静池浅，以致翁同龢冷笑道：

"以昆明湖易渤海，以万寿山换滦阳。"然而这 60 名在花园里训练出来的海军士官居然毕业了，李鸿章不得已再花银子安排他们到北洋水师重新学习。

光绪十五年（1889 年），光绪皇帝大婚，花费白银五百四十万两，由海军衙门支出，相当于三艘半定远级铁甲舰的费用。奕譞和奕劻修花园修得慈禧太后喜笑颜开，又开始筹备她六十岁寿诞庆典，经费依然从海军衙门挪用。

工业开始　殊甚骇怪

开平煤矿推行西式采煤法，又有了自己的第一批矿冶工程师，技术上得到保证，生产如虎添翼，产量大增，优质煤的日产量提高到三百吨，解决了轮船、机器制造局等各方面的用煤，国家也可以不再进口煤炭了。李鸿章以"北洋水师舰艇急需燃料"为由，主张用火车进行煤炭运输。顽固派又得到了一次机会，给李鸿章罪名有加，除了以往的"毁屋铲墓""震动龙脉"之外，还多了"为敌缩地方便西人"、"必雇洋匠金钱外流"等罪名。李鸿章顾不了这许多了，于光绪十二年（1886 年）奏准组建开平煤矿铁路公司，为加快铁路的建设，派自己办洋务的得力人才伍廷芳出任总办，唐廷枢为经理，金达任总工程师。金达在洋务中是一个很有影响的外籍铁路工程师，受李鸿章器重。邝景扬调离开平煤矿，成为开平铁路公司的一位铁路帮工程师，也是中国最早的铁路工程师。开平矿务局产生了中国第一条自建铁路、第一台蒸汽机车之后，又产生了中国第一家铁路公司。

伍廷芳于 1874 年自筹经费赴英国伦敦留学三年，毕业于林肯法律学院，并获得大律师资格。回国后他在香港做执业大律师，被港英政府聘任为法官兼定例局（后改为立法局）

唐廷枢（前排中）和他的中外技术人员组成的团队

议员，经津海关道黎兆棠的引荐，为李鸿章解决与洋人相关的疑难案件。1882年他进李鸿章幕府，担任洋务局委员、法律顾问等职，以中国第一位法律博士的身份踏入政界，在致力于法制建设的同时投身实业。李鸿章将他"倚为左右手，凡有新建设，必谘而后行"。

伍廷芳在开平铁路公司开始了参与领导近代中国铁路的经营管理，是李鸿章控制铁路财政的全权代表，有"中国铁路行政先驱"之称。他做的第一件大事是招商集股，买下唐胥铁路并向西延伸36公里通过阎庄到达芦台（唐阎铁路），标志着中国铁路开始独立经营。有了伍廷芳，有了开平铁路公司，李鸿章又规划了一个大手笔的铁路建设蓝图："南接至大沽北岸，北接至山海关。"为了加强和京师的联系，他打算先修天津至河北通州的铁路，上奏朝廷，提出这个修路计划，预料之中，又引来了一场风暴。李鸿章不得不又一次使用瞒天过海的方法，一边和朝廷周旋一边实干。同时他请醇亲王奕譞出面"主持大计"。光绪十三年（1887年3月），唐阎铁路竣工。奕譞奏准，成立中国铁路公司，伍廷芳依然是总办，官督商办，但还是资金紧张，只好先造天津至唐沽一段。

中国铁路行政管理先驱伍廷芳

中国铁路公司先后三次在上海《申报》上刊登《招股集资章程》，都没有达到预期效果，资金预算时就是加上天津海防局的十六万两白银，也是不足。因此，铁路公司不得不向英商怡和洋行、德商华泰银行借款，起了一个借外债修铁路的头。这期间，李鸿章又亲自安排吴仰曾赴英国皇家矿冶学院深造。吴仰曾娶唐廷枢的排行第五小姐为妻，而刘家照娶的是唐家排行第四的女儿。曾笃恭娶了伍廷芳妻子何妙龄的妹妹何秀丹（何晚贵），黄宽也是何妙龄的妹夫。如此，伍廷芳、黄宽和曾笃恭是连襟。

钟文耀从事洋务和实业的方式有点特别，他给上海道做了两年翻译，于1883年12月借调到美国驻上海领事馆任翻译23个月，1885年到天津旗昌洋行充任买办。他和香山谭伯邨的三女儿谭肇云于1886年结婚；詹天佑和谭伯邨的四女儿谭菊珍于1887年在澳门结婚。所以，钟文耀和詹天佑又是连襟兄弟。接着，钟文耀也来到开平矿务局，在契约部主管来往文件。

在江南机器制造总局学习的钱文魁到美国在广州等地的领事馆工作，同学祁祖彝受贵州巡抚潘霨、候选道潘露的派遣，于光绪十二年（1886年）去英国学习铁厂设备运营与管理。祁祖彝回国后任贵州机器矿务总局铁厂帮办徐庆沅的翻译。

邝荣光应母校拉法叶学院之邀，写了一篇关于开平煤矿的论文，于1887年在明尼苏达州德卢斯（Duluth）市举行的美国矿业工程师会议上获得认可。曾兰生1888年在一封私信中谈到曾溥："政府聘用他去开采中国东部的铜矿。他前景一片光明。政府要让他当铁路部门总工程师，但他拒绝了。他是中国出来的第一个科学工程师。他的工作领域是政府给个人所能提供最大的了，因为中国的矿产资源几乎是无限的。"在这样的前景下，学矿业的留美幼童又兵分几路，主持开发了从东北、华北到甘肃的北方各省及南方若干省份的矿产宝藏。

光绪十四年（1888年），唐国安于2月11日至18日，在天津英文报纸《中国时报》（The Chinese Times）上连续八天登载《游美始末与收获》的文章，第一次将中国幼童留美及回国工作的情况见诸报端。这一年最重要的事是天津至塘沽40公里的铁路开始修建。二十七岁的詹天佑是已经有四年教龄的广东水陆师学堂教习，邝景扬向伍廷芳推荐这位在耶鲁大学完成铁路专业的留美同学。伍廷芳立即发出聘书。詹天佑接到聘书后非常兴奋，不顾两广总督张之洞的挽留，毅然北上，进入中国铁路公司工作，开始了铁路工程师的生涯。他在广东水陆师学堂教习的工作由同学容尚谦接任。

"时势造英雄"。詹天佑进入中国铁路公司，先是在英籍总工程师金达手下当帮工程司，"工程司"是指具有管理和财务职权的工程师。塘沽至天津的铁路土方路基完工后，金达就将这段铁路的铺轨工作交给了詹天佑，让他来指挥铺轨作业。詹天佑在80天内顺利完成铺轨，展露出了卓越的筑路才干。铁路展筑到天津后，开平矿务局又建起了自己的铁路专用线、港口、河运等运输网络，煤炭供销两旺。

李鸿章为了让慈禧太后同意修铁路，费尽心机，不得不"委曲求全"，甚至想出一些怪招、奇招。其中一个招数是先让老佛爷在园子里"亲试火车之便"，目的是让她进而首肯修铁路。李鸿章于光绪十四年（1888年）花费大量银两，从法国新盛公司订造了六节精美火车车厢、一台蒸汽机车，通过海运抵达天津港，作为光绪帝大婚礼物。

这时的天津港还没有起重机等现代吊装设备，押送火车的法国工程师不知道怎样才能把火车从轮船上卸下来再送到紫禁城。码头上搬运工的工头很轻松地请法国工程师回去休息，并保证运输工作能按计划完成。搬运工们在工头的指挥下，连夜把车厢从海轮上卸下来，装在驳船上沿水路到了通州。他们用最原始的方法，在大型物件底下垫上原木，利用原木的滚动，走了12里路，一步步地把现代化的运输工具——火车滚进了北京，挪进了紫禁城。为了不惊扰居民，运输工作都在夜间进行。

一条总长度1510.4米的窄轨铁路铺设在北海和中南海之间，还在静清斋门前煞有介事地建了一座金瓦红墙的车站。翁同龢看着火车进了紫禁城，在十一月初六的日记中写道：

> 合肥以六火轮车进呈（五进上，一送进邸），今日呈皇太后御览，今紫光阁铁路已成，未知可试否也？

其中"合肥"指李鸿章，"邸"指奕譞的府邸。没想到慈禧又演了一出荒诞剧：不用机车作动力，由太监们举着黄幡，用黄绸子拉着大清国的皇家专列，在钢轨上徐徐滑动。人们留下了"咏史诗"描述当时的情景：

> 官奴左右引黄幡，轨道平铺瀛秀园，
> 日午御餐传北海，飙轮直过福华门。

李鸿章在皇家园林内导演这出荒诞剧并非哗众取宠故意作秀，完全是被逼无奈。看看翁同龢在光绪十四年除夕的日记就可以知道洋务派要完成一件事是多么艰难：

> 火轮驰骛于昆湖，铁轨纵横于西苑，电灯照耀于禁林，而津通开路之议，廷论哗然。朱邸之意渐（回），北洋之意未改，历观时局，忧心忡忡，忝为大臣，能无愧恨？

火车这个"怪物"在中国一出现，就让朝廷殊其骇怪。二十多年了，通过马拉人拽，在士大夫的忧心与愧恨中，朝廷终于在光绪十五年（1889年5月）下诏，肯定修铁路为自强要策。但是慈禧同意修建的不是李鸿章提议的津通铁路，而是张之洞提议的从北京近郊芦沟经河南至汉口的芦汉铁路。因为她还认同了张之洞的另一条意见：铁路临近海岸，会威胁北京安全，而在内陆造路，不易被敌攻占。

芦汉铁路的具体线路是：从保定、正定、磁州南下，经"彰（今安阳）、卫（今新乡）、怀（今焦作）等府"，在荥泽口"择黄河上游滩窄岸坚经流不改之处，做桥以渡河"。过黄河后，则"由郑（今郑州）、许（今许昌）、信阳驿路以抵汉口"。当时张之洞派出去了两支勘测队，一队由德籍工程师率领，一队以詹天佑的好友罗国瑞为首。罗国瑞之前受聘于汉阳铁厂给勘察铁矿的外国技师当翻译。勘测芦汉铁路时他带了一名绘图生，在知县王廷珍的陪同下，

设在天津的开平矿务局大楼

由汉口以北的滠口为起点，经黄陂、孝感、应山等县至河南信阳⋯⋯后来张之洞又派出两路以洋工程师为首的勘测队进行复测，反复比较后，向朝廷建议用罗国瑞勘测的这条线路。

李鸿章很郁闷，继续在自己辖区内修铁路。基础建设的需求催生出一个相关的企业——生产细棉土（cement 也叫洋灰、今称水泥）的工厂。1889 年，他支持开平矿务局总办唐廷枢在唐山开办中国第一个水泥实业，由军械局各局、开平矿务局、广东香山五中堂倪田主各出资两万两白银，聘请英国人鲍登·芬奇任总技师，生产出了中国第一桶洋灰。唐荣俊离开北洋水师，

在洋灰厂任帮办，开始了实业。开平矿务局还拓展了有色贵金属的开采、生产，开发了其他衍生品，成为中国第一个托拉斯式的企业，对国家近代工业影响巨大。开平矿务局大楼设在天津海大道（后改为大沽路），是一座欧洲风格的建筑，高大美观。第二年，天津—唐山—古冶的铁路建成通车。

1890 年，俄国开始修建横贯西伯利亚的东方大铁路，直接威协中国，李鸿章以国防为要，再次上疏，筹划修建关内外铁路。同时，清政府也想经营东三省，加强勘防。终于天时地利人和，光绪十七年（1891 年），李鸿章的奏章得到批准。缓建芦汉铁路，拨发库银三年修建古冶—滦州—山海关铁路。山海关最早称为"幽州""营州"，隋唐时称作"榆关"又称"渝关""临闾关"，位于秦皇岛东北 15 公里处。明洪武十四年（1381 年）明太祖朱元璋下令，大将徐达在这里修筑长城，建关设卫，因为它的一侧是巍巍燕山，另一侧是滔滔渤海，依山襟海，故名"山海关"。山海关是明长城的东北关隘之一，也是长城的三大关之一，另外两关是中部的镇北台、西面的嘉峪关。它

是北京、盛京之门，扼东北、华北咽喉的军事要冲，地势险峻，遂成为军事重镇。在这样险峻的地方修铁路其难度不亚于建造长城，李鸿章奉命设"天津北洋官铁路局"，英语称谓是"Imperial Railways of North China"，统筹关内外铁路，邝景扬、詹天佑大展身手，钟文耀任铁路局首席翻译及秘书。

长城的三大关之一山海关

光绪十七年（1891年），郭嵩焘病逝，终年七十三岁。李鸿章上奏请宣付国史馆为郭嵩焘立传，并请赐谥号，但未获朝廷旨准。上谕再次强调："郭嵩焘出使外洋，所著的书籍，颇受外界争议，所以不为其追赠谥号。"对郭嵩焘尊崇有加的严复在得知其逝世的消息后，写下一副挽联，道尽一位先觉者的悲剧人生：平生蒙国上之知，而今鹤翅毸毵，激赏深渐羊叔子；惟公负独醒之累，在昔蛾眉谣诼，离忧岂仅屈灵均。

同年，第三批留美幼童的管带祁兆熙因积劳卒于广东寓所。他在广东任职17年，官至知府，历办督署洋务等事，辑有《通商约章》《洋务成案》等书。

唐廷枢不幸于1892年10月7日卒于任上，上海《申报》社论称其"负坚忍不拔之志，存至公无我之心。不畏难，不贪利……公身后囊橐萧然，无储蓄以遗子孙，尤见两袖清风，深符古人之亮节……公于开平矿局，非独无一毫自私自利之见存于胸中，且不惜毁家以成就其事"。

立业成家　薪火相传

经过一番商战，中国电报总局的经营范围扩大，电报业务量不断增长，出现了供不应求的局面。但是新线建设周期长，已经夺得的市场随时都有可能被洋商占领，必须想办法在保住客户的同时开辟新的线路。负责电政的唐元湛注意到一个现象：一些洋商的电报线既不属于大北电报公司，也不属于大东电报公司，而是进入中国的外国人在自己的势力范围内修建铁路时，沿铁路线架设的通信线路。因为铁路要相互接轨，相伴的铁路通信也得相互设立一个交换局。他灵光一闪，利用洋铁路商的铁路通信线路收、发中国电报总局的商务电报是完全可以的，借以扩大中国电报总局的业务范围。

唐元湛将这个动议汇报给总办，盛宣怀同意。在中国方面不投资建设新线的情况下，可使中国电报总局的经营范围覆盖到洋铁路商电报网的覆盖范围，扩大并稳定了中国电信网达不到的客户群，事半功倍。合作办法是：中国电报总局作为一方，和不同势力范围的洋铁路商进行合作，以他们的铁路通信网或者电报局做中国电报总局的业务代理，收、发及交换电报业务，所得利益按合同分配。这种合作的前提是：双方都必须遵循万国电报通例来工作，作业标准和工作质量都必须符合国际标准。方案既定，唐元湛不但要与不同范围的洋铁路商斡旋，还要纵横捭阖，和洋铁路商所属的洋行谈判。从制订方案、接洽联系，到方案实施、盈亏结算，一揽子到底。他眼光敏锐，头脑灵活，善于挖掘，将业务专长和粤商的经商能力发挥得淋漓尽致。

各地电报局也赞同这种合作方式，有铁路的地方都可以试行，经过会谈商议和一系列大胆而细致的工作，中国电报总局利用洋铁路商的铁路通信设备代理本局的一部分收、发及交换电报业务，和他们形成互利互惠，利益共享。这样一来，中国电报总局不仅增加了营业额，技术上也有了进步，同时自己的新线建设稳步推进，到光绪十五年（1889 年），全国除陕西、甘肃、湖南、新疆、西藏这几个地方，各省都有了通往京城的电报线，而且始终掌握着控制权、经营自主权。唐元湛将个人的工作所得又放到电报总局入商股，收入颇丰。

得益于广东沿海侨乡风气先开的社会环境和留学经历，在婚姻上，留美幼童是挑战旧道德的最早的知识分子。香山的唐家和邓家一直有亲上加亲的联姻关系，唐元湛看中的姑娘是上栅村邓桂廷的妹妹邓凤，同窗好友有话更好直说，他曾试探着问邓桂廷，邓凤是不是三寸金莲？邓桂廷听了哈哈大笑，说：你连咱们家乡都忘了吗？传教士大多从香山登陆，布道的同时也为中国女子呼吁放弃裹脚，结束这种非人的摧残。我妹妹小时候也裹过脚，后来放开了。唐元湛很满意。他知道，留学时的第二任监督区谔良先生于光绪九年（1883 年）和邻乡好友康有为（原名祖诒，字广厦，号长素）联合在广东南海首创不缠足会，鼓舞姑娘们以自身的解放来表达对文明的向往。他回香山到上栅村邓家提亲，并表示不再沿袭传统习惯：完婚后把新媳妇留在家里侍奉公婆自己出去继续闯荡，而是直接把新娘子迎娶到上海。

邓凤是 1867 年生人，比唐元湛小六岁，也是不一般的女子。在父母答应这桩亲事的同时她也做了一个大胆的决定：带另一个侄子邓世邲（玉钧）一同去上海，好让他接受国内最好的教育。带着娘家侄子出嫁，在任何时候都是壮举，更别说是在 19 世纪末的中国。唐元湛不反对，不仅仅是因为广东人特别注重桑梓之情，还有对邓桂廷的牵挂。

上栅桥头有三个渡口，分别是去往石岐、江门、港澳。水乡人嫁女讲究用喜船载着嫁妆一路到婆家，称之为"十里红妆"。邓凤扔掉裹脚布后红妆岂止十里，在娘家人的陪伴下她乘帆船到香港，再上火轮船，抵达上海。

唐元湛将住宅买在上海江湾，是传统的江南"人"字形大屋架的大宅院，大条石房基，乌漆大门。婚礼这天，在上海的香山乡亲、留美同学、洋务同事都来祝贺，一片热闹。他们有的穿长袍马褂，有的西装革履；有拱手道喜的，也有用英语向他们祝贺的。唐元湛请来上海的粤菜名厨，使婚礼锦上添花。香山从正月到腊月，每个月都有民俗节，每个节都要做不同的粉果（茶果）来庆祝，喜宴更是讲究。

新娘子是红袄红裙红盖头，红红火火地用大红花娇抬进来的。唐元湛长袍马褂礼帽，不过身上没有绑盆样大的红绸折花，而是在左胸前别了一朵有两片绿叶相衬的红色绢花，表示他今天的特殊身份。邓凤下了花轿，在伴娘的小声提示下，接过结着花的大红绸子，在新郎的引领下，抬脚迈过门槛，心中不由得忐忑起来，知道这就开始新生活了，会是什么样的呢？她相信哥哥的同学。

礼成。邓凤听见主婚人高喊："新郎唐元湛、新娘唐邓凤入洞房——"品味着对自己的称呼，夫姓"唐"放在了自己娘家姓氏的前面，称她为"唐邓凤"而不是"唐邓氏"，心里感到踏实。拉着红绸子，被唐元湛引进了新房。

婚庆喜宴是一定要有煎堆的，这是广东人在隆重场合传承久远的一种甜点，一个个浑圆有馅的糯粉团在油锅里煎着，慢慢鼓胀起来，色泽金黄后出锅，表面沾上芝麻。煎制人嘴里不断地念叨："煎堆碌碌（转转），金银满屋"，讨个好意头——团圆甜蜜。喜宴上还有一种叫豆捞的茶点，是用糯米粉做成的一粒粒小圆粒，煮熟后放在餐桌中间大碟中，碟中是拌着猪油、白糖、花生米粹、芝麻、葡萄干等果料，大家动筷子的同时相互招呼：捞呀！捞呀！搅拌分食，取吉意即大家有得捞，常年有工作。

粤人好歌，出口成章，闹新房也要高声唱和，歌声问道，什么是"莲子"？有人替新娘子回答："连生五子，大子读书，背着二，抱着三，拉着四，还有个阿尾（五）。"娘家小姐妹替邓凤唱出了心里话："兄呢——买包花生随路撒呀，拣金容易拣夫难呀。"唐元湛的朋友们七嘴八舌地唱和，"妹呢——请把心放宽"。

　　喜宴结束了，喧闹声渐渐小了，远了，静了。坐在雕花床沿上的邓凤觉得有人走近，不由得心跳，红盖头被掀起。她抬眼看见了夫君，有一种似曾相识的感觉，只是这一眼，就知道这个人是可以托付终身的。她打量自己将要生活一辈子的家，床上的铺盖是手工绣品，喜庆的图案闪烁着粤绣独有的瑰丽高贵，顺手摸一下，里面有枣、花生。家里已经安装了电灯，但是在卧室点燃的是一对四五尺高的龙凤红烛，映照着老大的描金双喜字，也映照出高大通透的门窗上花开富贵、喜鹊登枝等木雕图案。

　　这是她的家。成套的刻花桌、椅、几、柜、案按功能摆放在卧室和客厅。以办事果断，效率快的新式人物风格，家具自然是明快简约、线条流畅的明式风格而不是繁文缛节，沉重复杂的清式家具。茶具、餐具中西式各自成套，造型简洁，质量上乘。不论多忙，书法依然是唐元湛的爱好，所以，书房是他自己布置的，专门练字的大案、文房四宝都是内心的表达。西式立灯旁的书架上，有一摞摞线装中国典籍，也有一排排外文书报。事业上中西结合，生活中各取所长，是留美幼童的特点。

　　这时上海的江湾是传统的江南古镇，大户人家是三进院落，铺着黛瓦的高高粉墙把里面的一切都藏了起来。"庭院深深深几许？"中国人深沉、内敛的个性体现在生活的各个角落。陆游有一句诗"小楼昨夜听春雨，深巷明朝卖杏花"，还有手艺人高声的叫喊，"铲刀磨铰剪——""染衫染裤翻染旧丝绸——"更让人感到亲切的是广东老伯挑担吆喝："芝麻糊——豆沙煎堆——白糖年糕——咸煎饼——"悠长深远，回响在洞天幽静的深巷。

香山唐家在上海开枝散叶（刘安弟提供）

已经放开了脚的唐邓凤很骄傲，尽管上海还没有女子放脚的呼声。但她走出家门，"穿行"于高墙之间曲折狭窄的石板路到了巷外，从容地踏在宽阔的马路上，看到了和家乡街巷不一样的马路及高大新颖的楼房，更喜欢如同白昼的电灯。

唐荣俊也是在上海成家，大女儿唐金环（唐钰华）1886年2月出生，长子唐康泰和唐元湛的大儿子唐观翼于1889年同年出生。次年，唐元湛又有了第二个儿子唐观爵，后来又添了个女儿唐金兆。广东香山唐家湾的唐家在上海有第三代人了，家族兴旺。族亲们延续了广东香帮的影响，并借助这个影响成就着事业。在辈分上唐荣俊比唐元湛高一辈，按广东人的叫法，唐观翼把唐金环叫"姑姐"。

牛尚周娶的是上海永州倪蕴山家的大小姐倪桂金（倪桂清）。一天，牛尚周在黄浦江畔碰到了在美国结交的朋友宋嘉树，两人互相问候，谈起了分手后的情形。原来，留美幼童离开美国的时候宋嘉树在搬到北卡罗来纳州的三一学院读书，后又转入田纳西州的范德比特大学神学院学习，1885年顺利毕业，但是回国后因为收入有限处境尴尬。牛尚周回家将宋嘉树的情况告诉了妻子，两人一商量，就把倪家十九岁的二小姐倪桂珍介绍给宋嘉树为妻。两家均于1889年有了第一个孩子，宋嘉树和倪桂珍的第一个孩子叫宋霭龄。

同学相聚时，自然要询问另一位恩师黄胜的情况。是这样的，黄胜被御史李士彬诬陷，接着又是撤回幼童之举，极受挫折，回到香港于1883年取得英国国籍，被授予太平绅士，不再参与洋务运动了。第二年，他被委任为法律委员会委员和立法局非官员议员，接替伍廷芳。一直到1890年，立法局将聘用华人议员的规定制度化后，黄胜成为第二位被立法局聘任为议员的华人。这期间，他还与王煜初牧师筹建中国第一家自立、自养、自传的教会"通济会堂"，为筹办长老之一，同时在香港投资地产，成为知名富商。

当初擅自离开北洋的学堂，重返美国读书的几位同学也不容易。

李恩富有个想法："首先，我想向美国人证明，中国人是有能力接受高等教育和文化的；其次我想向我的人民说明，美国的教育制度是成功的。我希望从事文学创作事业，我认为，单就端正美国对中国事务的错误观念这一点，我就能做许多有益的事。"带着这个愿望，他先到香港的英国皇冠律师事务所干了一阵，得到朋友的慷慨相助，获准登上一艘经苏伊士运河到纽约的船只，经过两个月的行程，于1884年回到新英格兰的朋友处。他在美国著名女作家玛蓉·哈兰的帮助下，在波士顿雷索普斯公司（D Lathrops & Co）找到了一份工作，为《醒悟》（Wide Awake）的刊物撰稿，同时在《查塔瓜青年月刊》（The Chatauqua Young Folk's Monthly）当编辑。这期间，他重新进入耶鲁大学，1887 年毕业，学士毕业讲话就是谴责排华法案对中国人的歧视。同时，二十六岁的他也证明了自己确实是擅长写作，完成了一本讲述自己童年在广东香山生活和成为官生过程的自传体书《我的中国童年》（When I Was a Boy in China），在波士顿出版并在美国成家。

李恩富成了一名知名人士，被选为全美大学优秀学生联谊会（Phi Beta Kappa）会员，又在母校读了一年研究生，去美国西部和东部做了多种工作，最主要是写作与呼喊，为同胞能够在美国获得合法的生存权利和尊严而奔走。美国《排华法案》的通过让所有在美的华裔处在被压迫和种族歧视的境地中，许多华人移民被无辜监禁在旧金山湾的天使岛。针对那个臭名昭著的"中国人必须滚开"的口号，他写文章《中国人必须留下》，同时还发表演讲，甚至抨击美国政府，不惜一切地为改变同胞的悲惨命运而努力。

张康仁得到在夏威夷经商的哥哥帮助，返回美国读书。他先在哈特维尔律师（A.S.Hartwell）的办公室研读法学一年，1883 年到纽约考入哥伦比亚大学法学院，1886 年毕业，获得法学学士学位。有一份报纸报道说，"张康仁（Henry Chang）是第一位在美国毕业的中国律师。他身材高大，有才华，在班级中，他的法学研究方面的能力最为突出。"毕业这年他剪掉了辫子，企盼从事律师职业。

在美国当律师必须是美国公民，而排华法案禁止中国人入籍为美国公民。有一位知名的法官了解张唐仁的情况后在纽约的立法机关通过了一个特殊议案，使他能够提出申请。1887 年 4 月，张康仁提出申请执业，纽约市中级法庭（The Court of Common Place in New York City）于 11 月 11 日判决，张康仁入籍为美国公民以解决律师执业问题。自 1888 年 5 月 17 日起，他获准在纽约州的法庭上执业，1889 年 6 月 12 日，又得到了美国公民的护照，此文件由美国国务卿勃莱恩（James G.Blaine）签署。张康仁由此完全取得了纽约州执业律师的资格并希望在加州华人聚焦的地方从业，但是，加州最高法院福克斯大法官裁决："张康仁的入籍证件是非法发放的，因而无效。"这使他不可能成为执业律师，之后受聘于大清国驻纽约领事馆，做翻译。

郑廷襄于 1884 年返抵美国，在推切尔牧师帮助下进入马萨诸塞州伍斯特理工学院，1887 年毕业，在哈特福德普惠公司（Pratt and Whitney）工作。1889 年他在美国和高中的同班同学结婚，婚礼由推切尔牧师主持，容闳出席。后来，郑廷襄成了出类拔萃的工程师，是美国纽约著名的布鲁克林大桥主要的建造者。

飞越关山　三十而立

光绪十三年（1887年）六月，清政府批准张之洞在广东设立电报学堂"造就成材以备任使"的奏请，方伯樑又调到广东电报学堂任教。在此期间，他依然秉持着对基督教的兴趣和热爱，参加了美国公理会海外传教部尼尔逊牧师（Rev.C.A.Nelson）在广州的传教团，并成为一个委员会的委员。

梁敦彦随着总督张之洞职务的变迁而奔波，光绪十四年（1888年）经张之洞奏保，以知县尽先选用。第二年，张之洞移督湖广，赵凤昌和梁敦彦随之。赵凤昌升为总文案，参与机要，张之洞倚之如左右手，凡要事皆秘商于他。梁敦彦升任为张之洞的洋文秘书，掌管文案，还协助英文总翻译邝其照工作。为了修建芦汉铁路，先要建立一个钢铁厂来铸造铁轨，"汉阳铁厂"扩大为"汉冶萍铁路公司"。后来这里成了中国工业中心，使汉阳有了"中国芝加哥"的美誉。

邝其照因为所办的刊物《广报》批评时政，在光绪十七年（1891年）被封，迁到广州沙面英租界继续办报，以避政治迫害。《广报》改名为《中西日报》，除了国内外新闻、西报译登等，著论依然指责政治，不久又被迫停刊。后来南海县令裴景福投资，发行量大增，馆址又迁回朝天街。

禀性耿直的邓士聪对北洋水师中的官僚制度有看法，总是提出不同见解，于光绪十七年（1891年）被提督革职，离开海军，经商去了。但是他的弟弟邓士韫（字权泰）参加海军进北洋水师学堂学习。

光绪十八年（1892年），北洋官铁路局在天津的老龙头建火车站，这是全国最早落成的正规火车站，规模比较大，天津也因之成为重要的铁路枢纽。站房是一大排仿北欧建筑

1890年圣诞节　地点：天津
前排坐者左起：梁普照 林联辉 邝景扬 邓士聪 待考
站者左起：宦维城 詹天佑 钟文耀 唐国安 金大廷 梁普时
邝荣光 唐国安 陆锡贵 曾溥 刘玉麟

风格的平房，土木结构，三角形大屋顶，细高的烟囱，正面的屋面又以一个个小三角阁楼天窗作装饰，站前广场很大。老龙头火车站，让天津成为率先迈向工业化的城市。第二年铁路施工到滦河地段，要架一座长六百多米的跨河大铁桥，难题出现了。滦河水流湍急，造桥墩打桩的时候英、日、德三国工程师的打桩方法都失败了，眼看铁路要停工。总办伍廷芳独具慧眼，力排众议，大胆起用三十二岁的詹天佑，让他负责滦河大桥的设计施工，但是那些洋工程师非常性急地宣布，中国人绝对没有能力修建起这座桥。

谭菊珍携三岁女儿北上，给了詹天佑家庭温暖和精神上的支持。这是詹天佑第一次负责设计施工的项目，只能成功。他经过缜密的调查测量，总结外国工程师的经验教训，结合中国传统的打桩方法，制定了一套全新的施工方案。新的方案针对河流特性，改变桥址，避开了流沙层很厚的河床。在桥墩施工中首次采用了当时的最新技术——气压沉箱法，使桥墩深置岩盘，稳固基础。当16个桥墩、两个桥台、全长640米的17孔滦河大桥建造完成后，让所有的人眼睛一亮。这是中国第一座现代化铁路大桥。

滦河铁路大桥

山海关造桥厂

光绪二十年（1894年），古冶—滦州—山海关的铁路通车，横跨长城的山海关车站落成，天津到古冶、古冶到山海关的两段铁路合一，全称叫"津榆铁路"。中国铁路跨越山海关，有了一个转折性的发展，因为，自己的工程师出现了。关注铁路建设的上层记住了两个留美学生的名字——詹天佑、邝景扬。

铁路完工后詹天佑利用难得的闲暇时间，游览山海关。面对"边郡之咽喉，京师之保障"的地理位置，他想起一句古诗，"两京锁钥无双地，万里长城第一关"，兴奋地登上了"天下第一关"。看关山万里，听海潮滔声，他以内行的眼光欣赏这座壮丽巍峨的古代建筑，赞叹中国古代的建筑水平，虽然修建这座关城的工程技术人员没有留下姓名，但是他们的智慧使这座雄关傲然挺立数百年，与日月同辉。山海关的四个城门点出了它的地理方位和军事作用，西门面京，曰"迎恩门"；南门对海，叫"望洋门"；北门朝向草原大漠，称"威远门"；东门向着白山黑水，为"镇东门"。如此，山海关有了"天下第一关"的美誉。"天下第一关"的匾额长5米高1.5米，挂在镇东门的门楼上，每个字都一米有余，笔力苍劲浑厚，与城楼风格浑然一体，堪称古今巨作。相传是明代成化八年进士、著名书法家山海关人萧显所题写。当年骑马而来的后金军队是否被这几个大字所震慑？"第一关"为什么最终没有起到"关"的作用？可能在关门打开之后，所有登上城楼的人都要问到这个问题。显然，所谓"关"已经不能停留在一道墙、一个大门的概念上了，而是比强者更强的科学技术。他远望飞越关山的铁路和新建的山海关车站，壮怀激烈。

北洋官铁路局山海关车站

津榆铁路通车，詹天佑的人生也有了一个重要转折。因为在修建滦河铁路大桥中创造性的工作，他被英国土木工程学会（Institution of Civil Engineers of Great Britain）吸收为会员。进入这样权威性的国际研究会，他在中国是第一个，尽管他还是北洋官铁路局的一名帮工程司。

山海关是又一个起点，津榆铁路将要向西连接北京，向东北方向延伸到奉天，天下第一关不再"锁钥"两京。詹天佑受奉天将军增祺邀请，论证山海关到奉天的铁路。他以斩关夺隘的勇气和自信，去铺设理想中的大道。

有铁路就得有电信传输系统，同时民用电报也在拓展。程大业完成从北京到蒙古恰克图的电报线建设后，任恰克图电报局总办。当地发生事变，他临危不惧，力挽狂澜，联合巨商将原八甲组改为商务会，编练商团以应对突发事件。但是扭转局面力量不够，他率所部经赤塔、乌金斯克等地绕道返回中俄边界的满洲里，筹办电报局，并任满州里电报局总办。缘于这条电报线路，他历尽艰辛，从此一直工作、生活在这里。

光绪十九年（1893年），中国电报线在东北与俄国电报线相连，从此国内外电讯畅通，而以前国外与中国内陆往来的电报均由各通商口岸的外国电报系统代转。九月

（10月），洋务的另一家重要企业——上海机器织布局遭大火，社会公认盛宣怀的财力、身份、势力最适宜担当织布局的规复之任。上年他调补津海关道兼津海关监督，李鸿章为重振织布局，调他回上海。盛宣怀在掌管轮船招商总局、中国电报总局的同时，又作出机器织布局规复计划，官督商办，11个月后建起新厂，改名为"华盛纺织总厂"。他乘胜扩张，又在镇江、宁波等地建了十个分厂，所生产的棉布可与洋货抗衡。同时，他还支持广东华侨张振勋在烟台兴建张裕葡萄酒厂，让中国生产的葡萄酒向国际水平看齐，并以现代意识对张裕葡萄酒作产权保护，为它申请了专利。

温秉忠离开北洋机器局，到上海做棉花生意，与人合作经营一家棉纺工厂。

王凤喈在天津北洋水师学堂工作了八年，送出了驾驶、管轮各两届毕业生后进入外交领域。1890年至1894年，薛福成出任驻英、法、意（大利）、比（利时）四国公使，王凤喈以丰富的西学知识和高超的外语才能被选为随员，作为候补翻译官随同薛福成出使欧洲。

黄仲良于光绪十四年（1888年）娶天津宁河县女子许筠卿为妻，成家于天津，工作由北洋机械局翻译兼图算学堂教习调任保定军校教习。第二年7月，因为工作出力，由李鸿章奏请，赏五品顶戴。

1889年，出使美国等国大臣张荫桓被召回国，9月，他奏保梁诚以知府遇缺即选并加盐运使衔。最早到美国的陆永泉后来升任为中国驻纽约领事，1890年6月22日与美国女子玛格丽特（Margaret）结婚。

光绪十七年（1891年）七月十三日，黄仲良得李鸿章奏保，"以知县不论双单月遇缺即选并加同知衔"、加盐运使衔。光绪十九年（1893年）六月，杨儒接任崔国因为大清国出使美国、西班牙、秘鲁大臣，遴选、奏调黄仲良、钟文耀、苏锐钊出洋。黄仲良被派驻旧金山领事馆任参赞、翻译，两年之后任旧金山总领事馆领事。苏锐钊随同杨儒前往西班牙、秘鲁递交国书。钟文耀在华盛顿中国公使馆工作，先为翻译官，后当秘书和参赞，在社交场合充任杨儒私人翻译。

杨儒出国时还带了一位学生当翻译，叫施肇基（1877年出生，字植之）英文名字是Alfred Sze。施肇基先求学于南京，1888年转入上海圣约翰书院。到美国后，他在工作的同时入华盛顿市立中心学校学习。

蔡绍基于光绪十九年（1893年）从朝鲜回国，先到北洋洋务局工作，保升直隶州加捐知府、道员，充洋务局会办。周长龄在朝鲜工作十年，从一名翻译晋升为仁川领事，1894年任大清国驻朝鲜总领事。

　　上海的粤商组织——广肇会馆办有义学，为在上海广东人的孩子提供义务教育。到唐荣俊、唐元湛有经济能力的时候，对广肇义学也注入新的内容，率先在上海办起了中西结合的正规学堂。校舍是英式建筑风格的三层楼，四周有操场，辟有足球、棒球等其他西洋运动场地。聘请专职的国文教师和英文教师，比当年他们的预料学校还要进步。当然，不管男孩女孩，都得穿正式的中式服装入学。

上海广肇义学（刘安弟提供）

　　有了正规的学校，有了专职的教师，小孩子们从小在中西文化的气氛中齐头并进地学习，国文教师教他们握着毛笔横、竖、撇、捺地写方块字，摇头晃脑地大声读"人之初，性本善……"懂得"不学诗无以言"，"不学礼无以立"，但是不必"头悬梁、锥刺股"。外国女教师给孩子们"A、B、C、D……"地教英语、唱歌，到户外做游戏，这是其他中国小孩所没有的快乐。

　　广肇会馆办义学体现出广东人与生俱来的侠义和豪爽，唐荣俊、唐元湛取东西方教育的优秀成分使义学与时俱进，更是一种责任。儒家思想的精髓"忠""孝"依然根深蒂固，西方"平等""自由"作风又是随处可见。"仁者爱人"是儒家的道德规范，基督教的教义认为所有的财富都是上帝让人代管的，取之于社会的财富应当最后用之于社会。所以，将自己积累的财富用于社会公益事业是唐家的自觉行动。唐元湛对子女的"庭训"有是否读"诗"，是否知"礼"，更希望他们将来才艺顶尖，为国家工业化的进程作出贡献。至于"学而优则仕"，已经不作为读书的终极目标，因为瓦特、爱迪生才是他心中真正的巨人。在对孩子的教育中，唐元湛重复最多的是恩师容闳教育他们时的诗："善似青松恶似花，如今眼前不及它。有朝一日霜雪降，自见青松不见花。"时间长了，连女眷都记住了这首诗，并口口相传，成了唐元湛家"家训"。

健身运动也是留学生从国外带回来的新理念，除了棒球、网球、足球，自由车也出现在学校操场，唐元湛和唐荣俊借助这个铁制的两个轱辘的家伙，给孩子们讲大海那边的世界，讲英国的工业革命，讲工业革命带给欧美及整个世界的变化。他们即兴演讲出口成章，唐家子弟骑着车子竞赛追逐，乐不可支，健身运动从娃娃开始。

这时的自行车是前轮大，后轮小，轮径差异较大，一根曲梁连接大小两个车轮，车座安在前轮上部车梁上，紧挨前面扶手。两轮之间没有传动装置，骑手用脚蹬着安在前轮的踏板，产生动力，带动后轮前进。这种车子因为没有刹车装置，也让初学者吃尽苦头，控制不好撞到树上或者冲进水塘里的事经常发生。危险，但也充满着惊险和刺激。所以只有男孩子骑车健身。

唐元湛、唐荣俊的愿望是推广这项运动，但是中式大袖长袍骑车确实很不方便，动不动就将衣襟绞到车轮里。他们也看到，大多数中国人还没有健身的理念，人们花钱首先要"有用"。作为一个"车"，它进入普通人家的首要条件是一个代步工具，甚至是运载工具。而自行车只有进入普通人家，才有可能发挥它的另一个功能：大众健身。所以，对自行车的改造势在必行，让它进入普通家庭，老少咸宜，甚至妇女也可以骑。唐元湛想到少年时就和蔡廷干到麻州的洛厄尔机器厂劳动，自己也不由得笑了，有个成语叫"歪打正着"。牛尚周离开了电报界，担任江南机器制造总局的秘书、帮办，对同学改造自行车的想法给予支持。

上海粤商香帮及孩子们（刘安弟提供）

唐家的另一个先锋行为由女眷来体现，唐元湛的夫人唐邓凤从不让身边的女孩子裹小脚，而且要求她们上学读书，其行动比日后清政府正式提倡"大足运动"至少提前了十年。

一衣带水　国运相赌

因为奕譞不懂军事和外交，在北洋水师中留下了麻烦。英籍总教习琅威理尽职尽责，在训练中全部以英国海军的标准严格要求，练兵有功。奕譞就擅自赏他"提督"衔，并在水师来往文件中称他为"副提督"。奕譞于光绪十六年十一月二十一日（1891年1月1日）去世，载沣（光绪的弟弟）继承"醇亲王"爵位。这时海军衙门的成员是：奕劻为总理、直隶总督李鸿章为会办、正白汉都定安和两江总督刘坤一为帮办。

一次北洋舰队到香港，丁汝昌有事上岸，刘步蟾撤下了提督旗挂出了总兵旗，琅威理觉得很没有面子，更是不高兴，因为他这位"副提督"就在军舰上。回来后琅威理真的向李鸿章要"副提督"实权，李鸿章不予理会。琅威理以辞职抗议，李鸿章不为所动，琅威理最终离去。李鸿章如此坚持自有他的道理，英国人一直想插手海军建设而让中国吃亏不小，后来不得不动怒并针锋相对。被美国军舰撞开国门的日本，一直任用英国教官英格斯，并赠予贵族，英格斯功成名就后体面告退。

日本经过二十多年的探索，参照了多国宪法和宪政经验、结合日本实际于1889年公布了第一部宪法《大日本帝国宪法》，皇权受到限制，万机决于公论。此后，日本用国家财政收入的百分之六十来发展海陆军。他们运用最新的技术制造出来的岩岛、松岛、桥立三艘军舰被称为三景舰，航速比北洋水师定远、镇远快1.5节，大炮口径也要大15厘米。北洋水师最快的军舰是致远舰和同型的靖远舰，18节；日本的巡洋舰吉野号是当时世界上航速最快的军舰，23节。它们都出自英国的阿姆斯特朗造船厂，吉野号是致远舰、靖远舰的升级版。

光绪十七年（1891年）北洋水师建军三年，按照《北洋水师章程》规定，三年一届钦派大臣会同校阅一次海军。海军衙门成立后，翁同龢由工部尚书调任管理财政的户部尚书。这个阶段欧洲的军舰又进入一个发展时期，新材料、新技术的运用，使舰船从设计到生产又一次升级换代，日本不但继续购买新舰，对早期的舰船也进行设备更新。李鸿章在校阅途中，得知翁同龢奏准暂停南北洋海军购买外洋枪炮、船只、机器三年，难以掩饰愤怒之情，给云贵总督王文韶（字夔石，号耕娱、庚虞，浙江仁和今杭州人）写信道："军国大事，岂真如此各行其事而不相谋?"王文韶是咸丰二年（1858年）进士，曾任湖南巡抚，署兵部左侍郎。

一年后北洋水师应邀访问日本，刘步蟾在对日本海军的舰船细心考察后，认为日本海军实力已经超过了中国，回国后立即通过丁汝昌报告李鸿章，请求为海军添购船炮。总理奕劻依然是以修清漪园为重，继续挪用海军经费，其实从上年5月起，慈禧经常住在清漪园，说明工程已经初具规模。

丁汝昌还发现一个问题，开平矿务局应该给北洋水师供应优质的"五槽煤"，而张翼（字燕谋）当督办后居然供应劣质的"八槽煤"。他向上级汇报，结果连数量都不足了，其中一个重要原因是北洋水师用煤是调拨，不是购买。使用劣质燃料导致北洋水师舰船的设计航速直接降低。

北洋水师的镇远舰

北洋水师担负着保卫京师门户的任务，但是成军后再没有购置新舰，需要改进更新的装备也没有如期进行，李鸿章充满焦虑，"北洋全系海面，海军规模虽云粗具，而就现有船舰而论，拟之西国全军之式，亦仅可云半支。若论扩充，密察目前情形，恐亦非十年内所能办到。"他在给驻日公使汪凤藻的信中谈到了中日两国海军的差异：

> 东洋蕞尔小邦而能岁增铁舰，闻所制造专与华局比较。我铁舰行十五海里，彼则行十六海里。定镇大炮口径三十零半生特，彼松岛等四舰则配三十四生特大炮并快放炮，处处俱胜我一筹。现在英订购之头等铁甲船，又是何项新式。盖以全国之力专注于海军，故能如此，其国未可量也。

光绪十八年三月（1892年4月），有三位留美幼童调往广东水师：吴敬荣在北洋水师升精练右营守备，充任敏捷练船帮带大副，调任广东水师广甲快船帮带大副，年底升为管带，旋赏加都司衔；宋文翙任广东水师广甲铁胁木壳快船操练大副，后升为帮带大副；黄祖莲调充广东水师广丙鱼雷巡洋舰（钢胁钢壳鱼雷快船）帮带大副。吴应科于同年任北洋水师提督都司，充督队船大副，署缺三年改为实授，并升游击。

容尚谦在广东水陆师学堂教了三年书后被任命为广东水师巡洋舰广甲舰的航海中尉和海军上将余鸿飞旗舰的中尉。萨镇冰和严复在北洋水师的学生黎元洪在这艘舰上任二副，和容尚谦同龄。两人志趣相投，朝夕相处两年多，成了好朋友。容尚谦认为黎元洪有着优良品质，并被船友了解和欣赏。

中国与朝鲜有宗藩关系，日本则极力破坏这种关系，要在朝鲜和中国有对等地位；同时，朝鲜也不愿意一直处在大清国藩属国的地位，与日本和俄国若即若离。袁世凯在朝鲜有留美生做幕僚，运筹帷幄、斡旋其中，军事、外交手段并用，遏制日本十年之久。就连翁同龢也称赞他"奉使高丽，颇得人望"。袁世凯于1892年8月以海关道记名简放，次年5月补授浙江温处道，仍留朝鲜。

充满担忧的李鸿章尽着最大努力对自己所掌管的水师进行着基础建设。光绪十九年（1893年6月），为了满足海陆军对军医日益增长的需求，李鸿章给光绪帝上《医院创立学堂折》，说："北洋创办海军之初，雇募洋医，分派各舰，为费不赀。是以兴建西医学堂，造就人才实当务之急。"西医学堂在原北洋医学馆的基础上创建，组织机构除援照天津水师学堂及武备学堂成例外，还参考《美国陆军水师施药治病救生章程》酌量变通，并附设北洋医院及储药处。学堂与医院皆为中国衙门式建筑，门楼高大、黑漆大门，李鸿章书写匾额"北洋医学堂""北洋医院"，并为学堂题写了一副对联："为良相为良医只此痌瘝片念；有治人有治法何妨中外一家。"北洋医学堂"挑选生徒分班肄业，俾学成后，派赴海军各营舰充当医官，尤为北洋各医院之根本"。年度经费银八千三百余两，从海防经费中列支。

直隶候补同知四品衔林联辉出任北洋医学堂第一任总办，课程设置按西方学校标准，包括开解剖课。他从人事制度、学生名额、教师薪金、学堂开支、学生管理、功课规则、学生作息、考试规章等各方面对学校进行建设。学堂延聘英国医生梅耶士及伊尔文，分别担任内科和外科总医师，临床教学和学生实习在北洋医院。为了提升医疗救护水平，梅耶士还特别训练了一支医疗队，分赴各地（或军舰）为海陆军救治伤病。北洋医院接待"海军各营、舰及各炮台官弁内外各症，随时诊治有效，遇有四方贫民求诊，变酌给药方"。

日本的明治天皇继续扩军，向国民发行了1700万元的公债后再接再厉，又决定从1893年起每年从自己的宫廷经费中拨出30万元，再从文武百官的薪金中抽出十分之一，国会议员则要捐出薪金中的四分之一，补充造船费用。举国上下士气高昂，准备与中国进行一场以"国运相赌"的战争。但是，相比之下北洋海军已经没有多少

"大舰巨炮"优势可言。"从前拨定北洋经费号称二百万两，近年停解者多，岁仅收五六十万。"

光绪二十年，公元1894年，农历甲午年，春，朝鲜爆发东学党农民起义。朝鲜政府请求中国出兵帮助镇压。日本政府开始表示对中国出兵"决无他意"，但当清军入朝时，他们则以保护使馆和侨民为理由大举入朝，占据了从仁川到汉城的战略要地。日本人包围了袁世凯的官署，扬言要置他于死地。袁世凯在唐绍仪、梁如浩合力保护下，化装从后门跑出，上了英国军舰，逃脱了日本人的追杀。

3月31日，李鸿章上奏，内容是购买一批速射炮，以增加北洋水师的实力。但是朝廷没有明确回应。

北洋舰队的大沽、威海卫和旅顺三大基地建成，5月下旬李鸿章和安定第二次校阅海军，他为长军威做官样文章，说水陆各营技艺纯熟、行阵整齐、各口炮台船坞等亦一律坚固。奏称："北洋各舰及广东三船沿途行驶操演，船阵整齐变化，雁行鱼贯，操纵自如……以鱼雷六艇试演袭营阵法，攻守多方，备极奇奥。""于驶行之际，

致远舰上主要军官，站立左四是管带邓世昌

击穿远之靶，发速中多。经远一船，发十六炮，中至十五。广东三船，中靶亦在七成以上。""夜间合操，水师全军万炮并发，起止如一。英、法、俄、日本各国，均以兵船来观，称为节制精严。"英国观察员看完北洋水师操演后上报海军部，认为北洋舰队战力不容小觑。

广东三船中一艘是吴敬荣和宋文翙所率的广东水师广甲舰，他们是来给皇帝和六十岁寿诞的慈禧太后送新鲜荔枝的。让人想起唐代诗人杜牧的一句诗："一骑红尘妃子笑，无人知是荔枝来。"相似的"长安回望绣成堆"，预示着国运的不祥。

广丙舰管带是程璧光，大副是黄祖莲。会操结束后黄祖莲论功以都司升用，留驻威海卫。容尚谦被任命为广东水师巡洋舰环泰号管带，率舰北上。

李鸿章希望的"添置船艇、慎固陆防、推广学堂"三事虽然"频年设法布置，稍有成效可睹，终以限于财力，未能扩充"，因而"时深悚惧"。四月二十五日（5月29

日）他再次上奏表明对北洋水师的担忧：

> 西洋各国以舟师纵横海上，船式日异月新。臣鸿章此次在烟台、大连湾亲诣英、法、俄各铁舰祥加察看，规制均极精坚，而英尤胜。即日本蕞尔小邦，犹能节省经费，岁添巨舰。中国自十四年北洋水师开办以后，迄今未添一船，仅能就现有大小二十余艘，勤加训练，窃虑后难为继。

奏章如石沉大海。

唐绍仪于7月从朝鲜回国，到天津向李鸿章报告朝鲜情况。李鸿章将袁世凯内调回国，梁如浩随同。唐绍仪由办理龙山商务委员兼驻仁川领事升为代理"驻扎朝鲜总理交涉通商事宜"，留守朝鲜。

同时，电报"实为防务必需之物"提前备战。朱宝奎、黄开甲、唐元湛等电务人员按照总办盛宣怀的指示，紧急离开上海到了北洋水师的基地旅顺，在保证既有线安全通畅的同时，抢先架设国内到朝鲜的电报线路。他们和军人一样处在最前沿，争分夺秒地工作，不能有片刻阻隔。先接通天津到旅顺的电报线，又修架旅顺到平壤的电报线，并对各电报局来往的明码、密码电报进行严格控制，通过电波收集日军情报，及时上报盛宣怀，他再通报军机大员。沪局处于总调度之地位，军报剧增，周万鹏调任沪局线路总管已经两年，大战在即，他亲自查核，确保电报传递无误，支持中国军队的调动与进攻。

军舰上气氛紧张，留美幼童大都是各舰艇的中上层军官，穿着布靴，大褂，半洋式的上装带绣龙金扣的官阶。但是他们绝不是一介武夫，对中国海军的弱点，对贪污无能的官僚，都是一言难尽，表情沉郁。北洋水师的命运也是他们的命运。

首先是慈禧太后全然忘记了近邻日本的扩张野心，忘记了让大清国无比耻辱的两次鸦片战争，只关心清漪园的修造和自己即将到来的六十寿辰庆典。她这样说，光绪元年登极时皇上年幼，我不得不垂帘听政，到光绪十二年改为训政，光绪十五年归政。我什么都不过问了，修修花园养老还不行吗？她修

用海军经费修的清漪园，其中的万寿山连外国人都认为是中国最壮观的建筑

花园的费用共是一千一百万两白银，其中七百万两是从海军经费中挪用的。而当年中国在德国订造的定远、镇远两铁甲舰用银是二百八十三万两，穹甲巡洋舰济远造价是六十八万两银，比较一下慈禧太后挪用海军经费修花园的数额，再加上光绪皇帝大婚时从海军衙门支出的五百四十万两白银，可以想见北洋水师遭遇战争会是什么结局。

慈禧的享受极附风雅，光绪二十年（1894年）正月，她在慈宁宫筵宴，于珠帘内另设一席，单独与英俊潇洒、才华横溢的翰林院学士区谔良把盏共醉，吟诗作对。区谔良深夜回家将此事说与父亲，老父告诫，伴君如伴虎，慈禧喜怒无常，立即叫儿子辞官回乡，以免出事，株连九族。区谔良，这位留美幼童的第二任监督果然知道进退，找借口辞官衣锦还乡。离别时，慈禧还赐给他四幅亲手写的大"福"字。

北洋水师　对决日本

日本完成了八次海军扩建，万事俱备不宣而战。光绪二十年六月二十日（1894年7月25日），济远舰奉命执行护送受雇英轮高升号运兵赴朝鲜的任务。7时，日本舰队在牙山口外的丰岛海面，突然对中国军舰发动袭击，并进犯驻牙山的清军。北洋水师各舰"无不见危受命"。济远艘管带方伯谦，帮带兼大副沈寿昌面对强虏，果断迎击，屹立舰前司舵，镇定指挥炮手还击。其中一炮击中日舰吉野舰艏附近，击断前樯桁索；另一炮击中其右船舷旁舢板数只，炮弹穿透甲板，撞坏其发电机，坠入机器间，因炮弹质量低劣，没有爆炸。同时，济远舰还发炮击中日舰浪速号舰艉，使其脱落，海图室被摧毁。交火中沈寿昌头颅中弹进裂，鲜血和脑浆四溅，成了这场大战中国海军牺牲的第一人。接着，二副柯建章等英勇战死。方伯谦定睛看到这情景后，心理首先崩溃。不过，济远舰还是得以安全返航。

翁同龢强烈主战，但是北洋水师的统帅李鸿章并不想开战。翁同龢的门生，同时也是李鸿章部属的王伯恭曾在朝鲜办海关，对日本比较了解，想调和二人的关系，便去劝翁同龢不要轻易主战，谁知翁同龢笑话他书生胆小。王伯恭说："临事而惧，古有明训，岂可放胆尝试，且器械阵法，百不如人，似未宜率尔从事。"翁同龢说："合肥治军数十年，屡平大憝，今北洋海陆两军，如火如荼，岂不堪一战耶？"王伯恭：

"知己知彼者，乃可望百战百胜，今确知己不如彼，安可望胜？"翁同龢："吾正欲试其良楛，以为整顿他也。"这时的翁同龢已经是拿军国大事来打击政敌，用心险恶。

作为老师，翁同龢的态度左右着光绪帝的决策。8月1日，中国对日宣战，甲午战争正式开始。丰岛海战是持续八个月的甲午战争中的第一阶段大战。

陆地上，9月15日，日军分兵四路猛攻平壤的中国驻军，清军将领左宝贵率部奋起抵抗，英勇牺牲。主帅叶志超却弃城逃回中国境内，日军占领朝鲜，中国的东北暴露给了日本。朱宝奎、黄开甲、周万鹏、唐元湛等电务人员在电报房日夜值班，沟通着前线和朝廷的联系，但是坏消息多于好消息。有一份电报是直接发给盛宣怀的，他的五弟盛星怀牺牲于"平壤之役"。

面对这个情况熟读战史的黄祖莲忧虑国事，提出："海战宜乘上风，兵法贵争先著。宜乘兵轮未集，急击不可失。"他还向丁汝昌献策："严兵扼守海口，而以兵舰往捣之，攻其不备。否则载劲旅抵朝鲜东偏釜山镇等处，深沟高垒，绝其归路，分兵徇朝鲜诸郡邑，彼进则迎击，彼退则尾追。又出偏师扰之。彼粮尽援竭，人无斗志，必土崩瓦解，此俄罗斯破法兰西之计也。"但扼于朝廷的命令，丁汝昌无法采纳黄祖莲等人建议。

战势已经拉开，黄海海面两军对峙，清廷内部却是乱作一团，首先开始了传统"节目"：弹劾和反弹劾。高级官员们没有一点国家利益至上的观念，大敌当前还在互相掣肘。以清流党为主的主战派，情绪焦躁，求胜心切，开战没几天就迫不及待地质问为何没有战果。对海军事务一窍不通的广西道监察御史要求撤换丁汝昌，河南道监察御史要求治丁汝昌罪，翁同龢等推波助澜。于是光绪帝降旨："海军提督丁汝昌即行革职。"李鸿章则忙着为丁汝昌辩护，呈《复奏海军统将折》，说明对丁汝昌的指责大都属于捕风捉影，根本没有任何证据。光绪帝又降旨："丁汝昌暂免处分。"

敌军压境，光绪帝反反复复没有明确决断，朝廷各种势力相互斗争。李鸿章的所谓前沿指挥部也就是他一个人加上十来个幕僚应对着四面八方，这位北洋水师的创建者已经悲伤地看到了战争的最后结果：

> 海军费绌，设备多不完，惟鸿章知之深，朝野皆不习外事，谓日本国小
> 不足平，故全国主战，独鸿章深知其强盛，逆料中国海陆军皆不可恃，故宁
> 忍诟言和，朝臣争劾鸿章误国，枢臣日责鸿章，乃不得已而备战。

战争进入第二阶段大战。9月17日，北洋水师大小舰艇18艘由提督丁汝昌率领

护送招商局轮船运送陆军增援驻守平壤的清军，返航向旅顺口驶来，10时30分，在鸭绿江口外大东沟（今辽宁东沟）海面发现一队挂有美国国旗的舰队驶来，接近北洋舰队时突然换成日本国旗。这是日本由海军中将伊东佑亨率旗舰松岛及吉野、浪速等12舰组成的联合舰队。

丁汝昌立即率旗舰定远及镇远、来远等十舰（其余是鱼雷艇或汽船）迎战，他身先士卒，站在人人可以看得见的飞桥上。日舰12艘"一"字排开，北洋舰队排成"人"字形阵。12时50分，黄海展开大战。北洋水师军舰十艘，无论在总顿位、航速、火力配备上都是敌强我弱。但是他们团结一致，通力协作，气势勇猛。定远舰管带刘步蟾和帮带李鼎新指挥军舰进退快速，变换角度，使敌舰不能取准。枪炮官沈寿坤、徐振鹏尤其勇敢，发炮击中日军旗舰松岛号。

北洋水师中舰龄最长的超勇、扬威两舰奋勇还击，将日舰吉野后甲板上的炸弹引爆，同时也受到了日军四艘最新型巡洋舰的打击。13时08分，超勇、扬威先后中弹起火。13时20分，超勇舰被日舰一枚大口径炮弹击中，63分钟后沉没。管带黄建勋落水后拒绝救援，随舰同沉。

一阵厮杀之后北洋水师力渐不支，旗舰定远中弹起火，旗桅被轰击折断，丁汝昌面部被焚，扶病入舱。靖远舰管带叶祖圭当机立断，"主动代替旗舰升旗集队，诸舰毕集，军威重振。"14时40分，平远、广丙两舰赶赴战场，平远舰击中日本海军军令部部长桦山资纪中将乘坐的西京丸号巡洋舰，但是，炮弹没有爆炸。

鱼雷快艇队管带蔡廷干开始是担任舰队返航的侧翼警戒，沿着大东沟近岸航行，战斗打响后立即率领福龙号及本部鱼雷艇队奔赴大东沟海域参战。这个火暴唐人面对武器装备优于自己的日本舰队，毫不畏缩，当即立断，指挥自己的艇队，将桦山资纪乘坐的西京丸号巡洋舰从其编队中分割开后，发起正面冲锋。蔡廷干下令自己的福龙号向西京丸号发射鱼雷，由于距离太远没有命中，而敌舰的炮火射程远、火力猛，直向福龙号扫来。蔡廷干冒着枪林弹雨，昂然挺立在指挥台上，再次命令福龙号全速衔尾向西京丸号急进。当逼近敌舰约40米时，西京丸号连发三枚鱼雷，福龙号转舵避开。蔡廷干又全速冲向敌舰前部，命福龙号连射三枚鱼雷。

看着蔡廷干不要命的架势，桦山资纪似乎感到末日来临，闭目待毙。谁知前面两枚不中，第三枚鱼雷居然入水过深，从西京丸舰底穿过。当蔡廷干再次下令发射鱼雷时，无奈鱼雷已经用完，只好全速退出战斗。返航途中，他们救起堕海漂浮的战友，遵照旗舰的指示，重新集结艇队在威海卫基地外围继续游弋警戒。

致远舰管带邓世昌一直指挥军舰冲杀在前，"阵云缭乱中，气象猛鸷，独冠全军"。大副陈金揆与邓世昌配合默契，同大管轮郑文恒共同把掌驾舵，灵活穿梭于猛烈的火网中，不断抢占有利位置，充分发挥舰艏舰艉十几门12英寸重炮的火力优势，给敌人打击。激烈的战斗中致远舰受重伤，又与日舰吉野相遇，邓世昌及时发现了吉野等四舰的意图，是围攻旗舰定远，立即给陈金揆下命令，迅速拦击于前，保护了旗舰。这一番带伤搏斗，致远舰又是多处中弹，水线下不断进水，舰身严重倾斜，但陈金揆镇定自若，以高超的技术，克服倾斜，坚持战斗。弹药将尽时邓世昌对他说："倭舰专恃吉野，苟沉是船，则我军足以夺其气而集事也。"又对全舰官兵道："吾辈从军卫国，早置生死于度外，今日之事，有死而已！""然虽死，而海军声威弗替，是即所以报国也！"他下令致远舰向吉野舰猛冲，以求同归于尽。陈金揆掌着轮舵，全速撞去。吉野舰急转舵避让并发射鱼雷，受伤的致远舰躲避不及中敌鱼雷，锅炉爆炸起火，向左倾斜，舰身断裂，随后沉没，全舰二百五十多名官兵壮烈殉国。时间是下午3时半。

北洋水师的致远号冲向日军吉野号

济远舰管带方伯谦被惨烈的战斗场面吓破了胆，挂上白旗掉转船头逃跑，慌乱中竟将自己舰队的扬威舰撞沉。扬威舰管带林履中悲愤万分，毅然蹈海自尽。送新鲜荔枝的广东水师广甲舰"撞"上了战争，和济远舰是姊妹舰，其管带吴敬荣的行为也令人不齿。他见济远舰逃跑自己也率舰擅自撤出战斗，在大连湾三山岛外搁浅，吴敬荣居然弃舰登岸。战舰在第二天被日舰击沉，吴敬荣被"革职留营，以观后效"，丁汝昌派他协守北邦炮台。

超勇舰沉没，致远舰爆炸，济远、广甲两舰逃走，扬威舰被自己舰撞沉，经远舰形势艰难，成了孤舰，管带林永升只得以一舰面对敌人吉野等四舰。他指挥全体官兵以命相拼，牺牲后官兵继续战斗，最后到一人一弹，军舰沉没。

来远、靖远两舰也受伤，结成姊妹舰，苦战冲出重围。

定远舰和镇远舰在管带刘步蟾、林泰曾的指挥下，以本身坚固的防护铁甲给敌人重创。定远舰作战参谋吴应科挺身屹立在甲板上，烟硝弹雨中奋力还击，正当其时，他身旁的一位水兵被炮弹轰毙，血肉横飞惨不忍睹。吴应科突然对身边的英国顾问泰勒愤怒地说："这就是文明（Civilization）？这就是你们外国人孜孜不倦要传授给我们中国人的文明？让我告诉你，假若我今日得以生还，我将变成调停谈判（Arbitration）的拥护者。"这艘舰上的管轮是王凤喈的胞弟王如璋，毕业于北洋水师学堂。

镇远舰中敌炮数夥，曹嘉祥、美国顾问马吉芬等开炮勇敢还击，动作极为灵活快捷，击毁了松岛号上的全部炮塔。他俩还和帮带杨用霖一起，不断地鼓励舰艇上的官兵恪守职责，服从命令。他们发现日军的燃烧弹其猛烈程度前所未见，火焰四面奔蹿，幸而扑救得法，未使火势蔓延。原来，日本战舰使用的炮弹所装填的烈性炸药，正是后来杀伤力极大的"下濑火药"的初级版——苦味酸炸药。中国舰队用的弹头装药还是黑火药，是通过爆炸碎片和冲击波杀伤敌人，自然还没有接触到新型的苦味酸炸药，只感觉"敌人火药甚异，中炮之处随即燃烧，难于扑灭"。战斗中北洋的大口径火炮多次击中敌舰却没有让它沉入海底的威力，眼睁睁地看着中弹后的敌舰带烟逃跑。还有，北洋舰队使用的大都是老式架退火炮，很难抗衡日军新型的大中口径速射炮。

康济舰管带萨镇冰率领官兵顶在南口日岛炮台，以防日军水陆两路夹攻。身为管带的他冒着敌舰不绝的轰击，亲自把守速射炮，以死相拼，直到炮台被毁，他才按照丁汝昌的指示，撤退到刘公岛。

黄海大战从正午到日暮，历时五个半小时，战斗的结果是北洋舰队失去五艘军舰，参加战斗的军舰有不同程度损伤。日军旗舰松岛、西京丸等五艘舰受重创，赤城舰舰长坂元八郎太阵亡。日军没有达到"聚歼清舰于黄海"的目的。

翁同龢，同治帝和光绪帝的两代帝师

9月29日，在中法战争中"撤去一切差使"的恭亲王奕䜣重新成为总理各国事务衙门的总署大臣，总理海军衙门，两个月后又兼任军机大臣，他离开权力中心已有十年之久。十年前"罢值军机"的翁同龢又"入值军机"。

10月5日，李鸿章为大东沟战役上奏朝廷，请求为阵亡之管带、大副等忠烈恩恤，以慰忠魂。奏文称"致远管带提督衔记名总兵借补中军中营副将噶尔萨巴图鲁邓世昌、经远管带升用总兵左翼左营副将穆钦巴图鲁林永升、致远大副升用游击中军中营都司陈金揆，争先猛进，死事最烈。拟请旨将邓世昌、林永升照提督例，陈金揆照总兵例，交部从优议恤"。在电报的"嘀嗒"声中，李章鸿向皇上禀报战况，并遵旨酌刘步蟾、林泰曾、杨用霖、李鼎新、吴应科、曹嘉祥、徐振鹏、沈寿坤、沈叔龄、高承锡十员嘉奖，丁汝昌交部从优议叙……李鸿章酌保定远、镇远两舰海战出力将弁以徐振鹏"异常出力"，请准免补都司，以游击尽先补用，并加副将衔。

有一页电报是光绪帝给邓世昌的题诗："此日漫挥天下泪，有公足壮海军威。"

黄海海战之后李鸿章命令北洋舰队"守口保船"，停泊在威海卫基地。以旅顺为基地的鱼雷艇队，沿着威海卫与烟台之间的海域游弋警戒。但是陆地的情况不好。10月下旬，日军分兵两路，大举进犯辽东，24日，鸭绿江之战开始。26日，日军不费一枪一弹占领了九连城和安东县（今丹东），不到三天的时间，大清近三万重兵驻守的鸭绿江防线全线崩溃。农历十月初十（11月7日）在慈禧太后六十岁生日当天，日军又进攻大连，守将赵怀益逃走，日军不战而得。

危急的电报发出了，但是光绪帝并不能在第一时间接到，因为准备了很久的宫廷福寿庆隆重开场了。在丝竹鼓乐相伴的歌舞中，身着朝服盛装的文武百官、王公贵族排着队进皇极殿匍匐在地，向被珠光宝气笼罩着、威严地坐在龙椅上的慈禧太后三叩九拜地贺寿，高喊"万岁"。慈禧太后很陶醉，贺寿完了赏戏三天。

奕劻被封为庆亲王。

乾坤倒转 《马关条约》

11月18日，旅顺又成了日军进攻的目标。22日，北方的冬天不冻军港旅顺口被日军占领并血洗全城，北洋门户洞开，战局急转直下。

战争进入第三个阶段，提督丁汝昌被摘去顶戴后又被革职，暂留本任。在威海布防上，他对陆军的战斗力表示担心，建议做好炸毁陆路海岸炮台的准备，不料，又成了"通敌误国"的罪证。清廷下令将丁汝昌交刑部治罪，在刘步蟾等将领通电请愿、李鸿章极力申辩下，清廷又命令，待丁汝昌手头事务结束后，解送刑部。

接着又有一件事让北洋水师雪上加霜，12月28日舰队在登州海域巡弋时镇远舰因为航标漂移不幸触礁，受创程度严重，一时无法修复，管带林泰曾自认失职，饮毒自尽。

除夕夜，日本联合舰队司令伊东佑亨派人给丁汝昌送来了劝降书。丁汝昌不为所动，在艰难环境中仍作最后一搏，并留下遗言："吾身已许国"。光绪二十一年正月初四（1895年1月30日），日军从水陆发起攻势，其第二军第二师团先进攻威海南邦龙庙嘴炮台，广丙舰开炮迎敌，激战中，帮带大副黄祖莲不幸中炮，壮烈牺牲。"敌少却，复大集，诸军皆溃"。龙庙嘴炮台陷入敌手，日军随即用它轰击威海卫北洋水师基地。

丁汝昌率舰队从海上火力支援炮台守军，发射排炮。战斗中，他又一次受伤，但仍坚持坐在舰内的过道中用微笑来鼓励士气。这场战斗，击毙了日军旅团长大寺安纯，但敌我力量已经悬殊，威海卫陆路北邦炮台又陷落，守军溃逃，其中就有吴敬荣及部下。刘公岛遭海陆合围，成为孤岛。北洋水师孤军奋战，外援断绝，旗舰定远弹尽。为使军舰不落入敌手，刘步蟾下令炸毁，自裁殉国，做到了"船亡人亡，志节懔然"，时年四十三岁。

蔡廷干所在的鱼雷快艇队原在旅顺驻防，旅顺失陷，他和左一营管带王平（王登云）分别突围，到了北洋的最后基地——威海卫，与日军交战。2月7日，为打破日军对威海卫的封锁，掩护"飞霆""利顺"两船突围前往烟台报信求救，丁汝昌向左一营管带王平下达命令，令其次日率领由九艘鱼雷艇组成的鱼雷艇队集体出击，向威海湾外的日舰发起进攻。第二天早上，鱼雷艇队驶出港口，8时30分左右，蔡廷干的福龙号鱼雷艇奉命攻击日舰，没想到被日舰吉野发现，福龙号突围转向烟台，吉野舰追上并击伤，使其螺旋桨损坏无法自由航行，俘虏了包括管带蔡廷干在内的全艇官兵，其中一个青年军官是邓士聪的弟弟邓士韫，毕业于北洋水师学堂，是鱼雷左一营把总。邓士韫带兵甚严，随身带着训练的笔记本。然而这次突围又让蔡廷干身背诟病，有一种说法说他是"逃跑"。广东水师巡洋舰环泰号管带容尚谦正在威海卫，他日后记述了蔡廷干被俘前是负隅一战。

正月十五，日军舰艇四十余艘排列在威海南口外，日本陆军用陆路炮台的火炮向港内猛轰。丁汝昌登上靖远舰最后一次作战，在击伤两艘日本军舰的同时，靖远舰也被陆路炮台发射的炮弹击伤。丁汝昌欲与船同沉，被部下誓死救上小船。

容尚谦目睹了北洋水师提督丁汝昌生命的最后时刻：骑兵出身、为海军服务了17年，只能以自杀来保持中国军人的气节，也可以使部下免受处分。他请来了六个木匠做了一口棺材，做成之后，还特意躺进去试试大小，然后给每位木匠两块赏钱。这位水师提督给他的上级北洋大臣李鸿章发出了最后一份电报，为英勇杀敌的将士请奖，以给水师重建留下火种，其中有吴应科、曹嘉祥、徐振鹏等留美生。甲午战争先后持续八个月，战前广东水师三舰在北洋，此后不管是陆地还是海面，没有一支援军到来。丁汝昌曾望眼欲穿地等待，等待，但是没有结果。他从谷地向舰上官兵告别，回到官舱饮药自杀。这一天是 2 月 12 日。

2 月 17 日，日军登陆刘公岛，北洋水师保卫海疆十年，这一天全军覆灭。

21 日，日本舰队司令因为敬重丁汝昌宁死不降，也敬重中国海军的军人气节，让康济号解除武装，特许管带萨镇冰用这只舰把丁汝昌、刘步蟾、林泰曾

福龙号鱼雷艇编入日本海军

的遗体运回烟台。棺柩抵达之后，英国、德国驻烟台领事和日本舰队司令均赶来祭奠这几位北洋水师将领，而大清刑部则以三道铜箍把丁汝昌的棺材捆锁，且整个用黑漆涂，昭示棺主戴罪。

3 月，日军又在山海关外发起进攻，在十天之内相继占领了牛庄、营口和庄台等军事要地，清军全线溃败。

日军掠去了威海卫港内的舰只、刘公岛炮台及岛上所有军械物资，俘获了镇远、靖远两舰，战后将镇远舰以战利舰的身份编入日本海军。

每一次失败李鸿章都是电斥严责，甚至说出让将帅蹈海而死的话，自己也常常彻夜不眠愤不欲生，但是无力回天。

这场历时八个月的海上蒸汽机大战为中日两国学习西方的不同态度做了个结论，也成了北洋水师 11 名主要将领的最后归宿。提督丁汝昌、右翼总兵旗舰定远舰管带刘步蟾、左翼总兵镇远舰管带林泰曾战败自尽；战死的将领是致远舰管带邓世昌、经远舰管带林永升、超远舰管带黄建勋、扬威舰管带林履中。林泰曾自尽后帮带杨用霖接任他为管带，战败后杨用霖向自己射出了北洋水师的最后一颗子弹。济远舰管带方伯谦被处死；来远舰管带邱宝仁被革职。三位留美幼童在这场战争中成了烈士，沈寿昌牺牲在丰岛海战中；陈金揆在致远舰撞击日舰吉野时牺牲；黄祖莲在威海卫迎敌作战时牺牲。他们的岁数都是三十二三岁。

曹嘉祥在战斗中受伤，一直没有下火线，因功升任烟台水师提督署提调。吴应科被朝廷授于"巴特鲁"（英雄）的勇号，但是他目睹了北洋水师的全军覆灭，亲身经历了因为政治腐败而导致的战争失败，把英雄勋章和军阶标志扔进了大海。血性的他，也只能用这种方式来表达对昏庸朝政、对战争的愤怒。

何廷樑以军医的身份参战。天津总医院是清军战地救护的总后方，《申报》报道："受伤兵士现已陆续回津，诊治实繁。"

回广东水师的吴敬荣任建安鱼雷艇管带、宝璧舰管带等职；容尚谦以家庭原因辞职。

"火爆唐人"蔡廷干被俘后押送至日本大坂囚禁，身陷囹圄。日军对他的审讯是在 1895 年 2 月 15 日，两次，标题：《水雷艇福龙号管带蔡廷干询问问答书》，文件编号为"陆叁第 218 号（秘）字"，审问者是上席海军参谋官神尾陆军中佐。

在审讯中有三点是明确的：蔡廷干两次坚决拒绝向日军投降并告诉日本人，舰队仍坚持抗击；丁提督已立下为国誓死而战的决心，依然在镇远舰上指挥作战。最后一组对话，问：倘若将汝释放，还有再上鱼雷艇与我舰队对抗的考虑吗？答：有。

作为军人，蔡廷干在狱中只能以文字施展拳脚赋诗明志。

梁诚从事外交工作已经七八年了，威海卫海战尚未结束的时候，他作为清廷全权议和大臣张荫桓、邵有濂的三等参赞官到日本，商议停战之事。交战中中国没有胜利，中国的外交官也不可能有荣誉，日本对中国议和代表团蓄意刁难百般指责，以推迟议和时间。直到刘公岛被攻克，光绪帝做出了"割地求和"的决定，派出了"名位极崇能肩重担"的李鸿章，并授予他"商让土地之权"。

李鸿章的三位参事官是：伍廷芳、罗丰禄、马建忠。

1895 年 3 月 13 日，李鸿章率 135 人的谈判代表团赴日本马关谈判。当天，日本报纸《读卖新闻》发表了《蔡廷干惜败》的文章，对蔡廷干被俘后的情况，做了这样的报道："无勇可怜可笑的数百清军俘虏中，仍然存在一两个有血有肉的硬汉子，他就是北洋水师鱼雷艇长蔡廷干。蔡氏眼下在广岛的俘虏营内呻吟，赋诗屈词宣泄军旅。一日以《叹北洋兵败》为题作诗一首，赋歌咏曰'渤海清兵势力微，日东军士向前驰。此败沙场君莫笑，他年再战决雄雌。'蔡氏之意气虽可敬可佩，然眼下毕竟乃我军阶下之囚是也。"日本媒体选择在这一天发稿，无疑是对中国代表团一个下马威。

3 月 20 日，马关谈判正式开始。中国北京和日本马关之间的电报线路格外繁忙，让中方没有想到的是日本破译了电报密码，早早知道了中国的底线。原来战前，日本故意提交给清

日本代表伊藤博文

政府驻日公使汪凤藻一份八千字的谈判方案，在汪凤藻将方案发往国内的时候，他们破译了清政府的密码，但是中方一直在用这套密码。

日本代表是留学英国的内阁总理大臣伊藤博文，外务大臣陆奥宗光。两国代表团中都有成员是留学生，但是在中国留美幼童因为"忘了祖宗规矩"而被提前撤回的第二年，伊藤博文再次赴欧洲考察，重点还是资本主义国家的宪政制度。

3月24日，李鸿章与伊藤博文谈判休会后返回驻地，途中遭日本浪人小山丰太郎刺杀，子弹击碎李鸿章眼镜的左镜片，击中左颧骨，深入左眼下方。医官林联辉迅速赶过去止血裹伤，进行急救。李鸿章稍稍苏醒，喃喃地说："我还以为我必死无疑了。"

战败的中国在谈判中一直处于不利状态。伊藤博文盛气凌人，步步紧逼；而受伤的李鸿章则是委曲求全，讨价还价。光绪二十一年三月二十三日（1895年4月17日）李鸿章代表大清国与日本国签订了丧权辱国的《马关条约》。条约共十一条，其中有中国承认朝鲜"为完全无缺之独立自主国"；中国将辽东半岛、台湾全岛及所有附属各岛屿、澎湖列岛割让给日本；赔偿日本军费库平银两万万三千万两……

5月2日，奕䜣、奕劻、军机大臣孙毓汶、徐用仪四人催促光绪帝批准《马关条约》，光绪帝痛心疾首，说："割台则天下人心皆去，朕何以为天下主？"他"绕殿疾步约时许，乃顿足流涕，奋笔书之"。翁同龢等主战派束手无策。

5月8日，清政府代表伍廷芳与日本政府代表伊东美久治在烟台互换批准书。所有被日本俘虏的中国官兵在《马关条约》签订后遣返，均受革职遣散处分。六月一日（7月22日）清政府作出决定："北洋水师官兵全免"，裁撤海署。保卫祖国海疆的海军官兵，成了晚清官僚昏庸舞弊的牺牲品，北洋水师镇远舰和靖远舰的铁锚陈列在日本东京上野公园，以羞辱中国海军（直到1945年8月抗日战争胜利后中国才要回来）。

北京的一个城门口出现了一副对联，是民间对甲午战争的总结：

万寿无疆普天同庆
三军败绩割地求和

李鸿章办理完议和之事从日本回到北京，成了千夫所指的"卖国贼"，被御史弹劾是免不了的，但是没人敢追究关系战争成败的深层次的人和事，也没有人要求公布海军衙门成立后的款项支出，淮军开始裁撤。奕䜣领着军机大臣集体上疏，说了一句公道话："中国之败全由不西化之故，非鸿章之过。"李鸿章知道后很是感动，做着最后一搏，又以"以夷制夷"的外交手段，在列强之间纵横捭阖，同年 11 月 8 日，由于俄、德、法的联合干涉，中国以三千万两银，赎回辽东半岛。

朝廷对李鸿章"夺去三眼花翎及黄马褂"，免去北洋大臣、直隶总督。李鸿章在这个位子上经营了 25 年，发展到了"坐镇北洋，遥执朝政"。求强求富，近代中国第一次追赶世界潮流的洋务运动，以北洋水师葬身海底做了一个阶段性的总结。给李鸿章做了二十来年翻译的曾兰生在这一年去世，时年六十九岁。这位中国第一位留学美国的学者，参与了整个洋务运动。云贵总督王文韶被召进京，接任北洋大臣、直隶总督。

眼看乾坤倒转，蕞尔小邦日本战胜了天朝上国中国，实现了它在 1874 年就想占据中国领土台湾的目标。但是当日本军队占领台湾及澎湖列岛时，台湾军民顽强抵抗达一年之久，日军死伤惨重，而且之后一直没有停止抵抗。

留美幼童的第一任监督陈兰彬已经引退归里十年了，依然关注甲午战争的变化。当清军接连惨败的消息传来，他仰天长叹，恨损国威，"忧愤弥加，病势日增"。于光绪二十年十二月十四日（1895 年 1 月 9 日），与世长辞，享年七十九岁。陈兰彬文学造诣深，诗文精彩，曾先后主持纂修《高州府志》《吴川县志》《石城县志》等志书，著有《毛诗札记》《泛槎诗草》《使美记略》等诗文集。

危乎危乎　练兵办学

甲午战争期间，朝野内外群情鼎沸，卧病在床的上海电报局总办经元善驰书各路义赈旧友，疾呼"毁家纾难，合众志以成城，抵抗日本侵略"。表达了中上层人士抵御外辱的坚定信念，这也是上海电报局的传统，在国家大事面前，态度明朗。

中国和日本两个东方古老国家都是被西方列强的军舰撞开国门，都是因为感到危机后向西方学习。但是学习的方向不同，学习的态度不同，产生了国家政治制度的不同。中日两国一次次地博奕，终于以一场甲午战争比出了封建制度和君主立宪制度的高下。日本举全国之力作"国运相赌"；而中国方面只是北洋水师对其作战，南洋舰队、广东舰队似乎都是在隔岸观火，光绪帝想亲自调四艘军舰增援北洋都不行。李鸿章自己也说，大清国仅用我北洋一支敌日本全国之师。这种现象外国人同样不可思议，美国华盛顿州州立学院历史学教授勒法吉（Thomas Lafargue）博士研究了这段历史后，说："似乎战争只是李鸿章与日本之间的私人纠纷。"

紫禁城红墙内一些高官看到了国家在军事上的落后，提出应当用新式枪炮训练新军，主张摈弃旧军制，建立新军制，仿效日本精学西法，增强国力兵力。光绪帝痛下决心，接受了德国教官汉纳根的建议，另建一支新式陆军。光绪二十年十月初五（1894年11月2日），清政府命广西按察使胡燏棻担任练兵大臣，驻天津督率创办新式陆军，办理"所有召勇教练事宜"。由此拉开了中国军队近代化建设的序幕。

胡燏棻接受这个使命后，在天津小站招募兵勇，创办新军，名字为"定武军"，有十营，四千七百多人。张之洞在南方也开始编练新军，叫"自强军"。

胡燏棻在编练新军的同时又上疏朝廷要变法自强，第一项就是修建汉口至北京的铁路干路及支线。其他各项分别是改革币制，造钞币、银币；制机器；开矿山；储备军粮；练精兵；创邮政；练新式陆军；整顿海军；设各类学堂共十项。其他朝臣也纷纷上呈奏章，主要内容是重视西学，派遣留学生出洋等。

显然，这些建议李鸿章及洋务派一直在做，一直遭受顽固派弹劾。经历了甲午战争的"大难"，朝廷才亡羊补牢。

袁世凯在甲午战争之前回国后被李鸿章派到辽宁凤凰城办理清军前敌营务处兼筹转运事宜，先随清军败退至辽阳，再退至锦州，光绪二十一年（1895年）春到天津销差。对天津小站的练兵大臣人选，军机大臣李鸿藻、慈禧的亲信荣禄、李鸿章、刘坤一、张之洞等封疆大吏极力保奏袁世凯。光绪帝于十月二十二日（12月8日）颁发上谕："温处道袁世凯既经王公大臣等奏派，即著派令督率创办（新军），一切饷章照拟支发。"胡燏棻卸任练兵大臣督办津芦铁路。

三十六岁的袁世凯接管了天津小站操练的十营定武军，又通过考试添募了两千多人，小站新军扩充到了七千人，开始了新一轮的练兵。他对军队管理驾轻就熟，认为"比起做文章来，到底容易多了"，想到了年轻时的朋友、已是翰林院编修的徐世昌和

新建陆军

在朝鲜结交的留美幼童。

唐绍仪回国同徐世昌一起经管营务处；吴仲贤也从朝鲜回来，任军火处处长，并负责外交事务。他们翻译了各国关于兵制的书籍，经过多方筛选、比较，袁世凯决定在军制、装备、训练等方面向世界上军事最强的德国学习，编定了《练兵要则十三条》《新建陆军营制饷章》等规章，集成厚厚的一本《新建陆军兵略录存》，请来了十几名德国教官，操练这支"新建陆军"。

新军士兵合影

新军军乐队

新建陆军拥有步兵、骑兵、炮兵、工程兵、辎重兵等中国最早的近代化诸兵种合成军队，武器装备超越湘、淮两军。练兵处正式拟订了包括礼服、常服、肩章、帽徽、领章等新军军服样式，至此，使用了数百年的传统军服——号衣，正式退出了历史舞台。兵勇们虽然脑后还拖着一根辫子，但穿起了配着大檐帽的短装制服，打着绑腿足蹬军靴，背着上膛子弹的德式枪支。与这身装扮相配的是，军礼代替了叩头，口令代替了击鼓鸣锣，从队列到操练，再到营务管理，都有一种别样的神采。袁世凯决心革除旧军队的弊端和陋习，不但在兵源上把关，还让士兵有当兵的荣誉感，亲自发饷，没有了层层盘剥，新军士兵拿到了比别的军队多的军饷。

新军的"新"还在文化建设上，袁世凯针对汉字难认难写的现实，借鉴维新派人士创造"切音新字"的方法，派人编了一套以北京话为基础的"切音新字"，普及文化教育。课程当然是"经史大义"等儒家经典，对士兵灌输"忠君""尽孝"的思想，让其"绝对服从命令"。

最有创意的是袁世凯还组建了一支 20 人的军乐队，所用乐器和外国的铜管乐队一模一样，请来了德国人高斯达当顾问，曲目也是德国的，举行有洋式军乐队助威的阅兵仪式。袁世凯坐在那里，像一只老虎，黑呢制服，腰背挺拔，目光四射，不苟言笑。这支留着长辫子身穿制服的军乐队尽管比德国人创建的世界上第一支军乐队晚了155年，但它是出现在中国的第一支欧式军乐队，不仅壮军威，还把总督对士兵的要求填写成歌曲，在军中传唱，秉承了湘军、淮军的治军传统，对士兵进行思想教育。

龙旗下的天津小站成了日后中国各路军伐的摇篮，以袁世凯为总头儿，徐世昌为参谋总长，形成了影响近代中国历史走向的势力集团——北洋军阀。北洋三杰"龙""虎""狗"分别是王士珍、段祺瑞、冯国璋，其他如曹锟、段芝贵、张勋、王占元也是大名鼎鼎，有所作为。其势力牢牢地控制着中国北方，还扩展到了长江流域。

军营中自然要架设专门的电报线路，在上海的电务人员北上完成这个工作。他们收到了盛宣怀专门发给他们的一份电报，是保奏嘉奖京津沪及西路等八处电报局有功人员，朱宝奎被提名榜首，同时被保荐的还有黄开甲、周万鹏、唐元湛等。先期同袁世凯一起归国的梁如浩，到了铁路公司，担任运输处处长。

有了多方面的开拓，中国电报总局的经营状况一直良好，每股一百元面值的股票最高时涨到160元。经过调整电报价格、统一制定国内电报价目、实行本府本省及隔省递加办法、对收费标准统一规定等一系列切实有效的措施，中国电报总局招集的商股每股派发红利35元以上。光绪二十一年（1895年）是中国电报总局官督商办的第13个年头，总办盛宣怀开始给各地电报局分红，分红方案以全国各个局营业收入的多寡分配红利，上海电报局得利最多。

直隶总督北洋大臣王文韶奏设北洋西学学堂、山海关北洋铁路官学堂，光绪帝钦准。同年八月（10月），津海关道盛宣怀亲自筹措经费、制定章程，北洋西学学堂在天津宣告成立，校址选在大营门外梁家园博文书院旧址。北洋西学学堂设头等学堂和二等学堂，学制均为四年，二等学堂是头等学堂的预备并提供生源。头等学堂以美国耶鲁大学、哈佛大学的学制为蓝本设计学堂建制，一起步就确定了一个高远的育才目标：造就军事、外交、制造工艺等方面的人才。蔡绍基以帮办的身份参加了北洋西学学堂最初的建设，出任二等学堂的总办。第二年北洋西学学堂更名为"北洋大学堂"（后为北洋大学，今天的天津大学），为中国高等教育之先声。

同时，中国第一所培养铁路专业人才的北洋铁路官学堂（Imperial Chinese Railway College）映入人们眼帘，学堂由关内外铁路总办负责，聘请英国人葛尔飞为总教习。

安徽巡抚邓华熙给受甲午阴云困扰的皇上推荐了一本书，郑观应写的《盛世危言》，使他有拨云见日之感。这本书是郑观应在《救时揭要》和《易言》的基础上又经过二十多年的思考，于光绪二十一年（1895 年）完成出版的，皇皇 30 万言，共 87 篇。由于郑观应曾任职于洋行，又参与了多个洋务企业的创办经营，对西方资本主义政治、经济、文化、科学有着比其他人更为深刻的认识，强调中国维新变法的必要，"法弊则变其法，时乎时乎，危乎危乎！"他以中国知识分子的炽热情怀，以政论家的风采，对维新变法作了比较完整的论述，从政治、经济、军事、外交、文化诸方面提出了改革方案，《盛世危言》首次要求清廷"立宪法""开议会"，实行立宪政治，在我国首次使用"宪法"一词，由此开启了中国最高法意义上的宪法理念时代。郑观应看到了"师夷长技"的片面，提出要"借法列强"，"必先讲求学校，速立宪法，尊重道德，改良政治。"书中的与列强展开商战、培养新式人才、开设议院等观点更是振聋发聩。"初则学商战于外人，继则与外人商战。"文章笔调清新、语言简朴，感情真挚，感

郑观应所著的《盛世危言》

染力强，表达了渴望中国登临于"富强之城"的愿望。郑观应在书中反对"官为贵民为轻"的观点，推翻了千百年来把经商列为社会最下层职业的理念，"首为商战鼓与呼"，所提出的"习兵战不如习商战"的观点，比林则徐、魏源等人提出的"师夷长技以制夷"的观点进了一步。书中提出中国应当办"赛会"，也就是世界商品博览会，而且在上海办，并把"赛会"和民众的富裕联系起来。言为心声，更是呐喊。满清贵族是不经商的，一出生就吃俸禄，而洋务企业和民营企业则是在民族危难的时候以商战自觉担当起了"富国"的责任。

光绪帝命令总理衙门将《盛世危言》印刷 2000 部，分发给大臣阅读。盛宣怀读了书后，特致信郑观应，感谢他赠书四部，又说，乞再寄赠二十部，拟分送都中大老以醒耳目。人们竞相传阅《盛世危言》，认为这是一幅国家转弱为强的蓝图，以至重印二十多次，成为中国近代出版史上版本最多的一本书，它影响了当时，也影响了后来。

　　张之洞已经于两年前奏准建由国人自力建设、自主管理的高等学府——自强学堂，以办学心得写了著名的《游学篇》，分析了日本强盛的原因：

　　　　日本小国耳，何兴之暴也？伊藤、山县、木夏本、陆奥诸人，皆二十年前出洋之学生也。愤其国为西洋所胁，率其徒百余人，分至德、法、英诸国，或学政治工商，或学水陆兵法。学成而归，用为将相。政事一变，雄视东方……

　　张之洞从费用、文化、风俗等方面论证了他的观点："游学之国，西洋不如东洋。"为了能使政府尽快做出派遣留学生的决定，他大力宣扬：出洋一年，胜于私塾五年，入外国学堂一年，胜于中国学堂三年。这是继曾国藩、李鸿章、丁日昌之后，又一位封疆大吏向朝廷正式提出游学。

　　朝廷上下终于对"游学"有了观念上的转变，《游学篇》写成三个月后，上谕颁布各省"以派人出洋留学为要"。清政府于光绪二十二年（1896年）派出官生13人赴日本留学，留学事业停止15年后终于衔接上了。慈禧太后又多次降旨，命选择各旗子弟遣赴各国，近支王公有愿出洋游学者，着报名候派。一时间，王公贵族送子弟出国留学成了时尚，以至带着仆人到东洋留学。

　　光绪帝于当年五月（1896年6月）接到了礼部尚书李端棻上的《请推广学校折》，这是中国上层官员第一次正式提出自下而上地设立新式学堂的建议。奏折说，设立京师大学堂，为全国学校教育之典范，同时在各省、府、州、县也设立各级学校。李端棻对未来新式学堂策划得非常具体："京师大学堂选举贡、监生三十岁以下者入学"、"课程一如省学、惟益加专精，各执一门，不近其业，以三年为期"。学生毕业后"予以出身，一如常官"。至于办学经费，他特意提出"不宜因陋就简，每岁十万元，规模已可大成"。他还建议，在校园中设藏书楼、创仪器院、开译书局、广立报馆、选派游历等。李端棻满怀信心："十年以后，贤俊盈廷，不可胜用矣。以修内政，何政不举？以雪旧耻，何耻不除？"

　　光绪帝令总理衙门议复，顽固派无视李端棻救中国育人才的焦虑心情，以经费困难为由，主张缓办。

第六章

风起云涌　物竞天择

上海的广东香山人在唐廷桂家过新年

西学为用　银行铁路

中日战争时，远在美国的容闳按捺不住心中的焦虑，向祖国深情地眺望。尽管去国11年，但是对于日本的兴起和国家亟待改革的现状，他是了解并深感忧虑，于是，通过昔日驻美使馆参赞蔡尔康向张之洞条陈战事"规划"。光绪二十年十一月十八日（1895年1月2日），做了一年多两江总督后又回任湖广总督的张之洞向容闳发出电报"立归中国"。容闳的长子容觐彤已进入耶鲁大学雪菲尔德理工学院读书，第二个儿子容觐槐正在读预科，他将两个孩子交给夫人的娘家照顾，请推切尔夫妇帮助教育，于1895年初夏在上海登陆回国。

容闳拥有江苏一等道台官衔，二品孔雀毛顶戴，张之洞召集高官，请他拿出一个能使国家长治久安，繁荣富强的计划。容闳的回答出乎人们的意料，"把你们所有的学校和大学，统统向全国的女孩子开放，让她们同男孩子一样受到教育"，"俾长大后能与外国竞争"。这个富国计划让在场的高官们先是面面相觑，继而哄堂大笑，说："你不远万里而来，脑子里装的不会就是想说这些话吧？"容闳以外国孩子的成长过程为例说明母亲的文化素质对一个孩子的未来是多么重要，对人口素质的提高是多么重要。最后说："中国如果想强大，就要把强大的根基打在尚在母亲腹中的未来的儿子和女儿身上。"

张之洞毕竟是饱学之士，认为容闳所说的计划与中国传统观念并不相悖，西汉的思想家贾谊在《新书》中指出："谨为子孙婚妻嫁女，必择孝悌世世有行义者。"经学家刘向写作的《列女传》就是为知名妇女立传，以后唐、宋、明，至到大清，还有人在增写《续列女传》《列女传增广》等数十部书，介绍的就是历朝历代百位母亲教子有方的事迹。他同意了容闳的意见，说："你是对的，我还从来没有那样想过这个问题，应该这样办。"从此，中国官方宣告女孩子和男孩子一样，具有同等入校求学的权利，传统认识"女子无才便是德"被颠覆。容闳认为这是他的"第二次教育使命"

（second education mission）。随着新式学校如雨后春笋般地遍及全国，有一千多年历史的科举制度被动摇。

针对《马关条约》签订之后日本开始从经济上对中国进行侵略，盛宣怀明确提出了办铁路的方针："权自我操，利不外溢，循序而进，克期成功"。光绪二十一年十月二十日（1895年12月6日）清政府确定修建芦沟至天津铁路，任命胡燏棻为"督办铁路事务"大臣，这是近代中国第一位督办铁路大臣。北洋官铁路局帮工程司詹天佑率队测量、修建天津至芦沟的铁路。第二年，清政府创办北京铁路管理传习所，几经变革，发展为今天的北方交通大学。

张之洞委任容闳为江南交涉委员，并请他规划铁路大通道。容闳首先表明了与列强争夺铁路建筑权的观点，拟《创办银行章程》《续拟银行条款》，在《铁路条陈》六条中规划了一个覆盖全国的铁路网。张之洞向户部尚书翁同龢递《兴筑铁路以维全局酌拟办法呈》。翁同龢在光绪二十二年（1896年）四月初三的日记中写道："江苏候补容闳，号纯甫，久住美国，居然洋人矣！谈银行颇得要。"

张之洞认为盛宣怀最合适管理洋务，并断言："铁政非盛办不可"，和王文韶会奏请设铁路总公司，并保举盛宣怀为督办。光绪二十二年九月十四日（1896年10月20日）盛宣怀奉清政府命：直隶津海关道开缺，以四品京堂候补督办铁路总公司事务，并被授予专折奏事特权，成为清政府的第二位督办铁路大臣。铁路总公司在北京成立，事务所设在上海，筹划芦汉、沪宁（上海到南京）、粤汉（广州至武昌）等南北铁路干线。盛宣怀上的第一份奏折就是请求把"轨由厂（汉阳铁厂）出"定为国策。半个月内他上《条陈自强大计折》，陈述练兵、理财、育才三大政策以及开银行、设达成馆（专学政法交涉的学校）诸端；上《请设银行片》后又上《请设学堂片》，电告王文韶、张之洞，表明自己的观点：要铁厂、铁路、银行

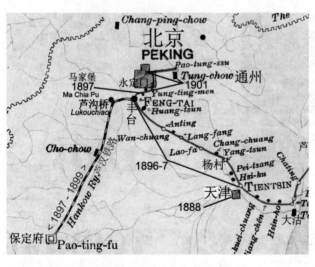

芦汉铁路、天津—马家堡铁路示意图

三者一手抓。王文韶、张之洞、盛宣怀又向朝廷联名举荐了詹天佑、邝景扬："出洋学生在外国学习铁路工程,回中国后,在津榆铁路历经多年,可充工程师者仅有詹天佑、邝景阳(扬)二员,皆系粤人。"从此,詹天佑和邝景扬有了铁路工程师指挥铁路施工的权力,北洋水师的部分官兵包括留美幼童转业来到铁路,或负责工程或成为铁路管理者。詹天佑给诺索布夫人去信:"我北上天津,参加铁路工作一直到现在。"还表示:"自我离美,至今未曾忘记您,我常忆起您对我们的慈爱,您为教育我所受到的辛苦。我唯一的遗憾是,没有向您学更多的东西。"还说自己"早期的教育完全受惠于您"!芦汉铁路于光绪二十三年(1897年)正式开工。

张之洞还支持唐荣俊开辟一条水上运输线——楚江至唐康浦的船舶运输。光绪二十二年(1896年10月),大运河汽轮公司正式开航,张之洞参加了公司的开业典礼。唐荣俊借助唐家的航运优势,以汽轮机船做内河运输。

《马关条约》签订之后,清政府被迫放弃对朝鲜的宗主国权利,"准设领事,不立条约、不遣使臣……以存属国之体。"光绪二十二年十月二十七日(1896年12月1日),唐绍仪再赴朝鲜维持残局,照顾华商利益,任大清国驻汉城总领事。他由京赴津,谒见北洋商宪,承指示机宜,并请领经费,于十一月十八日(12月22日)乘船抵达仁川,前往汉城。原花翎五品衔候补知府唐荣浩任仁川兼木浦、群山领事。

盛宣怀慷慨捐资创办了中国首个工科大学北洋大学堂之后,又对西方的大学作进一步考察,奏请拟在上海再办一所新式学校,其宗旨为:

上海南洋公学

专教出使、政治、理财、理藩四门。而四门之中皆可兼学商务。经世大端,博通兼综。学堂系士绅所设,然外部为其教习,国家于是取才。臣今设立南洋公学,窃取国政之义,以行达成之实。于此次钦定专科,实居内政、外交、理财三事。

在另一份奏折中盛宣怀还向朝廷汇报:"商捐经费,学资不出于一方,士籍不拘一省……其学生卒业给凭,与国家大学堂学生身份无异。"这所新型的大学以文科为主,他自任督办,是我国最早兼师范、小学、中学、大学的完整教学体制的学校。为及早开学，学校暂借民房，同时由中国电报总局和轮船招商总局出资买地建校舍。学校监督是唐文治，进士出身，既主持新学又提倡国学，校名是"南洋公学"（今上海交通大学的前身），校训是"求实学务实业"。

洋务运动时，李鸿章、唐廷枢、丁日昌、容闳只要有机会，就呼吁国家办银行是自强之大计，但是一直没有实现。放眼黄浦滩，有英、法、德、沙俄、日、美、比利时、荷兰、意大利共计九个国家开设了银行。12号的"香港上海汇丰银行"是英国在华资本的总代理，

20世纪到来时上海外滩的景色

在上海吸收大量存款，同时还操纵金银吞吐和金融市场，在中国获利巨大，有能力给清政府借款并附带政治条件。18号是在英商丽如银行原址上建起来的英商麦加利银行（Chartered Bank of India, Australia and China），直译为"渣打银行"，是英国在华仅次于汇丰银行的重要金融机构之一。14号的德华银行总行虽然是1890年正式开业，它联合汇丰银行通过给中国政府借款，获得了巨大利益，成为德国资本在华的活动中心。第一次是1896年的"英、德借款"，第二次是1898年"英、德续借款"，每次贷款1600万镑（两次汇率稍有不同），是以政府的关税和盐税作抵押。15号的俄商华俄道胜银行1896年开业，获取了参与收存、保管中国海关关税的特权。法国东方汇理银行在29号，于1894年设立，建筑样式是典型的法国古典主义，庄重又透着华美的气氛。《马关条约》之后俄、法两国串通一气，通过两国财团的十家银行（法国六家沙俄四家），向清政府贷款4亿法郎，以中国海关税收作担保。外滩32号，日商横滨正金银行（Yokohama Specie Bank），1892年在上海开办分行，第二年大厦落成。

有识之士已经看到，借外国银行的款，面临的就是高额的年息，漫长的还款期，使中国财政不得不受制于他们，而外国银行借此获得了巨大利益，并控制了中国的政治、经济。盛宣怀在多年的实践中体察到了资本主义的经营所长及洋务经营中的缺憾：

> 泰西商务官有统率全国商务者无论矣。其体面大董事兼管银行、铁路、铁厂甚多。惟各为公司，各有专董，各清各账，如我轮（轮船招商总局）、电（中国电报总局）、纺织（上海织布局）各局相维不相混。

因此，盛宣怀一定要办自己的商业银行，曾宣言："生平立志，只愿与洋商争胜"。他认为，有了新式银行，就能"杜洋商之挟持"，"与洋商争胜"。他上《请设银行片》，办银行的迫切之情溢于言表：

> 银行仿于泰西，其大旨在于流通一国之货财，以应上下之求给。立法既善于中国之票号钱庄，而国家任保护，权利无旁挠，故能维持不敝。各国通商以来，华人不知务此，英法德俄日本之银行，乃推行来华，攘我大利。

但中国人自己办银行依然受到顽固派的掣肘，盛宣怀感慨："似此糊涂世界，何以尚想做事？不过要想就商务开拓渐及自强，做一个顶天立地之人，使各国知中原尚有人物而已。"对中国政治、经济、外交无孔不入的赫德得知盛宣怀在为创办新式银行筹集资本时，就向总理衙门呈递了一个银行章程，建议把银行转入海关掌握。这个信息很快让盛宣怀、郑观应知道，更觉得形势严峻。沙俄的道胜银行获悉中国要办商业银行，开始是要求中俄合办，遭拒绝后就直接找到盛宣怀，说，道胜已改为华俄银行，中国不必另开银行。

盛宣怀纵观全局，认为赫德觊觎银行业肯定是有备而来，必须加快筹办新式银行的步伐与赫德争银行权，而且只能成功。他要让中国第一家商业银行跻身黄浦滩，这和办铁厂、办铁路有同等重要的意义：

中国通商银行

> 华商无银行，商民之财无所依附，散而难聚……若是银行权属洋人，则铁路欲招华股更无办法……铁路即以集华股归商办为主，银行似亦应一气呵成，交相附丽。

英雄所见略同，郑观应也给盛宣怀写信："银行为百业总枢，藉以维持铁厂、铁路大局，万不可迟。"因此，自办商业银行成了民族工商业向前发展的一个重要转折，也是社会舆论要求挽回民族利权的呼声。容闳和黄开甲合译了美国国家银行法。盛宣怀"奉特旨办银行"，在所管辖的洋务企业中巧妙运作，于光绪二十三年四月二十六日（1897年5月27日）在黄浦滩6号，建起了国内第一家新式商业银行——中国通商银行，并任总办。

中国通商银行是股份形式，全部商办，银行资本是白银二百五十万两，其中轮船招商总局投资八十万两、电报总局投资二十万两，盛宣怀及其他大官僚的投资有七十三万两，还有其他方面的投资。这座建筑风格为东印度大班式三层砖木结构的银行开张后，盛宣怀请户部发官款二百万两，存于其中，目的是"外人知有官款在内，足以取信，可与华俄银行争衡"。正是这样贯通四方的气势，中国通商银行开张大吉，英文直译为"中华帝国银行"，享受着国家银行的一些特权包括发行钞票，因此也是中国第一家发行纸币的银行。拾元的票面上左边是外滩的风景，右边是手捧元宝的财神爷。这一切，标志着中国的银行信贷事业开始。

中国通商银行发行的伍圆纸币

中国通商银行挫败了俄国、英国的阻挠，又顶住了比利时、法国、奥地利等国的吞并，傲然屹立。盛宣怀的魄力和成功，是中国民族工商业者踏着世界潮流的节拍壮大民族经济的辉煌之举，超越了最初李鸿章办洋务企业"稍与洋人分利"的目标。当然，国内能够投资银行的人，一类是像盛宣怀这样的大官僚，一类是经营进出口商品的大商人，还有一类是大地主。

自强保种 救亡图存

1896 年 5 月，有一个机会让投闲置散的李鸿章"放眼世界"，俄国举行沙皇尼古拉二世加冕大礼，俄国驻华公使明确提出："可胜任者，独李中堂耳。"李鸿章提前两个月带领随员，从上海放洋周游列国，除了代表清政府祝贺俄国沙皇加冕，签订"亲俄"条约外，还要与列强进行外交斡旋。他自己也计划"博考诸国政治之道，他日重回华海，改弦而更张之"。

李鸿章参加完俄皇的加冕典礼，英国政府派船到克里米亚接他去英国，继续访问。英国女皇以盛大的仪式欢迎他，还安排了一场足球赛来招待。李鸿章实在不明白大热天那几个汉子为什么要把一只球踢来踢去，艳羡的是英国强大的海军。清政府重新起用了甲午战争后被革职的林国祥，派他正在英国订购监造海天、海圻两艘巡洋舰，林国祥的两名副手一个是程壁光，一个叫谭学衡。

李鸿章与退休的英国首相威廉·格拉斯通并坐
（1896 年）

在法国，由法国外长汉诺威组织欢迎仪式，他唱完《马赛曲》后请李鸿章唱大清国歌。此时的大清哪有国歌，李鸿章煞有介事地高歌家乡的黄梅小调《八仙过海》，而且表情庄严，听的人肃然起敬。

李鸿章访问美国抵达纽约时，十艘军舰在海港列队欢迎，这位被称为"中华民族最伟大的人物"在骑兵护送下威严地穿过纽约闹市。1896 年 8 月 29 日，《纽约时报》报道了李鸿章访美时美国民众的反应："他抵达纽约港的消息不胫而走，人们如潮水一般涌到邮轮停靠的河边。不一会儿，炮台公园就挤满了好奇的人们，他们都想一睹清国总理大臣的风采，因为此人统治的人口比全欧洲君主们所辖子民的总和还多。"

人群中有一位是《世界晚报》的特约记者，叫李恩富。李鸿章没有也不会注意这位 14 年前擅自离开北洋水师学堂的留美幼童，继续着他的访问。《纽约时报》还报道了李鸿章拜谒美国前总统、南北战争英雄格兰特时的情形："当尊贵的清国宾客进入将军安息地时，场面非常感人……他（李鸿章）很虔诚地站直了身体，用极其悲伤的声音低吟道，别了。"

李鸿章出访历时 190 天，经过四个大洲，横渡三个大洋，访问了俄罗斯、英国、法国、德国、美国、英属加拿大、荷兰、比利时八个国家，亲眼看到了资本主义国家的强盛。他和世界上的著名政治家面对面地交流，感到"顿扩灵明"，"生今之世，善教发为善政，其明效大验，有若是哉！"断言中国"本可不贫不弱，惟在亟图变计而已"。有了这样的思想认识，他"每于纵观之际，时深内顾之忧"，进而感到了变法的迫切性，认为："若不亟图变法，广开利源，则束手待毙矣。"尽管他已年逾古稀，但对中国的未来依然满怀信心："此行遍历诸大邦，亲睹富强之实效，中国地大物博，果能上下一心，破除积习，力图振作，亦何事不可为？日本变法以来，不过二十稔耳。"

在回国途经日本时，李鸿章愤于那个让大清国颜面扫地的《马关条约》，拒绝再踏上日本国土。他乘坐的"华盛顿"号轮船到日本横滨要换乘招商局轮船的时候，就是脚不沾地，侍从没有办法，只好在两条轮船间搭上长木板，将他抬了过去。他是清朝大臣中第一个进行环球访问的外交特使，影响极大，回京复命，觐见光绪帝和慈禧，"沥陈各国强盛，中国贫弱，须亟设法。"

李鸿章向总理衙门荐举伍廷芳："久闻其人熟习西洋律例，曾在英国学馆考取上等。"光绪二十二年十月十九日（1896 年 11 月 23 日），杨儒调任大清国驻俄国兼奥地利、荷兰公使，伍廷芳以二品衔候补道赏四品卿衔接替杨儒驻外职务，为大清国出使美国兼西班牙、秘鲁大臣，开始了职业外交家生涯。黄仲良完成使命，由美国回国，从上海登陆。苏锐钊奉命调圣彼得堡中国驻俄公使馆。钟文耀在出国的第三年"擢充二等翻译官"，杨儒奏保以知州并加四品衔。施肇基升任为杨儒随员，旋辞职入康奈尔大学学习，后来获文学硕士、哲学博士学位。

时值维新运动兴起，李鸿章从内心同情和赞成这场运动，当慈禧拿着弹劾他的奏章说："有人谗尔为康党。"他镇静地回答："臣实是康党。废立之事，臣不与闻。六部诚可废，若旧法能富强，中国之强久矣，何待今日？主张变法者即指为康党，臣无可逃，实是康党。"慈禧听后，默然不语。此时康党的重要人物康有为、梁启超（字卓如，一字任甫，号任公）、谭嗣同、严复等人正将变法维新的思潮发展成为有相当声势的政治运动。

广东南海县人康有为从小受系统的儒家思想熏陶，青年时接受了"西学"和资本主义文明的影响，在香港"始知西人治国有法度，不得以古旧之夷狄视之"。他曾在光绪十四年（1888 年）利用二次到北京应乡试的机会，"发愤上万言书，极言时危"，提出"变成法，通下情，慎左右"的变法主张。但位卑言轻，主张没得上达，反被视为"狂生"遭到攻击。康有

康有为

为不放弃，回乡后"专意著述"，继续奋斗，在广州设万木草堂，开始讲学。

梁启超是广东新会县茶坑村人，十二岁中秀才，十三岁到广东的最高学府学海堂读书，十六岁在光绪十五年（1889年）广东省的乡试中高中举人第八名。主考官李端棻慧眼识珠，认为梁启超是"国士无双"，并把自己的妹妹李蕙仙许配给他。第二年梁启超赴京会试，没有考中，归途中在上海逗留，见到了《瀛寰志略》等其他西方著作，从此开始接触西学。回到广州，去见康有为，成为其弟子，并用文字记录下他第一次见康有为的感觉：

> 自辰入见，自戌始退，冷水浇背，当头一棒，一旦尽失其故垒，惘惘然不知所从事，且惊且喜，且怨且艾，且疑且惧，与通甫联床，竟夕不能寐。明日再谒，请为学方针，先生乃教以陆王心学，而并及史学、西学之梗概，自是决然舍去旧学。自退出学海堂，而间日请业南海之门，生平知有学，自兹始。

康有为在光绪十九年（1893年）中为举人，光绪二十一年（1895年）北京举行科举会试之期，偕弟子梁启超赴京赶考。正是甲午战争后中日议和签订《马关条约》的时候，国家处在被列强瓜分的危急局面。5月2日康有为和梁启超组织18省参加会试的一千三百多名举人，联名上书政府，提出了"拒和、迁都、练兵、变法"的主张，请求皇帝"下诏鼓天下之气，迁都定天下之本，练兵强天下之势，变法成天下之治"。这就是著名的"公车上书"，梁启超称其为"清朝二百余年未有之大举"。这次上书虽然没有被接受，但它是变法维新运动的序幕，

梁启超

也是变法维新思潮发展成为爱国救亡政治运动的重要转折点。其主要内容是：变法自强，维护国家独立；学习西方文化、科学技术和经营管理制度，发展资本主义；革除君主专制，实行君主立宪，使国家富强。在这场前所未有的"仿效外国改革政治"的呼声中，科举会试发榜，康有为中得进士，授工部主事，但是他志在变法，没有前去任职，而是通过创办报刊、组织学会、设立学堂广泛地宣传自己的政治主张。

5月末，康有为又一次奋笔疾书，洋洋万言，提出"富国、养民、教士、练兵"的改革主张，其中"富国"之策有六条，第二条就是修铁路。袁世凯对维新思想颇有同

情，7月把康有为的"万言书"代交给"督办军务处"，光绪帝看到后表示"嘉许"。

康有为在频频上书的同时又创办报纸《万国公报》，他请英国传教士李提摩太为主编，命梁启超为主笔，日印千余份，分送朝官，在上层中大造维新变法的舆论。为了号召民众，他还在北京和上海创立维新团体"强学会"，弟子们办起了《强学报》，以组织维新力量。9月，袁世凯参加了"强学会"，捐银五百两，还派亲信徐世昌到北京与维新派联系。李鸿章允许"强学会"在自己创办的安徽会馆里活动，但是捐钱的时候被拒绝，因为他签订了《马关条约》。

严复在甲午战争时看到日本学友打败了学业优等的自己，朝夕相处的同学和亲自教出来的学生葬身海底，悲痛欲绝，从一个海军军官变为传播西方先进文化和民主思想的启蒙者，认为要救中国，必须学西学。如火山爆发，奔涌着炽热的岩浆，他奋笔疾书，将赫胥黎的《进化论与伦理学》翻译成中文，书名为《天演论》。光绪二十三年（1897年），严复又创办了

严复翻译的《天演论》

中国人在天津办的第一份报纸《国闻报》，将《天演论》在《国闻报》上连载，面对国家民族危亡发出呐喊，"自强保种"、"救亡图存"。像警钟敲响，振聋发聩。"物竞天择适者生存"、"弱肉强食"、"优胜劣汰"，这些生物进化的观点出现在甲午战争后的中国有了一种特殊意义。接着，他又翻译出版了英国经济学著作《原富》，鼓吹资本主义的生产方式。

严复和同学及学生又担负起了重建北洋水师的任务，当叶祖圭率舰到福州马尾船厂检修时，他委托战友招收沿海的优秀子弟参加海军。叶祖圭不负所望，在众多的报考者中从优挑选了30名，带到天津交给严复。严复又亲自命题《西学之所以有用论》，加以复试，对战友精心遴选的高素质新生甚感欣喜。袁世凯也在这一年因为练兵有功，被清政府提升为直隶按察使，专管练兵事宜。

容闳被爱国救亡运动感染，已经从当年对曾国藩等人的"求知当道，游说公卿"转为宣扬、支持维新，以此"救助中国"。他结识了康有为、梁启超等维新人士并参加活动，又提出了一项建议：开设国会，代表民意。自然，他的建议很难得到大多数官员的

认同，慈禧断然拒绝。然而，《时务报》主编梁启超将容闳的改革主张全部予以刊发。

《时务报》不但刊发维新的革命理论，也关注妇女放脚自我解放的行动，1897年登载唐元湛的夫人唐邓凤给上海的"不缠足"会捐款20元钱的消息。由区谔良和康有为首创的不缠足会在上海发展为天足会，得到了维新派人士和社会名流的支持，随后又发展到天津、成都等城市，遍及全国。但是唐邓凤的亲哥哥邓桂廷于这年的农历六月二十六日病故于日本神户，灵柩运回家乡，葬于大王岭。兄弟邓星泰将长子邓世绵过继给邓桂廷"兼祧"，以续香火。邓桂廷身后留下了一个谜团，去日本到底是做什么？但有一点是肯定的，他不是擅自离队。

人们熟悉的邝其照主办的《中西日报》政治观点越来越鲜明，于光绪二十一年（1895年）十月刊登孙中山撰写的《拟创立农学会书》，指出民族危机深重，号召人民发奋图强。兴中会成立后积极准备武装起义，《中西日报》成为孙中山领导广州起义的宣传舆论阵地。

光绪二十三年六月初七（1897年7月6日）唐廷桂在上海逝世，终年七十岁。上海《字林西报》著专文悼念。他是在筹建上海华界自来水厂的工作中停止呼吸的。这事说来话长，上海的第一家自来水公司是"英商上海自来水公司"，由怡和洋行建设，1883年6月29日宣告落成供水，地点在杨树浦，建筑风格是英国城堡式，清水砖墙嵌以红边。当时李鸿章应邀参加了落成典礼，并亲手开动机关，把水放进了过滤水池。从此公共租界里的饮用水质得到了根本性的改变，但是其他地方的城乡居民吃水依然是取之于就近的河浜，用木桶挑回家后，自

唐廷桂

行用明矾澄清后饮用。邑人李平书等具文请上海道在南市华界内建自来水厂，因为需要大量资金，不得不搁置。法租界继公共租界之后也建起了自来水厂并供水，而华界直到1897年1月邑绅曹骧请准上海道由粤商唐廷桂、杨文俊集股创官督商办之上海内地自来水公司。唐廷桂、杨文俊投资规银二十万两，就地募集十万两，其中有一笔是上海道拨借的"官款"，在望达桥南购地六十亩设水池。为了区别于公共租界、法租界的外商自来水公司，取名为"商办闸北水电公司水厂"。唐廷桂和唐廷枢兄弟俩都是"买办"出身，为洋务鞠躬尽瘁。

唐荣俊接替了父亲怡和洋行总买办和广肇会馆总董职务，也接手了自来水公司，任总董。

梁诚于光绪二十三年（1897 年）经头等出使英国大臣张荫桓举荐，随中国代表团出席英国维多利亚女皇即位 60 周年大典，任头等参赞官，给中国特使醇亲王载沣当秘书，被英国政府授予 K.C.M.G. 爵位。

盛宣怀接手了张之洞濒于破产的官办汉阳铁厂，看到厂里用 36 名洋人，不务实，就聘郑观应兼任总办整顿铁厂，黄仲良为帮总监工兼总翻译。整顿之难，更难于当年之招商局，改铁厂为官督商办。在汉阳铁厂整顿的过程中，郑观应认为黄仲良在处理铁厂的技术事务中过于偏听洋总监工堪纳弟之言，

唐荣俊在上海（刘安弟提供）

于 1897 年 9 月 29 日将黄仲良经手的一些信件和合同点交盛宣怀。盛宣怀批准销去黄仲良两差，但让他依然协助堪纳弟处理技术事务并做交接。

戊戌之年　变与不变

1898 年 1 月，光绪帝谕总理衙门召见康有为，在探讨时局时，康有为慷慨激昂，当面驳斥荣禄的"祖宗之法不可变"为谬论。在上《统筹全局折》中指出，中国非变法不可，"能变则全，不变则亡，全变则强，小变仍亡"。他希望光绪帝能够以日本明治维新为蓝本进行改革，"大誓群臣，以定国是"，立即着手变法。

进入戊戌年后，北京格外引人关注，民族资产阶级的维新运动形成了高潮。他们想依靠皇帝通过变法来建立君主立宪政体，以改变国家的命运；光绪帝也想通过维新运动，实现自己治理国家的政治理想。4 月 12 日，康有为和梁启超等人又组织"保国会"，宗旨是"保国，保种，保教"。保国会在北京开会的第一天容闳就在场，他看到

维新潮流澎湃而来，乃决意留居北京，所住的金顶庙寓所"一时几变为维新领袖之会议场"。维新人士的许多重要建议、奏折和应对时局的策略，都是在这里讨论产生。

然而，四月初十（5月29日）洋务的领袖恭亲王奕訢病逝，时年六十七岁，懿旨赐谥"忠"，加恩进贤良祠，并入皇家太庙，王爵由其次子载滢之子溥伟承袭。在奕訢主导的洋务运动中洋务派办京师同文馆；翻译西学书籍；向外派遣留学生；编练新式陆海军；用洋法采矿；兴办铁路、电报、银行……开启了中国近代工业，而奕訢的逝世正好又是一个节点。

光绪帝被维新势力所激动，于光绪二十四年四月二十三日（1898年6月11日）颁布《明定国是》诏书，宣布变法，并亲自领导这场运动，强调："京师大学堂为各行省之倡，尤应首先举办。"五月十五日（7月3日），出现在京师的国立大学堂成为维新运动的重要成果。第一任监督张亨嘉（字燮钧，号铁君，福建侯官人）身穿礼服正式就职，他率领中外教习和学生向"至圣先师"孔子牌位行三跪九叩之礼。然后学生也向监督作三个揖，行谒见礼。礼毕，张亨嘉作就职演说："诸生听训，诸生为国求学，努力自爱。"14个字，可能是世界上最短的就职演说。吏部左侍郎许景澄任京师大学堂总教习，他曾是出使俄、

清德宗爱新觉罗·载湉
在位年号光绪

德、奥、荷四国大臣，还是总办东北铁路公司事宜的铁路大臣。另一位总教习是美国人丁韪良。

制度改革必然触动既得利益者，对权力有着强烈欲望的慈禧当然不会轻易交出手中的权力，因此，帝、后两党的斗争形成了白热化状态，后党首先把矛头指向康有为，说保国会是"保中国不保大清"。光绪帝执意变法，申斥了弹劾者，还提拔了谭嗣同等四名维新派人士为军机章京，参与新政，推动变法。慈禧也是连连出手，先革去了帝师翁同龢的职务，又做出规定，二品以上大臣受勋时要到她面前叩头谢恩；并让所信任的荣禄接替了王文韶直隶总督、北洋大臣的职务。

9月14日，慈禧和光绪帝在懋勤殿发生了激烈冲突，慈禧明示：光绪如果再依靠康梁变法，他将皇位不保。

握有重兵的袁世凯成了帝党、后党同时关注的力量。关键时刻，光绪帝接受了维

新派"抚袁以备不测"的主张，于八月初一（9 月 16 日）召见袁世凯，特赏候补侍郎，专办练兵事务，官阶由三品升到二品，并说他可以和荣禄各办各事。这一切让袁世凯心惊肉跳，觉得面前打开的是一扇凶险大门，因为后党在京津地区布置了多于新军 20 倍的兵力。

八月初三（9 月 18 日）晨，康有为、谭嗣同等有关人士接到光绪帝求救和催促康有为离京的密旨（有学者研究说康有为修改了密旨），感到事态很严重。同一天庆亲王奕劻和监察御史杨崇伊也到颐和园向慈禧密报，说朝廷内结康有为，外结孙中山，还要让日本卸任的首相伊腾博文当顾问，社稷之危，迫在眉睫。

当晚发生的事被学者们研究出不同版本。版本一：谭嗣同在法华寺密会袁世凯，策动他带兵围禁颐和园、囚慈禧、杀荣禄，解皇上危难，助行新政。袁世凯允诺："诛荣禄如杀一狗耳"。版本二：袁世凯没有允许，表示动手要有皇上的圣旨，再就是不能在北京动手。版本三：袁世凯的日记说，不认识谭嗣同，日记还表述，自己当夜返回天津，是到了荣禄府邸，但是荣禄忙着会见一个又一个客人，他等到半夜也没有正式谈成话。

八月初四（9 月 19 日），慈禧太后回宫。八月初六（9 月 21 日），戊戌变法第 103天，慈禧"临朝训政"召集重臣，疾声厉色地把光绪斥责了一通，光绪战战兢兢。慈禧又大声怒斥："难道祖宗不如西法，鬼子反重于祖宗乎？"光绪说不出高深的理论与老佛爷辩论，当然也不敢。从此，这位志在变法改革的皇帝被幽禁于中南海瀛台，戊戌变法失败。

慈禧第三次政变又赢了，再度"垂帘听政"，废除新政，开始大肆搜捕维新党人，下令通缉康有为、梁启超，严厉处罚参加变法的官员。京城一片恐怖，容闳首先想到的是维新人士的安危，函请李提摩太营救梁启超。

康有为逃离北京时又通过李提摩太向容闳致信，他到天津，搭船去上海。朝廷命南洋"飞鹰"号战舰中途拦截，同时一艘英国战舰也接到命令，抢先在吴淞口外接走了康有为，驶向香港，康有为逃亡日本。

梁启超两次劝说谭嗣同一起逃往日本，并提供了机会，谭嗣同坚辞不受并傲然宣称："各国变法，无不从流血而成，今中国未闻有因变法而流血者，此之所以不昌者也；有之，请自嗣同始！"要以自己胫中鲜血唤醒国人。维新志士谭嗣同、康广仁、林旭、杨深秀、杨锐、刘光第六人于光绪二十四年八月十三日（1898 年 9 月 28 日）在北京菜市口惨遭杀害，血溅轩辕，史称"戊戌六君子"。

同一天，礼部尚书裕禄接替荣禄为直隶总督、北洋大臣。次日，八月十四日（9月29日），慈禧以"张荫桓居心巧诈，行踪诡秘，趋炎附势，反复无常"等空洞无实的罪名，定为"康党要犯之首"，下令将他"发往新疆，交该巡抚严加管束"，第二天即被押解上路。

慈禧对袁世凯也要处置，说他是鼠首两端，见风使舵，在荣禄的极力担保下，免于处置。1898 年 12 月，新建陆军改名为"武卫右军"，为荣禄控制下的"武卫军"五军之一。慈禧对奕劻加恩，封世袭罔替铁帽子王。

梁诚一直跟随的外交家、户部左侍郎张荫桓因参与戊戌变法，被慈禧太后流放新疆，于光绪二十五年二月二十一日（1899 年 4 月 1 日）到达迪化（今乌鲁木齐市）。张荫桓租住在直奉义园院内（今新世纪大厦一带），隔着野马似的自南向北的河流，他遥望着河西面那个叫"鉴湖"的人工湖。也许是思念被囚禁瀛台的光绪帝，也许希望流放待遇好一些，于夏秋之际捐资修建了斗拱飞檐的鉴湖湖心两层小楼，起名"鉴湖亭"（今天还在）。

绝大多数留美幼童没有参加这场维新变法运动，而是专心实业，并成了骨干力量。

盛宣怀在上海筹备修建沪宁铁路，最初的设想是采取官商合办的方式，无奈财力不足，不得

外交家、维新人士张荫桓

不又一次借外债，于光绪二十四年四月（1898 年 5 月）与英国怡和洋行签订了《沪宁铁路借款合同》。既然是借款，就不能不受对方的挟制，合同规定：设铁路总管理处，由英籍总工程师一人、英员两人、华员两人组成。铁路总管理处"管理造路行车事务"，官款重建的吴淞铁路被兼并，归沪宁铁路管理。一个月后，《芦汉铁路比国借款续订详细合同》和《芦汉铁路行车合同》正式签订。

这一年唐绍仪奔父丧回国。他在朝鲜先后 16 年，历经变故，处事干练，受到朝廷嘉许，为朝野人士所瞩目。

三十六岁的罗国瑞并非一帆风顺，一些传统士大夫认为对这些洋学生就应当严加防备。盛宣怀之侄盛春颐就对罗国瑞颇不信任，曾写信给盛宣怀称罗国瑞"其人性情尤极不纯"，见不得罗国瑞被盛宣怀所重用。但是粤汉铁路急需铁路人才，光绪二十四

年（1898年）三月初三，盛宣怀给时任湖南巡抚陈宝箴写信说："粤汉必先堪路……敝处拟派罗国瑞，仅能画图，通英语，使其初堪，可详告洋工师耳。"没想到罗国瑞居然在起程前病倒了，让整个粤汉铁路工程滞缓下来。张之洞对此非常不满，说"罗种种稽延，不解其故"。而盛宣怀对张之洞说："罗国瑞稽延可恨，此外苦无人，已电罗必须初十内起程，但恐真病，亦难勉强。"

虽然出师不利，罗国瑞还是在粤汉铁路的踏勘中展示了出色的能力。粤汉铁路将和芦汉铁路连接，成为中国重要的一条南北铁路干线。

光绪二十五年（1899年），清政府下令北洋水师恢复建设，先后从德国、英国购买了43艘军舰，其中在英国订造的海圻号巡洋舰最为先进，有两门8吋炮，号称"天字一号艨艟"，是中国最大的军舰。清政府授叶祖圭为北洋水师统领，萨镇冰为北洋水师帮统兼海圻舰管带。在江阴要塞区黄山炮台任总台官三年的曹嘉祥任海容号巡洋舰管带。叶祖圭率舰南下，粉碎了意大利企图"租借"浙东沿海三门湾的挑衅，中国海军振作了一把。

朱宝奎、黄开甲、周万鹏、唐元湛、程大业等电报人员一直集中在直隶，在失败了的战场上重建边防、海防包括北洋水师的电报通讯系统。这是军务，刻不容缓，他们是主要技术力量。光绪二十五年四月初六（1899年5月15日），直隶总督北洋大臣裕禄撰文谈到海防问题，称：

海容号巡洋舰

　　……几遇中外要电，皆关军国大计，员司学生等，昼夜轮值，终岁无休息之期，核其劳绩，较文报局实有过之……所有出力文职各员，均照部议，一并改按寻常劳绩，人数亦无浮多，谨缮具清单。其中列名之留美幼童有：朱宝奎、黄开甲、周万鹏、唐元湛、程大业五人。

裕禄的报告是对电报人员的嘉奖，也是对他们在特殊时期的工作态度和工作成绩的总结，这几位电报生已经成为中国电报业的领军人物。上海电报局的经营管理、业务开展一直走在各电报局的前列，这年开办了新闻电报，半价收费，尽管从电报等级来说列在了最后一等，但毕竟是一个顺应历史潮流发展的举措。

甲午战争之后吴应科对政府心灰意冷，后来还是选择了为国服务，任北洋电报局总办。光绪二十五年（1899年），在中国出席英皇爱德华七世登基大典特别代表团中任秘书、头等翻译。

容闳参与了维新变法的活动，还有"隐匿党人之嫌"，遭到清政府"撤差"并通缉，几致被捕，最后逃离北京辗转到了上海租界，但是并没有停止活动。1899年年底的一天，他的堂弟容耀垣突然以码头苦力的模样出现在他的面前，让他大吃一惊，但似乎又猜出了什么，忙问缘由。

容耀垣告诉容闳：一个叫孙文的香山同乡正领导革命党人以暴力推翻满清王朝。动荡的时局中，容耀垣于1895年参加了兴中会，他做茶叶生意致富的同时一次又一次以办轮船航运业获得的巨资帮助孙中山，资助革命。1899年11月，在策划汉口起义时，他被孙中山嘱托"专办湘汉之事"，以个人名义担保，租下一栋楼房，供起义军使用，起义失败。这次到上海，他是为了躲避清政府通缉，化装逃跑的。在这种形势下，容闳给容尚谦发了一封电报，关照他和家庭，躲避逮捕或受到惩罚。容尚谦接到电报后辞职，感到即使是亲近的朋友，也会因为他是容闳的侄子而"避之犹恐不及"，过起隐居生活。

詹天佑与邝景扬分别担任营口、锦州驻段工程师，两人配合默契，施工进度迅速，声望极高。盛宣怀负责督办萍（乡）醴（陵）铁路，光绪二十五年（1899年9月8日）开始设计，目的是将萍乡煤矿的煤送到汉阳铁厂，供生产用煤。设计者是美籍总工程师李治、副工程师是罗国瑞和马克来。同时，盛宣怀在自费安装的电话中感受到了实际效果，大力宣传电话之优越，于光绪二十五年疏言："德律风创自欧、美。入手而能用，著耳而得声，坐一室而可对百朋，隔颜色而可亲謦欬，此亘古未有之便宜。故创行未三十年，遍于各国。其始止达数十里，现已可通数千里。新机既辟，不可禁遏。"第二年又从国防的战略高度奏请自办电话局：

> 沿江沿海通商各埠，若令皆设有德律风，他日由短线而达长路，由传声而兼传字，势必一纵而不可收拾。不特中国电报权利必为所夺，而彼之消息更速于我。防备不早，补救何从？现在官款恐难筹措。臣与电报各商董再四熟筹，惟有劝集华商资本，自办德律风，与电报相辅而行。

他信心满满地等待着朝廷的回应，但是没想到洋务企业遭到了严重的暴力破坏。

庚子之难　宣战八国

　　当历史的车轮从 19 世纪驶向 20 世纪的时候，中华民族又遭到一次劫难。这场劫难的原因复杂，但是有一个原因是根本的，国家的命运由一个人来掌握，这种社会制度到末期就是不可逆转的一次次灾难。在南方的维新派人士为建立君主立宪国家而抗争的时候，北方的义和团运动风起云涌。生活在底层的农民由于饥饿，也出于对无端侵犯了自己利益的洋人的愤怒，以强烈的爱国精神举起了反抗洋人的旗帜。他们没有纲领和武装，只有满腔热血和一双拳头，山西、山东、直隶等地农民的习武组织"义和拳"发展成了"义和团"。义和团的农民不知道高个子洋人所拥有的火枪、兵船是怎么回事，在刻苦练武的同时也幻想得到"神"助，使自己变得强大，让洋人及所携带的火枪、兵船灰飞烟灭。他们相信只要有神附体，自己就有了"神术"，就能刀枪不入，还能将洋人射过来的子弹变成沙尘。于是，半大楞小子们在由来已久的敬神心理和从众本能的驱使下，纷纷加入义和团，摆上神坛，由法师念咒，一阵舞枪弄棍后就好像真的感觉某个神仙附到自己身上了，得到了神授的"法力"，呼风唤雨，实现愿望。而义和团最大的愿望是吃喝不愁；最想做的事是念个咒毁掉洋教堂、杀掉洋人；最渴望见到的景象是大法师向海中念咒，用手一指，洋人兵船不能前进，即在海中自焚。没有科学知识的农民以自己的想象编造着神话，可怕的是这神话愈传愈真，愈传愈广，以至传到北京，进了宫廷，到了混淆视听的地步。

　　袁世凯于光绪二十五年十一月初四（1899 年 12 月 6 日）被授"署山东巡抚"，接替毓贤，唐绍仪以道员随往。李鸿章在十几天后的十一月十七日（12 月 19 日）任两广总督，唐绍仪又作为幕僚随同前往。之后，有人向李鸿章请教对康有为的看法，他

1900 年 1 月 15 日李鸿章抵粤前在香港与香港总督合影
左侧戴眼镜者为唐绍仪，唐绍仪并排右边为刘学询

再次脱口而出："朝廷意抓康党，尔等无须怕，吾即是康党！"由于失望，儒学出身同时对大清王朝一片忠诚的七十七岁的重臣也如此表白。

唐绍仪返回山东，办理外交和商务，同时受袁世凯之命任总办，建学堂，负责筹备、选址、聘师、招生、开学等事宜。1900年10月，在济南泺源书院（今百货大楼对门）门口挂出了校牌："山东大学堂"（今山东大学的前身）。这是山东第一个洋学堂，在唐绍仪的主持下，开始了近代正规高等学校在体制和规模方面的探索和实践，学校设有本科和预科，学制定为三年，并有严格的考试制度，不及格不能毕业。所设课程中西结合并涉及文体，有经学、社会科学、自然科学、四种外国语、图画、音乐、体操等二十多门基础课。

袁世凯的前任是主张灭洋的，支持义和团，被朝廷斥责道："纯系地方文武弹压缉捕不得力，巡抚毓贤固执己见，以为与教民为难者即系良民，意存偏袒，命即查明各种会匪名目，严行禁止，以靖地方。"所以，袁世凯对义和团的态度非常明确：先礼后兵，在极力安抚之后让他们自行解散，然而洋人被杀的事件依然发生。操练过新军的他，自然要用枪来打破义和团的所谓神话。

在一个大家都认为很吉利的日子，袁世凯请来了一位义和团的大法师，又召集一群军官，声言要和大法师进行一场"刀枪不入"的试验。为了慎重，他先要大法师签订一张生死文书，"假设身死勿论"。这位大法师太自信了，真的在生死文书上签了自己的名字。袁世凯亲自拿起一支德国造的手枪，在军官们的注目之下，瞄准大法师，扣动扳机。大法师应声仰面倒下，观看试验的军官们开始还不相信"神术"在身的大法师竟如此脆弱，以为是和洋枪斗法，没有马上过去。过了一会儿还是没有动静，他们才跑上前去，一看，大法师肚子上一个洞，鲜血直流，死了。

袁世凯打破了义和团刀枪不入的神话，态度也坚决了，镇压。

慈禧对列强支持光绪帝一直很不满意，突然从义和团看到了"民心可用"，产生了新的想法，利用这个以反抗洋人为目的的农民组织，达到个人目的。于是，慈禧在1900年1月12日承认义和团的合法地位，24日又策划"己亥立储"，清廷发布上谕，宣布立端郡王载漪之子15岁的溥儁为大阿哥，也就是皇权的合法继承人。

这个意在废除光绪皇帝的举动，引起了中外舆论的关注，上海电报局总办经元善的行动最为激进，他利用自己掌握上海电报局的优势，第二天就以候补知府衔联合蔡元培、黄炎培等1231名维新人士和绅商，发出了反对"己亥立储"通电，要求清廷收回成命，在全国引起巨大反响。这是维新派人士公开和朝廷叫板，也是国家基础设施的高级管理者利用通信设备做出违背朝廷意志的事。

经元善被清廷通缉，盛宣怀首先得到消息，让郑观应通知经元善到澳门避难，朱宝奎任上海电报局总办。清廷又行文澳门葡督，将经元善拘禁。维新人士纷纷声援，容闳致函经元善，说"电争之事"是"保君大节"，声称"仆与公异流同源"。因为国内外舆论强烈，加上盛宣怀从中斡旋，经元善没有被引渡，后来获释。

这件事不能不对电报方面的留美幼童有所触动，经元善在戊戌变法失败之后，依然有勇气和胆量利用先进的通信设备，及时表达和传播进步的呼声，让人敬佩。还有容闳、郑观应等前辈为了社会的进步，自觉地担当起社会责任，几经波折，矢志不移。

光绪二十六年，公元1900年，农历庚子年。因为慈禧的反复，被镇压下去的义和团忽如被一夜春风吹醒，愈演愈烈，形成壮大趋势。他们高举反帝的旗帜，带着凡沾"洋"皆有仇的情绪，浩浩荡荡地进入津、京地区，与当地拳民会合，形成了席卷全国的灭洋阵势，围攻了北京东交民巷的外国使馆区。

当时在华设立使馆的有11个国家，大英帝国（英）、美利坚合众国（美）、法兰西第三共和国（法）、德意志帝国（德）、俄罗斯帝国（俄）、大日本帝国（日）、奥匈帝国（奥）、意大利王国（意）、比利时（比）、西班牙和荷兰。当年小刀会进攻上海，对上海县府和海关进行摧毁，最后为帝国主义窃取中国海关权力造成了口实和机会。而义和团有过之而无不及，不仅灭洋，还对所有洋务企业进行破坏，关内外铁路、电报线路首当其冲，连北洋大学堂、开平矿务局都不能幸免。直隶全境遭受了史无前例的兵灾战祸，史称"庚子之乱"。

中国电报总局的通讯线路破坏惨重，电线被割断，电杆被连根拔起。电报人员奉命来到直隶，面对惨状，心如刀割，血雨腥风中根本无法修复，冒着生命危险对被破坏的电报线路进行调查，及时向总办盛宣怀作了汇报。盛宣怀又向朝廷奏报：

> 自拳匪事起，京师至保定电线首被折毁，曾不逾时，京津一路继之，津德一路又继之，山西、河南无洋兵无拳匪之地亦继之，驯至晋、豫、直隶、山东省境内荡然无一之遗。

5月28日，英、美、法、俄、德、日、意、奥八国驻华公使召开会议决定联合出兵中国，理由是"保护被义和团包围在北京使馆区的外交使节和侨民"，统帅是德国人瓦德西（Waldersee）伯爵，史称八国联军。30日，列强军舰集结于海上咽喉天津大沽口。6月2日，在列强的强大压力下，清政府允许各国向北京的使馆区增派卫队，但是人数大大超过了限制。同时，清政府也命令袁世凯进京防卫。袁世凯派少数兵力到直鲁一带，按兵不动。

国家出现了异常危急的局面,朝廷内部意见达不成统一,在御前会议上,有五位大臣四次联手与顽固派廷对,面谏慈禧,反对启衅,避免为八国联军大举入侵提供借口。他们是:太常寺卿(礼宾司司长)袁昶,诗人、学者;吏部左侍郎、京师大学堂总教习许景澄,外交官;兵部尚书(国防部长)徐用仪;太常寺卿、内阁大学士联元,满族人;户部左侍郎立山,蒙古族人。

朝堂上耿介的大臣冒死面谏的时候,权力欲望不断膨胀的慈禧却有自己的一番盘算。她想一方面利用义和团围攻使馆区,强迫各国公使同意废黜光绪,另立溥隽;另一方面想在对外战争的幌子下,利用帝国主义的屠刀,将义和团和造反的群众推入血泊之中。这个狠毒的计划说到底不过是妇人之见,因为她根本不了解外面的世界,也不了解成为对手之后的外国军队是多么凶狠残暴。而愚昧的裕禄始终对局势没有明确的判断和自己的决策,官场上一贯的做派又是报喜不报忧,他向慈禧谎报军情,天津可以顶住联军的进犯。所以,在义和团围攻北京东效民巷使馆区时,清政府一直不作明确表态,料想不到濒临大海的天津以及首都北京会遭到什么样的劫难。

6月10日,英国东亚舰队司令西摩尔指挥的八国2000人,强行从天津租界向北京开进,一场新的侵略战争开始了。他们冲进天津站,强夺机车,先后乘三列火车向北京进发,一路上多次遭到清军和义和团的袭击,铁路被毁,电杆倒地。联军只得边修路边前行,13日夜到达廊坊,又与义和团数千人发生激战。

17日,联军攻陷了天津大沽口炮台,清军海上和陆地的守军以死卫国,阻止他们上岸,击伤五国敌舰七艘,占联军总舰队数量的四分之一,但是,没能抵挡住联军上岸,大沽口炮台部分被焚毁。北洋水师学堂、北洋机器局被毁,北洋医学堂被迫关闭。北洋电报学堂先后培养出学生三百多名,被迫停办。山海关北洋铁路官学堂被俄军占领,学生遣散,八国联军占领津榆后又将学堂焚毁。作为中国高等教育之先声的北洋大学堂在开办四年后首届学生毕业,第一张毕业证发给了第一名学生王宠惠,他又被盛宣怀送往美国留学。内乱外患中北洋大学堂先被义和团摧毁,又被美国、德国军队先后侵占,

天津火车站附近被八国联军毁坏的房屋

学生到上海避难，盛宣怀让他们进南洋公学肄业。

联军再次和"实力禁阻洋兵"进京的2000名清军交火，遭到阻击。清军与义和团会合，形成掎角之势，战斗到18日结束。聂士成是驻扎天津的最后一名淮军出身的将领，他横刀立马，奋勇当先，在战斗中多处受重伤仍然是一夫当关，挺身在前。最后联军不顾国际法施放毒气，民族英雄聂士成壮烈牺牲。

纵横疆场驰骋40年的淮军从13营解上海之围兴起，以李鸿章的升迁、荣辱而壮大、起伏，他们最终在这场抵御八国联军入侵的战斗中悲壮地谢幕。

疆臣之首的直隶总督北洋大臣裕禄，见大清军队难以抵挡联军的进攻，只得自杀。

八国联军上岸后攻陷天津，全城死伤无数。学西医的留美幼童尽医生职责，冒着炮火战地救治伤员。直隶武备（旗兵）学堂和京津铁路总医官金大廷不幸被流弹击中，坠河牺牲。林联辉救死扶伤忘我工作，受伤感染，翌年谢世天津，终年四十岁。做过铁路官员、任天津税务局主管的唐致尧被见人就杀的俄国兵枪杀，妻子和襁褓中的婴儿也惨遭杀害！还有陈乾生，也在事变时在天津被义和团杀害。

唐绍仪的妻子唐张氏和女儿唐四姑牺牲了。本来情况危急时她俩已经离开战火，住进了美国领事馆，但是当她们看见同胞们在侵略者的追杀下无处藏身，就主动出来组织救助，对数百名难民"济以衣食，假江居栖"。整个天津腥风血雨，但是她俩奋不顾身，不幸中弹身亡。而唐绍仪正在南北奔波，被两广总督李鸿章招为幕僚，山东形势紧张后，又北上协助袁世凯。

身着清廷官服的唐绍仪和妻子唐张氏

周长龄任大清国驻朝鲜总领事三年，1897年回国后出任天津轮船招商局帮办，深得盛宣怀器重，提出多项改革建议，同时也充分发挥了经商才能，使天津轮船招商局有了发展，升为总办。庚子事变中天津轮船招商局财产遭受严重毁坏，他决定根据国际法向施暴者美国追讨。这期间，他还负责官办银锭厂铸银的银价调整与审批。

北京，德国驻华公使克林德（Baron Von Kettler）在东单路口被杀，引起骚乱。慈禧决定"联拳灭洋"，于6月21日颁布与英、美、法、俄、德、日、意、奥八国宣战上谕。一个国家向八个国家同时宣战，这在国际关系史上绝无仅有。接着，慈禧又下旨，要求各督抚"联络一气以保疆土"，率兵北上共同灭洋。

李鸿章对于北上灭洋的圣旨态度明确："此乱命也，粤不奉诏。"他是这样考虑的，国家忧患日深，军力积弱日久，"若不量力而轻于一试，恐数千年文物之邦，从此已矣"。于是"首倡不奉诏之议"，拒绝对外宣战。

津京陷落　东南互保

盛宣怀在 5 月份的时候就感到大势不妙，以"考察货物时价"为名，悄悄南下，同时密切关注时局。他的观点是："拳会蔓延，非速加惩创，断难解散。"清政府与八国宣战后的第四天，他就给李鸿章、刘坤一、张之洞写信，明确表示自己"不奉诏"，同时审时度势，从战略的高度提出了一个"东南互保"方案，力挽狂澜。在这两难的处境中，他首先要给各督抚一个"抗旨"的理由和勇气：

> 今为疆臣计，如各省集义团御侮，必同归于尽。欲全东南以保宗社，东南诸大帅须以权宜应之，以定各国之心。仍不背二十四日各督抚联络一气以保疆土之旨。

盛宣怀首先说出了一个谁也不愿意看到的结局："必同归于尽"，为"东南诸大帅"不北上开脱责任；接着又偷换概念，把率兵北上共同灭洋"保疆土"变成保证自己辖区的安全，"欲全东南以保宗社"。这个建议很快得到了东南各督抚的响应，李鸿章致电表示自己"在粤当力任保护疆土"。两江总督刘坤一开始态度犹豫，张謇主动前去做说服工作。

两江总督刘坤一

张謇是甲午年一甲一名进士（状元），著名的维新人士，与刘坤一交情很深。刘坤一被张謇说服后给盛宣怀复电："欲保东南疆土，留为大局转机。"梁敦彦在这一年任江汉海关道，帮湖广总督张之洞具体筹划，使其态度明确："敝处意见相同"。在圣旨下达的当天就电奏朝廷："恳请严禁暴民，安慰各国，并请美国居中调停。"江苏巡抚鹿传霖也给盛宣怀复电，"此时江海各处，惟有力任保护"，才能有所补救。

东南各督抚也都是具有政治眼光的，他们已经看出了列强特别是英国霸占长江流域的企图，并且正在蠢蠢欲动。在清政府还没有宣战的 6 月 14 日，英国驻上海的代理总领事霍必澜就致电英国外交大臣索尔兹伯理，提出："我们应当立即与汉口及南京的总督达成一项谅解。我完全相信，如果他们可以指望得到女王陛下政府的有效支持，他们将在所辖地区内尽力维持和平。"第二天索尔兹伯理复电霍必澜："我们授权您通知驻南京的总督，如果他采取维护秩序的措施，他将得到女王陛下军舰的支持。"命霍必澜："通知女王陛下驻汉口总领事，他可以向总督提一项同样的保证。"6 月 16 日，英国海军部命令在上海的海军将领派兵舰到南京、汉口两地，向刘坤一、张之洞转达英国政府的意见。

对于英国所谓"尽力维持和平"的意见和措施，各督抚心知肚明。开辟租界、占领海关都是这样，先以军舰和大炮做准备，再找一个冠冕堂皇的理由接近目标，最后达到侵占的目的。这一次，是故技重演。

为使东南互保成功，盛宣怀周旋在各国驻沪领事之间，将纵横捭阖的政治本领发挥得淋漓尽致，忧心焦思地做说服工作。最难逾越的是，中国已向八国宣战这个大前提。

终于在 6 月 26 日，两江总督刘坤一、湖广总督张之洞、上海道余联沅及盛宣怀同驻上海的各国领事会商，签订了《东南互保章程》。主要内容有三项：

湖广总督张之洞

　　一、上海租界归各国公使保护，长江及苏杭内地均归各督抚保护两不相扰，以保全中外商民生命产业为主。二、长江及苏杭内地各国商民教士产业均归南洋大臣刘坤一、两湖督宪张之洞切实保护，并移知各省督抚及严饬各该文武官吏一体认真保护。现已出示禁止谣言，严拿匪徒。三、上海制造局、火药局一带各国弁兵轮勿往游弋驻泊及派洋兵巡捕前往，以期各不相扰。此局军火专为防剿长江内地土匪，保护中外商民之用。

《东南互保章程》达成后，南方其他省份的督抚看到了一个示范，盛宣怀又分别写信给闽浙总督许应骙、浙江巡抚刘树棠、山东巡抚袁世凯、四川总督奎俊，动员他们加入互保联盟，安徽巡抚王之春也作了响应，这样一来互保的范围从东南扩大到了中南、西南。袁世凯与南方各省督抚态度一致，派人到各国驻烟台领事馆，仿照"东南互保"的办法和他们达成协议："内地各洋人均派兵妥护，送烟（台）暂避。"并派兵保护教堂，"倘有猝不及防，照数认赔。"

盛宣怀在运动东南互保的同时还积极备战，因为"南北音断，借款特造海线，并托大东代造京沽陆线"，以迂回的方式获得信息。

东南互保正在进行时，天津和北京却遭到了灭顶之灾。7月14日，八国联军攻下天津，对这座洋务的重要城市进行了洗劫。第二天，兵部尚书徐用仪和其他四位反对启衅的大臣第四次与顽固派廷对，再一次面谏慈禧。袁昶和许景澄与顽固派交锋最为激烈；立山严斥义和团的所谓"神术"是邪术，反被诬为"私通洋人"。这次廷对的结果是：袁昶和许景澄被打入大牢，立山被革职。

庚子事变的消息不断地传到上海，维新派人士为挽救时局，于七月一日（7月26日）在上海愚园集会，参会者是寓居上海的各界名流八十多人。他们组织"中国议会"，又称"中国国会"（Deliberative Association of China），七十二岁的容闳和严复被选举为正、副会长。容闳"向大会宣讲宗旨，声如洪钟。在会人意气风发，鼓掌雷动"。他又负责起草英文宣言，严复译成中文，宣言说："变旧中国为新中国，我辈之责任也，我辈宜亟谋皇帝复辟，而创立立宪帝国。"

七月初三（7月28日），慈禧以"任意妄奏，语涉离间"的罪名处决袁昶和许景澄，许景澄在临刑前犹以京师大学堂经费为念，取来存于俄国银行的四十万两办学经费银子的存折，交给当局，嘱咐防止外国人赖账，之后和袁昶一同被杀。大清帝国的军队没能阻止住八国联军向北京进攻，英勇的义和团大片大片地倒在了血泊之中，"神"没有让他们"刀枪不入"。俄国早就对东北垂涎三尺，乘机出兵，于8月初占领了东三省。其他列强也是野心勃勃，摩拳擦掌，准备对整个中国进行瓜分。

因为立山斥责义和团的"神术"是邪术，慈禧居然把这位堂堂的大清户部左侍郎交给了义和团，让他在神坛前接受"神判"。方法是大法师焚烧咒符，若纸灰不扬，就是立山有罪；扬起，视为无罪。这回"神"倒是"灵验"了，只见纸灰漫天飞扬，显示立山无罪。而慈禧突然又不信"神"了，下令，于七月十七日（8月11日）将立山、联元、徐用仪杀掉。慈禧先后杀了五位说明白话的重臣，大清的朝堂上再没有明白人敢说明白话了。

慈禧连续五次召见军机大臣，商量对策。她听说守卫通州的李秉衡兵败战死，竟不顾圣母皇太后的体面在朝堂上哭了起来，对王公大臣们说："我们母子怎么办？你们说说看！"但是哪里有人再敢说真话，拿出具有实际意义的方案来。

盛宣怀在南方运动东南互保，"恐一处失事，累及全局"，要求所有参加互保的督抚严加防范对洋人恨之入骨的义和团，同时也防范维新党活动，一旦引起事端，给洋人的行动造成口实，后果将不可收拾。他心细如发，预想在先，"不致稍有疏失"，防范着一切可能发生的事。

在这种情况下，容闳不得不和容耀垣一同离开上海，临行前，他对自己30年前的行动——带幼童赴美留学的效果作了考察，认为是人生最得意的事情。"今百十名学生，强半列身显要，各重一时。而今日政府，亦似稍稍醒悟，悔昔日解散留学事务局之计。此则余所用以自慰者。"

仅在电报业就可以看出留美幼童的作为：在上海电报局，朱宝奎接替经元善任总办，奋发有为，在电报业务中增设了一个公共服务项目，赈务电，供政府办赈处拍发有关赈务内容时使用，免缴报费。周万鹏于上年（光绪二十五年）被派往日本考察电话，归国时带回一名日本技师，同去广州筹办电话局，当年建成又调到上海。唐元湛是中国电报总局电政总管；袁长坤任天津水线联合报局总办；盛文扬在福州电报局升任总办。吴焕荣从天津调江西电报局，负责架设了江西第一条电报线，任总办，之后到汉冶萍煤铁公司，任公司驻上海办事处主任；梁金荣任江西电报局总办；陶廷赓从镇江调济宁电报局任总管后又调任湖北电报局总办；程大业任满州里电报局总办……

中国的电报业在建设过程中全方位地自主并向国际水平看齐，始终没有像海关、邮政、铁路一样，受列强的政治干预。

8月，容闳和容耀垣从上海港登上"神户丸"号轮船前往日本。在轮船上，通过谢缵泰安排，孙中山和容闳见面，两人畅谈融洽。容闳对孙中山的印象是："其人空广诚明有大志，余勖以华盛顿、弗兰克林之心志。"孙中山则欣赏容闳"造新中国"的坚定信念，说他是富有新思想、热心中国改革的"老前辈"。以后有了不断的"密议""面谈"，孙中山为多了一位同志而欣喜；容闳则在思想上又发生了一次重大转折，由参与维新走向革命。

正是天津被毁的整一个月，七月二十日（8月14日）凌晨，八国联军对北京发动总攻，俄军攻东直门，日军攻朝阳门，美军攻东便门。

八国联军进北京

东便门首先被攻破，部分美军最先进入外城。英军中午开始攻广渠门，两个多小时就攻入。晚9时，俄、日军各自从东直门、朝阳门破门而入。紫禁城门外炮声隆隆，喜鹊胡同一带流弹如雨。慈禧只好对辅国公载澜说："事已至此，惟有走了，你们还能为我护卫吗？"载澜自知无兵，不敢马上应承。

第二天天还没有亮，载澜听到动静飞奔入宫，报告说八国联军已经攻到东华门。慈禧顿觉天旋地转，竟然产生了死的念头。载澜劝她说："不如先躲避一阵，再图后计。"慈禧慌忙换上了汉族农妇的装束，连簪子都忘了别，带着光绪就要逃。光绪的爱妃珍妃闻讯跑到颐和轩，要跟皇帝一起走，慈禧不许，她跳进了贞顺门内的井以生命抗争。慈禧登车，冒着雨，出德胜门向西逃去。这是慈禧第二次出逃，也是清政府第二次流亡。

清朝从顺治二年就恢复了武科举考试，但考试内容原始而又简单，即便是武状元也不过是骑马、射箭、举石块这三项古老技能的胜利者。守护前门的清兵固然是视死如归，以大刀和血肉之躯与洋兵的机关枪做最后的搏杀，但是远距离就被洋枪的子弹穿透肉身。尽管在人数上占绝对优势，还没有短兵相接就纷纷倒地。

八国联军总司令瓦德西由联军军官陪同，率军穿过午门进入紫禁城

八国联军轻而易举地攻破了前门，进了皇宫紫禁城，铁蹄踏在至高无上的金銮殿上，进行了他们的阅兵仪式。荣禄的前后左中四支武卫军几乎全部崩溃。

七月二十二日（8月16日），各国司令官"特许军队公开抢劫三日"，一些在华的传教士也在本国公使的同意下参与了抢劫。抢劫带来的瞬间暴富让脱去宗教外衣的传教士没有了平时所宣扬的博爱，甚至没有了基本的廉耻。野蛮处于强势时，激发了凡人平时掩盖着的兽性，紫禁城、三海、颐和园、各王公府第都成了他们抢劫的目标。八国联军枪杀义和团，同时也用机关枪将平民逼至死胡同，扫射直至不留一人。同治皇后的父亲、户部尚书崇绮在城破前一天逃到保定，"其家属尽为联军所拘，驱至天坛，数十人轮奸之。"其妻不堪受辱，归来后率领全家同日自毙。躲在保定莲池书院的崇绮听闻噩耗，于八月十三日（9月6日）服毒自杀。

故都北京变成尸山血海，仅是自杀身亡的王公大臣就有一千多名。八国联军把北京分成不同的占领区，东四以北由日军占领，他们率先掠走内务府300万两白银，东四南大街以东由俄军占领，以西由意大利军队占领。京城古玩界永珍斋老板顾永保去巴黎参加世博会，归国途中听闻自己在东交民巷的家被洋人焚烧一空，悲愤不已，投海自尽。

八军联军攻下北京之后，大清帝国任命的英籍全国海关总税务司赫德以联军非正式代表身份，会见清政府留京大臣昆裕等，商议"挽回大局"之法，催促已经踏上逃亡之路的庆亲王奕劻回来，与列强开议。赫德从义和团运动中看到，列强只能暂时地迫使中国政府镇压爱国者，将来中国的爱国者必将成功恢复中国的主权。在权衡中，他又通过海关驻伦敦办事处税务司金登干征询欧洲列强的意见，具体到："维持清室还是瓜分大清帝国？什么是必不可少的条件？"

议和还没有开始，倒是侵略者先设置底线，大清帝国丧权辱国是必然。

摆脱惨境　被迫新政

慈禧先是和八个国家宣战，接着又和皇上西逃，接驾的是满清贵族中的新锐端方，任陕西按察使、布政使、护理陕西巡抚。慈禧也终于意识到她原来"联拳灭洋"的打算导致了一场灾难，必须采取措施赶快稳定局面，先在七月二十六日（8月20日）以光绪帝的名义发布"罪已诏"，又调李鸿章为直隶总督北洋大臣。

李鸿章角色的转换有荣禄的建议，也有诸多督抚、将帅和官绅的一致认可，消弭"内乱外衅"非李鸿章莫属。31日，清政府确定了与列强议和的班子：奕劻、李鸿章为全权，添派刘坤一、张之洞为议和大臣。李鸿章这位七十八岁的老人听说外国领事对他的重新出山额手称庆时抛下四个字："舍我其谁！"当亲密友人探问他对国事的看法时，他语带哽咽，以杖触地："内乱如何得止？内乱如何得止？"

对于义和团，慈禧毫不犹豫地出卖了，说他们"实为肇祸之由"，声称"今欲拔本塞源，非痛加铲除不可"，懊悔道："罪在朕躬，悔何可及"，令在广州的李鸿章"即日进京，会商各使，迅速开议"，此行"不特安危系之，抑且存亡系之，旋乾转坤，匪异人任"。

国家面临危机的时候，朝廷又一次派李鸿章出来收拾残局，这一次慈禧更是难以掩饰焦虑的心情，准全权大臣李鸿章"便宜行事"，命他"将应办事宜，迅速办理"，朝廷"不为遥制"。而李鸿章明白能让战乱消停下来的只能是割地、赔款。从广州登船北上时，他对送行的南海知县裴景福说："不能预料！惟有竭力磋磨，展缓年分，尚不知做得到否？吾尚有几年？一日和尚一日钟，钟不鸣，和尚亦死矣！"他也知道自己这次北上收拾残局，不但要面对列强无理的索取，还要替朝廷背上"丧权辱国"的千古骂名，是非成败不是他个人能左右得了的。带着重重心事，他登上"平安"号轮船离开广州，经香港、上海，到了他曾经大展宏图的天津，身边没有淮军的一兵一卒，在俄国军队的保护下上了岸。

李鸿章遵旨"恭设香案，望阙叩头"，接受了由护督廷雍派人送到的钦差大臣及直隶总督关防、盐政印信，再度执掌直隶督署大印。饱经沧桑的他，早已不把荣辱沉浮当成什么了，但是看到苦心经营的天津甚至他的官府一片狼藉，有了一种"国破家亡"的悲凉，不由得失声痛哭。带着这份悲怆，他还要代表清政府去北京和侵略者议和，实在是"人情所最难堪"之事。首都全城都是八国联军的兵，他们在占领区插上了所在国的旗帜。只有"两个小院落仍属于清国政府管辖"，一个是庆亲王府，一个是李鸿章所住的贤良寺，这两个地方之所以没有被占领，是因为他们是来议和的。

李鸿章出所住的贤良寺前去和谈

李鸿章做着最难堪事，中国电报总局总办盛宣怀也做着最难堪事，他首先"忍"了外国电报公司乘机私设电报线的侵犯中国主权之事。老对手丹商大北电报公司和英商大东电报公司趁八国联军入侵津、京地区，借口津沪电报线中断，以维持通信为由，强行敷设上海、烟台、大沽间电报水线，开通了上海至天津、上海至烟台电报电路。德国电报公司也乘机把烟台至青岛电报水线延伸到上海宝山并登陆，接到四川路德国书信馆，收发电报。这是公开的趁火打劫、有意挑衅，但是小不忍则乱大谋，盛宣怀一切以东南互保成功为大局，面对外商明目张胆的浑水摸鱼，乘乱得利，他只能"忍"，不能让中国首富之地变为战场。

盛宣怀再一个"忍"是亲自致书上海领事团领袖，请求允许中国电报总局派人通过联军占领区，以修复线路，开通通讯：

> 今大局稍定，将来需用电线之处，尤为繁要，所以敝电报总公司拟即派人前往修复，但所经过之区，现为联军守护，敬请贵领袖领事邀集各国领事会议发给一信与修线工员，面呈天津各国领事，向各国统带请发护照，俾各工匠迅速前往修理，以应急需，总期以最早兴工为要。

电报人员得到总办先抢修京、津地区电报线的指令，具体工作时同样也是难堪。唐元湛已经知道唐绍仪的妻子和女儿牺牲了，还有几位同学付出了生命，没有耽搁，匆匆赶到北京。修复被强行破坏的线路比建新线路要艰难多了，第一个难题是和各领事馆交涉，领取所谓"护照"，再和不同地段的占领军进行交涉，然后组织人员快速运输材料，按轻重缓急对电报通讯线路的修复做出安排。在占领军荷枪实弹的巡逻中，在被八国联军烧杀抢掠后的破败中，在哀鸿遍野中，电报人员夜以继日地工作。周万鹏负责的一段是陕西至河南间的"跸路电线"（皇帝专用电路），他们接通了朝廷一干人马的落脚地西安和北京的电报线路，在通讯上为议和及"两宫回銮"创造了条件。接下来是要修复京、津地区的重要通讯线路，中国电报总局依次修复了京师至保定、京师至天津、天津至德州的电报线路。

已经进了中国首都的八国联军并不打算马上议和，联军统帅瓦德西住进了中南海仪鸾殿，把直隶作为他的"占领区域"，气焰嚣张，拒绝会见奕劻和李鸿章。他在给德皇的信中说："所有中国此次所受毁损及抢劫之损失，其详数将永远不能查出，但为数必极重大无疑。"对这场政治、经济、文化的侵略战争如何收场，他也在做盘算：

庚子国难后的北京前门大街，照片右侧一片倒塌的房屋，人群中穿着长衫的中国男子与一身制服的外国军官擦肩而过

吾人对于中国群众，不能视为已成衰弱无德行之人；彼等在实际上，尚含有无限蓬勃之生气……彼等之败，只是由于武器不良之故……世人动辄相语，谓取此州略彼地，视外人统治其亿万众庶之事，若咄嗟可立办者，然实则无论欧美日本各国，皆无此脑力与兵力，可以统治此天下生灵之四分之一也……兹瓜分一事实为下策。

——《瓦德西拳乱笔记》

列强要获得最大的利益。瓦德西于光绪二十六年九月十五日（1900年11月6日）设立了所谓军事法庭，对直隶的布政使廷雍、守尉奎恒、统领王占魁等进行审判，将三人判为死刑，斩首示众，罪名是"纵拳杀西人、烧洋房"，对保定府罚款十万两白银。给了中国政府足够的威胁和震摄之后，瓦德西才于11月15日接见奕劻和李鸿章。作为议和的先决条件，联军提出了严重侮辱大清国国家主权的六项和谈原则，开出了一份长长的"战犯名单"，其中有数十位王公大臣包括亲王、郡王、辅国公等，各级官员共142名。

八国联军侵占保定后

李鸿章面对"虎狼群"，强忍悲痛，只能"竭力磋磨"。慈禧首先看到没有把自己列为"祸首"，十分高兴，"敬念宗庙社稷，关系至重，不得不委曲求全。"为了尽快结束战争，她向自己宣战的八个国家全面妥协，厚颜无耻地说出了"量中华之物力，结与国之欢心"的话。主战派大臣成了她的替罪羊，作为"祸首"和"战犯"被监禁、流放、处死。"君要臣死，臣不得不死"，这就是皇权专制下的君臣关系。

李鸿章代表大清国在"议和大纲"上签字后，也就替朝廷承担了庚子事变的后果，成了国人对国事不宁的指责和怨恨的目标，又是他在误国卖国。李鸿章在和列强谈判、向朝廷折电的同时，还得向意见不同的封疆大吏们解释、陈述为什么要"委曲求全"。

庚子事变又一次使大清帝国尊严扫地，慈禧不得不实行新政，笼络人心。在西逃的路途中她就对光绪说："我是历来主张变法的，同治初年，我就采纳曾国藩他们的建议，派子弟出洋留学。我支持造船，造机器，不就是为了国家富强嘛！"到西安后她又颁布了一道《新政上谕》，宣布"更法令，破旧习，求振作，议更张"。类似于

"吃一堑长一智"，清政府又一次"大难兴邦"，颁发了一系列"新政"上谕，主要有：筹饷练兵、振兴商务、育才兴学、改革官制等。接着又发了一道劝戒汉族妇女裹脚的诏谕，指出"汉人妇女，率多缠足，由来已久，有伤造物之和"。"天足运动"曾是戊戌变法期间兴起的启蒙运动，此刻又成了清政府实行新政的前奏，看起来有点风马牛不相及，但在精神上是相通的，因为所有的变革都是从心灵的解放、观念的转变开始，拯救自己被毁坏了的肢体成为妇女解放的第一个行动。最早是教会学校放开了脚的女学生昂扬地出现在大街上，是一种清新雅致的风采，从自信开始，向自强迈进。

邝其照办的《中西日报》因为刊登了庚子事变时的新闻，于光绪二十六年（1900年）十二月被政府查禁，又改称《越峤纪闻》出版，但不久又告停刊。邝其照出版了自己编辑的中文文集《小方壶斋舆地丛钞》，有《台湾蕃社考》《五大洲舆地户口物产表》两卷，其中有一篇文章是提前回国的留美幼童史锦镛的翻译文章《泰西风土记》。邝其照办报十多年，成为内地及港澳、东南亚地区的新闻人物，是清末报业的巨子，亦被人尊为广东报业先驱，还写过一本书，叫《应酬宝笺》（Manual of correspondence and social usages）。光绪二十七年（1901年），第四批留美幼童的管带邝其照逝世。

身着朝服的庆亲王奕劻

光绪二十七年六月初九（1901年7月24日），总理各国事务衙门改为外务部，为六部两院之首，联络列强，权力极大。庆亲王奕劻为总理大臣，大学士、军机大臣王文韶为会办大臣，军机大臣瞿鸿禨为会办大臣兼尚书。

同一个时间段里，醇亲王载沣代表清政府为庚子事变中德国公使克林德之死的事赴德国道歉，他奏派梁诚随同出国，担任头等参赞官，吴仲

醇亲王载沣的仪仗队经过上海南京路

贤也在其中。载沣到上海后仪仗队经过南京路，必须得到租界当局的同意。虽然是"借地"而过，但这位亲王依然是八面威风，不但当地的文武官员和百姓以最隆重礼节欢迎，外国人也是盛装出门，驻足观望。

但是丧失了尊严的大清帝国要恢复形象是多么地艰难，不管近攻还是远交，都处在被动的境地。载沣到德国后这位大清帝国的亲王毫无尊严，德皇威廉二世要求他下跪行磕头礼，以侮辱中国。梁诚毫不退让，几经争取，终于使威廉二世同意载沣改行鞠躬礼，为大清国争得了一份尊严，得到了英美报纸的称赞。在以后的外交生涯中，梁城和吴仲贤都是颇有成绩，留学生出身的他们最大特点是懂得国际通行法则，敢在列强面前争人格和国格，膝盖不软。

在李鸿章心力交瘁，反反复复地与列强谈判的过程中，通信设施一步步地恢复，铁路一段段地通车。本来是中国与宣战的八个国家谈判，后来又增加了比利时、西班牙、荷兰三国。一国对11国的谈判使李鸿章的身体愈来愈虚弱，时常吐血。在屈辱和痛苦中，他过完庚子年的冬天，更觉得辛丑年的春夏漫长而艰难。

光绪二十七年七月二十五日（1901年9月7日），李鸿章和奕劻在西班牙公使馆，代表清政府与11国签订了《最后议定书》，也就是《辛丑条约》。中国向列强赔款白银四万万五千两，连本带息39年还清，在确定赔款数额时，各国都超索，其中美国超索的数额最大。

奕劻和李鸿章在签署《辛丑条约》时与各国公使合影

李鸿章回到住处，大口吐血，"痰咳不支，饮食不进"，医生诊断为：胃血管破裂。但是上奏章时，他还表达了对国家前途的希望：

> 臣等伏查近数十年内，每有一次构衅，必多一次吃亏。上年事变之来尤为仓猝，创深痛钜，薄海惊心。今议和已成，大局稍定，仍望朝廷坚持定见，外修和好，内图富强，或可渐有转机。

慈禧在西安复电李鸿章，称他："为国宣劳，忧勤致疾，著赏假十日，安心调理，以期早日就痊。俟大局全定，荣膺懋赏，有厚望焉。"既然"议和已成"，她和光绪帝也准备起驾回銮。

秋风宝剑　落日旌旗

李鸿章已经不可能"早日就痊"，"荣膺懋赏"了，他以自己最后的时间和俄国谈判。因为俄国提出的条件太苛刻，难以接受，他大发雷霆，使病情加重，又一次吐血，不得不卧床。俄国公使雷萨尔不放过李鸿章生命的最后几个小时，站在他病床前，逼他最后在《中俄公约》上签字，他只能闭目拒绝。

九月二十七日（11月7日），李鸿章在弥留之际口述遗嘱，称"环顾宇内，人才无出袁世凯右者"，力保袁世凯继任。直隶布政使周馥留下记录：左右人问及家事，他闭目不语。问及国事，他睁开双眼，长时间"两目炯炯不瞑"，老泪流过面颊，吟成一首诗：

> 劳劳车马未离鞍，临事方知一死难。
> 三百年来伤国步，八千里外吊民残。
> 秋风宝剑孤臣泪，落日旌旗大将坛。
> 海外尘氛犹未息，请君莫作等闲看。

李鸿章在北京的贤良寺凄凉悲苦地离开了纷繁杂乱的人世，享年七十八岁。作为幕僚的吴应科给他合上了两眼。《纽约时报》记者在李鸿章逝世后的第二天从北京发回一个报道，题目是《李的逝世是因为和外交官的争论》，小标题为：在和俄国公使的激烈争论后吐血。报道说："和俄国驻华公使雷萨尔为满洲条约问题激烈争论，直接导致李鸿章的逝世。"同一天《纽约时报》刊发了一篇报道，标题为《李鸿章的葬礼》，小标题是"北京11月9日，各国公使前往吊唁，他的儿子们披麻戴孝"，并描述了当天葬礼的情况。

李鸿章与曾国藩、左宗棠、张之洞并称为中兴四大名臣，西方又将他与俾斯麦、格兰特并称为"十九世纪世界三大伟人"。他一辈子，主要是跟洋人打交道，好歹是个清醒者，面对虎狼似的列强，曾期望"驯服其性"，争取实现"守疆土保和局"，但这一切如同与虎谋皮，只能被撕咬。作为中国式的儒家知识分子、政治家，他的内心深处，始终有着自己的治国方略，概括为八个字就是"外须和戎，内须变法"，一生都在努力，一生都没有实现，对自己衷心侍奉着的大清帝国，其实看得很明白，说：

> 我办了一辈子的事，练兵也，海军也，都是纸糊的老虎，何尝能实在放手办理，不过勉强涂饰，虚有其表，不揭破，犹可敷衍一时，如一间破屋，由裱糊匠东补西贴，居然成一净室，即有小小风雨，打成几个窟窿，随时补葺，亦可支吾对付，乃必欲爽手扯破，又未预备何种修葺材料、何种改造方式，自然真相破露，不可收拾，但裱糊匠又何术能负其责？

慈禧是在回銮到河南的时候得到李鸿章逝世的消息，她"震悼失次"，随扈人员"无不拥顾错愕，如梁倾栋折，骤失倚侍者"。四十二岁的袁世凯暑理直隶总督，他首先要将正往回赶路的慈禧太后和光绪帝安全地接回北京。借着朝廷推行"新政"的东风，他大"秀"火车和天津小站的铜管军乐队。

慈禧和光绪从河南渡过黄河后，由袁世凯精心安排在直隶正定乘坐火车，沿芦汉铁路进京。专列到达北京芦沟桥火车站，站台上热闹非凡，各路朝廷命官盛装列队迎接，军乐队演奏着法国大革命时的战歌《马赛曲》，高亢嘹亮。慈禧感到了至尊至贵，但并不知道法国大革命是什么意

慈禧和光绪回銮

义，也不知道资产阶级革命和她剿杀了的"维新变法"是什么关系。反正，她对火车产生了兴趣，祭拜了皇家的东陵后，宣称要在第二年的清明坐火车去西陵祭祖。

清廷被迫改革，慈禧和光绪让各督抚拿出新政的意见，还成立了一个以奕劻为首的专门机构——督办政务处，以促进新政实施。袁世凯被增补为政务处参预政务大臣，上了一个关于新政的洋洋万言的折子，慈禧很欣赏，并委任在直隶试行。袁世凯大展宏图，选择在天津试点。

渤海湾边的天津是李鸿章最早实践洋务的城市，又是庚子事变中受侵害最严重的城市，八国联军组成"暂行管理津郡城厢内外地方事务都统衙门"（简称都统衙门）宣示将其占有，中外各种关系十分复杂。1901 年 11 月 13 日，袁世凯向朝廷呈递《汇保山东迭次剿匪出力各员折》，为唐绍仪请功，"候选道唐绍仪，请加二品衔赏戴花翎"，又呈递《道员唐绍仪请调北洋片》，称赞唐绍仪"素为洋人所敬服，而于北洋情形犹为稔悉"，推荐唐绍仪担任津海关道。年底，唐绍仪离开了山东，将山东大学堂总办的职务交给了周学熙、方燕年等人，到天津出任津海关道。

唐绍仪又一次来到他成家立业的天津，满目疮痍，心中十分悲伤。老城区之外海河两岸的外国租界里，弥漫着侵略者的张狂；洋楼里的灯红酒绿，流露出他们的得意。唐绍仪强忍悲痛，先祭奠了自己的妻子唐张氏和女儿唐四姑。

袁世凯将唐张氏和唐四姑的事迹报告朝廷，奏请皇上旌表：

在枪林弹雨之中死守勿去，卒为枪弹所击，同日捐躯，至为惨烈。其临难不苟，大义凛然即士大夫亦所难能，况在巾帼？相应仰恳天恩俯准将唐张氏唐四姑一律旌表，以彰风化，而慰贞魂……

光绪帝赐"旌表节烈"铭幅褒奖，又追赐张氏为一品诰命夫人，骸骨移葬到家乡唐家湾宁塘村后山坡，建了一座"旌表节烈"牌坊。作为津海关道，唐绍仪从自己的专业入手，督察税务、清理金融，首先在天津建立了新式财政税收制度，争取以统一的标准和外国人进行平等的交往。

1902 年 1 月 31 日，唐绍仪前往都统衙门，交直隶总督袁世凯的亲笔信，要求确定交还天津日期。但得到的答复是：本委员会无此职权，须交由各国政府决定。外务部通过中国驻外使节与列强交涉，袁世凯在北京坐镇指挥，唐绍仪进一步与都统衙门磋商接收天津事宜。

天津也是北京的门户，有着卫戍首都的责任，中日甲午战争之后，德、日、俄、比、意、奥六国的专管租界先后在此开关，庚子之乱使英、法、美、日租界的面积在不同程度上有了扩展。这样一来，租界总面积相当于天津旧城区的八倍，近两万三千三百五十一亩，仅次于上海。而天津又是拥有租界的国家数量最多的城市，共有九个国家在这里建租界。《辛丑条约》规定：天津大沽口炮台被彻底拆除，天津城内不得驻扎中国军队。这让中国人很尴尬，原来在大沽口炮台服役的卢祖华去了唐山的矿业公司，杨昌龄去了南京武备学堂任教习。

幸而庚子事变时，袁世凯的武卫右军完整保存，而且扩充至一万九千六百余人，他挑了三千名士兵，交给了部下赵秉钧（字智庵，河南汝州人），又从海军调来了曹嘉祥。赵秉钧在小站练兵时就"随习西方军政"，专攻侦探、警察两门。他和曹嘉祥一起，对这三千名壮士进行了为期三个月的警察训练，教以警察大义，熟悉警察职能，并特制了黑色制服。

袁世凯于光绪二十八年五月初四（1902年6月9日）被清政府实授直隶总督北洋大臣，兼任督办铁路大臣、督办电政大臣、练兵大臣。8月15日，中国政府正式收回天津，唐绍仪负责接收八国联军分别占领的天津城区，撤销强行设立的都统衙门。曹嘉祥以都司官职带领三千名警察开进天津城，收回了京津地区的治安权，担负起了军事戒备任务，又以钦加副将衔出任天津巡警道兼首任总办，成为天津警察署创办人之一。

曹嘉祥翻译了大量的国外警政文献，学习和借鉴其先进的警察制度，组织编写了《天津南段巡警总局现行章程》，和赵秉钧创办了具有现代意义的警察局——北洋警政。他们把原来"都统衙门"的华人巡捕全部接收下来，训练成为自己的警员，以增加治安力量。天津市区的治安由曹嘉祥领导的天津南段巡警总局负责，机构健全，下设五个分局，每个分局定额295人，辖四个区。他们还接收了"都统衙门"的消防队，改组为天津南段巡警总局消防队。承袭"都统衙门"的办法，曹嘉祥仍旧设工巡捐局，收铺捐、房捐、车捐等筹措办警经费。

北洋警政第一次将"服务"的理念引入国家机器的建设中，宗旨定为"为服务与管理群众而设，以防患于

北洋巡警

未然、排解纠纷而作"，要求警员"必须性情温和、朴实，举止端方，做事严正，保卫民众，不得索谢"。作为现代意义的警察部门，北洋警政还承担了"全省巡警、消防、户籍、营缮、卫生"等公共事务，而且组织完备，有拘留所、备差所、军乐队等一整套机构。因为北洋警政的建设起点高、理念进步，半年就一扫天津城治安混乱的局面，在八国联军入侵后造成的复杂环境中站稳了脚并开展工作。报纸记载：天津"有六个月不见窃盗者，西人亦叹服"，公认是"世界上拥有最好的警察制度的城市"，在天津和保定还出现了路不拾遗、夜不闭户的太平景象。北洋警政一下闻名全国，显现出了惊人的生命力。慈禧太后下谕旨，要求全国各地效仿并推广。

不管是服务于海军还是出任天津巡警道，曹嘉祥都没有离开他从小就喜欢的枪。令人意外的是1903年3月，他因为贪污被撤职，后调任锦州候补道。

因甲午战争失败被革黜的海陆军官，在袁世凯的保奏下，次第恢复了职务。奏请起用蔡廷干，袁世凯如是说：

> 已革游击蔡廷干曾游学美洲，熟谙工程图算，甲午之役，在威海卫力战被掳，因不肯发誓，解禁大阪监狱，旋被释交还。臣考询所学，颇有心得，才识亦优。

奏章将蔡廷干被俘的原因和态度说得很清楚，也将被俘的地点说得明白，"在威海卫"，而不是传说的在逃向烟台的路途中；奏章说他"才识亦优"，不排除作为中国军人所应具备的气节。这份奏章，应该是对蔡廷干政治审查后的最后结论。蔡廷干成为袁世凯的幕僚，除了军事，他还有着娴熟的英语和丰富的国际知识。

北洋大学堂在庚子事变中荡然无存，光绪二十八年（1902年）三月袁世凯任命蔡绍基为北洋大学堂总办，在西沽武库负责开辟新校址，于是，在留美幼童中出现了第一位大学校长。蔡绍基组织人员，将原来的两座仓库改成教室和学生宿舍，又建起了新的教学楼、学务处办公用房、教师宿舍、外籍教师宿舍楼。第二年三月（4月27日），北洋大学堂正式复课。这是中国第一所工科大学，被誉为"东方的康奈尔"。蔡绍基在办学过程中实行教改，派遣优秀学生出国，

北洋大学堂总办蔡绍基

颇多建树。如《北洋大学校歌》所唱："花堤蔼蔼，北运滔滔，巍巍学府北洋高。"在天津北运河上，有一座桥被称为"北洋桥"。

与此同时，袁世凯还下令恢复了北洋西医学堂，改称为"北洋海军医学堂"。山海关北洋铁路官学堂也亟待恢复，曾就读于斯蒂芬工学院的梁如浩着手这个工作。他积极筹划，但只干了两个月，一来财政拮据，二来有一个更重要的任务，收回被美、俄等"联军"强占的关内外铁路，恢复学堂的事被迫搁置。这期间，温秉忠任天津洋务局总办，刘家照是外务部天津局官员。

庚子之乱时，电报线路在"晋、豫、直隶、山东省境内荡然无一之遗"，中国电报总局在短时间内将全部线路修复完毕，开通使用。有线电报在非常时期极不安全，国外已经出现了无线电，袁世凯在处理涉外事务的同时还创办了新的电报学堂，招收学生在十五岁左右。他出面请来了意大利人葛拉斯前来任教，国内第一个官办无线电训练班开班。电报学堂在培养电信高级技术人才的同时，也及时掌握国际最新的电报技术和研究成果，对专业人员超前培养。

袁世凯依靠留美生，推陈出新，从国家机器的重建到行政、税收的新式管理，效果显著。天津终于扫清了义和团和八国联军造成的破败，恢复了往日的活力。在这个过程中，他还费尽心机想着如何收回开平矿务局，但是……

一纸空约　矿山易主

开平矿务局是中国主要的优质煤供应基地，所生产的煤碳直接供应国内铁路、轮船及各机器制造局。唐廷枢经营开平矿务局15年，同时还和唐廷桂、徐润一起，先后开办了十几家企业，创造了近代中国工业方面的十来个第一，最后把生命献给了这个企业，也把家人留在了北方，珠海唐家的一支根脉永远留在了这里。

吴仰曾在英国学习四年，于1890年从英国伦敦皇家矿冶学院毕业，被派往墨西哥、瑞典、西班牙等国办理矿冶业务。回国后，他担任热河银矿总工程师一段时间，接着去了江苏，寻找煤和铜，1896年完成了江苏的煤矿、铜矿建设，又受浙江巡抚之命全面勘察浙江省的矿产。之后，他奉盛宣怀之命，到湖北武穴及大冶龙角山勘察银

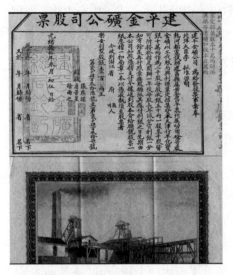

开平矿务局曾经所拥有的建平金矿的股份

矿，在庚子事变的前一年，回到开平矿务局，成为帮办（副局长）兼主任验矿师。

邝荣光在开平矿务局工作一段时间后又到山东招远、平度，浙江海宁等地进行煤矿的勘探和建设，发现了湖南省的湘潭煤矿。

唐廷枢办理洋务经验丰富，任开平矿务局总办时注重队伍建设，并有自己的业务团队。通过二十多年的建设，开平矿务局发展成了技术先进、产业庞大、带有"托拉斯"性质的企业，不仅拥有唐山、林西两座煤矿，还拥有承平银矿和建平、永平

两座金矿的股份，建起了我国最早的洋灰厂。开平矿务局的经营范围涉及所有能开采的矿产，产业链从北到南遍布沿海的港口、河道，有铁路专用线和铁路运输的成套设施，还持有津唐铁路的股份。水运方面更是实力雄厚，在天津、塘沽、上海、香港、广州等地都有他们的码头、轮船和运河，连如今的秦皇岛都是他们的港口。同样，开平矿务局也有电报局，拥有自己的网络系统。

唐廷枢任总办时，开平矿务局是以招募商股来筹集资金。他于光绪十八年（1892年）去世，江苏候补道张翼继任督办，矿务局变成以资产抵压向外国势力借债。张翼和中国海关天津税务司的德籍官员德璀琳（Gustar Detring）、英商毕威克·墨林采矿公司的老板墨林关系很深，常有往来，请墨林给自己介绍一个矿产工程师。这正中墨林下怀，因为这个英国人对唐山煤矿觊觎已久，正好把自己公司的雇员、美国人赫伯特·胡华（Herbert C.Hoover）派了过去。有了张翼这个督办做后台，胡华不费周折就以开平矿务局首席矿师的面目出现了。胡华毕业于美国哥伦比亚大学，说起来还和吴仰曾、唐元湛、唐绍仪、周长龄、梁普照、王凤喈是大学校友。

不幸的是胡华任开平矿务局首席矿师不到一年，庚子之乱就发生了，对沾"洋"皆有恨的义和团来说，开平矿务局无论从地理位置还是所从事的洋务事业，都是首当其冲被破坏。6月初，义和团到天津后冲进了唐山矿区，面对同胞的进攻，矿上的人真不知道如何是好，只能躲避，而总矿师胡华和数百家外国侨民被义和团围困了。

围困中，外国侨民居住的房屋燃起了大火，胡华镇定地组织侨民自救，同时还向

躲避战乱的中国难民提供水和食物，他本人也救出了中国儿童，成了中心人物。八国联军进入华北，矿务局在天津的产业被英、德等国军队占据，俄国人闻讯后军队直接从关外进来占了唐山矿区。这一切，对矿区里被义和团围困的外国人来说，正是得救的机会。

6月22日，英军逮捕了开平矿务局督办张翼，把他关在了太古洋行一间旧厨房里，理由是他养有大量鸽子，由此断定他是用鸽子和"乱徒"（指义和团）暗通消息。

贪生怕死且昏庸糊涂的张翼吓得乱了方寸，为了出去，而且出去以后依然享有富贵，陷入了帝国主义者设定的连环骗局中。先是他的德国老朋友德璀琳说，必须把矿务局的主权完全转移给外国公司才会得到联军的尊重，才能保全开平的财产。明摆着是趁火打劫，但张翼只想保全自己，哪里会想更多，轻信了德璀琳的话。于是德璀琳又进一步诱骗：当然在表面上还得立一个卖约，使开平成为一个新公司，在英国注册，才能有保障。他还煞有介事地对张翼作出了承诺：请"张大人"将完成这件事的权利授予我，以后"张大人"仍是新公司的督办，权力仍操在"张大人"手上。

张翼同意了，做着即将成为在英国注册的新公司督办的美梦，于6月23日在他根本看不懂的英文正式授权书上签了字。主要内容是，委派德国人德璀琳"为开平矿务局总代理人"，授予他全权管理该公司财产。这时胡华出现了，他和德璀琳

唐山机车车辆修理厂

一同向英军的首领"证明"，张翼与"乱徒"没有关系。24日，开平矿务局督办张翼就被英军释放出来了。这样重要的人物被"捉放"一共才三天，仅凭一派谎言，他就签署了那份"开平矿务局总代理人是德国人德璀琳"的授权书，真是耐人寻味。

没有多久，德璀琳又轻而易举地得到了张翼给他的"开平矿务局总代理人"的正式授权书，理所当然以全权代表的身份对矿务局所有财产进行处置。1900年7月30日，德璀琳全权代表开平矿务局，胡华代表英商毕威克·墨林采矿公司私订合同，成立契约，其实也就是"卖约"。德璀琳将开平矿务局的所有产业并所享权利、利益"一并允

准、转付、卖予、移交、过割于该胡华，或其后嗣，或其所派办事掌业之人"。而且这个卖约没有价格，等于是胡华未出一分钱，就得到了整个开平矿务局，包括所有生产经营的产业、房屋、地亩，以及铁路、码头、轮船运输网络、电报线路，包罗无遗。

当然，最后还得有张翼作为开平矿务局的督办在卖约上签字。为了达到这个目的，胡华和德璀琳联手，以诱胁的手段共同演了一场"双簧"。他们先承诺张翼，英国的公司将给他驻华督办的职务，又威逼道："非诡定一约作卖，托言与中国无关，不足以拒联军之扰。"张翼受到胡华的恫吓，又想得到胡华所许诺的种种利益，再一次在他看不懂的英文契约上签字画押。

一切办妥，胡华于 8 月登上一艘德国邮船，秘密地前往英国。只有张翼知道，他去注册新公司，并为自己办理新公司督办的手续。

"卖约"之后还有"移交约"和"副约"的签订，时间一直到了 1901 年 2 月中下旬。奕劻、李鸿章与联军议和，大局粗定，张翼还是在"移交约"和"副约"上亲笔画押，并加盖了他所有官防印信。最令人不能容忍的是张翼对关系国家主权、土地、产业的重大问题不向朝廷上奏，也不向顶头上司直隶总督（先是裕禄后是李鸿章）请示，就擅自作主，以直隶、热河两省矿务督办和开平矿务局督办的双重身份，私自拱手相送了。

流亡的朝廷对这一切一无所知，因为张翼曾在醇亲王载沣府里当过差，并和慈禧有点拐弯亲戚关系，还派他随醇亲王赴德。回来后张翼以"加招洋股，改为中外合办"来蒙混朝廷，昏聩的清王朝居然相信了。

张翼一点儿也不觉得是上了德璀琳和胡华的当，还要答谢德璀琳。他本来就喜好古玩，喜欢好马，将自己心爱的一对价值三千两银子的黑色纯种马赠送给德璀琳。这两匹马非常名贵，健壮漂亮，大小一样、步伐一致，而德璀琳却用它们来套车，驱赶着名贵的黑色纯种马神气活现地四处张扬。

在督办张翼为自己一时苟安而不惜将开平矿务局拱手相送的时候，依然有人忍辱负

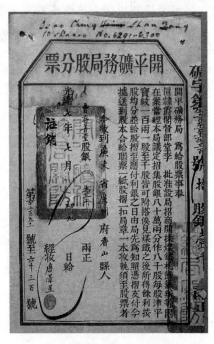

唐廷枢签章的开平矿务局股票

重，为保护国家财产做着最后的抗争。八国联军从海上登陆后，吴仰曾主动组织起"自卫队"保护矿产，侵华俄军进占唐山矿区时必然和护矿人员发生冲突，吴仰曾据理不让，俄军将领恼羞成怒，竟然用马鞭抽打在这位三十九岁的中国矿冶专家脸上。邝荣光协助吴仰曾工作，保卫煤矿，遭到俄兵追击，幸而进了吴仰曾的汽车，才免遭不测。艰难环境中，吴仰曾和邝荣光如中流砥柱，组织生产，使开平煤矿生产不辍，天津燃煤供应不断。他们用生命坚守着开平矿务局，没有使俄国染指。这在国家刚与列强签完《辛丑条约》的大背景下，在张翼出卖了开平矿务局主权的情况下，是最大程度的保护了。

矿冶工程师吴仰曾

但是热血丹心的中国矿冶专家哪里知道，中国最大的洋务企业开平矿务局此时就像一个孤儿，随意被人转手典卖。那位一年前乘德国邮船去英国的美国人赫伯特·胡华又神秘地出现在唐山，摇身一变，不再是英商毕威克·墨林采矿公司的雇员，而成了公司合伙人兼董事，还是开平矿务局的督办。

原来，胡华代表英商毕威克·墨林采矿公司骗得开平矿务局后，自己也分得一杯羹，他们转手将矿务局又卖给了墨林占有很大股份的"东方公司"（又译东方辛迪加），改组为"中英矿务有限公司"，设于英国伦敦圣玛利街22号。开平矿务局就这样丧失了主权，变成了"中英矿务有限公司"。从创业开始，唐山矿区大门前只有"开平矿务局"一块牌子，旗杆上飘扬着的是大清龙旗。变故发生后，开平矿务局在天津的房产也被英、德两国霸占，唐山矿区大门前牌子变成"中英矿务有限公司"，旗杆上与大清龙旗并排飘扬着一面英国国旗。

胡华在这场变动中显露出了政治家的素质，纵横捭阖，从中渔利，得到了20%的股权，华丽大转身，成了董事兼督办，他是美国人，开平矿务局又变成了"中英美矿务公司"。他和德璀琳原来给张翼的承诺早就随着海风飘逝了。

在这一系列变动中，开平矿务局的中国股东大感恐慌，纷纷抛售自己的股票，英国人乘机收买，后来中国人所持有的股份不到十分之一了。当初来中国淘金的美国人胡华攫取了大量财富，成了在中国发财的第一个百万富翁，为他以后步入美国政坛做了铺垫，当选为美国第31届总统。作为美国总统，更多的中国人熟悉他名字的另一种翻译——赫伯特·胡佛。

德璀琳和胡华的做法固然令人不齿，但是张翼为了保全性命其行径比"出卖"还要低劣愚蠢，矿区里进进出出的除了武装着的英国人、美国人还有荷枪实弹的俄国军人。事情暴露后连亲戚都不放过张翼。就是他的亲家、著名实业家周学熙，将此事报告给了袁世凯。袁世凯刚署理直隶总督北洋大臣，知道开平矿务局被张翼私自出卖了，而且中国方面没有得到一分钱，真是天下奇闻。1902年到1903年间发生了三件更严重的事：一是唐山矿区门前旗杆上与英国国旗并排悬挂着的大清龙旗被天津英国领事馆勒令降下；二是秦皇岛开平英人所管辖的海港，拒绝中国兵船停泊；三是开平矿务局开的胥各庄运河，英公司不准中国民船行驶。

袁世凯如梦初醒，"请教"了英国驻华公使，才知道了事情的全部。他三次参奏，说开平矿务局由一两个人凭空断送"不特为环球所稀闻，抑且为万邦所腾笑"，要求朝廷惩办张翼。但是张翼和清皇室有着种种瓜葛，清政府仅仅轻描淡写地给了他一个革职处分。1904年10月，清政府又恢复了张翼的三品顶戴，命他前往英国伦敦"设法收回"开平矿务局，陪同前往的是大学者严复。

此案由英国伦敦劳伦斯法庭审理，先后开庭14次，表面上判清政府胜诉，但是又说"无法强制执行"，使胜诉变成了一纸空文。大清国在国际法庭上"赔了夫人又折兵"，花钱不少还留下了很多笑柄。

因为开平矿务局还有一个庞大的电报网络，唐元湛等电报人员在修复线路的同时也知道了这里的情况。"把吴钩看了，栏杆拍遍，无人会，登临意。"辛弃疾的这句词正是这种愤怒和悲痛心情的写照。这里曾让所有洋务人士骄傲，此刻却是一种无比的失落。唐廷枢十几年心血灌注于此；吴廷芳、盛宣怀也在这里经营过；九位情同手足的留美同学将青春和智慧奉献于此。中国第一个带有"托拉斯"性质的企业就这样变成了"中英矿务有限公司""中英美矿务公司"。透过开平矿务局主权的丧失折射出大清帝国的真实面貌：昏聩腐朽，治国无道，内乱不止，列强宰割，丧权辱国，岌岌可危。

容闳、容耀垣也许已经看穿了这一切。

第七章

蒸汽时代　接轨国际

五大臣出访考察宪政时一组成员在罗马合影

南立商会　北建铁路

　　东南互保成功，中国的南方没有发生战事，实业没有遭到破坏。光绪二十七年（1901年）的上海黄浦滩9号，轮船招商总局在此重建。三层楼，底层外墙是花岗岩砌成，大门两侧是高敞的罗马式拱券落地窗，二、三层则是科林斯式双柱外廊，仿文艺复兴式的砖木结构建筑。大门方正而墩厚，门楣上镌刻着"轮船招商局"五个大字。洋务的另外两家重要企业上海电报局（8号）、中国通商银行（6号）在黄浦滩的一座座洋派建筑群中毫不逊色，体现出了中西文化的融合。

轮船招商总局

　　清政府没有追究南方各督抚"抗旨不遵"的灭门大罪，反而在《清史稿》中作了记录："宣怀倡互保议"。慈禧太后回銮后对三个人赏赐"太子少保"的头衔，一个是盛宣怀，一个是保全山东的袁世凯，一个是保护她一路西行的岑春煊。至高无上的皇权受到挑战，现实只得被承认。除了盛宣怀于庚子年间成功地在各督抚和上海各领事馆之间穿针引线，一些注重实业的士绅也为此作了贡献，有张謇，还有浙江某学堂的监督汤寿潜、南洋公学的监督沈曾植等人。张謇和汤寿潜都是立宪派的代表人物，这一切又为以后南方立宪运动的产生和壮大埋下了伏笔。

　　盛宣怀成为朝廷所倚重的理财名臣，从宗人府府丞升为会办商务大臣，于光绪二十七年八月十九日（1901年10月1日）成为"办理商税事务大臣"，是继李鸿章之后的第二位"商务、商税大臣"。其实盛宣怀明白这个角色，就是筹措庚子事变中国失败后的赔款。

　　在已经失败的情况下进行商务谈判，让盛宣怀颇费心思。他从 1878 年起多次参加在世界各地举办的世博会，在困惑中国瓷器等商品越来越不受重视的同时，也在观察、学习外国的经济活动。他得知《辛丑条约》签订以后，签约各国已经让议院、商会讨论与中国的商约谈判之事，第一个谈判对象就是有备而来的英国。而中国因为是被迫与外国通商，还没有商法，也没有商业组织，盛宣怀希望政府能广开言路，允许各省成立商会，准许商民各抒己见，与列强谈判时能够权衡利弊，能少吃亏一分便少吃亏一分。他以亡羊补牢的心情上疏，表明自己的观点：

> 倘能于和局大定之后，即行宣示整顿内政切实方法，使各国咸知我有发愤自强之望，力除积弊之心，则筹议修约时，尚可容我置词，不致一味听人指挥，受人侵削。

　　盛宣怀在向朝廷上奏折的同时，又会同上海绅商严信厚、郑观应及上海道袁树勋等共同磋商，决定传集各大帮董事，设立商会。商会，这个中国民族资产阶级的社会团体以悲壮的使命，伴随着一种新型的交通工具——automobile（汽车）在上海出现。

　　这一年是德国人 Benz（本茨）发明汽车的第十五个年头，匈牙利人李恩时（Leinz）从香港运来了两辆新型的车，引起了人们的兴趣也为冬天的上海街头添了一景。在上海的留美幼童以行家的眼光审视着，内心一阵兴奋。automobile 有一台横置式气缸、10 马力的汽油发动机，巧妙地装置在乘客席下面，以汽油的燃烧来产生动力，驱动车身前进，所以就叫"汽车"，最高时速为 19 公里。它的外观是黑色木制车身，如同上等马车一样有折叠式软篷车顶，车篷四周围缀有黄色丝穗装饰。车上有两排座位，前排只一席为司机席，后排两席为乘客席。照明灯由煤油点燃，手捏喇叭鸣笛，车轮是木制的，用实心橡胶轮胎包着。这是属于小范围人使用的交通工具，既然是不用马拉就能跑起来的车子，人们形象地叫它"机器马车"，也确实像马车。

　　1902 年 1 月 30 日，上海公共租界工部局董事会给首辆机动车发放临时执照，准许上街行驶，次年发正式牌照，每月收费两元。

　　机器马车这个新型的交通工具让上海加速，光绪二十八年正月十五（1902 年 2 月 22 日），上海各业董事七十多人聚议，宣告"上

最早的汽车

海商业会议公所"成立。其领导机构分为权力机构和办事机构，权力机构沿袭官办商局、商所的组织模式，由总董、议员组成。严信厚担任总董兼总理，总董是唐杰臣（唐荣俊）、梁钰堂、陈润夫、朱葆三；议员包括总董在内由 13 人组成。上海商业会议公所的成立，是中国近代一件具有划时代意义的大事，官督商办，五位总董，均有二三品官衔，议董也大多有官位。由此开始，上海的各帮口联合组成了一个全新的商业组织，它结束了以往的商帮会馆各自为阵的局面，"上传官府之德意，下达商贾之隐情，务使融洽联贯"。

会议通过了由严信厚起草的《暂行简章》六条，其内容是："明宗旨、通上下、联群情、陈利弊、定规则、追逋负。"会后盛宣怀颁给"上海商业会议公所"木质关防。五月十七日（6 月 22 日）上海商业会议公所各业董事聚议，公举副总理、议员和其他办事议董，唐元湛、粤商陈辉庭身列 28 名议董之中，并禀报盛宣怀。盛宣怀会同新任的督办商务大臣张之洞，向清政府奏请设立上海商业会议公所，并得到批准，会址设在南京路五昌里。

新成立的商业组织，在生意中与外国商会平等交往，同时也担负起了监督上海及附近地区与中国商人、银行业者利益有关的全部事务，使中国商人的政治地位发生了根本性的变化，"总期官商一体，尊卑相顾"。

拥有公职的唐元湛之所以能够进入粤商的行列，是因为他赞赏前辈郑观应提出的"商战"这个观点，联合部分粤商办起了民营新式银行，行址在上海天津路 3 号，并任董事长。他的新式银行以股份的方式进行资本积累和运作，为粤商及其他省份的商人形成经济往来的桥梁，也为更大的建设项目集资。得益于中国通商银行创办的成功，民间出现了进步的信贷机构——新式银行，上海的其他商帮如宁波商帮也有自己的新式银行。新式银行能够为商人在资金积累和周转上提供更为安全方便的服务，受到了欢迎，逐渐替代在上海有百余年历史、在流通领域中起着促进商品交换和经济发展作用的钱庄。同时，会馆为商人做商业信誉担保的职能也逐渐衰退。

新任的督办电政大臣袁世凯不能不把目光投向上海，中国电报总局不仅连年盈利较丰，还于这年秋天在新闸路 59 号（今 1446 号）建起了新的学校——电报高等学堂。总办盛宣怀亲自管理这所学校，并聘请丹麦使馆参赞德连升（F.N.Dresing）兼任总教习，聘请按报塾的第一期毕业生曾清鉴为助教。

10 月 24 日，盛宣怀的父亲去世，按惯例，他要主动请求朝廷"开去"全部官职，为父居丧 27 个月。当他得知朝廷要派张翼来督办轮船招商总局和中国电报总局时，立刻给袁世凯写信，让他制止"再蹈开平覆辙"，并告之，轮、电二局股商听说张翼将来督办，"票价顿跌"。盛宣怀正是及时得到了各方面真实的消息，比朝廷还要了解张翼，成功地阻止了张翼督办轮、电二局，拯救了洋务的两个重要企业。

作为督办铁路大臣，袁世凯也是任人为贤。庚子事变时，詹天佑工作多年的山海关外铁路工程被迫停工，他去了湘、赣修萍（乡）醴（陵）铁路。这条铁路一年前就开始了设计，詹天佑来到后高瞻远瞩，反对外国工程师采用窄轨的主张，坚持标准轨距，说，中国的统一从铁路标准轨开始。由此奠定了中国铁路的标准化基础。

1902年9月29日，侵占关内外铁路的美、俄等"联军"突然通知中国政府接收铁路，并定在二十四小时内完成。中国政府命令袁世凯和胡燏棻一同督办关内外铁路事宜，梁如浩主持接收事务，詹天佑急调奉天，参加接收。在汉冶萍铁路公司工作的罗国瑞接办萍醴铁路的修建。关内外铁路收回来后，詹天佑及时组织人员修复了被损坏的桥梁和铁路设施，使其恢复通车，受到袁世凯和胡燏棻的赞赏，称他："胼手胝足，沐风栉雨"，"在事异常出力"。

关内外铁路总办梁如浩

10月19日，袁世凯正式任命关内外铁路总办梁如浩兼任一条专用铁路总办，詹天佑为总工程师，就是从河北新城县的高碑店至易县梁格庄的新易铁路。慈禧第二年清明要坐火车去西陵祭祖，袁世凯不请外国工程师，"限六个月内报竣，毋误要公"。

这条皇家祭祖专线从京汉铁路引出，总长46.4公里。眼看严酷的冬季即将到来，线路尚未勘测，设备材料又没有着落，一切都不具备施工的条件，詹天佑还是欣然受命。作为一个铁路专业的留学生，他已经过了不惑之年，在铁路工作了14年还没有独立设计和修建一条铁路，一直在洋总工金达下面当帮工程司、驻段工程司。按常规如果要独立修路，还得再跨一级副工程司才能成为工程司，但是他感觉自己到了厚积薄发、驾驭全局的时候了，在非常情况下以非常的方案开始了这条非常线路的施工，中国铁路工程师自己修建铁路由此迈出了第一步。他对整个工程分段按轻重缓急做了临时和长久的施工方案；梁如浩积极调度，解决了设备、材料和用工问题；他们在冰凝寒冱的冬季每天工作15个小时。终于，在春天来临的时候，梁如浩、詹天佑以上乘的质量完成了这条铁路的修建，在预定的日期内全线通车。铁路设有高碑店、涞水、易州、梁格庄四个车站，桥梁 37 处，用地一千三百五十亩，耗银六十万两。

光绪二十九年（1903 年）清明时节，慈禧太后、光绪帝乘上"龙凤专列"到西陵祭祖，他们终于对铁路有了切身的感受，非常高兴，奖励了所有筑路有功人员。盛宣怀因为是负责慈禧专车的装修和行车事宜，被慈禧称赞为"承办大差一切周妥"，下令"交部优叙"，后来又赏他"紫禁城骑马"的特权。梁如浩由选用知府升为选用道员加二品衔。

詹天佑被朝廷称"为中国工程中杰出之才"，官阶由"候选同知"晋升为"选用知府"。慈禧太后馈赠礼物让他挑选，他只拿了一件景泰蓝小座钟。中国自己的铁路工程师终于设计修建了一条铁路，尽管是一条没有任何经济意义的祭陵铁路，但是詹天佑从洋总工程师的阴影下走了出来。

西陵支线上的慈禧专列

关内外铁路恢复运营后，客流、货流并不畅通，中国政府每年要贴补 150 万两墨银。梁如浩运筹帷幄，善于管理，看到每年华北地区都有四十多万农民闯关东去关外谋生，秋后又回家，而农民们大多是徒步行走，要用一个多月的时间。他体恤民情，因地制宜，首开农民工季节性运输列车，规定在每年的农忙季节，对农民只收二元五角墨银的车费（合美金 1.5元），方便了闯关东的大批农民，也使铁路增加了运输量。如此多方拓展，关内外铁路扭亏为盈。

袁世凯不拘一格笼络人才，新政成绩显著，一直兵权在握。为了进一步"办理京旗练兵事宜"，他移师直隶省会保定，继续开办北洋武备速成学堂，创设北洋军政司（后改为北洋督练公所），自兼督

铁路工程师詹天佑

办，下辖兵备、参谋、教练三处，开始编练北洋常备军（简称"北洋军"）。他将原来天津小站新建陆军的班底扩充为"北洋六镇"，计六万余人，第一镇以满洲八旗兵丁为主干，由练兵会办大臣铁良统领，其余五镇的重要将领几乎都是小站出身，而且是他的心腹大将。

袁世凯在担任直隶总督的第二年又多了个"商务大臣"衔，他重用实业家周学熙，推广实业，发展商业，兴建学堂，创办直隶工艺总局，发展机器造纸、织造、电灯、自来水、烟草、洋灰等企业。留美幼童协助袁世凯治理天津，对外挽回利权，对内舒解民困。唐绍仪、蔡绍基等人与比利时商人的电车、电灯公司谈判合作，率先在天津建起有轨电车，极大地方便了市民出行。光绪三十年（1904）的《天津电车、电灯公司合同》，就是由蔡绍基起草撰写。天津，成为北方的实业中心。

袁世凯还大办新式教育，请出了一心致力于民间办学的教育家严修，开始了新式学校的创办，南开系列的小学、中学、大学相继出现在人们的视野中，一种全新的人才培养模式呼之欲出。

一个支点　一片天地

唐荣俊的家，上海马克姆路 27 号，本来就是粤商集中的地方，又发展成为留美幼童聚会的场所。唐绍仪、詹天佑等同学经常因为公务来往于北京、天津、上海，到上海后同学们都会在这里回味读书时的美好时光，也会组队打场棒球或者网球。那份心中的珍藏，只有他们自己才能体会。

光绪二十八年六月初八（1902 年 7 月 12 日），清廷出使美国兼西班牙、秘鲁大臣伍廷芳任满，三十九岁的梁诚以记名简放道加三品卿衔，接替伍廷芳为大清国出使美国兼西班牙、秘鲁大臣。伍廷芳于九月二十五日（10 月 26 日）回国，改授为商务大臣。

12 月 2 日，一个星期三的下午，唐荣俊在他家的花园中迎送这两位外交家。他邀请了著名粤商郑观应、陈霭亭，召集在上海的留美同学朱宝奎、唐元湛、袁长坤、黄开甲、周万鹏、潘斯炽等人，还提前准备好了摄影器材请来了摄影师。有长辈有同学，见面后寒暄问候着，在院子里的草坪上合影。令人惊喜的是容揆以华盛顿中国公使馆秘书、参赞的身份出现了上海。

大家首先向唐荣俊祝贺，他接替了父亲唐廷桂怡和洋行总买办和广肇会馆总董职务后号召并带头捐钱，在宁波路重修了广肇会馆。修葺完成后粤商自豪地在《上海广肇会馆序》中称："沪渎通商甲于天下，我粤广肇两郡或仕宦或商贾，以及执艺来游、挟资侨寓者，较他省为尤众。"

1902年12月2日在唐荣俊家的合影，前排左起：唐荣俊、朱宝奎、郑观应、梁诚、伍廷芳、陈霭亭，后排左二袁长坤、左四容揆，向右依次：潘斯炽、周万鹏、黄开甲、张子标、唐元湛、陈焕之（刘安弟提供）

　　还有一件大事，也要祝贺。在唐荣俊的主持下，历时五年，华界的商办闸北水电公司水厂于八月（9月）份正式建成出水。商办闸北水电公司水厂厂址设在高昌庙（半淞园路592号），占地四十亩。唐荣俊以父亲一样的人望和资金筹措能力，接手了自来水厂的建设，任总董。作为华界的水厂，是自己的供水系统，厂里有浑水池两座、高池一座、砂滤池六座、清水池一座、锅炉四台，安装进水泵机四台、出水泵机四台等一整套现代饮用水加工设备，从黄浦江取水，输水管口径为16至18英寸，日供水量为9090吨。经过五道程序处理的清洁饮用水进了千家万户，华界居民终于结束了到河浜挑水的历史，吃到了清洁干净的自来水。这无疑使上海的公共卫生事业向前迈了一大步，也使这个城市向现代化迈了一大步。

上海闸北水电公司水厂

坐下来喝茶，同学们将目光投向容揆，回国后天各一方，情况怎样呢？容揆首先带来了一些在美国工作的同学的消息。苏锐钊在圣彼得堡中国驻俄公使馆工作三年后又调返中国驻美国公使馆；欧阳庚是驻旧金山领事；陆永泉是驻纽约领事。梁诚也表示，他这次出使美国，将与苏锐钊、通译官钟文耀、容揆等同学共同工作。

他们谈起了其他同学的情况。外交官刘玉麟于1898年被派为中国驻比利时大使馆二等参赞、代办公使事务，1900年任中国驻英国大使馆秘书官，1902年任中国驻比利时公使，后调回国，任外务部丞参上行走。

他们谈到了管带第二批留美幼童的黄胜委员，于光绪二十八年（1902年8月5日）病逝于香港中西区卑利街55号家中，享年七十五岁。黄胜晚年生活俭朴，哀荣甚隆，葬于香山故里宗族墓园。

不幸的是梁普照，1902年因痔患手术出血过多失去了生命，时年四十二岁。因为船务业务，他从开平矿务局转到上海怡和洋行，任大写，管理沿海船务。在开辟长江航运的时候，调到湖北宜昌怡和洋行总理船务，为发展内河航运做了许多开创性的工作。

同学们也急于知道容揆自己的情况，他抿一口香茶，娓娓道来。当年容揆在多方资助下于1884年毕业于耶鲁大学，本科念的是文科，因为对科学的热爱，毕业后又在耶鲁雪菲而德理工学院学化学，1886年至1887年进入哥伦比亚大学矿业学院学习工程。遵守当年对导师容闳的承诺，选择为祖国服务的职业。开始，他在纽约的一家报社做自由撰稿人，着重写介绍中国和中国人生活的文章。同时，他自己又制造了一个新闻，爱上了小六岁的春田中学的校友梅（May）。梅出生于一个中产阶级家庭，她的父亲曲折地表达了反对意见，规定了一个时间段不允许他们见面。容揆于1890年到华盛顿中国驻美使馆任翻译官、参赞、一度任代办。梅的父亲终于结束了对这个中国青年的严格考察，两人于1893年订婚，第二年"有情人终成眷属"。结婚后，他在《纽约使者报》任职一段时间。

当年一同逃跑的谭耀勋在出洋肄业局被裁撤之后自己艰难地完成了耶鲁大学学业，到纽约中国总领事馆工作，正当他准备为国家服务的时候，因为生活太艰苦，得肺病客死他乡，葬于康州河布鲁克的卡林顿家族墓地，墓碑正面刻着："大清广东香山官学生谭耀勋之墓 光绪十年九月吉日立"。

真是世事沧桑啊！

这天的体育比赛是网球，在晚餐上桌的时候落下帷幕。容揆的出现让他们想起了很多往事，往事中有政府对他们的不公道，也有充满阳光的日子，不知谁带头，唱起了记忆深处的歌曲，美国的校园歌曲回荡在马克姆路的上空。

这次聚会虽然是同学、同乡聚会，但引起了报界的关注，《字林西报》于12月10日发表了题为《一个有趣的聚会》（An Interesting Reunion）的文章，照片广为流传，多次被中外报纸杂志引用转载。

这一年，清政府还有一项外交活动，派镇国将军载振参加英皇爱德华七世加冕大典，并对法国、比利时、美国、日本进行访问。外务府二等参赞黄开甲和潘斯炽作为翻译官随行。潘斯炽之前是南京造币厂经理。

十一月初一，唐荣浩从韩国回国。他任仁川兼木浦、群山领事近六年，回来后"以直隶州知州，不论双单月遇缺即选并加知府衔"。

为保证汉阳铁厂正常生产，盛宣怀于庚子年春派黄仲良同洋铁矿师一起为铁厂找优质的矿石原料，第二年又委任黄仲良为汉冶萍公司秘书，这时的汉冶萍是亚洲最大的钢铁公司。光绪二十八年（1902年）正月，黄仲良奉派，随同洋参议李治赴粤勘测黄沙坦地事，四月又到江西宜春勘察煤矿。这样马不停蹄地调查勘测，取样分析，盛宣怀有了信心，于九月（10月）奏请在上海设立勘矿总公司。

但是国力不足，修铁路还是停留在蓝图上。在铁路总公司成立的六年里，"督办铁路总公司事务"的盛宣怀先后为芦汉铁路、粤汉铁路、川汉铁路、正太（正定到太原）铁路、沪宁铁路、汴洛（开封到洛阳）铁路、道清（河南道口到清化）铁路等项目的建设或者赎回先后向外商借款13笔。光绪二十九年（1903年7月）盛宣怀将与怡和洋行签订的沪宁铁路借款草约改签为正式合同。同年，派黄仲良去河南负责修筑道清铁路。这条铁路长141公里，为京汉铁路支线，是运煤的专用线。第二年，邀请詹天佑到上海当铁路工程顾问，协助工作，沪宁铁路开始勘测选线。詹天佑加入了上海欧洲工程师建筑师学会（The Shanghai Society of Engineers and Architects Europeans），还结识了一些从海外留学回来的铁路工程技术人员，其中有颜德庆。

袁世凯将行辕设于上海，派吴重熹为驻沪会办电政大臣，控制中国电报总局，然后以"电务为军国要政，应归官办"为由，奏请清政府将商股收归国有，遭到各股东反对，此事只好另行商议。没过多久，也就是在光绪二十九年三月（1903年4月），清政府还是将官督商办的中国电报总局改为官办，名称和职权都没有变动。袁世凯掌握了中国电报总局。

这时的上海滩共有汽车五辆，第1号汽车的主人叫周莲堂；第2号汽车的主人是著名的英籍犹太商人“地皮大王”哈同；唐元湛是第四个拥有汽车的人，车牌号是“沪004”。唐元湛、唐荣俊等留学生以拥有汽车和照相机等一些洋玩意又一次引导新潮流，如同二十年前率先骑自行车。他们很不喜欢被人用大轿抬着、举着“肃静”“回避”的牌子鸣锣开道，这样的八面威风与他们在国外接受的民主思想很不协调。汽车是具有速度和时尚的载体，所承载的是向往和创造。

铁路工程师罗国瑞
（唐越提供）

萍醴铁路于1903年8月竣工通车，但这段铁路仍然没能彻底解决萍乡煤矿的煤直达汉口的目的，遂又将醴陵一端铁路延伸至渌江边码头阳三石，罗国瑞依然是主要设计者和工程师，修竣，当年12月通车。整条铁路东起萍乡县城南，西至醴陵阳三石，全长40公里，称为“萍潭铁路”。罗国瑞在这里四年多，不惧施工艰辛，督工甚严，被工人称为“罗胡子”。之后，他担任了铁路审查委员，负责制定铁路建设规划，风光一时，但是，“在萍乡铁路为总工程司薪资尚不大”。

清政府第一次主动送出去的留美生大都到了不惑之年，在他们回国二十来年的光景里，没有像日本的留学生那样回国后参与到国家政治制度改革和建设之中，但是伴随着大清帝国经历了中法战争、甲午战争、戊戌变法、庚子事变。这种特殊的“修身”，让他们练达成熟，不但在实业和经济方面崭露头角，在政治和外交领域也是有所作为。

“机器马车”轰动了上海滩，随之也开进了北京城。在慈禧太后寿辰的时候，袁世凯花了一万两白银，从香港购进了一辆美国产的小汽车作为寿礼奉献。但是在享受这个洋玩意儿的时候慈禧不能忍受担任司机的太监孙富龄坐在她前面，命孙富龄跪着开车。这个世界上最可怜的汽车司机跪着无法踏油门和刹车，只好用手来完成脚的动作，他一手把握着方向盘，一手代替脚来点油门、按刹车，弄得汽车左右摇晃，吓得慈禧喝令停车，离开了这个装着四个轱辘的家伙，坐上大轿，才找回了舒坦的感觉。这个舒坦还包括心理上的满足，她是坐着被人抬着走，其他的人都是用双腿走。慈禧已经享受了火车的快捷，却放弃了轿车的拥有，将那辆进口的高级轿车扔在颐和园的角落里，就像当年马戛尔尼送给乾隆的火枪扔到圆明园一样，任之锈烂。

上海租界的面积在庚子年前后一步步地扩大。1899年，英、美迫使清政府承认公共租界西面由泥城浜扩展到静安寺附近，东面由杨树浦推延到顾家浜，又扩大了两万两千八百二十七亩，全部面积达到三万三千五百零三亩。法租界也用同样手段，由八仙桥延伸到重庆南路北段，越界所筑的路几乎都被划到了租界内，只剩一条徐家汇路没有被划入，改名为海格路（今华山路）。1900年法租界的面积又扩充了一千零二十九亩，全部面积达到两千一百五十三亩。公董局通过向西扩张，于1901年修了三条马路，那条东起泥城浜路、西迄海格路的西江路（后来称宝昌路、霞飞路、今淮海中路），是沪上可以和南京路媲美的又一条商业街，第二年又强筑了薛华立路（今建国中路）等六条马路。

1901 年上海城市道路图

以孙中山为首的革命党人一直在积极活动，他们在香港策划夺取广州的起义，并且决定起义事成后推举容闳为政府大总统。但是容闳坚决推辞，认为应当推举孙中山为大总统。后来革命者反清的几次起义都失败了，容闳在他七十四岁时最后回了一趟香山南屏，规划将甄贤社学改为西式学堂，再在岚园办一所中学。但是他当时还处在被清政府通缉之中，计划没有来得及实现，就拜别了祖先、拜别了家乡，转道香港去了美国。

容闳回到美国，在和革命党人保持联系的同时，心心念念的还是科学教育救国。梁启超在所著的《新大陆游记》中记录了他1903年春在哈特福德城见到容闳的情景：

> 时容纯甫先生闳隐居此市，余至后一入旅馆，即往谒焉。先生今年七十六，而矍铄犹昔，舍忧国外无他思想、无他事业也。余造谒两时许，先生所以教督之劝勉之者良厚，策国家之将来，示党论之方针，条理秩然，使人钦佩。

见面的第二天，容闳带梁启超到哈特福德公立高中参观，校长拿出了学校的记事簿，请梁启超看有关留美幼童的记录，令他不禁扼腕叹息。梁启超还参观了曾是中国留学事务局的那座宏丽建筑，听说，此楼拍卖时，一块珍贵的匾额流落到杂货店里。有位老华侨花重金将它买回，"以免将来入博物院增一国耻"。

梁启超还遇到了分别在耶鲁、斯坦福、哥伦比亚、加州伯克利等大学学习的十余名"北洋官费生""杭州官费生"。这是件欣喜之事。

振兴实业　强身强国

光绪二十九年七月十六日（1903 年 9 月 7 日），清政府设立商部，兼管铁路，派贝子载振为尚书，伍廷芳为左侍郎，陈璧为右侍郎。商部对修铁路、办实业包括创办民营银行陆续颁布了一些章程和法令，还制定了择选大商董为商部官员、考察商情、推广商会等一系列的重商计划。光绪二十九年十一月二十四日（1904 年 1 月 11 日）订定了《奏定商会简明章程》二十六条，要求全国的重要通商口岸和大城市都要成立商会，以保护商人的合法利益。

两个月后，上海商业会议公所举行全体会议，制定《暂行试办详细章程》，第一条就表明，"本会系上海原有之商业会议公所，今遵商部奏定章程，改为上海商务总会"，第九条"选举之法"中，规定了总理、协理及议董的选举。严信厚、徐润、周金箴为改组后商务总会的首届总理、协理。会议推举产生了议董，议董所具备的条件是：品行方正、在沪有实业、谙习公牍、明白事理，而且自己本身为会员，年龄在三四十岁上下。这一条具有革命性的意义，它对"商人"这个群体有了道德要求。商会会址随之从南京路五昌里迁移至虹口爱而近路（今安庆路）3 号，并遵奏刊刻"上海商务总会"关防一枚。

上海商务总会明确提出了"在商言商，振兴实业"的宗旨，发起成立了华商联合会。他们发展华商银行，组织国货厂商参加国内外赛事及其他事务，以其特殊性，完成了很多大事，包括关系到国家主权的一些事宜。

上海商务总会组织逐步健全，两三年后产生了七个部门，各个部门分工明确，职责清晰，19 名议董涉及二十多个行业或企业，上海"商都"的地位由此确定。会员中浙江籍"宁波帮"人数居多，其次是广东香山籍的"广东香帮"，再就是福建、江苏、安徽、江西、山西、四川等地的商人。唐元湛在从政的同时也参与商业活动，和唐荣俊成为名副其实的红顶商人。

全国兴起了办实业的热潮，上海这个东方第一大港进入了世界都市的行列，更是气象万千，弥漫着其他城市所没有的与外来文化的亲和力，又以巨大的向心力和辐射性吸引着世界各地更多的人来这里淘金、发财。操着不同乡音的商人让长江入海口的这块冲积平原发生着奇迹，杨树浦区成为中国民族工业的摇篮。

唐荣俊作为在上海的粤商领袖，联合中外人士在广肇会馆旗下创办全面引进西方教育方式的新式学堂——中国工艺学院，办学方式是董事会投资。为解决场地并节省开支，唐荣俊决定平整一片废弃的坟地，盖教学主楼和新型的图书馆阅览室。这种掘地挖坟的事在中国传统观念中被视为"缺德"，所以在董事会上引起了争论。有的董事认为，即使是坟墓里的人，他也有这片土地的所有权，别人是不能动的。如果真的平整墓地盖学校，活着的人就不能理解。唐荣俊本身就是善言辞、富辩才，经常为捍卫民族主权与洋人进行辩论，在董事会上他掷地有声地驳斥了这个说法："我认为人们会理解的，对活着的人进行教育比对死人的安置要重要得多。"正是他的坚持，排除了重重阻力，中国工艺学院得以建设，全日制，上海粤商把自己的子弟首先送入学校，接受新式教育。

在唐荣俊的联络下，董事会请一些高官组成顾问委员会，工部尚书吕海寰出任顾问委员会主席，一些热心教育事业的外国人及他们的夫人被聘请为教师，仅1904年就招生68名。对于从国外引进的常规课目，很多中国孩子觉得不适应，但是教师们非常专心地教学，因为他们相信这是有意义的。

唐荣俊和唐元湛以自己在美国接受教育的体会，在学校开设了官方语言的演讲课，亲任教师，同时还请社会知名人士来演讲。语言类的课程抛开了四书五经，联系当下时事，教材是一本文学随笔集《中国现实问题》，由吕海寰介绍，上海商务印书馆出版。没想到这门课成了最受欢迎的课，带动着其他课程的听课者增多，往往是150个座位的大教室还坐不下。学院干脆把课程的内容摘要按期发布在报纸上，成为中国最早的函授教育，其影响从上海扩大到外省，以至一些官员也喜欢阅读报纸上的授课内容，成为忠实读者。

这期间美国人李佳白（Gilbert Reid.）创办的文化团体"尚贤堂"从北京迁到上海，位于西江路与狼山路路口。这是一个以办学为主的慈善机构，李佳白有意与中国工艺学院及图书馆联合，以个人捐助为主，形成一个公共基金，建立新的学院——中国国际关系学院。鉴于北京局势尚不稳定，李佳白认为新的学院最好放在上海。

尚贤堂外观

尚贤堂内部

即将成立的国际关系学院在英国领事馆注册，董事会由十人组成，有欧洲及美国的支持者，有四名中国董事，唐元湛在捐款的同时任办事总董，全面筹划操作。唐荣俊以广肇会馆总董的身份捐款，参与了国际关系学院在上海的筹建，任执行委员。他慷慨地把所管辖的中国工艺学院的主楼、图书馆阅览室无偿地借给新学院使用，以期早日开课。这让中国国际关系学院的每一位董事都非常愉快，公认他"是一个十分有能量并和许多在上海的重要企业有联系的人"。唐荣俊聘请李佳白夫妇在中国工艺学院任教，他们欣然应允，李佳白教授的课时比他夫人要多一些。

尚贤堂是一个公共社交场所，洋楼前有一个很大的草坪，上海的华洋名流经常在这里聚会，对国外、国内重大问题进行辩论，形成思想和生活方式上相互碰撞影响。唐荣俊和唐元湛经常在这里发表演说，以他们的经验、他们的价值取向表达中国知识分子所特有的家国情怀。虽然相聚的人国籍不同、民族不同，但同样能够成为朋友。

唐元湛、唐荣俊在办学的同时，还一遍又一遍地和江南机器制造总局的相关人员商议，试验改进自行车，以方便穿长袍马褂的中国人骑行，更希望女子也能骑行。他们和天津的张伯苓提出的"强国必先强种，强种必先强身"的体育教育理念形成强烈共鸣，把体育教育理念付诸实践，向全社会推广。唐家子弟，率先行动。

上海的唐家又有了一茬十岁上下的男孩子，唐荣俊的大儿子唐康泰个子最高，是个混血少年，和唐元湛的两个儿子唐观翼和唐观爵一起进行自行车健身活动并以娴熟的车技创新着花样。唐金环虽是女孩子，但智慧超群，大胆勇敢，和弟兄们一起游戏，也有收获。她是一位名副其实的上海名媛,跟兄弟姊妹一样,在饱读诗书的同时也要学习外语。唐家自由欢乐的家庭氛围让她想法超前,举动新派,而且秉承了广东人敢闯敢拼的性格,有一种"巾帼英雄"的豪气,因此男孩子们骑自行车玩儿,她也跃跃欲试,没人可以阻拦。但是女孩子穿着裙装,很不方便骑车,这得让她想想办法。

上海的洋人在早期骑马健身踏出来的"马路"上搞起了万国自行车比赛,开运动会。在一群身着盛装的西洋女子摇旗呐喊中,侨居上海的外国人骑着两个轱辘的铁家伙你追我赶一路过来,煞是痛快。习惯了看洋人奔跑赛车的上海人又是一片惊诧,视野中出现了一支中国少年自行车队,他们车技不输洋人,服装也是标新立异,身穿翻领运动衫、下着过膝短裤、长统袜、高帮皮鞋,这是唐家的少年自行车队,有唐康泰、唐观翼、唐观爵、唐四、唐八等。他们不是浮浪子弟显阔的样子,而是健康、活泼、向上。人们短暂的惊诧过后,再次像接受其他洋玩意一样接受了自行车运动。

很快,自行车成了青少年们追逐时尚的标志。《申报》预言,自行车将来必盛行于中国。因为时尚,连骑车子摔跤也成了新闻,《申报》开辟了专栏《踏车倾跌》,以社会新闻方式报道某个愣头小伙子在骑车时跌了个"狗吃屎",引起了人们围观。时间、地点、人物、事件、过程诸新闻要素都具备,以增加读者对报纸的阅读兴趣。逐渐地,骑自行车的人多了,人们把能够拥有一辆自行车当作一桩"台型扎足"(上海话,很有面子、风光十足)的事情。

唐观翼唐康泰十二三岁时(刘安弟提供)

自行车健身运动兴起、汽车增多，加快了上海向国际化大都市迈进的速度，法租界里的味莼园成了上海近代娱乐业的滥觞之地。味莼园始建于西人格农，1882 年无锡人张叔和买下后就改称为"张家花园"又叫"张园"（今复兴公园），三年后张园对公众开放，服务对象主要是华人。花园北端在康定路，南到威海路，园内有一座两层楼的西洋式建筑，名叫"安垲弟"，里面有书场、茶室、弹子房、抛球场、照相馆和带舞池的餐厅，各式娱乐设施超前，特别是电气屋，集电灯、电扇、电铃等电器设备于一室，将新潮和享受融为一体。

中西娱乐共存共荣是张家花园的一大特色，往往是小剧场里演出京剧或昆曲琴声悠扬，唱腔婉转，外面跑马场上则是喊声震天，群情激动。随着自行车运动的开展，比赛场地也从临时转向专用，光绪二十八年（1902 年）张家花园建起了上海最早的自行车赛车场，日夜开放，服务对象主要是外国人。自行车运动从越野发展到正式的比赛场地，有了最早的自行车运动员。唐观翼、唐康泰不到十三岁就经常去那里参加活动，华人为数不多，他们的年龄又小，所以很显眼。唐元湛、唐荣俊放手让儿子小小年龄就加入竞赛行列，参加租界里洋人举办的万国自行车竞赛，是在培养他们敢在洋人面前争先的精神。当然，对男子来说，骑自行车也是一种身份的体现，年龄再小也要西装革履，行头齐备。

但是唐金环还不能出现在这里，就是在观众席上，也没有女子的身影。自行车运动在女子中难以普及，除了观念要更新还有服装须改革。

有一天，一个十四五岁的女孩子骑着自行车出现在街面上，是从马克姆路 27 号出来的。真是个西洋景，弄得上海一片哗然，更让人们瞠目结舌的是这个女孩子穿的是男式长袍、裤装。记者捕捉到这个新闻，再加上自己的看法，报纸上一阵热闹，铺天盖的批评增加了报纸的销量。舆论的主基调是这个骑自行车上街的女子真是伤风败俗，她应该大门不出、二门不迈，行不动裙、笑不露齿才对。没想到这位女子不但没有闭门思过，反而愈演愈烈，骑着自行车继续上街，头上还多了一顶西洋式的凉帽，乐此不疲。她的兄弟们弄了个照相机，在马路上一边赛车，一边相互拍照，引起了人们更多的好奇和关注。

新闻记者对这个穿长袍、戴凉帽、骑着自行车上街的女孩子连续追踪，打听清楚了，她正是上海粤商"一只鼎"唐荣俊的女儿唐金环。这位从小就和唐家兄弟们一起上学读书，一起玩耍的大小姐个性非常自由，也知道"女子无才便是德"的道理，但是唐家的洋房花园毕竟不是红楼梦中的大观园，而且骑自行车出去健身的诱惑实在太大了，一发不可收，非常开心。

记者的笔锋一转，从"伤风败俗"变成"惊世骇俗"，因为出现在街上的骑自行车女子已经不是一个人了。《画图日报》的"上海社会现象"刊载了一幅水彩素描，题为《妇女亦乘脚踏车之敏捷》，将骑车女子的身影画得曼妙无比，文章写得让人心动：

> 自脚踏车风行沪地，初为一二矫健男子取其便捷，互相乘坐。近则阁楼中人，亦有酷喜乘坐者。每当马路人迹略稀之地，时有女郎三五，试车飞行，燕掠莺梢，衩飞鬓颤，颇堪入画。

记者很快又有了新的发现：唐金环所骑的自行车是个新款，不是男孩子骑的那种前轮大、后轮小、车座离前轮很近、玩起来心跳那种车子。明白了，唐家大小姐骑的这款车子是经过改造的，或者说是为她特制的：前后两轮轮径相同、之间有传动装置和刹车装置，座位靠后，便于女孩子穿裙装骑行。

唐家姐弟骑车上街，左一是唐康泰，左三是唐金环（刘安弟提供）

这款改造过的自行车不但方便了穿中式长袍的人骑行，女子也可以堂而皇之地骑着上街，作为商品还顾及普通人家的购买能力和实用性。因为前后轮一样大，座位后移，有刹车装置，人们叫这种自行车为"平车"。骑着它不会发生将衣襟绞到车轮里去的现象，容易控制，能够避免危险事情发生，最大特点是老少咸宜、男女皆便。好事而敬业的记者在传播消息的过程中也为新款自行车作了广告，为自行车健身运动的兴起做了铺垫，引得很多家境殷实的女子开始学骑自行车。就这样，自行车以实用性进入了寻常百姓家，骑车的人群从留学生扩大到大、中学生及一般市民。

追赶文明　参会世博

上海向国际化大都市迈进的同时，新旧观念也在碰撞、交替。唐荣俊和唐元湛看着唐金环以一种移风易俗的勇气把改造过的新款自行车骑了出去，由衷地高兴。他们这批留学生是穿着官服出洋留学的，无论顺境逆境，都有一种使命感，在实业接轨国际的同时，还在文化上自觉建设，把改良社会、改良国民性当成己任，将社会公益当成另一项事业。

这时国外的自行车经过三四百年的发展，从最初英国木制的"15世纪的木马"（the 15th century Hobby Horse）发展到了运用钢铁和橡胶，技术成熟、结构合理、适合大众健身和交通的工具，有了一个革命性的进步。但这时的自行车还不是三角梁，一根斜梁连着的前、后轮上支着车把和座位，载重也不行。因为上海人对自行车有了新的认识和需求，美国自行车率先批量进入上海，接着是英国，车行也应运而生，在上海热销的是"安全型的有座垫和充气轮胎"（The Safety with cushion tyres）的自行车，前后轮上有叶子板和刹车装置，和在上海经过改造的新款自行车很相近，反映出当时上海机械制造的水平。江南机器制造总局毕竟有35年的历史了。上海人喜欢将自行车称为"脚踏车"或者"单车"，但是，缘于对一段特殊时光的美好记忆，唐家人一直执着地叫这种车子为"自由车"。

这时的上海有一支惹眼的"辫子足球队"，来自南洋公学。从1901年起"辫子足球队"经常和教会学校圣约翰书院组织足球比赛，两支球队旗鼓相当，有了比赛就会有普及，足球运动由此在上海兴起。"辫子足球队"为母校增光添彩，南洋公学声名鹊起。上海的学校这个时期还有了以田径为主的体育运动会，既而发展到篮球、排球、体操、游泳、交际舞、桥牌等运动项目的比赛，模仿西方话剧的时装戏也被学生带出校园，向公众演出。最有意思的是唐家子弟还经常为是否应该留辫子而分成两派进行辩论，唐观翼和唐观爵是不留辫子的，其他人要留就随意，正好，踢足球时好分队。

西方正在进行着以电气化和内燃化为标志的第二次工业革命。因为当年美国违背条约没有让高中毕业的中国学生进入军事院校，而让日本的学生进了军事院校；加上美国的排华法案让中国人民很受伤害，留美幼童也是被伤害的一个群体。

英国是首先产生蒸汽机的国家，也是世界上第一个有议会的国家，特别是 1688 年的"光荣革命"，以和平的、非暴力的方式建立起新的社会制度，更是意义深远。"师夷长技以制夷"是一个长久的事，"知彼知己，方能百战不殆"。再有，《南京条约》第一条如是说："嗣后大清大皇帝与英国君主永存平和，所属华英人民彼此友睦，各住他国者必受该国保佑身家全安。"这就是说，英国公民在中国，其人身权和财产权由中方提供保障；同样，中国公民在英国，人身权和财产权也会得到英国政府的保障。所以，梁如浩、唐元湛、唐荣俊送儿子出去留学选择的是英国而不是美国。

没过两年，唐家的少年自行车队淡出了人们的视线，原来十三岁的唐康泰、唐观翼，刚到十一岁的唐观爵等几个少年郎到英国留学去了。梁如浩也把自己的两个儿子送到英国读书，希望将来学西医，这是中国所需要的。这几位自费留学的少年和他们的父辈不一样，没有国家专门派出的管理机构，也没有多人的团队，在一个完全陌生的地方，自己管理自己，自觉学习。

两个年幼的儿子要同时漂洋过海，独自去生活和学习，最难以割舍的是母亲。唐邓凤虽然牵肠挂肚，但是深明大义，服从丈夫也是妻子的本分。她明白丈夫所说的话，国家需要掌握先进科学技术的人才，也需要能够带来社会变革的人。再说外出留学或者做工，在家族也不是一件新鲜事，她的哥哥、丈夫都是幼年出洋留学。更何况，她也希望孩子们都能够成为丈夫那样的人。

唐元湛、唐荣俊等留学欧美的人士再接再厉，在上海组织了业余棒球俱乐部、星期六俱乐部等协会，有意与外国人办的体育俱乐部一比高低。他们对体育有着自己的理解和体会，体育活动看似不带政治、宗教色彩，但是它能够使人精神振奋，内外和谐，行动矫健。体育比赛时参赛者从始至终都处于抗争状态，在竞争和防卫中驱散了对洋人的惧怕心理。当不甘落后、不甘屈辱的好胜心理成为一种常态，民族素质自然也就提高了。

留美幼童成为媒体追逐的对象，1904 年 1 月 10 日的《纽约时报》发表了一篇消息：《在中国耶鲁学生成立了上海同学会》（YALE MEM IN CHINA. An Alumni Association Formed at Shanghai），并配有中外人士合影的大幅照片，唐元湛作为嘉宾被邀请，文章对聚会的留美幼童一一做了介绍。

唐国安这几年有点坎坷，他在开平矿务局跟随会办陈霭亭工作了八年，于1899年前后随其离开，到关内外铁路，在牛庄的一个部门出任经理。庚子事变之后为了躲避战乱，辗转到了香港，参与创建了香港基督教青年会，并任首届董事会主席。

事事难料，光绪三十年（1904年3月4日），粤商在沪的领袖唐荣俊积劳成疾，在他的住处马克姆路27号去世，享年四十三岁。多家中外报纸刊登讣告，在他去世的第三天《字林西报》在《关注本国事件》（NOTES ON NATIVE AFFAIRS）的栏目中发表了一篇悼念唐荣俊的文章《The late Mr. Tong Kid-son》（已故的唐荣俊先生），其中一段是这样写的：

> 这位已故的绅士，是从美国回来的官派留学生之一，一个启蒙群体的人士。他们的能力和忠诚被中国政府欣赏并器重，因而他们无论身在何处都能使其影响力得以体现。唐荣俊先生是一位诚实和蔼品德高尚的人，无论在商界还是在社会活动中，凡是跟他有过联系的人都很爱戴他，特别是我们粤语同伴。（The deceased gentleman was one of the returned Government students from the United States, a coterie of enlightened men whose abilities and loyalty are being greatly appreciated and respected by the Chinese Government, and who as a consequence are making their influence felt wherever their lot has placed them. A man of sterling honesty and genial qualities the late Mr. Tong Kid-son was much beloved by all who had ever come into contact with him, whether in business or socially, and especially was he popular with our Cantonese fellow residents in these settlements.）

唐荣俊留下了三女两男：唐金环、唐金玲、唐康泰、唐康年、唐金庸。他们还都没有结婚成家，长子唐康泰在英国留学。

容尚勤也在这一年于广州去世。他回国后一直自谋职业，后来在南洋公学任教师，深居简出。

这时，黄开甲正在美国艰难地工作着。1904年4月，美国举办圣路易斯世博会，这块土地是当年杰克逊总统以150万金币从法国的拿破仑手中买下的，正好一个百年，以世博会向世界展示他们的开发和经营。美国邀请"大清国大皇帝陛下御临斯会，并盼大臣等随同前往"。慈禧婉拒赴美的邀请，任命皇贝子溥伦为监督，主持"一切赴会事宜"，黄开甲和东海关税务司美国人柯尔乐为副监督，组团代表中国参展。这是中国第一次以官方名义登上世博会舞台，结束了之前一直由海关总税务司罗伯特·赫德实际掌控中国参加世博会的局面，外媒也称之为"中国政府正式登上世博会舞台的开端"。溥伦是道光帝嗣曾孙，镶红旗人，也是皇族中比较开明的"少壮派"，三十多岁，倾向立宪。

黄开甲提前一年带着家眷和 12 名中国工人赶到美国，负责中国展馆的建设。因为美国的排华政策，船到旧金山，中国工人不准上岸。在驻美大使梁诚交涉下，对《限制华人来美赛会章程》作了部分修改，称"户部所定赛会章程，只为他项华人设此限止，原与本国敦请中国政府派来赛会之员无涉"，又向美方交了 105000 美元保证金，工人才能入境，黄开甲遂成为第一个到达圣路易斯的外国专员。在场馆工地，当黄开甲的夫人升起黄龙旗，准备开工时，美国工会又以违反《禁止华工条列》为由，不准华工工作。僵持了五个月，无法解决，黄开甲只得资遣中国工人回国，在当地招工。但是美国工人正在闹罢工，人工费奇高。黄开甲从中国带来了大量油漆，美国就是不让用，必须在当地购买。面对这重重困难，黄开甲为如期搭建好中国展馆只得忍气吞声，

1904 年美国圣路易斯世博会中国场馆外景

在梁诚的帮助下，中国是英国之后在这届世博会上第二个举行展馆奠基仪式的国家。他们用从中国带来的部件，搭建起了中国展馆，是溥伦在北京宫室的完美复制，华丽无比。里面有六七层高的宝塔和中国式的楼台亭榭，由城墙围起，入口处有牌楼。整个馆区被认为是"本届博览会上东方建筑最漂亮的典范"。

让溥伦和黄开甲尴尬的是，会场布置、展品选择都掌握在海关总税务司赫德手中，他将小脚女人、洋烟鬼、弯腰曲背书生的泥塑像放上了展台。溥伦和黄开甲多次反对没有效果，以至引起了当地华人和留学生的愤怒，最后是清政府驻纽约总领事夏偕复出面，勒令撤去了这类展品。黄开甲亲笔用英文在 1904 年世博会"大清国会场公所游览凭照"（入场券）上签名"WONG KAI KAH"，以扩大影响。

　　世博会开幕后为吸引游客，黄开甲想了一招，对参展的中国商人的孩子们进行速成英语口语训练，盛装排列在馆区门口，以歌唱优美动听的中国歌曲《茉莉花》欢迎游客，效果奇好，倾倒无数洋人。1904 年 9 月 25 日的《纽约时报》盛赞《茉莉花》歌曲的境界天人合一，令人折服。中国京戏、中国集市、中国美食都呈现在这次世博会上。10 月，孙中山到场参观了世博会。慈禧的一幅宽 6 英尺、长 10 英尺的画像也是这届世博会中国馆的亮点。画中的慈禧身穿冬季朝袍，头戴珠宝饰物，美丽而威严。画像上方的题款是"大清国慈禧皇太后"。展会结束后，画像由美国国家博物馆收藏。

圣路易斯世博会上中国官方正式亮相的首张照片
左三是贝子溥伦，前排右三是黄开甲

　　黄开甲从事电信业二十年了，知道无线电已经成功地运用于日俄战争，在这次世博会上又亲眼看到参展者当场演示异地播发消息，非常震撼。还有，威尔帕·莱特（Wilbur Wright）和奥维尔·莱特（Orville Wright）兄弟俩发明的动力飞机，也出现在世博会上，让他又一次看到了中国和世界的差距。令人欣慰的是，中国启新洋灰公司的马牌洋灰获得了头等金奖。

　　溥伦来美国还肩负着的两项秘密使命。一个是替清政府考察欧美强国的宪政；另一个是希望争取美国干涉在中国东北发生的日俄战争。因此溥

黄开甲（右）陪同贝子溥伦（左）考察

伦除了参加世博会活动外，还在华盛顿、纽约、芝加哥等城市进行了考察。看到了资本主义国家的强盛，他也有了急图自强、振兴国脉以改变积弱局面的决心，准备回国后"披肝沥胆，向西太后进立宪改革之言，以启沃两宫，而为改革政体之助动力"。在美国期间，黄开甲专程去哈特福德城拜访了曾经寄宿的巴特利特教授遗孀一家和推切尔牧师。

讨论政体　废除科举

洋人就是和慈禧老佛爷过不去，一到她整寿就制造战争，她七十岁的时候，两个邻邦日本和沙俄又于东北这个清王朝龙兴之地为了争夺在中国的殖民特权，进行战争。但是她谁都不敢惹，态度居然是中立，不能不说是尽失颜面。但是，日本胜利的结果又引发了国内各种思潮的涌动，其中立宪派与守旧派的争论最为激烈。为什么弹丸之地的日本在甲午战争之后又打败了拥有辽阔疆土的俄国？立宪与专制的优和劣，反映在战争中决定了胜与败。立宪派宣称，日本之所以能够强大起来，是因为通过明治维新从社会制度上进行了全面改革，中国要救亡图存，必须走立宪这条路。上层中首先动作的是云贵总督丁振铎、云南巡抚林绍年，日俄战争一开始他们就联名电奏请求变法。西方报纸也为这场争论助威，"此战非俄、日之战也，乃立宪、专制两治术之战也。"这场争论使立宪运动高涨，要求中国立宪的呼声从民间延伸到督抚、驻外大臣，进入紫禁城。

弥漫的硝烟中，东北人民受到了帝国主义铁蹄的践踏，袁世凯的北洋军为拱卫京师又扩充了一个协，他还派出汽轮船北上，从海上接回了一部分受难的大清臣民。随之在上海出现了一个体现人道主义精神的运动——红十字运动。盛宣怀、工部尚书吕海寰、上海海关道沈敦和邀请了英、美、德、法等中外人士，在上海成立了"万国红十字会上海支会"，以期在国际范围内，对东北人民进行人道主义的援助，并派出人员携带所捐助的大批物资奔赴东北，救护战争中的难民和侨民。

远在美国的梁诚把红十字国际委员会宗旨、《日内瓦公约》的条款译成中文上呈朝廷，希望大清国加入这个国际组织。经慈禧批准，清政府拨款十万两白银作为开办费。瑞士联邦将"万国红十字会上海支会"公告转达各国后，中国没有被正式承认，但这毕竟是红十字运动在中国的发轫。唐元湛和留美同学们除了捐款捐物，负责办理具体事务外，还发表演说，号召人们光大传统的赈济善举，以人道主义的精神，救助更多的同胞。

经过有识之士的不懈努力，光绪三十年（1904 年 6 月 29 日）"万国红十字会上海支会"正式加入了"万国红十字总会"，后来发展为"大清红十字会"，盛宣怀为首任会长。

周馥任山东巡抚两年后于光绪三十年九月二十三日（1904 年 10 月 31 日）上任两

江总督兼南洋大臣。江南机器制造总局"欲筹整顿之法，须得明练之人"。周馥将船坞从总局中划出，改称江南船坞，奏请派总兵衔候补副将吴应科为总办，理由是"久在海军，熟习船务，堪以派委总办船坞事宜"。吴应科南下到上海。

这年，袁世凯又联合周馥、张之洞电奏，请以十二年为期实行立法，接着，周馥又单独奏请实行"立法、行法、执法"三权分立和地方自治的立宪政体。两广总督岑春煊的奏章更是将宪政和国家前途的关系摆得清楚："欲图自强，必先变法；欲变法，必先改革政体。为今之计，惟有举行立宪，方

吴应科1903年左右
（王泽养提供）

可救亡。"不仅如此，连驻外公使也纷纷上奏朝廷，赞同立宪，他们是：出使法国大臣孙宝琦、出使日本大臣杨枢、出使美国等三国大臣梁诚、出使英国大臣汪大燮，一致认为"保邦致治"，"全出宪法一途"。要求政治体制改革实行宪政的高级官员，在清廷形成一股很强的力量。

同年（1904年）八月二十七日，光绪帝颁谕："直隶津海关道员缺，着梁敦彦补授，着即迅速赴任。"梁敦彦在任江汉海关道一年后晋升为直隶知府，奉谕旨调补津海关道缺，接替唐绍仪。津海关道，事务极繁，不仅包括直隶的对外交涉，还有新式教育、兴办实业、交通运输等项目。阔别天津二十载，又是同乡还是同学，在交接工作的过程中不忘留下一张合影。

天津也有粤商，每年惊蛰前后粤商将货物运达天津，上岸后人们到会馆举行隆重的酬神仪式，答谢天后护祐商船安全航行的功德。自然而然南北货物在这里集散，逐渐形成了几条著名的大街。每年秋后的财神爷生日，会做生意的粤商又要耗巨资在会馆设宴并演戏三天，招待往来客户，以联络感情并扩大商品的广告宣传。唐绍仪离开天津前倡议并集资重新修建位于天津城鼓楼南大街的广东会馆，他带头捐献白银四千两，在天津的粤籍留美同学及商人也慷慨解囊，很短的时间里就集资九万多两白银，开工重建，显示出了巨大的凝聚力。

慈禧这年的生日过得还真有点特别，十月初十（11月16日），她颁布了一道"特赦令"，宣布赦免除康有为、梁启超以外的所有"戊戌涉案人员"，包括逃亡在美国的容闳。容闳的学生记得师长的生日，"特赦令"的第二天正是他七十六岁寿辰。

鸦片战争以后，中国西藏地区成了英、俄、法、日等国角逐的场所，老牌殖民主义者英国统治亚洲的印度之后直接将魔爪伸向西藏。在 1888 年的时候，英国侵略军发动对西藏隆吐山的武装进攻，西藏地方政府派遣藏军和英军展开激战。1904 年 3 月，英国计划派出一支近五千人的远征队去西藏，清政府外务部得到这个消息后表明了严正立场：要采取正确的措施关注事态，毫不拖延。英国人不理会中国外务部的态度，派军队进了西藏侵占了江孜，西藏人民奋起反抗，由于敌强我弱，江孜保卫战失利，英军长驱直入，一度占领了拉萨。唐绍仪于光绪三十一年正月二十一日（1905 年 2 月 23 日）已经被清政府任命为出使英国大臣，严峻时刻他没有赴英国上任，而是以"副都统衔候补三品京堂任留办印藏事务"，以清政府议藏约全权大臣身份，赴印度加尔各答开始了与英国两年之久的关于西藏领土主权的交涉谈判。

梁敦彦任津海关道后大施拳脚，首先清查了直隶境内情况复杂的大量中外合办的煤矿，第二年主办遵化地案，宗旨是："从容商办，不动声色，卒将印契收回。"袁世凯信赖他，奏请朝廷赏加二品衔。这期间梁敦彦和蔡绍基获得了德国皇帝（Kaiser）授予的红色鹰旗勋章。报纸登载了这条消息同时也表示，没有得到德皇给这两位中国留美生授予勋章的理由。1905 年，清政府成立直隶省矿政调查局，邝荣光任总勘矿师。直隶临城煤矿的前身是直隶总督北洋大臣李鸿章指派湖北试用通判钮秉臣组办的直隶临（城）内（邱）矿务局。袁世凯继任后，先后派津海关道唐绍仪、梁敦彦等与比利时商人谈判订立合同，中比合办临城煤矿，邝荣光出任总工程司。

光绪三十一年四月（1905 年 5 月 7 日），袁世凯、胡燏棻札饬关内外铁路总局，说明国家急需铁路专业人才：

> 铁路为交通要政，条埋繁重，各国皆设有专门学堂，凡工程行车及关涉铁路之事，率皆讲求精邃，始能创建宏深。中国兴办铁路有年，于工学车务辄多懵然，而各路并举大都聘用西人，借材异地，其中国人在外国铁路学堂肄业回华者，寥寥无几，现值路政大兴，不足以资国家之用。

袁世凯、胡燏棻让总局"妥筹经费，酌拟各门课程、分别延订教习，克日开办铁路学堂"。随后，袁世凯又面谕关内外铁路总办梁如浩：以开平地方曾有前武卫陆军学堂旧址，可以租作开办铁路学堂之用。梁如浩从开平煤矿公司请回原山海关铁路学堂总教习葛尔飞继续担任学堂总教习，协助路局筹备复校事宜。

6月12日，总办梁如浩、吴家修拟定《铁路学堂试办章程》三十条，呈报督办铁路大臣袁世凯、胡燏棻，章程被批准。6月17日，《铁路学堂试办章程》公布，规定：学生以三、四年为毕业之期，学堂定名为"唐山路矿学堂"。随之，梁如浩升任奉天营口海关道，周长龄任关内外铁路总办。

7月18日，袁世凯批准路局呈请，委派方伯樑为学堂监督，周长龄和吴家修兼任学堂总办。方伯樑从广东北上，会同总教习葛尔飞协助关内外铁路总办进行建校、招生、聘员、管理诸多事务。借鉴欧美大学铁路工程科、矿冶工程科的模式，确立本科学制为四年。

在各种新思想涌动的上海，办新式教育的人越来越多，马相伯功不可没。当年他带着唐绍仪、吴仲贤等到朝鲜设立海关、开放口岸、建立领事馆。回来后他又两度出使日本，先后担任清政府驻日本神户领事、驻日本长畸领事和驻日使馆参赞，与日本的维新要人伊藤博文、大隈重信等都有过交往。戊戌变法期间，梁启超请他主持筹建译学馆，因为变法失败没有办成，但依然坚信教育是立国立人之根本，

1905年部分留美幼童在天津海关衙门前
从左到右 前排：蔡绍基、方伯樑、刘家照、杨昌龄、卢祖华、沈嘉树、梁如浩 二排：周长龄、曹嘉祥、容尚谦、唐绍仪、梁敦彦、王良登、蔡廷干

"不可一日或无者"。马相伯是天主教徒，把自己的大量财产捐给耶稣会，借其帮助，在徐家汇老天文台办起了震旦学院，自任监院，于右任、邵力子、马君武都是他的学生。1905年，外籍教师趁马相伯养病之际，改变办校方针，学生大哗，相继离校。马相伯知道后带病召集离散学生，并计划另创新校。

在震旦学院发生变故的时候，还有一位将要在中国高校教育史中留下名字的人物出现在上海。他叫李登辉（字腾飞，祖籍福建同安，1872年出生），海外华侨子弟，留学美国，全面接受了国外先进教育，曾追随孙中山参加过兴中会的革命活动。到上海他是带着创办新式学校和进步社会团体的愿望，为此，联络了上海有办学经验的知名人士马相伯、唐元湛、严复等人共商大事，志趣相投的他们形成共识，创办一个研究和吸收国际先进文化及科学新技术的学堂，以改革自新，达到与国际交流的目的。

这个学堂区别于传统教育，强调要有高尚有益的体育和娱乐活动，增强民众体质，为祖国服务。

马相伯、李登辉、严复、唐元湛等人组成董事会，将这个新型的办学计划呈送到两江总督周馥案前。周馥给予支持和赞助，立即拨款拨地，还将吴淞提督行辕借给他们暂作新校舍。董事会推举马相伯担任新学堂的总管，李登辉担任主教务，其特色是民间自主办学。

马相伯亲自拟定新学堂的名称——复旦公学，"复旦"二字取自《尚书·大传》所载《卿云歌》中的"日月光华，旦复旦兮"的词句，预示新学堂的前景如日月光辉，生生不息。光绪三十一年（1905年）中秋节，复旦公学正式开学。最具有时代感的是这年光绪帝诏准袁世凯、张之洞奏请停止科举，废除了在中国实行了一千三百多年的科举制度，于十一月初十（12月6日）成立学部，"停科举以广学校"。科举制度自唐代正式确立，向每一个读书人展示着进入官僚体系的可能性，是封建时代的中国所采取的最公平的人才选拔制度。这个时段上几乎所有杰出的政治家、思想家、文学家、史学家，都是由科举制度塑造出来的，而面对传统中国向现代社会转型的时候，新的教育方式取代了它。

马相伯

复旦公学的各位董事借此东风，以培养人才、科学教育救国为目标，融合自己在国外留学的体会，提出学术独立、思想自由、教育富国的方针，创立了一种全新的校风。学生不谈理教，崇尚科学，中西兼修，文体活跃，特别是兵操课更是新颖而正规，聘请英美教官或著名军事将领如萨镇冰来进行兵操训练。由于教师缺乏，六十六岁的马相伯

复旦公学校徽

亲自担任法文教授，唐元湛和其他校董也承担了课程，并毫不犹豫地拿出了自己的积蓄用于复旦的置地、建校舍、扩大学科发展。如此惨淡经营，是因为各位校董要实现心中科学教育救国的伟大愿望。

此时，容耀垣正全力帮助革命党人陈少白在香港办宣扬革命思想的《中国日报》（China Daily News）。这份报纸因经济拮据正濒临破产，容耀垣遂介绍陈少白与文裕堂印务公司改组合并，迁址荷理活道并担任印务工作，陈少白任报务。

站立做人　动脑思考

在上海进步知识分子创办复旦公学的时候，困扰两代留学生的问题"下跪，还是站立"终于有了了结。1905年，由湖南高等学堂和师范学堂选送的60名留日学生途经武昌，湖广总督张之洞要接见他们。这批湖南籍留学生极有个性，要求他人尊重自己的人格哪怕是封疆大吏，明确表示不行下跪礼。于是双方僵持起来，张之洞断然下令不予放行。湖南巡抚端方固然开明但也不想让别人感到他的辖区子民不懂礼数，显得他治理无方，特来电，警告留学生如果继续对张总督无礼的话，取消他们的留学生资格。真的是"唯楚有才"，"耐能耐得住烦，霸能霸得住蛮"，这些留学生不但不从，还对此事表明了自己的看法："中国大官，只顾一己虚荣，不知尊重他人人格，实属可鄙。"令人回味的倒是张之洞，他写出了著名的《游学篇》倡导出洋游学，在办新式学堂、进行近代化工业建设等方面都是先驱人物，但是面对这些不愿意行下跪礼的学生，依然感到威严受到挑战。庆幸的是，这位"中兴之臣"知道国家的兴盛靠什么。双方僵持了十几天，最后以留学生行鞠躬之礼达成一致。张之洞对滞留在武昌十几天的湘籍留学生予以放行，没有重演25年前的一幕，陈兰彬、吴嘉善因为学生们"忘了祖宗规矩"而终止留学计划。

这件事通过报纸传了出去，对留美幼童来说真是"各种滋味在心头"。"下跪，还是站立？"这场从乾隆帝开始的中外关系中的尴尬，由留美幼童引发的民主思想和封建官场的对峙，终于以又一代留学生的胜利而告结束。

端方在庚子事变时因在陕西接驾有功，调任河南布政使，很快又升任为湖北巡抚，接着在两三年内代理湖广总督、代任两江总督、调任湖南巡抚。他也是中国新式教育的创始人之一，创办了中国第一所幼稚园和省立图书馆，在所任职的地方办学堂，鼓励学子出洋留学，被誉为"奋发有为，于内政外交尤有心得"。他任湖北巡抚时，有

25 名湖北学生被送到比利时留学，代任两江总督期间，在南京鼓楼创办了暨南学堂。

历史总有相似之处，历史是在曲折中前进的。新思潮的涌动让民众的觉悟提高，对国际问题也敢表达自己的看法。自打 1882 年美国国会通过了排华法案限制华工十年内不许赴美之后，1892 年排华法案再延十年，1904 年变成无限期，1905 年美国国会又通过法案，"在十年之内，拒绝任何中国工人。"中国人民对美国排华法案表示强烈的抗议。广东、上海首先发起了抵制美货的爱国运动，在上海南京路以至发生了烧毁美国驻沪领事馆汽车的事。一些在美国公司任职的中国雇员先后接到了同胞寄来的信件，动员甚至恐吓他们离开美国雇主。其他城市闻风而动，连行为率真的少年童子也加入其中，拒绝生活中所有的美货，还劝说家人和亲友也一同行动。

美国排华法案对留美幼童造成的伤害是难以泯灭的，梁如浩在给他的美国房东哥登尔先生的信中表达了这样一个观点："当没有一颗钉子从美国购买时，它可能是今天全部活动的意义。"并对这种伤害作了表述：就像一个孩子，他对出现在面前不公平的事会特别快表现出不满，从少年到成年男子，还会在性格上有所发展。春田的哥登尔先生收到信后将它交给共和党报，于 1906 年 8 月 17 日发表。

这时美国总统西奥多·罗斯福（Theodore Roosevelt，1901—1909 年任美国总统）已经有了把美国势力扩展到亚太地区的打算，自然对中国抵制美货的爱国运动非常敏感，立刻筹划了一个史无前例的庞大的外交代表团访问亚洲，派陆军部长达夫提（William Howard Taft）和自己的长女艾丽丝·罗斯福率领。

美国使团在日本受到了明治天皇的款待，而在中国看到的是抵制美货的运动正在进入高潮。各大港口的商人联合起来对美国进行愤怒声讨和抵制；清政府虽然对美国使团做高规格的接待，但没有通过媒体对他们的来访作渲染，就是上海的《申报》也没有专题报道。达夫提对亚洲并不陌生，是 20 世纪初美国唯一的海外殖民地菲律宾的第一任总督，他要求中国官员平息广东和上海的抵制美货运动，最后是无果而终。这一切，让一向蔑视中国的美国人非常震惊，罗斯福派出军舰到中国沿海炫耀武力，迫使清政府低头。

国内外林林总总的事情反映在人们对国家前途的思考上，"中学为体，西学为用"的洋务运动促进中国从农耕经济向军事工业、民用工业、商业转折。但是如何让国家进步，不受列强欺辱又成了人家关注的焦点，"上自勋戚大臣，下逮校舍学子，靡不曰立宪立宪，一唱百和，异口同声。"慈禧为了"可使满洲朝的基础永远确固，而在外革命党亦可因此消灭"，决定于光绪三十一年六月（1905 年 7 月）派考察团对欧美诸国进行宪政考察，为立宪做准备。考察团由五位重臣组成：镇国公载泽、户部右侍郎戴鸿慈、署理兵部左侍郎徐世昌、湖南巡抚端方、商部右丞绍英。考察宪政大臣负责对随从人员的选拔，他们"环顾中外，甄采矜慎，各举所知，无敢以夤缘进者"，对于各界保荐人员，"非素有政学资格之员不能滥竽请托"，而自请随同考察者则并未获准。随员是来自社会各界的精英，唐元湛、温秉忠、朱宝奎、施肇基、欧阳祺、程璧光等都在其中。考察团分为两组，载泽、徐世昌、绍英一组；戴鸿慈、端方一组。一切准备停当，他们定于光绪三十一年八月二十六日（1905 年 9 月 24 日）在北京乘火车离京。

1905 年 9 月 24 日五大臣考察宪政准备离京

车站地处正阳门东侧、紧靠南城墙、北邻东交民巷使馆区、南接正阳门商业区。这是在中国铁路发展史上具有里程碑意义的车站，已施工两年了，尚未最后完工，但已经开始使用。五大臣出洋考察宪政史无前例，各报大力宣扬，很有声势。出发这天，在京的官员们盛装聚集在正阳门东火车站，为他们送行，站前广场车水马龙，一片喧闹。五大臣容光焕发，登上列车后还向送行的人频频作别。

但是人们听到的是一声震天动地的响声。

北洋警政创办者之一的赵秉钧一向以"长于缉捕"而闻名，"生性慧黠，强悍而心细"，硬是从尸骨的碎片中，找到了印有"吴樾"名字的纸片，然后顺藤摸瓜，查明了真相。原来这个叫"吴樾"的二十四岁青年是革命党人，从东北入关到北京，目的是放置炸弹，谋杀五大臣。当他怀揣着炸弹，穿过人群，步入站台上火车的时候，受到了徐世昌的随从阻拦，就从容地走到另一节车厢，登上专列。正当他放置炸弹时，

"适因接驳车辆，车身猛退，而所携之炸弹，撞针受震，未及抛掷，轰然一声，血花铁片，飞溅人丛。"吴樾自己被炸得粉身碎骨，五大臣中载泽受轻伤，绍英受重伤。戴鸿慈和端方一组人坐在后面车厢，没有受到炸弹冲击波的杀伤。

端方已由湖南巡抚授领闽浙总督，还没有去上任，对立宪持积极态度。他在致上海报界电中说："炸药爆发，奸徒反对宪政，意甚险恶，然益征立宪不可缓也。"戴鸿慈是广东南海人，典型的"学而优则仕"，同治十二年举人考试第一名，后来考中进士进了翰林院，光绪二十年，翰林大考，又是名列一等。他很传统，但对宪政改革也有思考。庆幸的是虽然发生了爆炸事件，五大臣出洋考察宪政并没有取消，只是推迟。

施肇基年轻时

唐元湛回上海先办了一件唐家的大事，让唐荣俊的女儿唐金环风光出嫁。唐康泰在英国留学，一切就由唐元湛和唐邓凤来操办，新郎官是年轻的外交官施肇基。

施肇基和唐金环是 10 月 1 日在上海成婚的。受国家重用的留学生与懂西语、见识广的上海名媛结为伉俪，真是珠联璧合。如此，施肇基和唐元湛、唐绍仪还有了一层亲戚关系。唐金环在即将成为人妻的时候，以一张大家闺秀的照片为自己的姑娘时代告别。照片上的她身着高领小袖袄，一字襟，右边襟上别了一朵胸花，花朵下两条漂亮的粗链子顺到腋下。深红色衣服的领、袖、襟滚着浅色边，深红色长裙及地，身材修长，这是受海外影响的"文明新装"。她头戴珍珠翠石镶嵌的宽发箍，将脸型妆扮得如京戏花旦的模样，大家闺秀要不苟言笑，

唐金环名媛照（刘安弟提供）

但扬起的粗眉写明了她的性格，目光平视、直挺的鼻子微翘、丰唇，一看便知是带着洋气的广东人。紧口小袖中露出半截小臂来，两手腕都佩戴着缕空宽大手镯、宽扁手链，双手中指、无名指、小指上也戴着戒指。

这也就是唐金环的一个青春纪念，如果她热爱这身装束并被这身装束羁绊着，绝不会成为第一个把自行车骑到大街上的女子。结婚后，唐元湛家成了她的娘家。

唐绍仪在处理西藏问题的同时于1905年11月任沪宁、京汉铁路督办，办理完沪宁铁路督办交接之事，裁撤了原来设在上海的铁路总公司，沪宁铁路的建设交钟文耀驻沪办理。

外交官钟文耀结束了外交工作回国从事实业，是唐绍仪的随办，道员。他于1903年由大清国驻美使署通译官升为驻西班牙使署二等参赞、临时代办，1904年5月出任大清国驻菲律宾小吕宋总领事，因维护菲籍华裔商人及劳工权益而备受当地侨领之拥戴。在耶鲁同学呼吁下，他于1904年6月获授耶鲁大学文科学士学位，入册1883届。1905年8月，直隶总督袁世凯急电钟文耀返华，充任北洋洋务参赞兼随办商约，解决日俄战争后遗留的与中国利益相关的问题。苏锐钊接任大清国驻菲律宾小吕宋总领事。

留美同学们在上海相见，是一种血浓于水的真诚和畅快，大家交流着信息：芦汉铁路即将建成，罗国瑞参与管理；詹天佑正在设计施工从北京到张家口的铁路，是同学中的第一个铁路总工程司；道清铁路已经竣工，黄仲良任铁路局总办，管理这条铁路。祁祖彝这个上海人却在西南工作，他于1903年冬以贵州候补道身份和河南候补道京章世恩出洋考察军械机器，第二年秋，从德国蜀赫厂订购制造新式小口径毛瑟步枪、造子弹及造无烟药的全套机器。祁祖彝回国后收了一个比他名气大的学生——严修，严修任贵州学政，跟祁老师学英语。祁祖彝后来又调四川工作。

唐元湛和钟文耀谈得最多的是蔡廷干和容尚谦。戊戌变法失败后容尚谦过着隐居的生活，他先在澳门的一所女子医学学校教了一阵书，又转到广州的美国领事馆工作了一年，后来驾驶着一艘有自己部分股份的船，在沿海做些贸易，或者干脆带着家人和伙伴，在海面上逍遥自在。遇上台风，别的船遭到了灭顶之灾，而他很幸运，当初在建造这只船时买了超强的铁链和铁锚。几年后，他觉得人们对他和容闳的关系该淡忘了，产生了一种冲动，去找一份合适的工作。找工作很艰苦，他最后孤注一掷，向袁世凯提出了申请。袁世凯把他安排到关内外铁路，做船舶经理，后来当了交通经理。在奔波的路途中，他在1905年碰见了祁祖彝，两人聊天，互通信息，原来祁祖彝从成都到奉天任候补道。

丁崇吉和宦维城于1885年从北洋来到上海后，都做英文访事员。丁崇吉为《上海信使晚报》及其他英文报纸当新闻记者，后来在哈佛校友德鲁（E.B.Drew）的推荐下，任职于江海关。在这个特殊的地方，他也"英式"了，西装、英文报纸，喜欢以白兰地替代茶，吸雪茄。宦维城也进了海关工作，做办事员。

他们还谈起了一个人，香山乡亲、电报生盛文扬。盛文扬升任福州电报局总办后又出任洋务局委员。福州发生教案，当地人仇杀教士、焚毁教堂。事件平息后，外国领事以武力要挟清政府严惩祸首、索赔银两，株连甚多。盛文扬挺身而出，认真调查后，与相关国领事谈判，据理力争，最终和平解决了教案。盛文扬任福州洋务局总办，候补知县，但是不幸在四十一岁时去世。

唐国安于 1905 年来到上海，在商办粤汉铁路总公司（沪局）做主计，公司关闭后，又到铁路总公司任翻译。正是特殊的工作生活经历，让他思想深刻、语言犀利、敢于直抒己见。他和颜惠庆在上海道蔡钧主办的《南方报》英文版轮流做主笔，报纸的宗旨是："宣扬圣德，抵制横流，觉世牖民，隐恶扬善。"围绕保障国权民权的主题，每期发表社评一篇，猛烈抨击公共租界工部局对国人不利的政策，因而引起了租界当局的恼怒。唐国安和颜惠庆毫不退让，坚持办报宗旨继续针砭时弊，还差点被逐出租界。英文版的《南方报》一度被誉为："用英文自办日报的先驱，保障国权的楷模。"

唐国安和颜惠庆还共同为上海基督教青年会发行的双语报纸《上海青年会会刊》撰写稿件。成立于 1900 年的上海基督教青年会宗旨是发展青年的德、智、体、群"四育"教育，为社会服务，还租用老靶子路（今武进路）工部局的空地，举行体育活动，唐国安出任青年会董事。后来他们获得资助买了一块约二十五亩的土地，建立"青年会体育场"（Chinese Y. M. C. A. Recreation Ground）。1905 年 11 月 28 日英文版《南方报》载：上海基督教青年会第二届体育大会于星期日下午举行。总裁判为唐元湛，项目裁判有颜惠庆、唐国安等。

游历欧美　考察宪政

革命党人阻止五大臣出洋考察的一颗炸弹产生了清政府的一个安全部门——巡警部，因为事发时只有徐世昌的部下对吴樾有警觉，于是徐世昌成了巡警部首任尚书。

绍英的伤未痊愈，无法出国，清政府派出了山东布政使尚其亨和顺天府丞李盛铎顶替徐世昌和绍英出行。朱宝奎、程璧光因为徐世昌不再出行而退出考察团，还有几位随员因为受伤和其他差事不能出行。李盛铎已被任命为大清国出使比利时大臣，他将在考察途中任职。两个组重新制定了考察线路，行程也保密。

光绪三十一年十一月十一日（1905 年 12 月 7 日），"车站稽查严密，外人不得阑入"，也谢绝了所有官员送行，在完成拜祭祖先仪式、求得祖宗庇佑之后，端方和戴鸿慈率领正式团员 33 名开始了欧美之行。"上海电政局总管候选同知唐元湛""经出使各国考察政治大臣戴鸿慈等奏调出洋派充随员"。温秉忠之前在宁波美国领事馆供职、担任过镇江美国领事馆通译。一年前，他辞掉工作进入端方的幕府，任通译和秘书，处理过很多关系到外交和教育的事务，以忠实和敬业而受到重视。端方向皇帝特别推荐了他，得到皇帝的允许，成为随员。大臣们对留美幼童的评价是"在国际关系事务中有很充足的经验"，同时也认为不可能再选到比他们更合适的人。

专列离京先到秦皇岛，津海关道梁敦彦、营口海关道梁如浩为考察团饯行，送他们登上号称"镇海之宝"的海圻号巡洋舰去上海。12 月 19 日下午考察团转乘美国邮轮"西伯利亚"号从上海到日本，再到美国，由此开始了正式的考察。这条线路唐元湛、温秉忠、施肇基都不陌生。大家公推温秉忠、伍光建及最年轻的施肇基为干事，专任一切庶务。另一路考察团由载泽、尚其亨、李盛铎领衔，比他们晚四天出行，人员 43 名。

考察团所到的国家分三种情况，一是列为正式考察的国家，有美国、德国、奥地利、俄国、意大利，具有"钦颁国书"，要向所到国家的元首（总统、皇帝或国王）呈递国书。二是列为"游历"的国家，有丹麦、挪威、瑞典、荷兰，不必递交国书，但一般要觐见其国家元首。三是过境国家，有日本、瑞士等，没有递交国书及觐见仪式，顺便参观而已。戴鸿慈与端方在出洋途中的船上与随员详细讨论和制订了考察方针，确立宗旨，以考察各国政体、宪法为中心；做分工，专责任，定体例，勤采访，广搜罗，以图"他山攻玉"，"纲举目张"。

宪政考察团戴鸿慈、端方一组在芝加哥

在日本横滨，由中国驻横滨的总领事吴仲贤对考察团做迎送。吴仲贤随醇亲王载沣去德国回来后出任日本神户和大阪领事，一年后任横滨总领事。唐元湛、温秉忠见到同学喜不自禁，"他乡遇故知"，留学和工作的过程美好并苦涩，也印证了中国社会曲折而艰难的发展。

进入美国境内，中国驻旧金山总领事欧阳庚负责接待中国考察团，并陪同考察。他弟弟欧阳祺也是考察团随员，曾留学哈佛大学。途经芝加哥，大清国出使美国大臣梁诚派来了一等翻译容揆。同学们相见自然要谈到容闳，是师长为他们做了榜样：怀有赤子之心，为实践远大政治抱负不惜牺牲个人的一切，铮铮铁骨，耿耿正气，日月可鉴。

一个十七岁的中国女孩给考察团带来了明丽活泼的光彩，她是传教士宋嘉树的女儿、一年前来美国留学的宋霭龄，在美国乔治亚州梅肯市的卫斯里安女子大学读书，来看望姨夫温秉忠。温秉忠的前妻关月屏于 1899 年三十四岁时不幸离世，之后，他和倪蕴山家排行第九的倪桂姝（倪秀珍）结婚。所以和老朋友牛尚周、宋嘉树成了连襟兄弟。宋霭龄跟着考察团一同进了白宫。

戴鸿慈和端方向美国总统西奥多·罗斯福致辞，"颂大伯理玺天德（总统）福寿康强并大美国人民太平幸福"。西奥多·罗斯福致辞："余所以欢迎彼等者，盖欲显明吾美对待中国之真诚也"。同时又致信光绪皇帝："您的访问团把贵国的友好情谊带到了美国，我们也请考察团将美国人民的友好情谊带到中国去。"宋霭龄乘此机会向罗斯福总统陈述了自己初到美国上岸时被海关误解而受三个星期拘禁的事。罗斯福总统诚恳地接受了这个普通中国女孩的批评，让考察团感到不普通的是美国总统的民主作风。眼前的情景，让唐元湛想起了在英国读书的唐家子弟及梁如浩的儿子，他们肯定也和这个宋家女孩一样，阳光、健康。

在华盛顿，戴鸿慈、端方还受到美国国务卿路脱的热情接待，当日参加会见有六十多人。端方在演说中表达了希望学到更多知识以便带给中国国民；路脱在答辞中回应："我希望你们能够在这里收获满满，因为这个世界已经从中国学到了很多东西。"他们参观华盛顿故居，看到这个创造历史的伟大人物生活俭朴得像个平民，戴鸿慈有感而发："诚哉！不以天下奉一人也。"

在纽约，戴鸿慈、端方参加了亚细亚协会的招待宴会并致辞，参加的二百多人当中大部分为纽约市"有势力之商家"。

考察耶鲁大学、康奈尔大学、哈佛大学时，戴鸿慈、端方与校方积极协商，争取到了上述学校的留学名额以及留学费用的资助。戴鸿慈对美国议院作了如下记录：议员们"恒以正事抗论,裂眦抵掌,相持未下,及议毕出门,则执手欢然,无纤芥之嫌。盖由其于公私之界限甚明,故不此患也"。他们看到实行宪政的国家作决策时完全不同于中国,执政党和在野党为了国家利益相互沟通,君主受议会的制约。

最早将自由车带回祖国的唐元湛已经拥有了汽车,这次考察他又有了一次震动。除了飞机、电报,通用电气公司将一台英国制造的140马力汽油机车组装为一台铁路内燃机车,开始了铁路内燃机车的研究。工业革命带给世界的变化及速度,推动古老的中国必须进行改革。

唐元湛在英国看望中国小留学生 前排左起:唐观爵、唐元湛、唐观翼,后排左起:陈永箴、唐康泰、陈永枢、梁宝畅

考察团似一阵"中国旋风"刮到了英国,伦敦的当地报刊不但对考察团的成员进行逐一介绍,还因为唐元湛来自广东著名的唐家,进行了专题报道,认为他是"领袖级的人物"并将他穿大清官服的照片和两个儿子穿西装的照片制成一幅图片,大幅刊发在当地媒体上。

唐元湛如愿见到了正在伦敦圣保罗学校(St.Paul's School)读书的两个儿子,特

Y. C. TONG AND HIS SONS ALBERT AND GEORGE.

唐元湛随五大臣出访到英国,媒体对他报道,英文图释是:唐元湛和儿子艾伯特〈观翼〉、乔治〈观爵〉(唐越提供)

意召集唐康泰、梁如浩的儿子梁宝畅,还有任职于轮船招商总局的粤商陈辉庭的两个儿子陈永枢和陈永箴前来见面。梁如浩的四个儿子所进的哈罗公学(Harrow School)是英国最负盛名的私立学校之一,已有三百多年的建校历史,很多政治家和文化名人是这所学校的校友。

　　这时的英国，蒸汽机已经使用二百多年了，第二次工业革命使国家的交通、机械制造、通信又有了一次飞跃。唐元湛询问少年们的学习情况，交流心得，并建议他们中学毕业后学习造船和铁路专业，还夸奖唐康泰的个头是最高的。唐康泰回答，自己在学校的体育运动成绩也很好，一定要让同学们知道，他不是东亚病夫。唐元湛没有穿大清官服，而是以西装、白衬衣、深色领结的着装同他们合影。因为英国媒体和美国媒体同样关注当年幼童留学美国计划的成果，对唐元湛和温秉忠及其他能够追逐到的留美幼童作采访并专题介绍。

　　考察团还去了英国国会大厦，看议员们怎样讨论国事。"分为政府党与非政府党两派。政府党与政府同意，非政府党则每事指驳，务使折中至当，而彼此不得争执。诚所谓争公理，不争意气者，亦法之可贵者也。"载泽、尚其亨、李盛铎率领的考察团在意大利直接看到了意大利议会决定大臣去留的实情，这让他们很是吃惊："意国任命大臣之权，操诸国工之手。而大臣之不职者，得由下议院控诉之，而由上议院以裁判之。欧洲诸国，政制相维，其法至善，胥此道也。"吃惊之余是难以掩饰的赞叹，他们还参观了正在举办的意大利米兰世博会。

　　端方、戴鸿慈一行对德国考察得最久，也最仔细，并受到德皇的接见。除了考察政治，他们应邀观看了六场歌舞话剧。舞台的华美生动和表演者的风采让戴鸿慈无法掩饰内心的震撼，做了这样的记录："西剧之长，在图画点缀，楼台深邃，顷刻即成。且天气阴晴，细微毕达。令观者若身历其境，疑非人间，叹观止矣。"在欣赏艺术的同时，两位大臣还看到西方演员人格平等受人尊重，联想到中国戏子身份低下，不入社会主流，颇为感叹。同时也看到了艺术的教化作用，明白人家为什么要"不惜投大资本、竭心思耳目"，"又安怪彼之日新而月异，而我乃瞠乎其后耶！"唐元湛和温秉忠对西洋的歌舞话剧更是有一种久违了的感觉，商议如何在国内扶植这门艺术。考察团已经注意到德国教育体制在世界具有领先地位，与德国普鲁士文化部官员进行了会谈并达成协议，双方同意在中国合适的城市，如上海或南京，用德国的资金筹建学校，中国学生将在学校里接受到德国学习之前的语言培训。

　　瑞典王国是一个东面濒临波罗的海的北欧国家，西部和西北部与挪威接壤，西南与丹麦为邻，原野广阔，森林美丽，人民生活安宁。考察团对这个国家感慨颇多的是总统的俭朴、亲切。他们到总统家拜访时看到"庭宇甚小"，"器服质朴"；等到总统回访他们时更是惊诧，因为堂堂的一国总统居然是步行而来，这在中国是不可以想象的。瑞典也是一个充满创造力的国家，位于首都斯德哥尔摩（Stockholm）的爱立信

（LM Ericsson）电信公司成立于1876年，产品早就由挪威、丹麦及英、美商人带到了上海。唐元湛在这里又一次看到了中国在电信方面和世界的巨大差距，打算把爱立信最新的技术信息带回国去，因为无线电跨越大西洋已经五年了，以其快速和保密成为电信新宠，而中国电报总局还没有正式的电话公司，也没有引进无线电技术。

大清帝国的大臣并非都是冥顽不化，他们在考察西方宪政制度的同时，也关注公共文化事业，参观了议院、行政机关、学校、监狱、工厂、农场、银行、商会、邮局、戏院、浴池、教会、植物园、图书馆、动物园、博物馆等，特别是参观博物馆时看着里面陈列的中国文物更是心情复杂，也许会有一种顿悟。

五大臣出洋考察宪政，自起程之日，每赴一地，即将其考察情况电传至朝廷，为国内议定立宪与否及时提供第一手资料。历时八个月，两路考察团考察了欧美15个国家，戴鸿慈、端方一行历访日本、美国、英国、法国、德国、丹麦、瑞典、挪威、奥地利、俄国十国。他们拜会政治家、学者，听讲宪政原理，调查各项政治制度，搜集各类图书和参考资料。

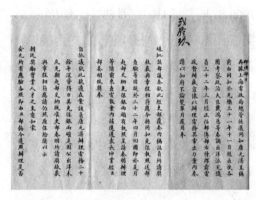

盛宣怀举荐唐元湛文件（1）

考察期间的光绪三十二年三月，盛宣怀为唐元湛上奏章，有两个内容，"以办理电务异常出力，案内奏请以知府，不论单双月选用"；另一个奏请是"照原保给奖，以示朝廷奖励实业人才之至意如蒙"。同奏章中盛宣怀还奏请对"电报案内候选道袁长坤"予以奖励。

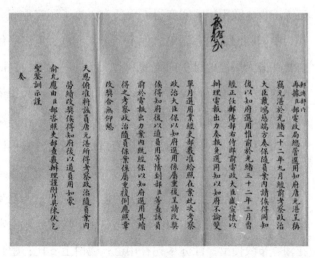

盛宣怀举荐唐元湛文件（2）

这是朝廷、中国电报总局对唐元湛、袁长坤二十多年电政工作的认可。因为戴鸿慈、端方也对唐元湛奏保知府，两个奏章内容有重复，九月，盛宣怀上奏，"天恩俯准将该员唐元湛所得考察政治随员案内，劳绩改奖。俟得知府后，以道员用如蒙。"

盛宣怀的秘书黄开甲这期间作为中国代表之一，赴美出席波特兰和平会议（Portland Peace Conference），回国途中在日本考察商务，因病去世。时间是1906年1月25日，正月初一。黄开甲灵柩回国，葬于上海万国公墓。为表彰黄开甲功绩，清政府追赠他为内阁大学士四品顶戴花翎。美国圣路易斯商会敬重其人，专门举行追悼大会。这位汕头海关通译大人的儿子年轻时出口成章，最愤世嫉俗，四十七岁殉职于中国外交事业。

Wong Kai Kah†

(Shanghai, China.)
(Occupation: Government Service.)
Born March 13, 1860, at Shanghai, China; died January 25, 1906, at Yokohama, Japan.
Wong continued his studies and travelled immediately after being recalled to China, later engaged in many kinds of government work and rose to high position in the diplomatic service of his country, having the rank of taotai and being promoted to brevet fourth rank of metropolitan court director. He was frequently employed by the empress dowager in special diplomatic missions, and it is believed that he would have been Chinese

外媒对黄开甲的报道

在考察团日夜兼程的1906年4月18日，美国旧金山发生了7.8级大地震，地震后又发生了大火，大火烧了三天三夜。欧阳庚瞬间变得一无所有，妻子还有重病。作为中国驻旧金山总领事，他不顾个人安危，组织华侨自救并最大限度地维护同胞的利益。经过一番努力，旧金山的唐人街不仅得以重建，还获得了新生。作为华侨忠实的保护者，他在美国华人社会有口皆碑。有诗颂曰："华夏后裔历八方，五洲万国有虞唐，老人若叙移民史，怀德每称欧阳王（庚的译音为King，意译成王）。"

外交家欧阳庚

处理完大地震的事，欧阳庚调任中国驻加拿大温哥华领事，第二年调任中国驻巴拿马总领事。清廷对他赏花翎、布政使衔、江苏尽先补用道；赐爵上三代，赠封其曾祖父欧阳应琏公、祖父欧阳善培公、父欧阳敬庸公均为诰光禄大夫，封欧阳庚为资政大夫。

预备立宪　委以重任

　　大清国宪政考察团两路成员先后回国，从上海登陆，精神面貌焕然一新，与他们一同回国的还有花巨资购买的十几种珍稀动物，用59个笼子装运。宁波商人虞洽卿（名和德）率领华商体操会前去欢迎，受到大臣们的检阅并嘉奖。考察团与张謇、汤寿潜、赵凤昌等人先后四次讨论立宪问题。赵凤昌在上海的身份有点特殊，1893年大理寺卿徐致祥参劾张之洞"辜恩负职"，光绪帝在处理此案时为了既不得罪张之洞又不能敷衍京官，遂将赵凤昌革职勒令回籍。张之洞过意不去，亲自安排他到湖北电报局给予挂名支薪。赵凤昌对仕途功名心灰意冷，但政治热情并未减退，常驻上海，为湖广督署办理通信、运输诸务，并借此与当地官绅、外国领事建立联系，继续为张之洞提供情报，出谋划策，成为影子幕僚。

　　载泽、尚其亨率领的一路于7月23日返京；戴鸿慈、端方率领的一路8月10日返京。京奉铁路正阳门东车站已经竣工，关内外铁路拓展到奉天和北京，被命名为"京奉铁路"，总办是周长龄。

　　京奉铁路正阳门东车站的站房是一座中西合璧的建筑，三层楼，顶部以欧洲的巴洛克样式作装饰，正中巨大的拱顶高悬，立面及拱脚镶嵌着硕大的中式云龙砖雕，窗户框和屋顶都是柔和的弧线，南侧耸立着穹顶钟楼，气势非凡，与古香古色高大巍峨的正阳门和箭楼相互映衬，使古老的都城有了现代化的景象，前面是很大的站前广场。

京奉铁路正阳门东站

芦汉铁路已经于当年的 4 月 1 日全线通车。当慈禧知道原来从汉口到北京走陆路驿站，马车得走 28 天，而乘火车只需三天，快车则用 36 个小时，很是高兴，派袁世凯去汉口和张之洞一道举行验收仪式，并将中国大地上第一条南北铁路干线改名为"京汉铁路"。京汉铁路从北京正阳门东站至汉口玉带站，全长 1214.5 公里，加上五条支线，共计 1311.4 公里。为了修建这条铁路，张之洞、盛宣怀费尽心血，在本土采矿、炼钢、制造钢轨，然后用以铺设铁路。

戴鸿慈写出《出使九国日记》，编成《列国政要》133 卷及《欧美政治要义》十八章进呈，将欧美各国的政体及政治制度进行了介绍。他力陈东西洋各国之所以强盛，"实以采用立宪政体之故"；中国之所以贫弱，"实以仍用专制政体之故"；中国若想国富兵强，"除采用立宪政体之外，盖无他术矣。"端方上《请定国是以安大计折》，认为，比起美国、法国、英国的"纯任民权"或"三权分立"，日本、德国的君主"有独尊之权"，人民"无不以服从为主义"，是一种完美的体制。因此，他力主以日本明治维新为学习蓝本，尽快制定宪法。五位大臣上奏朝廷："立宪政体几遍全球，大势所趋，非此不能立国。"并奏请"以五年为期改行立宪政体"，表明"立宪要端，首在集权中央"。端方、戴鸿慈二臣连上三道奏折，第三折即为："各国导民善法，拟请次第举办，曰图书馆，曰博物馆，曰万牲园，曰公园"，"窃维强国利民莫先于教育，而图书实为教育之母"。

"预备立宪，须先厘定官制"。出国考察的五大臣通过内外比较，对中国交通电讯状态作了分析："循此不变，则唐之藩镇，日本之藩阀，将复见于今日。"戴鸿慈等奏请设立邮传部：

大清国钦差专使大臣载泽

自轮船、铁路、电报盛行，而交通行政浸以繁多，各国殆无不特设专部以领之者。……其他轮船、电线创办已久，而进步甚迟，欲求整顿扩张，正赖事权统一。臣等谓宜合此数项，仿日本递信省例，特设一交通部……以便把以往各省兴办之事，皆行集中于中央。

载泽在奏请宣布立宪密折中强调实行宪政有三大好处，一是"皇位永固"，二是"外患渐轻"，三是"内患可弭"。光绪三十二年七月初九（1906 年 8 月 28 日），清政府举行御前会议，同意五大臣出洋考察宪政的报告，希望在不触动皇权的前提下进行政治改革，"大权统于朝廷，庶政公诸舆论"。三天后，清政府颁布了预备立宪的诏旨，"预备仿行宪政"，准备实行君主立宪制，不枉五位大臣辛苦考察一番。慈禧依旧坚持四点：立宪之后君权不可受到损害，服制不可更改，辫发必须保留，旧的典礼制度不能废除，而且预备过渡期是九年。这是清政府继洋务运动、维新运动之后的第三次大型改革。

朝廷显然不知道西方两次工业革命的最大特点是速度的提升，忽视了以孙中山为首的革命党人是否有耐心来等待这漫长的九年。中国第一个资产阶级革命政党——同盟会于1905年8月20日在日本东京成立，孙中山被推举为总理。同盟会的成员主要来自农、工、商各界，中小资产阶级和知识分子占多数，锋芒直指清王朝的封建统治，明确提出所进行的斗争是一场争取建立社会新制度的革命，"驱除鞑虏，恢复中华，建立民国，平均地权"，在其机关刊物《民报》的发刊词中，孙中山提出了"民族、民权、民生"的政治纲领。列宁称赞他是"真正伟大人民的真正伟大的思想"。同盟会成立后发展很快，孙中山说："从此革命风潮一日千里，其进度之速，有出人意料者矣！"如他所书写的四个大字：风动四方。《中国日报》成为中国同盟会香港支部的机关报，参加了同盟会的容耀垣继续筹款，给予大力资助。

不管怎么说，预备立宪是20世纪初中国的一件大事，是由封建专制政治向资产阶级民主政治过渡的新时期。清政府发布上谕仿照立宪国家，进入预备立宪时期后，全国人民情绪高涨，各地张灯结彩，认为中国"转弱为强，萌芽于此"，一片叫好声。社会各界"奔走相庆，破涕为笑"，举行集会，高呼"立宪万岁"。江苏商界还写出了《欢迎立宪歌》："圣明天子居九重，忽然呼吸通"，"和平改革都无苦，立宪在君主。大臣游历方归来，同登新舞台！"国外的留学生还不断地开辩论会、写文章，推波助澜。

端方于光绪三十二年七月十四日（1906年9月2日）接替周馥任两江总督南洋大臣。这个位置上以前一直是洋务派的重要人物，而且思想前卫，注重发展经济，在对外关系上也有自己的主张。端方赴欧美考察时满眼新鲜，喜欢洋玩意儿，摆弄照相机也在行，真正见识了资本主义国家的富足，下决心不能矮人家半截，同时也想在中国首富之区大展宏图。他意识到了对外关系的重要，慎选官员与洋人平等交往，以树立大国形象，更想延续上海这个新兴商都的旺盛势头，把唐元湛和温秉忠都当作可依靠之人。曾笃恭也到了南京，给端方当幕僚，道台衔，协助处理外交事务。

施肇基回国后得"异常保举"，在军机处以道员存记，尽先补用，职务是湖广总督张之洞洋务文案兼鄂省留美学生总督。原定在光绪三十二年（1906年）举行的丙午年乡试被取消，学部对42名从欧洲、美国、日本归国的留学生按所学语种和专业分别进行语言和专业考试，将举人、进士的功名授给考试合格的洋学生。唐绍仪被任命为主考官，詹天佑和严复被任命为副考官，吴仰曾担任助理。10月28日开考，结果是32人被录取，产生了9名进士，23名举人，榜首为曾是北洋大学堂教习、赴美入哥伦比亚大学、耶鲁大学攻读获博士学位的陈锦涛（广东南海县人），施肇基和学习铁路专业的颜德庆等人中进士。考生中有一个人是考官们熟悉的，是老同学欧阳庚的弟弟欧阳祺，但是按成绩他没有被录取。

詹天佑对这场考试的评价是："每个人都有平等的机会表明他的学识与才能"，于1906年10月24日写信给美国家长诺索布夫人，说："这是开中国考试的先河，过去注重的八股文终于是废除了。此次考取者，一律授予中国学位。按照各生所学，考外国语文和学识，也是中国有史以来的创举。"无疑，人才选拔是为紫禁城正酝酿着的官制改革做准备。

钟文耀代表铁路督办唐绍仪驻沪负责沪宁铁路工程，长期服务于外交领域的他进入实业界立即显出对经营的在行。沪宁铁路开工后工程分五段进行：上海至南翔、南翔至苏州、苏州至无锡、无锡至镇江、镇江至南京。全线使用英制1435毫米标准轨距，枕木全部从英属殖民地澳大利亚进口，建设标准为亚洲之首。铁路要跨过京杭大运河，通过长江三角洲冲积平原，是中国人口稠密、商业繁荣、农业发达的最富庶地区之一。

第一段工程铺轨后，工程管理处先在上海造了一个简易的火车站，一个站台，三股道，运营里程随着铁路向前延伸而延伸，以早日收到效益。站房虽然是一座带尖顶的两层小楼，但也是能够载入史册的，因为它是沪宁铁路开始运营的标志。

钟文耀还于1906年起任上海轮船招商局轮船公司经理。他的元配谭肇云于1894年4月1日去世，1906年7月娶麦凤琴为妻。

罗国瑞在光绪三十二年（1906年）收到滇蜀铁路公司的邀请函，准备修筑滇蜀铁

钟文耀与夫人麦凤琴

路，表明要月薪千金方能应聘，滇蜀铁路公司仍觉得可以接受，表示"如必须此数方能应聘，滇亦照办"。但是罗国瑞没有去云南，而是去了东北，踏勘吉长铁路（吉林到长春）。在东北，他据实指出日本工程师为吉长铁路勘路造价时存在虚报情况，为国家挽回了损失，后出任京奉铁路总工程师。吴焕荣从江西电报局总办位上调到京奉铁路工作，任提调；林联盛也从电报工作转向铁路和盐务工作。从开平矿务局转京奉铁路的还有：陆锡贵，在总工程师室任秘书；邝贤俦，任工程师。邓士聪离开海军后参加了京奉铁路修建，一度主管天津税务局。

方伯樑、周长龄和吴家修在唐山完成了唐山路矿学堂的建校工作。1906年秋季，从香港、上海和天津等地招来学生120名，其中广东籍59人，几近一半。学堂重金聘请英籍人士任教务长，采用欧美大学原版教材教学，实现了为国家建成一所现代工科大学和培养工程师摇篮的梦想！开学典礼上方伯樑作为监督，宣布办学宗旨："我中华任由列强欺凌的原因是闭关锁国，我们要自信、自救、自主、自强。要强国就要有创新意识，要采矿、冶炼、发展机器制造业，要大力发展通信和交通建设。"唐山路矿学堂成为中国第一所培养土木工程学科专门人才的铁路学堂，系统培养了我国第一批现代交通、矿业掘进及桥梁工程等方面的专业人才，学生出了校门能够胜任工作，第一届毕业生有17名。

做过外事工作的唐荣浩又做矿政工作，任山东省矿政道员。1905年，山东巡抚杨士骧任派唐荣浩招股设立小清河轮船公司，拨款协助浚河建闸。为达到水陆联运目的，小清河轮船公司商请德商胶济铁路公司在济南到小清河间造一条轻便铁路。第二年（1906年4月），唐荣浩又受杨士骧派遣，和矿政道员朱淇、知府李德顺等人一同与德华采矿公司总办贝哈格谈判，议定合同八条（草案），准该公司在沂州、沂水、诸城、潍县、烟台五处矿区内选定七块地方可以采矿，并照章缴纳报效金和矿税。唐荣浩一直工作生活在山东，后来任山东省外事局局长、山东候补道台。

天津，因为要铺设有轨电车路轨，津海关道梁敦彦于1906年10月和奥匈、意大利领事署及比利时商办天津电车电灯公司合资，将原来的东浮桥（孟公桥）改建为永久性的钢梁铁桥，桥名"金汤"取"固若金汤"之意。桥长76.4米，总宽10.5米，用电力启动开合桥面。这是天津最早建造的大型铁桥，也是天津的第一个合资项目。

吴仰曾在这期间还做了一件工作之外的事，积二十年来摄影实践，把发端于西方的现代摄影技术和理论系统地引入中国。1906年，他译著了两卷《照相新编》，上卷分段详述各种照相器材的性能，以及拍照、冲洗、印放诸法，下卷则分段专讲怎样修底片、修像片和修各种景物的方法。他把译著好的原稿请书法高手用蝇头小楷逐页缮写工整，然后线装成册供人传阅。卷首由从事过外事、时任京张铁路总办的陈昭常（字筒持，广东新会人）写序，称吴仰曾："格致之学，可谓极深研几，殚究本末。"称赞他编写的照相新书"取精用宏，深浅毕贯"，是研究摄影术的良好读物。第二年秋正式出版，吴仰曾在自序中指出"本书的一部分是从阿布尼上尉的《摄影入门》和《简明摄影》上摘译来的"，其余部分则是"本人的记述"。此书的定稿出版得到"上海美华书馆的麦克莫托什先生的修改帮助"。吴仰曾告诉读者："当人们对摄影艺术有了较多的了解，继而发生兴趣之后，就能知道它是一种愉快的和有益的学业。"

第八章

新政十年　幼童有为

1908年12月载搏（坐者左三）唐绍仪（坐者左二）伍廷芳（坐者左一）访问华盛顿

设邮传部　跨行联手

上海总是比北京更能让人大跌眼镜，北京有了火车和车站，上海的南京路居然铺上了铁藜木，被称为"红木马路"。用高级木材铺马路让人不可思议，也只有来自巴格达、加入英国籍的犹太地产商人欧司·爱·哈同（Hardoon, Silas Aaron）能做得出来，他是占南京路最繁华地段44%房产的"地皮大王"。在新鲜事不断的上海，清政府官制改革的序幕悄悄拉开。

"立宪最重理财"，这也是盛宣怀的观点。随着沪宁铁路的建设，一条铁路通信线与之相伴而生，他未雨绸缪，预见铁路带来的商业前景不可估量，电报局借此扩大经营顺理成章，派电政总管唐元湛和沪宁铁路局论证、商讨合作事宜，并指示双方的结算最后定在上海。以前中国电报总局和洋铁路商有过合作，效果很好，这次和沪宁铁路局合作，也是想利用铁路通信网完成一部分电报总局的电报业务，以提高营业额。电报总局每年将对沪宁铁路局所付出的人力和设备折旧给予合理结算，双方互利互惠。

与此同时，清政府的部院大改组也在进行。光绪三十二年九月十九日（1906年11月5日），谕令：

> 轮船、铁路、电线、邮政应设专司，著名为邮传部，原拟各部院衙门职掌事宜及员司各缺仍著各该堂官自行核议，悉心妥筹，会同军机大臣奏明办理。

第二天，邮传部成立。九月二十一日（11月7日），清政府正式颁布改组部院任命，改组和新产生的部院共有12个。其中，将成立没多久的巡警部改为民政部、户部改为度支部（财政部）、兵部改为陆军部、刑部改为法部、工部并入商部改为农工商部。

原户部尚书张百熙为邮传部首任尚书，唐绍仪为邮传部左侍郎仍兼署外务部右侍郎，胡燏棻、吴重熹为邮传部右侍郎，原来由商部管理的铁路事宜移交给邮传部。九月二十四日（11月10日），邮传部奏准饬铸印信，先暂刊木质关防，次日开用。"公署暂借东城麻线胡同京汉铁路总局为办公之所"。

上海，电报和铁路实质性的跨行业整合正在进行中。有关方面的人员是：唐元湛，中国电报总局电政总管；钟文耀，代表沪宁铁路督办唐绍仪驻沪办事；周万鹏，由上海电报局会办升任为总办兼任中国电报总局提调和襄办。朱宝奎调外务部右参议，于光绪三十二年九月二十八日（1906年11月14日）迁升外务部右丞。这些留美同学在思想认识、业务水平相通的情况下，让中国的电信和铁路首次跨行业联手，为刚成立的邮传部在管理上做探索。

双方人员的做事风格都是眼光长远、抓住时机雷厉风行，在多方调研反复论证中，推敲每一个细节，最后拿出了一个电报和铁路整合的最佳方案。光绪三十二年十月十六日（1906年12月1日），中国电报总局与沪宁铁路局正式签订了一份合作合同，其中关于铁路与电报交换内容如下：

> 凡在中国境内发寄官电信或他人发寄官商电信乃中国所有之主权而操诸电局又按中国政府允许路局建造铁路并准其建设电线传递电信以应铁路必须之用惟此项电线专为铁路所须之用以示限制又按在路局得有敷设权之区以内所有行用电线之事应商定办法庶电局与路局均受其益是以彼此议定凡本合同所载各节彼此俱允遵守照行兹将各款列左
>
> 第一款 　电局为便于交递电信起见当将上海苏州无锡常州镇江南京各车站与各该处电局接通惟电局倘欲在各处轨道或附近轨道各处设立电报房收发官商电信则电局仍有此权路局先在各车站代为接收官商电信由铁路电线递至电局其传递办法按照下开各节而行凡搭客欲在车站发寄电信可即交与该车站迳递至最近之电局照电信内所开之住址投送如有搭客从苏州发电至上海可在苏州将电信交发迳递至上海电报局由该局投送路局当中中间各车站接收电局递来之官商电信并代为投送按照里数远近酌取送力
>
> 甲 　路局允电局所订报价收取今彼此议定凡官商电信经由沪宁铁路电线者其本线费应归彼此均分由路局按月以一半交付电局一半自留而电局所收之报由路局电线传递者其本线费变由电局付给一半惟凡寄往上海或南京过去各处电信其过去时之接转报费应全数收入电局之账按月付与电报总局
>
> 乙 　路局承允决不贬减报价或用他法与电报局争利凡电局随时所定之报价路局电线变允一律照章

　　丙　　　路局于经理一切电信遵照万国电线同例所载章程

　　丁　　　凡一切往来电信应由彼此交接之车站及电局专立账目分别登载此
项账目须随时核对由电局与路局按月在上海结算

　　这个合作成为邮传部成立的亮点，不仅呼应了清政府的官制改革，在技术引进上
也具有前瞻性。签订的时间比沪宁铁路正式通车早一年半，这对双方的工作质量都有
了一个刚性要求，"路局于经理一切电信遵照万国电线同例所载章程"，在客观上对铁
路和电报双方必须遵照国际标准和规范从而走向标准化、规模化起到促进作用。

　　这种合作无疑是完美的。中国电报总局如同增设了一条新线；而沪宁铁路局也多
了一个进项。其他省份的电报局和铁路局也以这种方式合作，包括正在建设的新线。
因为成功，被载入史册。

　　盛宣怀任督办铁路大臣十年，采取的是"借款筑路"政策，先后向外商借款一亿
八千多万两银，修筑铁路两千一百多公里。邮传部成立后唐绍仪主持路政，他着力扩
大中方在外资铁路中的行政管理权并挽回中国在铁路借款方面的损失。沪宁铁路总管
理处原来是英籍总工程师一名，华员、洋员各两人，唐绍仪改为只设华员总办一人，
洋员在总办主管下分理部门职能，而这位总办就是钟文耀。在广州至香港九龙铁路合
约的谈判中，唐绍仪把用人用款之权从英国人手中夺回，由两广总督一手经理。

　　接下来是邮传部对原来设在上海的电讯重叠机构进行合并，于光绪三十三年三月
十六日（1907 年 4 月 29 日）设电政司，接管电讯。中国电报总局局址从之前的法租
界郑家木桥迁到老垃圾桥（今浙江路桥）附近。袁世凯任督办电政大臣时，也将行辖
设于老垃圾桥北堍，建电政公所。邮传部奏派农工商部右侍郎杨士琦为电政驻沪帮办
大臣，前往上海接收中国电报总局，合并电政公所，成立"邮传部上海电政局"，局
址在原来的电政公所，周万鹏为总办，"于是电政亦归本部管辖矣"。邮传部上海电政
局是设在上海的中央机构，将原来中国电报总局发行的商股全部折价收回，又将全国
原来商办的电报局全部收归国有，改为官款官办，管辖全国电报局 257 处，机构上比
原来文牍、工务、交涉、会计四科又多了一科——电话。

　　中国电报总局完成了历史使命，盛宣怀感慨良多："一手经办之轮、电两局，历年
收回利权甚巨。至今邮传部特开一部，实赖此以存国体。"回想 27 年前李鸿章奏请设
立津沪电报总局，中国电讯事业从无到有，遍及全国，可圈可点。总局的按报塾不断
扩张发展，随局迁到老垃圾桥后，盛宣怀在原来的基础上又增加了测量塾、额外塾，

还开了一个电话科，增加了两个附属学堂，并派一名总办负责管理，随时挑选优秀学生出国深造。他办的另一所学堂——南洋公学也归属邮传部，更名为"邮传部上海高等实业学堂"，新改组的农工商部署理尚书唐文治说他"造就实业人材不遗余力"。盛宣怀依然执掌着轮船招商总局、上海华盛纺织总厂、中国通商银行等洋务企业，接着他又为办铁厂兼煤铁矿的事，"遍历鄂、湘、赣勘阅厂矿，复筹商川路定轨及萍乡防营等事，因疲劳和冬寒，旧疾萌发。"

延续原来中国电报总局的部分工作，邮传部上海电政局总办周万鹏在收回国家电信利权上，依然要突破重围，不屈不挠。特别是庚子事变时，一些外国电信公司浑水摸鱼，私自布线，从中渔利。盛宣怀后来逐步收回，但还没有完全解决。5月，在周万鹏的主持下，电政局与德、英关于上海、青岛水线和胶济铁路转报合作谈判达到了预期目的，中国一方力挫强权，在合同上写明了"德国不再增设电线"的条款。电政局又与德国电报公司签订了《中德电报局会订电报事宜合同》，购回了塘沽至北京的电报线；同时，中、德两国在烟台的电报局电线连通，使上海、青岛、烟台的德国水线电报可以直达北京，最后利益分成。

第二年，周万鹏再接再厉，赴日本主持了中、日关于东三省和烟台水线谈判，达到了烟台水线不再收发商报与给价收回日人所设东三省电线等目的。

筹办中国电话局，已经随着电报、铁路建设的大趋势，提到了邮传部的议事日程。在此之前，外商的电话公司一直垄断着上海的电话经营权，英商中国东洋德律风公司于1900年3月宣告停业之后，英商上海华洋德律风公司（The Shanghai Mutual Telephone Company）取代它获得了经营上海租界电话业务的权利，中央交换所安装的是瑞典爱立信公司的磁石式人工交换机。洋电话商也像越界筑路一样，不断地突破合同中规定的经营范围，在极司菲尔路和徐家汇天主教堂等地装设电话，后又得寸进尺，在南市、闸北、浦东华界擅自架设电话杆线，安装电话。上海地方政府以关系主权，多次制止，但都没有实际效果，激起了上海民众的愤慨。邑绅屏翰等人对抗性地组办了华商电话公司，已经运行了五年，用户有一百多家。

从理论上说组建上海电话局是水到渠成的事，盛宣怀在人才上已有储备，唐元湛随五大臣出国考察时，又从瑞典爱立信公司带回来了最新的电讯方面的技术资料。但是，上海"三界"形成壁垒，妨碍国家电信发展成为事实。周万鹏首先要逾越英商上海华洋德律风公司这个障碍，当他派人前去接洽，会商南市电话和租界电话双方接线通话事宜的时候，英商反而先入为主，强调上海电话局的成立势必影响他们公司在租界以外地区的扩充营业，拒绝接线，同时还百般阻挠，不让南市、闸北电话局的中继线通过租界，也不出租他们的电话线路给上海电话局作为中继线，而自己却继续在沪西、沪北越界筑路的地区大量扩展电话用户。邮传部上海电政局的态度是：接通与租界的电话线，是上海电话局扩展用户的重要途径，也关系到中国电信经营主权，一定要坚持到底。由此，一场与洋电话商漫长而坚韧的谈判开始了，上海电话局只要增加用户，就得与英商上海华洋德律风公司进行谈判。这场谈判居然跨过了时代的更迭，长达半个世纪。

周万鹏在派人与英商上海华洋德律风公司谈判的同时，拨款三万两银，开办上海电话局。光绪三十三年九月（1907年10月），由中国政府经营的第一个电话局开业，挂牌为"上海电话局"。电话局在上海南市东门外新码头里街租赁了一间民房，安装的是磁石式人工电话交换机，初期实装17门，电话机是摇柄式。工作环境有点简陋，员工19人，电政局设一总管，综合管理电话局业务，行政关系隶属邮传部。两年后（宣统元年），电政局另行拨款，在闸北永祥里，开设第二个电话局，称为上海电话局闸北分局，两个局共有用户117家。

丹商大北电报公司

上海的洋电信商再一次走到了中国电信业的前面，以新的垄断继续挑战中国电信主权。1908年丹商大北电报公司在原址黄浦滩路7号新建的电报大楼落成。大门门柱的墙面上铜质招牌是两种文字，上面一行是英文，从左到右刻着"THE GREAT NORTHERN TELEGRAPH CO."下面一行是中

大北电报公司里拖着辫子的接线员

文，从右向左刻着"大北电报公司"。这幢具有法国晚期文艺复兴风格的四层砖木结构大楼，是他们在中国经营四十多年成功的体现，楼顶两边以带有洛可可艺术风格的

圆顶做装饰，增加了整个建筑外观的典雅、华丽。两边圆顶及中间分别插着丹麦、英国、美国三个国家的国旗，丹商大北、英商大东、美商太平洋三个电报公司在此营业。

在这座大楼里有了中国最早进入外资企业的电报工作人员，中国员工脑袋后面还拖着一根辫子，身心也不自由，在目光如炬、手持藤条的 Number One（工头）监视下工作。后来，这座大楼里又有了中国第一批话务女接线员，惊世骇俗。

这三家洋商电报公司在继电报、电话业务之后又开始了无线电新业务，英国人私自在外滩的最高建筑汇中旅馆（今和平饭店）南楼设立长波火花式无线电收发报机，与海上船舶通报，侵犯了中国电信主权。

铁腕博弈 收回海关

唐绍仪全权代表清政府两次赴印度与英国首席代表克其那爵士（Lord Kitchener）谈判，明确西藏领土主权问题。同时也有情报显示，西藏的战事和大清海关总税务司罗伯特·赫德的弟弟赫政有关。光绪三十一年十月二十一日（1905 年 11 月 17 日）唐绍仪出任外务部右侍郎，第二年 4 月，和英国签署了《续订藏印条约》，使英国确认中国对西藏地方的领土主权："英国国家允不占并藏境及不干涉西藏一切政治；中国国家亦应允不准他外国干涉藏境及其一切内治。"推翻了图谋将西藏置于英国保护下的《拉萨条约》，西藏得以保全。这是晚清在外交上少有的胜利，也为唐绍仪的外交生涯写下了精彩的一笔。这一切同他身边的精英人物不无关系。三十五岁的参赞梁士诒就是其中一位，他是广东省三水县人，精通财政和

中英《续订藏印条约》中的一页（唐越提供）

河渠管理，是"北洋编书局"总办，在随唐绍仪两次赴印度谈判中，表现了出众的才能，谈判结束后被任命为铁路总文案，由此走进了交通部门。

光绪三十二年四月十六日（1906 年 5 月 9 日）清政府设税务处，专管海关，任命户部尚书铁良为督办税务大臣；外务部右侍郎唐绍仪为会办税务大臣。唐绍仪上任立刻行动，要将国门的钥匙拿回来自己掌握，宣称："此次奉命办理海关税务，实为收回税权之一大关键，且海关为中国海关，聘用洋员自应归中国节制。今虽时事艰难，无所措手，亦当力任其难。"赫德在中国 52 年，"规划关政，显多轩轾，积不能平"，唐绍仪"遂上书披沥其事"，并致函赫德："当我主关政时，必有以正也。"

江海北关，每一个留美幼童对原来那座中国式的衙门都有一种特殊的情感，留学费用由这里拨付，出国前要到这里给海关道台谢恩，回国后也是先在这里被召见，自然对罗伯特·赫德不陌生。他建立完善了清政府的海关制度，全国各地的海关达 50 处、常关 19 处、厘卡 7 处。这个庞大而有效的行政体系使海关税收倍增，为虚弱的清政府偿还外债、维持统治提供了财源。1867 年清政府又将引水监督权、领事裁判权划归海关，接着，邮政、黄浦江疏浚权也被赫德掌握了。赫德以中国海关为中心编织了一个巨大的网络，牵制和影响着清政府的政治、经济、外交、军事，还有其他相关中国主权的领域：港口、引水、航道。特别是插手中国与外国的一系列谈判和条约签署，使列强获得巨大利益的同时自己也得利。1885 年《中法停战条约》签订时，连李鸿章都在他之下，而条约内容也被很多高级官员所质疑。

赫德的官品为三品文官，英国女王授予他男爵封号，身上的中外官衔和各国勋章更是不计其数。他将中国总税务司官署从上海搬到北京后，清政府在东交民巷专门批地，盖起了很大的海关官署。这里的花园草地上经常举行宴会，成了在京外国人的一个重要交际场所。赫德本人酷爱东方文化，喜欢穿大清朝服，请翰林为儿子教八股文，还养了一个中国乐队，"家资之富，可以敌国"。但他还不满足，以至想担任总海防司，这引起了一些洋务派知识分子的警觉，当清政府正准备接受赫德担任总海防司职务的意见时，出使英国、法国、意大利、比利时的大臣薛福成会同其他人上疏，对赫德作了较为准确的评价："阴鸷而专利，怙势而自尊，虽食厚禄、受高职，其意仍内西人而外中国"，才使他没有如愿。

赫德拆除了那座中国衙门式的江海北关，于 1891 年在原址上建起了英国教堂式的建筑。四周是铁栅栏矮墙，大门是四个门柱的铁栅栏门，没有了原来中国衙门式建筑的神秘感，不用进大门，整个建筑群就一览无余。三面合围的三层洋楼，白色砖石装饰门窗框；墙体立柱包括门柱顶端都是圆拱形，拱顶上又有一根长杆伸向天空。只有南北两面楼房的石台阶前蹲着的石狮子，是整个建筑外观唯一的中国装饰元素。院子

1891 年之后重建的上海海关

当中高高耸立着钟楼，上面镌刻着四个大字"江海北关"。大钟整点报时，代替了原来英商中国东洋德律风公司气象信号台的鸣锣和视觉信号，成了上海的标准时间。大钟外形模拟伦敦泰晤士河畔的英国国会大厦的"大本钟"（Big Ben），报时的声音也是英式的西敏寺钟声，在世界很多英国占领的地方都能听到这种声音。这是大英帝国以一种特殊的方式来宣示他们的领地，而赫德却说江海关的钟是"大清钟"（Big Ching）。这一切，怎能逃过唐绍仪的眼睛，必须一战即胜。

现行的海关人员任职状况是：外籍职员一千三百多人，华籍职员五千三百多人，但是帮办和税务司都是洋员，华员虽然人数居多，但是最高只能升至超等供事，连帮办都没有。唐绍仪要有一个根本性的措施，达到永久地掌管国门钥匙的目的。"善用兵者，屈人之兵而非战也，拔人之城而非攻也"，这是孙子兵法中说的。事实上唐绍仪手中一个兵都没有，税务处虽然在编制上设有提调和四股总办，但是没有自己的税务专业人员，具体的事情还得是会办唐绍仪亲自上阵。"上兵伐谋"，"四两拨千斤"，他电召海关总税务司赫德及各关税务司到京城听训。

一贯以太上皇自居的赫德居然蔑视唐绍仪的权威，幻想以一般初识时递名片的形式见面。唐绍仪要求赫德按照清朝官制、规则：下属初拜上司时必须手持帖子求见。

见面后，唐绍仪让赫德办的第一件事是保荐几位熟悉海关业务的人才，而且是华员。赫德知道，这位会办税务大臣不是满清官场上的那种"多磕头、少说话、不干事"的庸官，西方人对他的评价是："一个非常能干的人，但是极力反对外国人"。唐绍仪赴朝鲜办理税务十多年；庚子年之后在天津建立新式财政税收制度；任议藏约全权大臣使日不落的大英帝国最终承认中国对西藏地方的领土主权。这样一个铁腕人物出现在中国政坛并被授权专管海关，已经说明了清廷的态度。赫德一声长叹，好日子到头了。

赫德毕竟在海关经营了半个世纪，树大根深，关系错综复杂，当然，他也不愧是谙熟东方文化的"中国通"，知道一句中国老话："识时务者为俊杰"。接到唐绍仪让

他保荐海关业务人才的通知后，权衡再三，做了最好的选择，保荐了三名华员供事，陈銮、张锦、张玉堂。之后，他又做了两件事，一是发了一个通知，要求各税务司"嗣后如遇用人之际，再不可多用洋员，漫无限制。其洋员向来职掌，须陆续多派华员中之通英文者充当"。在下发通知的同时，他提升了十名华员为帮办。二是赫德亲笔写了推荐信，推荐唐绍仪的留美同学、主持统计工作以作风细致著称的丁崇吉为江海关代理副税务司（Acting Deputy Commissioner）。这一切恰恰为赫德能够长期把持中国海关做了注脚：除了熟悉现代海关业务外，为人也是见风使舵、机警、老到，能退能进。

晚年的赫德（1901 年摄）

丁崇吉是华员进入海关上层管理部门的第一人，打破了洋员垄断局面，后来又担任江海关头等帮办（Chief Assistant）。同学宦维城也升职为管理人员。

唐绍仪破格将陈銮提升为税务处提调，负责海关一个部门的管理事务，将优秀的华员派充到海关关键岗位。同时着手在上海筹办税务专门学校，以从根本上解决中国海关洋员独霸管理层的局面，他又将张锦和张玉堂提升为总办，负责办学，快速培养自己的税务人才。这是一个基础工程，上海税务专门学校成立起点比较高，从上海、北京、广州、南京等大城市招收具有高中文化程度的学生。这些学生文化基础好，懂英语，入校后直接进行海关业务学习。学校于 1908 年成立，陈銮为校长，负责人员管理和教师选派，以后逐年招生。学校以汉语教学为主，海关业务的课目聘请有经验的海关职员兼任。学生在非常时期强化训练，出了校门就充任到各地海关的关键部门，代替洋员，优秀者做帮办，再升为副税务司。

唐绍仪从人事组织和办学做起，担任会办税务大臣不到一年，赫德就非常绅士地交出了海关钥匙。结束了他在中国海关经营 48 年的历史，也结束了自 1854 年 6 月英、美、法三国宣告成立上海海关"税务管理委员会"外国人执掌中国海关 52 年的历史。唐绍仪还力主禁烟，同年，和英国达成协议，英国烟草生产逐年递减一成，十年禁绝。

天津。经过四年的建设，当初唐绍仪离开时集资重修的广东会馆于光绪三十三年（1907 年）正月初竣工，建筑风格为广东潮州风格。天津《大公报》刊登《广东会馆公启》，"启者广东会馆，业已落成。今公议择于丁未年正月十二日一点钟行落成礼"，"恐同乡诸公未尽周知特此登报布告。"广东会馆大殿西走廊的墙壁上嵌有顺德人佘莹撰写的《创建广东会馆碑记》，曰："人生斯世，不能离群独立，士就燕间，农就田野，工就官府，商就市肆，群萃而州；处其常焉者也，大丈夫志在远图，天地四方皆其所有，只身万里，航海梯山群之萃者有时而涣，然一闻乡音，感情斯动，从可知桑梓之谊，既有同心业务之联，更需群策……"

会馆里面有客栈、戏楼。戏楼是会馆的主要部分，占整个建筑的三分之二，可容纳七八百人，装饰是岭南风格的木雕，透雕和浮雕结合，描金涂绿，富丽堂皇，展现传统之美。剧场悬挂着一个巨匾，上面刻有"岭渤凝和"四个字，不用说，这"岭"和"渤"，自然指岭南和渤海。两边柱子上是一对黑漆金字的楹联："粉墨辨忠奸曼舞轻歌皆世态，筝琶弹喜怒繁弦急管尽人情"，深刻含义自能体会。戏台为伸出式，深度和宽度各在 10 米左右。前台横眉木雕装饰的内容是狮子滚绣球，两角为荷花含苞欲放，花饰一直垂到底，形成花柱。巨幅的《天官赐福》木雕镶嵌在舞台正面，以松柏、童子、云气、猿猴、蝙蝠等中国文化中象征吉祥如意的动植物来寓意福气满堂。门窗雕饰与舞台雕饰相呼应，图案是牡丹、狮子、凤凰等。

戏台顶上的藻井由数以千计的细木构件以螺旋式的榫接形成一个拱顶，造成很好的扩音效果，自重几吨的藻井没用一根柱子支撑，却稳悬于空中，精巧处是横着一根腰梁，其两侧装置为铁柱杆，而表面上则以木雕艺术作装饰。

一座建筑记录了留美幼童在此地的足迹，也是各方人士联络的重要场合。会馆石碑上镌刻着捐款人

天津广东会馆现为天津市戏剧博物馆

姓名，是无形的凝聚力，唐绍仪、梁如浩、蔡绍基、曹嘉祥、周长龄……

光绪三十三年三月初八（1907 年 4 月 20 日），清政府新设奉天、吉林、黑龙江三省巡抚，经袁世凯推荐，唐绍仪又履新职，成为首位奉天巡抚。此时日、俄已经对中国东北有侵略瓜分之意图，派他去奉天有利于和美国合作以制衡日、俄。唐绍仪是留美幼童中或者说是留学生中第一个出任清政府省区巡抚和尚书级要职的人，在晚清的

中央机构中具有影响力和谋划地位。

唐绍仪赴任的第二天，朱宝奎由外务部右丞迁升邮传部左侍郎。三月二十一日（5月3日）四川总督岑春煊任邮传部尚书，他面奏慈禧，朱宝奎"工于钻营，吞没巨款贿买侍朗"。慈禧毫不犹豫，当天降旨将朱宝奎革职。回国后分配在天津习律的刘家照也在外务部任职，同年，任奉天道台。唐绍仪计划在这个满族的龙兴之地修建新民到法库的铁路、建东三省银行，但是他首先要和在此的日本势力斗争。

国家的另一项主权——大清邮政还由外国人掌握着，尚待收回，也和赫德有关系，但是赫德向清政府告病回国，清政府准假并赏加尚书衔。1908年4月，七十三岁的赫德在北京海关官署的办公桌上留下了一张纸条，"罗伯特·赫德走了"。在一些官员的送别中，在自己的乐队演奏着苏格兰名曲《美好的往昔》乐曲声中，他神色黯然地从北京正阳门东车站登上火车，到上海后换乘轮船回国。此后，中国的内政外交、海关、金融业中不再有一个棕色胡子、蓝灰眼睛、北爱尔兰血统的幽灵了。

梁如浩任营口海关道时，与日本几经谈判，让其归还了在日俄战争时侵占的辽东半岛，这个地方对清政府来说一直很重要。梁敦彦从津海关道任到外务部，署理外务部右侍郎。梁如浩从营口海关道升任津海关道接梁敦彦，而营口海关道职务由蔡绍基接替。光绪三十四年正月二十九日（1908年3月1日），梁如浩被授外务部右参议，复迁外务部右丞兼署奉天左参赞，蔡绍基接他任津海关道的职务。周长龄任京奉铁路总办时政绩卓著，清政府对他赏戴花翎，钦加二品顶戴，接蔡绍基任营口海关道加按察使衔。先后任津海关道的唐绍仪、梁敦彦、梁如浩、蔡绍基还兼北洋大学督办，使其有长足发展，从学科设置、办学方向、教学计划、功课安排、教员配备等方面都努力向世界先进大学看齐，学生中也产生了许多知名学者。

维新吾民　维新吾国

1907年，北京进入预备立宪，新年刚到，先传来了关于汽车的新鲜事。生性浪漫的法国人发出号召，要举办"北京—巴黎汽车拉力赛"。经过选拔，来自欧洲的五名赛车手聚集到中国的首都，其中有亲王也有工人。他们把几辆汽车运到北京，扬言要开着它穿越中国和俄国，回到法国巴黎。这让北京的官员不可思议，问他们为什么要这样？回答是：要以长途跋涉和创新的时速来显示所驾驶汽车的优良性能及自己高超的驾驶技术，更要体验那种战胜艰险后的快感。外务部的官员认为这是几个着了魔的洋人，签发护照就不顺利了。相关的驻华公使们费尽口舌与中国政府交涉，以力量和速度为快乐的赛车手们为了拿到签证只好痛苦而漫长地等待着。

上海却是一片热闹，商人家庭出身、从德国留学回来的王钟声和从日本留学回来的仁天知得知中国留日学生在日本组织春柳社、正式公演法国作家小仲马的剧作《茶花女》，非常兴奋且心有灵犀，便在上海组织春阳社，鼓动起一帮年轻人排练话剧。

说起来话剧在上海已经有四十来年的历史了。公共租界里的西侨业余剧团上海西人爱美剧社（Amateur Dramatic Club of Shanghai）简称 A.D.C. 每年都要用英语公演一些世界名剧。1867 年 3 月在上海出现了华夏大地上的第一座西式剧院——兰馨戏院（Lyceum Theatre）。没想到这座木结构的戏院，热闹了四年，不幸被一场大火毁灭，上海纳税西人会又出面募集资金，在下圆明园路（今虎丘路）于 1874 年 1 月建起了新的兰馨戏院。新的兰馨戏院为砖石结构，内部为穹顶，规模宏大，金碧辉煌。舞台以写实逼真的场景配以变幻离奇的灯光、浪漫瑰丽的布景衬托出人物的漂亮高贵；舞台下有乐池，观众席为三层。兰馨戏院启用两个多月后，中国的京戏、昆曲应邀在这个西式剧院里登台亮相，有了璀璨的灯光和优质的音响，还有安静整洁的观众，国粹艺术更显出了它的光彩。在传统的做、念、唱、打和舞美虚拟写意的基础上，上海的京戏吸收了西洋话剧中的舞美、灯光、乐队、化妆等优秀成分，使"海派"文化有了特殊的光彩。《申报》作了题为《西国戏院合演中西新戏》的专题报道，吸引着更多的人去奇丽壮美的兰馨戏院欣赏不同风格的戏剧。

圣约翰书院的学生模仿话剧塑造形象、讲述故事、推动情节全部用人物对话的表现手法，于 1899 年圣诞节自编自演了一出剧《官场丑史》，抨击现实中的丑陋现象，被人们称之为"新剧"或者"时装戏"。庚子国难之后，上海育才学校的学生汪优游立刻组织演出了新剧《八国联军进北京》，南洋公学教员朱双云也写出了反映戊戌变法的新剧《六君子》并组织演出。1905 年又有了《捉拿安德海》《江西教案》等剧目。这些新剧的组织者思想维新，行为超前，不把帝王将相、才子佳人当主角，率先向人们传播时事，比单纯的娱乐更深入人心。

唐元湛的新年过得更热闹，上海有一出新剧《五大臣出洋考察宪政》正在公演。此剧还进不了兰馨戏院，就把舞台搭在南市东门道前小学。组织者和表演者都是自信满满，向社会公开售票，同时申明，这是义演，售票所得的钱捐献给上年淮河水灾的灾民。

唐元湛约温秉忠前去观看，没想到竟是看了一场闹剧，从头到尾笑声不断。《五大臣出洋考察宪政》的主创人员还没有进入专业水平，尚不具备准确把握和表现事件核心内容的能力，也没有正式的剧本，演员上台后只根据一个大概的剧情，凭着个人的想象和理解演绎故事，传说中的端方在国外面对旋转门手足无措以及进餐馆不会点菜的情景可能就是这样演绎出来的。台上合作好的演员可以不偏离事先说好的主题，互相编着词，流畅地演下去。演技差、反应慢的演员就会出现下句接不了上句甚至把意思弄拧了的现象，引得哄堂大笑。这难免让亲历过这个事件的唐元湛和温秉忠感到荒诞。因为是即兴表演，同一剧目一场和一场的演出内容都不太一样。五大臣出洋考察面对的是全新的世界，立宪对国家来说意义非常重大非常严肃。他俩看着表演者在舞台上随意发挥，联想到正规话剧的精美，觉得有责任扶持这门艺术。透过新生事物萌芽阶段不可避免的幼稚，他们也看到了新剧组织者的探索精神以及演员的投入表演和观众情绪的共鸣，这是一个力量的聚集，特别是赈灾义演。

王钟声和仁天知的春阳社得到马相伯等人的资助，在国内第一次公演美国女作家斯陀夫人的著名话剧《黑奴呼天怒》，并把它带进了兰馨戏院。首场公演就引起了轰动，由此宣告1907年为中国话剧的元年。他们当年在上海办起了戏剧专科学校——通鉴戏剧学校，使自发的新剧走向专业的话剧，这是中国戏剧史上的一件大事。

上海如火如荼地演着新剧，北京那边的欧洲赛车手终于结束了漫长而寂寞的等待，办妥了签证。6月10日，一些当朝官员一大早就被驻华各大使馆邀请到使馆区，参加在中国首次举行的"北京—巴黎汽车拉力赛"的启程仪式。那五名赛车手驾驶着自己的汽车意气风发，志在必夺；驻华的公使夫人们盛妆出场，花伞彩绸绚丽一片；满清官员们则满腹狐疑，使馆的外国人为何要热烈欢送这几位亲自驾着铁马车漫长而艰辛地自讨苦吃。8时，一位华丽高雅的法国贵妇走到排列着的五辆汽车前，将手中的彩旗向空中挥了挥猛地落下，五辆汽车呼啸着出了使馆区，后面雇佣的马车上装满了食品、燃料和生活用品。出于礼节，官员们矜持地挥挥手，做个洋式的"再见"动作，不置可否。

五名赛车手经过两个月的竞赛，跨越了亚欧大陆，在巴黎人民的欢呼声中到达了目的地。意大利亲王博盖塞第一，法国马戏团工人戈达德第二，第一届"北京—巴黎汽车拉力赛"宣告结束。

　　预备立宪带来了新气象，政府规定星期天公休，开始只在学部、农工商部和外务部几个与洋人有频繁往来的部实行。上海《申报》为此发表评议："西洋诸国礼拜休息之日，亦人生之不可少而世事之宜行者也。"后来所有的公务人员得到实惠。

三贝勒花园改成的京师万牲园

　　有了公休日，公共文化事业自然进入普通人的生活，那些由五大臣越洋运来的十几种珍稀动物开始放养在北京西郊一位满清贵族的私人园邸内，人们习惯地叫它"三贝勒花园"。1907 年 7 月 19 日，"三贝勒花园"正式向民众开放，称之为"京师万牲园"，但是禁止男女同游，每星期的一、三、五对男性开放，二、四、六对女性开放。后来这个园子又叫"西郊公园"，今天的正式称呼是"北京动物园"。

　　"欲维新吾国，当先维新吾民"。维新派人士主张从智、德、力三方面来提高国民素质，强调"民智、民德、民力是改造社会、强国保种的要素。"在上海，一个以复旦公学校董为主要董事的社会团体——寰球中国学生会引起了人们的注意。它由李登辉发起、社会知名人士不定期地担任会长、副会长、董事，其宗旨是：

　　　　既像个学会又像个福利团体的组织，研究科学技术，与国际互通声气，
　　吸收国际间先进文化，力求走改革自新之道，并须提倡高尚有益的娱乐，锻
　　炼身心，以图改造社会，贡献祖国。

　　寰球中国学生会一开始设在派克路（今凤阳路）562 号，后搬迁至静安寺路（今南京西路）51 号，是一幢两层的洋楼，内有宽大的教室和办公室，楼顶高悬"寰球中国学生会"会旗。设有参议部、教育部、出版部、演说部、交谊部、介绍部、庶务部，为国内和留洋归来的学生创造学习、工作的条件，帮助他们发挥专长为国家出力。唐元湛任寰球中国学生会的副会长，他观念进步，捐资慷慨，从新剧《五大臣出洋考察宪政》的公演看到了社会要求立宪的愿望，也感受到了戏剧本身巨大的教化力量和感召力量，认为这与办学异曲同工，能够拯救民心，改良社会。在寰球中国学生会董事会上提出，倡导"高尚有益的娱乐，锻炼身心，以图改造社会"，开设话剧讲座课程。董事们大都有留学的经历，领略过莎士比亚戏剧那惊世骇俗、动人心魄的魅力，一致

同意唐元湛的建议。

课堂上，讲师首先对新剧反映现实、针砭时弊的积极作用给予充分肯定，同时也把莎士比亚、易卜生等西方戏剧大师的作品介绍给大家，以外国话剧和时下演出的新剧做比较，指出：新剧也要有构思精巧的剧本创作和专业导演、演员，这是一个完整的创作过程。编剧、导演、演员除了能够用台词结构剧情、表达主题外，还得要有各自独立而又相互关联的表现手法。有了专业指导，学生们认真创作排演了一些反映青年内心期望，立志报效祖国的剧目，其中不乏好的作品，新剧《十年后之中国》的主题是鼓舞年轻人奋发向上，为中国的美好前程而努力工作。此剧以寰球中国学生会为主剧场，对外正式公演，收到了很好的效果，还闯出了一定的名气。

寰球中国学生会针对当时全国文盲率高达百分之八十的现实，主张平民教育开启民智。他们办了新式的六年学制的寰球小学、中学。面对上海及南方实业兴起需要技术人才的形势，寰球中国学生会向社会征召各类专门人才，利用寰球小学的校舍办夜校，是我国最早的职业技能培训基地。专业进修有英文、德文、法文、数学等专科班，保证学员最终能掌握一门劳动技能。短期的外文打字班更是吸引女青年，结业后以一技之长到新兴的民族工商企业甚至洋行去应聘，自食其力创造新生活，是最早的"白领丽人"。当然，寰球中国学生会同样注重"高深学术之提倡"，组织学术研讨。

寰球中国学生会也是上海重要的公共活动场所，经常有科学知识、国际形势的报告，也有音乐舞蹈、游艺晚会等活动，演讲是传播新思想的一个重要手段。上海圣约翰大学于1905年在美国注册后成为上海基督教教会办学的中心，唐国安和颜惠庆于第二年成为圣约翰大学的教师。李登辉、唐元湛、唐国安、颜惠庆等人轮流在寰球中国学生会上课，作演讲。唐元湛结合自己留学的经历和近期出国考察的体会，给大家讲述两次工业革命让世界日新月异。唐国安演讲的内容是关于留学生爱国及如何团结一致推动社会进步、为国效力。后来这里每个周六都有一场精彩演讲，所请嘉宾都是上海名家，以至学生们把周六的演讲当成了必修课和精神盛宴，成为惯例。

"寰球"就是全世界，学生们带着理想到世界各国去学习，然后激情满怀地回来为祖国效力。"两耳不闻窗外事，一心只读圣贤书"已经不适应世界潮流。于是，寰球中国学生会又派生了"美国大学生协会""从西方归来学生联谊会"等分支机构。为了让青年们及时了解国内外形势并且能够走出国门走向世界，寰球中国学生会还承担起了具体的服务工作，在国内外大学之间搭起桥梁，提供留学一条龙服务，特设留学生代办招考部。唐元湛负责对准备升学及出国留学人员的指导，并留意为国家选拔人才。他将欧美著名大学的概况、规程归纳整理，针对国内学校的情况及不同的需求，指导出版留学手册如《游美须知》《游欧须知》《出洋手续》及《出洋学生调查录》等特刊。他们还定期出版教育文化方面的周刊、年刊以及中英文合刊《寰球中国学生报》。

唐国安在《寰球社教评论》上发表长文：《基督教在华传播之种种障碍》，面对中国频发教案的现象，文章历数列强在华以传教之名所犯下的种种罪行，指出传教成功的前提是没有侵略性，恢复基督教文化的本真，教会应从西方列强侵略势力的羁绊中解脱出来，以对中国传统文化足够的尊重来共同相处。辞锋犀利，一针见血。

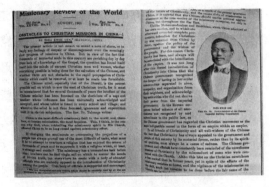

连载唐国安长文的《寰球社教评论》

1907 年夏，张康仁与夫人一同从美国回国。他于 1897 年和侨商余大（Yee Ah Tye）之女余爱娣（Charlotte Ah Tye Yee）结婚，婚后定居旧金山。当年他想在美国成为执业律师没有成功，转为反对种族歧视、争取华裔公民权利的行动者，之后，又任职于旧金山日本横滨银行 12 年。端方称他："学识俱优，精深法律"，饬委江南法政学堂正教

张康仁一家

习，后改充高等商业学堂银行专修科教员，讲授国际法及银行学。1908 年年底他又回到美国，在华盛顿中国使馆工作。

上海华界　外事主场

　　唐元湛办理完中国电报总局和沪宁铁路局关于电报的合作事宜，任上海海关督办，做海关税务厘金方面的工作，被称为"道台"。任何一个从事实业的人，不能不对黄浦江畔的金融街有所感触，不太长的马路边，一家家外国银行和洋行以那巍峨漂亮、风格各异的大楼构成了一条不规则的环形建筑群，成为上海新的风姿，也是以上海为中心的经济脉络，向世界辐射。眼下这些建筑又进行着第二轮的改扩建，用结实厚重、华美壮观的外形显示着所属国家的实力。原来上海人还把这里叫"黄浦滩"，逐渐改口叫"外滩"了，报纸也如此称呼。这时的上海，环境宽松，政治活动频繁。带有革命色彩的新剧为呼吁社会改良的立宪派扩大着影响，粤式的饮食也从虹口扩散开来，浸润了整个上海。光绪二十二年印行的《沪江商业市景词》有《广东茶居》的词条："茶寮高敞粤人开，士女联翩结伴来。糖果点心滋味美，笑谈终日满楼台。"《海上竹枝词》载："广东宵夜杏花楼，一客无非两样头。干湿相兼凭点中，珠江风味是还无。冬日红泥小火炉，清汤菠菜味诚腴。生鱼生鸭生鸡片，可作消寒九九图。"

　　在五大臣出洋考察的同时，清政府设立了一个专门的政治改革机构——考察政治馆，其职责是："悉心研究，择各国政法之与中国治体相宜者，斟酌损益，纂订成书，随时呈进，候旨裁定。"光绪三十三年八月十三日（1907年9月20日）光绪帝颁布《设资政院谕》："立宪政体，取决公论，上下议院，实为行政之本。中国上下议院一时未能成立，亟宜设资政院，以立议院基础。"由皇族的贝子溥伦和大学士孙家鼐担任总裁，协理四人，"协理开办资政院事务"。资政院与立宪国家的议院不同，是一个临时过渡性的立法机构，但它确实影响了大清王朝的命运。九月十二日（10月19日），光绪帝又颁布《着各省速设谘议局谕》：

资政院会址

　　各省督抚均在省会速设谘议局，慎选公正明达官绅创办其事，即由各属合格绅民公举贤能作为该局议员，断不可使品行悖谬营私武断之人滥厕其间。

谕旨又一次激起了全国民众的极大热情，沈嘉树回国后一直在江南机器制造总局工作，这年他也办学堂宣传新思想。上海的张家花园成了爱国社团集会活动的地方，知识分子对立宪的认识上升到理论高度。马相伯在谕旨颁布当月的政闻社成立大会上发表演说，对封建专制政治进行猛烈抨击：

> 天下虽无绝对之良政治，而有绝对的恶政治……质而言之，则曰专制。专制政治束缚人，人之神我，使不得申，故有国家曾不如其无。故生为专制之国民者，必当以排除专制为唯一之义务。

鞭辟入里，让人惊醒。端方也意识到立宪对人才的需求，给温秉忠交代了一个任务，在江南挑选一些优秀的小青年出国深造。温秉忠精心选拔，和妻子倪桂姝一同护送官派的十个男孩、六个女孩去美国留学，学习期限是五到六年。这是中国政府第一次派女孩出国留学，计划她们学成后服务于帝国的教育部门，而男孩大多准备进耶鲁或者康奈尔大学，学习工程和外交。利用这一机会，温秉忠把两个外甥女带到美国留学，她们是十四岁的宋庆龄和九岁的宋美龄。

穿大清官服的温秉忠

温秉忠给自己留学时的家长麻省北安普顿的麦柯林夫人写了封信，告知自己的公务。麦柯林夫人很高兴，将这事披露给媒体，他们对新来的中国小留学生同样热情有加。1907 年 9 月 6 日《斯普林菲尔德共和报》发表题为《中国学生来了》（CHINESE STUDENTS COMING）的文章，说明中国官派留学生又开始了。

温秉忠同妻子一起完成了护送少年留学美国的任务回到上海，又去南京，在端方设立的暨南学堂出任总理，专门招收华侨子弟。

与此同时，端方在为迎接一位重要的美国客人做着准备，他一定要让上海华界以主人的身份接待美国总统西奥多·罗斯福的特使、美国陆军部长达夫提，并选择唐元湛代表自己欢迎这位美国客人。

在自己的国土上以主人的身份接待外宾是顺理成章的事情，端方铆足了劲儿来争取似乎有悖常理。但是，如果了解曾经在外事活动中让上海华界失去尊严，就明白端方为什么这么努力了。

　　第二次鸦片战争以后上海的城市重心逐渐转移到租界，租界在市政建设与管理、对外联系与交往等方面都强于华界，本是客居的洋人就对外宣称他们是上海的主人，真正的主人反而屈辱地受他们的牵制。上海是一个国际化大都市，外事活动很多，在上海居住的外国人除了为来中国访问的重要外宾举行欢迎会外，还利用自己的优势抢先接待重要的来华贵宾，实际是在弱化华界的主人地位。每逢租界里某个国家的重大节庆，他们都要像在本国一样举行热烈的庆祝活动，好像真的是上海的主人。

　　这次两江总督端方在上海接待美国贵宾，是很慎重的。清政府和美国的关系很复杂，美国一再出台排华法案让中国人民很受伤害，但是面对日本和俄国的虎视眈眈，清政府无力抗衡还得请美国、德国这样的大国从中斡旋，日俄战争的时候，中国就是通过美国的斡旋使战争控制在一定范围内。这次来华访问的达夫提不仅是美国有名的远东问题专家、罗斯福的特使、美国陆军部长，还有可能是美国下任总统候选人，对他的接待，清政府要考虑到在以后的国际事务中请美国发挥有益的作用。所以端方决定，与公共租界共同接待这位美国贵宾，而且在接待规格上和他们一样，以彰显华界是上海主人的形象。

两江总督南洋大臣端方

　　唐元湛将代表两江总督南洋大臣端方全程接待达夫提，当一回公开的"捉刀人"，以平等的对外交往使政府产生新的形象，还要与来宾进行有益于国家的会谈。上海的中外报刊对留美幼童这个群体一直很关注，以至他们的聚会、去昆山爬山健身都能成为新闻，所以对唐元湛也不陌生。

　　这是上海地方政府与公共租界第一次共同接待外宾，官方的欢迎会由上海地方政府和公共租界联合举行，欢迎会结束后，华界和公共租界再各自举行欢迎会。如此一来，上海各界对达夫提的欢迎将从下午两点持续到晚上，三个欢迎会，既是联合又是各自独立，没有高下之分。

　　光绪三十三年九月初二（1907年10月8日），达夫提携夫人到达上海，他是到菲律宾马尼拉顺道访问上海，在上海只逗留一天。上海地方政府和公共租界派出官员，向达夫提一行表示欢迎，中外媒体全程报道。欢迎会的主会场布置在外滩博物院路（今虎丘路）20号新落成的中国基督教青年会大楼外，其中一个环节是请达夫提为这座新建筑揭幕。下午两点达夫提等外宾来到会场并上主席台就座。上海地方政府和公共租界的人员是：唐元湛，身着四品文官云雁补子官服代表两江总督端方位居第一；上海道瑞澂，代表江苏巡抚居第二；其后是上海地方商绅代表朱葆三等人。公共租界方面有：美国协会主席、中国青年会执行主席马士（H.B.Morse），美国驻沪总领事田夏礼（Charles Denby），上海美国按察使衙门首任按察使（美国设在上海法院的大法官）威尔拂雷（L.R.Wilfley），还有沃克（A.J.Walker）牧师。

会议议程也是中西合璧，唐元湛首先代表两江总督端方致辞，向美国的"兵部大臣"表示欢迎。他气宇轩昂，从容矫健，一派大国风范，谈到了中美两国的友谊也谈到了青年会的影响。接着是瑞澂代表江苏巡抚致欢迎辞，现场译员翻译。美国和公共租界代表按顺序发言。随后，美国协会主席、中国青年会执行主席马士发表感言，接受达夫提所授予的象征开启中国青年会的钥匙，请达夫提为中国青年会大楼的落成揭幕。达夫提揭幕后作"青年会的宗旨及利益"的演说。

上海官绅在静安寺路的中国传统园林愚园对达夫提等美国客人表示欢迎。欢迎会由32个会馆、公所联合举办，门外彩旗飘舞，大红灯笼高悬，室内装饰一新，鲜花点缀会场。为突出中国文明进步、经济实力增强的新形象，二三十名天足会的女学生作为工作人员首次出现在公众视野中，她们衣着得体漂亮，表情自然大方，因为上学读书而塑造出来的知识型的美丽，让所有的人眼前一亮。上海倡导妇女天足已经有十年了，天足会的董事都由上海的名流担任。

著名的中国传统园林—愚园

萨镇冰两年前接替老同学叶祖圭出任广东水师提督，总理南北洋水师。叶祖圭是在巡视江防时积劳成疾，返沪医治无效去世的。这次欢迎美国兵部大臣，萨镇冰不但出席，还带来了海军军乐队，工部局西人乐队和振华军乐队也应邀出席。当三支西洋乐队同时出现在愚园时，会场更加明丽庄严。

下午4点，军乐队奏起了美国国歌和中国乐曲，各路记者做好了准备，镁光灯闪烁一片，气氛隆重热烈。上海官绅代表唐元湛、瑞澂、沈敦和、朱葆三等人依次进场；

达夫提偕夫人及随行来到会场。

这个上海官绅举行的欢迎会由沈敦和用英文主持。唐元湛代表两江总督南洋大臣端方用英文致辞，再次向达夫提表示欢迎，并预祝他访问成功。上海道瑞澂以东道主的身份用中文发言，译员现场翻译。最有新意的是两名天足会女学生上台，向达夫提敬献精致的银觥一具，这样的外交礼仪开上海风气之先，也使上海妇女的地位大为提高。达夫提欣喜地接受礼品，发表演说，内容大概是：此行得到如此优待，不胜欣幸，可见中美之间的友谊深厚。译员现场翻译为中文。演讲完毕，会场里响起了优美的音乐，中国海军乐队、工部局西人乐队、振华军乐队轮换着演奏中美两国的歌曲。

楼上宾主双方会谈开始，形式看似很轻松，有点像英国的下午茶，也像南方的茶点，但会谈的内容一定不是轻松的。端方精心策划，又派出唐元湛做"捉刀人"，只有在这个时间段，中美双方才是实质性的接触。

晚上，寓沪美国人举行宴会，在外白渡桥北堍黄浦江畔的礼查饭店（Astor House今浦江饭店）招待达夫提一行。礼查饭店是上海开埠后于1846年建造的第一家高级饭店，由一个美国船长创办，也是上海名流聚会的地方。曾经是船长的老板把室内装修得酷似轮船内部，走廊如轮船上通向客舱的通道，客人凭栏远眺，似身置大船，看见了黄浦江、苏州河的美丽风景。这个饭店的高级之处在于它引领潮流，上海的第一盏电灯在这里亮起，第一台电话在这里安装，第一次西式舞会在这里举办，第一场电影在这里放映并售票，还有煤气、自来水都是这里最先使用……1879年，美国前总统格兰特来华访问时就住在这里。礼查饭店1903年第一次改扩建（1910年第二次改扩建为六层），将原来两层楼的东印度式砖木结构改建为新古典主义风格。里面豪华的孔雀厅是远东地区最著名的巴洛克风格舞厅，有着精致浮雕的汉白玉罗马立柱支起了周边一个个楼上的包厢，两柱之间的顶部装饰得如孔雀开屏，大厅的屋顶由花玻璃组成，白天阳光洒落大厅晚上月光融入灯光，不尽相同却都有璀璨迷离之感。

礼查饭店为迎接达夫提一行，将能够容纳五百多人的宴会大厅布置得华丽庄严，正面高悬大清龙旗和美国星条旗。来宾有230人，在上

礼查饭店的宴会厅

海的各个国家侨民都派出了代表，气氛庄重热烈，是上海开埠以来最盛大的宴会。白天活动中出现的重要人物又一次亮相，中方代表有唐元湛、萨镇冰、瑞澂、沈敦和、朱葆三等人；公共租界有马土、威尔弗雷、田夏礼等人。中外人士混席而坐，所表现出的融洽是从未有过的。达夫提作为到访者发表长篇演说，他阐释美国"在中国门户开放"（Open Door in China）政策，对美中关系作了评论。上第一道菜时，乐队演奏中美两国乐曲《哥伦比亚友情》和《中国皇帝》。此时中国还没有国歌，在外交场合演奏中国乐曲是为了达到在礼仪上与国际接轨，这首《中国皇帝》的乐曲并不普及，但曲名意在突出中国的皇权和国威。

通过对美国陆军部长达夫提的接待，上海开启了华界与租界共同接待外宾的历史，其政治意义为首要，在宣传工具和仪式安排上也趋于国际化。上海地方政府和上海商务总会联手，与租界势力抗衡的同时也以平等的态度和他们增加往来，并且在道路交通、卫生防疫等公共事业上进行合作，使上海的商人有了一种特殊的形象，也获得了别的城市所没有的政治地位。

汽笛鸣响　带来传奇

沪宁铁路建设一年多后沪杭甬铁路开始建设。这条铁路从上海到杭州再到宁波，资金来源与沪宁铁路不同，由浙江、江苏两省商民组成的商办铁路公司分别修建，汉阳钢铁厂供应钢轨，中国铁路工程师负责设计施工，归结到一点就是自强、自立。

罗国瑞"自浙绅延办杭州铁路为总工程司月薪遽增至八百金"，他随公司安顿到杭州，以愉快的心情给美国房东诺索布夫人写信介绍了自己回国后的经历："自我归国，我曾跋涉内陆，远及蒙古，饱经艰辛。我曾做过测量师、教员、验矿师、译员，过去十年我转到铁路界工作，现任浙江铁路总工程师。"并说："我们现在建造一条短的铁路，为了给居民起示范作用，认识铁路之利益，然后将此路延伸至贸易中心的上海及宁波。"

然而外国势力染指中国实业已经成为习惯，他们提出给中国借款，想进而控制铁路路权。1907年10月20日清政府迫于外国势力的压力，电令江浙两省商办铁路公司接受英国 150 万英镑的借款，而袁世凯、盛宣怀、唐绍仪都意在路权自主，如果在中国最富庶的地方修筑商办铁路还要向洋人借款会导致人心的瓦解。可现实是，铁路建设资金并不充足。

钟文耀是沪宁铁路总办兼本路总管理处议员领袖，懂得上司的意思，但如何获得沪杭甬筑路资金，他一筹莫展，找到唐元湛，看这事怎么解决。唐元湛想起年初和温秉忠一起看新剧的情形，眼下话剧《黑奴吁天怒》继续演出，每次演出都是观众云集。于是两人如此这般地策划了一番。之后，钟文耀派人去找王钟声。

王钟声被请到钟文耀处，在交谈中知道了沪杭甬铁路建设的严峻形势，商办铁路路权自主又关系自强大计，需要勠力同心，以一种特殊的方式为沪杭甬铁路筹集建设资金。他一腔热血，比演戏还要兴奋，欣然答应，并与志同道合的人周密安排。

这一天，是话剧《黑奴吁天怒》的最后一场演出，大幕落下后观众还沉浸在剧情中没有离去，按常规应该是演员再一次谢幕。只见王钟声跳上舞台，一声"各位同胞"，又把观众的激情点燃。他慷慨激昂，即席演讲，揭露列强的蛮横和清政府的无奈，竟然要强迫江浙两省的商办铁路公司接受英国 150 万英镑的借款。指出，这实际是出卖咱们中国的筑路主权，侵害商民利益。他振臂呼喊：请购买沪杭甬铁路筑路股票，保护中国人自己的筑路权利。

钟文耀事先已将一切安排好，在王钟声演讲时工作人员适时拿出了印制好的红色江浙两省商办铁路公司的筑路股票。王钟声当即购买，观众席上立刻有人站起来响应，掏出钱来踊跃购买筑路股票，场面热烈。

剧场的观众不仅积极购买沪杭甬筑路股票，还把这个消息传遍了四面八方，激起了江浙一带士绅和民众的热情，他们以认购筑路股票的实际行动，反对清政府的强迫命令，支持沪杭甬铁路自主建设。斗争持续了一个多月，拒绝英款风潮席卷铁路沿线及周边地区。四品卿衔、全浙商办铁路公司总理汤寿潜不惜以"辞总理而谢卿衔"坚决拒绝外款，甚至有人为此牺牲。最终，江浙两省商办铁路公司筹集到了铁路建设资金，保证了沪杭甬铁路的筑路权自主，并使其顺利开工。

这事说起来比看大戏还要惊心动魄，沪杭甬商民以新剧为先声激发热情，对抗封建王朝和侵略势力，筹措筑路款项扭转乾坤，真是神来之笔。它反映了江南这个时期的特色：浓郁的商业氛围，中西合璧的文化底蕴，强烈的爱国热情，渴望进步的心理。

光绪三十三年（1907 年）年底，盛宣怀奉旨："迅速来京预备召见。"第二年二月初七（3 月 9 日），六十五岁的盛宣怀被授为邮传部右侍郎。在沪宁铁路修建接近尾

声的时候，苏州河上那座让每一个上海人都熟悉的外白渡木桥结束了历史使命，取而
代之的是一座高大的两拱钢桁架桥，横
卧在苏州河口，桥面宽 18 米，终日车水
马龙，热闹非凡，成为连接市区和沪东
的交通枢纽，是上海又一个标志性的建
筑，名字依然是"外白渡桥"。

苏州河上的外白渡桥

一个月后（1908 年 4 月）沪宁铁
路全线通车，全长 311 公里，加上沪淞
支线 16.9 公里，共 327.9 公里。铁路贯
通了上海和南京两个大城市，沿线所有城镇都因为有了铁路而改变了面貌。中国电报
总局因为一年半前就有了铁路电报交换合同，多了一条从上海到南京的电报营业线
路，一举两得。

邮传部奏令设立沪宁铁路管理局，委任钟文耀为沪宁铁路管理局总办。不到半
年，在钟文耀的主持下，沪宁铁路管理局《行车管理规章》产生。《行车管理规章》
在铁路各项工作中具有"法"的意义，以前铁路的管理是借谁的钱谁主要管理，不能
自主，而沪宁铁路虽然是借钱修的，但中方是主要管理者，无疑是一个巨大的进步。

同年，邮传部的交通银行在上海出现了。这家银行一开张就担负起了比较重的责
任，筹款还比利时的借款，以赎回京汉铁路路权，同时有经理轮船、铁路、邮政、电
报四个系统款项的专权，使之集中营运，互相调剂。由于度支部已经有户部银行，交
通银行便不能再是国家银行，管理方式是官督商办。作为一家现代银行，交通银行也
经理商业银行的一般业务。不过，一开始还没能进入外滩。

1908 年，英国的一家媒体连篇累读地发表文章：20 世纪中国香港、上海及其他
通商口岸的印象（Twentieth Century Impressions of Hong-kong, Shanghai, and Other Treaty
Ports of China.），对盛宣怀、朱葆三、唐元湛等十几位著名的中国绅士和商人（Well
Known Chinese Gentlemen And Business Men）及家族子女进行专题报道，关于唐元湛第
一句话就是："唐元湛先生，很为著名，或者写成 Y.C.Tong."文章介绍了他的求学和
工作经历，对他当前所做的工作说得比较详细；

> 道台职务中他补缺了许多公职，对自己的国家做有利的事，为自己赢得了光荣。

文章说唐元湛陪伴他的总督阁下端方和戴鸿慈游历世界，并从所访问国家的统治

者那儿得到了许多勋章。唐先生出席负责人（企业等）会议，并代理清帝国电报管理的总办。担任两江（Liang Kiang）总督的副职，厘金税务官。

文章后半部分介绍了唐元湛所担任的社会职务及他儿子在英国的学习情况。

1908年，上海汽车数量已经超过一百辆，3月5日5时33分，又有一种新型的大众交通工具出现在人们的生活中，上海第一辆有轨电车正式通车，地点是从静安寺到卡德路（今上海石门二路），通过外白渡桥，行程6040米，属英商聘白尔电车公司。5月，法租界里也有了有轨电车。因为电车到站时司乘人员敲着一个大铜铃铛叮叮当当地招呼乘客，所以上海人就叫它"叮当车"，并很快有了这样的民谣："车顶小辫子，乘客对对坐……"这让唐元湛想起他们留学到旧金山时看见有轨电车的情形，也是这么新奇。

一时间坐电车看新剧成了上海人的新时尚，陆地上蒸汽机车汽笛鸣响，海上轮船呼唤应答，催生出与之相适应的文化形态，各种各样的文化组织和协会应运而生，如山花烂漫，竞相展示自己的风采，其数量之多、范围之广是别的城市所没有的，成为上海的另一个城市文明特征。这些组织和协会有全国性的，也有各省的同乡会、同业会，还有国际性的。每个组织和协会都集结着某个方面的优秀人士，以集体的力量对某项专业做研究和开拓，以其权威性负责对会员介绍工作、写推荐信。唐元湛倒不会坐电车看新剧地去赶时髦，他应邀成为一个国际俱乐部的第一个华人会员。这就是1908年成立于美国芝加哥的国际工商业者自助服务的机构、专门研究机械工程和传播科学技术最新成果的组织——"Rotary Club"，

俗称"广东街"的虹口武昌路有了有轨电车之后的街景

中译为"扶轮国际俱乐部"。中国的上海、北京、武汉等城市相继成立了分支机构，上海的"扶轮国际俱乐部"地址在圆明园路133号。众多的组织和协会构架着一个新兴的城市，一个人又与众多的组织和协会有着关系，这是上海能够成为国际化大都市的文化品质，也是上海走向现代化过程中所必须进行的文化建设。

第二年4月，上海火车站高五层的大楼落成，沪宁铁路管理局的办公地点也在这

里，所以车站主楼也叫沪宁铁路管理局大楼。这幢楼造价近 33 万元银洋，是上海的又一座标致性建筑，比起外滩的洋楼毫不逊色。楼房底座由花岗岩构筑，大理石廊柱，拱券门窗，红色为主色调，浅色条石嵌边，左右对称稳健漂亮。一层是邮政、票务、候车等服务区域，装修得精美豪华，色彩鲜艳的瓷砖铺地，采光充足。二层以上是沪宁铁路管理局办公场所，还专门设有英式的高级酒吧，铁路局的中外高级职员经常在这里聊天说事，共度美好时光。《字林西报》这样介绍："一幢活泼而又和谐的建筑，富丽堂皇，给每一个来到这座城市的人留下极好的印象。"因为它位于市区北面，所以称之为"北站"。

1909 年落成的上海北站

与沪宁铁路同年开工建设的吴淞机车车辆厂，厂址在淞沪线北段的蕴藻浜、张华浜之间。作为铁路的配套设施，这个工厂对机车车辆做维护修理，并制造日常使用的铁路器材。其建设标准居亚洲之首，以后发展为机车车辆制造厂。

沪宁铁路、上海北站、吴淞机车车辆厂是国家工业化建设的伟大成就，也是中国铁路建设的一个丰碑。其设施的规模和先进程度为亚洲一流，作业程序和服务质量也是最高标准。伴随着铁路相继完工，在上海和南京还有铁路医院、扶轮学校这些附属单位，与铁路自身相匹配，设备质量和人才引进也是一流的。

铁路是一个带动地区经济的引擎，富庶的江南进入"蒸汽时代"，城市建设逐步配套，为其他城市树立了典范。从上海到南京快车得用六个小时，慢车的时间还要长一些。围绕铁路运输出现了许多新市场，上海几家有名的西餐社和大饭店抓住商机，承包了旅客在列车上吃的那顿饭。正好，钟文耀和唐元湛公干去南京，他们以普通旅客的身份上车，体验并检查列车上的餐营工作。

列车开动后，餐营领班手持菜单出现在头等车厢，他身着衬衣、领结、背心，毕恭毕敬地向旅客逐个询问："要吃西餐吗？"钟文耀表示要正式用餐。只见领班对下一道工序的人做了交代后继续向前询问，而得到指令的侍者立刻在案上铺了块大桌布，摆上刀叉，按西餐的正式程序，一道道地上菜。在行进的列车上，变戏法似的拿来了开胃汤和洋酒，样样俱全。他俩尝了一口就知道，这地道的西餐是上海正规的西餐社专门为列车上头等车厢旅客准备的。

同样是头等车厢，旅客如果要的是简单西餐，侍者就铺一块小桌布，免了开胃汤和洋酒。二等车厢供应的是一般西餐，不用铺桌布，直接上就可以啦；三等车厢则是穿蓝布短衫的侍者给旅客送餐，便宜、快当。

除了食品，商家还承包了列车上的茶点，分车厢等级供应不同的茶水。广告商也将列车变成广告载体，厂家提供玻璃杯和茶壶，与广告费相抵。列车时刻表带上广告，出版商一举两得。海派的生活情调和商家的精明细致，在列车上也得到了体现。

南京车站设在扬子江畔。唐元湛和钟文耀下火车后，映入眼帘的是站台上长长的白色走廊，很有特色。出站，看见圆形的站前广场已种上了小树，欣欣向荣。新落成的站房是英格兰风格的两层大楼（三层是后加的），白墙、红色坡形屋顶，门窗高窄。他们有意走进去看看，底层候车大厅是长方形，宽敞华丽。

沪宁铁路迪车后南京火车站成了路港衔接、客货中转的重要门户，但是南北之间，还有滔滔的长江阻隔，南来北往的旅客，换乘要用船渡长江，后来有了轮渡。在以后的历史进程中，上海和南京的车站以及沪宁铁路沿线，风云际会，留下了众多伟人的足迹，也见证了时代的变化。

呼号援引　外交说"不"

末期的大清帝国已经无力挽回衰败的国运，能在与列强签订了不平等条约之后再夺回一些利益，犹如把进了狼嘴里的肉再抠出一块来，其艰难程度绝不亚于当初李鸿章所说的"与虎谋皮"。而留美幼童心心相印，主动联手，集体对列强说了声"NO"，索回了被列强多算的庚子赔款，实现了"庚款留学计划"这个功在千秋、流芳百世的工程，成为中国现代化进程中的一件大事。

《辛丑条约》签订后的 1904 年 12 月，清政府令中国出使美国大臣梁诚与美国交涉，要求以"关平银"偿付庚子赔款。美国占全部庚子赔款的 7%，相当于 5300 万美元，梁诚以高超的外交水平和判断能力，首先与美国国务卿海·约翰（John Hay）会谈。多次交锋后，海·约翰说出"庚子赔款实属过多"一句话。梁诚立刻抓住机会，一面向美国国会郑重提出"减收赔款"的要求，一面驰报清政府，建议全力向美交涉，要求他们退还多算的部分，并对这笔退款的用途提出"以为广设学堂，派遣游学之用"的建议。

这时的外务部总理大臣是奕劻、会办大臣是那桐，唐绍仪任右侍郎后与梁诚、周自齐（字子廙，山东省单县人）周密筹划，遥相呼应，正式与美国进行交涉。周自齐也是一名熟悉国际事务的人，出身官绅世家、书香门第，就读京师同文馆，1896年赴美留学，担任过清政府驻美公使馆参赞、旧金山中国总领事等职。

梁诚不断奔走呼吁，发表演说，召开记者招待会，游说美国国会议员支持中国的合理要求。

1907年6月23日的《纽约时报》对梁诚及美国将退还多算庚款给中国之事作了专题报道。没想到已经做出保证退还多算庚款的海·约翰遽尔去世，增加了事情的变数。梁诚不气馁、不止步，一直活动到1907年9月任期满，在被召回国之前还特别提醒西奥多·罗斯福注意海·约翰国务卿的诺言。一向作风豪爽的罗斯福立刻答应，保证促成实现其诺言，退还给中国多算的庚子赔款。梁诚在美国期间工作务实而出色，被耶鲁大学授予法律博士学位。清政府本来于光绪三十三年三月二十一日（1907年5月3日）派外务部右

让美国同意退还多索庚款的
中国驻美公使梁诚（刘安弟提供）

丞梁敦彦接任梁诚的驻外职务，并于五月二十二日（6月20日）提升他为外务部右侍郎，八月十六日（9月23日）改派刑部右侍郎伍廷芳接任梁诚的驻外职务。

袁世凯于六月召京，七月二十七日（9月4日）入值军机并调入外务部任会办大臣兼尚书，接替吕海寰。吕海寰改授会办税务大臣。唐国安得到袁世凯的保荐，离开上海去北京，到外务部任职同时兼京奉铁路的一些工作。

在如何给中国退还多算的庚子赔款问题上，美国也有多种声音，在华40年的美国传教士 Arthur H.Smith 中文名字明恩溥，专程到白宫，向西奥多·罗斯福建议，用退还给清政府的庚子赔款在中国兴学和资助中国学生来美国留学。美国伊里诺大学（University of Illinois）校长詹姆士（Edmund J.James）也给总统呈上一份备忘录，要求美国政府采取措施，通过吸引中国留学生，造就一批从知识和精神上能够支配中国的新领袖，以在未来获得最大的精神和商业利益。

1907年12月3日，罗斯福在国会咨文中正式宣布："我国宜实力援助中国厉行教育，使此繁众之国度能渐渐融合于近世之文化。援助之法，宜将庚子赔款退赠一半，俾中国政府得遣学生来美留学。"外务部和学部（辜鸿铭参与）与美国政府代表团又作了一次关于落实"庚款留学计划"的谈判。

协议于光绪三十四年六月二十日（1908年7月18日）最终达成。外务部右侍郎梁敦彦和美国公使柔克义（W.W.Rockhill）分别代表两国政府在关于"庚款留学计划"的协议上签字。同年，梁敦彦经耶鲁大学的一些教师和校友联名推荐，获得了学士学位和名誉博士学位。周自齐当年从美国回国，署外务部左丞。

梁敦彦身着大清官服照

梁敦彦在外务部的另一项艰巨工作是代表中国政府与英、美、法、德谈判粤汉（广州至汉口）铁路的路权问题，因为是借款筑路，列强强加于中国诸多压力。

清政府派庆亲王奕劻的次子、辅国公镇国将军载搏和奉天巡抚唐绍仪作为特使赴美访问，在向美国政府致谢的同时还肩负更重要的三项使命：1. 要求美国、德国维护中国的主权完整，并支持门户开放政策；2. 制衡日本、俄国对中国侵略，要求德国派遣军事顾问，协助中国整建陆军；3. 要求美国政府鼓励美国工业家对中国东北经济及铁路建设进行投资，希望如此可以排除日、俄对东北之觊觎之心。唐绍仪出访期间东三省总督徐世昌兼署奉天巡抚。钟文耀是使团一等秘书，顺路带去了詹天佑的两个儿子去美国自费留学，另一位秘书是奉天道台刘家照。这年容揆带着全家回国，在上海、天津住了半年，又任使团秘书一同回到美国并加入其中工作。

钟文耀出国期间职务由黄仲良接替。1908年10月14日，《字林西报》发布消息：

> 由于原沪宁铁路总办钟文耀受命成为赴美特使唐绍仪的随行人员，邮传部已经命黄仲良接替钟文耀之职位，于今早上任。新任总办曾在河南省担任过一个相似的职位——道清铁路总办。道清铁路由北京企业联合会出资建造。在那里，他一贯谦恭有礼，不仅赢得了下属的信任，也受到铁路沿线各界士

绅名流的广泛好评与欢迎。祝贺沪宁铁路的全体同仁有这样一位既有能力又和蔼可亲的新总办。这位新总办也是一位留美幼童。

当唐绍仪率领的中国考察团到美国时，日本特使高平（Takahira）也正在美国，而美国总统罗斯福支持日本在中国东北的特殊地位并达成协议。这让唐绍仪根本不可能完成此行的真正使命。

当唐绍仪等留美幼童出现在美国东部新英格兰地区时，刮起了一阵旋风，房东和老师还惦记着这些优秀的中国少年，如今以中国特使的身份出现在曾经学习和生活的地方，让他们备感骄傲。哥登尔先生专门租了一辆有轨电车，满怀喜悦地陪同唐绍仪及使团成员参观游览。唐绍仪虽然公务在身，还是专程去拜访了推切尔牧师和另一户寄宿过的家庭。

唐绍仪率领的大清使团做了一件文化传播的事——向美国政府图书馆赠送图书，交接手续办了三天。在中国大使馆，唐绍仪接见了40位中国留学生，一位在哥伦比亚大学主修国际法和外交的俊朗青年代表留学生致辞，他还是学校《中国学生月刊》的主编。唐绍仪记住了这个留学生，名字叫顾维钧（江苏嘉定今上海市人），十六岁时赴美留学，已经六年了。

容揆同年第二次到中国驻美使馆工作，历任译员、秘书。

国内，宪政改革正在进行，光绪三十四年八月初一（1908年8月27日），清政府决定师法日本，进行与明治维新一样的改革，出台了《钦定宪法大纲》。这部宪法大纲确认了君主立宪制的改革方向，由"君上大权"和"臣民权利义务"两部分构成，是中国第一部具有现代宪法意义的法律文件。《钦定宪法大纲》虽然对皇权作了限制，但依然是"大清帝国，万世一系，永永尊戴"；"君上神圣尊严，不可侵犯"。对人民依然以"臣民"相称，对所拥有的权利有了第一次的法律承认："臣民于法律范围以内，所有言论、著作、出版及集会、结社等事，均准其自由"，臣民的人身、财产、居住等权利均受法律保护。

《钦定宪法大纲》的诏书下达后，各地成立公会，地方官员、工商阶层是立宪运动的主要推动力。上海成立的是"预备立宪公会"，并组织了地方武装商团，江南机器制造总局提调李平书（名钟珏，号瑟斋，江苏宝山人）任总董，王一亭等人为董事。

《钦定宪法大纲》颁布仅79天，光绪帝于光绪三十四年十月二十一日酉时（1908年11月14日傍晚）在中南海瀛台涵元殿神秘死去。这位一心想维新强国的年轻皇帝最终也没有实现自己的政治理想，留下了说不尽的疑团。第二天，慈禧太后去世。大清帝国又一个幼儿——三岁的溥仪坐在龙椅上，成了当朝皇帝，来年正月初一改年号宣统，其父二十五岁的醇亲王载沣摄政监国。大清王朝又一次上演进关时的亲王摄政、皇太后做主的保留剧目。

唐绍仪被美国驻奉天的领事、远东问题专家威拉德·司戴德（Willard Straight）称为"中国最智慧的人士之一"，但是这一次的美国之行他没有酣畅淋漓的喜悦，沉郁的面容和第二故乡热烈的气氛有点不相称。得知光绪帝的死讯，他为了避讳宣统小皇帝溥仪，致电清廷，宣布将自己的名字改为"唐绍怡"。

1908 年 12 月 31 日，美国正式通知中国："总统于 1908 年 12 月 28 日的实施法令中批示，赔款之退款从 1909 年 1 月 1 日开始。"中国政府从 1909 年起，逐年遣派留学生赴美学习，到 1940 年结束。中国向美国实际连本带息索回多赔付的庚款 1190 余万美元。根据中美双方的协议，清政府还应在北京设立一所留美生的预备学校（Training School），对出洋学生作留学前培训，美国人明恩溥参与工作。

载沣摄政监国同样也进行着政治清洗，首当其冲是袁世凯。载沣认为在戊戌变法中袁世凯有负于光绪皇帝，但是又有所忌惮，毕竟袁世凯握有兵权，考虑再三，接受了奕劻和张之洞"不杀"的请求，采取了一个温和的办法。光绪三十四年十二月十一日（1909 年 1 月 2 日），袁世凯和往常一样步履矫健地来到金殿，跪在"正大光明"匾下，听到摄政王载沣宣读的是这样一份圣旨：

醇亲王载沣

> 军机大臣、外务部尚书袁世凯，凤承先朝屡加擢用，朕御极后复予懋赏，正以其才可用，俾效驰驱，不意袁世凯现患足疾，步履维艰，难胜职任，袁世凯着即开缺回籍养疴，以示体恤之至意。钦此。

当时有一句话："朝有大政，每由军机处问诸北洋（袁世凯）"，但是权倾一时的袁世凯瞬间就被载沣以体恤老臣为名削去权柄，罢官回家。这当头一棒，可能在慈禧太后去世的时候他就想到了，离开北京的府邸时，只有张之洞前去告别，在正阳门东火车站，送他的是学者杨度和严修。这才是读书人的风骨。

外务部右侍郎梁敦彦第二天署理外务部会办大臣兼尚书，宣统元年正月初二（1909年1月23日）实授，是留美幼童中的又一位尚书。

正月十一（2月1日），大清国在上海第一次召开了一个国际性会议——"万国禁烟大会"。外滩19号具有晚期欧洲宫廷风格的汇中饭店（今和平饭店南楼）聚集了中、美、英、法、德等十三个国家的代表，共同商讨关系全球的大事——禁止烟毒。这次中国不再是孤军奋战，而是联合了十来个国家，形成一个从源头遏制长久合作的国际组织。中国代表团由十人组成，两江总督南洋大臣端方为代表大臣；刘玉麟以外务部首席专员参加会议，他于1905年任中国驻南非洲总领事及直隶候补道；唐国安、徐华清为专员。

会上，唐国安凭借丰富的学识、娴熟的英语，与英国、荷兰代表进行正面的交锋评驳，还代表中国向大会提交了四条提案。他用英语演讲，开宗明义，指出："吸食鸦片是我们国家所必须面对的最紧急的道德问题和经济问题。"接着说明了中国政府对禁烟的态度，"中国受害极深，较之于列强诸国，我方对本会之成果尤为关切，此乃众所周知之事实"。演讲从烟民吸食鸦片所产生费用的损失，到吸食者无法从事劳作的二次损失，来计算吸食鸦片给中国带来的经济损失。"这种经济上的损失不但影响了中国，而且还影响到全世界的先进国家"，"我意已决，务除此祸"。唐国安以声情并茂的语言和翔实客观的数据分析，对这次会议提出希望，"我们深信，倘若文明列国与我方携手合作，我中华之国必能迅速根绝此祸。"最后，以孔子的"己所不欲，勿施于人"及《圣经》里的"爱你的邻人，如爱自己一样"作为演说的结束语，与会的各国代表信服不已。《申报》说，是"一篇有说服力的演讲"，《字林西报》评价为"一份杰出的、逻辑性很强的报告"，对唐国安本人称作"用英文自办日报的先驱，保障国权的楷模"。这次会议在世界禁毒史上留下了光辉的一页，通过了各国应防止鸦片运往禁烟国家、有关各国应配合中国政府禁烟等九条决议。

借这次大会，中国成立了世界禁烟协会，上海也有了相应的分支机构。全国自上而下地开展禁止烟毒的运动，国家间的禁毒联合行动也从此展开，有多名留美幼童先后参与禁毒工作。

唐绍怡继续率领着考察团对美国欧洲八国的政治、财政进行考察。张康仁随团工作一段时间后，于1909年3月出任中国驻加拿大温哥华领事。

庚款游学　立宪预热

宣统元年五月（1909年6月），外务部和学部（张之洞主管）共同在北京筹建"游美学务处"（China Educational Bureau to the U.S.）及"游美肄业馆"（短训班）。地点是皇家园林——清华园。游美学务处总办是周自齐，范源廉（字静生，湖南湘阴人）和唐国安分别任会办。范源廉留学日本，是梁启超的门生，1906年回国后任学部候补主事，1908年升为员外郎。唐国安是从外务部调来的候补主事，主持游美学务处的日常工作，为"支全薪"帮办。张之洞此时病重，八月二十一日（1909年10月4日），奏请开去各项差缺，同日在白米斜街寓所（今北京西城区什刹海湖畔白米斜街11号院）去世。八月二十三日（10月6日），清廷谥以"文襄"。

清华园在康熙年间是熙春园的一部分，道光年间熙春园被分成东西两个园子，西边为"近春园"，东面依然叫"熙春园"。咸丰帝登基后将东边的熙春园赐名为"清华园"，并亲自书写"清华园"三个字。园内"工"字厅后面有一个水池，匾额上书"水木清华"四个字，典出晋谢叔源的《游西池》诗："景昃鸣禽集，水木湛清华"，概括出了这里的美景。"水木清华"的匾额两旁还有一副对联："槛外山光历春夏秋冬万千变幻都非凡景，窗中云影在东西南北去来澹荡洵是仙居"。

游美学务处成立后立即着手从全国招考庚款留学生，条件是除了通晓国文、英文外，还须"身体强健，性情纯正，相貌完全，身家清白"。第一次招考是在8月，630人应考，先考文科复试理科，考了七八天。最后放榜，榜上有名47人，其中有钟文耀的六弟钟文渶、邝国光的儿子邝煦堃、后来成为清华大学校长的梅贻琦。另外加三名贵胄子弟，共50人。

为了使学生出洋顺利，游美学务处在上海设立了一个办事机构，专门负责为留学生接洽学校、办理出国手续、准备船票、学习礼仪、发放生活费等工作，唐元湛被聘请担任这个工作，职务为"驻沪文采办委员"。他给学生们置办的服装是西装，而不是当年他们曾经穿的大清官学生服。唐元湛在寰球中国学生会为很多留学生办理过出国手续，这次为庚款留学生办理出国手续，心情绝对不一样，因为这是中国外交的一个胜利，终于对列强说了一声"NO"。这一声"NO"，虎口夺食，而他们——留美幼童正是以忠于祖国的赤诚之心和内政外交的非凡能力，从已经签署的不平等条约里扳回了本该属于中国的利益，改变了运行规则，使中国官派留学事业得以继续，对中国未来将产生影响。如同容闳当年，自觉担当重任，捅开一个缝隙，撑起一片天地。

清政府派出官员护送第一批庚款留学生，唐国安和钟文耀的三弟钟文鳌在其中，这期间学务处的工作由范源廉主持。唐元湛及在上海的相关人员一起送他们上船出洋。天蓝海蓝，让人神清气爽。汽笛一声长鸣，轮船起锚离开上海渐渐远去。唐国安带着小留学生一路顺风顺水。线路正是36年前他们出国的线路：从上海港出海，抵日本滨换乘轮船，过太平洋，到美国旧金山登陆。中国政府设在美国华盛顿的"游美学生监督处"监督容揆已做好了一切。"老乡见老乡，两眼泪汪汪"，风霜雨雪异乡见面，令人感慨万端，所感慨的不仅仅是个人命运，还有时代的变革。为了能够对留学生因材施教，使之早日成才，容揆对他们重新考察，然后根据特长送往美国不同的大学。当然，这批留学生到美国后，第一个行动就是剪掉了辫子。

1909年第一批庚款留美学生，前排坐者自左至右：范源廉、周自齐、唐国安

1909年7月24日，美国东部新英格兰地区的《斯普林菲尔德共和报》用很亲近的语言介绍了唐国安在美国求学的经过，在被召回的那一年，他夺得了拉丁文作文奖。文章认为唐国安的出现是本土的教育成果："在居于附近的朋友的记忆中，他是一位出色的学生和有远大抱负的年轻人。如今，他已晋身为中国的公众人物，有关当年在北安普顿就读时对他前程的预测，在此得到了证实。"

北安普顿中学校刊自豪地刊发了校友唐国安在上海召开的万国禁烟大会上的演说，标题做得很吸引人：《中国与鸦片问题——唐国安的演讲 北安普顿中学毕业生阐述其同胞的苦难》，并概述了唐国安演讲的观点。

　　面对这一切，最激动的是一位中国老人，他就是容闳。定居美国后老人家依然关注着中国的教育，"自中日、日俄两次战争，中国学生陆续至美留学者，已达数百人。是1870年曾文正所植桃李，虽经蹂躏，不啻阅二十五年而枯株复生也。"岁月沧桑，世事多变，自己所开创的留学事业终究还是后继有人，感到欣慰。他曾经发誓"以西方之学术，灌输于中国，使中国日趋于文明富强之境"，他的学生继续践行。自传《My Life in China and America》记录了容闳的心路历程，1909年11月完成，直译是《我在中国和美国的生活》，而译者将其译为《西学东渐记》，传言达意，宣扬了这位先行者的理想，概括了其一生作为。在自序中容闳依然把自己最主要的事业定位在促成了幼童留学美国。

　　　　故续叙遣送幼童留美诸事，此盖为中国复兴希望之所系，亦即余苦心孤诣以从事者也。而不旋踵间，留学事务所竟被解散矣，百二十之留学幼童竟被撤回矣，余之事业其亦告终而已乎！所幸者，首批幼童中，有二三子坚忍不拔，勤奋精进，卒成经世之才，因其呼号援引，始得使中国学生复能万里来航研讨西学。中国之强，或在兹乎！

　　按照国家的需要，庚款的第一批学生大多学习化工、机械、土木、冶金及农、商等专业。学生到学校报到后容揆和唐国安又一起到各校考察留学生的学习和生活情况，看到校方在教学、管理等方面都安排得很合适，"诸生皆安心学习"后，唐国安才回国，容揆负责照料、管理留学生工作。

　　庚款留学计划实施，是中美两国又一次的教育合作。美国的媒体在关注庚款留学计划的同时也关注着实施这个计划过程中的人、关注着容闳当年主持的幼童留学美国的教育成果，不断有报纸杂志对他们进行报道，对唐元湛报道如下：

中国驻美学生监督容揆

　　唐元湛阁下是清帝国在上海的中国电政总局总办，阁下是最初的120名留学生之一，1880年在耶鲁大学（应是哥伦比亚大学 -- 作者注）就读。现在是上海的代理，为所有来美国接受教育的学生办签证。

　　唐元湛同时还以中国民族工商业和金融业代表的身份成为上海美国商业协会唯一的中国籍会员。上海的美国商业协会位于风景优美的静安寺斜桥的地方，是中国田园环境中的几幢西式洋楼，别有一番风情，也格外引人注目，所以人们习惯地称它为"斜桥总会"，也叫"乡下总会"。这里树木苍翠，绿草茵茵，洋楼前的花圃里花朵艳丽，周边是宽敞的硬化地面，还有停车场。这里也是在上海的英、美籍上流社会人士休闲聚会的地方，通过社交活动，上海的中外资企业形成了较为密切的合作关系。

外国媒体对唐元湛的报道（唐越提供）

　　沪杭甬铁路筹集到资金后建设三年，于1909年9月全线通车，铁路中段是上虞站，这是舜的故乡，有着深厚的历史文化底蕴。列车从这里驶过，让江浙两省的人民无比自豪，他们团结一心挫败了英国的侵略势力，顶住了朝廷的压力，以自己的意愿完成了这条铁路的建设，标志着中国工商阶层走向自立自主。

　　相对于上海北站，沪杭甬铁路在上海的起点站叫"上海南站"，位于上海老城厢南面的繁华地带，阵阵汽笛给这块传统而古老的商业区带来了大工业文明的热闹，一派新气象。这个车站及沪杭甬铁路都是中国工商业者财富的积累，也是他们实业救国的具体行动。对此，总办钟文耀非常尊重，创造一切便利条件为广大旅客服务，并考虑以后在条件允许的情况下，将北站和南站接轨。沪杭甬铁路沿线直接架设双线电报线，一条是铁路通讯线，一条是中国电报总局的电报线。与沪杭甬铁路、电报线同时开通的，还有沪杭间的铁道邮路。这是一个伟大的开端，邮传部要将邮政权力从外国邮务司手中收回，从下决心变为行动。

端方还有一个愿望，要将出访考察立宪的心得以举办博览会的方式表达出来，向全世界展示大清帝国的繁荣，也想在国内各省之间形成对比和竞争的阵势，激励经济落后的地方奋力追赶。他酝酿在江宁（南京）举办博览会，以激励国人实业兴国的信心并希望得到江浙一带上层绅商的响应与支持。

这期间中国还对日本说了一声"NO"，将龙旗插上了东沙岛。东沙、西沙群岛是中国南海第一门户，战略位置重要，物产丰富。1907年日本用驱逐舰满载着移民和军火，侵占了东沙广达5000平方公里的海域。两江总督端方首先得到了消息，向外务部报告的同时也电告两广总督张人骏，强调东沙"确是中国之地，不可置之不问"，并开始搜集资料，寻找依据，为收回东沙做准备。

宣统元年（1909）过完新年，身为南洋海军副将的吴敬荣率飞鹰舰远航东沙，确认此岛已被日本人强占，拍回了照片作为证据。初夏，他又以大清特遣舰队司令身份率飞鹰舰和一艘海关巡逻艇再度远航取证，并巡视了西沙群岛，回来后建议政府向所有可居住的南海岛屿尽快移民。

清政府反应敏捷，尊重民意，与日本谈判据理力争，迫使他们在东沙问题上放手。1909年11月9日，飘扬着大清海军军旗的南洋海军广海舰驶进东沙岛，全副武装的官兵注目敬礼，在21响的最高军礼礼炮中，将一面鲜艳的大清黄龙旗升起在东沙的上空，降下了日本太阳旗。从此，中国士兵开始武装镇守东沙及南海诸岛。

甲午年，北洋水师的丧失是中国海军建设的一大挫折，又经庚子事变，北方诸海军基地相继失去。这一年，清政府决定加强海军并建立参谋机制，成立海军处，将残余的水师战舰统一重编成巡洋和长江两舰队。

载沣迎合立宪的潮流，继续着光绪帝的政治体制改革，1909年9月，全国除新疆外各省都设立了具有地方议会形式的咨议局，并于10月14日同时召开第一次常年会。按照选举章程，选出的议员既有读书人，也要有从政者和热心地方公益事业的人。张謇在政界、实业界都有着深厚的影响和人脉，当选为江苏省咨议局局长，沈嘉树以留学生的身份成为江苏省咨议局第一届议员。有产阶级进入咨议局，讨论"地方应兴应革事宜"，"指陈通省利病，筹计地方治安，并为资政院储才之阶。"如英国《泰晤士报》记者莫里循所说："良知和礼节是首次各省咨议局开会的特点。"

实业家、立宪派人士张謇

各省的立宪派利用谘议局这个平台进一步宣传立宪主张，而且势力越来越大，在南方的一些省份以"地方自治"为内容的地方政治改革蓬勃兴起，广东成立了"地方自治研究社"，公推唐绍怡、梁敦彦为名誉社长。

外务部右丞梁如浩于九月二十五日（11月7日）被"病免"，任此职一年零三个月。

经过一年的建设，清政府责成学部筹建的"京师图书馆"于这一年在什刹海的广化寺建成，其他省份纷纷效仿，办起了公共图书馆。清政府又颁布《京师及各省图书馆通行章程》，规定"图书馆之设，所以保存国粹，造就通才，以备硕学专家研究学艺、学生士子检阅考证之用"。虽然读者进图书馆要花钱购票，但是国家毕竟有了图书馆及专业化管理。几经搬迁，名称也由"京师图书馆"改为后来的"北京图书馆"，现在称为"国家图书馆"。

各自领域　成绩斐然

宣统元年十二月（1910年元月），由各督抚保举、清政府派大臣与学部核定，授予一批留学生为进士，以表彰建有功绩的归国留学生。报纸上刊登了这批"洋进士"的名单，工科进士有詹天佑、魏瀚、李维格、郑清濂、邝荣光、吴仰曾、杨廉臣；文科进士有严复、辜汤生、伍光建、王邵廉；法科进士是张康仁。

共十二名洋进士，留美幼童占四名。邝荣光先后任唐山开平矿务局、湖南湘潭、直隶临城等多地煤矿的总工程师或总办，是直隶矿务议员、候选道员。他任临城煤矿总工程司两年后主副井于1907年先后建成投产，因其煤质优良，成为我国近代七大煤矿之一。1909年，他两次奉清政府之命，到辽宁本溪勘察煤炭资源，为国家矿产主权与日本方面据理力争，针锋相对。获洋进士的当年5月又去了辽宁本溪，和日本方面作了一番斗争，为中国争回了本溪煤矿的一半矿权。

工科进士邝荣光

邝荣光在繁重的工作同时还进行科研，对华北地区地质矿产做了大量调查，1910年绘制完成了《直隶地质图》《直隶矿产图》《直隶石层古迹（化石）图》。《直隶地质图》登载于中国地学会（邝荣光为首批会员）出版的《地学杂志》第一期，是目前为止已知的中国人自己绘制的最早的矿产分布彩色地质图。图长 36 厘米，宽 24 厘米，着色。比例尺为 1：250 万。图上标注的地层自下而上分为太古代、寒武纪、石炭纪、侏罗纪，清晰易懂，也表明邝荣光已经具备现代地质学思想，并能把这种理论移植到中国地质学中。地质图上还标注了城市位置、水系、铁路，但没有标注构造等地质现象。《直隶矿产图》发表于《地学杂志》第二期，明确标示了直隶地区金、银、铅、铜、铁和煤的分布。《直隶石层古迹（化石）图》发表在《地学杂志》三至四期，通过化石标本揭示了直隶地区古生物的分布状况。这幅图也被认为是中国第一幅古生物图，开创了中国古生物学研究的先河。图中绘有三叶虫、石芦叶、鱼鳞树、凤尾草、蛤、螺、珊瑚、沙毂棕树叶共八种化石的分布情况。邝荣光尽管不是古生物学者，但对古生物特征描绘得相当准确，几乎可以鉴定到属。这些宝贵的地质和矿产资料

中国第一幅区域地质图
《直隶地质图》

是对中国地质学、冶金学及古生物研究的重要贡献，对中国地质学的形成具有开创性的影响。

吴仰曾受朝廷赏二品衔顶戴花翎，兼任鸡鸣山煤矿总办、分省补用直隶庚山道。他精于数理化，通晓采矿工艺，编有《化学新编》。

曾是北洋水师济远舰鱼雷大副的邝炳光也是一位出色的地质专家，甲午战争后他到了汉阳铁厂，任汉阳兵工厂评审，之后专门从事地质矿业，足迹遍及直隶、山东、湖北等地，著有《金银冶金学》一书。他和吴仰曾的著作体现出中国地质专家在消化引进西方先进科学技术的同时，通过自己的实践，让中国的地质冶矿学科有了现代科学思想的萌芽，这是一个质的飞跃。

清政府与英、德资本集团于光绪三十四年（1908）签订了借款合同，兴建津浦（天津至江苏浦口）铁路，同时在北京设立津浦铁路总公所，这条铁路聚集了众多的留美幼童。罗国瑞因为与上司不和而辞去浙江铁路总工程司的职位，到津浦铁路任南段铁路总办。曾去朝鲜做税务工作的林沛泉回国后在京奉铁路任车务处处长，又做津浦铁

路财务主任。第二年，津浦铁路在天津河北大经路厚德里成立北段总局，负责天津至山东峄县一段工程，曾笃恭从事行政工作，他在四年前担任耶鲁大学中国校友会副会长，帮助编译校友会目录。黄仲良在沪宁铁路任总办一年多，于 1909 年 12 月 4 日到津浦铁路南段任会办兼南段机车总管。

罗国瑞作为津浦铁路南段总办是尽职的管理人才，但是，有着"中西合璧之人格"的他缺乏在中国官场上的圆滑，不徇私情，因为严正抵制英总工程师的越权要求，揭露其放纵助手"挟同日妓舟车避暑"、耽误工期等劣迹，并坚持我方工程人事安排的自主权，招致妒恨。有人匿名举报罗国瑞"昏庸怠惰，舞弊营私"，称"罗国瑞嗜好（抽鸦片）甚深，开工以来仅随帮办孙宝琦到工一次"，又称他几乎不到办公室，公文均由秘书处理。邮传部右丞李经楚到现场"按照所参各节确切彻查"。

李经楚是李鸿章的侄子，重视留学生并不存在政治偏见。他调查后写成《查明津浦南段总办舞弊营私各款据实覆陈折》，澄清了一些人对罗国瑞的诬告。说罗国瑞"向无嗜好"；实际上"洋员与该道（罗国瑞）直接商办事件甚多，他人不能代理"。李经楚此折长达数千字，为罗国瑞一一辩白，认为他没有舞弊营私之实，但也认为他"统率华、洋人员驾驭无方，且与地方绅士诸多隔阂，实属不能胜任"。就这样，罗国瑞被调离南段总办一职。与官场的"隔阂"，注定了他虽有满腹才华，却不能尽用的悲剧命运，因为过于"破除情面"被人妒恨，遭停职。适逢邮传部于宣统二年另有建筑滇桂铁路之议，他再次身负重任前往勘测路线。

周万鹏任邮传部上海电政局总办后使中国电信第一次在国际上有了话语权。1908年，他代表中国政府去葡萄牙首都里斯本参加"万国电报公约"大会，是中国参加国际电联活动的第一人，会议期间他意识到要想使我国电政不受制于外人，必须像西方各国一样，具有统一的电报政策与技术规范，会后赴欧洲各国考察电政，回国后编辑了《万国电报通例》一书，使我国电政得以统一，为我国电报技术标准化以及与国际电报业接轨作出了重要贡献。他还对国内的电信设备更新换代，将各电报局收发电报的莫尔斯机全部改换成新式的韦斯敦机，提高了工作效率，也让中国电讯设备提高了一个等级。他的另一个行动是限制外商、创建自己的无线电台。1909年 11 月，邮传部上海电政局将英国人私自设立在汇中旅馆的长波火花式无线电收发报机收购为国有，移设于外滩 8 号的上海电报局楼上，定名为上海三等无线电报局（也称外滩电台），开办船舶电报业务，对外呼号是 SNG（后改为 XSH）。虽然这个无线电报局只服务于公共事业，但它标致着中国电讯业有了"质"的飞跃，从有线迈向了无线。

让人意外的是留美幼童中最早去美国的外交官陆永泉于 1909 年 7 月 31 日在办公室遇刺身亡,为国家外交事业献出了生命。他安葬在康州华盛顿绿地公墓(Washington Green Cemetery),靠近在美国读书时所寄宿的家庭理查兹夫人(Julia Leavitt Richards)的墓。苏锐钊这一两年调动有点频繁,他于 1909 年从小吕宋总领事任上调回国,到两广总督广东洋务局担任交涉局副局长,没多久又去了美国,任大清国驻美使馆三等翻译官,第二年被任命为大清国驻美国旧金山总领事,但未赴任,后任大清国驻新加坡总领事。

负责海关税务工作的唐元湛再一次将目光投向外滩的建筑,进入 20 世纪,外滩的外国银行又是新一轮的翻修,数量也有所增加。1901 年,沙俄的道胜银行新建大楼,新古典派文艺复兴风格,三层砖石钢筋混凝土结构,天然石料堆砌,外墙以白色瓷砖作装饰,室内是意大利彩色地砖铺垫,设有电梯,其豪华程度为上海之最。20 号是比利时的华比银行,建于 1902 年。21 号是荷兰的喡嘲银行,建于 1903 年。美国花旗银行(National City Bank of New York)1902 年在上海设立分行时,外滩已经没有余地,行址选在俗称"二马路"的九江路 A 字 1 号。很快,九江路东段成了外资银行和洋行的又一个集中地,有了"东方华尔街"之称。

上海有了户部银行分行、邮传部的交通银行后,南方的一些省份出现了省办银行,有的是总行在上海,有的是分行在上海,也有把总行从别处移进上海的,浙江兴业银行就在上海。民营银行在中国大地上破土而出,上海有浚川源银行、信义银行、裕商银行、虞洽卿为协理的四明银行。上海南市大东门外一家叫"信成银行"的商业银行也在开张营业,这是孙中山领导的同盟会以民营商业银行为掩护,为准备武装起义做财政方面的筹划。外滩 6 号的中国通商银行于 1906 年在原址翻新重建,由英商玛礼逊洋行设计,哥特式风格,市政厅样式,四层楼,高大挺拔。上海成了中国金融中心,而且在 20 世纪前后几十年的时间内,是世界第三位黄金交易场所,仅次于伦敦和纽约。

清朝是银本位制,硬通货为银两,黄金储备对整个国家都至关重要,也是银行实力的根本体现。上海比其他城市更早地体验过金融风波的危害,所以唐元湛做金融工作不能不考虑国家的黄金储备,用传统买和卖的手段显然在银行众多的上海难拔头筹,最直接的方法就是进行黄金开采,但是上海附近没有金矿,先进的开采技术又是不可或缺,这一切还真让人颇费脑筋。奉天城海龙府的香炉盆、海仁社一带探明了金矿后，唐元湛心中也酝酿成熟了一个联合生产黄金的计划：以洋务企业相互的关系，采取横向联合的方式，直接与技术部门、金矿形成一个黄金生产共同体，利益共享。在技术上选择与谁合作，不仅要看实力，还要考虑交通运输便利快捷、安全可靠。他必须亲自去考察。

一直生活在南方的唐元湛不顾北方的严寒，一次次北上，全面考察。他考察完奉天的金矿，和奉天劝业道赵鸿猷达成了共同开采金矿的意向，又怀着复杂的心情来到唐山。袁世凯多方交涉见收回开平矿务局无望，又和天津官绅联合，于1907年挨着开平煤矿办起滦州煤矿，算盘打得不错，先和开平竞争，然后再把它吞并。但是袁世凯主办的民族企业滦州煤矿斗不过"中英美矿务公司"的总理英籍犹太人那森。这个那森，精明狡猾、工于心计，在英国财团的大力支持下，随意控制煤价，一步步地打击滦州煤矿反而要吞并他们，手段毒辣，让滦州煤矿难以招架，变得负债累累。

残酷的现实让唐元湛左右为难，到底选择谁为合作伙伴？同学的手足之情，民族企业的相互扶持，工商业者的情感，都要仔细权衡、掂量。黄金生产事关重大，不能有任何闪失，通过对技术、设备、人员的全面考察，最后他还是决定和"中英美矿务公司"合作，这让他很伤感也很无奈，对所谓"同光中兴"又有了新的认识。像开平矿务局，自己辛辛苦苦建起来的产业都守不住，还能守住什么呢？"皮之不存，毛将焉附？"

不管怎样，唐元湛还是属于在世一日勤业一日的人，他与"中英美矿务公司"商谈好技术合作之事，又和矿务公司负责技术的柯敦一同去了奉天，与奉天劝业道赵鸿猷商讨联合开采黄金事宜。因为涉及外国人，合作要得到外务部的批准。奉天劝业道赵鸿猷正式向外务部呈送报告，说明唐元湛联合英美商人在奉天海龙府香炉盆、海仁社开采金矿事宜。报告很快得到了外务部的批准，开采时间暂定为一年。宣统元年十一月二十七日（1910年1月8日），唐元湛和中英美矿务公司代表柯敦与奉天劝业道赵鸿猷在奉天城订立了《海龙府金矿合同》，共二十六款。合同规定：双方在海龙府的香炉盆、海仁社开办金矿，以二十平方里为限；公司出资金，劝业道赵鸿猷为监督；双方组成奉天海龙府香炉盆、海仁社金矿有限总公司，各派董事两人，负责总公司一切事务。生产出来的黄金按合同所定比例分成。

但是在1910年11月，哈尔滨发生大规模急性传染病——鼠疫，死亡率极高。生产黄金的事只好暂缓。从哈尔滨江关道升任为外务部右丞只两个月的施肇基举荐留学英国和法国并获双博士学位的伍连德前去调查和控制疫情。年仅三十一岁的伍连德任东三省防鼠疫全权总医官，施肇基做坚强后盾，创造一切条件让他放手消灭鼠疫。临危受命的伍连德不辱使命，消灭了鼠疫并由此建起了中国的公共防疫体系。

梁诚驻外公使任期满回国后到粤汉铁路总公司当总理，与美国合兴公司交涉，废除先期债权，赎回了筑路权，粤汉铁路总公司改为商办。他被清政府授予内阁侍读学士，又于宣统二年二月十一日（1910年3月21日）任清政府出使德国大臣。在此期间，粤汉铁路公司开股东会，选举总理、董事等，詹天佑得票最多，黄仲良位居第三，詹天佑任粤汉铁路公司总理兼总工程师，黄仲良任会办。

东三省防鼠疫总医官伍连德博士

刘玉麟以外务部记名丞参旋授右丞，正三品，于八月十四日（9月17日）接任李经方为大清国出使英国大臣。

1909年周长龄任锦新营口兵备道兼山海关监督，勤政爱民，甚获口碑。

第九章

新生力量　居功至伟

1909 年詹天佑（右三）和同事在京张铁路合影

京张铁路　开山之作

　　沪宁、沪杭甬铁路通车后从北方又传来了令留美同学骄傲的消息，宣统元年八月十九日（1909 年 10 月 2 日），詹天佑设计并负责施工的从北京到张家口的铁路举行盛大的通车典礼。比沪宁铁路更进步的是没有借外债，用的是关内外铁路的盈利；没有用洋人技师，各工种负责的全部是自己的工程司。在四年多的建设中，从事铁路、矿业和电报方面的留美同学给予詹天佑理解和支持，所以，这条铁路的意义当年的留美幼童最能体会。

　　从北京偏西北越过长城是张家口，再向西北，到达蒙古的恰克图（今蒙古国乌兰巴托）。张家口是北京到蒙古的要冲，同时又是北方丝绸之路的起点，其军事、经济、政治意义不言而喻。修建北京到张家口的铁路计划曾多次提上清政府的议事日程，光绪三十一年四月（1905 年 5 月）清政府驳回三名华商招股集资建造京张铁路的申请，批准了袁世凯和胡燏棻的计划，"提拨关内外铁路余利，自建京张铁路"。直隶总督袁世凯兼"督办关内外铁路事宜"，胡燏棻是会办，在天津河北新马路贾家大桥桥畔成立了"官办京张铁路局"（Imperial Peking-Kalgan Railway），任命候补道员陈昭常为总办，詹天佑为会办兼总工程司。

　　因为梁如浩的经营，关内外铁路以自身的盈利解决了京张铁路的建设资金，奠定了京张铁路"自主"的基础，功莫大焉。铁路的起点是北京丰台，与关内外铁路接轨，在京城西直门设车站，由此向西北延伸，经沙河、南口、居庸关、八达岭、怀来、沙城、鸡鸣驿、宣化到

铁路要翻山越岭穿过长城才能进入张家口

张家口。从这些地名就可以想象出这条铁路的重要性，这个方向横亘着太行山山脉的西山和燕山山脉的军都山，地形复杂，山势陡峭，河深滩险，尤其是居庸关、八达岭一带本身就是险峻的关隘，要在这里开凿隧道修铁路，施工难度在当时是世界罕见。

英国和俄国都想借这条铁路挟制中国，坚持要派自己的人任总工程师，他们相争不下，同时又认定"修建这条铁路的中国人还未出世"，于是形成默契：如果清廷不用洋匠、不用外债，那就等着在工程无法继续的时候让中国人来求他们。当外国工程师知道是由詹天佑担任这条铁路的总工程司后，顿时恼羞成怒，进行攻击，竟因为他有过福州船政学堂的学习工作经历而说出这样的话：现在还没有任何一个中国工程司是从"船上毕业"的。

针对个人的讥笑詹天佑能做到泰然处之，但对"中国工程司"这样的称号，他内心涌动的是强烈的民族自尊心，在给美国的老师诺索布夫人的信中表达了自己的心情："许多外国人公开宣称中国工程师不可能担任如此艰巨的铁路工程……但我不顾一切，坚持进行工作。"他准备破釜沉舟，背水一战。一个铁路工程司能够有机会为自己的祖国修建铁路是最大的幸运，历史选择了他。

詹天佑尚未得到朝廷的正式任命，于光绪三十一年四月初一（1905年5月4日）接到袁世凯的通知：京张铁路开测。詹天佑三天后从天津赶到北京，带着三个年轻人背着标杆和经纬仪，来到丰台，徐士远和张鸿诰是刚毕业于山海关铁路学堂的学员，另一个是他的留美同学梁普照的儿子梁启英，邮传部上海高等实业学堂学生，正在实习。梁启英能够跟随詹天佑工作非常自豪，从父辈口中知道詹天佑的学识和人品。

詹天佑是一位富有才情的铁路工程师，到了丰台又一次被眼前"丰台十八村"的美景陶醉。这里是古老的永定河冲击出来的京郊沃土，从金代达官贵人就看中了这里的明媚风光，纷纷构筑亭台楼阁，养花之风也随之兴起。丰宜门外西南七里，有个金代帝王行拜天礼的处所，叫"拜郊台"，相当于明清时的天坛，"丰台"的地名由"丰宜门外拜郊台"而得。1895年，天津至芦沟桥的铁路从这里通过，建起了丰台站。独特的地理环境点拨了设计者的构思，将丰台站设计得古香古色，站台上数十根柱子撑起回廊般的风雨棚，很像古时驿站，又似送亲朋远行的长亭。与"丰台十八村"的美景相得益彰。新的使命，让詹天佑充满豪情，胸怀万里河山，铺设钢铁大道。作为一个铁路总工程司，他考虑的绝不仅仅是两根钢轨上跑趟火车这么简单的问题，铁路建设完成后运营的主要工种车务、机务、工务、通讯信号、车辆的综合应用，以及列车运行后的维修养护都要同时规划，职工培训和技术引进也要提前进行。

"千里之行始于足下"，詹天佑将第一个测点选择在柳村，当他郑重地立好经纬仪，学生们拿着标杆向前跑去开始为京张铁路测量选线时，中国的铁路事业开始了奠基，中国人自己的铁路总工程司也将载入史册。

詹天佑决定利用从关内外铁路引出到万寿山的支线，四月初七（5月10日），他的日记第一句话是："由丰台开始，重新勘测通往万寿山方向的路线。"

从丰台过彰仪门（今广安门）、平则门（今阜成门）、西直门，经沙河镇向南口，这一段地势平坦，他们测量得很顺利，而从南口到关沟一段就变得艰难了。南口位于军都山隘道——军都胫之南端，因为军都山隘道是一条南北长20多公里的沟谷，当地人称之为"关沟"，是太行山山脉和燕山山脉的界沟，沟壑两边峭壁嶙峋，元人有诗描写其险峻：

> 断崖万仞如削铁，飞鸟不度苍石裂。
>
> 满山枯木无碧柯，六月天阴飞急雪。

在天险雄关中修铁路，本身就是在打破一个千百年的神话，定点测量如同登天。詹天佑是总工程司，所有的工作都是亲历亲为，白天和年轻人一样，攀爬在层峦叠嶂、石峭弯多的山崖间精心勘测；晚上就住在当地老乡家，伏在油灯下反复思考，绘图设计。如何选择一条通过关沟的越岭之路，令人颇费心思，终于，他在图纸的南口段旁边画了一个又一个圈，要在这里建机车车辆机械厂、材料厂、职工学校……

与此同时，受聘于关内外铁路的英籍总工程师金达也在为自己能够担任京张铁路总工程师做准备，而且志在必得。当他知道曾在自己手下工作多年的詹天佑担任此职后，就从唐山赶到北京，一路上以打猎为名向张家口作实地勘察。不过十年前在架设滦河铁路大桥的时候，詹天佑就已经和他分出了高下。

金达对全线作了勘察之后，觉到自己胜算过半，因为詹天佑尚没有拿到朝廷的正式任命，而直隶总督袁世凯一直都很信任自己。从张家口回北京，他在长城的居庸关等着自己当年的部下，见面后直言相告：南口至岔道城之间的线路其困难程度大大超出料想，中国人不能够承担开挖山洞的工程。理由简单但很充分：中国没有所需的机械设备。他劝这位年轻人最好顺势而退。

詹天佑的回答很明确也很简单：袁总督已奏明皇上，不使用外国人。开弓没有回头箭，詹天佑所要跨越的，不仅仅是崇山峻岭，还有中外不同心理的人对他发出的责难和攻击，对他形成的压力。

金达就认定詹天佑跨不过去这重重阻碍,他和英国、俄国公使的态度一样:等待,等待中国人在没有办法的时候去求他们。他们盘算得不错,修铁路需要资金,需要技术,需要设备,而这一切他们都优于中国。但是他们不懂得中华民族悠久的文化,所以,怎么也算不出中国铁路工程师强烈的民族自尊心。詹天佑内心深处早就有这样的呼喊:"我国地大物博,而于一路之工,必须借重外人,引以为耻!"这关系民族尊严,"我将全力以赴"。

詹天佑和三个助手仅用了23天的时间,通过了一个个关口,测量到了张家口。他留下了这样的记载:

> 由丰台之柳村,趋东而北,沿都城,越清河,抵南口,穿八达岭,出岔道城,跨怀来、宣化,以达张家口,延袤三百六十里。其中层峦叠嶂,盘路峭石实居全路十分之一,境险工艰,以及曲线坡度各作法,胥载本略。
>
> 遍考各行省已修之路,以此为最难,即泰西铁路诸书,亦视此等工程至为艰巨。

在从张家口返回测量的路途中,詹天佑正式拿到了朝廷的任命书,京张铁路总工程司兼会办。到京后,他绘制测量线路图,撰写报告(附平面图),详列所需工具和备品计划表,编制铁路预算,两次向袁世凯作相关情况汇报,获得赞许。都知道修建京张铁路艰难,但坚持自己完成,可见是上下同心。关内外铁路总办梁如浩和沪宁铁路总办钟文耀都给予大力支持,特别是梁如浩在保证京张铁路资金运转的同时还提供人才输入,一同完成这举世瞩目的铁路工程。留美同学邝景扬、工程司陈西林、沈琪、俞人凤、柴俊畴等都是从关内外铁路来到京张铁路当工程司的。

詹天佑他们一共测了三条线,最后选定了通过关沟的这条线,比外国工程师所选线路在隧道工程上可减少两公里多。有人建议铺窄轨,詹天佑不同意,坚持使用1435毫米的标准轨距。他高瞻远瞩,从铁路的未来发展提出了这样的观点:"中国应当有统一的轨距,标准轨距。这是外国在经历过许多困难过程以后,总结出的一个正确的方向。"而且一定要建造一条上乘的铁路,他从怡和洋行定购美国松木做枕木料;采购启新公司产的马牌洋灰并进口德国洋灰;租借土地建材料厂;协调各方关系,仅两个月就向国内外发信21封。京张铁路工程局设在北京阜成门外,詹天佑就将家安在工程局内,以节省另行购买住房的费用,自己也能靠前指挥。

整个线路工程分三段，第一段是从丰台至南口。光绪三十一年九月初四（1905年10月2日）插标动工，修筑路基，起点是丰台柳村。12月，进入冬季的北京郊区比都城还要寒冷一些，旷野上白雪皑皑，而丰台新筑成的铁路路基则以土壤的本色隆起于地面，穿透苍茫一片的旷野向前延伸。12日是京张铁路开工后具有纪念意义的一天，开始铺轨。詹天佑内心兴奋，但从外表看还是像平常一样，冷静而严肃。这天，他的日记这样写：

> 铺轨工作开始，与陈（西林）工程司同去丰台主持开工。我打入第一颗道钉，位于第三根枕木右轨外侧，陈工程司打入对面钢轨外侧道钉。因为我们没有机车和车辆运送钢轨，只好用线路摇车以人力推送轨料到轨道尽头。铺轨的价格，包括从车上卸轨料和运送就位，每英尺为0.19元，价格非常低廉，是个合适的合同。架设临时便桥的合同价格是每根木料0.10元，枕木铺设每根0.01元。所有木工作业均由铁路自办。

1906年初，袁世凯在奏折中，对梁如浩接收关内外铁路之后的工作大加称赞：

> 经该局总办道员梁如浩等，督率华、洋员司切实经营，洪纤毕举，遇事殚心筹划，设法招徕，使全路一千五百余里商货灌输，贸易往来日见兴盛，所收车脚进款，顿形畅旺。除一切开支及按月摊还借款本息外，约共结余银一百八十余万两。

这期间，粤汉铁路有限公司成立，恳请詹天佑返回广东，主持该工程。詹天佑难以离开京张工地，便力荐邝景扬代替自己出任粤汉铁路总工程师。光绪三十二年五月二十二日（1906年7月13日），胡燏棻上《道员詹天佑请仍留京张路工片》，说明了修筑京张铁路的艰难及意义，还有让詹天佑暂不要去粤路仍留京张的请求。

铁路工程司邝景扬

群英荟萃 履险如夷

京张铁路第一段工程于光绪三十二年八月十三日（1906 年 9 月 30 日）竣工，这是中国铁路建设摆脱洋人干预，独立自主的一个起点。詹天佑在丰台至南口间先行通车并办理运输，以早日获利。开行的列车每趟挂十四节车厢，人们进出张家口就要少走一段路程了。通车典礼在南口举行，会场上搭起了一个大席棚，胡燏棻和主持路政的唐绍仪参加了通车典礼，中外来宾有四百八十多人。詹天佑无论做什么事都是注重细节，特意从天津利顺德饭店定制了西式茶点和中式正餐，以飨来宾。又把报纸上的有关报道剪辑寄给在美国的梁诚，以分享成果。之后，他将妻子和孩子送到天津小住。

京张铁路开通一段运营一段。在詹天佑的主持下，客、货票价及行车规章出台，铁路运营走上正规。为了能够对施工靠前指挥，他又搬到了南口。光绪三十三年四月二十六日（1907 年 6 月 6 日）经袁世凯奏请，詹天佑升任为京张铁路总办兼总工程司，前任总办陈昭常调任吉林巡抚，调来关冕钧为会办。这一年关内外铁路通车奉天，京奉相连，詹天佑非常高兴，因为他的铁路工程师生涯正是从这条路开始。

十几年的铁路工作，詹天佑被公认为"中国最佳工程师"（The Foremost Chinese Engineer），因为京张铁路的特殊意义，中国人和外国人都注视着他的工作。詹天佑在给美国房东诺索布夫人的信中表达了他的责任和内心的压力："所有的中国人和外国人都在密切注视我的工作，如果我失败了，那就不仅是我个人的不幸，而是所有的中国工程司和中国人的不幸。因为中国工程司们将不会再被人们信赖！"

第二段工程是南口至岔道城，其中关沟段是整个线路中最艰巨的一段工程，原计划是开凿三个隧道，五桂头隧道、石佛寺隧道、八达岭隧道。在定测线路时，詹天佑以博大的人文意识作出决定，避免拆毁居庸关长城，同时避免拆迁关城附近的农舍。从铁路工程考虑，这个决定也能够减少取土修筑路基的困难，将线路改行关东山麓，因此增加一座居庸关隧道，全线为四座隧道。居庸关有"天下第一雄关"之称，得名始于秦代。有南北两个关口，南名"南口"，北称"居庸关"。燕国时已成为军事要隘，汉代颇具规模，此后历唐、辽、金、元数朝，居庸峡谷都有关城之设。成吉思汗灭金即入此关，所存关口建于明洪武年间。但是修铁路，居庸关隧道就成了全线最大的工程。

京张铁路的工程很复杂，八达岭一段是全线最艰难的工程。这里峭壁连连，峰险谷深，自古就是天险，长城上的关城，是南口关沟段的最高点，被称为"北门锁钥"，可想地势之险峻。作为旅游景观倒是一处胜景，但是修铁路却是一道难题。

八达岭隧道有一公里多长，它的开凿成功创当时世界铁路工程之最：最长的铁路隧道。詹天佑在给友人的信中这样说："除去这些艰巨的山洞开挖工程以外，我们还须穿越山区，进行深挖高填以及修筑许多高桥。"仅是从南口到八达岭就有二十座桥梁，"又有四十五度之旋桥焉。此段工程，非有体力魄力，心灵手敏，莫克藏事"。

没有先进而精确的测量仪器，现状又是"山形起伏，不能取平，仅就山面挂线测度，而上阻长城，中隔山岭，了望难周，屡费踌躇"。詹天佑正视这些困难，同时还要考虑节省资金，他没有进口开凿隧道的机器设备，拒绝了日本机械工程商人的插手，巨大的工程全部用自己的力量。他又把住处搬到四座隧道中间的石佛寺村北坡的一个农民家里，白天盯在工地，及时解决问题，晚上又在油灯下思考计算，完成当天的工作日志。随着工程的进展，他还得考虑配备设备和人员进驻，未雨绸缪，及早以书信的方式和国内外有关人士商讨购进设备。自京张铁路开工，他每天都是如此，可想工作之艰巨。

詹天佑指挥四个隧道同时开凿，但是他当时开凿隧道的经验还不太多，临城煤矿的总工程师邝荣光给了他建设性的建议：针对不同的地层结构和长度采取不同的方法，对367米的居庸关隧道两头对凿，对长达1091米的八达岭隧道，除从两端对

居庸关山洞北口

凿外，还在中间开了两个竖井，将工人吊进井底再向两面开凿，同时开六个工作面，而且是轮班作业。詹天佑是第一个采用矿山炸药开凿隧道的铁路工程师，为了保证安全，他亲自掌握炮眼的分布、间隔、深度、装药量，同时最大可能地做劳动保护。因为没有压缩空气的机械设备控制地下水，也没有抽水机，遇到涌水，他还和工人一道挑桶排水。

在八达岭隧道施工接近尾声的时候，邮传部派专员对京张铁路视察，对詹天佑工作很满意，派任他为邮传部二等顾问官、二品衔。因此，詹天佑更加繁忙，他在安排京张铁路工作的同时，还得全面掌握其他地区铁路建设的情况，他调查了法国铁路公

司修建的芦汉铁路上的郑州黄河铁路大桥工程，审定了德国铁路公司设计的津浦铁路济南泺口黄河铁路大桥方案，验收了江苏沪嘉铁路工程。

八达岭隧道用了 18 个月的时间终于全线贯通。詹天佑给邮传部报捷：开通后"测见南北直线及水平高低，均幸未差秒黍"。在没有先进测量仪器和机械施工设备的条件下，他们精准地凿通了八达岭，喜悦之情溢于言表。青龙桥至八达岭隧道的工程是颜德庆具体负责，詹天佑很满意，认为对这位年轻的工程师来说，是个"良好成绩"。

京张铁路最有名的设计施工是从青龙桥到八达岭的"之"字形线路（又称"人"字形线）。千分之三十三的大坡道不仅是铁路工程的一个难题，也是铁路建成后运营管理的难题。如何让列车越过八达岭？经过各种方案的比对之后，詹天佑借鉴美国早期铁路建设的经验，确定了最后的方案：线路从石佛寺引上山，进入青龙桥东沟设站，不采用通常的螺旋式线路，而是做"之"字形折返，然后进入八达岭隧道。有了这样一个折返，线路虽然在山坡上多绕了十几公里，但省去了在青龙桥、鹞儿梁、九里寨三处开挖隧道的工程，同时升高了八达岭隧道，隧道长度由原来的 1828.8 米变为 1091 米，也解决了大坡道的问题。这个独具匠心的设计，是铁路穿越八达岭的最佳选择。

具体运营时詹天佑是这样安排的：列车从南口到青龙桥由美国进口的大马力机车提供动力，在青龙桥站也就是"之"字铁路的交叉点，列车头尾改变方向，牵引机车变成后推，前面再加一台机车作牵引，前后两台机车一同将列车送入八达岭隧道，时速是 30 公里，所需时间是 2 分 50 秒。

青龙桥车站西上下火车同时开行由南望景

列车出八达岭隧道之后行至响水堡与宣化之间的鹞儿梁山区，依然是重峦叠嶂，其险峻不亚于关沟，前人以"鹞儿梁"命名，寓意要越过此地须有鹞儿一样的凌空高翔的能力。詹天佑勇于创新，采取的方法是劈山填河，特制重型混凝土大方砖沉放在河边，再用六边形块体砌护路基边坡，让铁路穿过了鹞儿梁。

列车运行的时候，每节车厢之间都是由先进的自动车钩连接，十几节车厢就是一个牢固的整体，在大坡道的线路上爬坡或者下降，都很安全。为了提高安全系数，詹天佑还在南口至青龙桥间的各会让车站设置了保险岔道（deflecting track）引出安全线、避难线，以防列车失控溜逸造成重大事故。在设备上保证安全的同时，詹天佑还在行车管理上对机务、车务的工作人员，制订了相应的行车办法，做到万无一失。

青龙桥车站

在具体的实施中也有一些趣闻传来，列车从青龙桥站行驶下来，必须在三堡站一度停车。因为站外就是石佛寺、五桂头、弹琴峡等景点，所以人们形象地说是"列车拜佛"。

詹天佑主持修筑京张铁路，凸现了中国首次官派留学生在中国从农耕经济向近代化转型并迈向现代化时所做的贡献。这条中国人自主修建的铁路，凝聚着他们中很多人的心血。在詹天佑这段时间的日记、书信里，随处可见类似"到关内外铁路总局和梁总办商谈各项问题""给关内外铁路梁总办的电报材料清单"这样的记录。不但商调多名工程师到京张铁路，梁如浩还提供场地。当詹天佑准备在丰台站建材料厂时，金达欲索取高额租金，詹天佑多次写信与之交涉，最后也是梁如浩出面安排，使问题得到合理解决。

电报局的留美同学也给予京张铁路极大方便。京张铁路和关内外铁路签订了关于电报业务往来的合同，内容涉及租杆、挂线、收发电报、设备维修、结算等具体事项，还包括对私人开放电报及其他服务项目的收费标准。合同规定"减半电报只能为京张路局公务之用倘发私电仍照章收价"。正是这种互利互惠、灵活多样的合作，为京张铁路的建设赢得了大量时间。1908年下半年，方伯樑离开唐山路矿学堂，赴奉天府任劝业道职，意欲扶持和振兴地方民族商业。年底，又去了京张铁路，任电讯总工程师和电讯处处长。

距张家口50公里的鸡鸣驿镇是清政府一个重要的邮驿枢纽，这里传递、交汇着朝廷和地方的各种信息，在詹天佑的日记里频繁出现"夜宿鸡鸣驿"的字样。他多次来这里，并不是为欣赏那富有特色的邮驿建筑群，而是为解决机车用煤和增加京张铁路运输收入的问题。他了解到，一百多年前当地人就在鸡鸣驿附近的一座山上用土法采煤，请来矿务专家邝荣光和吴仰曾勘探论证，随后在鸡鸣山办了一座煤矿并请他们兼职煤矿的主事。有了煤，就解决了京张铁路的燃料问题，詹天佑再从铁路正线引出一条支线到煤矿，使煤炭外运。鸡鸣驿镇因为铁路而产生了一座煤矿，从原来单一的邮驿枢纽变成一座综合型的城镇。

京张铁路原来计划需要六年工期，铁路工程技术人员不惧艰险，克服了很多难以想象的困难，四年就完工了。詹天佑在南口督建了京张铁路制造厂（南口机车车辆厂），南口机车房（南口机务段），丰台、南口的铁路材料厂等配套设施，这一切，为中国铁路奠定了比肩世界的高技术起点。

1909 年 7 月 4 日，京张铁路铺轨至张家口，全线铺轨完成。9 月 19 日，邮传部从丰台到张家口全线验收，24 日全线开行列车。整个线路长度为 201 公里，设车站 14 个，后来又增设居庸关、清华园两个车站。

宣统元年八月十九日（1909 年 10 月 2 日），邮传部举行盛大典礼，庆祝这条具有特殊意义的铁路胜利通车。

这是扬眉吐气的一天，庆典安排得十分完美，邮传部的专列从西直门开行至南口，有一万多人参加。风笛长鸣，气贯长虹，震动天地山川，时任邮传部尚书徐世昌登台致辞，对京张铁路的建成和詹天佑的贡献给予很高评价。发自内心的喜悦，他神采飞扬，充满激情，大会讲话成了一篇美文：

> 京张开工以来，外人都认为我国工程师不及欧美，预料此路半途而废，众口一词，几成定论。曾几何时，让人听着都感到惊惧的这条铁路，如此艰险而巨大的工程，竟能履险如夷，如期告成，才有今日之盛会。此路一成，不仅增长中华工程司莫大之名誉，而且对今后从事工程建设者，亦得以更坚定其自信力，而勇于图成。这样，我国将来自办之铁路，必将以京张为新的起点，这绝不是小事。

詹天佑在盛誉面前却异常谦逊和低调，他上台讲的第一句话就是："鄙人自愧不才，又拙言论"。但还是准确地表达了他修建这条铁路的心情："夫本路当建筑之初，工程浩大，同事各员昼夜辛勤，经营缔造，常患难齐欧美。鄙人默坐而思，亦复战战兢兢，深虑有志未能，莫敢自信……"幸而"诸凡妥洽"，提前筑成此路，而且"款不虚糜"，则"今可告无罪于国人"。

有人记录了这天的盛况：看火车去！人们奔走相告，从四面八方聚集到这里。新建的场地上，一条巨龙喷着浓烟，呼啸着驶向前方。加速，再加速，飞出人们的视线，穿越崇山峻岭。

国铁标准　由此确立

国家贫弱，列强入侵，对中国的主权包括筑路权进行着疯狂的掠夺，使中国人受尽屈辱，也严重地挫伤了民族自尊心。京张铁路修建成功并自行管理行车，极大地振奋了民族精神，有力地回击了"建造这条铁路的中国工程师还没有出世"的谬论，清政府对所有有功人员奖励、升职，詹天佑由邮传部二等顾问官升任为"丞参候补"。美国土木工程师学会（American Society of Civil Engineers）、英国皇家工商技艺学会（Royal Society for the Encouragement of Arts Manufacture and Commerce）、英国北方科学与文艺学会（The North British Academy of Arts Literature Science and Music），都在 1909 年吸收他为会员。

京张铁路从一开始建设就伴随着"第一"的产生，普通机车和客货车辆均由关内外铁路唐山工厂制造，所用材料从英国采购，大马力的山道专用机车也是由国外购进。针对这条线路的特殊性，詹天佑引进和改造了国外先进的自动车钩，并运用于生产中，"车钩其式如两手相勾，触机自能开合，译音姜坭车钩"，很多人当成了"詹式车钩"。这时，欧洲一些国家还在使用链子车钩，詹天佑率先在京张铁路使用自动车钩，并提出在全国铁路推广使用。跟统一轨距一样，自动车钩的使用减少了中国铁路建设过程中的弯路。

"第一"还出现在施工中，怀来大桥是正线最长的桥梁，七孔，每孔 100 英尺（30.5 米）。施工时没有架桥机，山高水长，交通不畅，詹天佑为了省钱，首创"土洋结合"的作业方法，用骡车先将钢梁分散运到工地，在现场铆钉，然后架设成桥。从门头沟煤矿通往西直门的运煤专用线上的永定河钢桥是京张铁路钢桥长度的第一，八孔、每孔跨度为 100 英尺。为了节省水泥，詹天佑还创造了一个"第一"，就是采用混凝土掺加片石砌桥梁墩台及其他混凝土工程，这种方法以后一直被沿用。京张铁路还有一个独一无二，就是总工程司手书站名。

詹天佑修铁路的过程也是治学的过程，他收入的相当一部分是用于购买最新的学术资料，与外国友人通信也是随时请他们订购有关铁路各个方面的书籍图册。在设计施工过程中他凡事必躬亲，小到从国外买钢卷尺规格、型号及质量不合格的回信说明，大到山道大马力机车的调研订购，都是亲笔写信咨询、事后致谢。他能够亲自找邮传部尚书岑春煊催要工程款，同时也精细到写信询问唐山矿务局生产的"马牌"袋装水泥的价钱，如能"退袋"减价多少。当然，他也亲自掌握人员调配和工程预算，整个京张铁路的技术人员除总工程司外有七名工程司、15 名山海关铁路学堂毕业的学员、30 名监工。延续到今天的铁路每天 18 点电话调度会议，就始于京张铁路工程中。当时詹天佑为了掌握每天各个施工段的作业状态，好及时下达任务和补充材料，专门规定各施工段负责人通过电话召开定时会议。如此精细的运作，省时、省料，保证质量。工程费用比预算节省了近二十九万两银子，实际支出不到六百九十四万两银，是外商承包预算的五分之一。詹天佑总结道："盖铁路资本，工程占其大部分，如完全假手外人，靡费必多。"从那以后，每天 18 点电话会议作为制度在铁路运输系统固定下来。现在，铁路运输的各级管理人员不论身在何处，都可以通过电视电话会议掌握自己管辖范围内的工作情况和当天铁路系统发生的大事。

在詹天佑身边聚集着一批国内顶尖的铁路工程师，但是他在筑路的同时又进行着另一个伟大工程——训练中国人自己的工程司。他认为："在所有事情中，最重要的是鼓励和帮助中国工程司。"四年的时间里他所培养的铁路工程技术骨干成为张绥、川汉、粤汉铁路的技术力量。留学归国的颜德庆原来在商办江苏铁路公司任工程师，詹天佑向袁世凯呈请任他为京张铁路的帮工程司，经过袁世凯和盛宣怀协商后，颜德庆起程到京张铁路就职。詹天佑又专门致信告诉这位留学生见总办陈昭常时如何行官礼，如何呈上自己的名贴，并嘱咐了一些必须注意的细节，细致入微可见对年轻人的精心栽培。颜德庆在京张铁路工作的过程中，参加学部举行的考试，名列工科第四名，得到进士出身。对青年工学家，詹天佑要求他们"洁己奉公，不辞劳怨。勤慎精细，恪守范围。志趋诚笃，无挟偏私。明体达用，善于调度"。他教育青年人要重视道德修养，说："道德者人之基础也，学术虽精，道德不足，犹诸筑高屋于流沙之上，稍有震摇，无不倾倒。"有了优秀的工程司，他在工作中首创工程司负责制。在现场，按施工地段，指定工程司负责本段工程，不再另有其他领导人员。他制定了工程司升转章程，对于同级工程司的工资标准，中国工程司不能低于外国工程司。这一做法被其他铁路局所效仿，意义深远。借着京张铁路，詹天佑使中国铁路的建设和管理形成了一个完整的体系，他主持编制的京张铁路工程标准图是我国第一套铁路工程标准图，内容包括铁路的各个工种：工务、机务、运输、车辆、通讯信号、房建等49项，制定了明细的工作和质量要求，由此厘定标准，推行规范。

与铁路发展并行的是詹天佑对铁路的行政管理、工作制度有了刚性规定，建起了全国铁路运输调度系统、改进了铁路财务管理，以其特有的严密与紧张被称为"半军事化"，铁路的现代化管理由他开始。

后勤保障体系是铁路建设和运营管理的一个重要内容，对铁路职工家属的福利设施、就医和受教育环境詹天佑进行了全面建设，制定了《员役在差身故抚恤办法》和在职人员的请假、休假章程，使中国自办铁路的人员管理一开始就在较高的起点，并充满人性化。他任京张铁路总办后，把原来设在天津的京张铁路总局迁到北京，并入北京铁路局，将铁路的工程和管理分开。在阜成门内设立京张铁路局承担运输管理；而阜成门外的京张铁路工程局承担修筑新线。在京张铁路开工初期，他就在阜成门外建起了工程局医院，随着铁路的延伸和鸡鸣山煤矿的开办，他又在下花园车站设立分支医院，归阜成门铁路医院管辖。医院有明确的规章和管理制度，要求医官巡回在施工现场，及时治疗伤患。张绥铁路开工后，工程局医院随工程局迁往张家口，京张铁路局总医院设在了西直门。在铁路职工医院建设的同时，铁路职工子弟学校也随之出现，天津、北京等有铁路的地方都建起了小学、中学及专业技术学校，即使是铁路沿线，路局也派专人负责职工子弟的教育。扶轮中学、铁路医院这些属于铁路系统的文教卫生部门也以高水平而闻名所在地区。

詹天佑花二十多年的时间编撰的《新编华英工学字汇》是我国第一部汉英铁路工程词典，所收词汇近万条。在词典的《凡序》中他说：

> 本书循英文字母之次序，以英文列左，中文列右；凡工学各科之名称，本书概为搜译，惟关于土木、机器二科者较多；本书所搜名词，间有涉及工学以外，如关于车务等事者，以其关系密切，故亦列入，以备参考。

詹天佑是一位铁路工程师，更是以博大的人文情怀，把环境保护作为铁路规划的内容之一，"以人为本"，坚持"筑路者必兼事种植"。在京张铁路设计施工时就规划了沿线的绿化，并因地制宜对不同土壤和地势种什么树种都做出安排。他检查铁路线有十条标准，其中第5条是"道旁树木生长繁多"。种树巩固路基是首要目的，木材本身也具有经济价值，所以，他展现出来的京张铁路沿线是"绿阴夹道，葱倩宜人，足壮观瞻"，"夏时车行其间，清风徐来，炎威顿减，调剂炭氧，有益卫生"。这样充满诗意的优美文字出自《京张铁路工程纪略》，可见境界之高、学养之深。天、地、人和谐的理念是中国的传统观念，詹天佑在铁路建设这样巨大的现代化工程中也有着完美的体现。

詹天佑为人敦厚谦和，无论是对同僚还是对下属以及与其他人往来，他都注重细节的完美，被称之为"洵洵君子"。伴随着京张铁路工程上的第一，詹天佑出版了中国第一套铁路工程图图册《京张铁路工程纪略》；完成了一项文化建设的第一——出版《京张路工摄影》大型图册。这本图册用摄影记录了京张铁路建设的整个过程，是他的一位亲家全程拍摄的。这本文图并茂的史册是京张铁路永远的纪念，也是中国铁路文化建设的一个组成部分。詹天佑心细如发，送出去的图册都亲笔题名。邮传部上海高等实业学堂的梁启英以优异的成绩实习结束，詹天佑在他的毕业证和所赠送的图册上亲笔签名，令人欣喜。詹天佑还给诺索布夫人的儿子威利也送了一本图册，扉页上这样说：

> 亲爱的威利：
> 请接受这个照相簿，这里面是有史以来中国工程师自建第一条铁路的生动的工程照片。而这条铁路的总工程师，正是你的朋友詹天佑。

中国铁路工程师的自豪，让所有的留美同学扬眉吐气心情激动。

京张铁路建成后，由于总办詹天佑管理有方，用人得当，第二年就获得了盈利。

在京张铁路尚未铺通的时候，清政府就决定把线路延伸至绥远（今呼和浩特），筹建张绥铁路，仍由詹天佑"一手经理"，兼任张绥铁路总办兼总工程师。詹天佑受命后马上派人勘测，京张线通车当月，他马不卸鞍，又亲自前去勘测，不辞辛苦有了北、中、南三条线，反复比较，到1910年春天定了下来。邮传部根据总办詹天佑、会办关冕钧的勘测报告，奏准由京张铁路展筑到绥远，所需工程费用，由京张铁路在余利中分批提拨，待完工后由京张铁路局管理。为募集路款，路局发行了张绥铁路公债券，詹天佑把自己连同子女的积蓄都拿出来买了张绥铁路公债，渴望中国铁路快速发展，赤子之心日月可鉴。

京张铁路的建设极大地鼓舞了其他省份的筑路热情，国内兴起了大办铁路的热潮，有 19 家铁路公司先后成立，这让詹天佑欣喜异常，写信给美国友人说："我感到中国正在赶上来，试求在全国各地修筑铁路。"各铁路公司也纷纷向詹天佑发出邀请，希望他能去主持铁路建设。在京张铁路尚未竣工时，四川省的商民就呼吁政府派詹天佑去四川主持修筑川汉铁路，詹天佑不能分身，派去了自己的副手颜德庆任川汉铁路湖北省宜昌至四川省万县段的副总工程司，并一直以书信的形式具体指导颜德庆设计施工，细致到预算、用人、选料，甚至线路医官的安排及经费支出，他都替人家预想在先。

1911 年，京绥铁路（北京—张家口—绥远）基本完工，詹天佑这才南下广东，开始担任粤汉铁路总理兼总工程师。邝景扬在主持粤汉铁路工程期间不负厚望，还著成《粤汉工程辩诬》一书，北上就任京绥铁路总工程师等职。两人互换，粤汉、京绥两全其美，一时传为佳话。方伯樑也到粤汉铁路任电讯总工程师，留美同学再次携手。

在 1908 年至 1911 年间詹天佑有十个职务在身，其中邮传部二等顾问官、丞参候补是二品衔，可以发表决策性意见，但他还是以主持修路为主。这期间他先后受聘于五个铁路公司，参与了洛阳至潼关铁路、津浦铁路、川汉铁路、粤汉铁路的筹划建设。一些线路外国工程师已经做了勘察设计，但只要他接手，都要亲自踏勘，反复修改，以达到投资最省，质量上乘。

内蒙古草原、黄河两岸、长江中下游、湖广等地区都留下了詹天佑的足迹。以他为代表的中国铁路工程师正在成熟并担当重任，中国铁路终于从最初的步履蹒跚到了蓬勃发展，他内心充满欣喜。

美国媒体　跟踪幼童

1910 年 10 月 16 日的《纽约时报》发表了一篇文章，对三十多年前的留美幼童跟踪调查，介绍了八个人，包括他们的工作成绩和上下级关系。这篇文章的通栏大标题是"在中国任高职务的我们学院的学生"（GRADUATES OF OUR COLLEGES IN HIGH POSTS IN CHINA），副标题是"受美国教育的中国人在远东这个已苏醒的王国里占据重要职位，他们的影响是巨大的"（American Educated Chinese Are Occupying Important

Places in the Awakened Kingdom.of the Far East and Their Influence Is Great）。

报纸登载了八个人的照片，每幅照片下面是一句话的介绍：唐绍怡，曾就读于哥伦比亚大学，最近在这里学习我们的财政体系，现任邮传部大臣（Tong Shao-Yi, Studied at Columbia University, Recently Here to Study Our Financial System, Now President of the Board of Posts and Communications.）。梁敦彦，耶鲁学生，前外务部大臣（Liang Tun-Yen, a Graduate of YaIe, ex-President of Board of Foreign Affairs.）。詹天佑，中国工程技术方面的总工程师，耶鲁毕业（Jeme Tien Yu, China's Engineer-in-Chief, a Yale Man.）。震东（号）梁诚先生，中国驻柏林公使（Sir Chen Tung Liang Cheng, Chinese Minister to Berlin.）。钟文耀，耶鲁学生，现任沪宁铁路总办（Chung Mun Yew, Graduate of Yale, Now Managing Director Shanghai-Nanking Railroad.）。道台唐元湛，曾就读于哥伦比亚大学（Taotar Y. C. Tong, a Columbia Man.）。梁如浩，现任满洲地区的政府秘书长，曾学习于哈特福德和斯普林菲尔德（Liang Ju-Hao, Recently Chief Secretary of Manchurian Government, Studied in Hartford and Springfield.）。罗国瑞，特洛伊理工学院学生，现任津浦铁路总办（K. S. Low, Graduate of Troy Polytechnic, Now Managing Director of the Tientsin-Nanking Railroad.）。

文章从容闳倡导的中国政府第一次派幼童出洋的往事谈到当下正实施的庚款留学计划，认为"中国政府现在正送、将来还继续会送大量的中国小伙接受我们国家的中学和大学的教育，并希望他们不仅成为有用的中国公民，而且也是这个巨大帝国未来发展的有能力的公职人员"。指出在美国接受教育的人员中唐绍怡是最出众的一个，介绍时，所占用的篇幅也比较大。唐绍怡于宣统二年七月十三日（1910年8月17日）接徐世昌任邮传部大臣，文章作者对这些信息的掌握很及时，说他现在是邮传部大臣，这个职务让美国人喜悦，因为三十年前他在这里接受了教育，同时也会增加一批资本家在中国寻找铁路公债的机会。"希望他不仅同意由英、法、德、美四强国的建议，而且也能够保持和气地对待至今仍是激进的省份，他们抵制用外国的公债来建筑铁路或开矿。"

文章谈到了唐绍仪一年前的访美，谈到了他作为袁世凯的下属时的经历及对义和团的态度，认为"对于他的美国朋友，有着很大的影响力"，"但他是一个真正的爱国者，代表着他所属的中国人的党派，同时也明白需要外部的帮助，需要与外国的合作。"

梁敦彦在任外务部会办大臣兼尚书的第二年又任会办税务大臣，从5月份请病假两个月被病免，文章这样介绍他："另一位高级外交官是梁敦彦，他最后的职务是外务部大臣，是袁世凯的继任者。"文章谈到两年前（1908年秋）他随军机大臣毓朗在厦门接待美国太平洋舰队来访（唐国安任翻译），留下的印象是：

> 他在那时非常尽职，在外务部时，几乎所有的外国公使对他的温和及在外交谈判中所发生各种情况的掌握感到愉悦。也有一些人认为他是亲美的，我认为这不是事实。他赞成允许我们的美国银行家参加在广东、湖南、湖北的铁路建设公债协议。

文章回顾了梁敦彦给张之洞当秘书及顾问15年中的勤勉和敬业，同时也揭示了他的升迁之路：任津海关道后，和他的朋友唐绍怡一样，接触到了袁世凯。当这位上级调到北京仟外务部大臣时，他也一同调往，在同一个部门任副职。

"在中国名气增长者是詹天佑"，"在中国工程师行列中他是名列前茅的"：

> 由于是改革年代的开始，他被委任一个又一个与工程计划有关的岗位。他最重要的职责是在没有任何外国帮助下极好地建造了从北京到张家口到绥远间的铁路。这是一个非常困难的任务，他成功地完成了。这充分地完全地表明了他的工程技术和训练素质。他已被委任在其他铁路的相关职务，在同一时间里多担任一个职务就会给中国的铁路减少一份损失。他被邮传部委任为顾问。

另一位在美国和欧洲均有名气的是几年前被维多利亚女皇授于爵士的梁诚。在简单介绍了他的学历后，告诉人们"他是一个可赞美的人，常陪同亲王或者帝国要员出访"。文章认为梁诚的语言功夫极好，而且嗓音洪亮、相貌堂堂，谈到他的职务时如是说：

> 他在伍廷芳之前是清政府驻华盛顿的公使，目前在柏林任公使，因此他是同学中最杰出的知名者之一。在国外，他代表着他的国家政府。

和梁敦彦同样在耶鲁读书并在同一个学会的是钟文耀。文章作者讲述了他和钟文耀的相识过程，然后说：

今天他掌握着商界的两个重要位置，住在上海市。他是轮船招商局的负责人，同时也是沪宁铁路总办。这是两个非常重要的职位，能使他不断地同生活在中国的外国人接触，特别是英国人，他总是和蔼可亲，从不发脾气，他对任何事情都深思熟虑，在工作中不辞劳苦，他极有兴趣地关注着他的国家，但也绝不伤害其他国家的任何人。

文章还介绍了钟文耀的外交生涯。

就像梁姓人士有三个一样，唐姓人士也有两个，后者家族中有许多成员就职于重要岗位，我在这儿介绍的是道台唐元湛：

他现在出任清帝国在上海的电报公司的管理者之一。去年他被任命为我们学院的执行委员会主席。他了解国际关系中所有重大事件。他有一双明亮的眼睛，一副智慧的面容和充满活力的举止，在任何地方人们都会把他当成领导者。他是一个有爱国心的中国"大佬"，在哥伦比亚大学仅学习了几个月，像他的伙伴一样，那时必须起程回国。他接触的商业活动比政治多，但他是一个政治学学生，熟悉用新的方法提升他的国家的利益。

第三个梁姓人是梁如浩。作者在介绍梁如浩学历时，忽略了他曾考入斯蒂芬理工学院，认为：他证明了自己是一个在实际行政管理职位上有价值的人，已有了关于中国北部铁路管理值得重视的经验，不久将被任命为上海海关道台这一非常重要的职位。每个人都喜欢他，他知道什么是对自己国家最好的，但他从不干扰或与外国人争吵，无论他们是领事、商人还是传道士。

文章也说到了梁如浩和袁世凯的关系：自从他接触邮传部工作以来，虽是下野的袁世凯的属下，宁愿避开任何宣传。这是他希望的。当唐绍怡出任邮传部大臣时，他将以自己的服务在民族工商业的改革方面做大量工作。

第八位是罗国瑞，"他与铁路的建设和管理有着联系"，同时对他的离职表示惋惜：

他有他的对手，而他的敌手也不少，在此之前他们成功地将他从岗位上撤换，但我们更希望，他的科学训练和正直品格将会赢得更重要的荣誉和职责。

文章指出，以上八位都是广东人，当年留美幼童大都来自广东及沿海地区。而这次庚款留学生来自中国各省，这对中国是有益处的。文章结尾对庚款留学生所受教育的环境还是有点遗憾，当年的留美幼童是"被安排到了最好的家庭，受到了最高尚的影响，而现在到来的大部分学生要在学院的学生圈子里，生活在大宿舍里，想一想他们几乎没有我们国家的家庭生活"。但是文章作者对美国教育充满信心，说庚款留学生将在未来的岁月里证明他们的价值。庚款留学的实施是一个功绩，不仅是对学生自己，而且是对送他们来的国家及教育他们的学院。

不知道在美国的容闳看到这篇文章时是怎么想的，这时的他，依然为"造新中国"的愿望奔波忙碌着，一直与康有为、梁启超、孙中山等人交往。同盟会成立后，他从参加维新变法运动变为接受了用暴力推翻封建统治的革命观点，确定了自己的又一个选择：支持孙中山的资产阶级革命，并付诸行动。1909年春，他邀请孙中山到纽约商讨新的革命计划，拟募集巨款和枪械援助革命，称之为"红龙计划"（Red Dragon-China），但是这事最终没有完成。他不放弃，于1910年介绍孙中山与美国军事理论家荷马李（Homer Lea）及财政界人士布思（Charles Beach Bothe）等认识，计划筹款，训练武装力量，支持孙中山领导的革命。

1910年8月，北京举行了第二次庚款留学生招考，依然要考国文、英文，有文科、理科。国文试题很传统，"不以规矩，不能成方圆说"；而英文试题则针对时事："借外债兴建国内铁路之利弊说"。四百多人应考，最后录取了70人，他们中有后来成为语言学家的赵元任和气象学家的竺可桢，胡适也在这一批，名次是第55名。这批学生由唐孟伦、严智崇和胡敦复三人护送出国。这年，清政府正式任命唐国安为外务部考工司主事。

在景色秀丽文化气氛浓郁的清华园里，"游美肄业馆"经过两年的建设，成为庚款留学生赴美前的预备学校——清华学堂（Tsing Hua Imperial College）。"学堂设正副监督（相当于正副校长）三人，由学务处总办周自齐和会办范源廉、唐国安分别兼任。"1911年，第三批庚款生考试在清华园举行，选拔了63名直接保送出国。7月由谭明甫、钟文鳌护送出洋。未被录取的143名学生全部转入清华学堂，计划来年3月学堂正式开课，先在这里学习，赴美后直接升入美国大学。这种留学方式与当年幼童留学美国相比，减少了出国的花费，有利于培养更多的人才。夏季，时任学部总务司司长的范源廉在一次关于教育的会议上阐述将国防教育引入国民教育的想法，并计划在清华学堂实行，要求学生除体操课外每日下午在操场锻炼一小时。唐国安于1909—

1911 年三年间，协助各省直接派遣了三批留美学生。

显然，美国伊里诺大学的詹姆士校长对渊源流长的华夏文化并不了解。具有五千年历史的中华文明已经融入每一个中国人的血脉之中，形成了最终的文化归属，历史肯定不会按照他的意图发展。

劝业盛会　呼应立宪

因为洋务运动的选择，上海开埠后比其他四个通商口岸发展得更快，逐渐成为中国工业文明的摇篮，纺织、化工、面粉、商业等各种民族企业带着不屈不挠的抗争性，在这片土地上生根、开花、结果。维新派的重要人物郑观应曾在《盛世危言》中提出中国应该举办商品赛会——世博会，他认为世博会能够对一个国家的经济起促进作用，而且建议在上海举办。他是这样表述的："故欲富华民，必兴商务，欲兴商务，必开会场。欲筹赛会之区，必自上海始。"因为"上海为中西总汇，江海要冲，轮电往还、声闻不隔"。基于对上海的熟悉，他对上海办赛会的方式、经费、辟地建屋的办法都一一作了阐述。满怀着对未来的憧憬，他从英国伦敦的首届世博会说起，分别谈到了法之巴黎、奥之维也纳、美之费城、日之东京所办的世博会，特别对成书最近的 1893 年美国芝加哥的世博会作了详细说明，包括展项、组织、占地、筹备、资金等方面。他认为世博会"其振兴商务有三要焉：以赛会开其始，以公司持其继，以税则要其终"。举办世博会可以使"民之灵明日辟，工艺日精，物产日增，商务日盛"，"利国利民"。

张謇也积极呼吁倡导中国举办商品博览会，他参加过 1903 年 5 月的日本大阪举办的博览会和 1907 年的米兰渔业博览会，认为中国如能举办世博会，将对经济发展起促进作用。盛宣怀多次组织展品参加世博会，看到国外的工业产品质量越来越高，而中国最得意的产品瓷器、丝绸、竹器、木器出售量越来越少了，一个强烈的愿望也随之产生，中国应该通过办博览会来改进产品。

端方任两江总督后举办赛会的事才开始实际操作，他于光绪三十四年十一月十四日（1908 年 12 月 7 日）和江苏巡抚陈启泰联合上奏朝廷，申请在江宁（南京）举办赛会，理由为"臣前年奉使欧美，察其农工商业之盛，无不由比赛激动而来。自在两江任后，时兢兢焉以仿行赛会为急务"。提出"宗旨宜纯、范围宜小、体制宜崇、褒奖宜优、筹备宜速"，"奏为江宁省城拟设南洋第一次劝业会，官商合资试办，以开风气而劝农工"，所以"拟定名为南洋第一次劝业会，暂避博览会之名，俾免竭蹶之虑"，"惟此次赛会本旨系专以振兴实业，开通民智为主意"。端方又给朝廷上了一道奏折，进一步阐明举办劝业会的目的——"正赖鼓舞全国实业之进步"，"富强之策，必以实业发达为要图"。宣统元年二月十五日（1909年3月6日），端方咨请各省督抚筹设各省出口协会，赞助南洋劝业会盛举。他在上海成立了由13位各方代表组成的董事会并任会长，具体负责筹款、征集各省赛品等业务，实业家张謇被委任为审查长，负责主持审查展品。

7月，清政府正式下旨开办南洋劝业会，其"劝业"应和洋务派及维新人士的"劝工""劝商""劝业"，拨白银七十万两作为办会经费，由新任两江总督兼南洋大臣张人骏担任南洋劝业会会长。清政府在南京成立了由40人组成的劝业会事务所，委候补道陈琪为坐办，下设庶务、文牍、调查、建筑等科，督促各省出品协会、协赞会、物产会加紧征集各省参展物品，精选优秀之品启运南京。但是由两江调往直隶任总督才六个月的端方因为在慈禧葬礼上摆弄照相机，被人参劾办理孝钦后（慈禧）陵差不敬，于宣统元年十月初八（1909年11月20日）被革职。这位新潮的满清贵族也难逃森严的宗法，好在南洋劝业会的筹备工作并没有停止。

这是中国第一次以国家名义组织的商品博览会，劝业会董事会以参展地区的不同进行富有特色的设计布置，尽量将展品布置得琳琅满目。经过两年的准备，南京的丁家桥、玄武门、三牌楼之间建起了劝业会会场，有资料称，"开五千年未有之创举，两阅寒暑，百万贯财建筑三十四馆，承二十二省绅赞助，征集千百州县方物以作全国农工商之考镜。"展馆建设出自不同省份，所以争奇斗艳，竞相媲美。以园林取胜者是南方，以宫殿称雄者为北方，精小玲珑者有之，外形壮观者抢眼，金碧辉煌是显示实力，雅淡素净则是一种风格。一些仿外

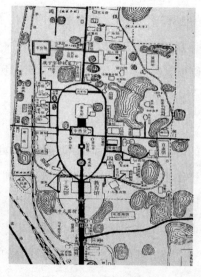

南洋劝业会区域位置图

国的建筑为劝业会增色不少，令人赏心悦目。大门处搭有牌楼、喷水池、纪念塔，会场中心是一座四方形三层塔式楼房，也是劝业会议事大厅，登楼能观看会场全景和江宁全城。暨南馆专供南洋华侨物品展览，三个专门实业馆、三个特别文馆，三个参考馆展出外国展品，展品分别来自东南亚、日本、英、美、德等国家和地区。东道主所在地的两江馆为最大，设有工艺、农业、机械、通运、教育、卫生、美术、武备等分馆，还有一些展馆是以劝业会事务所的名义安排的。为了方便会展期间的商品交易，劝业会事务所把新式银行也搬到了会场。

火车是一定要出现在劝业会上的，当年留美幼童在美国参观费城世博会时，火车给他们的震撼最强烈，而且这本身就是一个最好的展品，体现了国家工业化的程度。沪宁铁路管理局总办钟文耀抓紧时间组织人员勘测设计、施工，专门从沪宁正线引出一条支线进入会场，还在丁家桥设了一个车站，定名为劝业会站（后改名为丁家桥站），一来方便了展品的运送和宾客往来，二来也是向世人宣传铁路的先进性，人们花十个铜板就可以坐上火车环游会场一周。

劝业会事务所不仅在硬件投入上倾最大力量，在组织运作中也是具体细致，连场次安排、广告宣传都仔细策划，与上海历史最久、影响最大的《申报》馆形成了合作关系。《申报》以突出社会时事新闻，注重报刊言论为特点，全程跟踪报道劝业会展况，同时广泛宣传立宪。这样一来，会展就不单纯是一个商业活动了。

宣统二年四月十八日（1910 年 6 月 5 日），清政府在南京举行的南洋劝业会隆重开幕，吸引了世人目光，来自全国及被邀请的外国商人四五千人参加了开幕仪式，场面宏大。开幕当天，上海报界致辞祝贺，日本东京各报也"咸表祝意"。《申报》刊登了一篇题为《论日英博览会与南洋劝业会》的"论说"，认为举行博览会有助于加强国际关系。中国将世博会翻译成"炫奇会"，而劝业会除了炫奇外还是中国最后一个封建王朝以主动的态度面向世界的一个盛会，并创造了立宪的舆论环境。《申报》发表的一篇题为《劝业会与立宪》的"论说"，表达了这样的观点：

> 国民之政治责任心必后于经济竞争心。唯因经济竞争心之发达而政治责任心常不知不觉之间增进而未有已。故在今日欲引起国民之政治责任心，必不可不先引起国民之经济竞争心。劝业会之作用在招致全国之物品萃以一堂，以比较优劣。因比较之故而竞争之心乃生。

将经济发展和政治责任连为一体谈论，又具体到一个商品展览会，可见知识分子对立宪呼吁的强烈程度。

日本是较早来华的外国代表团，由日本邮船会社社长近藤廉平率领，自马关出发，经满洲、北京、汉口等处，然后赴南洋劝业会。但是甲午战争的阴影还笼罩在中国人民心头，所以对他们没有什么热情，只是上海的报界做了接待。劝业会开展一个月后，远在太平洋彼岸的美国组织商团来中国参观南洋劝业会。因为美国首先发起禁烟并支持中国禁烟，同时还率先执行退还多算的庚子赔款，所以，当美国代表团临近日本时，中国政府派出上海道台唐元湛前去迎接，并承诺美国代表团坐车免费。经过一天一夜的行程，唐元湛在日本横滨接上了美国代表团，陪同前往中国。唐元湛的身份既是大清官员又是上海美国商业协会会员，很容易与美国客人进行沟通。一路上他以兴奋的心情向美国客人介绍中国的发展变化，向他们推荐中国的名优产品，希望通过这次博览会让世界对自己的祖国有新的认识。

美国代表团于9月16日到上海，受到中国报馆俱进会的欢迎，9月19日的《申报》发出消息《中国报馆俱进会欢迎美国实业团》。9月23日，美国代表团前往南京，唐元湛陪同他们乘火车进入南洋劝业会会场，并生动讲解中国铁路和电信及其他方面的进步。美国客人通过唐元湛，对中国的官绅阶层和社会现状有了新的认识，也很欣赏为博览会锦上添花的火车。而钟文耀所期望的不仅仅是锦上添花，还有铁路营业的效果。火车穿行于南京市区，每月载客几万人，运送展品，接送游客，方便快捷，南京市民亲切地称它为"小火车"。这一切，让钟文耀甚感欣慰。

南洋劝业会盛况

10月份，人们参观完劝业会后还可以再去一个热闹地方——南京全运会。这是中国举办的第一届国家级运动会，运动员按地域划分为五个区，华北代表队由张伯苓带队，他们先从天津老龙头火车站出发奔赴秦皇岛，再从这里乘坐开平矿务局的开平轮抵达南京。运动会上，中国第一次出现了让人激动让人疯狂的足球比赛。

南洋劝业会参展物品达一百万件，吸引了三十多万海内外观众，总成交额数达千万两银，似乎是太平盛世。但是，一些目光长远的人士还是看到了中国经济的落后，并实言相告。有位笔名为"醒"的记者站在发展民族经济的高度，对整个南洋劝业会作了研究考察，在会展接近尾声时，连续四天在《申报》上发表文章，对劝业会上的产品从制造、质量到流通都作了分析，观点之先进令人耳目一新。他首先充分肯定这次会展是成功的，"此会之开，大可惊动全国人民之观感而触发实业界诸君子"。接着指出产品中令人印象最深的是刺绣、雕刻、书画等，直言不讳地批评道"一望而知，我国尚未脱昔日闭关之习"。因为产品"天产多而人造少"，"供装饰无关实用者为多"，这是两个最大的弊病。具体到专门的展馆，他说道，教育馆、工艺馆、美术馆"稍有可观"，水族馆、武备馆"尚不十分竭蹶"，机械馆有一些北洋、上海、通州各局制造的小机器陈列。但是通运馆则"空屋一所，陈列之屋寥寥数种。甚至帆船、小车亦备一格。竭蹶之状，昭然难掩"。对于工业生产的重要性，他认为：

> 视近世界之大势论之，所谓实业者若以其有关国家财政人民生计者而言则以工艺为最要。而工艺之所藉以发达者，惟恃机械。则操源立论欲兴工艺又以多制机械为前提。

记者"醒"清醒地告诉人们：直隶、湖北、广东、浙江还有些可观之物，像山西、陕西、河南、山东等馆，"非特人造之物不多见，即天产者亦寥寥"，广东馆的东西也只是"颇多仿造之洋货"。

十月二十八日（11月29日），历时半年的南洋劝业会结束。是年冬，清政府设立海军部，曹嘉祥重返海军，任海军部参赞厅一等参谋官。徐振鹏被任命为海军部驻沪一等参谋官。

摄政王载沣为了达到集权于皇室的目的，不仅任用皇亲贵族掌管清廷禁卫军、海军、陆军，还亲自统率新编禁卫军。六十八岁的盛宣怀在宣统二年十二月初六（1911年1月6日）被清政府授于邮传部尚书，他接替的是唐绍怡。唐绍怡因为身体有病和灰心于官场复杂，离职休息，说自己"一息奄奄"，后来干脆"称病解职"。

随之到来的年份是宣统三年，公元1911年，农历辛亥年。孙中山领导的同盟会发动了第十次武装起义——广州黄花岗起义。起义虽然失败了，但是南方立宪派势力猛增，以他们在资政院和各省谘议局中的优势地位，先后请愿四次，要求清政府速速召开国会，制定宪法，成立议会，建立责任内阁。

唐绍怡回到家乡广东香山唐家湾，按照传统官僚退隐时建造私家园林的做法，他也耗银四十万两，依山傍海，置地三百亩，修建私家园林。他还是古董鉴赏收藏家，此时正好得到一个天然水晶球，玲珑精美，非常得意，就把正在营造的私家园林取名为"小玲珑山馆"，又亲手栽种了一棵名贵的树——罗汉松，作为镇园之宝。他任邮传部尚书时，所得御赐一品石狮一对，为园林增添了品味。园中的房屋是南方民宅式的，唐绍怡每天健身、练字，手书楹联："开门任便来宾客，看竹何须问主人"，非常潇洒。一切都是在向外界表明：自己坚决退出官场。他特意在这个中式园林中建了一个硬地面的网球场，静谧安祥的氛围中更显跳动着的身影矫健。亲近他的人说："尚书无甚大病，惟因时局艰难，心绪恶劣，决计俟假满后，仍行吁请开缺，决不再回该部以避贤路。"

小玲珑山馆有一座"观星阁"，石材是进口的，上面六个城垛形砖柱安装着六根圆形锌管，锌管有一条红色垂线，以六分仪按东西经各180度对天体进行观测。无论是中国的"观天象"还是西方的"占星术"，古来有之，胸有大志的人大都喜欢仰望星空，读懂"天意"，以励再战。

邮传大臣　触动神经

清政府为宣示"预备立宪、维新团结"，于宣统三年四月初十（1911 年 5 月 8 日）改制，成立了以庆亲王奕劻为总理大臣的内阁——"奕劻内阁"。奕劻内阁由 13 人组成，满族占九人，这九人中皇族和宗室又占了六人。内阁中的四名汉族人是：和那桐一同担任外务部协理大臣的徐世昌，外务部大臣梁敦彦，学部学务大臣唐景崇，邮传部大臣盛宣怀。这是中国历史上第一个责任内阁，要害部门还是以"爱新觉罗"姓氏为主，其实从 1906 年的"丙午官制改革"就开始了增强满人的中央权力，而奕劻内阁更是将权力集中于皇室，并且没有立宪派的人物参加，被称为"皇族内阁"。这意味着光绪帝和慈禧去世后立宪运动停止，那个《钦定宪法大纲》如昙花一现。

立宪派的愿望落空了，认为清政府的立宪不过是一个骗局。梁启超愤懑至极，说：

"诚能并力以推翻此恶政府而改造一良政府，则一切可迎刃而解。"外务部大臣梁敦彦作为特使赴德国、美国，协商与中国联盟之事，继续去完成唐绍仪 1908 年出访没有完成的使命，但是，格于情势并非人谋不臧，他依然没有完成使命。清政府授予他一等双龙奖、一等嘉禾奖，外国政府也授予他宝星奖章。在美国时，他特意拜访了推切尔牧师、当年的房东巴特利特，将携带来美的两个儿子留在哈特福德城求学。

1911 年梁敦彦（左一）、夫人（右一）、
女儿霭珊（右二）和巴特利特的家人

奉天候补道祁祖彝也进行着一项外事活动，1911 年 5 月，他和奉天交涉使韩国钧与奉天日本总领事小池张造、抚顺炭矿次长阪口新罔签署《抚顺烟台煤矿细则》。祁祖彝后来任安东（今丹东）道台，没有再回上海，在此终老。

属大清国邮传部管辖的船运、铁路、邮政、电报四家企业产生的背景各不相同，管理方式也不一样，但都是很敏感的神经，其中邮政关系最为复杂。盛宣怀一担任邮传部大臣就着手把邮政管理权从海关收回。是的，这"收回"二字纠结着很多过往的无奈。

要说专门送信的机关，中国是在世界上第一个出现，周朝就有了，孔子定义为"速于置邮而传命"。但是一直到清代，信局还是民办，官办的驿站主要是传递官方文件。第二次鸦片战争后，清政府和英、法、美、俄等国分别签订《天津条约》，其中有一条，各国外交使节"由沿海无论何处皆可送文，专差同大清驿站差使一律保安照料"。这无异于迫使清政府把国家邮政权利的一部分给了他们，英国首先以"便利侨民通讯"为由，于咸丰十一年（1861 年）在上海博物院路（今虎丘路）北京路口开设了一个"大英书信馆"。之后，法、美、日、德、俄五个国家纷起效尤，开设邮局。公共租界工部局于同治二年（1863 年）设立了书信馆，专门同中国各地的租界当局发运、交换邮件。这些客邮局在组织上不属于中国，自立章程，使用本国邮票，从国外来的邮件不受中国海关检查，哪怕是违禁品。美国的邮务马车就装饰着巨大的"美国邮政"（U.S.MAIL）横行在中国国土上。不仅是有租界的沿海城市如此，就是在离海洋最远的城市新疆迪化清政府也没有邮政主权，而是由沙俄把持。新疆人寄信必须取道西伯利亚铁路，经满洲里转运到北京，再由北京发往全国各地。而沙俄仅是这笔收人，每年都在十万卢布以上。

同治五年（1866年）太平天国运动波及南北，洋人的专差在送信途中时有危险，总理衙门决定将各国驻华使馆邮件委托海关受理，江海关开始传递各国使馆的公文，兼办京、津、沪间的邮递。同治十三年（1874年），设立了专门负责邮递的海关邮务处。李鸿章意识到自己不管理就会利权外溢，而中国又没有邮政专业人才，不得已让海关总税务司赫德委托天津海关税务司德璀琳试办邮政，于光绪四年（1878年）择定以天津为中心，在北京、烟台、牛庄（后改择营口）、上海五处海关开设书信馆。同年12月，江海关书信馆印制的中国历史上第一套以龙为图案的邮票，在境内发行，全套三枚。龙票绿色的面值一分银，用于印刷品邮资；红色的面值三分银，用于普通信函邮资；橘黄色的面值五分银，用于挂号信邮资。江海关书信局改为"海关邮局"（Customs Post Office），上海人叫作"海关拨驷达局"。

光绪帝批准正式开办国家邮政的时间是光绪二十二年二月初七（1896年3月20日），并颁布了《大清邮政开办章程》，由总税务司赫德兼作总邮政司。据此，赫德发布通令，指定上海、北京、天津等24个城市已开办海关邮政的地方改组为大清邮政局。翌年，上海"江海关拨驷达局"改组为"上海大清邮政局"，在外滩汉口路路口改装了一所原来鸦片堆栈的平房，作为工作场所，与新建的海关大楼毗邻。

大清邮政局的设立使中国的民信从马拨子、信局子、镖局子的传递变为有正规管理的邮政业。然而，在中国势力比较强盛的法国则认为英国已经将海关总税务司的权力抓到了手里，邮政司就不该由他们掌握了，和德国进行了一番争夺后，法籍税务司雷乐石（Ls.Rocher）兼任邮政司。光绪三十三年（1807年），上海大清邮政局迁到了北京路9号新厦，改名为"上海邮政总局"。这所三层楼的洋房是怡和洋行专为邮局设计建造，出租给邮局使用。

从邮传部成立起，收回邮政管理权就列入计划，"但事历多年，屡议收回自办，皆无结果"。南洋劝业会筹办期间，劝业会事务所通过南洋大臣向邮传部呈请发行纪念邮票，终因"未足称国家大典"没有获准。但是在劝业会期间，出现了纪念邮戳、印制纪念明信片，这在中国是首创，反映出邮政事业越来越大地影响着人们的生活，也反映出邮政权利不在中国人手中的窘迫。

盛宣怀年近古稀，雄心犹在，作风犀利，担任邮传部大臣后就想让邮传部下设的几个部门达到"事权统一"，共同进步。他奏请让邮传部接管邮政，以归统一而副名实。在他"竭全力争之"后，清政府"决计收回，定于五月初一起实行"。盛宣怀雷厉风行，五月初三就将邮政与海关分立，正式成立大清邮政总局，并制订了邮政交替办法五条。像当年唐绍仪收回海关权利一样，最关键的问题还是谁掌握管理权，清政府尚没有自己专门的邮政人才，只能聘用法国人帛黎任总办，派署理邮传部左侍郎李经方（字伯行）兼理邮政总局局长。

李经方是李鸿章的儿子，曾担任过清政府出使日本、英国大臣。他的第一个措施是限制洋员，盛宣怀也是这个观点："将来帛黎去后，我部不能再用洋人，须用本国人。"由于邮政和海关的特殊关系，邮传部将邮政总局设于上海，地点是北京路和四川路口原来上海大清邮政局的地方。

大清邮政总局由此开始了全方位的现代化管理和队伍建设，更大范围地开通邮路，在全国设立了5485个邮局和邮政代理处，并正式接管全国驿站，使邮传部名副其实。借鉴英国文官制度，大清邮政总局对员工实行按期考绩一级级地升级的提升方法，员工进邮局后从邮务生做起，然后是邮务员、邮务佐、邮务官，直到邮务长。最为先进的一点是，所有职工老病死亡有恤。

为了使中国邮政真正走上独立经营之路，盛宣怀和李经方慎重选择一些与洋人打交道有经验并且有管理能力的人充任到邮政的各级管理部门，唐元湛出任邮政总局提调、邮政总局上海邮政局总办。邮传部这个在立宪的呼声中产生的机构，为发展国家铁路、船运、电信、邮政事业，努力向世界先进水平看齐。

上海邮政局以创新的观念为邮政权利的收回做了个形象广告，从英国购买了一百辆蓝苓牌自行车，作为邮件投递的工具。每天，工作人员分拣完邮件，邮递员们将重重的邮包放在自行车上，投递时间一到，便一起登车涌出邮局大门一阵风似的分散到上海的大街小巷。一百个穿着大清邮政统一制服的邮递员骑着标志、颜色统一的自行车门对门地投送邮件，是一道怎样的风景。

唐元湛从美国带回自由车已经整整30年了，为使其成为大众交通工具和健身器械，他和同仁们一直做推广普及，当它作为中国邮政独立经营的标志，真让所有的人始料未及。从此，邮递员骑车送邮件在全国逐步推广开来，上海的一些特殊行业也将自行车列为必备工具之一。

快速、优质，上海邮政局稳住了客户群体，扩大了经营范围。在加强基础建设的同时，邮传部开始义正词严地打击在华的客邮局，坚决维护国家邮政主权，使大清邮政发生了实质性的变化。当年年末，中国邮政总局开办国内汇兑业务。

邮传部大臣盛宣怀收回了中国邮政的管理权，又去触动那根最敏感的神经——铁路，大刀阔斧地改革。鉴于各省的商办铁路管理混乱、动作迟缓、集资无力，同时借鉴国外铁路国有化的成功经验，提出了铁路国有化的建议。清政府的"皇族内阁"采纳了盛宣怀的建议，于宣统三年四月十一日（1911 年 5 月 9 日）颁发了《铁路国有令》，宣布实行铁路"干路国有政策"。《铁路国有令》指出：铁路干路于国计民生影响极大，而由商办铁路公司修筑的干路，因资金有限，又管理不善，致使进展缓慢。为加快干路建设，以满足国家之需，将"干路均归国有，定为政策"。"以前各省分设公司集股商办之干路，延误已久，应由国家收回，赶紧修筑"。

盛宣怀当月奉命接办川汉、粤汉铁路，接议与英、法、德、美四国银行六百万英镑的借款之事，四月二十二日（5 月 20 日）他以湖南、广东等地的盐税为抵押签订了《川汉粤汉铁路借款合同》，将川汉、粤汉铁路归商办的那部分收回，并踌躇满志地畅想，十年后铁路就能盈利。但是，商民和他的想法截然相反，认为《铁路国有令》严重地侵夺了自己的利益，开始了请愿式的保路运动；而盛宣怀则坚持邮传部"把以往各省兴办之事，皆行集中于中央"是理所当然的事，不让步。

广东省粤汉铁路公司总理兼总工程师詹天佑、会办黄仲良三个月内两次去电邮传部，转达粤汉铁路民间股东的意见，要求取消铁路收归国有之措施。但是，他们的意见没有也不可能被采纳。

周万鹏

《铁路国有令》颁发后首先是四川发生了大规模的武装冲突，保路运动如同干柴烈火，迅速蔓延至广东、湖南、湖北，而且越烧越旺。清政府急令做过邮传部尚书的岑春煊和四川总督赵尔丰办理剿抚事宜，不力。

作为邮传部大臣，盛宣怀更是在这个非常时刻抓紧了邮传部各个部门的管理，加强了对电报、邮政、驿站的控制。各地电报局、电话局的总办都调派了他认为的可靠之人。周万鹏从上海调到北京官阶四品，唐元湛于宣统三年五月（1911 年 6 月）接替了这位留美同学的职务，担任邮传部上海电政局总办、上海电报局总办，他本身还有邮政总局提调、上海邮政局总办的职务。

盛宣怀在这个时候调动周万鹏和唐元湛用意很明显，派最可靠的人在最关键的岗位，对各地通信系统特别是电报局做最大限度的控制，以防四川发生事变的消息泄露，而引起更大的骚乱，饬令各地电报分局委员："严嘱总管、领班，严告学生，关于川事电报尤应格外慎密。并严饬司事，一概不准泄露，违者严惩。"他要求各电报局全天候工作，"严电谕令各局员、领、生，格外谨密，电报随到随发，不准片延。"并派专人对各地电报局人员实行严密监视，"嘱总管领班在副领中择品行素来安分、熟悉电码者，除应值班之时不计外，落班时，派定一二人专在报房查看密察。"真可谓呕心沥血，细致周密，措施严厉。

清廷又起用了端方，于九月十六日（11月6日）任命他为四川总督、钦差督办川粤、川汉铁路大臣，率领湖北新军入川剿抚，接收湘、鄂、川、粤四省的商办铁路公司。端方一直以改良著称并希望以立宪开创大清一片新天地，此刻身处一个尴尬的境地，虽然受命率领湖北部分新军，但他并没有雷厉风行地入川镇压，只是慢慢地向四川走着。

清廷更没有料想到革命党人早就渗透到湖北新军中做组织和发动起义的工作。乘湖北新军入川，武昌成为一座空城的时候，革命党人抓住机会，准备举行埋葬清王朝的武装起义。

铁路导火　武昌首义

袁世凯被载沣罢官后在老家河南彰德（今安阳）"养疴"已经两年又十个月了，为了向清政府证明他已看破红尘，与政治绝缘，在彰德城北洹水边购置了一处占地两百亩的别墅，叫"洹上村"。他给外人造成的印象是终日与家人尽情享乐，写一些与政治无关的诗文消磨时间，又特意从天津请来摄影师，拍了一张遁隐山林的照片。照片中的他及兄长身披蓑衣，头戴斗笠，手持渔竿，一坐一立在泊于水中的小舟上垂钓，旁边是洹上村的假山。他将照片洗印了上百张，送到上海刊出，刻意向外界"秀"自己淡泊自在的隐居生活，但是从照片中还是能够看出他目光如炬，明亮有神。有一句诗言其心声："野老胸中负兵甲，钓翁眼底小王侯。"

如世外桃源的洹上村并非远离红尘，这里交通方便，背后是京汉铁路，汽笛的鸣叫不足以满足袁世凯对外面世界的观望，又架设了一条电报专线，秘密地与各督抚、老部下、甚至是过去的政敌保持着联系，哪怕是留日学生回国，也要绕道到他家拜访。对需要资助的人，袁世凯一如既往视其才能给予优待或资助，以网络人才。

宣统三年八月十三日（1911年10月4日），御批颁布大清国歌也是中国第一支国歌《巩金瓯》，严复作词："巩金瓯，承天帱，民物欣凫藻，喜同袍，清时幸遭。真熙嗥，帝国苍穹保，天高高，海滔滔。"谱曲是昆曲、京剧大师溥侗，他将皇室颂歌曲谱改写成新式乐谱。

大清国歌颁布仅六天的八月十九日（10月10日）凌晨，湖广总督瑞澂对湖北新军中的三名革命党人彭楚藩、刘汝夔、杨洪胜在督署门前"即行正法"，并向北京的内阁发电报捷，称昨日已缴获武昌革命党人名单，并拿获革命党32人。朝廷复电嘉奖，称他与事文武"皆奋勇可嘉"。

瑞澂并没有感到武昌的形势危急，也不想让事态扩大，更不愿意承认在湖北官员中的公开秘密：新军中革命党人占三分之一之重。毕竟，清政府为培养这支军队十多年来花费了巨多的银两。

革命党人面临的是起义计划被暴露，起义的领导机关被破坏的处境。晚上近7时，突然驻武昌城内新军工程第八营响了一枪，情况危急，塘角辎重队的士兵熊秉坤立即掏出枪对空连开三枪，这是起义信号，江边燃起了熊熊大火。其他约五营的士兵闻风响应，一同起义，楚望台军械库是首先要控制的目标。起义军和清军力量对比悬殊，南湖炮队的邓玉麟率众冲进军械库，取出武器弹药。12门大炮硬是在搏杀中人拉肩扛甚至以肉躯"填"坑洼拖到了蛇山山顶。邓玉麟亲手向清军发出了第一炮，接着又命令孟发臣、蔡汉卿等炮手炮击总督府。

起义军控制蛇山后架起了大炮

双方血战通宵，黎明时瑞澂等人仓惶逃到停泊在长江江面的兵舰楚豫轮上。起义军占领了总督衙门、藩库等重要机关，武昌城易帜。到了12日，武昌、汉阳、汉口三镇完全被革命党人所控制。

武昌起义的消息通过电报在第一时间传到北京，清廷降旨，瑞澂革职，仍令任总督事，戴罪图功。第二天早晨，湖北军政府就查封和接管了武昌电报局、邮政局、官钱局、枪炮局、兵工厂、铁厂，"饬其执事者速将事交出，新政府另换当手接管，均系文明，并未强逼。"起义军推举海军将领黎元洪担任湖北军政府都督，推举湖北咨议局议长、军政府正参议汤化龙为民政部部长，先后以都督黎元洪的名义，发表了《布告全国电》《布告海内人士电》《宣布满清罪状檄》《致清政府电》等十个通电。要求清政府及早审时度势，接受共和现实；要求各省督抚"勿拘君臣小节"，"盍乎归来，共襄民国"，号召全国一切革命党人、反清志士迅速奋兴，勠力共进，建立永久共和政体。汤化龙也利用电报联络各省咨议局，"请协力赞助共和，推翻旧政府"，宣布中国为中华民国，以铁血十八星旗为革命军旗。

海军将领黎元洪

埋葬清王朝的新军不但是清政府自己"培养"的，一大批外交家和实业家也是清政府自己"培养"的，比如王正廷（字儒堂，浙江奉化人），北洋大学堂毕业后进海关任职，1905年在日本加入同盟会，后赴美国留学，1910年毕业于耶鲁大学法律系，又进耶鲁大学研究院深造。辛亥革命前回国，任黎元洪都督府外交司司长。

湖北军政府的通电首先得到了境内各道府州县的响应，革命党人立即行动起来，夺取电报局、邮政局，接管旧政权，宣布拥护民主共和。巧的是革命党人在接管电报局时，发现了刚刚译好的数份清政府给瑞澂的电报，从中得知荫昌正奉命督师五千人南下的消息。他们遂以瑞澂的口气回电："电信阳州

中华民国湖北军政府成立

同党将炸毁黄河铁桥，并电各省陆军暗码，同时约变。"清廷接报，信以为真，盛宣怀连忙致电直隶总督陈夔龙、河南巡抚宝棻，要他们赶紧派军队扼要驻扎，守护铁桥。

"电传到湘"，驻长沙新军第二十五协一、二标立即响应，湖南也随之独立。湖南军政府立即"刊发文电，布告四方"，通过电报局"即日电告各道府州县"，"其不通电之处，饬即钞电专差携送"。清廷惊呼"是湖南全省，已为彼传电而定"，快速反应，水路派出海军提督、巡洋和长江两舰队的统制萨镇冰率舰前去镇压。进入长江后，萨镇冰见各舰官兵大多同情革命，痛苦思考之后，将舰队指挥权交给"海筹"舰舰长黄钟演，自己称病告假，挂冠而去。第二天，黄钟演等人率领"海筹""海容""海琛"三舰在九江宣布起义。

武昌起义爆发的第二天，袁世凯正在家中设宴庆祝他五十二岁生日，消息传来，满座亲朋"相顾失色"，他立即下令停止一切祝寿活动。当湖广总督瑞澂被革职拿办后朝廷委任袁世凯为湖广总督兼办剿抚事宜，袁世凯给朝廷回奏："足疾未愈，难肩重任。"陆军大臣荫昌受命率北洋军第一军和第二军赴武昌平叛。袁世凯给第二军军统冯国璋发出了六个字的电文"慢慢走，等等看"，同时又与各方政治势力电来中往，频频联络，告诉他的亲信："宜顺应形势，静候变化，不可胶执书生成见，贻误大局。"在袁世凯的遥控下，荫昌这位正白旗出身、受过德式军事训练的陆军大臣愣是指挥不动这支帝国最具战斗力的军队。

清政府在调兵遣将的同时还封锁革命消息，加紧对各处电报局和新闻传媒监控，但是外国在华的电报局和通讯社不受其控制。英国《泰晤士》报记者莫理循预感中国要发生大事，十分关注形势发展，以自己常年经营的网络第一时间得到信息，第二天以这样的文字发出了武昌首义的消息："一场规模巨大的起义在湖北省武昌市爆发，欧洲人还没有信息材料来判断这场起义的结果，起义的态势已经蔓延到整座城市……"

"各地骤变"的消息不断通过电报传到北京，盛宣怀不遗余力地挽救危局，在他管辖的电报、铁路、轮船、邮政的范围内防范死守，同时和端方等人意见一致：必须请袁世凯出山率兵镇压，否则不能平息起义。于是他一方面向朝廷极力推荐袁世凯，另一方面以老朋友的身份电请他出任统帅。清廷内部也把目光投向袁世凯，首先是庆亲王军机大臣外务部总理大臣奕劻。

奕劻和袁世凯颇有渊源，他一进军机处任职，袁世凯就派人送去了一张十万两的银票，从此"月有月规，节有节规，年有年规"，供奉不断。袁世凯的用心没有白费，奕劻于八月二十三日（10月14日）提议起用袁世凯，外务部协理大臣那桐和徐世昌随声附和。那桐说："大势今已如此，不用袁指日可亡；如用袁，覆亡尚希稍迟，或可不亡。"

　　八月二十四日（10月15日）京师步军统领衙门传谕京师各报馆："凡关于鄂事，暂缓登载。"军谘府、陆军部致函邮传部和盛宣怀："现值军务吃紧，辇毂重地，防范宜严……凡用密码传达者，概行禁止收发。译文电报，并由电报人员随时留意查阅，以防勾结泄露。如有可疑及悖逆之电，即行扣留。"盛宣怀在邮传部所管理的部门内严加控制，保证交通和信息畅通的同时，对革命党人也做好防范措施，亲自给京汉铁路局和轮船招商总局下指令，从列车调度到船只安排都在掌握之中，以至"舟中须多带面粉以备不虞"，也在指令中嘱咐。

　　紫禁城里一片忙乱，载沣一筹莫展，满朝文武没有一个能够审时度势，反而群起指责盛宣怀是此次暴乱的祸首，资政院接连弹劾盛宣怀违宪、乱法、激兵变、侵君权。"不杀盛宣怀不足以平民愤，不开国会不足以谢天下"的呼声不绝。资政院第二次会议开过后，有人告诉了盛宣怀实情。盛宣怀这位官场、商场的常胜者没有预料到，自己为大清王朝殚精竭虑、周密策划却遭此厄运，当夜就研墨铺纸写申诉奏折。天亮时他还没有写完，朝廷的旨意就到了，将他革职，永不叙用。同一天，"上谕邮传部大臣着唐绍怡补授，迅速来京供职，未到任以前着吴郁生暂行兼署。"清政府为了平息众怒稳住统治，不等盛宣怀一一申辩解释，就把他推了出来当替罪羊。时间是宣统三年九月初五（1911年10月26日）。

　　圣旨也在第一时间送到了广东香山唐家湾，唐绍怡正兴趣盎然地给已具规模的私家园林小玲珑山馆题词写联，画龙点睛、锦上添花。接到圣旨后他并没有动身前去上任，而是继续"养病"。他也在静观事态变化。

　　盛宣怀被革职后，财产被查封。英、美、德、法四国公使出面保护了他的人身安全，迫于时局，他于28日离开北京，经天津到青岛再抵大连。叱咤风云的他不但成了辛亥革命打击的对象，也成了清王朝群臣弹劾攻击的目标，心中难以抑制悲愤，看着大海中汹涌的波涛，往事历历。洋务运动兴起后，洋务派为大清帝国尽忠卖命，多次扶大厦于倾倒，有了"同光中兴"，但是到了最后，李鸿章连个好名节都没有保住，成了千夫所指，自己也没个辩解机会就狼狈离京，感叹宦海无常，人生跌宕。

　　盛宣怀年轻时一进李鸿章的幕府，就被认为是"欲做大事，兼做高官"。从一个机要秘书做起，只用九年的时间就成为天津河间兵备道，此后署理津海关道、任山东登莱青兵备道兼东海关监督、津海关道兼津海关监督，官位直到邮传部右侍郎、邮传部尚书、邮传部大臣。作为李鸿章办实业主要依靠的人，他二十八岁时提出"官督商办"的建议，和唐廷枢、徐润等人共建轮船招商总局，后为督办。三十六岁时是津沪电报总局总办，五十四岁时又任铁路总公司督办，主持湖北煤铁开采总局。洋务的其他企业如上海织布局、中国通商银行等，他都是主要的经营管理者，还慷慨捐资办起了北洋大学堂、南洋公学。将铁厂、铁路、银行、学校、派遣留学生等事务形成了一个有机的整体。面对资本主义经济入侵、国家在对外关系上以失败为主的局面，他迎着艰难险阻顽强向前，为"富强大局"打拼出了一条道路。他曾在给亲家同时也是外交家的孙宝琦函中对自己作过这样的总结：

> 创轮船与各洋商争航路；开电政阻英、丹海线不准越中国海面；建纱布厂以吸收洋纱布之利；造京汉以通南北干路；恢张汉冶萍，以收钢铁权利……冒奇险而成兹数事。

慈禧太后也说过："今日看来，盛宣怀为不可少之人。"

这位官僚实业家十年前运动"东南互保"时目光长远，拿捏精准，这次"铁路国有化"并非完全错误，铁路借款也是盛宣怀奉命而行。但是他没有对国情、民情准确把握，更没有预料到大清王

盛宣怀（前排左二）和中外人士合影，后排右四为福开森

朝上下混乱，长时间积累的矛盾会以这样的方式爆发，结果又是如此不可控制。清政府没有能力纵观时局把握大势，毫无国家意识，以为将盛宣怀推出就可以稳住形势，真是自掘坟墓，昏庸到无可救药的地步了。

盛宣怀毕竟是为大清王朝把控着国家关键部门，他一离去，铁路、电报、轮船、邮政的控制层面出现了真空。作为全国电讯中心，邮传部上海电政局管辖着257个电报局、5485个邮政局，还有电话局，唐元湛作为邮传部上海电政局总办、邮政总局提调，上海电报局总办、上海邮政局总办面临着重大抉择。"生存，还是死亡？"关系着中国社会的进程，进步，还是倒退？

义旗所指 罔不踊跃

关键时候关键人物的决策影响着社会的进程，就在盛宣怀被革职、唐绍怡被任命的当天，宣统三年九月初五（1911年10月26日），邮传部上海电政局改为"邮传部电政总局"，唐元湛为总办。唐元湛与唐绍怡心神相通，以政治家的目光和腕力，抓住时机对所管辖的部门进行改组，将邮传部上海电政局从老垃圾桥北堍迁到松江路1号（今四川中路延安东路东侧）。为统一行动，他会同黄兴大元帅、苏沪都督、外交总长多次协商，制定出新的全国统一电政执行办法，号令全国各省按新办法执行。如同"国家命脉"的电讯系统，在唐元湛的主持下，脱离了清政府，同时为接下来的变局做了"统一"的铺垫。

新办法的执行，取消了先前军谘府、陆军部、邮传部下发的关于封锁革命消息和加紧对各处电报局及新闻传媒监控的种种饬令，为各省独立互通消息打开了通道，加强了邮传部电政总局的权威性，更有利于总办唐元湛对所有下属部门的把握和人员的调整。中国的电讯网络完全掌握在中国人自己手中，多次在关键时刻为社会的进步发出震撼人心的声音。连外国人都承认："他们（指留美幼童）所获得的知识使中国开展现代通讯，并且因为这个原因，电报系统可以说摆脱了外国的政治干预。"上海这时已经成了各方政治力量集中的地方，现代化的通信工具掌握在向往共和的唐元湛手中，为这场天翻地覆的革命发挥了不可替代的作用。

金銮殿上的"孤儿寡母"难以掌控局势，隆裕太后临朝训政于九月初六（10月27日）调荫昌"回京供职"，九月十一日（11月1日）任命袁世凯为全权内阁总理大臣，奕劻改任弼德院院长。袁世凯这才以钦差大臣的身份，直接从河南彰德到了湖北孝感前线。这位北洋军创办者调动精锐部队向武汉逼近，节制水陆各军，从革命军手中夺回了汉口、汉阳，一跃东山再起。他出师告捷，停兵不再进攻武昌，将王士珍、段芝贵、段祺瑞等北洋大将留在湖广，自己带着卫队从湖北去北京。

正是袁世凯从湖北回师北京进行组阁的时候，九月十三日（11月3日）上海小南门外火警钟楼响起了悠远、洪厚的钟声，同盟会中部总会的负责人陈其美等人率众响应辛亥革命，进行武装起义。起义队伍中会聚着上海的各方力量，有海军新军、军警、预备立宪公会的商团、帮会组建的敢死队，还有工人、市民。预备立宪公会的总董李平书等人成功对上海军警策反，起义军很快占领了闸北和上海城区，江南机器制造总局成了清政府最后的象征，也是最后的堡垒，总办张楚宝负隅顽抗，拒绝投降，双方交战激烈，从里到外火光冲天，枪声一片。陈其美只身进制造局劝降反被拘禁，清军也声言将从宁、淞两路反扑，"无论革党、商团，擒获者一律正法"，形势十分危急。

第二天，李平书及上海商务总会的王一亭、沈缦云、叶惠钧等人在商团公会会所商议如何面对时局。李平书等人举棋不定，王一亭慷慨陈词："事亟矣。进或亦死，退则必死，等死耳。与其引颈待戮，无宁为国殉身，若事有济，则与民国前途裨益良巨。"一番话让在座的人再下决心，组成敢死队，又一次猛攻制造总局，战斗持续到午夜，终于取得了胜利。总办张楚宝乘小火轮逃往租界，陈其美得救脱险。上海全境光复后，成立了军政府（后改称沪军都督府），陈其美被拥推为沪军都督。

沪军都督陈其美

江浙革命军的五色旗在南京路上迎风飘扬。上海军政府发布告示：

照得武昌起义，同胞万众一心。

凡我义旗所指，罔不踊跃欢迎。

各省名城恢复，从未妨害安宁。

上海东南巨埠，通商世界著名。

一经大兵云集，损害自必非轻。

今奉军政府命，但令各界输诚。

兹已纷纷归顺，具见敌忾同情。

惟愿亲爱同胞，仍各安分营生。

洋人生命财产，切勿乘此相侵。

转瞬民国成立，人人共享太平。

黄帝纪元四千六百零九年九月十八日

布告纪年的年号没有用清朝的"宣统三年"，而是"黄帝纪元"，可见革命军"驱逐鞑虏，恢复中华，创立民国，平均地权"的决心。可贵的是这个决心不是以"暴力"

体现，首先保护了上海这个世界著名的通商巨埠，突出了"安宁"，并注意到了对外关系的处理，希望"转瞬民国成立"的时候，城市不被破坏。

正是这共同的心愿，沈鳗云、王一亭与李平书商量筹集军饷，以上海商务总会的集体名义为军政府垫款一百八十万两银，其中一百二十万两充宁、沪、杭和扬州军饷。上海及一些大城市的女子组织起来，募集资金支持南方革命军。唐金环的妹妹唐金玲是著名的女社会活动家，于宣统三年十月初八（1911 年 11 月 28 日）在上海成立女界协赞会又名女子协赞会，以协助军饷为宗旨，为民军募饷，举伍廷芳夫人何妙龄、唐元湛夫人唐邓凤为正副会长。唐金玲首先动员自己的亲人们捐出金玉首饰为辛亥革命尽绵薄之力。唐邓凤拿出了"体己钱"和首饰，充作革命军军饷。这场革命也促进了妇女的解放。

二十四岁的蒋介石

在日本留学的浙江青年蒋介石被好朋友陈其美电召回国，二十四岁的他拍下绝命照留给母亲，然后率领敢死队身先士卒猛攻浙江巡抚衙门，活捉浙江巡抚增韫（蒙古族），杭州全城光复。

浙江、贵州、广西、广东、山东、福建、甘肃、云南等地先后光复，宣布独立。程德全从奉天巡抚调任江苏巡抚已有一年半的时间，陈其美派革命党人前去劝说。他于 11 月 5 日在苏州宣布独立，并和在昆明宣布独立的蔡锷先后"驰电各属道府州县，令其即日反正"。武汉的革命党人拍一密电，由上海的陈其美转俄国，送达新疆的革命党人，遂有新疆的起义成功，独立。

宋文翙是清政府重建海军后又回到海军的，历任建安鱼雷快艇管带、江利炮舰管带、江元炮舰管带并简授海军副参领。年初，任镜清号炮舰管带。留美幼童出身的他，从南洋到北洋，经历了海军近代化建设的过程。九月二十日（11 月 10 日），作为驻南京舰艇队队长兼镜清号炮舰管带的他，召集所辖 13 艘舰艇管带在镜清舰上开会，讨论时局，商量对策。但是大家议论纷纷，各持己见，难以形成共识。突然，革命党人的敢死队携带手枪和炸弹，身着便衣出现在会场。敢死队为首的陈复慷慨陈词，说明了当前的形势和清政府的灭亡趋势，并承诺，革命党人会为各舰供给粮食和燃料。陈复见个别管带还在犹豫，露出了藏在衣服里的炸弹，怒目而视。会议在宋文翙的主持下，最后做出了决定：起义。敢死队员分别伴随各舰管带回舰准备，陈复留在镜清舰，协助宋文翙指挥。

九月二十一日（11月11日）夜，清政府驻南京舰艇队队长宋文翙在镜清舰发出"起航"命令，13艘舰艇实行灯火管制，悄悄离开了还在清军控制下的南京，鱼贯而下，驶往镇江。

第二天，当太阳升起来的时候，镇江港突然出现了许多舰艇，几天后驱逐舰飞鹰号和盐务稽查舰虎威、江干号也来到镇江。江面上，舰旗飘飘，舳舻相继，一片热闹。海军起义人员受到了革命党人的热烈欢迎，每位水兵都得到了特别犒赏银，16艘舰艇编为新的舰队，宋文翙被推举为革命军镇东舰队司令。

南京舰艇队队长
兼镜清号炮舰管带宋文翙

1911年12月1日，澳大利亚记者端纳向全世界发布了这样的消息："这天清晨，一场生死斗争在一座城市和一座山的中间进行……"这场战斗正是前一天宋文翙率舰夜袭南京城，和革命军江浙联军攻打北洋军阀张勋的守军。张勋战败弃城而走，以紫金山为标志的南京城光复。宋文翙被湖北军政府委任为海军舰队司令，统领长江水师。

吴其藻于宣统元年（1909年）被清政府授花翎二品衔候选道，在邮传部上海高等实业学堂船政、航海两科教学，并任船政科主任。辛亥革命时他是吴淞口炮台司令，在要害部门为革命保驾护航。

吴淞口炮台司令吴其藻

江苏省咨议局局长张謇派人前去慰问革命军，这个行动非常明显，立宪派人士已经摈弃了清政府、拥护共和。

庄蕴宽（字思缄）做过梧州知府、太平思顺兵备道等职，是秘密同盟会会员。当年黄兴在长沙策划起义时，遭湖南巡抚通缉，庄蕴宽得信后派人赠重金护送黄兴出境。上海光复后，他又带着张謇、章太炎的信件奔赴武汉，与黎元洪、黄兴联络，商议共和。江苏光复，在武汉指挥作战的黄兴发来贺电："东南大局，就此敉平。"张謇、汤寿潜等人一致举荐庄蕴宽出任江苏都督。从武汉到南京再到上海，江南大片土地成为革命军的地盘，南北对峙局面形成，革命的重心从武汉转移到了上海。

这时，还有一个人也对未来做着规划。他就是立宪派的又一名重要人物赵凤昌。

赵凤昌在上海法租界宝昌路 408 号（后改为霞飞路，今淮海中路 650 弄 3 号）的寓所"惜阴堂"给张之洞当影子幕僚负责办理机要通信事务时，结交了各路豪杰，当然和唐元湛也很熟悉。10 月 10 日当晚，他利用工作之便发密电给汉口电报局，询问湖北局势，第二天一早得到回电：瑞澂兵败，首义成功。

赵凤昌

赵凤昌得到消息后回到惜阴堂，密切观察局势的同时也在运筹帷幄，独立的省份虽然宣告脱离清政府，但是清廷并没有寿终正寝，内战还有可能招致列强对中国进一步瓜分。他认为：清廷的垮台是大势所趋，国内的政治力量不应该保清廷，要"保将来中国"。纵观半个世纪以来的中外关系，列强对中国一直是虎视眈眈，而日本对中国的威协最大。当他得知清廷对盛宣怀革职永不叙用，让唐绍怡"迅速来京供职"的消息后，立刻对下一步的行动做了策划。但是无论怎么行动，有一个人是绕不过去的，就是邮传部电政总局总办兼上海电报局总办唐元湛。唐元湛对电信系统改组，一切尽在不言中。于是，他决定，亲自前去秘密接洽。

唐元湛对立宪派提出的"不保清廷保将来中国"的主张，内心深处有着共鸣，这个口号似曾相识，正是戊戌变法时后党一派人对维新派保国会的攻击，说他们是"保中国不保大清"。作为一个学者，他也在思考，从 1861 年开始的洋务运动就是极力扶大厦于倾倒，曾国藩、左宗棠、李鸿章、张之洞等人都无愧中兴之臣的声誉，清政府自身的改良和新政也只是将这个王朝延长了一些，根本改变不了国家积贫积弱的局面。开平矿务局的结局在他心中是一个挥之不去的阴影，现行的社会制度连最基本的国家安全都无法保证，更谈不上富强和进步。危急时刻连李鸿章、盛宣怀都被推了出去，替朝廷承担后果和骂名。清王朝的覆灭只是个时间问题，顺应时代的潮流，建设自由和民主的法制制度才是关键。

唐元湛将赵凤昌的电文送达给唐绍怡："大事计旦夕即定，公宜缓到任，如到任，宫廷闻警迁避时，公须对付各使，杜其狡谋，以保将来中国。"同日，赵凤昌又通过唐元湛给外务部大臣、当年同在张之洞幕府中的梁敦彦发密电："文明大举，大势已成，计旦夕即定。公切勿回京，宜在外阻外兵来华，并设法借他国阻止日本行动，以保将来中国。与公至交，据实密达。"这两封电文无疑是对未来中国的一种政治策划，是违背朝廷意愿但是为了国家进步的。唐元湛在关键时刻，让国家的电讯网络为革命服务，同时又打开了一个通道，而且是隐蔽的。

不再为满清效力，唐绍怡已经于一年前就这样做了，但是如何"保将来中国"就不像他在家乡造园林那么简单了。

与头戴大檐帽的新军合影，奕劻这位大清朝的铁帽子王只好把头低转过去

袁世凯联合奕劻让皇帝的生父载沣交出了权力，独揽军政大权。他电召唐绍怡等到北京组织责任内阁。唐绍怡明确表示："不能参加一个以保留满清朝廷为政策基础的内阁。"拒绝了清廷"邮传部大臣着唐绍怡补授，迅速来京供职"的圣旨，通过唐元湛发来的电报，知道了南北双方都趋于议和，走出"观星阁"，走出刚建起来的小玲珑山馆，离开家乡唐家湾，北上。

第十章

一个群体　一个时代

1912 年 1 月 1 日上午孙中山乘专列从上海赴南京，正面中间穿深色大衣者为孙中山

不保清廷　保国将来

当时中国的政治力量主要是三个方面：一个是清王朝的专制势力，要坚持"大清皇帝万世一系"；一个是以孙中山、黄兴为首的革命党，把颠覆皇权建立民国作为革命目标；再一个就是江浙以张謇和赵凤昌为代表的立宪改良派，力图联合革命力量，以立宪派为主体，建立共和政体。这三种力量中都有留学生，留学日本的清室"贵胄子弟"中有捍卫帝制的死硬派。

袁世凯的内阁于宣统三年九月二十六日（1911年11月16日）组建，几乎网罗了社会上的各派政治力量，更不乏精英人物。外务部大臣是奕劻内阁的外务部大臣梁敦彦，副大臣是外交家胡惟德；民政部大臣是天津小站练兵出身、奕劻内阁的民政部副大臣赵秉钧，副大臣是乌珍（字恪谨，汉军正蓝旗人）；度支部大臣是学者严修，副大臣是1906年参加学部考试获第一名的法政科进士陈锦涛；学部大臣是奕劻内阁学务大臣兼弼德院顾问大臣唐景崇，副大臣是学者杨度、京师大学堂总监督刘延琛；陆军部大臣、副大臣均为天津小站练兵出身的王士珍、田文烈；海军部大臣是萨镇冰；法部大臣是法学家沈家本，副大臣是维新派领袖梁启超；农工商部大臣是立宪派的重要人物张謇，副大臣是满清贵族熙彦；署理邮传部大臣是实业家杨士琦，副大臣是梁如浩；理藩部大臣、副大臣是满清贵族达寿、荣勋。

袁世凯内阁产生于非常时期，形势瞬息万变，绝大部分人并没有去上任。外务部大臣梁敦彦在国外，胡惟德暂署，而胡惟德的外务部副大臣又由曹汝霖暂署；度支部大臣由绍英暂署，副大臣陈锦涛一个月后被病免，外务部左丞周自齐接任；学部的两位副大臣杨度、刘延琛请辞，前邮传部左参议张元济接任，张

掌握兵权的袁世凯

元济也没有上任；陆军部大臣王士珍、海军部大臣萨镇冰没有上任；法部副大臣梁启超请辞，法部左丞曾鉴接任；农工商部大臣张謇也没有上任；邮传部大臣杨士琦请辞；邮传部副大臣梁如浩此时在广东原籍被广东都督胡汉民提名为广东省交通部部长，没有去北京上任。邮传部左参议梁士诒署理邮传部，之后是镶红蒙副李经迈署理。

唐绍怡到北京后"花了几个小时劝说庆亲王，努力使他确信，朝廷务必体面地下台，以促成和解"。

中国社会正酝酿着翻天覆地的变化，所有的人，将目光聚焦于南京、上海。

上海这个通商巨埠中西文化荟萃，新闻业在全国最发达，这里的洋商电报局、电话局、客邮政不受清政府各种饬令的影响，所有关于革命的消息飞速传播。上海有中文报刊460种，外文报刊54种，望平街（今山东中路）不算太长，但因为是报馆一条街而著名，英文报纸有《文汇报》《泰晤士报》《大陆报》，中文报纸有《申报》《中外日报》《神州报》《民报》《商报》《新闻报》《时报》等。所有报纸的访事员都意识到了重大变革的来临，以极兴奋的心情想尽办法从各种渠道获得消息。报馆为了抢先一步发稿，各显神通，有时来不急排版印刷，先将消息拟成标题写在布告牌上发布出去。自武昌起义"革命得势后，各报每得消息，必择其要者，刊发传单，或书之牌上，悬挂门外，以供留心国是者先睹之快。""自是以后，望平街之道路自晨至夕，皆为拥挤不堪，攒首万人，皆于报馆伫望消息。"驻华的外国通讯机构和访事员不但为上海的报纸提供消息，还纷纷向英国伦敦、法国巴黎、德国柏林、美国的旧金山和纽约等地的各大报纸发出电讯，报道辛亥革命消息。海外华侨通过报纸电讯知道了辛亥革命的消息，踊跃捐款支持革命；这些行动又通过电报和报纸传到国内，极大地鼓舞了革命党人和群众的反封建斗争。

上海福州路是文化旋流中的涡眼

上海电信部门的情况和其他地方不一样。独立的省份大多是"先占衙门、藩库、军械局、官钱局，再占咨议局、电报局、邮政局"，各省军政府、都督府内大多设有文电科，专门负责电报电话收发事宜。并通电各省督抚"冀其从速独立，早定大局，其时函电交驰，极为忙碌"。因为唐元湛的社会影响力和与立宪派的特殊关系，邮传部在上海的机构：电政总局、电报局、电话局、邮政局都没有像其他城市那样成为革命党人首先占领的目标，这在独立的各省中是一个特例。

　　面对各地多有土匪、防勇、会党趁机滋事及新军烧杀淫掠之类事情的发生，革命党人也以电报和文书布告的形式申明军纪，约束部队。蒋尊簋接替汤寿潜任浙江都督后，"即通电全省，并布告军队，谓我军人重道德，守纪律，不可扰民。"

　　电政关系国土安全和国家统一，武昌起义后，以哲布尊丹巴为首的外蒙古上层分子趁机搞"独立"，宣布脱离中国。清朝驻库伦办事大臣三多逃走后，一时库伦秩序大乱，"白昼抢劫，华商惊惧"。中国电报局库伦分局委员顾保恒虽不是革命党人，但见于事关国家统一，立即以"火急电报"报告清政府外务部，请求派兵入蒙，并建议组织民团、商团，制止外蒙古"独立"。又见京师与外蒙古路遥险阻，建议朝廷出面，通过俄驻华公使电令库伦俄领事出面协助。由于库伦电报局及时地、不断地向北京报告外蒙古的情况，遂引起革命党人和袁世凯内阁对外蒙古问题的关注，及时阻止了外蒙古上层分子的分裂活动。

　　封建制度的消亡已经不可逆转，中国走向共和是历史的必然，在这风云变幻，潮起潮落的动荡时节，国内各种政治力量相互纠合如犬牙交错，列强更是虎视眈眈伺机对中国扩大侵略。留美幼童在这个时候不谋而合，协同一致。外交方面有外务部大臣梁敦彦、驻英国公使刘玉麟、驻德国公使梁诚；袁世凯的重要幕僚中有蔡廷干、蔡绍基；电讯系统中有唐元湛、周万鹏；铁路方面有钟文耀、詹天佑、黄仲良；海军将领中有吴应科、宋文翔、吴其藻、容尚谦；还有在其他方面任重要职务的如梁如浩……在"武汉倡义以来大陆蛟龙并起四方响应"的时候，粤汉铁路公司的总理詹天佑和会办黄仲良做出表率，以高度的责任感，坚定沉着，尽最大努力保证铁路运输的安全、正常，使铁路财产不受损失。

　　广东宣布独立后，参加了革命的容耀垣随《中国日报》回迁广州，并兼任广东省交通司副司长。

　　电讯在辛亥革命中成了能否掌握局势的关键，各地革命党人充分利用电报、电话遥相呼应，表明政治主张。全国十七个省相继宣布独立，脱离清政府统治，并派出代表聚集上海召开会议，商讨新政权的建立。

辛亥革命中的黄兴

　　上海的革命党人提出在南京建立临时政府，各省代表一致同意，又不约而同地将目光集中于清政府最精锐的武装力量——北洋军，而袁世凯又是这支力量的关键人物。赵凤昌在各省的相继举义独立中感到"文明大举，大势已成"，同时更关心如何确保中国的主权和独立完整不受损害。提出了一个联络袁世凯共同倒清廷的方案，并以深厚的政治人脉在南北双方密切联络，穿针引线，协调各方政治意见，分别以密电的形式与黄兴、袁世凯商议，讨论如何"保将来中国"。

袁世凯当上了清廷内阁总理大臣，对孙中山的革命主张是了解的，对南方立宪派的力量也不敢小觑，同时对清王朝的穷途末路更是看得清楚。于是，他派出蔡廷干和刘承恩去武汉会晤革命军都督黎元洪。

蔡廷干于光绪三十三年（1907 年）任北洋水雷艇队统领，宣统三年（1911 年）任清政府海军部军制司司长补授海军正参领（海军参军长），又被授予"三品京堂候补并加二品衔"。他和黎元洪是北洋水师的战友，而刘承恩又与黎元洪有同乡之谊。英国《泰晤士报》发表《蔡廷干上校来访接谈纪录》说："最初蔡氏列举事实认为中国应该实行君主立宪制，但是在与革命党人交谈后就改变主意而赞成共和政制。"蔡廷干、刘承恩没有完成使命，但也探明了革命党人的底线。袁世凯不甘心，自己给黎元洪写信，申明君主立宪政体可以破除满汉之见，因此不必汉人打汉人。11 月 8 日黎元洪复信，坚决反对君主立宪制，但是他表示，为了使臣民免遭涂炭，若袁世凯拥护共和制，可以推举他为共和国的第一任大总统。

在蔡廷干、刘承恩和黎元洪接洽的同时，袁世凯的另一拨亲信赵秉钧、洪述祖也积极和江浙立宪派的代表赵凤昌联系着。11 月 21 日，洪述祖密电赵凤昌，表明了袁世凯愿意和南方革命党议和，"即以此宗旨奏请施行，倘不允，以去就争之"，并商议："事机千载一逢，南中切勿松动，惟到沪议员，殊难其人。以少川（唐绍怡）来，南中人愿否？"赵凤昌通过唐元湛联系唐绍怡，南来协商大计。

十月十七日（12 月 7 日）清廷下旨特派袁世凯为议和大臣：

> 现在南北停战，应派员讨论大局。着袁世凯为全权大臣。由该大臣委托代表人驰赴南方，切实讨论，以定大局。钦此。

袁世凯奉旨，即备文咨行唐绍怡克日南下：

> 遵旨委托贵大臣为本大臣之全权代表。即希克日遵旨前往。除分咨外，相应咨行查照可也。须至咨者，古咨前邮传大臣唐。

唐绍怡既代表大清王朝，又代表主张君主立宪的袁世凯，率领议和代表团从北京出发，线路是先乘火车从北京到汉口，在汉口乘船抵南京，再沿沪宁铁路去上海。他的团队由署理邮传部大臣杨士琦、学者严修及各省的代表组成，曾是黎元洪的老师、又刚为大清国写完国歌的严复是福建省的代表。留美同学蔡廷干、容尚谦是唐绍怡的顾问，还有一层关系，容尚谦和黎元洪曾是广东水师广甲号巡洋舰上的战友。

夜幕慢慢降临，列车向南行进，铁路也曾是唐绍怡大展身手的地方，车窗外一闪而过的城镇乡村多么熟悉。从内心深处来说，大清的封建制度和袁世凯的君主立宪都不是他的向往，他向往的是真正民主的社会制度——共和。历史给了他一次策划未来中国的机会，必须尽全力推进民主进程，让国家和世界潮流一同进步。他以剪掉辫子去掉了清帝国臣子的形象特征，又将因为避讳溥仪而改的名字"唐绍怡"改回原来的"唐绍仪"。铁路成了政治舞台，又是走向共和的通道。

第二天蔡廷干将这个消息告诉《泰晤士报》记者莫理循："唐绍仪昨天晚上在铁路卧车四号房里剪了辫子。杨士琦和其他一些人大概在一个房间里把头发缏子放了下来。"让严复吃惊的是，只有自己还留着辫子。

专列到了汉口后严复见到了学生黎元洪，世事沧桑，两人相拥而泣。难道刚写成的大清国歌真要成为挽歌？严复向曾经的学生表达了袁世凯希望君主立宪的主张，当然这也是自己的主张。但是黎元洪表示不赞同。十月二十四日（12月14日），唐绍仪率领的北方议和代表团离开汉口乘船到南京，又坐上驶向上海的专列，这段路程由沪宁铁路管理局总办钟文耀负责。十月二十七日（12月17日），专列驶入上海站，唐绍仪率领焕然一新的代表团成员走下火车。他和谐庄重的西装领带、呢大衣、法式皮帽的着装，让所有的人眼睛一亮，石破天惊。这是一个行为艺术，很超前。

前来迎接唐绍仪的是穿着中式长袍的伍廷芳，他们不陌生。伍廷芳于光绪三十年（1904年）任外务部右侍郎，而唐绍仪第二年到外务部任此职。两个谈判对手代表着不同的政治营垒，却有着不少的共同点，两人都受过欧风美雨熏染，一直在搞洋务、办外交，熟知1688年英国的"光荣革命"又有共识：以议会的方式避免战争，同样可以实现社会的变革，建立起新的社会制度。伍廷芳是清政府二品大员，第二次任清政府出使美国兼墨西哥、秘鲁、古巴大臣回来后寓居上海戈登路（江宁路）观渡庐。武昌起义后古稀高龄的他冲破了效忠君主的精神桎梏，毅然与君主专制制度决裂，宣布赞成共和，并两次致函清廷，劝告清帝退位，被南方独立各省推为民军方面的议和全权代表。

江苏都督府和沪军都督府对沪宁铁路沿线及车站做保卫工作，西式着装的议和代表团一路走来没有发生意外，说明了社会的意向。

唐绍仪住戈登路英商李德立（Edward Selby Little）的寓所，其余代表住静安寺路、陕西北路十字路口的沧州饭店（今锦沧文华大酒店）。这两处离赵凤昌和伍廷芳的住处均不过数百米之遥。

南北一堂　共商共和

宣统三年十月二十八日（1911年12月18日）午后2时，著名的"南北议和"在上海南京路广西路口的公共租界市政厅开始，这是令世界瞩目的大事。

邮传部电政总局总办唐元湛经过认真挑选，委派谭熙鸿、史丹兹、潘茂昭为双方的译电员，负责办理译递南北双方的电报、文件等。这期间，独立各省也在通过频繁的电报往返，联络筹商。

南北议和的双方代表有一个共同愿望，中国人的事情中国人自己决定。当天，英、美、日、俄、德、法六国驻北京公使致电南北议和代表，提出"须早日解决和局，以息现争"。和谈首先达成了湖北、陕西、安徽、江苏、奉天的停战协定。当然，这些关于双方打和停的电报内容，都是白天发出去的。

南北议和在公共租界市政厅举行

十一月初一（12月20日），双方举行第二次会议，具体商讨国体问题。唐绍仪发表声明，宣称同情革命党。停战条约议定之后伍廷芳说："民军主张共和立宪，君如有意，愿为同一之行动。"唐绍仪说："共和立宪，我等由北京来者无反对之意向。"随之又表示："不过宜筹一善法，使和平解决，免致清廷横生阻力。且我共和思想尚早于君，我在美国留学，素受共和思想故也。今所议者，非反对共和宗旨，但求和平达到之办法而已，请示办法。"而且一直坚持："我之意欲和平解决"。

就在这天，落寞的严复自己订了张船票，没有和同行的人挥手告别，带着脑后的辫子，回北京了。

要改变现行的国家制度，涉及的方面太多了，随着南北双方和谈的深入，内容也逐渐具体，将建立什么样的新政权，清帝退位、退位后谁接替、外国承认等问题一一都要商谈。有关人员留下了这样的记录："所有和议中主张及致北方电，俱是夜间在赵寓双方商洽。"因此夜里发出去的电报才是议和的真正内容，而这些内容是不向外公开的。唐元湛深知责任重大，上海至北京的电报线路是重中之重，稍有闪失都有可能导致另一种局面出现。他采取措施在人员调配、设备管理上都做到绝对可靠，保证所有的电报线路畅通、保密。

唐绍仪所代表的北方不管是清廷还是袁世凯都不主张共和，军权在握同时又是内阁总理大臣的袁世凯主张君主立宪制。要实现共和，唐绍仪必须以高超的语言技巧说明足够的理由。他亲拟电稿，有的语气平和：根据私自考察，东南各省省情一致，主张共和无可阻止。有的电文措辞强硬：如果议和不成，"战端再启，度支竭蹶堪虞，生民之涂炭愈甚，列强之分割必成，宗社之存亡莫卜。"以至朝廷中顽固派攻击唐绍仪："直似南方民军之代表焉！"

议和中唐绍仪首先同意了四点，奠定了南北双方共建共和的基础：一、同意延长停火；二、清军后撤，让民军占据汉口、汉阳；三、召开国会决定政体；四、由国会决定限制清廷向外国贷款。最后一点关系全局，使袁世凯和清廷的财政预算及军费均无着落。袁世凯大为光火，谴责唐绍仪无权答应，但唐绍仪作为和谈代表还是坚持。

武昌城易帜的第二天，远在美国旧金山的孙中山在报纸上读到了这样的消息，"武昌为革命党占领"，感到兴奋，感到国家正在发生着前所未有的变化，决意先从外交方面努力，以寻求支持。他在美国、英国、法国的外交努力都落空了，从马赛乘丹佛号轮船归国。12月25日到达上海，陈其美组织中外人士热烈欢迎，21响礼炮响彻天空，所有心向共和的人都非常振奋。

中国同盟会本部在汇中饭店召开欢迎大会，会上有记者问，先生从海外带回来什么？孙中山慷慨陈词："余不名一钱，所带回革命之精神耳。"与会者报以一阵掌声。欢迎会结束后孙中山被迎接到犹太商人"地皮大王"哈同的私邸静安寺路爱俪园住下。哈同向革命捐献了三万大洋现款。

1911年12月21日 孙中山从欧洲回国途经香港时在船上与胡汉民、廖仲恺、陈少白等合影

孙中山与黄兴等到惜阴堂与赵凤昌会面，征询对当前时局的看法，赵凤昌"遂一一陈述沪汉情事"。他们在这里召开中国同盟会最高干部会议，商讨组织临时政府方案，

由于宋教仁的坚持，会议定政体为内阁制。赵凤昌向孙中山、黄兴建议："建府开基，即须兼纳众流，更当克副民望。"在他的推荐下，张謇、汤寿潜等立宪党人及江苏民军都督程德全进入临时政府。从日本回来的章太炎提出了国旗设计方案：以"红、黄、蓝、白、黑代表汉、满、蒙、回、藏五族共和之义"。

唐绍仪与孙中山也在惜阴堂见面，"时孙唐同乡里，彼此一见，以乡音倾盖，握手称中山。此后不三五日而一唔，尽掏心肺"。孙中山同意清帝退位；唐绍仪代表北方同意共和。双方达成一致。

十一月初八（12月27日）唐绍仪致电袁世凯，提出"召开国民会议，决定君主民主问题"，并"安排优待清室条件"。这让袁世凯忌恨，清廷顽固派也说唐绍仪不是议和，而是在馈献江山。国体问题成为焦点，孙中山旗下

孙中山与黄兴在惜阴堂召开中国同盟会最高干部会议

的重要人物之一汪精卫亦宣称："中国非共和不可，共和非公（袁世凯）促成不可，且非公担任不可。"

袁世凯最终接受了南北议和的结果，同意召开国会解决国体问题。因为各省独立，电政也出现了混乱局面。唐元湛铁腕治理，颁布了全国统一的标准。浙江、湖南、广东三省意不执行，唐元湛不迁就，以高压态势，明令执行。十一月初八（12月27日），《申报》在《浙省近况种种》栏目中发消息，报道电政总长唐元湛电诘浙省对电报修正案的执行情况：

> 杭州 电政统一关系外交，迭经苏沪都督及黄大元帅、外交总长先后磋商，各省均已认可，惟浙、湘、粤三处意存独立。前日都督府又据电政总长唐元湛君特电诘问，略称省议会通过改革浙省电报修正案七条，显背电政统一办法。如必欲实行，惟有从宣布此案日起，将杭局发外省电一概扣留。倘有贻误军情，贵处实任其咎。已禀明黄元帅、陈都督，外用再预告全国。电政总局长唐元湛印等情。汤都督以此案系政事，部全权主持甚力，且电政为各省交

通机关，他省业已赞成，浙江安能独异？且本省议案能否必邻省之服从，似庶祥晰，研究俾得实行无阻。初六日复将前议七条照会该议会重行提议矣。

正是电政的统一管理，使出现的非常情况能够得到及时处理。十一月初九（12月28日），革命志士彭家珍得知清政府从俄国购买了一大批军火正用火车运往汉口前线将要经过滦州的消息，立即密电滦州新军二十镇统制张绍曾，要他设法扣留。张绍曾遂以南北议和停战的理由将军火扣下，并秘密电告黎元洪，"使之无后顾之忧"。

在不停歇的发报声中，国家的前景变得明朗——共建共和。十一月初十（12月29日），十七省都督府代表在南京召开会议，商讨共同组建中华民国南京临时中央政府，选举孙中山为中华民国临时大总统。袁世凯之前没有接到任何相关消息，一切成为现实。孙中山给他发电报称："文虽暂时承乏，而虚位以待之心，终可大白于将来。"

十七省都督府代表在南京召开会议，共同组建中华民国南京临时中央政府

南方革命党人坚持袁世凯让清帝退位和赞成共和为选他当大总统的先决条件。徐世昌充当了皇族与袁世凯之间的桥梁，做奕劻和载沣的说服工作。

十一月十一、十二日（12月30、31日），在上海武进路粤商赵岐峰的私家花园"宸虹园"内，广东同乡会和香山旅沪同乡设宴，欢迎孙中山。宴会的主持人是中国近代的传奇人物王云五。盛宣怀不等新年的到来，离开大连去了日本。

从十月二十八日到十一月十二日（12月18日到31日），南北双方共进行了五次公开会议，讨论了和、战、国体及召开国民会议诸问题。上海电报局是第一要害部门，出现了从未有过的繁忙，一份份电文收进来，一份份电文发出去，记录着风起云涌。有的是公开的，有的是秘密的，有的是白天必须发出的，有的是夜间才能发的。唐元湛头脑清醒，精力充沛，把握全局，全心身地投入到了这场翻天覆地的变革之中。他在上海电报局日夜值班，对每一份电文做轻重缓急的处理，将自己的政治主张和信念体现在繁忙的工作中，报刊的访事员通过电报将人民的意愿第一时间出现在报端。在唐元湛的主持下，所有的电报局、电话局、邮政局等通信设施运行良好，安全、保密。国家基础设施为共和的建立提供了通信保障。

清政府出使英国大臣刘玉麟任职仅一年，就获得了英国剑桥大学赠予名誉文学博士学位，清政府给予一品封典、二品顶戴、二等宝星。但他还是亲拟电稿和出使德国大臣梁诚通电，奏请皇上速颁诏旨决定共和。

钟文耀和唐元湛一样忙碌，他要保证辖区内每一公里铁路绝对安全，还要掌握进出沪的每一艘轮船的情况。

1912年1月1日（辛亥年十一月十三日），一个崭新的年份。上午10点孙中山带着江苏都督庄蕴宽，在陈其美的护送下，来到上海北站，乘沪宁专列去南京。各界代表列队欢送，围观者不下万人。晚上10点，孙中山在漾溢着新气象的南京两江总督府里宣誓就任大总统，宣告中华民国临时政府成立。根据《中华民国临时政府组织大纲》，南京临时政府的组织形式为总统制。黎元洪为副总统，五色旗为中华民国国旗。

在中华民国临时政府成立大典上，容耀垣得到邀请，见证这个伟大的历史时刻，任孙中山的最高顾问。他二十六岁起就追随孙中山进行反清革命，参与策划汉口起义失败后便生活在通缉中，依然是不忘大义。

《申报》头版刊发贺辞。

面对新政府的成立，上海广肇会馆董事、临时政府驻沪通商交涉使温宗尧向在沪粤商动员，广肇会馆两天内给南京临时政府支借八十三万两银。袁世凯知道中华民国临时政府成立，非常恼怒，策动唐绍仪于1月2日辞去了清廷全权代表的职务，自己以电报的

中华民国临时大总统孙中山

大總統誓詞

傾覆滿洲專制政府華固中華民國圖謀民生幸福此國民之公意文實遵之以忠於國為眾服務至專制政府既倒國內無變亂民國卓立於世界為列邦公認斯時文當解臨時大總統之職謹以此誓於國民

中華民國元年元旦

孫文

中华民国大总统誓词

方式和革命党人交涉。唐绍仪依然在上海，与伍廷芳秘密商议清帝退位的优待办法及孙中山辞职后袁世凯继任等问题。唐绍仪主张用公平荣誉的条款对待清室，以向世界显示，中国虽然是在革命之中，仍能和平地解决问题；南方革命党人也允许给予清室优厚条件。双方达成了协议：

一、清朝皇帝退位后，尊号不废，中华民国政府以外国君主之礼相待；

二、清朝皇帝岁用四百万两，由中华民国拨给；三、清朝皇帝暂居紫禁城内，日后移居颐和园，侍卫人员照常留用。

清朝"天字一号艨艟"海圻号巡洋舰在辛亥革命期间正在欧美出访，这是中国第一艘出访的军舰，由海军统领程璧光率舰前往英国祝贺英皇加冕，并访问美国、墨西哥和古巴等国，化解拉美一些国家的排华暴乱，历时一年多出访八个国家。归国途中舰上官兵得知辛亥革命的消息，在三副黄仲煊的策动下，由舰长程璧光带领，易帜加入革命，全舰官兵剪掉了辫了。出国时舰旗还是黄色青龙旗，1912年5月回国，海圻号巡洋舰上飘扬着中华民国五色旗。

在海圻舰环球航行期间，吴应科署理巡洋舰队统领，赏海军协都统衔。之后，他被湖北军政府委任为海军总司令，当黎元洪的顾问。

容耀垣依然是特立独行，拒绝了一切任命，摒挡行装返回香港，经营中暹轮船公司（The Chinese-Siam Steamship Co.），做航运生意。

留美幼童以一个集体的行动成了封建王朝的掘墓人。导师容闳三十年前就对他们有所期望："于中国根本上之改革，认为不容稍后之事。"武昌首义之前，上海高等实业学堂等新式学堂里已经传出乐歌："建成共和，扫除专制。"

1911年8月海圻舰访问美国纽约

海军统领程璧光同纽约市长检阅海圻舰官兵

民国成立　王朝终结

在太平洋彼岸的容闳同样关注着这场革命，武昌起义后他致函给革命党人，称赞这是一次"了不起的革命"，为"成立一个共和国"而欢呼，"新中国应该由地道的中国人管理"。在他的有生之年看到了中国一个新纪元的到来——中华民国成立，矢志不渝的奋斗——"造新中国"终于有了结果。12月19日至29日，他还以兴奋的心情连续给革命党人谢缵泰写信，对革命的发展提出预想，并表示病愈后想回国看看新中国。

容闳给孙中山致函祝贺："诚挚地祝贺你！我为能活到看到你当选中华民国第一任总统之日而欣喜。"孙中山给这位太平洋彼岸的老同志寄上一幅照片，发了一份邀请函：

立志"造新中国"的
中国留学生之父容闳

> 民国建设，在在需才。素仰盛名，播震寰宇。加以才智学识，达练过人，用敢奋极欢迎，恳请先生归国，而在此中华民国创立一完全之政府，以巩固我幼稚之共和。倘俯允所请，则他日吾人得安享自由平等之幸福，悉自先生所赐矣。

邀请函飞向太平洋彼岸。

在这新旧社会交替的时候，很多事情变得复杂，端方虽然奉命率部分新军去四川进剿，但他磨磨蹭蹭走了两个月才到四川资州，又停留了14天。宣统三年十一月十九日（1912年1月7日），新军发生哗变，他本人被部将所杀，连累六弟端锦也陪他而去。端方的死因有多种说法，他到底是镇压革命为即将终结的大清帝国尽忠，还是因为贵族身份被革命军中的极端分子报复，众说纷纭。这位有着强烈改良意识的满清翘楚做了很多有益于社会进步的事，当历史的车轮已经驶向共和，他却成为满清官员中职务最高的牺牲者。英国《泰晤士报》记者莫理循评论这件事："他（端方）是满人，但属于满人之中佼佼者……野蛮杀害端方，引起人们普遍的谴责。"

梁诚、唐国安、伍连德参加在荷兰海牙召开的国际禁止鸦片会议，签署国际禁止鸦片公约，时间是1911年12月1日至1912年1月23日。他们出去时代表大清国，回来时中华民国已成立，竟不知向谁复命。

北京。革命党人切断了隆裕太后和宫外的一切联系。就是这个从来没有处理过事务的皇太后也预感到大清的气数已尽，奕劻直接对她和载沣说出了共和的主张，她只得把最后的希望放在袁世凯身上。袁世凯提出军饷不足，隆裕掏出了宫里所有值钱的东西又将自己的很多首饰变卖，最后一咬牙动用了国库仅存的八万两黄金，全给了袁世凯。而袁世凯却于1月16日以内阁总理大臣名义联合内阁大臣，上奏隆裕，冠冕堂皇引经据典地鼓吹起革命来："寰球各国，不外君主、民主两端，民主如尧舜禅让，乃察民心之所归，迥非历代亡国可比。"同时又暗示隆裕如果不同意宣统退位，恐怕生命都保不住，并奏请迅速召开皇族会议，决定"帝位去留"问题。

隆裕对国际国内形势一概不知，觉得袁世凯说得有理，民主是一件好事情，就召集重臣前来商议。在1月17日的御前会议上，奕劻再一次提出共和的主张："要想保全皇室，除了走共和的道路之外，恐怕没有别的好办法。"一些反对袁世凯和南方革命党的清廷亲贵想重振清室，自发地组织了一个党派叫"宗社党"，头儿叫良弼，姓爱新觉罗，属少壮派，曾留学日本，记名副都统，掌管着禁卫军，被视为保皇党的死硬分子。

以推翻封建王朝为革命目的的孙中山认为："袁世凯真能办事，气度也不凡；虽然习惯于玩权术使诈，但也是迫于时事，不得不这样。"1月22日他发表声明，公开许袁世凯任大总统一事，以敦促他早日迫使清帝退位，结束帝制。

同一天，革命党人还用炸弹"敦促"了一下袁世凯。在他退朝出宫坐着马车行驶在东安门大街时，一枚来自革命党人的炸弹在他的马车附近炸响。马车御手很机警，立即扬鞭策马，以最快的速度赶回锡拉胡同的住宅。袁世凯没有受伤，下车后，笑着说："今天有人跟我开玩笑。"

袁世凯从此借口不上朝，派赵秉钧、胡惟德天天对隆裕太后逼宫。而他自己则每日与革命党人电来电往，商讨国是。有人称他是"新式曹操"，"一方挟满族以难民党，一方则张民党以迫清廷"。

在袁世凯的安排下，第一军统领兼湖广总督段祺瑞联络各地提督、都统、统制等清廷将领47人，

"北洋三杰"之一段祺瑞

电请明降谕旨，速定共和政体，清帝退位，改建民国。他还把司令部从湖北孝感移至河北保定，一派要率军入京的姿态。1月25日，袁世凯率北洋各将领通电支持共和，他的英文秘书、海军将领蔡廷干给他剪掉了辫子。

宫中的隆裕感到局势愈演愈烈，每天食不甘味，左右为难，身边没有一个能靠得住的人，只好请教最信任的太监小德张。小德张早已被袁世凯以三百万两白银收买，他一边故意向隆裕夸大革命党的势力，一边又细数袁世凯所说的退位优待条件，暗示她和溥仪应该退位。孤儿寡母，无依无靠……隆裕崩溃了。但是身为皇太后，还要为大清王朝再做最后一把努力，先下诏封手握兵权的袁世凯为一等侯爵，而袁世凯一口回绝。她又想起了宗社党，准备派人去联系时，却永远联系不上了。腊八节（1月26日）的夜晚，在西四良弼的府邸前，一颗炸弹在良弼头上炸开，随行的人员倒地毙命，刺杀他的革命党人彭家珍也当场牺牲。良弼受重伤，两天后不治身亡，死前他意识清醒，依然魂系大清王朝，"我本军人，死不足惜，其如宗社从兹灭亡何？"

良弼之死让满朝亲贵心惊胆战，隆裕一筹莫展，只得向袁世凯提出保留君主政体，也就是允许君主存在，但是不干预政治。革命党人和袁世凯自然是不会同意的，她走投无路做出了皇帝退位的最后选择，哭着说："皇上还小，务必保全我们母子两人的性命。"

张謇被推举为宣统皇帝撰写《清帝辞位诏书》，他和相关人员商议完稿后交袁世凯。袁世凯请徐世昌过目，在官场上老道娴熟的徐世昌提起笔来，将原文中"由袁世凯以全权与民军组织临时共和政府，与民军协商统一办法"，修改为"由袁世凯以全权组织临时共和政府"。这关键一笔从法理层面规定了袁世凯作为新政府首脑的地位。

一切就绪，袁世凯入内廷与隆裕太后面议，决定不出腊月在新年到来之前正式颁布。

宣统三年腊月二十五日（1912年2月12日），成了中国封建王朝的最后一天。北京没有暖意，隆裕太后的心情更是阴冷无助。她带着年仅五岁的宣统皇帝溥仪，在紫禁城太和殿代表大清王朝举行最后一次召见众臣仪式，宣布接受中华民国临时政府的优待条件。宣统帝身着龙袍，睁着一双明亮无邪的眼睛，四处张望。

隆裕宣读《清帝辞位诏书》：

> 今全国人民心理多倾向共和，南中各省既倡议于前；北方诸将亦主张于后，人心所向，天命可知。予亦何忍因一姓之尊荣，拂兆民之好恶。是用外观大势，内审舆请，特率皇帝将统治权，公诸全国，定为立宪共和国体，近慰海内厌乱望治之心，远协古圣天下为公之义……

隆裕读到一半就忍不住泪流满面，勉强读完顾不上看一眼底下亲王大臣们愤怒而绝望的表情，一下子昏了过去，众大臣呼天抢地。1616年努尔哈赤在他的出生地赫图阿拉城龙袍加身，建立后金，1644年顺治进关，皇上年幼多尔衮摄政。二百多年后又是皇上年幼、亲王摄政。大清王朝成也摄政败也摄政。隆裕从此深居宫中，很少与外人接触。

袁世凯在清室逊位的第二天，向南京临时政府作出"永不使君主政体再行于中国"的保证。孙中山践行前言，向参议院送上辞职书。

同时，南北双方关于国务总理人选也在酝酿之中。赵凤昌献议："我认为新总统的第一任内阁是新旧总统交替的一个桥梁，所以这个内阁总理必须是孙文、袁世凯两位新旧总统

北方议和全权代表唐绍仪（左）、南方全权代表伍廷芳（右）、英国人李德立（中）摄于1912年2月12日

共同信任的人物，我以为只有少川先生最为恰当，只要孙、黄两先生不反对，我想劝少川先生加入同盟会为会员，这就是双方兼顾的办法。"孙中山、黄兴即表示欢迎。稍后，由黄兴、蔡元培介绍，孙中山主盟，唐绍仪加入了同盟会。清室退位当天，唐绍仪、伍廷芳和英国人李德立拍下了这幅照片。

南北议和成功，共和建立。这是一次不经过大规模战争的改朝换代。辛亥革命使民主共和的思想出现在古老的中国，宣告了268年的大清王朝结束，宣告了中国历史上持续2132年的封建制度结束。电报、电话、火车、轮船，这些西方工业革命的产物，加速了革命的进程。"世界潮流，浩浩荡荡，顺之者昌，逆之者亡。"孙中山说。当时，有一副对联是对这场革命的总结：

滚滚长江，流不尽我族四千六百余年无量英雄无量血。放眼觇钟山五气、楚水霸图，半壁奠东南。大野玄黄，已随秋风变颜色；茫茫震旦，要争个全球八十三万方里自由民意自由魂。举手庆汉日再中，胡尘一扫，雄师捣西北。卿云红缦，重安夏甸伏群才。

1912年2月15日，南京参议院应孙中山的咨请，选举袁世凯为临时大总统，定都南京并请袁世凯到南京就职。为了限制袁世凯的权力，孙中山和革命党人制定了具有资产阶级共和国宪法性质的《中华民国临时约法》，改总统制为内阁制，于3月8日由临时参议院通过，11日公布实施。当时南方各省还在革命党人的控制之下，让袁世凯南下任临时大总统，有利于抑制北方军阀和封建官僚势力。

唐绍仪的内阁

前排自右至左：唐绍仪，留美；署理外交总长胡惟德，完成学业于同文馆；海军总长刘冠雄，留英；署理工商总长王正廷，留日、美；教育总长蔡元培，留德；后排自右至左：国务院秘书长魏宸组，留比、法；司法总长王宠惠，留日、美；陆军总长段祺瑞，留德；交通总长、财政总长施肇基，留美；农林总长宋教仁，留日

袁世凯虽然表示"极愿早日南行"，但是在迎接他南下的专使团进京的时候，驻扎在东城第三镇的队伍突然冲进北京城，进行抢掠，发生了兵变。不仅北京，天津和保定也相继发生了兵变，一片混乱，给人们造成一个印象，北方形势确实不稳，袁世凯一离开即将大乱，迫使革命党人打消了要他南下的计划。

这一年人们贺新年除了传统的张灯结彩，舞龙耍狮外，庆祝中华民国成立是年画的新内容。

1912年3月5日，中华民国临时大总统孙中山令内务部"晓示人民一律剪辫"。此后就有了一个"有钱没钱，理发过年"的年俗，并逐渐形成了"旧现象以手推平；新事业从头做起"的口彩。回想当年，因为剪辫而招致惩罚的几位留美幼童为这项"新事业"最早付出了青春代价。

袁世凯如愿以偿，于3月10日下午3时在北京宣誓就任临时大总统，提名唐绍仪为第一任内阁总理，由总理直接领导各部部长。3月25日，唐绍仪到南京组织新内阁。

中华民国第一任内阁总理唐绍仪

在唐绍仪的内阁中吸收了各界精英，被称为"同盟会中心内阁"，12个人的内阁成员中有九人是留学生。

施肇基本来于宣统三年九月初四（1911年10月25日）以外务部右丞出任清王朝驻美国兼秘鲁、墨西哥、古巴大臣，接替张荫棠，他没有去，为新生的中华民国服务。中华民国军政府沪军都督对沪宁铁路管理局总办钟文耀进行了表彰："光复上海甚为出力"。严复担任京师大学堂校长、总统府外交法律顾问等职。唐绍仪、周自齐等力邀梁诚参加新政府，但是他终未到民国政府做事。周长龄在辛亥革命后将在天津英租界的地产卖给了那桐，辞官携儿女南归到香港定居。袁世凯授给他三等嘉禾勋章，以资嘉许。从此周长龄服务于桑梓，把晚年奉献给香港同胞的福利事业。

1912年4月5日，南京临时政府迁至北京，6月，北京参议院再次开会商议国旗问题，最后将代表汉、满、蒙、回、藏五族共和的五色旗确定为中华民国国旗，青天白日旗为海军军旗，铁血十八星旗为陆军军旗。至于中华民国的国歌，教育部于2月份就发布了向全国征集的公告。

崭新体制　责任内阁

在美国的容闳没有接到孙中山的邀请函。1912年4月上旬，他因年老体弱，久病在身而生命垂危，弥留之际，叮嘱守候在床边的长子容觐彤要回国服务，以偿他为新生的共和国效劳的夙愿。4月21日上午，容闳溘然逝世于他在美国康州哈特福德城沙京街的家中，享年八十四岁。挚友推切尔牧师为其主持葬礼。

《哈城日报》发文纪念，认为容闳是"今日新中国运动的先驱者"，推切尔牧师在耶鲁大学的一次演讲中这样评价他：

《哈城日报》刊登容闳讣闻

最强烈的爱国愿望——因为他从头到脚，身上每一根神经纤维都是爱国的。他热爱中国，信赖中国，确信中国会有灿烂的前程，配得上它的壮丽的山河和伟大的历史。

容闳安葬在美国康州哈特福德城西面雪松岭公墓（Cedar Hill Cemetery）的绿荫深处，墓碑上刻着容闳和他太太玛丽·克洛的名字。墓碑的底座最下方刻有阳文"YUNG"，下面刻的是阴文隶书风格的"容"字。方础圆顶的墓碑上用"容"字构成了一个心形图案。心，永远向着祖国。

容闳是成功的，虽然终老在美国，但同样是立德、立功、立言三不朽。在梁启超的回忆中，他"舍忧国之外，无它思想无它事业"；在孙中山的书信里，他"才智学识达练过人，虽久别乡井却祖国萦怀"。古希腊神话中的英雄普罗米修斯为了盗取"天火"，给人类传授技艺，激怒了众神之王宙斯，就把他捆绑在高加索山的悬崖上，而普罗米修斯受尽折磨也不屈服。容闳就是这样一位盗取"天火"的英雄。

容闳的长子容觐彤

作为从鸦片战争之后最先觉醒的知识分子，容闳为了达到"以西方之学术，灌输于中国，使中国日趋于文明富强之境"的目标，一直在实践、追索，并不断地超越自己。洋务运动、维新运动、支持孙中山革命，他经历了中国从封建制度走向共和的过程，坚持以新思想、新观念、新的学识进入中国主流社会。他的两个儿子遵其嘱咐，回到祖国服务。长子容觐彤耶鲁大学工学院毕业后，于1901年在哥伦比亚大学获机械工程学硕士，回国后成为矿冶和兵工技术的工程师，其夫人梁藏生是梁士诒的女儿。次子容觐槐1902年毕业于耶鲁大学，后任美洲考而脱自动机枪炮厂（Colt's Patent Fire Arms Manufacturing Co.）的亚洲代表，赴中国经商。民国元年，他在南京会晤孙中山、黄兴等革命党人，同情革命。

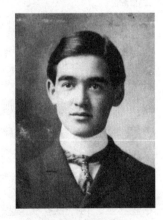

容闳的次子容觐槐

容闳开创的科学教育救国的事业没有中断。清华学堂副监督唐国安正在为学校重建、继续实施"庚款留学计划"而四处奔走。辛亥革命时清华学堂的经费被袁世凯挪去发军饷，学堂关闭。唐国安非常痛心，他坚定地认为，不管怎样改天换地，办学绝不能停，独力支撑，积极为复校作筹备，直到1912年5月1日大功告成，清华学堂改名为"清华学校"，唐国安为学校校长。

中华民国交通部成立后，清朝专司轮船、铁路、电报、邮政的邮传部结束了历史使命被交通部接收。交通部裁撤了设在上海的邮传部电政总局，各地电报局归交通部电政司直接管辖。唐元湛任南京临时政府电报总局局长，周万鹏任赣、皖电政监督兼九江电报局局长；方伯樑任粤汉铁路电报局主管、武汉电报局局长；梁金荣任江苏电报局局长。从"总办"到"局长"，并不仅仅是职务名称的变更，而是时代的变革。他们以欣喜的心情接受了任命。

电讯专家方伯樑

发展本国电讯业一直是高层管理者不懈的努力，无线电已经出现十年了，世界上又有了广播，唐元湛以其职业敏感认识到无线电子管可以改变世界，我们必须赶快"拿来"，否则依然摆脱不了被动局面。他革故鼎新，填补了这个空白，使中国的无线电有了正式呼号："XNA—XSZ"，这个呼号是国际无线电报公会规定的。上海、北京、天津、南京等大城市相继建设无线电报局，备有远程收发报处，以期国内外直接用无线电传递消息。

唐元湛再一个贡献是提升了国家电信的装备水平，从上海电报局开始，用打字机抄收电报，提高了工作效率，也降低了工作人员的劳动强度。而所有的技术进步都是与办学相伴相行的，这也是中国电讯业一以贯之的优良传统，唐元湛将上海电讯方面的各学塾、学堂合并为电报学校，设在爱文义路（今北京西路成都路西），特派考核科科长对学校做日常管理。学校参照国际电讯业的最新水平和发展趋势，扩大了规模，优化了科目，踏上了一个新台阶。

不到半年，学校划归交通部管辖，改称为电报传习所，成了一个有多项专业的中等专业学校，再一次扩大规模并迁址，到了上海南市王家码头直街。唐元湛审定了电报传习所制定的办学方针和培养人才的步骤，以保证全国各电报局有合格的人才。电报传习所设有日文、簿记、无线电、快机、工程等专业，报务专业有初等、中等、高等三个等级。学生入初等班，学费食宿就可全免，学制一到两年。初等班毕业的学生，可直接到各局当报务员；中等班毕业的，可做报房领班；高等班毕业后，就能直接到电报局当总管领班。每一个等级学生毕业后并不能直接升入高一级班，要工作三年，优秀者由局呈部里报名，考察合格后才能送往高一等级班再学习深造。

唐绍仪极力推行"责任内阁制"，而袁世凯则希望大权独揽，当他感到唐绍仪对他不甘驯服的时候，就联合拥护自己的人对唐绍仪进行刁难和胁迫，公然破坏《中华民国临时约法》中关于总统颁布命令须经内阁副署的规定。1912 年 6 月 15 日他擅自作决定，取消了派王芝祥为直隶都督的决定，同时未经唐绍仪和内阁副署即任命王芝祥去南京遣散军队。这让唐绍仪很愤怒也很难堪，尽管和袁世凯共事二十多年了，但是文化背景的不同对"法"的态度就不一样，在是否"守法"这个关系到民主政治的问题上俩人爆发了冲突。唐绍仪认为："责任内阁要对国家负责，自己任总理也要对国家负责"，"彻悟袁之种种行为，存心欺骗民党"。他以辞职来抗议袁世凯的不守法，同盟会籍阁员蔡元培、王宠惠、宋教仁、王正廷即联袂辞职。蔡元培辞职后教育部次长范源廉接任教育总长。

唐绍仪这个行为可以说让世人震惊，所有的人都认为他和袁世凯是一伙的。袁世凯也自称和唐绍仪是"二十年深交，生死一意"。而唐绍仪的惊人之举恰恰证明了他和袁世凯对权力的理解和愿望绝对不一样。回到上海，他看到人民依然沉浸在共建共和的欢呼声中，按照民国成立后礼仪的文明，新剧又被称为"文明戏"，任天知编写的文明戏《共和万岁》正在上海四处公演，表达着人民群众对新时代的向往。个中滋味只有当事人自己知道，感叹理想和实现之间的奋斗之路竟是如此漫长。唐绍仪没有再回老家香山享受园林之美，而是在上海发起成立中华职业教育社，集资创办"金星人寿保险公司"，并任董事长。王正廷随唐绍仪辞职后回上海，任中华基督教青年会全国协会总干事，又担任了参议院议员及副议长。

唐绍仪任国务总理时曾提名梁如浩为交通总长，未获参议院同意。稍后，梁如浩任陆征祥及赵秉钧内阁的外交总长。7 月，唐元湛以银行家身份和奉天的赵鸿猷都督再次协商，恢复奉天海龙府香炉盆、海仁社的黄金生产。赵都督给外交总长梁如浩写报告，请外交部批准唐元湛联合英美商人开采金矿再持续一年。

蔡廷干于 8 月 2 日任高等军事参议，中将，海军副司令兼大总统府副礼官并被授予"二等嘉禾勋章"，是袁世凯的英文秘书长。吴应科出任海军右司令，两个月即辞职。徐振鹏以海军协都统衔接任海军右司令，旋改为第二舰队司令，授海军少将衔。曹嘉祥任海军次长，离职后从商。吴敬荣任总统府侍从武官。

袁世凯于9月9日特授孙中山"筹划全国铁路全权"，黄兴被特授为汉粤川铁路督办，詹天佑为会办。这年詹天佑又一次入选国际工程学会，成为英国混凝土学会（The Concrete Institute）会员。孙中山以民国国民的身份开始了"尽瘁社会上的事业"，思考建国方略，制订实业计划，希望中国能够进入现代化发展轨道，10月14日在上海成立"中国铁路总公司"，担任总办，地点在江西路。温秉忠与连襟宋嘉树进入中国铁路总公司，为铁路建设出谋划策。孙中山心中有一个全国性的铁路远景图，"交通为实业之母，铁路为交通之母，国家之贫富，可以铁道之多寡定之。地方之远近，可以铁道之远近计之。"他在钟文耀、梁如浩等人陪同下实地考察铁路，请詹天佑协助制定十年之内修建十六万公里铁路计划，包括对新疆、西藏这些边远地区的早期规划，同时也在规划一百六十万公里的公路建设。

孙中山（中）视察京张铁路，梁如浩（孙中山右）、交通部长梁士诒（孙中山左）陪同

在清廷解体之际，沙俄在外蒙古已经深度介入，民国成立之后沙俄的势力坐大。11月3日，俄国私自与蒙古活佛签订《俄蒙协约》，梁如浩于7日提出抗议，谓"蒙古为中国领土，现虽地方不靖，万无与各外国订条约之资格。兹特正式声明，无论贵国与蒙古订何种条款，中国政府概不承认"。8日，俄国驻华公使库朋斯齐面见梁如浩，将《俄蒙协约》及《商务专条》递交，声称"俄国与之订立条约，惟措词甚慎，始终并未提及蒙古脱离中国之语"，要求"中国在外蒙不殖民、不驻兵、不派官"。梁如浩震惊之余，作出强硬声明："中华民国继承前清之权力，外蒙古仍为中国之一部分，不能擅与外国订约"，"外蒙之事，全属内政问题。"他主张在民国建立之时，对外采取强硬路线，但无法说服袁世凯等人，只得提出辞呈，出走天津。袁世凯的又一位留美幼童出身的至交之人因为意见不合而辞职，他立即任命陆徵祥接替梁如浩。

1912 年，津浦铁路全线通车，全长 1009 公里，成为沟通华北与长江下游的南北交通大动脉，津浦北段铁路局升格为津浦铁路局。曾笃恭任津浦铁路局管理部门的秘书及株州萍乡段铁路局局长。为加强铁路建设和统一国铁标准，以詹天佑为首的一些在铁路方面有阅历和经验的大员成立中华民国铁路协会，他们是詹天佑、冯元鼎、黄仲良、钟文耀、丁平澜、权量、朱启钤、叶恭绰、施肇基、孙多珏、郑鸿谋等。

1913 年，袁世凯总统批准正月初一为春节，例行放假，第二年正式实行，从此，我们国家农历的岁首便以"春节"相称。蔡廷干在新春佳节期间又被特授予"勋四位"，派充盐务署总稽核、税务处会办（总办是梁士诒）。

海军将领蔡廷干

1913 年 2 月，首届远东奥林匹克运动会在马尼拉召开。这是一个亚洲范围内的体育盛会，中方组织者是王正廷和"南开"校长张伯苓等人，他们和菲律宾、日本的体育界人士协议，成立远东体育协会，由菲律宾、中国、日本三个国家每两年一次轮流举办远东运动会。唐国安作为团长率领中国代表团赴会，因为清华学校较早地开展了现代体育运动，有学生出现在中国体育代表队中。这届运动会中国队取得团体总分第二名。

6 月，詹天佑任民国政府交通部首任技监，主持全国铁路技术工作，重点掌握张绥铁路修筑。他在学术上的贡献也是巨大的，除了编撰工具书《新编华英工学字汇》，还主持"中华工程师学会"，刊行会报，出版书籍。他自己还每年出资一百元银洋，奖励两名优秀论文的作者，以团结全国工程技术人员、推动中国科学事业发展。

交通部首任技监詹天佑

这一年，在哥伦比亚大学主修国际法和外交的顾维钧起程回国赴任，他是在唐绍仪任总理时向袁世凯举荐，请他回国担任总统府英文秘书。顾维钧收到国内发的聘书时，正在准备博士学位的答辩，论文只写了一个序章。他的导师是担任过美国助理国务卿的约翰穆尔，平时就以一个外交官的标准来要求、培养他，知道了国家对顾维钧的召唤，更是支持，审阅了他写的序章后说：单独的序章写得就很好，可以作为博士论文来答辩。顾维钧提前进行论文答辩，拿到了博士学位，回国就职。

镜清炮舰舰长宋文翙于 1912 年 12 月 30 日获授海军上校衔，1913 年 8 月 20 日晋升为海军少将，1913 年 11 月 16 日，在上海病故，后追授为海军中将。

昭示中外　革命讨袁

中华民国的成立，提升了国家的国际地位。在南京临时政府成立当月的 12 日，瑞士日内瓦国际红十字会联合会会长阿铎尔致函中国红十字会万国董事会董事部长沈敦和，告知中国红十字会已得到国际红十字会的正式承认，享有与各国红十字会同等待遇。函称："俱征贵大臣善与人同，友谊克敦，遵即分电寰球入会各国，皆已一律承认，合电奉告。"中国红十字会由此正式成为红十字"国际联合会"大家庭中的一员，正式定名为"中国红十字会"，并组织董事会，公举沈敦和为总董。这是中国加入的第一个国际组织。

沈敦和于 1912 年 2 月 17 日正式向政府提出"立案"，请求维持中国红十字会的合法存在。孙中山在给副总统黎元洪的电文中对红十字会在辛亥革命中救伤葬亡功德，给予高度赞扬：

> 查民国军兴以来，各战地将士赴义捐躯，伤亡不鲜，均赖红十字会救护、掩埋，善功所及，非特鄂省一役而已，（孙）文实德之。兹接电示，以该会前在武汉设立临时病院，救伤掩亡，厥功尤伟。复经日本有贺氏修改会章，已得万国红十字会公认，嘱予立案等因。该会热心毅力，诚不可无表彰之处，应即令由内务部准予立案，以昭奖劝。

民国政府于 2 月 23 日批准了沈敦和的"立案"报告，中国红十字会为中国合法之组织。9 月 29 日，中国红十字会全国会员第一次大会在上海召开，各地分会代表及有关方面人士 1352 人出席。会议制定了会章并组织常委会；推举英国按察使苏玛利、日本总领事有吉明、有贺长雄、美国人李佳白为顾问；会议决定成立常议会作为议事决策机构，推举施则敬、洪毓麟、朱佩珍、席裕福、唐元湛、钟文耀等 34 人为常议员。这次大会在中国红十字运动史上具有里程碑意义。

中国红十字会首任会长
吕海寰

外交家、教育家、中国红十字
会副会长兼常议会议长沈敦和

10月6日，中国红十字会常议员举行第一次会议，会议参照东西各国定章，公举中华民国大总统、副总统为中国红十字会名誉总裁，吕海寰为会长，沈敦和、江绍墀为理事长。10月9日，常议员联名公电政府，请明令宣布正副会长。以"昭示中外，策励将来"。

18日，袁世凯发布大总统令："派吕海寰充中国红十字会正会长、沈敦和充中国红十字会副会长。"中国红十字会成功转型，向规范化管理迈出关键一步，照唐元湛的话说，"组织本会常议会为议事机构，自是以后全国统一而总会自身之组织亦完全无缺矣"。31日，会议决定中国红十字会总会设在北京，总办事处设在上海。

1913年2月，依据《中华民国临时约法》，举行了中国历史上第一次国会选举。由同盟会改组的国民党所得议席最多，按约法精神应由国民党理事长、三十二岁的宋教仁出任内阁总理，组织责任内阁。但是这个结果和袁世凯的愿望相悖，因为他渴望所有的权力集中于他一人之手，而且是至高无上。

宋教仁从北京出来到长江中下游各省演讲，他的思想集中体现在一段精彩的言论中："我们要在国会里头获得半数以上的议席，进而在朝就可以组成一党的内阁，退而在野也可以严密地监督政府，使它有所惮而不敢妄为，也使它有所惮而不敢不为。"他激励人

宋教仁

民参加选举,用"法"来管理国会。3月20日,宋教仁结束了演讲后在上海北站乘火车回北京,黄兴、廖仲恺、于右任等在车站送行。22点45分宋教仁刚踏进车门,突然一个身穿黑呢军装的矮个汉子向他开了一枪,然后钻入人群跑了。宋教仁受伤立刻被送到沪宁铁路医院救治,因子弹有毒伤势过重,第二天救治无效死亡。这引起了国民党的愤怒,要求追查真相,袁世凯也以非常惋惜和愤慨的样子,给上海发去电报:"限期破案,重惩凶手"。

法租界巡捕房华捕探长黄金荣仅用三天就抓住了犯罪嫌疑人,一个是沪军都督府谍报科科长、新成立的长江会党头目应桂馨(夔丞),另一名是行凶的退伍军人武士英,还搜出了内阁总理赵秉钧和袁世凯的内务秘书洪述祖与应桂馨往来的函电和密码本。

顺藤摸瓜,真相逐渐被披露,刺杀宋教仁是由赵秉钧一手策划,应桂馨是由洪述祖引荐给赵秉钧的线人,武士英是凶手。以赵秉钧、洪述祖和袁世凯的特殊关系,人们很容易产生下一步的联想。全国舆论哗然,形势急转直下,黄兴向全国发出通电:"铁证如山,万目共睹,非一手所能掩饰。"并撰写一副挽联哀悼宋教仁:

前年杀吴禄贞去年杀张振武今年又杀宋教仁
你说是应桂馨他说是洪述祖我说确是袁世凯

仅仅六天,上海新新舞台就出现了文明戏《宋教仁》,主演是被称为麒麟童的京戏名角周信芳,观者如潮,全场群情激愤。一时间《民立报》《民权报》上尽是国民党人的讨袁檄文,称袁世凯是"绝大之凶犯"。4月13日,在张园,举行了宋教仁的追悼会。

赵秉钧,这位创办中国现代警察制度的重要人物,在事发没有多久就不明不白地死了。洪述祖先是在赵秉钧的策划下隐姓埋名逃往青岛,几年后被捕归案,被判处死刑。

孙中山对袁世凯有了进一步的认识:

跟他刚一见面,他是至诚至真的样子;进一步谈,你会发现他话中有锋芒,眼光四射,一般人是窥探不到他的真心思的。我是心中存疑,所以也以一派城府相对。等到日后看他做的事情,全跟说的不一样。他真是一个魔力惑人的命世英雄啊!

袁世凯又以"善后"为名向英、法、德、日、俄银行团大借款，以防颇有势力的南方革命党人再度起事。

同在2月份，交通部为便于电报线路管理，又将全国划分为13个电政区，每区设一个电政管理局，江苏电政管理局设在上海，上海电报局由江苏电政管理局管辖。5月30日，交通部同时对唐元湛、袁长坤下了一个命令：令唐元湛调署闽浙电政管理局监督、袁长坤署理江苏电政管理局监督，命令如下：

> 查闽浙电务关系东南各省交通至为重要，现在该两省线路局务亟待整顿。前派该区管理局监督萨福楙因公赴东，一时未能到差。兹查得唐元湛从事电政有年，资望素重，足资表率。目下江苏管理局业已完全成立，守成较易。应即派唐元湛调署闽浙电政管理局监督，迅速前往组织，以期早日成立整顿一切。所遗江苏电政管理局监督一缺，即派袁长坤暂行署理并兼上海分局长。除分行外合，即委任该员遵照到差，妥为经理，可也此令。
>
> 中华民国二年五月三十日，交通总长朱启钤

唐绍仪并没有离开政治，1913年5月19日，他与孙中山、陈其美在福开森路（今武康路）393号黄兴宅内纵谈时局。

孙中山于7月12日发动"二次革命"，武力讨伐袁世凯，开创了民国武力解决争端的先例。江西、南京、上海、四川、广州、福建、湖南等地先后起兵讨袁。上海的剧场演出了文明戏《痴皇帝》，讽刺袁世凯一心要当封建皇帝，表达了人们对倒转历史车轮的愤怒。

唐绍仪与孙中山合影

袁世凯早有准备，手握北洋军。海军中他派徐振鹏率领第二舰队赴湖北、上海等地武力镇压"二次革命"的讨伐军。徐振鹏获三等文虎勋章。同时袁世凯对上海电报局这个曾在维新运动和辛亥革命中都敢有自己作为的部门，先下手为强，秘密和上海的各外国领事馆签订条约，"上海电报局由袁（长坤）监督及其代表管理"。为达到切实控制电报局的目的，条约明确规定，上海电报局如果在管理上产生纠纷，工部局在必要时须派出巡警，以武力配合。

在"二次革命"的第九天，唐元湛奉革命党人之命接管并监督上海电报局。他来到熟悉的工作场所，见到上海电报局局长袁长坤，双方不言而喻。曾是情同手足的同学，又都是中国电报业的开创者和建设者，论才能、论专业上的贡献，两人旗鼓相当，难分伯仲，但是在这个关键时刻两人形成了对峙局面。无须言语，袁长坤权衡再三，拿起自己的公文包，走出了局长办公室，带着自己的一干人，离开了上海电报局。

唐元湛看着袁长坤带着人离开了上海电报局，并没有与这位老同学、老同事分道扬镳的感觉，但是另一种感觉比较强烈，事情可能会复杂化。他知道，恪守职责是他们这些留美生的共同特点，袁长坤是不会轻易离开自己的岗位的……

袁长坤因为有袁世凯的密旨，离开上海电报局后马上将信息传递到上海各外国领事馆，外国领事团以唐元湛出现在上海电报局"此举实属侵犯条约权利"为由，指令工部局巡捕房派巡捕采取行动。当荷枪实弹的工部局巡捕出现在中国的要害部门——上海电报局时，所有的人都吃了一惊。唐元湛来的时候考虑过所有可能出现的危险，也知道老谋深算的袁世凯惯于在各派政治力量之间纵横捭阖，玩弄权术。但是工部局巡捕的出现，还真是始料未及。巡捕一手持枪，一手持巡捕房总巡谕单，称"奉工部局之命令，上海电报局仍应由袁监督及其代表管理"，强迫唐元湛离开电报局。这时候对峙的是枪，唐元湛显然不具备这个优势，回天无力，反而成了"侵犯条约权利"。

唐元湛就这样离开了为之奋斗的电讯事业，仰天长啸，叹惜南方革命党人太善良，居然相信了袁世凯一年前做出的保证，更没有对在华的外国势力做应有的提防。上海电报局的局面印证了辛亥革命后的形势：革命的武装力量太薄弱；孙中山做临时大总统时的共和国没有得到外国的承认。想当年，自己作为电报生刚来上海工作时就发出过这样的疑问：在租界这个"国中之国"，中国政府丧失了主权包括司法权、驻军权，能有中国人的公正吗？问题得到了回答。联想导师容闳、老上级郑观应、经元善，都曾自觉担当着社会改革的责任，也是命运多舛。

袁世凯清除了通往独裁者道路上的一切障碍，1913年10月6日，在军警压力下国会选他为第

袁世凯就任中华民国大总统时和各国使节合影

一任正式大总统，10月10日，于北京故宫太和殿就职。11月4日，袁世凯下令解散国民党，并收缴国民党议员书。1914年1月，又下令解散国会，之后又以"人民滥用民主自由、人民政治认识尚在幼稚时代"为理由，废止《中华民国临时约法》，于5月推出新的《中华民国约法》，改内阁制为总统制。接着，他再度修改总统选举法，使总统可以无限期连任，新任总统也由在任总统指派。中国从皇帝到总统，是社会制度的进步，但是作为现代国家显然还没有进行基础建设。

每当国内政局不稳，上海的租界就乘机扩大面积，公共租界在辛亥革命前后，先后越界筑了六条新马路，后来又有扩展。法租界公董局于1912年6月2日作出决议："要求法国驻沪总领事，立刻正式提出推广法租界的交涉……"袁世凯同意了这个要求，同时也提出了一个交换条件，要求公董局驱逐和引渡革命党人。

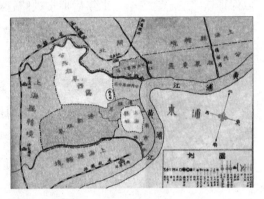

上海三界图

外交部在承认把法租界外马路（几十条越界马路地区）的警权送给法租界后，于1914年4月7日对法国驻华公使康德提出声明，要求法国政府不得以法租界及外马路区域作为反抗袁世凯政府的根据地，也不得为"乱党"（指革命党）的避难所，如果发生上述事情，法租界巡捕应严行查办、拘禁、驱逐或引渡给袁世凯政府。

有了如此交易，上海法租界的面积又一次扩大，从1900年的两千一百五十三亩扩大到1914年的一万五千一百五十三亩。

收拾金瓯　知行合一

"二次革命"失败，孙中山、黄兴等很多革命党人亡命日本。唐元湛被北洋政府撤职，但是他没有离开上海，已到知天命之年，世事洞明，人情练达，遂决意不再进入官场。他没有"采菊东篱下，悠然见南山"的遁世，也没有"难得糊涂"的消沉，胸怀坦荡知行合一，从头再来，回到了天津路3号，重新打理自己的商业银行，以实业救国。人就是这么复杂，特别是在新旧时代更迭的时候，破旧立新，体现于不同理想的人结果也是不一样的。这个不一样，是骨子里的一种"特质"，也是世界观形成时所受教育的"烙印"。唐绍仪、梁如浩、唐元湛等留美生世界观形成的时候，正处在美国民主自由的环境中，因此，他们与封建官员在意识上有着根本的区别。

沪宁铁路管理局移归交通部管辖，1913年2月江苏都督训令派兵驻防沪宁铁路，以保证铁路的绝对安全。半年后沪宁铁路管理局刊布了新客运规则，铁路管理向前迈了一步。10月，交通部直辖沪宁铁路管理局，行政主管的职衔由总办改为局长，钟文耀任局长。从总办到局长，一个华丽的转身。12月1日，上海至北京间的铁路开始运营，但是客流不多，一个星期才开一趟车。当时没有火车轮渡，过长江时，旅客要全体下车，乘坐"快捷号"轮渡，从下关至浦口间过江。过了江，旅客乘坐的就不是原来的火车了，虽然是麻烦点，但是火车毕竟是当时最先进的交通工具，旅客的人数逐步增多。从上海到北京，火车单程所用时间是43小时48分钟。

唐元湛的两个儿子唐观翼、唐观爵在英国留学时

唐元湛满怀热情地将唐家留学英国完成学业的唐康泰、唐观翼、唐观爵等人召唤回国。新一代的留学生满腹经纶，带回来修建铁路、管理铁路的本领，还有满脑子新理念。唐观翼、唐观爵进的是英国伦敦阿姆史德郎·维克斯（Armstrong Vickers）大学，分别学习铁路机车制造和铁路工程。唐观翼的学习经历更为丰富，他完成了铁路的专业学习后，又到Debby（大贝）汽车制造厂学习汽车制造，最自豪的是还到制造和销售英国名车"劳斯莱斯"的"R.R公司"（罗罗公司）去实习。他带回来了一辆"奥斯汀"（AUSTIN）跑车，带回来了留学的作品——用自己的名字命名已在英国注册了商标的KYAT牌摩托车，不过他最大的愿望是在祖国制造以他的名字命名的"翼牌"汽车。

唐观翼、唐观爵回来后唐家出现了从未有过的热闹和兴旺，他们眼中的上海也是一片新气象。在上海工商界人士多年的强烈呼吁下，上海的旧城墙逐步被拆除。复兴东路是最早拆除的城墙西门、填没了肇嘉浜，民国初年已经成了上海的第四闹市区。

拆墙、填浜、修路，两年的时间就沿着老城厢建起了人民路、中华路，填了泥城浜修了西藏路，只留下一段建有大境关帝庙的部分作为遗存。本帮商人陆费逵（伯鸿）集资组建华商电车公司与洋商竞争，1913 年 8 月 1 日通车，线路是从高昌庙到小东门。1914 年 11 月下旬，公共租界和法租界的"界河"洋泾浜被填没，建成了一条宽敞的马路，租界当局以英王爱德华七世的名字命名，叫"爱多亚"路（今延安东路）。

留美幼童的下一代依然从事实业，唐康泰回来得早一些，去了京奉铁路做物资材料管理的工作，那里是中国自办铁路的发轫之地；唐观翼被沪宁铁路管理局聘任为机务总管，在吴淞铁路工厂工作；最小的唐观爵志向最高，去得最远，到粤汉川铁路公司，追随前辈詹天佑，去修建株洲至萍乡的铁路，这是湖南境内的第二条铁路。梁普照的儿子梁启英参加了京张铁路建设，已经是一位铁路工程师。钟文耀的儿子钟桂丹、詹天佑的两个儿子詹文珑和詹文琼都在父亲的母校耶鲁大学自费留学。钟桂丹于 1913 年从耶鲁大学雪菲尔德理工学院电气工程研究生毕业后，回来到沪宁铁路，为首席绘图员。梁如浩的三个儿子留学英国也是学有所成，大儿子梁宝鉴、三儿子梁宝畅毕业于剑桥大学医学院，归国后在天津行医；二儿子梁宝焯学机械，回国后在天津是一位动手能力很强的铁路机械工程师；两代留学生，特殊的铁路情缘。

唐国安任清华学校校长后将近春园和长春园部分并入校内，使校园面积从原有的四百五十亩扩大到一千二百亩，写成学校发展规划《清华学校近章》，为学校以后发展为清华大学打下了基础。正是这一系列的超负荷工作，使他积劳成疾，于 1913 年 7 月 15 日在病榻上致信外交部，强调退还的庚款和清华的关系，说明不能被挪借他用，更不应将此项退款列为国家常规收入而随意挪用，为清华以后的发展提供了有力的保证。1913 年他心脏病三次发作，8 月 21 日，感觉自己即将蜡炬燃尽时上报辞呈，"自请免职，荐贤自代"，推荐周诒春为继任者。这也是他留下来的遗书，概括了

清华大学校长唐国安

自己工作的得失和对后续工作的安排和期待。辞呈上报次日，尚未待上级批复，唐国安于 22 日 16 时病逝于清华学校校长的岗位上，时年五十五岁。国务总理熊希龄携教育、外交两部长给袁世凯呈报告：唐国安对于庚款留美之事"始终其事，擘划一切，毫无贻误，此次因病身故，实为积劳所致"。英文《北京日报》报道，参加唐国安葬

礼的中西来宾，济济称盛，白车素马，备极哀荣。清华学校为他铸铜纪念牌一块，悬挂在工字厅入门东墙壁上，以示纪念。因为唐国安在清华学校建设、教务管理上功绩卓著，被称赞为"无疑从事容闳教育计划之复活和延续"。他生前还编写了一本《游美同学录》。

这期间，钟文耀任寰球中国学生会会长。1914 年，民国政府第一次派遣庚款留学生，还是从上海出发。唐元湛虽然正处在"二次革命"之后最为复杂的环境中，但对留学工作一如既往，为清华学校的毕业生联系学校，办好了一切手续，寰球中国学生会组织了盛大的欢送会。这次放洋学生是 1913 年的 42 名、1914 年的 34 名，共有 76 名，其中女生 10 名，幼年生 10 名，由新任校长周诒春伉俪护送出国。清华大学校史作了这样的记录：1914 年民国后庚款留学计划恢复，清华学校当年的全部毕业生赴美。由此，庚款留学计划步入正轨。

1914 年庚款放洋同学

唐绍仪出席了欢送会，即席演讲：能够有庚款留学计划的实施，是因为一个伟大的理想没有泯灭，就是渴望祖国强盛进步，重新迈进世界先进民族的行列。他希望青年学子继续为国家的强盛而努力学习。

美国是第一个退还多算庚款的国家，而且同意其基金管理权全操诸中国人士手中。在以后的时间里，法国、英国、意大利、比利时、俄国、日本等国也都以不同的方式退还部分庚款，退给中国的庚款没有因为改朝换代而挪作他用，一直是中国留学生的留学费用。

辛亥革命期间梁敦彦逗留国外，游历欧美，考察政治、经济、文化。1913 年，携夫人子女回国，同时邀请巴特利特家族的两姐妹玛丽和玛格丽特（Mary & Margaret）

来华旅游一年多。回国当年，他与詹天佑、周诒春、颜惠庆、王正廷、顾维钧、叶景莘等人共同发起成立欧美同学会，出任第一任会长，第二年任民国政府的交通总长，管理铁路、航运、电报、电话等部门，后来急流勇退，辞职。

上海，在周万鹏的主持下，收回了法国私设在顾家宅的电台。

1914年，对几位在铁路工作的留美幼童来说，可圈可点。詹天佑继任汉粤川铁路督办，并入选英国铁道学会（The Permanent Way Institution），这是他参加的第七个国际学会。孙中山任"筹划全国铁路全权"时为了加快铁路建设，提出了各地商办铁路要收为国有。使清王朝灭亡的导火索正是盛宣怀提出的"铁路国有化"政策，不能不让人心有余悸。钟文耀受交通部派遣，接收江浙两省的商办铁路为国有铁路。面对这根最敏感的神经，他有理有节，一段段地收回，将两省的商办铁路合并为沪宁沪杭甬铁路，本人被交通部委任为第一任沪宁沪杭甬铁路管理局局长。民国政府为补偿汤寿潜在总理全浙铁路四年多的时间内，不支一分薪金之劳，特赠银二十万。汤寿潜分文不受，悉数捐出，用于新建的浙江公共图书馆。中国最富庶地方的商办铁路收回，其他地方的商办铁路收为国有也就顺理成章了，没有再发生事端。同样的政策，在不同的时代，由不同的人执行，效果截然不同。

罗国瑞任交通部技正、技监后性格还是没变。这年，交通部设立路电材料研究会，委任他为会长，并责成必须"破除情面，以改良整顿为前提，以任劳任怨为本职"。罗国瑞真的"破除情面"，自然得罪的人多，竟被交通部停职。

留美幼童中的外交人员依然为新生的中华民国工作着。张康仁在辛亥革命爆发当月卸任温哥华领事，后来又担任过中华民国驻旧金山、西雅图领事，驻美使馆一等秘书、代办等职。耶鲁大学授予他1883年级毕业学位。

民国前后，欧阳庚和苏锐钊被派往爪哇（今属印度尼西亚）建立中国驻巴达维亚（今雅加达）领事馆，欧阳庚任总领事，后任中国驻英国公使馆一等秘书、中国驻智利国第一任公使等职务。苏锐钊在中国驻巴达维亚领事馆继续工作，1914年奔丧回国，第二年被交通部派为广州三水铁路局局长。刘玉麟任中华民国外交代表，出任驻英国特命全权公使，七个月后于1914年6月辞职。

吴仲贤任横滨总领事达六年之久，在最后一年任领事团团长。1911年任中国驻墨西哥公使馆代办，历时两年，其间发生墨西哥革命，108名华侨遇难，吴仲贤与麦德罗任总统的墨西哥政府交涉，为遇难华侨家属讨回310万美金的损失赔偿。数额不算大，但这是中国第一次不是赔款的支付者，而是权益的正当体现。

唐元湛把家从江湾搬到了法租界旁被称为"范园"的海格路（今华山路）。海格路是最早连接起法租界和徐家汇的路，但始终没有划入法租界，和法租界里有名的高档物品街霞飞路（今淮海中路）相连。整个街区氛围高贵而幽静，道路平展悠远，两边树冠很大的梧桐树遮挡着烈日的直射，也装饰着路边一个个漂亮宽大的花园洋房。花园洋房的建筑风格显示出主人的文化特色，454号的德国总会是一座典型的德国建筑，是上海的德国侨民进行体育和社交活动的场所，德国妇女协会也在这里。这条路上还有一个"小好莱坞哥而夫"（高尔夫）球场，相对于戈登路的"大都会哥而夫"球场而言，因为精小，就更加吸引那些烫着头发身着旗袍足蹬高跟鞋的名媛闺秀，且不说这身行头能不能打球，双手握着球杆，摆个姿势照张相也是很赶时髦的。这个形象被广告商捕捉到，再画到美人月份牌上，又成了上海的一种品位。

海格路还聚集着一部分中国银行家和实业家，很多花园洋房就是他们的住宅。钟文耀的住宅是海格路723–727号（上海街道的门牌号是单号一面街，双号一面街）的西式花园楼房。钟文耀在引领时尚方面同样超前，不但比较早地拥有了照相机、汽车，也是为数不多的留下电影资料的人。钟文耀和唐元湛家，是留美同学来上海落脚和开派对的地方。

唐元湛家是640号，房屋格局不是传统的几进的深宅大院，而是绿树烘托着带有仿文艺复兴风格的楼房，高高的方形烟囱露出院墙，露出树丛，与整个街道的西洋风格很和谐。院墙是白色的，长条石做基础，门框是用条石砌成，江南殷实人家所特有的乌漆大门，门券有雕花图案。踏上条石台阶进了院子，中西合璧的两层楼房耸立在大面积的草坪中，周边是主人喜爱的花草树木。楼房正面和两侧都有宽敞的外廊，一楼是罗马式拱券廊柱，二楼的外廊是横梁立柱，撑起带有天窗的四坡形屋面。隔扇门和窗户高大，采光充分，让整个小楼散发着秀美通透的气息。这种房屋结构很符合中国南方的气候，下雨天也能内外相通，盛夏时太阳又不直接晒到屋里。

唐元湛的大儿子唐观翼和上海名门之女麦鸿宝自由恋爱结婚。麦鸿宝是广东香山人氏，

上海海格路640号唐元湛的家

毕业于上海启秀女学，唐元湛是这所学校的创办人之一。麦家祖上办实业开的是祥茂洋行，居住于上海虹口海宁路，粤秀坊是她家的祖业，她本人也是生与斯、长与斯。唐元湛的女儿唐金兆嫁的是著名粤商陈辉庭的儿子陈永枢，陈永枢从英国留学回来在沪宁铁路管理局做会计工作，住在虹口靶子路。一同留学的陈永箴娶的是周长龄的女儿。已成为外交家夫人的唐金环自然把唐元湛家当作娘家了，兄弟姐妹们从小骑着自行车来来往往，非常自在。

举案齐眉、琴瑟和鸣是传统的中国家庭夫妻关系，唐邓凤的生活内容还要丰富一些。因为丈夫从事洋务，一些正式的社交场合要有夫人相伴，每当这时，她都会以社交内容来穿相应的服装戴相配的首饰。总的来说，她的

唐元湛、钟文耀等家人聚会（郑毅提供）

服饰以传统的中式裙装为主，绣花宽袖袄，打折的绣花长裙，配以珍珠翡翠的首饰，订做的皮鞋为丝织衣物增色不少。不刻意追赶上海的时髦但也从来不落伍，她的雍容高雅令人折服。

自由竞争　大办实业

孙中山担任中华民国临时大总统时颁发了一系列保护私有财产、发展实业的法令，催生了中国大办实业的热潮，上海仅外资企业就超过了百家，同时民间、民营经济发达，连金融都可以民营化。一些组织和协会随着时代的前进而调整自己的宗旨和方向，以适应新时代的要求。从 1912 年 2 月 29 日起连续数天，在《申报》等各大报刊登载《上海总商会第一广告》，有这样一段内容：

> 民军起义，上海光复，原有之商务总会系旧商部所委任，理应取消，商

界又重新组织临时商务公所。现在民国大定，政治统一，应即规定办法，于
2月27日邀集各商董会议，公定名称为上海总商会，以昭统一。

广告宣示上海新的商业组织——上海总商会成立。众所周知，这是在上海众多的
协会和组织中最有名、影响最大的一个组织。

唐绍仪、唐元湛亲眼看到过英国、美国等一些资本主义国家从上到下地接受了英
国经济学之父亚当·斯密的理论而使经济出现了繁荣和发展，使国家富强。他们懂得自
由竞争，市场其实是被供需制衡——被一只"看不见的手"控制着，因为市场自身的
调控，政府不必干预市场，一样可以达到经济发展，达到社会和个人的富足。所以，
一些以各种际遇离开官场的留美幼童，依然可以做自己最擅长的事。

中华书局是辛亥革命的产物，创建于1912年1月1日，创办人是陆费逵，股东有
60人，唐绍仪、唐元湛、史量才等人都在其中。有政治家、银行家、报业大王做股
东，再加上启动资金充足，中华书局一开局就势头旺盛。他们在福州路租了三间店面，
又在惠福里设立印刷所，抓住了民国肇始改朝换代的特殊时期，在学校春季开学的时
候将印有五色国旗的中小学教科书《中华新教科书》推出，商务印书馆印制的有清政
府黄龙旗的旧教科书自然失去了光彩。因为销售量很大，中华书局第一桶金迅速装满，
又提出"完全华商自办"这样振奋人心的口号，锋芒直逼以"教科书托拉斯"而闻名
的商务印书馆。

商务印书馆虽然丢失了大
部分教科书市场，但是作为老字
号的集编辑、印刷、发行为一体
的出版企业，以"东方不亮西方
亮"的经营方略沉着应战，最早
引进了美国的照相制版技术。

中华书局快速扩张，在成立
的第三年总公司就迁到了东百
老汇路（今东大名路）AB29号，

中华书局上海福州路大厦

租用旁边的民房设立编辑、事务、营业、印刷四所，在繁华的抛球场旁（今河南路南
京东路口）设立发行总店。陆续编辑出版《中华教育界》《中华小说界》《中华童子
界》等杂志，还有大型汉语工具书《中华大字典》，在教育类书籍中独占鳌头。1916

年，中华书局又在商务印书馆北面的棋盘街（今福州路河南路转角）高价购得一块地皮，新建了一座五层的大厦，店面十间，与商务印书馆形成对阵态势。同时他们又在静安寺路、哈同路（今铜仁路）口占地四十多亩，建成总厂，成为继商务印书馆之后的国内第二家集编辑、印刷、发行为一体的出版企业。

中华书局短时间内大量购地建房，出现了资金短缺，管理中又出现了严重失误，仅五年的时间竟被同业挤垮，到了濒临停业的地步。股东们想尽办法挽救，或出租房产或与商务印书馆联合，都没有成功。

正当中华书局山穷水尽的时候，粤商简照南、简玉阶兄弟俩的南洋兄弟烟草公司出现在上海，这是侨资经营的最大卷烟企业，借辛亥革命后国货畅销的势头，快速发展。唐绍仪、唐元湛等人以粤商的特殊关系与简照南、简玉阶兄弟接洽，得到了印制南洋兄弟烟草公司烟盒的大订单。以此为契机，中华书局

中华书局在北京建的厂

峰回路转，柳暗花明，摆脱了困境，接着又承接了克劳广告公司及其他方面的业务，获利丰厚，重振旗鼓。中华书局真正与商务印书馆、福州路上的世界书局形成了鼎足而立的局面，1916 年后他们逐渐将业务转移到内地，分别在上海、天津、北京、汉口等地设点建厂。

中华书局在文化上流芳百世的工程是于 1915 年秋开始编撰集中国单字、词语兼百科于一体的综合性大辞典——辞海，动议人是创办者陆费逵，取"海纳百川"之意。这是一个百年大计，是造福子孙的浩繁工程，每一项环节、每一个细节都必须准确无误，21 年之后辞海第一版正式出版。这个工作至今不辍，成为国家出版计划。按国际惯例，大型辞书十年左右要修订一次。

中华书局的起伏只是上海商业海洋中的一朵浪花，自上海机器织布局开启了民用产品由机器生产的四十年来，民族工商业者纷纷在上海落地生根，创办了各式各样的工厂，以"器惟求新"的志向，在维新运动时初具规模。上海的杨树浦区被称之为中国现代工业的摇篮，奇迹般地出现了数百家工厂，有纺织、缫丝、造船、制药、有色

金属等产业，最著名的是荣氏申新集团和郭乐的郭氏集团，还有最大的民营机制面粉企业福新麦粉公司。上海是被迫开埠的，民族经济从农耕经济向资本主义经济转变，最大对手是实力强大的洋行。西方将用机器制造的产品强行输入中国，数量大、质量高，各式各样的洋行掌握着上海的经济命脉。因此，民族工商业者的奋斗充满着艰辛与痛苦。

面对上海及周边地区出现的中国第一代资本家及中国第一代产业工人，中国第一代民营银行家应运而生，给民族工业注入生机。唐元湛就是其中的一个民营银行家。他和同仁们经常探讨并达成共识：外资银行在上海经营的时间久、势力大，如果咱们一家一户地单打独斗很难和他们形成抗衡力量，要组成联合舰队，通过合作，以股份的形式形成强有力的整体，才能共同壮大发展。他们通过互兼董事、监事的方式，建立起密切的联系，业务上互相支援。

当然，外国银行也不会等闲视之，汇丰银行如此之大，但在吸纳资金时连一元钱都不放过，上海市民只要用一元钱就可以在汇丰银行开户，成为其储户。这种"一元钱储蓄"很能满足一些人的优越感，也是一种"公民"意识。于是，中国银行家也将自己的银行定位在居民储蓄和为实业提供信贷。无论贫富、无论资金多少，都可以开户成为储户，都是银行的服务对象。聚沙成塔，集腋成裘。

新旧交替中，传统的钱庄、票号在有了近五百年的繁荣之后，被新式银行所取代。新式银行适应社会发展，以信贷的方式，为国家的经济转型服务。南方的银行业蓬勃发展，仅在上海就新建了26家，而且民营银行占多数。因为民族工业正在起步，银行大多是经营借贷资本，业务发展快，资本积累多，放款呆滞比较少，使银行本身基础得到巩固，业务良性发展。这时的欧洲，一些资本主义国家正忙于第一次世界大战，无暇顾及远东的中国，中国民营银行处在一个良好的发展时期。新式银行还配合政府完成了一项很重要的金融改革，货币流通停止用"银洋"，改为用"银圆"。1914年，中国开始发行刻有袁世凯头像的银圆，俗称"袁大头"。1915年，唐元湛和一些成功的银行家团结一致，顶住外商的进犯，组成了上海银行业公会。著名的股份制银行"上海商业储蓄银行"（Shanghai Commercial and Savings Bank）就是在这段时间产生，行址在江西路口宁波路50号。

1915年12月，北京政府重新颁布《商会法》，上海总商会依据《商会法》将总理、协理改称为会长、副会长，将议董改称为会董。这一年，还有一件事让上海所有商民感到振奋，上海总商会在北苏州路470号建起了自己的大楼。

建大楼的地方曾是上海人心目中一个神圣的地方——闸北天后宫。提起"天后宫"或者"妈祖庙",沿海地区的人都不陌生,渔民出海打鱼、官员及普通人越洋远行,都要先怀着祈福的心情,对妈祖进行祭祀,以保佑出海安全,避开大风大浪中难以预测的凶险。上海成为中国通往世界的主要港口后,中国派外的大使以及出访官员大多从上海港出发。早在1879年(光绪五年),出使俄国的大臣崇厚"奏请于上海地方重建天后宫,并建出使大臣公所"。五年后公所建成,成为清朝大臣出使的行辕,天后宫也就成为官员出国前祭神场所,李鸿章及其他大臣出洋大多从这儿出发。上海总商会大楼建在这里,可见上海的商业氛围之浓郁,商人地位之高。大楼由英商通和洋行(Atkinson & Dallas)设计,坐北朝南、面向苏州河,建筑的主基调是华丽的巴洛克风格,拱券大门两侧的四根门柱装饰为科林斯柱。做生意讲究"通达",通四海、达三江,所以,以拱券大门顶部中轴线上的一点为中心点,在大门上方做了五个通气窗,这个装饰又加重了中国式衙门的形制。进大门后是西洋建筑风格的牌楼,时钟和商会会旗,使得这个随着社会变革产生和发展的组织既有时代性又有威严感。总商会占地面积五千多平方米,有"南大楼"和"北大楼",南大楼建筑面积4100平方米,楼层为三层,台阶、立柱、门窗均为西式,稳健而对称,和谐中透着严谨。底层是会议厅,设置为西式,有讲台和众多座席,旁边有冬天用来取暖的壁炉,地面铺着木地板。北大楼建筑面积有三千多平方米,里面有商品陈列厅、国货商场,还有商业夜校等部门,上海总商会的杂志《商业月报》也是在这座楼里创刊的。

这是唯一一个敢和洋行抗衡的组织,聚集着朱葆三、虞洽卿、唐元湛、劳敬修、宋汉章这样的精英人士,使上海总商会具备了中西文化贯通、高官巨商联手、眼界纵观内外的能力,行事大手笔、大气派,在商海搏击更是与外国势力的斗争中显示出了超常的定力和感召力,在官府和民间、华界和租界之间搭起了一道桥梁,具有呼风唤雨的魅力。

上海北苏州路470号,建于1916年的上海总商会

留美幼童没有前朝遗老遗少的心理，只要力所能及，依然以推动社会进步为己任，是一种不同于以往中国知识分子的精神特质。1915年1月27日，东亚留美同学会成立。唐绍仪是会长，钟文耀任司库，唐元湛当执委。会址在寰球中国学生会。

1915年5月15日14点30分，在上海虹口娱乐场（今鲁迅公园）举行第二届远东运动会，参赛国有中国、美国、英国、葡萄牙、德国、菲律宾、日本、马来岛、新加坡等。中国代表团派出了154名运动员参赛。为了办好运动会，政府官员以及上海商绅都积极捐款，大总统袁世凯是特别赞成员，副总统黎元洪以及当时政界名流都是赞成员，运动会会长是王正廷。职员有伍廷芳、王正延、柯乐克、张伯苓、钟文耀、唐元湛等。比赛项目有网球、棒球、手球、足球、五项运动、游泳、田径、自行车等。

唐观翼虽然年纪轻，但是组织自行车健身活动已经有一些影响，和王正廷一同担任自行车委员，对自行车项目的竞赛做组织和裁判，这是自行车作为正式的体育竞赛项目在中国的开始。

开幕式上上海的少年儿童组织——童子军（Boy Scout）第一次公开亮相，四百多名少年身着小号军装，神采飞扬，步履矫健，整齐划一地通过检阅台，进行会操表演，令人精神振奋。

童子军这个组织于20世纪初起源于欧美，创始人是英国贝登堡爵士。1912年2月武昌文华书院的教员严家麟建起了中国的第一支童子军。唐元湛、钟文耀是上海童子军最早的建设者，唐元湛为董事长，资助活动经费。上海童子军成立后"中华全国童子军协会"在上海成立，组织从此遍布全国，并有自己的军歌、军装。中国童子军的组织者培养少年要有锻炼身体、热爱祖国、热爱公益事业的现代意识，面对国家多灾多难的现实，明确少年要"尚武"，长大后担起救国救民的责任。所以，中国童子军有三句铭言，"准备、日行一善、人生以服务为目的"，并将智、仁、勇三个字刻在黄铜皮带的大圆扣上以励志。童子军的训练也有正规课程，比如绳的打结法就有十来种，既有在日常生活中各种需要的打结法，也有用于野外求生时使用的，让人受益终生。唐元湛、钟文耀等组织者要求上海的童子军不但在第二届远东运动会上有精彩亮相，为运动会增添光彩，还训练他们学习护理，为运动会做救助工作。从此，上海、南京等城市举办大型活动，都有童子军义务服务的身影。

这届远东运动会隆重热烈，中国体育代表团获得了总分第一的好成绩，足球队初尝金牌滋味，其他如手球、游泳、田径也在东亚是强项，中国体育开始向现代化迈进。

潮流浩荡　恢复共和

　　袁世凯编练过新军，身处有轮船、铁路、电报的社会环境，实行新政开创了近代工业的新局面，又实际掌握着北洋军权，但是他在心中仍然想要公开称帝。可见，民主共和的新思想要扎根于具有两千多年历史的封建社会，是多么艰难。1915 年 12 月 13 日，袁世凯在北京中南海登基称帝，下诏于 1916 年改国号为"中华帝国"，并要将中华民国五年改为洪宪元年、将总统府改为新华宫、将中华民国的国旗五色旗改为中华帝国国旗。

袁世凯称帝举行祭天大典

　　袁世凯倒行逆施激起了一片反对。他的儿子袁克文不赞同；唐绍仪公开反袁；副总统黎元洪坚决拒绝被"洪宪皇帝""册封"为"武义亲王"；心腹将领段祺瑞向他致电"恢复国会，退位自全"；另一位心腹将领冯国璋态度明朗，表示反对；英文秘书蔡廷干也自动与他疏远。

　　黄仲良于 1913 年任津浦铁路车务总监，两年后任津浦铁路局局长。他曾得到过袁世凯的许诺：升职为"全国海关总督"官职，但必须通电响应帝制，黄仲良拒绝。蔡绍基也拒绝了袁世凯所许的"工业大臣"，主动与其远离，不问政治，在天津过起隐居生活，蔡公馆就在小白楼朱家胡同（曲阜道东头南侧今华信商厦处）。

　　吴应科获中将衔后任海军部参议、总统府咨议，1915 年做了一年的北京政府交通部综核司司长后辞职，从此隐居北京。他的战友、同为海军中将的徐振鹏于 1915 年调任海军练习舰队司令，驻防上海，革命党人在上海高昌庙附近江面袭夺肇和号练习舰。袁世凯申令："练习舰队司令徐振鹏，于军舰肇变，漫无察觉，殊属溺职，着即行褫职，以示惩儆。"1916 年，经海军部呈请销去处分，徐振鹏复原官职衔。

　　在反对复辟帝制的护国战争中，有"飞将军"之称的云南省都督蔡锷是一个不能不提的人。他十三岁考中秀才后到湖南拜梁启超为师，在其鼓励和安排下，到日本学习军事。回国后在云南、广西任教官，自己也掌握着一支劲旅，培养了一大批优秀将领。1913 年 10 月他调到北京，任全国经界局督办、参政院参事，实际是被解除了军权。

蔡锷在北京的这两年正是"二次革命"失败，袁世凯解散国会、废止《中华民国临时约法》，为独裁铺平道路的两年。他不动声色，韬光养晦，静等时机，先辞去了所担任的两个职务，又以患喉疾（他确有此病，并因此而去世）为由连续请病假，第四次请病假时，提出要到日本医治疗养。一向心机很深的袁世凯这次被蒙骗了，给蔡锷批了四个月的长假。蔡锷金蝉脱壳，于1915年12月2日离开北京到日本，又瞒天过海绕道香港、越南海防回到云南，组织了一支三千人的护国军。袁世凯公开称帝后，蔡锷拖着病体率领云南护国军进行讨伐，从滇入川，与北洋军展开了战斗。如果单从军事力量对比，云南护国军不敌北洋军，但是北洋军的主要将领段祺瑞、冯国璋等也反对袁世凯称帝，所以双方打了一阵，不战不和。

护国军第一军总司令蔡锷

袁世凯尽失人心，只得于1916年3月22日宣布取消帝制帝号，恢复共和。仅83天的中华帝国在全国人民讨伐中黯然收场。孙中山进一步号召各地反袁力量："猛向前进，决不使危害民国如袁氏者生息于国内。"袁世凯本人因尿毒症于6月6日上午病死。徐世昌、段祺瑞、张镇芳立即打开藏有总统遗嘱的金匮石屋，拿出了袁世凯亲笔写的继任者提名名单。按照《中华民国临时约法》规定，前任总统所推荐的三个人将作为总统的候选人，从这三人中选出一人为新任总统。袁世凯提名的三个人是黎元洪、段祺瑞、徐世昌，而不是他的三个儿子。

副总统黎元洪代理大总统，段祺瑞任国务总理兼陆军总长。

袁世凯的老友张謇说他，有"三十年更事之才，三千年未有之会，可以做第一流人，而卒败于群小之手"。严修对袁世凯称帝之事评说："内无以对本心，外无以对国民，上无以对清朝列祖列宗，下无以对千秋万代。"

沪杭铁路二号桥也就是原梵王渡站（长宁站）北面的那座桥（今凯旋路桥位置）

曾经是留美幼童小教习又是同学的曾笃恭于1916年11月在天津逝世。

上海，在钟文耀的主持下，沪杭甬铁路于 1916 年 12 月在位于宝山县和上海县交界处的上海北站与沪宁铁路接轨，原来的"上海北站"改为"沪宁沪杭甬两路总站"，旅客可以任意在上海南站或者北站上车，去所要到达的地方。

在这纷乱的时候，詹天佑依然稳如泰山地操持着铁路，1916 年任交通部交通会议副议长，主持通过统一路政等百余项决策案。9 月，他捐资在北京西单报子街购买永久会所，"中华工程师学会"从汉口搬到了北京。12 月，香港大学特授他荣誉法学博士，母校耶鲁大学为此向他表示祝贺。1917 年，詹天佑被推选为中华工程师学会会长、交通丛报社名誉社长。黄仲良则在这年于津浦铁路局局长任上六十岁卸职，寓居天津。

天津与上海有很多相似之处，华洋共居，五方杂处。蔡绍基经历丰富，长相俊雅，给慈禧当过英文翻译，留下过电影资料，还捐资故乡香山，建北岭小学。1917 年，他出资购买日租界中心地区宫岛街（今鞍山道）与明石街（今山西路）交口 9400 平方米地，兴办花园式综合游艺场——大罗天游艺场。大罗天游艺场总体设计精美典雅，包括假山、水池、亭台、楼阁等。正门有一尊广东佛山石湾窑烧制的"刘海戏金蟾"坐像，游艺场内有剧场、露天电影场、小卖部、杂耍剧院（演出曲艺、戏法等）。动物园里饲养着狼、熊、猴等动物，还在鹿圃，台球、套圈等博彩游戏处备有烟酒点心。游艺场建有兼旅馆的熙来饭店，为社会各阶层的人士到这里来娱乐、消磨时光提供了方便。京剧名家梅兰芳、程砚秋、杨小楼、孟小冬等均来此演出，连天津人不多见的粤剧也登台表演。观众中有各界名流，张作霖、张学良进关，经常在这里看戏。唐绍仪更是常客，与梅兰芳结识于此。蔡绍基还邀请美国著名喜剧演员、现代喜剧电影奠基人卓别林来天津做客，大罗天呈一时之盛。为解决秋冬淡季人少问题，游艺场举办古玩展览会，后来竟演变为古玩商场。

上海电报局的管理人员和管辖范围也随着交通部对电政管理的变动而变动。袁长坤任局长之后另一位留美同学、湖北省电报局局长陶廷赓调往上海，于 1915 年 10 月接任其职，接着是汪洋。陶廷赓在中国电报界服务 48 年。1917 年交通部又一次在管理上进行变动，撤销了各区的电政管理局，5 月周万鹏再一次担任上海电报局局长，作为一等电报局局长的他，还兼理江苏电政监督，管辖江苏境内的 54 个电报局、五个电话局和所有电报干线、支线的线路工程。蔡元培评价他："周旋樽俎，折冲外攘。清廉峻洁，不媚于上。"

这时的中国民营银行家已经有了以国家长远利益为重的胸怀，站得高看得远，不拒细小，不论中外，在不失民族尊严的前提下多方联营，以增强银行的实力、扩大业务范围。1917 年，唐元湛等银行家又创办和发行了《银行周报》，进行自身的文化建设。《银行周报》也是中国民营银行业的舆论阵地，它除了宣传通俗的政治经济学理论和金融知识，也与上海钱庄在业务上开展讨论，针对市场的一些具体问题他们还互相出谋划策，并对政府的某些财政金融措施提出一些建议。作为中国银行业的代言者，《银行周报》当然也要对境内外国银行的违规行为和侵略行径进行揭露和批判，大声疾呼："今后之外国银行应严加取缔。"号召蓄户们不要迷信外国银行，全力支持华商银行；华商银行也在敞开大门，为光临的顾客竭诚服务。上海商业储蓄银行随时针对不同群体的不同需求，提供不同的服务，在扩大储蓄面的同时助推民族经济的振兴，在他们的投资对象中有张謇的江苏南通纱厂。唐元湛任上海商业储蓄银行董事、监事，于1918年任总理（或称总裁）。

正是因为有了中国民营银行这一阶段的自身建设和发展，才孕育了以后上海民营银行业的八大骄子，"北四行"和"南四行"。

外滩也在变化着。汇丰银行1915年完全归英商独办。中国政府与工部局交涉，承购下14号的德商德华银行和23号具有折衷主义风格的德商俱乐部，改建为交通银行和中国银行，而中国银行正是辛亥革命前的清政府国家银行户部银行的分行。另一条金融街九江路也是高楼林立。

"扶轮国际俱乐部"因为是商人和实业家组成的国际联谊组织，做推广最新科学技术的工作。《字林西报》对唐元湛做了报道，介绍了他在中国工商界、银行界、政治界、慈善界及各社会团体中的地位，特别说明他在自己的本职工作中达到了最高职务——电报总局局长。关于唐元湛对扶轮社的兴趣，作者引用了他自己在另外一篇文章中的摘要来表达：

我认为我成为扶轮社成员是给我作为唯一的中国代表巨大的荣耀，我真诚地感激我交了好运。我之所以成为组织成员，是因为那里有一种超越友情的精神，有鼓励和活跃的亲密，使这种国际性活动变得更好。这个活动现在在全世界各国快速地普及起来。(I consider my membership in Rotary as the only Chinese representative one of the greatest honors that I have ever received, and I am truly grateful that I have the good fortune to be a member of an organization where such a spirit of good fellowship prevails. There is that atmosphere of push and jovial intimacy which cannot but make for the best in the movement for internationalism which is now fast growing in all countries.)

世界上没有一个城市像上海那样给扶轮社的国际性目标和抱负提供平台，没有一个国家像中国那样为真正的扶轮社精神提供巨大的发展环境。中国正站在国际性的起跑点，期望在历史上能够第一次追求其他国家的美好事物，使之成为自己生活中的一部分。正是为了这个初衷，我所表达的是更多中国人的希望，能够被带入扶轮社圈子内，他们也可以吸收强有力的进步气氛，这体现在每周的周会中。(In no other city in the world is there such a field for the international aims and ambitions of Rotary as in Shanghai, and no other country offers greater possibilities for the expression of the true Rotary spirit than China. China is standing on the threshold of internationalism, and looking out for the first time in her history for the letter things of the other nations to be made a part of her own life. It is for this reason that I express the hope that more Chinese be brought into the circle of Rotary so that they may absorb that atmosphere of virile progressiveness which is expressed at each weekly meeting.)

唐元湛之后，钟文耀、罗国瑞、周万鹏、袁长坤及一些有影响的华籍工程技术人员也应邀参加活动并成为"扶轮国际俱乐部"会员。他们经常在一起交流最新的科学信息，研讨新技术的运用。

张康仁在美国加州伯加利（Berkeley）担任了两年中国海军学生监督，于1917年因病退休。另一位职业外交官吴仲贤虽然回国却继续着使命，他于1915年任汉口商务及海关外事处处长，中国参加第一次世界大战后又任敌国人民财产处置局局长，1916年任江汉关监督兼交涉员。1917年3月14日，中国宣布与德国断绝外交关系，同时宣布收回天津和汉口的德租界。当天，吴仲贤奉命照会德国领事，第二天，与汉口警察厅警察长一起，代表省政府向德国领事宣告：自即日起中国政府正式收回德国租界。

梁诚和周长龄到香港后一起为创办香港大学热心筹款，寓居香港罗便臣道33号，多次受到民国政府嘉奖。1917年，梁诚病逝于广州。周长龄于1917年担任香港"太平绅士"（Justice of the Peace），第二年参与创立东亚银行，并担任银行主席。他继续关注民生，建技校，倡办集体婚礼移风易俗，在投入资金的同时也以其影响力带动香港的文明进步。

第十一章

贯通东西　革故鼎新

1921年华盛顿会议中国代表团，前排正中为谈判顾问，垂臂拿礼帽者为梁如浩，弯臂拿礼帽者为蔡廷干

办学兴教　百年树人

在上海的学者和工商界人士联合办学的历史上，复旦大学和同济大学是典范，也留下了唐元湛及同时代精英的名字。

复旦公学当初借地办学，发展为"江南第一学府"。1917年9月，改名为"私立复旦大学"，成为中国第一所私立大学，马相伯制定校训：博学而笃志切问而近思。除了原来的文、理两科，复旦大学应对工商企业急需管理人才的形势，开设了商科，学制四年，同时还保留预科和中学部。1918年元月，建设新校园的议题正式提到了校董事会的日程，他们决定以募集资金的方法买地、盖楼、建校舍。为此，校长李登辉亲自赴南洋募集经费，唐元湛为代理校长，主持新校园的选址、规划等前期工作，双管齐下。

复旦大学校长
寰球中国学生会会长李登辉

半年间，李登辉共募得银圆十五万元，其中中南银行总经理黄奕柱捐款一万余元，简照南、简玉阶兄弟的南洋兄弟烟草公司捐款五万元。在学校董事会上，通过了建设校园的预算，买地、盖教学楼，将办公楼和图书馆并为一楼，尚有剩余，可盖一栋学生宿舍楼。董事会决定，在建筑风格上完全用中式传统风格，以突出华人自办大学。大学盖大楼还得有大师，学校董事会以前瞻性的目光设立了国文专修科，方便有志于研究国学的人深造，先后聘请了汤寿松、陈定谟、邵力子、叶楚伧、胡汉民、陈望道等大师级的人任教，当然校董也担任教学。12月18日，全校师生举行新校园奠基仪式，学校建设开始了新的篇章。

第一次世界大战于1918年11月12日结束，中国是战胜国之一，举国上下沉浸在巨大的喜悦之中，盛大的庆祝活动频频举行，人们欢呼协约国的胜利是"公理战胜强权"。上海从大战结束到 23 日，各种庆祝活动此起彼伏，在爱多亚路路口搭起了一座仿巴黎凯旋门的五彩牌楼，称为"凯旋门"。白天彩旗招展，夜间灯火辉煌，还有提灯游行群众大会。汇中饭店举办音乐会，优美的乐曲充分表达了各战胜国的喜悦心情。

中国红十字会预想在先，特组成临时救护医队；上海童子军董事长唐元湛也是未雨绸缪，防患于未然，事先组织了上百名童子军、五辆汽车，组成临时救护队。在庆祝活动达到高潮的时候，中国红十字会和童子军组织的救护队，出现在指定的岗位上，忠实地覆行职责。仅是 20 日至 22 日这三日，就救护受伤者五十多人。

北京政府任命了五名代表出席巴黎和会，他们是外交总长陆征祥、南方军政府代表王正廷、驻英公使施肇基、驻比公使魏宸组、驻美公使顾维钧。顾维钧也是唐家的女婿，二十七岁时就出任中国驻华盛顿公使，是当时中国驻外的最年轻使节，此刻他正在为爱妻唐梅（唐绍仪的二女儿）传染时疫去世而深深悲痛，一度想谢绝任命，但最终，他还是决定接受使命。

废除德国在山东的特权是代表团的首要任务，到巴黎后他们积极活动，顾维钧半个小时的发言获得了全场的掌声。让全国人民没有想到的是中国是战胜国，但英、法等国代表不顾中国政府的一再要求，将德国在中国山东的一切特权全部转让给了日本，并把它写入草案。消息传回国内，北京大学校长蔡元培将这个消息通报给学生，1919 年 5 月 4 日，由北京大学学生率先发起了抗议活动，轰轰烈烈的"五四运动"由此拉开序幕。

5 月 6 日晨，一阵紧急而雄浑的钟声打破了复旦大学的平静，这是上海《民国日报》副刊《觉悟》主编、复旦大学国文教授邵力子亲自敲响的钟声。邵力子面对集结而来的同学，报告了北京发生的事件，号召复旦同学声援北京学生的爱国举动。在他的鼓动下复旦学生立即行动起来，成为这场运动在上海的先锋和主力。唐绍仪于 5 月 6 日及 5 月 8 日，两次致电顾维钧和王正廷，鼓励其竭力抗争，谓二位现"全权在握，务勿瞻徇，自有全国国民为后盾也"。"请勿予签字，以伸公道。"

复旦大学师生的行动得到学校董事会的支持，5 月 11 日上海学生联合会（Shanghai Students Union）在寰球中国学生会成立，复旦学生五人担任关键职务，并发出了《上海学生联合会宣言》。这里成了上海五四运动的联络处和总指挥部，学生联合会成员深入社会各个阶层，动员上海各界支持北京的爱国运动。孙中山于 5 月底莅沪，在寰球中国学生会接见了上海学生代表，对学生的爱国精神大加赞扬。

　　6月3日北京运动高涨，学生罢课，工人罢工，商人罢市；全国其他城市也以同样的行动遥相呼应；上海各界闻风而动，罢课、罢工、罢市。平日热闹非凡的跑马厅，一直是外国人娱乐的地方，突然间出现了巨幅白布对联：

　　　　那有心神看跑马
　　　　正应筹策补亡羊

外交家顾维钧

　　6月24日以后，外交部电告巴黎和会代表团：国内形势紧张，人民要求拒签，政府压力极大，签字一事请总长自行定夺。6月28日，中国代表团拒绝签署丧权辱国的《凡尔赛和约》，近代中国第一次对列强表现出了强硬的态度，有了敢于斗争的先例。

　　作为电讯专家，唐元湛最关心的是国内外电讯来往的方式和保密程度，历史的教训记忆犹新。欣慰的是，在他担任电报总局局长时正式建起来的无线电系统在这场运动中发挥了至关重要的作用，消息传递得既迅速又保密。

　　北京的无线电报局虽然已经于4月迁至天坛，但是远程收发报处还在原址东便门，国内外来往电讯就是用这里的无线电传递。中国代表团拒绝签署《凡尔赛和约》的当天，北京无线电报局应用真空管式无线电接收机直接接收到了消息，并以最快的速度传报给正在总统府前静坐示威的学生。因为先进通讯设备的使用，国内、国外行动一致，这场斗争取得了胜利。作为电讯专家唐元湛甚是欣慰，中国的无线电报局已经打破了外商大北、大东、太平洋三家电报公司垄断传递国外消息的局面，可以自行管理，为国家服务。第二年，中国加入国际无线电报公约，正式成为世界无线电大家庭中的一员。

　　每一次社会变革都是莘莘学子特殊煅练的机会，也表达了一些大学校长的政治主张。上海圣约翰大学附中数十人因参加爱国运动被当局开除，李登辉、唐元湛及复旦的校董事会特准，让他们转入复旦的同等年级，其他学校的上海学联骨干也转学到这里。这年，学校董事会在江湾购地七十余亩，12月18日，全校师生举行复旦大学新校园奠基典礼，美好的前景就在眼前。

　　唐元湛在担任复旦大学校董、代理校长的同时，还是同济大学的校董之一。比起复旦大学，同济大学是另一种办学方式，办学过程一波三折，经历了中德两国关系的交往与破裂。

　　五大臣出洋考察宪政期间与德国文化部达成了办学协议，时任德国驻沪总领事威廉·克纳佩积极推进建校计划，并开始筹款。在他的支持下，1907年德国医生埃里希·宝隆和奥斯卡·福沙伯将一所以德医公会名义筹建的医院改为上海德文医学堂，设德文科和医科。上海商界以筹款的方式参与了办学，共筹集资金合1.7万马克，成立了以奥斯卡·福沙伯为首的学校董事会，成员有13人，中方校董是朱葆三、贝润生、唐元湛、虞洽卿。

　　第二年新生入学，位于派克路的校舍不能满足教学和学生活动需求。学校董事会在宝昌路以南、金神父路以西购得空地十二亩，准备建设新校舍，但是资金出现了不足。唐元湛身份特殊，曾是五大臣出访时的随员，他提议当告知德国官方，请求资金支持。董事会包括四名中方董事朱葆三、贝润生、唐元湛、虞洽卿联名写信给德皇威廉二世，请求他从自行支配的基金中提取5.4万马克给予一次性资助，以解决校舍建设问题。这个请求得到了德皇威廉二世的应允，学校有了需要的资金，迈出了关键性的一步。1912年上海德文工学堂建成，与医学堂合称为"上海同济德文医工学堂"，后为"上海同济德文医工学校"。作为上海最早的具有官方色彩的德文和专业技术学校，双方校董将德国先进的教学理念体现在学校建设上，也将德国人严谨、认真、仔细的品质特征体现在学生的培养上。

　　然而正当学校进入良性发展的轨道时，第一次世界大战爆发，中德关系出现了危机，"一战"快要结束的时候，中德关系濒临绝境。在这个非常敏感的大背景下，要不要将具有德国官方色彩又是以德式教育为主的"上海同济德文医工学校"办下去？以什么方式办学？成为校董们面临的问题。1917年以后，沈恩孚、李维格、唐绍仪、黄炎培等人又先后成为中方新的校董，李维格是汉阳钢铁厂总办，黄炎培是著名的"江苏教育总会"的代表人物，他们的加盟使学校发展有了后劲。

　　校董们特别是华人校董高瞻远瞩，在多年的办学中体会到了德国教学体制在世界上是最进步的，实事求是地对学校多年的建设给予肯定和赞同，但是要让学校继续保持德式教育的特征还需要极大的勇气和博大的胸襟，跳出战争和政治的阴影。李维格、沈恩孚给北京政府教育总长范源廉、次长袁希涛写信商讨学校的前途：

上海同济德文医工学校系德国工商界筹办，开创以来卓着成效。校外附有病院，校内置有工厂，设备之精良，远非他校所能企及。业已造就医士技士甚众，以是各省闻风负笈者日多一日。嘉惠吾国学子，实非浅鲜……

李维格、沈恩孚的信也表达了同济全体校董的担忧，"深恐国交决裂，该校或竟中止"，希望政府"力予斡旋，保全此校"。

范源廉接到信后很重视，最后教育部做出决定，保全学校。上海同济德文医工学校渡过了危机并延续以德国教育为特征继续办学，教学成绩斐然。1917年，在学校创办的第十个年头有了一个转折性的发展，德国校董全部退出，由中国人接办，学校从城南迁至吴淞，校名改为"同济医工专门学校"，是工科和西医的专门学校。

中国人接办的"同济医工专门学校"校董的组成人员是：唐绍仪、朱葆三、贝润生、唐元湛、虞洽卿、黄炎培、李维格、沈恩孚等人，校董会议达成共识：为了保证学校的教育质量和办学特色，依然延续用德国特征来办学，继续保持其原有模式。新成立的学校董事会推举留学德国的工程硕士阮尚介任学校校长，使学校能够大胆吸收外族文化中的优秀部分。他们除了运用德国的学校管理制度外，在课程设置、培养方法上也采用德国的教育体制，聘请德国教师执教，主要教学语言为德语。经过这样的改革，"同济医工专门学校"以德国教育特征和培养人才的优秀而闻名于中国高等教育界。给工业化初期的中国培养了大批合格的技术人才。最早的董事会主席奥斯卡·福沙伯和其他德国董事虽然退出了学校董事会，但是看到学校没有因为战争和政治的因素而停止，并且有所发展，甚感欣慰，认为正是这些新老校董"对学校的高度关注，敏锐的目光和对教育问题的深刻理解"，使学校的德国办学传统历尽曲折得以延续。同济、同济，同舟共济，同心协力，这所学校后来发展为著名的同济大学，校徽的设计者将办学的理念体现其中。

同济大学校徽

一百年后人们依然记着同济大学最早的校董：朱葆三、贝润生、唐元湛、虞洽卿、唐绍仪、李维格、沈恩孚、黄炎培……

理事红会　佛生万家

在第一次世界大战将近结束的 1918 年 4 月，美国红十字会到上海征求"赞成员"（又称赞助员）也就是捐款人，为欧战救护伤员的工作募集款项。自 5 月中旬，征求赞助员的活动在上海等大中城市轰轰烈烈开展起来，规模浩大，有八支队伍。唐元湛是这场活动的积极推动者和参与者，他和朱少屏等八位热心红十字运动的人分别担任队长。朱少屏是上海人，曾就读于南洋公学，毕业后赴日本留学，加入同盟会。回国后他从事推翻满清的革命活动，曾任沪军都督府总务科长、中华民国南京临时政府秘书，于 1916 年任寰球中国学生会的专职干事。

征求赞助员向群众宣传，红十字运动是一项高尚的事业，中国以正义之师参加了这场战争，现在的捐款是用于伤员救护，一次捐银一元五角即为红十字运动的"赞成员"。同时告诉人们："美国红十字会在中国所办善举不少，如前岁皖省饥荒捐银十五万元，导淮工程十万元，去岁天津水灾二十五万元，该会对于我国既若是之热心，吾国亦不得不尽一分子之力，以助该会之进行。"唐元湛是第二征求队队长，奔走呼吁，不遗余力，十天之内，有三万多人成为"赞成员"，募得捐款十余万元。美国红十字会在华代表、公使馆商务参赞安乐尔（又译为安立德）以"唐露园（唐元湛）、朱少屏二君最为出力"，特呈请美国总统威尔逊函谢。虽然美外交部以"请大总统亲书函谢一层格于成例"无法照办，但对"唐露园、朱少屏二君募款之成绩，不胜钦佩之至，二君之热心殊属罕见，同人均应同深致谢"。

蔡廷干于 1918 年 5 月 20 日任"修改税则委员会主任"兼全国税务学校校长，1919 年 1 月，出任"敌国侨民遣送事务局会办"。1919 年 8 月 1 日，中国红十字会副会长沈敦和卸任，民国政府任命蔡廷干为中国红十字会副会长。8 月 12 日红十字会召开常议员大会，欢迎副会长蔡廷干赴沪就职。会议上，理事长吴宝义提出辞职，常议会推举唐元湛为理事长。唐元湛于当日就职。两位情同手足的同学在特殊的岗位上又承担起了一份特殊的社会责任。他们遵循红十字运动人道、公正、中立、独立、志愿服务、统一、普遍的七项基本原则，制定新的工作方针，要以博大的胸襟，独立而平等的姿态，让中国红十字运动走出狭隘和封闭，面向世界。

这期间恰巧吴应科来上海，唐绍仪召集在上海的留美同学相聚。

"有朋自远方来，不亦乐乎"，一句"our boys"，跨越了时空。他们中有穿长袍布鞋，也有穿西装的，相互打量着，用纯正的英语叫着绰号，多少年来已经成为习惯，很少用其他称呼，血浓于水啊。想到往事他们脸上竟出现了调皮的神色，哼唱起了校园歌曲。风风雨雨，经历了很多，也创造了很多，最重要的是送走了中国最后一个封建王朝，迎来了新的时代。

唐绍仪这两年比较忙，南下护法，1917年任职孙中山领导的广东军政府财政总长。同年9月，刘玉麟任广东军政府陆海军大元帅高等顾问，后任两广盐运使，逾年解任。唐绍仪改任军政府七总裁之一，这便有1919年2月20日的以南方军政府总代表身份，来沪与北京政府代表朱启钤在上海的"南北和会"，但是这次议和没有成功。唐绍仪还带来了容觐槐的消息，他一度受孙中山之命任广东军政府中将兵工厂厂长，之后在上海经商。

唐绍仪希望联省自治以和平方式统一国家，与孙中山以武力统一中国之主张分歧。和而不同，双方一直保持友好关系。同学聚会，唐绍仪做东吃饭，谁让他是"国之大佬"（The grand old man of China）呢？不管吃中餐还是西餐，白兰地和雪茄是不能少的。纯正的带有美国乡间俚语的美式英语，举止中不可言传的优雅端正，吸引了人们的目光，他们早已习惯了各种各样的目光，包括怪异的目光。当年负笈踏上美国国土后，美国人怪异他们脑袋后面有条辫子，回国后人们又怪异他们没有辫子，所以命运坎坷是注定的，也是他们这个群体特殊的历练。

吃完饭，同学们以难有的闲情逸致，来到山东路，当年的"幼童出洋肄业沪局"已经不见踪影，但是近似于喊的读书声犹在耳畔，打闹戏嬉的情景历历在目，抚今追昔，感慨万千。在外族入侵时自觉拼命保疆守土，在新时代到来时认识超前行动果断。与社会一同进步，转承自然，一晃竟四十多年过去了。老同学们互相计算起岁数来，这17个人的岁数加起来正好一千岁。于是在他们人生起步的地方拍了一张合影，称作"千岁图"。

容尚谦的工作依然和船舶有关。中国加入协约国后，德国和奥地利的商船被扣，他被交通部派去修复这些船只以备用。第一次世界大战结束后，他接到交通部一份任命，但是他却想辞职，回家乡去种那几亩薄田，或者到池塘养鱼，也可以在果园种树。之所以有这样的想法，是因为他看到国家正处在一个动荡的状态中，水城被海盗蹂躏，陆地上土匪横行，任何地方都没有和平，一个人永远不知道自己什么时候会遭遇灾难。再说，他在服务公职的几年里省吃俭用，有了足够的积蓄，允许他来满足自己的愿望。但是，退休后考虑再三，他还是来到了上海。

1919年8月3日所拍的千岁图 从左到右，最后排：周万鹏、唐绍仪、容尚谦、黄耀昌，中间两排：程大器、蔡廷干、朱宝奎、陶廷庚、吴应科、唐元湛，全身的：沈德耀、钟文耀、陆德章、罗国瑞、丁崇吉、吴焕荣、吴其藻

　　黄耀昌回国后分配到上海机器织布局，又经商。1909年在上海成为轮船招商总局董事，后任京汉铁路汉口分局副局长，1914年任京汉铁路局副局长。

　　程大器一直在上海江南兵工厂学校任教。

　　沈德耀和弟弟沈德辉都在上海经商，但是沈德辉早年卒于上海。

　　吴焕荣经历丰富，做过电报，在汉冶萍铁路任过职，又在江南机器制造总局的一个部门当经理。

　　丁崇吉从江海关退休后，在位于广东路的"锦章"号家族企业做经营管理工作，主要是批发德国礼和洋行的缝衣针。同时他和兄弟一起做生意，经营"吉崇公司"、从事定海轮船码头的"锦昌"号货栈和拥有三艘轮船的舟山轮船公司。

　　邝国光也是路途辗转。甲午战争之后，他到武昌纺织厂工作，又到了外事部门，任湖北省政府外事秘书，后来到江南机器制造总局，任一个部门的经理。同是海军出身的吴其藻则被民国政府派驻日本、朝鲜等地做外交工作，回国后在盐税局和沪宁铁路管理局工作多年。

　　还有一位海军战友也在上海工作过，就是徐振鹏。他于1918年任海军部次长，兼管总务厅事。遥想当年，留美幼童中参加海军的人从进学堂开始，成为南北洋水师中的中层军官，最后当教官、海军将领，从军经历反映了中国海军的建设、失败、再一次建设的过程。

叙旧、感慨，依然是使命在身。唐元湛任中国红十字会理事长后立刻投入实际工作中，通盘擘划，把从事社会活动的成功经验运用于红十字会的组织管理上，撰写文章《中国红十字会之过去及未来》，成功地踢出了头三脚。首先，"扩充常议员名额延聘各界通人充任以资众擎也"，建全组织，设立了财政、赈灾、卫生、交际四股。第二脚是"广募政军两界会员并呈请政府通令全国以资提倡也"，"举办学生部会员以谋普及也"，使红十字会组织延伸到县，增设分会24处，扩充会员五千三百多人，使赈灾的范围和力度加大。第三脚最具开创意义，唐元湛发挥了理财的专长，让中国红十字会投资购买公债、股票等有价证券，使红十字会有限的资金和募集来的善款得到增值，用于社会救助。他们还增添了交通设备，好快速出现在赈灾现场。

为了能够在关键时刻出手有力，理事长唐元湛未雨绸缪，以自己的影响力和广泛的人脉，亲自拜访上海有名的中外企业，建立联系，争取善款，以应对不时之虞。如同美国红十字会到上海征求赞成员，在中国的外资公司也应承担相应的义务。英美烟草公司在上海是大公司，唐元湛以特有的亲和力晓以大义，使其为中国红十字事业尽把力。位于外滩1号的亚细亚火油公司是美国壳牌油品公司与荷兰皇家石油公司合资的子公司，1916年建成后以"高"和"大"被称为"外滩第一楼"。唐元湛到这里进行商谈，指出亚细亚火油公司的业务遍及全球，产品在中国的销售量占中国石油消费量的25%，资助红十字运动理所应当。

蔡廷干和唐元湛任职后首先投入到了救助湖北重大水灾灾民的工作中，新建的延伸到县一级的红十字会组织发挥了前所未有的作用，中国红十字会电报通知湖北各分会"调查灾况，以凭散放急赈"。但是赈灾资金还是出现了短缺，紧急时刻唐元湛到南洋兄弟烟草公司，商请简氏兄弟先行筹垫银圆万元汇鄂，"以应急赈"。南洋烟草公司欣然应允，解了燃眉之急。

南洋兄弟烟草公司在上海的办公大楼

刚卸任的沈敦和见灾情严重，又发起成立"湖北义赈会"，亲自挂帅担任会长，朱葆三和湖北驻沪募赈专员劳敬修为副会长，向社会各界募集救灾资金。及时有效的工作，使湖北的灾情得到缓解，前总统黎元洪盛赞："诸公历赈偏灾，活人无算，兹为敝省设会筹赈，义浆仁粟，悉仗鸿施，谨代江汉灾民称谢。"

这一年夏季，安徽滁县、山东济宁发生疫患，有记录称"时疫大作"，当地红十字会积极救护。由于唐元湛事先做好了工作，英美烟草公司、南洋兄弟烟草公司、亚细亚火油公司都出款出物，由中国红十字总会上海总办事处及时提供的药品"济生

早期的红十字会救助队队员

丹"，对时疫的预防和治疗起了积极作用。

当吴淞发生火灾时，吴淞分会赈济的方法是："极贫者棉衣一套，米八升，次贫者六升，商人不愿受衣米者，每人借以十元二十元不等。"

这个阶段的中国红十字会工作面向世界跨出了一步——保护海外侨胞的合法权益。清政府在 1909 年通过了一个《大清国籍条例》，主张以亲子关系来确定国籍，民国政府继承了相关规定，所以，帮助海外华侨也成了红十字会的一项工作内容。在蔡廷干和唐元湛任职的时候，虽然经费有限，但是中国红十字会在帮助德国、奥地利华侨回国的同时还为救济西伯利亚的俄国难民募集款项和物品。他们调拨千余套棉衣，委托美国红十字会驻沪办事处携往灾区以施赈。出色的工作使中国红十字会在国际组织中有了话语权。12 月，中国红十字会代表团在王培元的率领下，出席了在日内瓦召开的第一次红十字会国际联合会，这是中国红十字会首次参加国际性会议。

1919 年苏、浙、皖、鄂四省发生了水灾，1920 年直、鲁、豫、晋、陕、湘、闽、浙八个省又遭受水旱巨灾。每次遇灾，政府都积极救赈，中国红十字会也发挥了巨大作用，不遗余力，顾及南北。他们以人道主义的精神协调其他地区及国际援助，帮助受灾的民众恢复正常生活，并负责紧急情况下的医疗救助。

作为这一届中国红十字会的理事长，唐元湛的工作不仅是疲于奔命地四处赈灾，还酝酿着建立红十字医院，真正做到造福百姓。大清红十字总会于 1907 年建了大清医学院，一直是中外合资办院，唐元湛计划将其收回，以董事会的方式完全自办，在上海建设中国红十字会总医院（今华山医院）。他以现代意识对医院进行整体规划：引进先进的西医技术和设备，设病床一百张。除了平时营业，在战争、自然灾害、突发性事故出现的时候，有义务无偿地救治所有受伤人员包括战争时双方受伤的士兵，以体现国际红十字会人道主义的宗旨。这样的医院显然不是以盈利为目的，除了一颗仁

爱之心，还需要大量的资金和物资的投入。唐元湛再一次慷慨解囊，四处奔波，与一些中外人士组成董事会，并任董事长。在红十字会总医院建设的同时，他还和教会在上海办的同仁医院、仁济医院积极协商，或合资或兼职，以期在关键时刻这些医院能够扶危济困。

禁止烟毒一直是中国政府的明确立场，各方人士从来没有停止奔走呼号。但是巨大的商业利益依然诱惑着一些不法商人内外勾结，向中国境内偷运鸦片，攫取暴利，这使中国的禁毒工作漫长而艰难。1920 年 5 月至 6 月间，首次举行的万国拒土会上海部年会召开，会议主席唐元湛在会上充满忧虑地指出："近查毒物势已复活，蔓延甚广。"向与会代表通报：去年 4 月至今年 4 月，海关查获鸦片烟土有九千四百六十一磅，吗啡四千四百四十两。重申中国是禁烟国家，呼吁有关国家遵守决议，配合中国政府的禁烟。

1920 年 8 月 12 日，钟文耀和唐元湛分别获得中华民国颁发的嘉禾奖章。

从商亦政　维护主权

随着上海经济的发展，租界里华洋商人因为生意往来纠纷不断。会审公廨于 1899 年从南京路香粉弄迁至浙江北路，上海道台委任的谳员（审判官）不精通英语，洋人陪审官盛气凌人甚至还出现动手拉断中国官员朝珠、巡捕仗势殴打中国官员的事。之所以这样，是因为他们享有治外法权。英国领事馆是公共租界的主宰，法国领事馆掌握着法租界的司法管辖权。所以，在租界里犯罪的外国人完全可以不受中国法律的制裁，而华人却得不到司法保护。

在上海商务总会成立的时候，租界里的华商就举行集会，要求自己的组织为自己说话，与租界当局交涉，为租界里的华商在涉讼问题上争取公平待遇，保证华商应有的尊严。没想到辛亥革命时期，领事团乘国内政治纷乱，全面排挤华人官员，连"会审"都没有了，洋员陪审官反而成了主审官，统掌公廨上下一切事务，并制定了专门对付华务民事案件的十条办理规则。发生了华洋纠纷，会审案子时华商也必须聘请洋人做律师，这样不但耗去了高额费用，还难以据理力争，经常是洋人只需将一纸便函递到巡捕房，巡捕就可以将被告华人捉拿拘押，而且一路上拖拖打打，有时甚至将当事华人同流氓、窃贼拷在一起，使其颜面扫地。而华人要控告洋人，则告状无门，更别说函请拘拿了。

随着租界里华商的增加，案件日益增多，而华商的境遇愈加恶化。

上海地方政府先后四次派出精通英语、有着强烈爱国心的关絅之担任会审公廨的谳员。关絅之以现代司法意识尽职尽责，最大限度地坚持国家利益，保护国人尊严，受到上海绅民的拥护。1905 年因他反抗外国会审

会审公廨

官的无理处置而引起上海绅民大闹会审公廨（又称黎黄氏案），形成了很大的社会影响。7 月 10 日的《申报》登载消息：《沪上商绅以关太守治廨期年德泽加民制就德政碑及匾额楹联于二十日上午十二点钟恭送入署》，消息称："公既有外交才而知经权之理。"面对上海复杂的形势，"公亦推赤心待之中外，相合一家。所谓化争侵于揖让之地者。"关絅之还禀报上海道拨款以翻盖、改善监房条件，有了请西医检验卫生等文明措施。"关公之德拳拳之心在此矣。"上海商绅联名，"泐石以文泐石不可泐思"。"公颂立石"人员三四十人，第一位是钟文耀，其中留美幼童还有周万鹏、唐元湛、吴焕荣、蔡锦章。蔡锦章经过商，在沪宁铁路工作。

唐元湛决不会忘记"二次革命"时租界当局对中国政治的干涉，在商议如何为租界里的华商争取涉讼公平的问题时，他分析道：因为租界里中国政府立法权和司法权的丧失，所以执行的是外国的法律。会审公廨里的人事任免权由外国人掌握，行政大权和财务大权也由他们控制，所以，会审公廨已经没有了"会审"，而成了外国人管辖的司法机构。接着他又提出了自己的意见，现在社会各界要求改革法度的呼声日见强烈，总商会应该顺应大势，从争取会审公廨"优待体面华商"的权利开始，保护中国人的利益，并应联合各界呼吁国家建立真正的司法机构，夺回被列强侵占的司法主权。

1916 年，上海总商会会长朱葆三，会董虞洽卿、劳敬修、宋汉章、唐元湛到会审公廨和外国驻沪领事直接进行交涉，要求"遇有商业上的起诉，是否体面华商，是否入会，先行函询敝会"。总商会还申明：如果确定是入会会员，且是体面商人者，由总商会出面担保，捕房决不能贸然加以拘押，待审理结果明了，才能依法制裁。经过

总商会的多次交涉磋商，驻沪领事作出了有限的让步，同意总商会会员可以作为"体面商人"对待，遇有诉讼，改"票提"为"传讯"，取消"传到交保"。

在广泛调查的基础上，上海总商会写了一份"改良公共租界会审公廨"的调查报告，在常务会董会议上通过，分呈民国政府外交部和司法部。报告请求政府将丧失了的司法权利收回，以从根本上改变现状，在坚持华洋分案办理的原则指导下，达到"保主权而惠商民"的目的。上海总商会的这一举措得到了社会各界七十多个团体的支持和呼应，联名向外交部、司法部呈送报告，呼吁国家重视司法自主，竭力主张收回租界内司法主权。

1919年，上海总商会召开大会，对全体会员重新核定，编制成中、英文对照的名册，送达会审公廨及各驻沪领事馆备核，以敦促公廨落实"优待体面华商"的措施。由此，开始了收回租界里司法主权的斗争。上海总商会以经济手段办事，起到了政府应该起而没有起到的作用。

黄浦江、苏州河疏浚之事，也关乎主权。

这件事说起来也是有着渊源，黄浦江、苏州河受潮水的影响，需要经常疏浚，航道疏浚事务本身就属于国家主权范围。因为清政府外务部在1905年与各国公使订立了关于黄浦江疏浚的《改订修治黄浦河道条款约》，设立了上海浚浦局（简称浚浦局），"经管、整理、改革水道各工"，负责疏浚黄浦江、苏州河河道，并掌握有"自江南制造局起，至扬子江口止"的河道两岸的"涨滩公产"。浚浦局最初是委员制，由江海关代征浚浦捐并聘任洋员为总工程师。然而江海关又是置于赫德的管辖之下，他掌握着行政和财务大权，黄浦江航道的疏浚自然也就由他同意的欧洲各国来的挖泥船完成。在《辛丑条约》附件十七中，规定了一个由各国共同组织管理的"修治黄浦河道局"，并确定这个机构可以委派港务长，设立水上警察，管理引水事务。中国政府明知严重损害自己的利益和形象，但毫无办法。原因就是赫德长期把持着中国海关，上海及沿海的港口、航道、航标、测量、潮汐等资料都掌握在他的手中，甚至不在中国出版，而是在英国伦敦印制。疏浚中国的黄浦江、苏州河河道没有中国人参加，连中国人发表意见的场所都不存在，丧失了主权何谈利益。

民国成立当年，上海总商会会董常务会就对黄浦江、苏州河河道疏浚之事有了统一认识，"此事关乎权利，不可放弃"。疏浚中国的河道，中国人一定要参加，所以，总商会决定，浚浦局不能再是由外国人把持的一统天下，要打进去。他们要求浚浦局增设"浚浦顾问局"，而且要有中国的席位，疏浚河道要共同协商制定。经过一番斗争，浚浦顾问局成立，由六人组成，其中五人是在上海进出口吨位数前五位的五个国家代表，一个是中国代表。因为关系到国家和商民的权利，中国代表必须是一个能够和其他五国沟通又能坚决维护本国利益、同时懂得河海工程以及机械工程的人。总商会选派了唐元湛进浚浦顾问局，打破了原来洋人把持的一统天下，从此，浚浦局决策各项事务都由唐元湛代表中国一方参与。

进浚浦顾问局是一个很特殊的使命，唐元湛以一个中国人对五个外国人，投票没有优势，而且所有决策的大前提都是不平等的《改订修治黄浦河道条款约》。他以语言相通、对上海熟悉、在英美人士中享有极高声誉的优势和高超的政治智慧，在浚浦顾问局与洋人斗智斗勇，而且要预判在先。当浚浦局出现危害国家利益的苗头，在尚未形成决议的时候，他要及时做出判断，向总商会报告。总商会得到信息后召开会董常务会研究，采取相应的斗争方式，最大限度地维护国家主权和商民利益。

苏州河关系着上海经济的发展，也关系着赖以苏州河生存的所有华人的切身利益。英美殖民者居然也觊觎这条与上海人民息息相关的河流，打算以此通道将势力发展到内陆城市。1920年，唐元湛在浚浦顾问局发现了这个企图，他们的步骤是通过插手苏州河的治理，再一次扩张公共租界，进而霸占我国的内河航运权。这个预谋如果第一步得逞，以后就难以控制，唐元湛及时将这个信息传递出去，上海总商会立刻联合江苏省各县绅商，向政府强烈呼吁主权不能旁落，敦促江苏省江南水利局掌握苏州河河段新闸桥以西到梵皇渡铁路桥的治理工程主权。由于信息准确及时，各县绅商呼吁强烈，江苏省江南水利局行动果断，达到了预期效果，华界首先掌握了新闸桥以西到梵皇渡铁路桥这一段苏州河的治理工程主权，使浚浦局的企图落空。

上海苏州河

但是列强是不会善罢甘休的，流动的苏州河就是流动着的金钱，如果掌握了苏州河的修浚工程，带来的利益也会像这流动的河水一样，生生不息。浚浦局看新闸桥西面的治理工程主权被中国人掌握，又赶快将目光转向东面，多次授意上海英国商人公会致函上海总商会，要将新闸桥以东到苏州河入黄浦江的河段交由浚浦局代为开浚。有唐元湛在浚浦局，总商会又一次及早获得信息，经过充分考虑，有的放矢，胸有成竹地回击了列强的挑衅，态度明确地回函上海英国商人公会，以内河疏浚关系主权不可放弃，驳斥了他们的无理要求；同时又召集各商业团体、沿岸工厂、轮船公司等企业代表召开联席会议，共同商讨解决问题的根本方案。最后会议决定致函江苏省省长，请政府拨款，自行承担修浚苏州河的工程。由上海总商会出面主持，组建"吴淞江水利协会"，为将来完全掌握苏州河修浚权利做组织准备。这场斗争节奏紧凑，唐元湛掌握动态，提供信息，上海总商会纵横捭阖，联合官绅，最后是政府出面建立机构，彻底挫败了列强企图通过对苏州河的治理，进而霸占我国内河航运权的预谋。

争取苏州河治理主权与收回会审公廨一样，都是艰难而长期的工作，也必须是精英人物发挥作用。上海总商会与外国势力斗争保护华商利益做得有理、有力、有利，为日后政府完全收回租界里的司法主权做了铺垫。

容闳当初给政府提的四条建议高瞻远瞩，他的学生既是受益者也是实践者，"禁止教会干涉人民词讼"是容闳提出四条建议中的一条，实践起来却是两代人的努力。一晃，留美幼童也到了含饴弄孙、颐养天年的时候。可贵的是他们将所接受的新思想新道德也体现在婚姻和家族关系上。尽管他们大多数人家底丰厚，尽管那个时代以至后来很长一段时间内，男人娶三房四妾是很正常的事，但是留美幼童大多以西方人的做派遵守婚约。唐元湛家无论是居住在江湾传统大宅院里还是后来搬进花园洋房，绝对没有类似"大红灯笼高高挂"的妻妾争战。

到休沐日，唐元湛必然领着两个孙子唐耀良和唐炳良散步郊游，也经常带他们到一些协会参加活动，常对他人说，我生平最爱者惟两孙耳。每年春节，在上海的唐家人及亲戚都要聚集在唐元湛家一起过春节，唐邓凤按照广东人的习惯，腊月里就开始做准备，大年三十张灯结彩一切停当，又在大客厅里架起火盆。男人有西装革履也有长袍马褂的，说着家乡话；女眷们身着新衣配戴首饰，光彩鲜亮。年夜饭一定是纯正的家乡粤菜，这是女主人指挥着家佣忙活了半个多月的成果，也是她持家能力最集中的体现。亲戚们一来就是一家人，一下能聚七八家。有唐家本家的，有邓家的，还有亲家陈家的。唐季珊也是每年必到，他是广东香山唐家村人，著名粤商唐翘卿的儿子，英国留学生。唐翘卿在上海与唐廷枢、徐润等人齐名，生意成功后办学做慈善，是上海广肇会馆的创办者之一。为抵制英商红茶倾销中国，唐翘卿出面将分散经营的茶栈合并，于1919年成立"华茶有限公司"，让儿子唐季珊任总经理。华茶有限公司从国外引进设备，改进茶叶焙制技术和包装，培育优良品种，使中国的制茶业不但抵制住了英国茶的倾销，而且运销海外，垄断了当时的欧美市场。电影进入中国后，唐季栅还是阮玲玉所在的联华影业公司的最大股东，但外人注意的大多是后来他和阮玲玉的感情纠葛，而忽略了他主持的华茶有限公司是中国开设最早、规模最大的华商茶叶出口行。

唐元湛家全家福　前排左起：唐元湛抱唐耀良、唐邓凤抱唐炳良、
后排左起：唐金兆、唐观翼、唐麦鸿宝、唐观爵　摄于1916年

　　在唐元湛家吃完年夜饭，大人们分成几桌打麻将，十来个小孩子相互用压岁钱小赌输赢，"无赌不成欢"嘛，玩急了，来两句西洋"鬼话"，倒也是一种出其不意占上风的方法。有的男孩会趁大人们不注意爬上唐元湛的座驾美国产的司蒂倍克（STUDEBAKER）轿车或者唐观翼的奥斯汀跑车过把瘾，反正过年的时候是不挨打的。那辆加长带敞篷的司蒂倍克轿车，车厢内宽敞，设置豪华，前排座的后背设有两张折叠椅，扳下来就可以坐人。这辆车尽管是唐元湛的公务车，但是过年过节的时候就是大家共享了，女眷包括女佣也能在上面摆个姿势照张相乐呵一下。在以后的日子里，自行车、汽车竟然成了唐家男孩生命中的一部分。

　　大家一起熬夜迎接新年，要的就是一团和气，要的就是来年发财。在咖啡加美酒的飘香中，在中外香烟的烟雾缭绕中，在汤圆开锅的腾腾热气中，新年到了，大家拱手互道新年快乐。唐邓凤就是这样从容大度地管理着这个中西合璧的大家庭，又以这种气度感染着其他人。

无愧人生 推动时代

　　北洋政府时期因为长期形成的国内外各种势力纠合复杂，铁路的建设和经营都要受制于帝国主义财团，詹天佑主持筑路殚精竭虑，1918年9月16日，汉粤铁路武昌到长沙的一段建成通车。

　　俄国十月革命之后国内形势出现了混乱，1919年3月5日，美、英、法、意、日、白俄、中国，在海参崴召开协约国共同监管西伯利亚铁路和中东铁路特别委员会成立大会，把贯穿中国东北三省的中东铁路也包括其中。北洋政府表示反对，几经交涉无效。交通总长曹汝霖知道詹天佑长期超负荷工作，身体情况很不好，但他还是要求詹天佑出席会议，并寄以最后的希望，说："现在东三省铁路中国要争回管理，非有曾经当过工程师并须有外国所认为有本事经验之人前往，方免外国推辞不允。无论如何，请前往一行。"詹天佑以交通部技监和汉粤川铁路督办的身份任监管西伯利亚铁路和中东铁路特别委员会技术部的中国代表，在春寒料峭之中抱病前往哈尔滨，踏上了为国家维护权益之路。中国政府指派驻俄公使刘镜人为中方监管会委员。

　　詹天佑在会议上被推举担任考察车务工作，以具有国际声望的铁路工程专家身份，争取中东铁路在中国领土内的管理权和护路权。在刺骨的寒风中，他奔波于哈尔滨和海参崴之间。面对列强的傲慢无礼，他极力维护国家主权，"与各国代表多所折冲"，心中总是愤懑不平，以至病情加重，不得不请假回武汉治疗。詹天佑住院仅十天，于1919年4月24日去世，离他五十九岁生日只差两天，留下了三点遗言：一是请求交通部继续对中华工程师学会加以扶植，"振奋而发扬之"；二是慎选通才，去接替他在中东铁路特别委员会技术部的职务，维护国家的权益；三是速定计划，抓紧汉粤川铁路的建设。始终言不及私，鞠躬尽瘁死而后已。他工作过的地方均进行公祭哀悼。

　　詹天佑说过："所幸我的生命能化成匍匐在华夏大地上的一根铁轨。"从他主持修建京张铁路起，中国人开始自主修建铁路，有了自己的铁路管理运行体系。他，无愧于"中国铁路之父"的称号。

中国铁路之父詹天佑

詹天佑有一段著名的关于"做官"和"做事"的论述：要做官，就不能做事；想做事，万不可做官。而且做惯官的人，一旦没有官做，精神便会十分痛苦。但官不可做，又不可无，在现在中国里，没有经过朝廷给予你一个官职，就没有地位，没有人把重要的事给你做。这番话是他对中国社会现实的洞悉，也蕴含着成就事业的艰难，铁路工程师还要有政治头脑，既要拥有先进的西方科学技术，还得会中国官场上的隐忍练达。

邝景扬是中华工程师学会副会长、美国工程师学会会员，惊闻詹天佑病逝，他与中华工程师学会、汉粤川铁路及京绥铁路同仁们一同倡议为詹天佑建立铜像，并为此呈文民国政府，"准在京绥路八达岭，为该故技监建设铜像，并请特予颁给碑文，借没世之荣，作后来之矜式。"

1922 年，民国政府在京绥铁路青龙桥车站建成了詹天佑铜像，由时任大总统徐世昌为之立碑，撰写千字碑文。碑文精练优美，感情充沛，与其是书写詹天佑的生平，不如说是反映中国铁路从无到有的艰难历程。"求其功绩昭著，坚苦卓绝，为海内外同声赞美，盖未有若詹君者也。"詹天佑生前也说过："梦魂所寄，终不忘京张。"

继詹天佑之后邝景扬主持中华工程师学会。

与此同时，上海的寰球中国学生会也在做一件影响中国未来的事。

蔡元培、李石曾、吴玉章等人发起成立"勤于工作，俭于助学"的勤工俭学会后，国内许多进步青年纷纷赴法勤工俭学。唐元湛以欣喜的心情一如既往，为他们办

寰球中国学生会送赴法勤工俭学学生

理手续，给予资助和指导。1919年3月15日，第一批赴法勤工俭学的学生起程，寰球中国学生会组织了由中外来宾三百多人出席的欢送会，特地来沪送别湖南籍留学生的毛泽东出现在欢送会上。此后，赴法勤工俭学形成高潮，到第二年年底，有二十批近两千名学生赴法勤工俭学。他们中有后来成为革命家的周恩来、陈毅、蔡和森、向警予、赵世炎、刘伯坚、邓希贤（小平）、李维汉、李富春、李立三、何坤（长工）、蔡畅、聂荣臻等人。

吴仰曾任民国政府工矿厅工程师，1920年退休后在天津、汉口等地办实业。

同年5月，在上海举办了第五届远东运动会，唐元湛、钟文耀、唐观翼依然积极赞助，并承担部分工作，唐元湛做"司库"。除了西部偏远省份，各省都派了童子军到上海，在运动会期间维持秩序。之后，中国又承办了第八届远东运动会，在中国的赛事，王正廷都是主办者之一。中国足球队从第二届远东运动会起称雄远东三四十年，蝉联冠军到最后一届的第十届，共得九届冠军，"球王"李惠堂的名字家喻户晓，成为青少年心中的偶像。

随着第一次世界大战的结束，世界格局发生了变化，德国、奥地利两国战败，中国停止对这两个国家支付庚子赔款。中国还先后收回了德、奥、俄三国在天津、汉口两地的五个租界，成为中国收回租界的开端，其中俄国租界的收回，吴仲贤是主办者之一。1920年7月25日，苏俄政府发表声明，宣布将沙俄政府侵占的中国领土和在中国境内设立的租界连同其他特权，无偿归还中国。9月23日，北京政府外交部电令各省交涉署，准备接收俄租界。10月8日，吴仲贤和汉口警务局局长周际芸"往晤俄领事，解释接管之办法"，但俄国领事拒不交权。26日，吴仲贤在接到北京政府命令后再往俄国领事馆，接收领事馆的一部分文件，宣布成立"暂行代管俄界办事处"，自任总办，周际芸任会办，成阆任顾问。吴仲贤以霹雳手段，另委一人常驻俄领事馆承办一切具体事宜，直到汉口俄租界收回。这是吴仲贤于三年前与汉口警察厅警察长，代表省政府向德国领事宣示主权之后的又一次收回租界的行动。

留美幼童的作为是多方面的。钟文耀当了九年半沪宁铁路管理局总办、局长，其间将沪杭甬铁路并入管理，也做过上海华商银行行长，1920年2月，被任

沪宁沪杭甬铁路管理局局长
钟文耀

命为国家铸币局组织委员会主席，提出建立做币厂的计划。因为有勋劳于国家，同年8月12日，时任大总统徐世昌特给予他二等嘉禾章用示奖励。10月31日，工商银行沪行举行了一个活动，凡在这一天存钱的客户都可以享受周息七厘，以示优待。这个银行有十六位董事，其中一位是容耀垣。他年轻时的海军战友蔡廷干再次来到上海，在关税修订会议上任会议主席。关税问题是满清政府和列强签订的不平等条约所遗留的问题，解决起来非常棘手。他们的另一位海军战友、主管过天津税务局的邓士聪这年在上海逝世，享年六十三岁。1921年3月，钟文耀辞职，留任财政部议员。沪宁沪杭甬铁路管理局局长职务由周万鹏代理。

再看江湾，经过两年多的建设，复旦大学新校园于1921年2月份竣工，大学部由徐家汇迁入，结束了十几年借地办学的历史，在校的大学生人数已达千余人，原来徐家汇的李公祠作为中学部校舍。

奕柱堂

复旦大学的大门是中国传统的牌楼式，门柱敦实，大门两侧还有小门，飞檐翘角，兽吻为饰，上盖琉璃瓦，富丽堂皇，中央挂着的圆形铜质校徽主体刻着篆书"复旦"，外沿是英文"FUDAN UNIVERSITY 1905"。大门背面的横匾刻有"敬业乐群"。要让资助办学的人流芳百世，复旦大学全体校董会议决定：用南洋兄弟烟草公司总经理简照南、简玉阶两兄弟五万银圆建造的教学主楼起名为"简公堂"。这是一座中国传统的宫殿式风格建筑，"人"字形屋顶，飞檐鸥吻，占地面积八十五平方丈，钢筋水泥二层楼。教学楼里有18间教室，公共课大教室可容纳136人。中南银行黄奕柱先生捐助的一万银圆用于建造办公楼，取名为"奕柱堂"，中式风格，样式别致，学校图书馆也设在这座楼里，书籍由社会各界人士热心捐赠，还有学校自己的藏书。复旦大学树木、树人同时进行，很快，校园就掩映在一片绿色之中了。

复旦大学在请大师、盖大楼的同时，办学理念也和世界接轨，"学制既与美国相同，而与我国教育部所定年限亦不相悖。"中学四年，大学四年，毕业可得学士学位，续读二年，可得硕士学位。马相伯做法文教授，李登辉开设哲学和心理学课。学校重视公共教育，开设了教育学课程，在培养中小学师资的同时，引进了国外的教育学理论。在唐元湛的建议和指导下，商科办得很有特色，强调学以致用，让学生自己管理食堂。校董事会重新修订的《复旦大学章程》规定，学生必须上兵操课。

同年，唐山路矿学堂改名为"交通大学唐山学校"，在标志性的大门上，叶恭绰校长亲题校名。

交通大学唐山学校

从清末到民国，雄厚实力的粤商生意做得风生水起，甚至是波澜壮阔。民国初期上海总商会中广东籍的会董基本上都是广肇商人，如鹤山的劳念祖，香山的唐元湛、冯培僖，高要的汤富礼，南海的黄其恕、简玉阶、简照南等。在时代的变革中，广肇商人的成分也发生着变化，除了买办出身的还有华侨，唐绍仪、唐元湛这样留学生出身的退位高官也在其中。而正是广肇商人的特殊经历，首先看到了西方资本主义的发达，体会到了由于外族入侵民族经济的艰难，理解民众生活的悲苦，以强烈的社会责任感和民族自尊心进行财富积累。"穷则独善其身，富则达济天下"，他们在壮大民族经济的同时还关怀社会，关注民族素质的提高，自觉发展公益事业，并拿出钱来送留学生出国，为国家培养高端人才。

简照南

简照南、简玉阶兄弟俩在为复旦大学捐款建造教学楼之后，又于1920年5月提议：

> 每年由该公司特筹巨资，专送若干名有志学者出洋留学。此议经公司讨论通过，决定每年可送十名出洋，分别英、美、法、德、日五国，其川资、学费、书籍及伙食零星，概由此项款中供给。

简玉阶

简照南觉得每年送十名学生留学还有些少，自己又另外筹措资金，每年加送五名学生，并组建了选派学生筹备处，邀请黄任之、李登辉、唐元湛、朱少屏等知名人士为顾问，制定招生简章登载于《申报》和《新闻报》。

简照南将所有事项全权委托江苏省教育会，并借寰球中国学生会作为考场，对留学生做选拔。由于有李登辉、唐元湛、朱少屏等人的参与，这项工作进行得很顺利。他们从 1920 年到 1922 年共派出 37 名留学生，第一批的三名去了英国，以后的 34 名派往美国，学习工、商、农业等专业。近代留学教育发展到 20 世纪 20 年代成绩斐然，出国留学人员除了官派、自费、勤工俭学外，还有商人资助。

唐元湛先后参与和创办了十几所学校，从小学、中学到大学；从业余培训班到专业技术教育；还有女子学校、带有福利性质的聋哑学校、以提高民族素质为目的的童子军。留美幼童以导师容闳为榜样，把实业和教育救国当成己任，脚踏实地地办学、做社会福利和慈善事业，体现出新的精神境界。寰球中国学生会帮助了数以万计的中国学生出洋留学，为国家培养了大量人才。唐元湛从 1907 年到 1919 年年底，除去 1914 年、1915 年"二次革命"失败后的两年，一直担任寰球中国学生会副会长，全面负责对出国留学生培训，联系学校，办理相关手续。他还和其他董事、干事达成共识，以这个社团为基础向外辐射，开展社会活动，推进文明，使之真正成为"联络全世界中国学生情谊，互相扶助，交流知识"的组织。因为他对学生尽心尽力，讲究效率，在上海传为美谈，受到青年人尊敬，称他为"学生们的导师"（Father of Students）。钟文耀于 1913 年、1914 年、1915 年当了三年寰球中国学生会会长，1920 年唐绍仪当了一年会长，钟文耀又于 1920 年、1922 年分别任副会长。复旦大学、同济大学的校董、寰球中国学生会的董事们，为社会做了一个榜样：成熟的现代企业家不仅仅是积累财富和扩大再生产，还要维新吾民、维新吾国。而这不仅是资金的投入，更是对理想社会的建设。

于是，上海变成了一座活力四射、海纳百川的城市，连外国人都认为："世界上哪一个地方不知道上海？"入夜，华灯齐放，霓虹灯璀璨闪烁。"不夜城"的光芒不仅仅是商业上的内外沟通，还有上海这个城市在走向世界的过程中的人文建设。

事业未竟　余音绕梁

1921 年，唐元湛六十岁。位于上海的中国红十字会总医院落成。医院位于离他家不远的海格路上，欧式风格，红、白两色墙体，以红十字为醒目标志，以至在以后近百年的时间里，红十字成了国内所有医院的标志。针对时常暴发的流行病，唐元湛又和辛亥革命时立宪派的领袖人物、画家王一亭创办了在上海的中国红十字会时疫医院，配备了救护车，赫然标明"时疫医院救护车"，车号是"沪 9679"。时疫医院救护车穿行在贫民区，免费为市民种牛痘、打防疫针，并普及卫生宣传。

11月7日，在中国红十字会上海总办事处，唐元湛主持常议员会议，筹措赈灾，创举救疫，在讨论收回徐家汇总医院的事时突感心力交瘁，头痛而晕厥，住进医院。当日，常议会特开紧急会议，推举上海银行行长庄箓（得之）继任理事长，并发电报给汪大燮会长，"特此敬闻"。

中国红十字会总医院

一切来得太快，唐元湛渐渐睁开眼睛，轻轻地，听见有人呼唤，是妻子，正握着他的手。他对眼前这个一辈子与他相濡以沫的人除了爱，还心存感激，因为她的到来，使自己在上海有了一个温暖的家。他签订过不少契约、合同，自己又像遵守所有契约一样遵守着婚约，与结发妻子一直相守。对了，还有大儿子唐观翼夫妇、女儿唐金兆夫妇，两个苗壮结实的孙子唐耀良、唐炳良……因为有了他们，使自己对上海有了一种特殊的感情。哦，这是躺在医院的特护室里……尽管是在任董事长的红十字会总医院，他还是更愿意回家。回家吧。

到家后，唐元湛想到在汉粤川铁路公司工作的二儿子唐观爵，已经做工程师了，正在为萍乡矿务局修建一条铁路，负责设计施工。唐邓凤看出了他的心思，告诉他，二儿子马上就到，等你病好之后就准备他和杨梅南先生家大小姐的婚事……

唐元湛停止了呼吸，溘然长逝。这一天是民国十年（1921年）11月9日。第二天《申报》发文悼念，同时对他的生平做介绍。赞扬他"秉性仁慈，急于公益，见义而勇为"，"统计有关系之机关或团体，在三十以上，而对出国留洋之学生，尤热忱赞助，指示周详。唐君与外人交谊亦甚好，凡曾在上海之外人，无论其为教会或政界或商界，殆未有不知唐君其人而尊重之者。"

11月11日，中国红十字会总办事处为唐元湛举行葬礼。红会史书赞曰："服务社会，尽瘁殒身，万家生佛，一代完人。""上海各重要中外团体几无不以列唐先生之名为荣"，在公益慈善领域，他是一位标杆人物，其中服务红十字会"尤关重要"。"丧礼极为简单，尽去一切迷信习俗"。以军乐队为先导，后随逝者家属。

第二天，上海《字林西报》刊登照片，发布消息：

学生们的导师去世　唐元湛因中风逝世今天举行殡葬（Father Of Students Passes Away Y. C. TONG DIES FROM APOPLEXY; FUNERAL TODAY）

上海的中国和外国公众听到了一个令人震惊的消息，上海商业储蓄银行总裁，上海著名人士唐元湛先生凌晨在海格路 640 的家中去世。(The foreign and Chinese communities of Shanghai received with a shock yesterday the news, that Mr. Y. C. Tong managing director of the Shanghai Commercial and Savings Bank and long a prominent figure here, had died during the early morning at his home, 640 Avenue Haig.)

唐元湛先生去世的原因是突然中风。星期一下午在红十字医院办公室时，他是该院的董事长，已感到不适——日前已报道过，后来他被送入医院，星期二晚上又送他回家休养，希望他早日康复。(Death came as a result of an apoplectic stroke suffered Monday afternoon while Mr. Tong was at his desk at the Red Cross Hospital, of which he was a director. He was taken to hospital and later removed to his home and on Tuesday night hopes for his recovery were expressed.)

葬礼是下午 3 点在唐元湛先生家里举行的，只限近亲参加，由乔治·A. 菲奇牧师主持。(Funeral services, which will be attended only by the immediate relatives, are to be held at the home this afternoon at 3 o'clock, the ReV. George A. Fitch officiating.)

唐先生留下了他的妻子、两个儿子和一个女儿，大儿子唐观翼是沪宁铁路职员，次子唐观爵在萍乡矿务局任职。(Mr. Tong is survived by his wife, two sons and one daughter. The sons are Mr. Kyat Tong, connected with the Shanghai-Nanking Rail way, and Mr. George Tong, who is connected in an engineering capacity with the Ping-liang mines.)

媒体留下了唐元湛的容貌：脸庞饱满，五官轮廓很深，棱角分明，英式胡髭，眉宇间有一种大国国民的从容和稳健，又有风雨历练后的睿智和坚定，不是自谦地微笑，炯炯有神的双目锐气逼人，腰板直挺。是事业的前沿，铸成了留美幼童独有的中西合壁气质。葬礼的第二天,《字林西报》又刊发了一篇文章。

已故的唐元湛先生葬礼情况 (FUNERAL OF THE LATE MR. Y. C. TONG)

昨天下午,刚去世的唐元湛先生的葬礼在虹桥路的万国公墓举行,昨天尽管整天大雨倾盆,依然有近五百人出席。这些来宾包括中国和外国的女士和先生,还有一些机构的代表,所代表的机构是:扶轮国际俱乐部、美国大学生协会、上海业余棒球俱乐部、广东协会、美国商业协会、全国商务总会、中国银行董事协会、国际学会、中国红十字会、世界禁烟协会、星期六俱乐部、中国优良道路运动会、广东同业公会、基督教青年会、基督教妇女会、寰球中国学生会、从西方归来学生联合会、广东商会、中国童子军协会等机构。

(The funeral of the late Mr. Y. C. Tong took place at the International Cemetery, Hungjao Road, yesterday afternoon, nearly 500 friends of the deceased being present in spite of the steady downpour of rain which took place during the day. These included a number of foreign and Chinese ladies and gentlemen representing such organizations as the Rotary Club, the American University Club, the Shanghai Amateur Baseball Association, the Cantonese Club, the American Chamber of Commerce, the Chinese General Chamber of Commerce, the Chinese Bankers' Association, the International Institute, the Chinese Red Cross Society, the International Anti- Opium Society, the Saturday Club, the Good Roads Movement of China, the Cantonese Guild, the Y. M. C. A., the Y. W. C. A., the World's Chinese Students' Federation, the Western Returned Students' Unions, the Canton Merchants' Association and the Boy Scouts Association of China.)

葬礼由基督教青年会总干事乔治·A. 菲奇牧师主持, 在一个简短的祈祷仪式后, 来宾向遗体鞠躬以表示对他最后的敬意。(The Rev. George A. Fitch, associate general secretary of the Chinese Y. M. C. A., conducted a short prayer service after which those present offered their last respects to the deceased by bowing to his coffin.)

唐元湛先生葬礼的丧主是他的遗孀, 两个儿子唐观翼和唐观爵, 还有女儿女婿唐金兆和陈永枢。(The chief mourners were the widow of the late

Mr. Tong, his two sons, Kyat and George, and Mr. and Mrs. W. K. Chun, his son-in-law and daughter.）

　　来宾送来的大量花圈、意味深长的悼词，表达了各界人士对唐元湛先生的尊敬。(A very large number of wreaths were sent bearing eloquent testimony to the esteem in which the deceased was universally held.）

　　唐元湛逝世的第三天，上海总商会召开会董常务会，通过了一项特别决议，推举罗国瑞代表总商会出任浚浦局顾问，接替唐元湛生前的工作。罗国瑞时年六十一岁，专业涉及铁路工程、河海工程以及机械工程，这位久负盛名的工程师并不从商，但是鉴于在英美人士中的影响，被上海总商会确定为浚浦局顾问，依照有关章程聘他为特别会员。

　　美国不止一家媒体报道了唐元湛逝世的消息，1921年12月14日《哈特福德日报》发表了一篇文章，题为《当地银行家熟知的中国财政人物　唐元湛在新英格兰地区有很多朋友》(Bankers Here Knew Chinese Financier in YEN CHEN TONG Also Many Friend in New Britain)。文章首先讲到，当地的银行家和相关人士注意到了一个关于中国银行业的领袖人物唐元湛先生去世的报道，他曾是在新英格兰中学就读的学生。文章介绍了唐元湛上学时的房东和学校。房东索耶先生（Mr. Sawyer）的女儿一直保留着他40年前的照片，有些照片是他穿中式服装照的，并有亲笔签名。她还保存着唐元湛刚回国后的来信，信中说，因为他们美式的行为方式而受到本土人士的嘲笑。法官约翰·克克汉（John H. Kirkhan）和B.F.加夫尼（B.F. Gaffney）回忆，唐先生有个亲密朋友叫蔡廷干，是海军中将，同时也是中国代表团在军事谈判方面的成员。文章最后告知大家唐元湛去世的原因和他所担任的职务以及他在上海的住址。

　　除了中外报纸上正式的消息，唐元湛的孙子唐炳良还记得这样一件事，给唐元湛送殡的队伍从海格路640号唐元湛家出发到虹桥万国公墓，上海商业储蓄银行的重要合作伙伴，先施保险置业有限公司上海分公司司理欧彬先生亲自驾车送行。没想到雨大路滑，座驾在虹桥路失控，滑落到路边的大水池中，欧彬先生当日逝世。

　　唐元湛担任上海商业储蓄银行总裁三年，总经理是银行家陈光甫，比唐元湛小二十岁。陈光甫当初以八万余元起家，建起了上海银行，因为他善于学习中外银行成功的经验，经营有方，发展很快。在合作的同时，唐元湛还和陈光甫商议，创办一家旅行社，组织游客吃、住、玩一条龙服务，让多项业务横向联合，在扩大民营银行知名度的同时，增加业务量。这将是国内第一家旅行社，所以连名字都起好了，叫"中国旅行社"，但是……陈光甫继续操办，没有多久，正式建起了国内第一家民营旅行社——中国旅行社。

蔡廷干和梁如浩此时正在美国。11月12日至次年2月6日，在美国华盛顿举行华盛顿会议（也叫太平洋会议），有中国及美、英、法、意、日、比、荷、葡代表团参加，解决在巴黎和会上悬而未决的山东问题。中国派出的代表团成员是：驻英公使顾维钧、驻美公使施肇基、大理院长王宠惠，代表团顾问是梁如浩和蔡廷干。这次会议经过33轮谈判，解决了中国的山东问题，中国和日本于1922年2月4日签署了《解决山东悬案条约》及附件，日本无可奈何地一步步交出了强占的山东权益，"日本将胶州租借地交还中国，胶济铁路由中国赎买"。至此，延续多年的胶济铁路问题及整个山东问题遂告解决，这是中国外交的一项重大胜利，但是中国代表团"将此等租借地取消或从速废止之"的要求并没有在这次会议上得到解决。1922年2月1日，英国代表贝尔福发表声明，表示"惟威海卫即可归还"。

华盛顿会议中国全权代表
从左至右：顾维钧、施肇基、王宠惠

中国代表团到达华盛顿后的合影
梁如浩（左）、施肇基夫人唐金环（中）、蔡廷干（右）

师生两代　风流百年

　　1922 年 9 月，年逾六十的梁如浩又被北京政府任命为"接收威海卫委员会"委员长，在山东与英国代表谈判。威海卫于 1898 年被英国以"专为抵制沙俄"的借口强行租借（沙俄当时强租了大连和旅顺）。谈判时，英国条件苛刻，梁如浩一度中断交涉，回京请示。经过双方 40 轮磋商，到 1923 年 5 月，在双方都有所退让的情况下大体达成一致，其中有一条：英国整体交还威海卫，但可无偿租借刘公岛 10 年，英军可在附近海域练习，英国人可参与威海市政管理，并初步拟定《接收威海卫协商意见书》。

　　此意见书尚未报外交部，也未获中央政府核准，参与交涉的山东人陈绍唐私自将意见书曝光，在山东旅京同乡会上发表声明，声讨梁如浩："梁督办居心媚外，向英人献保留刘公岛之策。威海卫之交还关系军事上甚巨，梁氏甘心卖国，以无条件的交还，变而为继续的租借，且变而为永远的租借，无非另有交换，专谋利己……"并绘声绘色地说他为阻止梁如浩"屡次拟以身殉"如何引起了肢体动作。陈绍唐的说词在《晨报》上登出，引起轩然大波，其他媒体随之应和。

梁如浩

　　梁如浩面对陈绍唐的诬陷，怒斥其撒谎，"确非事实，毫无凭证"，挂冠而去，从此不问政事。另一位全程参与中日青岛交涉、中英威海卫交涉的山东人陈干为梁如浩写文澄清事实并讲公道："弱国外交无便宜可占，只怕悬搁，使英、日得以从容开辟。起哄者有人，负责者无人……"这位老革命党人也指出了拖延解决的害处：土地放弃；外交孤立；恐各国协以谋我。果然这一折腾，威海卫归还被搁置。

　　1922 年 8 月，唐绍仪被黎元洪提名为北方政府国务总理，因直系军阀反对，未能就职。刘玉麟则在同一时间任粤海关监督兼广东交涉员，五个月后离任，居住在澳门，被聘为澳门政务会议华人议员。民国政府给予他二等嘉禾章和宝星章。

　　梁敦彦于 1917 年参加了张勋复辟，任其"外务部尚书""议政大臣"，复辟失败后一度在天津当寓公，1918 年北京政府下令赦免，恢复了自由。1922 年 12 月 5 日，他和蔡廷干参加了清退位皇帝爱新觉罗·溥仪的婚礼，蔡廷干是溥仪的伴郎。庄士敦所著《紫禁城的余晖》（Johnstone：《Twilight in the Forbidden City》）记述了此事。极具画面感的书名，没落的王朝，留美幼童的特殊身份，引起人们多角度的联想。

1924年1月，"吴淞江水利协会"成立。从唐元湛打入"浚浦顾问局"到中国人民收回苏州河的疏浚主权，华商同洋商斗争长达12年。唐元湛在这特殊的环境中工作了九年，直到生命的最后一天。罗国瑞积劳成疾，在"吴淞江水利协会"成立的第二个月去世。第二年，在吴淞江水利工程局主持监督下，上半年完成了新闸桥以东河段的疏浚工程招标事宜，下半年开始用机船挖浚，两年疏浚河道长达3公里。

1924年4月10日，梁敦彦卒于北京，享年六十七岁；17日，任总统府侍从武官的吴敬荣晋升为海军中将。这年仲秋，温秉忠编制了一本《最先留美同学录》，"以互通声气而物化者其子若孙亦可籍联世谊，此同学录之编所由来也"。他任民国政府民政部（内政部）江苏苏州交涉员，财政部苏州海关监督等职。之后又任北京海关总局负责人，常到北京税务专门学校演讲。

1925年3月12日，孙中山病逝，唐绍仪在上海举行的6万人追悼会上任"主祭"。两个月后，上海发生五卅惨案，蔡廷干作为北京政府派出的专使之一代表中方与日方交涉，取得了合理的解决方案。1926年杜锡珪内阁成立，7月，蔡廷干任外交总长和关税会议代表团团长，10月9日，被授予海军上将衔。杜锡珪辞职后，蔡廷干一度代理内阁总理，任内为中国争得了关税自主。

在香港的周长龄于1920年任香港大学董事。1922年任香港洁净局代表。1924年受港英政府委派，去英国担任温伯利（Wembley）展览会副专员。1926年，周长龄任港英政府行政局议员，是华人中的第一位行政议员，打破了英人长期垄断最高权力机关的局面。他代表占香港人口98%的中国同胞，为其福利献猷良多。同年，英皇乔治五世赐予他K.C.M.G.爵位。也就是在这一年，曹嘉祥在天津病逝；张康仁在美国逝世；徐振鹏去职，在北京逝世。

上海外滩依然没有停止它的变化，24号变成了日商横滨正金银行，这是他们收购了老沙逊洋行的地产后，建造的一座新式的营业大楼。楼高六层，砖石钢筋混凝土混合结构，正面采用巴洛克式希腊柱支撑及装饰，为新古典主义风格。

外滩12号的英国汇丰银行又开始了第三轮的建造，预算耗资一千余万元，于1923年建成。这是一座具有希腊风格的砖石建筑，七层花岗石大厦，建筑面积达三万两千多平方米，恢宏的气势压过了香港总部，也是外滩最宏大的建筑，号称"从苏伊士运河到远东白令海峡的一座最讲究的建筑"。大楼门前的那两个张着嘴的铜狮子是在英国铸造的，铸成之后就把模型毁掉，以铜狮的独一无二隐喻汇丰银行在世界上独一无二。爱奥尼克式廊柱，八角形的门厅，室内藻井天花板装饰为古典式，描绘的是神话故事，镶嵌着十六幅古希腊神像，还有八幅用马赛克镶嵌的图案，分别是以汇丰银行八个分行所在城市代表性的建筑做背景，表达其业务延伸范围。这八个城市是伦敦、纽约、东京、上海、香港、巴黎、曼谷、加尔各答。表现上海的图案背景是英国教堂样式的江海关关署和新建的汇丰银行，画面主角是一名女性，身披斗篷，持掌轮舵，右手搭额向前瞭望，下面还有一男一女以坐式手持帆船，男子为背面，肌肉结实。整个画面是稳定的三角构图，浪漫而又严谨。

唐元湛任电报总局局长时，使我国的无线电有了正式呼号，在他去世后的两个月，上海有了首家无线电广播，广东路大来洋行美资奥斯邦电台首次播音。此后，外商和华商在上海纷纷设无线电台。1924年，上海政府在苏州河四川路桥头建起了邮政大厦，五层，有钟楼，钟楼两边的石像是传说中的"通话之神"。

上海苏州河畔的邮电大楼

与所有留美幼童命运相关的江海关大楼，第三次建造。无论是过去的中式建筑，还是后来的西式楼房，如生命的印迹，呈现出不同阶段的风貌。直到唐绍仪将海关钥匙从赫德手中拿过来，黄浦江畔这座代表中国主权的建筑才有了新的内涵。这次重建由设计汇丰银行的设计师威尔逊设计，希腊式新古典主义风格。大楼计十一层，钟楼占三层，每个钟面直径为5.4米，指针由紫铜制作。分针长3.17米，重49公斤；时针长2.3米，重37.5公斤。主钟面刻有中文铭文："重建江海关之基石系于中华民国十四年十二月十五日即西历一九二五年十二月十五日。由江海关监督朱有济、税务司梅乐和会同安奠。全屋落成在中华民国十六年即西历一九二七

第三次建造的海关大楼

年。"海关钟楼挺拔耸立，钟声响彻浦江两岸，成为上海人民所熟悉的声音。

1927 年 7 月 7 日，国民政府上海特别市成立，蒋介石在成立大会上说："上海之进步退步，关系全国盛衰、本党成败。"市政府推行"大上海规划"，把大上海的市中心放在江湾五角场，主要建筑是典型的中国宫殿式。这样的规划在洋楼林立、洋人众多的上海意味深长，设计师在弘扬中国文化的同时，也洋为中用，探索怎样将传统建筑风格融入现代城市建设之中。

这一年，李恩富的儿子从耶鲁大学毕业，六十六岁的李恩富从美国回到香港，又到了广州。中国参加第一次世界大战后他在美国新闻界做了一件受世人瞩目的事，改写美国国歌《星条旗永不落》（Star Spangled Banner）。最早的觉醒者总是孤独的，一生致力于为在美华人争取平等权力的李恩富最后自己却在美国一无所有。离开美国时，埃利斯岛移民局的检查官问："你现在是哪一个国家的公民或属民？"他回答："这很难说。1887 年或 1888 年我取得第一份成为美国公民的身份证件，但是由于美国排外法修正案对我的阻挠，我至今未得到最后的正式的证件。"问："这么说你就是中国公民了，对吗？"答："我想是这样的，或者干脆说，是一个无国籍的人。"其辛酸程度可想而知。在广州，他办了一份双语报纸《东钞报》（Canton Gazette）。

1927 年 5 月，北京政府发生财政危机，蔡廷干遂辞去税务督办一职，隐居大连，从此退出政界，潜心读书、作诗、写字、翻译书籍，从军人向文人转变。同年，方伯樑在汉口因车祸逝世；周万鹏在上海逝世。欧阳庚在这年退休，他终生服务于外交界，除了本职工作外还经常被派到其他国家，与当地政府交涉，维护华侨利益，三次获嘉禾奖，晚年居于北平。

容闳的第三条建议"禁止教会干涉人民词讼"终于有了着落：上海特别市成立的第二年 1928 年 1 月 1 日，中国政府收回了公共租界里的会审公廨。同一天，在公廨原址举行隆重的交还仪式，随后改组为临时法院。从朱葆三、虞洽卿、唐元湛、劳敬修、宋汉章到会审公廨和外国驻沪领事馆交涉保护华商利益算

变化着的上海外滩

起，这场收回司法权的斗争持续了12年。这一年，华董进入公共租界工部局董事会，开始参与租界管理。还是在这一年，中国政府将外滩15号因投机失败倒闭的华俄道胜银行大楼买了过来，成立中央银行。从外白渡桥到爱多亚路，继中国通商银行、中国银行、交通银行之后，又有了中央银行。

1928年6月，国民政府由北京迁往南京。吴仲贤任移民局局长四年，获得二等嘉禾勋章，同年去职，寓居上海。苏锐钊于1920年赴日本担任中国公使馆秘书，三年后调回中国外交部，1926年担任外交部顾问，1928年退休，后定居上海。

1929年，清华学校发展成为"国立清华大学"，之前送出去了两千名毕业生留学。以后，不再将全部毕业生送去美国上大学，但依然有公费留学生的选拔派送。梁启超为清华大学题写校训："自强不息 厚德载物"，校歌唱道："自强、自强，行健不息须自强"，"水木清华众秀钟，万悃如一矢志忠，赫赫吾校名无穷。"

黄仲良将天津居所取名为"林泉居室"，晚年诗词、书法俱佳，还撰写回忆文章，担任中法储蓄会会长及天津广东同乡会会长。到广东会馆听粤剧，去体育场观看足球、棒球比赛是他经常的活动。1929年农历十月十一日，他因病在天津去世，享年七十三岁。邝贤俦同年在唐山病逝，他从开平矿务局化验员、工程师做起，后来又成为铁路工程师，在京奉、京张、正太、粤汉铁路工作过，民国后当过交通部的铁路技术顾问。

而在这一年唐绍仪回到故乡，与孙科等联合提议将中山县（1925年改香山县为中山县）建成全国模范县，就任中山县训政实施委员会主席，在就职辞中，他表示要用25年的时间"将中山县建设成为全国各县的模范"。刘玉麟任中山县第一区自治筹备所所长，容耀垣应邀成为中山县训政委员会委员。

唐绍仪和梅兰芳在天津时相识，1931年梅兰芳带团去香港演出，专程到中山唐绍仪的私家园林小玲珑山馆拜会唐绍仪并种树合影留念。是年冬，唐绍仪任国民党中央监察委员、国民政府委员。1932年1月，广州设立"西南政务委员会"，他任常务委员，3月兼任中山县县长。唐绍仪为政清廉，革除官吏衙门陋习；发展实业，中山港建设为其核心计划；发展教育，为全县增加学校逾百所；还微服察访及时解决实际问题，有"布衣县长"之称。1932年3月3日，美按察使到唐家湾，看到"所居之村，有户口万余，无乞丐，无吸烟（指鸦片），亦无赌博，诚堪为中国乡村之模范。全村不驻一兵，仅设警察十三人……"

唐绍仪（右六）在小玲珑山馆接待梅兰芳（右五）（唐越提供）

　　容耀垣一直以实际行动延续着容闳教育救国初衷，献巨额粮饷推动革命军的东征与北伐，又支持唐绍仪提出的开辟唐家湾为无税口岸的议案，还捐款对容闳早年在家乡集资创办的"甄贤社学"进行新的建设。他既当校长又任教员，筹资兴建新校舍，改善教学条件，到香港购买图书和设备。新学校改名为"甄贤学校"，他和唐绍仪请国民党元老邹鲁题写校名"甄贤学校"，学生数百名。

　　1933 年 5 月 7 日，容耀垣与世长辞。他的一生充满传奇，人们熟悉他的号"容星桥"。国民党政要蒋介石、林森、李宗仁、何香凝等均致挽哀悼。丧礼册子的第一页由钟文耀题款，家人、留美同学和乡亲将他葬于家乡南屏橘子山。

追随孙中山参加革命的容耀垣

　　同年，蔡绍基在天津去世，英租界下半旗志哀。徐世昌、孙科、王正廷、袁克定等政治经济界人士及留美同学写诗纪念。至今天津还保留着一个名叫蔡园的园林，曾是他的家。还有，容闳的长子、矿冶工程师容觐彤也于这一年在北京去世。

少年同学 一个不少

　　1934年10月，唐绍仪治理中山县才有起色，受广东军阀陈济棠排挤，无奈辞职，将私家园林小玲珑山馆捐送唐家村乡民，取名"共乐园"，让乡亲们共享共乐，自己重返上海。刘玉麟与他一同卸任，回澳门。刘玉麟在澳门继续担任澳门政务会议华人议员，出资增建镜湖医院并任董事。他常约周长龄等同学见面，写诗论画。周长龄于1935年又被港英政府授以终身荣誉议员衔。

　　蔡廷干在清华大学、燕京大学担任过教授，他要"告诉中国年轻人，孔子对'君子'概念的涵盖"，用英文翻译的《唐诗三百首》、撰写的《唐诗英韵》（Chinese Poems in English Rhyme）等著作在美国发表，是将中国古代诗歌用英文介绍到国外的第一个人。他研究老子的著作《老解老》也在美国产生了较大的影响，为外国人了解中国推开了一个窗口，也向世界展示了中国灿烂的历史文化，著作还有《古君子》《大东诗选》等。他于1935年9月20日在北平逝世，享年七十四岁，与日本"他年再战决雄雌"成了遗愿。

　　1936年11月2日，在沪留美幼童于沧州饭店欢迎唐绍仪、周长龄爵士及吴仲贤一行。天南地北，同学相见，互通信息。周传谏先后在直隶、山东、山西、河南、江西、湖北、贵州、安徽等省的多个铁路、煤矿、商业企业中工作过，退休后居住在上海。

　　具体到一个家庭，容尚谦也是多灾多难的。1932年，抗击日寇从上海登陆的一·二八淞沪抗战打响，他在闸北的家被抢劫、烧毁，他所保存的容闳日记、信件及其他资料也毁于战火。容尚谦和上海市民一起，从废墟中站起来，重建家园。丁崇吉退休后一直经商，多子多福，家大业大。邝炳光常与丁崇吉、容尚谦小聚，喜欢喝加冷开水的白兰地，习惯用英语畅谈。钟文耀的工作涉及外交、船运、铁路、银行……健在的留美幼童留下了最后一张合影。

　　1937年，周长龄宣布退任，人称"寿伯"。英国皇室决定把他寓所附近的山峦命名为"寿臣山"，环山路命名为"寿山村道"。抗战期间周长龄任救国公债香港分会主任，第四路军总司令顾问，大力支持抗战，获国民政府授予宝玉勋章。而容尚谦地处上海华界的家在淞沪会战中又遭到了毁灭性的一击。他依然以博大的胸怀做一些社会活动，支持儿女加入到抗战的行列。

1936年留美幼童合影

唐绍仪在卢沟桥事变后，发表言论主张抗日，但在上海沦陷后，仍住在上海法租界。1938年初，日本当局提出一个所谓"南唐北吴"计划，企图拉唐绍仪和吴佩孚出任"新政权"傀儡。唐绍仪发表个人声明："略谓一生行事光明正大，现年已七十有六，实不愿参加伪组织，只想返广东原籍，以度余年。"6月27日，致函时任行政院院长孔祥熙，提出"为争取体面和平而展开谈判"的建议，孔祥熙非常赞同。9月，日本特务机关长土肥原贤二亲自登门拜访。军统特工在未明真相的情况下，竟采取断然措施，于30日由谢志磐等人用利斧将唐绍仪砍杀在福开森路其女婿宅中。消息震惊中外，给世人留下了汉奸的嫌疑。10月2日蒋介石电唁唐绍仪家属，说"老成遽陨，顿失瞻依"。孔祥熙发表谈话，称唐绍仪"对日方之诱胁，宵小之包围，均能严词拒绝，正义凛然"。10月5日，国民政府颁布了《国府委员唐绍仪褒扬令》，盛赞其"器识弘深，才尤练达"，拨给丧葬费5000元，还将其生平事迹宣付国史，称"绍仪适居沪，佯与冠议，未协，终未肯出"。

唐绍仪是公认的政治家、外交家，古董收藏家，实至名归。对于唐绍仪做出的历史贡献，中外人士都有高度评价。中国外交界耆宿施肇基对他如此评价：

辛亥革命后，唐任南北议和的北方代表，达成和议，使人民免于浩劫。清朝在中国统治了二百六十八年，使清室逊位，和平转移政权，新政府能顺利开始工作，毫无中断杯葛，唐绍仪是功不可没。

美国华盛顿州州立学院历史学教授勒法吉博士认为："唐绍仪是紧要时刻的关键人物，他是民国共和缔造者之一，他应有的历史地位更是无法否定的事实。"

1938 年 3 月 29 日，李恩富给耶鲁大学朋友写信时说："我们正在经历一场战争，一场惨无人道、野蛮的战争。日本人的飞机每日在城市上空盘旋轰炸。生命随时都可能终结。"他可能是在日本飞机轰炸广州时遇难。温秉忠在这年去世，葬于上海。留有《最先留美肄业同学录》《一个留美幼童的回忆》等作品。

致力于为在美华人
争取平等权力的李恩富

1939 年，吴仰曾在北平去世，终年七十八岁；供职于京（南京）沪铁路的蔡锦章去世；周传谏在天津新河逝世，享年七十四岁。这一年，留美幼童在世 17 人，平均年龄八十岁。9 月，在一次聚会上，有人提议由容尚谦写下关于幼童出洋肄业局和他们的故事。这是一个责任，是对劳苦功高的容闳博士的一个纪念，也是为了把这些信息留存下来。于是，10 月份，在《天下月刊》第 9 卷第 3 号上登载了容尚谦的文章《创办出洋局及官学生历史》。

梁如浩离开政界两年后加入扶轮社，但一直关注着威海卫归还之事，直至 1930 年 4 月才有结果，中英双方结束谈判，草签协定。同年 10 月 1 日，国民政府与英方在南京互换批准书，同日，中国海军亦抵达威海卫，举行中英交收威海卫典礼。晚年他担任天津华洋义赈会会长，1941 年 10 月在天津去世，享年八十岁。这年去世的还有欧阳庚。他的五个孩子和很多抗日青年一样，在北平被日本特务机关逮捕，不经审讯就投入大牢。日本人是想以此来打击中国人民抗日的士气。虽然后来欧阳庚的孩子都出狱了，但是他因为受到惊吓忧郁而死，留有《同一经纬地震史》《震灾防火》《重建金山中华街》《大坑香山移民史》等著作。

黄有章回国后回乡当私塾先生，1917 年到广东黄埔海军学校任英文教习。日寇侵华后中山县沦陷，日军强逼他当维持会会长，又诱惑他出任伪保长，他回答："我是中国人，不当外国人的走狗。"1942 年 1 月 11 日，黄有章在家病逝，享年八十二岁。16 天后，刘玉麟在澳门逝世，享年八十岁。墓碑书"英伦秉节 黎阁传书"八个字。

丁崇吉一直关注着时局，听到珍珠港事件发生的消息后气愤地说："小日本，要打美国啊！"头一偏，得了中风，第二年病逝于上海。享年八十二岁。

容揆两度获得民国政府颁发的二等嘉禾奖，是以外交官身份负责庚款留学监管工作的执行人，从 1909 年开始到 1940 年结束，长达 32 年。1943 年，容揆在华盛顿逝世，享年八十二岁。这一年，持续了 61 年的美国排华法案被终止。容揆和李恩富曾住在威利夫人家，为感念美国家长，容揆的孩子把威利夫人叫 "Grandma Vaille"，李恩富的子孙把 "Vaille" 作为他们的中间名，如 Richard Vaille Lee。容觐槐一直在上海经商，直至 1943 年在这里去世，留有一子一女。

钟文耀于 1945 年 3 月 12 日寿终，14 日按基督教仪式举殡，葬于上海静安寺公墓，由容尚谦致悼词。

吴应科在抗战胜利后遭车祸去世。

容尚谦最终迎来了胜利，有了新的生活而且高寿，1954 年病逝于上海。

周长龄在香港寓所"松寿居"安度晚年，客厅上挂有"松间明月常如此，身外浮云何足论"的对联，道出了风雨后恬淡平和的心情。1959 年，周长龄在香港逝世，享年九十八岁，葬于香港仔华人永远坟场。各界有千人送别，香港艺术中心的一座剧院命名为"寿臣剧院"。

邝荣光和吴仰曾一道奠定了我国勘探采矿的基础，民国后任教育部顾问。邝荣光还同他人合著《淘金学》一书，为后人留下了宝贵的冶金资料。1962 年，邝荣光在天津逝世，享年一百零二岁，是留美幼童中最后一个向世界告别的人。

香港大佬周长龄

留美幼童中一些人成了儿女亲家。梁如浩的三儿子梁宝畅娶唐绍仪的女儿唐宝娟（排行六）。黄开甲的长子黄文龙娶唐荣俊的二女儿唐金玲。詹天佑的儿子詹文珑娶的是梁敦彦的女儿梁霭珊。蔡绍基分别与邝荣光、吴其藻结为儿女亲家。苏锐钊和邝炳光也是儿女亲家……

当年留美幼童有 94 人从美国回来，唐国安、温秉忠、唐元湛都编制过留美同学录。唐元湛留下的《游美留学同人姓名录》简明扼要完整地记录了全部 120 名同学的简历，以及四批"带队干部"的姓名和职务。唐元湛以每批同学的年龄长幼来排列先后秩序，只写出国时的籍贯、年龄、班次，有的还记录了归国后所继续的学业，对所任官职一概不提。血浓于水，淡泊名利，豁达从容。唐元湛的小楷，美观规整，运笔遒劲有力似铁画银钩，笔锋中流露着严谨和真挚，体现出留美幼童的中文功底和做事的态度。

　　第一批留美幼童中曾笃恭的岁数最大，尽管他与史锦镛、钟俊成都因为犯规而提前遣送回国，在唐元湛的记录中他们的名字是第一、第二、第三，只是没有标明回国后的分配情况。"曾笃恭 广东 潮州府海阳县 年十六岁丁巳"。钟俊成回国后先后在广州和香港的美国领事馆工作，后来是大清国驻日本长崎领事馆的英文翻译。

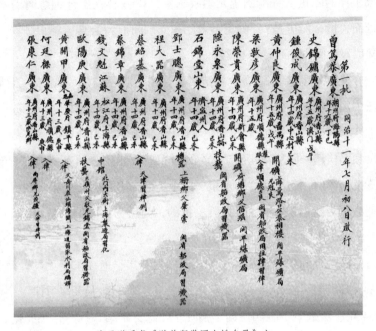

唐元湛手书《游美留学同人姓名录》之一

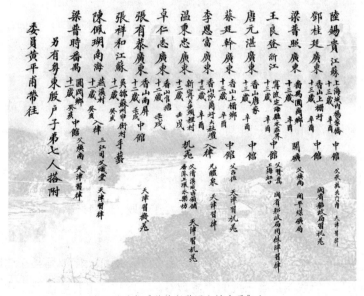

唐元湛手书《游美留学同人姓名录》之二

有三名同学在美国病逝，谭耀勋和潘铭钟是第一批出洋的。"谭耀勋　广东　广州府香山县　年十一岁　壬戌　律"；"潘铭钟　广东　广州府南海县　年十一岁　壬戌"。曹嘉爵是第三批出洋的，"曹嘉爵　广东　顺德横圩村　十二岁　癸亥"。第四批中的谭耀芳，也是香山前山人，出洋时十岁，丙寅年出生，和谭耀勋是兄弟。

第一批出洋的陈钜溶分配到福州船政学堂，1883 年在游泳训练时潜水受伤，导致血液中毒而去世；简历是："陈钜溶　广东　广州府新会县　年十三岁　庚申　技艺　外海父以兴　闽省船政局习机器"。

钱文魁在江南机器制造总局学习结束后，到美国驻广州、香港、厦门领事馆工作，后来任中国驻法国使馆馆员，逝世于巴黎。简历为："钱文魁　江苏　松江府上海县　年十四岁　己未　中馆　北门内大街　上海制造局习化"。

陆永泉和邓桂廷一同从福州船政局到北洋又神秘出国，两人都是殉职于国外。陆永泉是第一批出洋的，简历为："陆永泉　广东　广州府香山县　年十四岁　己未　技艺　闽省船政局习机器"；邓桂廷是第二批的，简历为："邓桂廷　广东　香山上栅圩　十三岁辛酉　中馆　闵省船政局习机器"。

梁普时是第二批同学中年龄最小的，回国后英年早逝，未婚无嗣。简历是："梁普时　广东　番禺圆冈乡　十一岁　癸亥　中馆　父焕南　天津习律"。

在 1884 年中法战争中有四位同学牺牲，邝詠钟是第二批的，杨兆南、黄季良、薛有福是第三批的。他们的简历分别是："邝詠钟　广东　南海神安司东村　年十三岁　辛酉机器　扶南堡村父美珍　闵省船政局习机器"；"杨兆南　广东　南海西隔堡西乡村　十三岁　壬戌　机器　父钰馨　闵省船政局习机器"；黄仲良的弟弟黄季良，"黄季良　广东　番禺南关新福里　十三岁　壬戌　中馆　兄冠良　上海三马路口公泰相楼　闽省船政局习机器"；"薛有福　福建　漳浦港仔口　十二岁　癸亥　机器　父荣樾　厦门锦兴洋行　闽省船政局习机器"。有三位同学在甲午战争中成了烈士，都是第四批出洋的，简历分别为："黄祖莲　安徽　凤阳怀远县　十三岁　癸亥　小馆"；"陈金揆　江苏　太仓宝山县　十二岁　甲子　小馆"；"沈寿昌　江苏　松江上海　十一岁　乙丑　中馆"。

在庚子之乱中，作为医生的林联辉和金大廷殉职，他俩是第四批的。"林联辉　广东　南海　十五岁　辛酉　中馆　天津习律例"；"金大廷　江苏　太仓州宝山　十三岁　癸亥　中馆"。第二批的陈乾生遇难，"陈乾生　浙江　宁波鄞县江北岸　年十四岁　三宝桥外"。唐致尧是第三批的，最为不幸，他和妻子及襁褓中的孩子都被侵略者枪杀，"唐致尧　广东香山唐家　十三岁　壬戌　中馆"。

对情况不详的同学唐元湛还是清晰地写出他们的籍贯、年龄，为他们建档，而且同一岁数中将没有集体回来的同学放在前面。如："容尚勤　广东　香山南屏　在美国读书多年"。120 名少年同学一个也不能少，海外朝夕相处情深胜过手足。

在第一批出洋的三十名同学名单后面唐元湛写道："以上三十名官生系主事陈公兰彬带往，同知容公闳升兵部侍郎"。在第二批留美幼童出洋的日期后面唐元湛用钢笔做了个标记："X11. June 1873"，名单后面记："另有粤东殷户子弟七人搭附　委员黄平甫带往"。第三批幼童是"司马祁兆熙带往"，第四批由"参军邝其照带往"。

美若童话　回眸必赞

容闳的一生，充满传奇。他与几个政治集团的人物都有往来：太平天国干王洪仁玕，清廷大员曾国藩、李鸿章，维新领袖康有为、梁启超，革命先行者孙中山。他行动的线路描绘出晚清政治格局的变化，而他的目标就是如何"使中国日趋文明之境"，如何把他个人的先进变成集体的先进、民族的先进、国家的先进，并且薪火相传。

留美幼童太特殊了，又是小众，以至很多人不知道他们这个群体，更不知道他们在近代中国历史转折时期的作为。当年，这些十二三岁的少年郎，以稚嫩的身板，撑起量身订做的官服，是要支撑大清江山。但是容闳对他们的期望是："造就一种品格高尚之人才"，使"老大帝国一变而成少年新中国"，"将于中国两千年历史中，特开新纪元矣。"所以，留美幼童还没有完成学业就成了清廷顽固派忌惮的一个群体。

李鸿章希望留美幼童以对祖国的忠诚和对外部世界的熟悉，"掌握西人擅长之技后帮助中国渐图自强"，但是他们最终以新文化新思想促成了新体制的建设。所以，容闳和他的留美幼童，不仅影响了当时中国的"数千年未有之变局"，还影响了以后，是肇启中国现代化的开蒙者和先导者。在新文化与旧道德、新思想与旧体制的碰撞中，文化的两重性是他们的痛苦也是他们的幸运，"接轨"的使命自然落在了他们身上。让中国的铁路、电讯、海关、金融税务、外交、高等教育和世界接轨，让国家的政治体制向着进步的轨道运行。无论为官还是为民，只要有机会能为国家多做一件事，哪怕是稍纵即逝的瞬间，也要毫不犹豫地抓住，团结一致，不屈不挠地奋斗。修筑京张铁路如此、实现"庚款留学计划"如此、开展红十字运动如此。晚清政府与列强签订了几百个不平等条约，而他们始终是一道亮丽的风景，虽然没有从根本上改变当时中国"弱国无外交"的现象，但是与庚子年前后所特有的"皇上怕洋人，洋人怕百姓，百姓怕皇上"的中外关系怪圈，有着完全的不同。直到辛亥革命、南北议和，他们以集体行动对理想做了一个表达：中国读书人的"胸怀天下"是真正的天下，而不是"朕"的天下。他们顺应世界潮流，成为结束中国封建王朝统治、建立共和中坚力量的一个部分。以中流砥柱的精英群体留下了一个个闪亮的名字和一座座不朽的丰碑。容尚谦自豪地说："在我们年轻时，由北方的满洲里、外蒙古，到南方中越边境的东京湾，从西边的四川，到东边的上海，都曾遍布我们的足迹。"同样，他们的精神层面也是非同一般，容尚谦如是说：

> 容闳博士的"幼童"——所具有的优秀品质，是中国人和美国人的性格中最佳部分的结合……不管周围环境多么动荡，都能在官场上、社交上表现出标准的绅士风度；无论任何时候，都保持着愉快的神态……他们永远不会忘记，他们是由文雅的、仁爱的人家教养出来的，在任何环境下都不失绅士的风度。

1937 年 3 月 11 日，容尚谦在上海美国学校演讲，说：

> 他们（留美幼童）在美国学校和学院除了学到所要求学的知识外，还受到美国式的艰苦奋斗和战胜困难的精神的熏陶。他们干的是艰苦的、平庸的和乏味的工作，但是他们总能坚持到底，取信于所有有关的人——于容闳博士、于养育他们的人民和他们就读的学校和学院。其中有些人取得国家一些很高的职位，如总理、总督、驻外大使、董事长、海军上将、煤矿工程师、土木工程师、铁路经理、轮船公司经理等等。由于掌握了这些全国性的重要职位，他们能够对国家和人民的利益发挥重要的影响。

肺腑之言道出了容闳的幼童出洋留学计划的文化特色（Cultural Mosaic）：受难、博爱、容忍。而做人的境界是温和、守约、追求理想，经历了辛亥革命，他们的人生又有了一种特殊的光彩。温秉忠编制的《最先留美同学录》由蔡廷干写跋，对留美幼童作了一个集体的总结：

> 回忆当年，其始在沪，其继留美同学十稔荏苒，至今已五十余载矣。当
> 光绪初年由美返国时，士大夫识见未开，对吾侪不无意存轻藐，甚且出于疑
> 忌。独李文忠，刘公芗林，周公玉山二三有远识者，稍加颜色。迨其后，张
> 文襄，袁项城，端午帅诸先达，荐拔吾侪，不遗余力，视李文忠诸公有加。
> 故近十年间，吾同学之登仕版者，文武两途类多通显。由今思昔，吾同学
> 中，有资质柔弱而至今犹存在者，有体魄坚强而至今反物者，此气禀之难言
> 也。也有天资聪颖而不耐劳苦者，有勤能卓著而不事文墨者，此赋性之各殊
> 也。又有家籍丰厚而习于晏安不克上进者，有家本寒素而勤于学问而能上达
> 者，此境遇之不同也。凡兹寿夭穷通，虽曰天命，岂非人事哉？现百二十人
> 中，存者仅四十余耳。同学少年虽多不贱，然人生富贵等若浮云。则同学录
> 之编，亦作雪泥鸿爪观可也。

留美幼童中从事过外交或外事工作的有：唐绍仪、蔡绍基、梁如浩、周长龄、吴仲贤、林沛泉、陆永泉、邓桂廷、苏锐钊、欧阳庚、容揆、梁诚、梁敦彦、刘玉麟、黄仲良、王凤喈、钟文耀、张康仁、唐荣浩、钱文魁、唐国安、蔡廷干、唐元湛、陈佩瑚、王良登、温秉忠、盛文扬、邝国光、祁祖彝、刘家照、潘斯炽、吴其藻、张祥和、钟俊成。陈佩瑚回国之后在天津习律，供职于美国驻广州的领事馆，后在香港供职；王良登是甲午海战之后从事铁路和外交工作，担任过大清国驻纽约总领事馆秘书、驻古巴哈瓦那总领事等职，回国后，在汉（口）长（沙）铁路工作。有的留美幼童终生从事外交工作，国内相关的资料不太多，比如张祥和，1881年集体回国后就开始外交工作，在西班牙和秘鲁任职，驻外工作结束后在北京经商，逝世于此。所以，很难挖掘出他们全部的贡献。

从唐胥铁路开始，很多留美幼童为使中国铁路逐步向世界先进水平看齐，付出了艰辛的努力。他们中有著名的铁路工程师詹天佑、邝景扬、罗国瑞、黄仲良；有从海军转业的梁普时、卢祖华、王良登、杨昌龄等；也有从其他行业转到铁路并成为管理者的：唐绍仪、梁如浩、钟文耀、曾笃恭、蔡锦章、唐国安、黄耀昌、沈嘉树、唐致尧、苏锐钊、林沛泉、陆锡贵、邝贤俦、梁诚、周长龄、吴焕荣、林联盛、方伯樑、周传谏、吴其藻、邓士聪、容尚谦、邝国光、李汝淦（曾在北宁铁路任医师）、金大廷（铁路医官）等。

留美幼童参与创办的大学现在依然还是中国的名校：西南交通大学、天津大学、山东大学、清华大学、复旦大学、同济大学……铁路工程师邝景扬的足迹遍及大江南北，他最后将自己收藏的书籍捐赠给唐山路矿学堂。抗日战争时期学校从唐山搬迁到四川峨眉山，后来再迁成都，这所学校也从唐山路矿学堂改扩为唐山铁道学院发展成西南交通大学，而这些书一直保存着。

当年留美幼童有六十多人进了美国的大学，完成大学学业的是曾溥、詹天佑、欧阳庚。但是，他们谁也没有辜负所进大学的名望，在中国的高等院校和专科学校的建设及文化传播中留下了名字：蔡绍基、唐绍仪、唐国安、唐元湛、詹天佑、黄仲良、梁如浩、梁敦彦、方伯樑、唐荣俊、苏锐钊、容尚谦、杨昌龄、温秉忠、张康仁、吴其藻、蔡廷干、容揆、周长龄、梁诚、罗国瑞、钟文耀、邝景扬、李恩富、陶廷赓、黄有章、程大器、沈嘉树、容尚勤、曾溥、曾笃恭……

近代中国社会有三大留学潮流：幼童留美、庚款留学、赴法勤工俭学。不少留美幼童又为后两轮的学生出洋做了实际工作。在美国的庚款留学生做了两件影响中国现代化进程的大事：一个是以节食省下的经费成立了"中国科学社"，举起了"科学"的大旗；一个是提倡白话文，由"文学革命"引发了后来的新文化运动。庚款留学生回国后不但挑起了中国科学技术和高等教育的大梁，还开启了平民教育、乡村教育、儿童教育的事业，其中陶行知、雷沛鸿都是很著名的教育家。在第 26 批（1935 年）庚款留美生中有一个学生叫钱学森，日后成为新中国的"两弹一星"元勋、"航天科技之父"。仅是在研制"两弹一星"的 23 位科学家中 21 人有留学经历，其中庚款留学生是 13 人。在"庚款留学计划"实施期间，美国还在中国建立了 12 所教会大学，包括后来赫赫有名的燕京大学，校长是出生于杭州的美国人司徒·雷登，他使燕京大学跻于世界一流大学，也是美国驻中华民国的最后一位大使。

珠海唐家村共乐园至今还保存着 1921 年唐绍仪六十寿辰时在广州订制的大花盆。盆上绘有两只雄鸡，且附有咏鸡诗一首："名参十二属，花入羽毛深。守信催朝日，能鸣报晓音。羲冠装瑞玉，利爪削黄金。徒有稻粱感，何日报德音。"斯人已逝，园林尚存……唐绍仪也留下了家训：人臣奉职惟以公正自守，毁誉在所不计。盖毁誉皆私心也。我不肯徇人之私，则宁受人毁，不可受人誉矣。

1986 年和 1989 年，广东省珠海市政协和暨南大学历史学系联合邀请全国史学界专家和知情人士，举办了两次专题研讨会，肯定了唐绍仪 1938 年不肯当汉奸，没有丧失晚节这一历史事实。

1998 年，容闳 170 周年诞辰，耶鲁大学所在的美国康涅狄格州宣布，将 9 月 22 日（当年第一批中国幼童在美入学之日期），定为"容闳及中国留美幼童纪念日"。

2004 年 8 月 3 日，时任耶鲁大学校长理查德·雷文在北京接受珠海媒体采访时欣然写道："耶鲁大学为曾经教育过这位对中美两国做出贡献的重要人士而无比自豪。容闳帮助扩大了耶鲁大学的图书馆藏书，并开创了具有 150 年传统的留学先河。通过'大清幼童出洋肄业局'，他支持和鼓励了许多杰出的中国领袖人物的教育。珠海和耶鲁大学为容闳的成就而共享骄傲。"

2006 年 4 月 21 日，时任国家主席胡锦涛访问美国时在耶鲁大学发表演讲说："156 年前，一位名叫容闳的中国青年走进了美国耶鲁大学校园，四年后他以优异的成绩获得了文学学士学位，成为毕业于美国大学的第一个中国留学生。"（央视国际）耶鲁大学又把容闳捐赠的 1237 卷古代典籍中的一本《小学纂注》赠送给到访演讲的胡锦涛主席。中美两国人民友谊源远流长，耶鲁大学图书馆已经发展成为当今世界汉学研究资料丰富的图书馆之一，其基础是容闳当年的奠基。

2013 年 10 月 21 日，国家主席习近平应邀出席欧美同学会在人民大会堂举办的百年庆典，他在讲话中强调：百余年的留学史是"索我理想之中华"的奋斗史。（新华社）而这奋斗史始于珠海，始于容闳。

依然还承担运输任务的京绥铁路青龙桥车站

2015 年 3 月 16 日，美国加州最高法院决定，正式向张康仁追发加州律师执照，追认其律师身份。这是因为在 1890 年美国加州最高法院拒绝了美国首位华裔律师张康仁的律师执照申请，理由为他是中国人。这份执照晚到了 125 年。

北京至张家口的铁路一直吸引着人们的目光，京张智能高铁于

京张高铁上的复兴号升级版动车组

2019 年 12 月 30 日正式开通运营，在助力京津冀一体化协同发展同时为 2022 年北京冬奥会提供交通运营服务保障。京张高铁线路全长 174 公里，设北京北、清河、八达岭长城、怀来、张家口等十座车站，运行时间 47 分钟。京张高铁在八达岭隧道下距四米穿过青龙桥车站和百年"人字坡"既有线，与京张铁路立体交汇为"大"字形。京张高铁以智能化创造着第一，彰显出时代的进步。由我国自主研发设计，基于北斗卫星和 GIS 技术，为建设、运营、调度、维护、应急全流程提供智能化服务。线路上运行的是复兴号升级版动车组，它在外形上更加突出流线型设计，车头模拟鹰隼和旗鱼，具有优越的动力性能。

　　一百多年了，留美幼童的故事依然鲜活且不可复制，曲折中充满想象，瑰丽中有一种难以言传的神韵。他们的青春正是在中国从封建社会到民主共和、从农耕经济到蒸汽时代这样一个重要的转型时期，因为变革、创新，所以美丽如童话。

珠海容闳纪念馆外景

　　珠海，曾经的甄贤学校现在开辟为容闳纪念馆；在美国纽约市曼哈顿唐人街，有一座高楼叫作孔子大厦，还有一所公立小学，命名为容闳小学。一位师长，一群学生，他们的故事跨越了太平洋，跨越了时代。

后 记

从广东香山，清末走出了容闳、唐廷枢、唐廷桂、郑观应、徐润等人；民国初年，又走出了孙中山、唐绍仪、唐元湛、唐国安、蔡绍基、蔡廷干等人。这就是大香山的故事，是近代中国的一段故事，也是容闳和他的留美幼童的故事。

因为我的父母亲是 1958 年修着兰新铁路进新疆的，小时候家就住在铁路边，从父母讲的故事中知道了詹天佑的名字，知道了京张铁路的故事，也知道了家中有前辈是詹天佑的同学。参加铁路工作之后，有一次我无意中碰到一个单位在清理旧物，从一堆旧书中看到一本写詹天佑的书，便站在旁边读了起来。书中写道，留美幼童在美国留学多年后就不会磕头了，朝廷派去的人很生气，后果是把他们全都撤了回来。当然，其他留美幼童的名字和事迹对我来说还是陌生的。

2001 年，我陪母亲去珠海探亲，堂兄邓国业首先给我讲述了近代从家乡珠海上栅村走出来的有识之士。之后我又多次去珠海，知道了前辈邓桂廷、邓士聪、唐元湛是留美幼童，还知道了其他一些相关的故事。这是一种来自星辰之外的运气，撞上了一个有意义的写作题材。于是，我开始了追寻。在追寻前辈过往的同时，也让我从历史课本之外换一个角度读中国近代的故事。这绝不是简单的中国传统读书人学而优则仕的故事，而是中国沿海被迫开埠、人民奋起反抗急起直追、国家共建共和的故事。因为和故事中的有关人物血脉相连，可以触摸到的温度和能够感觉到的气息让我有了一个责任，不可以让那些为国家近现代化作出贡献的人湮没在历史的长河中。2015 年，学者李维青看了我《留美幼童唐元湛家三代人的故事》书稿后，推荐给中国文史出版社，编辑窦忠如老师请中国社会科学院近代史研究所研究员、中国社会科学院研究生院的马勇教授写序。梁普照的后人梁赞勋教授以八十八岁的高龄写书的跋。这一切，给了我完成目前这部书的勇气。我想,文史类的书最珍贵的是图片,十多年积累,图片数百幅,让平面的文字立体起来。

在珠海的"容闳暨留美幼童研究会"周围,聚集着现在能够联系上的留美幼童后裔和一些学者,因为有着共同的愿望,大家随时研究、交流相关的历史信息。有几次会议是留美幼童的后裔从祖国各地甚至是从国外赶到珠海,面对面交流、认真探讨,对史料再次挖掘甄别。2008年10月,我赴珠海第一次采访,珠海市博物馆馆长张建军和"容闳暨留美幼童研究会"秘书长杨毅慷慨相助,陪同采访,赠书予我。之后,黄有章的后人、珠海市博物馆馆员唐越给了我一些他精心收集的留美幼童中英文资料,并不断以新的发现组织讨论。唐荣俊的后人,居住在香港的赵济平、居住在秦皇岛的刘安弟,主动跟我联系,通过英特网传来了极为珍贵的百年照片并对一些细节进行探讨。钟文耀的后人郑毅、钟仁国提供了钟文耀的一些文图资料及从国外拍摄的关于唐元湛的英文资料。詹天佑的后人詹咏审阅了我整理出来的詹天佑的材料,又与中国铁道博物馆和位于八达岭的詹天佑纪念馆联系,詹天佑纪念馆的付建中馆长安排我到青龙桥车站采访。梁如浩的后人梁学文主动跟我联系,并对梁如浩的部分进行审阅。天津的学者唐景元闻讯后给我寄来了相关的书籍。吴应科的后人王泽养挖掘留美幼童在美国读书时相互留言的资料并组织大家在群里讨论。学者萨苏帮我查寻前辈邓桂廷的线索,分析他神秘去日本的社会环境和可能承担的使命。梁诚的后人梁嘉邦从美国给我传来登有梁诚及美国退还多算庚款的1907年6月23日的《纽约时报》。方伯樑的后人方鄞平跟我交流分享了有关方伯樑的研究成果。珠海的堂弟邓国兴拿出珍藏的香山邓氏族谱,进一步查证邓桂廷、邓士聪及后裔的脉络,还有邓、唐两家的姻亲关系。容耀垣的后人容应萸是日本亚细亚大学教授,和我们一起分享她对留美幼童的研究成果。黄开甲的后人黄志航、黄兴、黄建德帮我查对相关事件的细节,特别是黄建德提供的唐绍仪年轻时候的一幅照片,堪称孤版。黄仲良的后人黄孝全、鲍衍霏给予我对黄仲良资料的查证。上海的学者梁伟修、赵美珍(唐荣浩的后人)陪我漫步雨中的淮海路和外滩,在对老建筑的辨识中共同体味岁月沧桑。澳门科技大学博士生宾睦新专注于晚清留美教育、中美外交和香山文化研究,他以自己的多篇论文对我提供帮助。西南交通大学图书馆副研究馆员杨永琪做近代文献研究和教育科技史研究,以所在学校的发展印证了部分留美幼童的作为。还有袁长坤的后人杨大为、容尚谦的后人陆燕萌也给予我有益的指导。这一切,让我感到幸运,也是一种底气。

在此，让我再次对帮助过我的人致谢、致敬。我的父亲邓毅云、母亲赵秀莲，给了我最初的写作动力。唐元湛的孙子唐炳良、外孙陈景乾为我口述那段鲜为人知的历史。学者唐绍明（唐国安的后人）、梁振兴、唐观挺、卢观发以自己的地缘、亲缘优势长期做大香山文化的研究，有积累也有成果，特别是唐绍明写的《清华校长唐国安》是一本研究留美幼童的专著。梁振兴所赠的书《美国所藏容闳文献初编》为我了解容闳推开了一扇窗。正是他们的关注和无私给予，让我的起点比较高。唐元湛的曾孙女唐珏芹、唐珏蓉居住在美国，通过书信电邮，告诉我唐元湛留学时所进的大学、传来珍贵的历史照片，还复印了她们的父亲唐耀良所在的沪江大学的资料。我的姑姑邓燕云给了我 1939 年 10 月唐观翼组织上海第五届自行车竞赛运动会的会序册，叔叔邓启芳帮助查阅当年的《申报》和《字林西报》，并对已经出版的书再一次认真审阅。新疆邮电管理局的高级工程师刘孝华、新疆铁通公司的黄茹，让我近水楼台，借到了涉及中国电报和铁路通信方面最权威的著作。还有许多热心帮助我的人士，请原谅在此没有一一道来，但我同样怀有深深的谢意。

恩格斯有两句名言："没有哪一个巨大的历史灾难，不是以历史的进步为补偿的"，"一个聪明的民族，从灾难和错误中学到的东西会比平时多得多。"（《马克思恩格斯全集》，第 39 卷第 49 页，人民出版社 1974 年版）中国也有一句话，"多难兴邦"。我在写容闳和留美幼童百年故事的时候，感觉是在反复论证这些名言。

历史给人们留下的思考太多，历史也给人们留下的谜团太多，尝试着将一个群体的人物命运写出来，竟也看到了风云际会、波澜壮阔的历史演进。更让我欣慰的是，在写作过程中看到了有一类人物的精神特质即使在文学作品中也不曾见到过：受中西多元文化的影响，他们性格中忍耐、受难、奋斗、包容的成分更多一些，而信念也更加坚定，对社会、对国家的责任更为沉重。这个责任不因为个人处境的变化而消磨淡化，也不因为失去官位而怨天尤人，为使自己的祖国成为民主自由的国家，一直自觉地奋斗着，践行着导师容闳的愿望，哪怕是一条艰辛而漫长的道路。

容闳和他的学生，影响了他们生活着的当时，也影响了以后。

2020 年 4 月完成于乌鲁木齐
2020 年 7 月修改于乌鲁木齐

主要参考书目：

《游美留学同人姓名录》 唐元湛录

《中国铁路运输》 苗秋林主编 中国铁道出版社

《中国铁路通信史》 中国铁道出版社

《上海邮电志》 主编 徐志超 程锡元 刘长前 上海社会科学院出版社

《美国所藏容闳文献初编》 吴义雄 恽文捷编译 社会科学文献出版社

《百年中国》 陈晓卿主编 山东画报出版社

《李鸿章传》 苑书义著 人民出版社

《人文上海》 李天纲著 上海教育出版社

《上海地方史资料》 上海社会科学院出版社

《民国人物传》 李新 孙思白主编 中华书局

《清末邮传部研究》 苏全有著 中华书局

《清季重要职官年表》 钱实甫编 中华书局

《清季新设职官年表》 钱实甫编 中华书局

《中国幼童留美史》（China's First Hundred）【美】勒法吉（Thomas Lafargue）著
高宗鲁译注 珠海出版社

《中国留美幼童书信集》 高宗鲁搜集译注 珠海出版社

《创办出洋局及官学生历史》 容尚谦著 王敏若译 珠海出版社

《詹天佑日记书信选集》 詹同济译著 珠海出版社

《晚清巨人传盛宣怀》 主编徐立亭 著者陈景华 哈尔滨出版社

《血火考场 甲午原来如此》 萨苏著 东方出版社

《大清留美幼童记》 钱钢 胡劲草著 当代中国出版社

《中国的租界》　上海市历史博物馆等编　上海古籍出版社

《1840—1940上海百年掠影》　上海市历史博物馆　上海人民美术出版社编　邓明主编　上海美术出版社

《文史资料选辑》第六十三集　中华书局

《文史资料选辑》第七十六集　文史资料出版社

《文史资料选辑》总第一五○辑　中国文史出版社

《你没见过的历史照片》　秦风编著　山东画报出版社

《伟人孙中山》　广东人民出版社

《旧闻珍影》　策划　林世民　主编　钱宗灏　上海人民出版社

《中国早期摄影作品选（1840—1919）》　胡志川　陈申编　中国摄影出版社